Forces Spéciales

Forces Spéciales

Craig Alanson

Forces Spéciales

Forces Expéditionnaires, Livre 2

Forces Spéciales - Forces Expéditionnaires Livre 2

Traduit par Michèle Zachayus

Titre Original *SpecOps*

Language Originale: Anglais

Copyright © 2016, 2022 Craig Alanson et SAGA Egmont

Tous droits réservés

ISBN: 978-1-0394-6142-0

1ère édition

www.podiumentertainment.com

Podium

Forces Spéciales

Dans un long frémissement, le *Hollandais volant* grinça de plus belle, au son des terrifiants crissements des composés métalliques qui se déchiraient. Les écrans de visualisation de la passerelle papillotèrent sous les hurlements des alarmes de – quasi – tous les systèmes.

— Skippy ! Tire-nous de… !

De violentes secousses ébranlèrent notre vaisseau.

— Tir direct sur le réacteur n° 4 qui a perdu son confinement, annonça un Skippy flegmatique. Je prépare son éjection… Système d'éjection hors ligne. Pilote, propulseurs bâbord, poussée d'urgence à pleine puissance à mon signal.

— Paré, confirma Desai aussi posément que possible.

— Prêt… exécution ! cria Skippy.

Quoi qu'ils s'apprêtent à tenter, c'en fut trop pour une gravité artificielle de bord déjà soumise à rude épreuve et des systèmes de compensation inertielle tout aussi durement sollicités. En temps normal, l'équipage ne ressentait nullement les manœuvres du vaisseau. Mais là, je dus me cramponner à mon fauteuil de commandement alors que notre navire était brutalement déporté à tribord. D'autres longs frémissements de bien mauvais augure parcoururent la colonne vertébrale de notre astronef, s'accompagnant d'un gémissement aux harmoniques profonds. Aucun vaisseau de l'espace ne devrait livrer pareils sons.

—Ah, bon sang ! Dans sa trajectoire d'éjection, le réacteur n° 4 vient de percuter le réacteur n° 2 et de le couper !

Skippy parlait cette fois d'une voix tendue.

— Missiles en approche ! On dévie toute l'énergie restante sur les commandes de saut des condensateurs. Accrochez-vous, ça va secouer !

Le principal écran de visualisation indiquait que la commande de saut était à 38 % de charge. Or, Skippy nous avait dit que, le *Hollandais volant* étant piégé par le champ d'amortissement de l'escadron des destroyers thuraniens, il nous fallait une charge de 42 % ne serait-ce que pour un saut très court – et ce, en courant encore un risque élevé de fracture des commandes de bord. Car, si jamais cela arrivait, nous n'en aurions jamais conscience ; nous serions tout simplement morts d'une picoseconde à l'autre.

Sur l'écran de visualisation, les symboles des missiles – au nombre de sept – fondaient sur nos coordonnées. Sous mes yeux, deux d'entre eux se volatilisèrent, anéantis par les rayons oscillateurs d'hyperfréquences des contacts défensifs. Les cinq autres missiles filaient toujours dans notre direction, « peluchant » nos sonars à détecteur furtif et se faufilant en deçà. Un missile de plus anéanti. Il en restait quatre.

Commande de saut à 40 %.

Trop près.

Je tournai le bouton de retrait du capuchon couvrant la commande de sabordage, et braquai mon regard au travers de la paroi vitrée du compartiment du CIC, le Centre d'information de combat.

— Colonel Chang…

Il acquiesça et je le vis relever d'une chiquenaude le capuchon de protection de l'autre commande de sabordage, en signe de confirmation.

— Monsieur.

Il vrilla son regard au mien, et salua dans les règles.

Salut que je lui retournai.

— Colonel Chang, vous et moi avons fait un sacré bout de chemin ensemble. Ce fut un honneur de servir à vos côtés.

Mon pouce gauche restait en suspens au-dessus de la commande d'autodestruction. Le vaisseau était voué à sa perte, quoi qu'il en fût. Et tout ça, c'était ma faute. Mais comment Diable avais-je pu tous nous fourrer dans pareille galère ?

Autant commencer par le commencement.

Je m'appelle Joe Bishop, sergent de mon état, et, à titre temporaire, colonel d'opérette de l'armée des États-Unis. Des grades qui, pour l'heure, n'ont aucune espèce d'importance vu que je me trouve à bord d'un astronef alien à plus de mille années-lumière de la planète Terre. Croyez-le ou non, la FENU ou Force expéditionnaire des Nations unies m'a confié le commandement de ce vaisseau, un transporteur stellaire thuranien que nous avions fort peu judicieusement rebaptisé *Le Hollandais volant*. Je ne pense pourtant pas manquer de bon sens et, tout le monde en conviendrait aussi, d'un don avéré pour me fourrer dans le pétrin. Un sacré pétrin. *Et* l'art tout aussi consommé de m'en sortir comme une fleur. Si vous voulez tout savoir, je vous dirais que j'étais au bon endroit au mauvais moment, tout simplement. Mes détracteurs diraient, quant à eux, que je suis un sacré petit veinard. Ce qui n'est peut-être pas faux. Skippy, notre antique canette de bière alien douée de parole, mi-mascotte, mi-super intelligence artificielle, affirme que la chance est une pure vue de l'esprit, sans fondement ou base réelle, que nous autres, humains, croyons mordicus à la « chance » parce que notre pensée linéaire de type primate débile n'a aucune conception du fonctionnement de l'univers.

Quoi qu'il en soit.

Lorsque le *Hollandais volant* fusa à travers le vortex jouxtant la Terre, vortex que Skippy referma dans notre sillage, je dois admettre qu'au tréfonds de mon être, dans les mystérieux replis de mon âme, je goûtai au fruit amer de la déception – que notre spationef n'ait pas instantanément été réduit en miettes. L'une de nos cales recèle une dizaine d'armes nucléaires provenant de l'inventaire américain. Nous n'avons jamais besoin que d'une seule bombe nucléaire pour renvoyer notre vaisseau au néant et effacer toute trace du passage des humains dans la galaxie. Mais voilà, quelqu'un devait avoir un bon de remise, ou il faut croire qu'il y avait des promos de dingues à Nukes 'R Us, parce qu'on se retrouvait avec onze bombes en rab. Eh non, pas moyen de s'en procurer à la dernière minute comme cadeau d'anniversaire, merci. Dès que Skippy confirma que le vortex était condamné après notre passage, qu'il l'avait donc désactivé et omis de simplement brouiller son fonctionnement au réseau ou autre, j'avais, au fond de moi, espéré que la FENU avait, d'une façon ou d'une autre, réussi à manœuvrer à notre insu pour faire exploser à revers une bombe nucléaire.

Ne vous êtes-vous jamais trouvé au bord d'une falaise ou penché au balcon d'un très haut immeuble, le cœur au bord des lèvres, pris de vertige, avec cette folle envie tapie tout au fond de vous de faire le saut de l'ange ? Une folle envie de sauter dans le vide, qu'on ne parviendrait plus à juguler ? Tutoyer les abîmes devient terrifiant parce qu'on redoute de ne plus se contrôler, que ça devienne plus fort que tout, qu'on se sente soudain obligé de basculer ? J'avais lu quelque part une explication à ce phénomène : notre cerveau ne supporte pas la tension et cherche à l'évacuer, quitte à nous mener à notre perte. À nous tuer. Alors… ça ne vous est jamais arrivé ? Eh bien moi, figurez-vous que j'ai le vertige, j'ai peur des hauteurs, et c'est bien pour ça que je n'ai jamais suivi de formation militaire de parachutisme. Voler dans un Black Hawk porte ouverte ne me gênait pas outre mesure tant que j'entendais vrombir les moteurs au-dessus de ma tête, ce qui me rassurait toujours. Cependant, accrocher les illuminations de Noël sur la toiture de la maison de mes parents, ça, ça me filait une pétoche de tous les diables ! Au point qu'en février, chaque année, je me disputais avec ma mère rien qu'à l'idée de devoir remonter sur le toit les enlever. Pourquoi donc les enlever s'il fallait ensuite les remettre à chaque fois ? Oh, bien sûr, le restant de l'année, nos voisins grommelleraient que les Bishop étaient des feignasses de procrastinateurs, mais en octobre ou novembre, voilà qu'on ferait déjà figure de surdoués proactifs. Pas vrai ?

Or, ma mère refusait de gober ce genre d'argument. Et le week-end du Super Bowl, les illuminations étaient immanquablement retirées.

Mais là, ce n'était pas des hauteurs dont j'avais peur, c'était de l'inconnu, c'était d'être responsable de l'ensemble de l'équipage et des passagers du bord. Si jamais nos ennemis découvraient que des humains avaient détourné un transporteur stellaire thuranien à cause d'un de mes fiascos, je serais responsable de l'annihilation de l'humanité. Pas moins. Et si *Le Hollandais volant* explosait, je n'aurais plus à me soucier de mes incommensurables ratés.

La FENU n'avait pas provoqué d'explosion nucléaire – à moins que… si –, et Skippy avait bien évidemment eu vent à temps de ses plans diaboliques pour pouvoir les contrer. Comme ça aurait arrangé tout le monde si *Le Hollandais volant* s'était mué en sphère de particules subatomiques en expansion rapide ! Dans un cas comme dans l'autre, nous étions toujours en vie, et je me devais de poursuivre notre mission comme prévu. Et zut.

Si *Le Hollandais volant* avait explosé en vol, ça aurait fait soixante-dix victimes. Notre toute nouvelle pas-si-joyeuse bande de pirates comptait cinquante-huit militaires, plus une dizaine de savants du civil. Cette fois, nous n'étions plus qu'à titre semi-officiel une « bande de joyeux pirates », et tout le monde arborait son uniforme au logo *made in Skippy* de paramécie affublée d'un cache-œil. Même les scientifiques avaient eu droit à leur écusson sur leurs vestes officielles de mission. Jusque-là, peu d'entre eux les avaient arborées, et je n'allais pas en faire toute une histoire. Civils, savants, ce n'est pas ça qui me préoccupait. Ce qui me tourmentait ? C'est que, cette fois, les unités militaires affectées au *Hollandais volant* se rattachaient à celles des Unités d'élite spécialisées et autres as du pilotage.

À propos, la première fois que j'ai quitté la Terre, j'étais au parfum côté argot militaire, version américaine du moins. Mais il faut croire que j'étais le seul à ignorer que les autres Terriens prononçaient la FENU « FEN-IOU ». Et ce, avant même qu'on largue les amarres ! Alors que pendant tout ce temps, j'avais perdu de précieuses années-lumière à l'épeler F-E-N-U. Skippy avait probablement été sujet à une fusion mineure de canette de bière. Quoique, pour ma défense, cette tête de linotte avait souvent lâché le ballon… Bon, où en étais-je ? Ah oui, FEN-IOU… À la suite de notre décollage dans l'espace, les gouvernements terriens avaient tenu à glorifier les valeureuses contributions de leurs forces armées confrontées aux terribles Ruhars. Si bien que le NU [Nations unies] de FENU avait tout simplement disparu de leurs discours, au profit d'une simple Force expéditionnaire ou FE. Ou encore F-SPE pour « forces spéciales ». Cool ! Un peu plus tard, quand les peuples se mirent à regretter leur alliance avec les Kristangs, les gouvernements de la FENU cherchèrent à remettre à l'honneur la partie « Nations unies », comme s'ils n'avaient joué aucune part dans les désastres survenus. Mais alors, il était déjà trop tard. FE/F-SPE étaient déjà dans tous les esprits.

Officiellement, la mission était placée sous l'égide du Directorat des forces des Opérations spéciales, Corps expéditionnaire des Nations unies. Eh ouais, mec, on en a plein la bouche ! Mais vous savez quoi ? J'étais seul aux commandes car, sitôt que le *Hollandais volant* aurait sauté loin de l'orbite terrestre, nous serions livrés à nous-mêmes. Si tout se passait bien, le Commandement des Opérations spéciales – ou SOCOM – de la FENU en serait auréolé de tout le mérite. Si ça tournait mal, tout serait ma faute. Ainsi va le monde.

Lorsque le Commandement des Opérations spéciales constitua notre équipage, j'avais commencé par appeler notre nouvelle Joyeuse bande de pirates « SOCOM » mais j'avais vite appris qu'auprès de notre belle jeunesse, la coolitude, c'était de parler plutôt de « Speck Oppps » et non de « SpecOps » (ce qui me valait bien des coups d'œil peu amènes). Comme quoi, on apprend à tout âge.

Bon alors, à propos des forces spéciales… J'ai surtout appris en observant, et pas sur le tas. Qu'ils soient des US Navy Seals, des Rangers américains, du SAS britannique ou toutes autres forces armées de la planète Terre, les soldats des Opérations spéciales sont, tous autant qu'ils sont, de sacrés durs à cuire, et ils le savent bien. Incorporer les forces spéciales exige une endurance physique des plus coriaces et, bien plus important encore, une force psychologique de tout premier ordre.

Vous avez croisé ces gars et ces filles qui, au lycée déjà ou même avant, savaient exactement ce qu'ils voulaient faire dans la vie ? En grande forme physique, parfaitement concentrés, debout à 5 heures du mat' pour aller faire des longueurs à la piscine, s'entraîner au hockey, à la course ou aux haltères avant même d'aller en cours ? Ils collectionnaient les bonnes notes, travaillaient dur en ne se laissant jamais aller, et les adultes les appréciaient toujours. De superbes athlètes, focalisés sur la méthode, féroces dans leurs pratiques. Et, avant tout, ils prenaient l'existence très au sérieux, aussi jeunes soient-ils, alors que nous autres dérivions et valdinguions au gré de nos fantaisies, sans trop savoir ce que nous voulions. Or, ces gars et ces filles ? Voilà justement d'où viennent les forces spéciales. Ils sont meilleurs que nous autres, certainement meilleurs que moi, soldat raisonnablement dévoué à la cause, fier de porter l'uniforme. Me qualifier pour les forces spéciales, moi ? Allons donc, dans mes rêves ! Côté entraînement physique, j'étais presque sûr d'assurer. Mais voilà, avais-je la volonté de m'entraîner aussi durement ? Jamais. Je n'ai tout simplement pas la discipline, la motivation, d'en suer autant, je n'en ai tout bonnement pas l'aspiration. J'ai la plus grande admiration pour ceux qui se vouent à ce niveau d'engagement – tout en me félicitant de ne pas avoir à le faire.

Les forces spéciales sont la crème de la crème, et le *Hollandais volant* regroupait les meilleurs éléments des Opérations spéciales des cinq nations de la FENU. Je n'imaginais tout simplement pas le niveau de compétitivité qu'il avait fallu démontrer pour pouvoir embarquer à bord du *Hollandais volant* ; une chose est sûre, je ne me serais jamais qualifié.

Notre toute nouvelle Bande de joyeux pirates m'avait parfaitement intimidé. Plus acharnés, plus malins, plus dévoués, plus motivés, meilleurs soldats et êtres humains que moi sur tous les plans… Et voilà que j'étais propulsé commandant de ces super-humains. Moi, qui n'en étais pas digne. Ils le savaient. Je le savais.

Toute la différence entre être officiellement aux commandes d'une mission sur le terrain de la FENU, et devenir commandant bricoleur de pirates à la manque ? La montagne de paperasse – même si on parlait maintenant de formulaires « iPad ». Je détestais ça, les détails assommants, très peu pour moi. Le lendemain de notre fuite du vortex de la planète Terre, j'étais dans mon bureau de commandant, à traiter de fastidieux détails administratifs de ma charge, quand Skippy vint m'y trouver :

— J'ai une question pour toi. Une réclamation, sur le plan technique.

— Oh, là ! Mets-moi ça sur un bout de papier, et glisse-le dans la boîte à suggestions.

— Ah parce qu'on a une boîte à suggestions ? me fit-il, sincèrement surpris.

— Yep, dans le trou noir le plus proche, fourre-le là-dedans et attends un peu.

— Oh, ha ha, très drôle, Joey !

— Un trou noir te vaudra le même résultat qu'une boîte à idées, alors…

— Très bien, pigé. Qu'importe, je consultais le rôle d'équipage sur ton iPad…

— Oh, mec, m'en parle pas, surtout, j'ai déjà assez de toutes ces foutues futilités administratives…

— Mais là, c'est du gâteau, Joe. J'ai bien vu que dans le rôle d'équipage ne figurait pas mon nom. Pas même dans la liste des passagers. Alors que je suis essentiel au bon fonctionnement du navire. Je devrais faire partie de l'équipage.

— Navré, Skippy, j'ignorais que c'était important pour toi.

Nom de nom, notre IA alien superpuissante s'avérait chatouilleuse sur les choses les plus sensibles, les plus bizarres… Elle détestait qu'on la considère différemment de tout autre être conscient à bord.

— Tu as raison, c'est ma faute. Je vais entrer tes données de ce pas. Oh, et je vois que tu as obligeamment affiché sur mon iPad l'écran de saisie. Tu as sauvegardé le rapport que je viens de rédiger ces vingt dernières minutes ?

— Ah ouais, comme si l'humanité avait besoin de lire ces abrutissantes conneries. Je rendrais encore un fieffé service à votre gent simiesque en effaçant toutes ces daubes merdiques. Mais bien sûr, c'est, euh, sauvegardé.

— Ça vaudrait mieux. J'ai déjà oublié ce que j'ai bien pu écrire dans ce foutu rapport. Le premier élément à renseigner en établissant le rôle d'équipage, c'est le prénom. Pour toi donc, « Skippy ». Ensuite vient le patronyme…

— « Le Magnifique ».

— Ah, vraiment ?

— C'est tout à fait approprié, Joe.

— Oh, hum… Parce que c'est ainsi que tout le monde te surnomme, ripostai-je, sarcastique, en roulant des yeux au ciel.

Peu enclin à me prendre la tête avec lui, j'inscrivis « Le Magnifique ».

— Question suivante, ton grade. Ce fichier est à usage militaire.

— J'aimerais « Grand exalté Feld-maréchal El Supremo ».

— Entendu, je tape « Scout Louveteau ». Question suivante…

— Eh, enfoiré… !

— … Spécialisation professionnelle.

— Oh, voilà qui devrait clairement être « Seigneur Dieu, Contrôleur de Toute Chose ».

— Ça, je te l'accorde, et ça s'épelle T-R-O-U-D-U-C. Ensuite…

— Eh, pauvre connard, je devrais… !

— Âge ?

— Deux ou trois millions d'années, je dirais. Enfin, je crois.

— Ton âge mental étant de six ans, je vais taper ça.

— Joe, je viens de changer ton grade dans ton fichier personnel : « Tête de Nœud ».

Il s'esclaffa.

— Cinq ans d'âge mental. Cinq ans.

— J'imagine que c'est mérité, concéda-t-il.

— Sexe ? Dans ton cas, je sélectionne « sans objet ».

— Joe, dans ton dossier personnel, je viens d'actualiser la rubrique « Sexe » : « invraisemblable ».

— Tout ça part en eau de boudin, Skippy.

— C'est toi qui as commencé !

— Ah, quelle maturité… Allez, soyons bon prince, quatre ans d'âge mental. Au pays des Enfants terribles, bien sûr…

— J'abandonne ! Sauvegarde ce satané fichier, et soyons quittes, d'accord ?

— Pas de souci. On devrait faire ça plus souvent, hein ?

— Oh, la ferme !

J'aurais bien cru qu'on en resterait là, mais cinq minutes plus tard… le sergent Adams m'interpella :

— Monsieur, sur le rôle d'équipage, Skippy figure maintenant comme « Trouduc, Première classe » ?

— Oh, bon Dieu !

Qui allait donc consulter ce stupide fichier ? Personne, avais-je cru !

— Pas de souci, je vais changer ça.

Adams éclata de rire.

— Pas besoin, Monsieur. Ça lui correspond si bien !

— Ça, on peut le dire…

— La formation requise enregistrée à votre nom fait également mention de « l'apprentissage de la propreté ». Je tenais à ce que vous le sachiez. De même, il est question d'en savoir plus sur « la reproduction des oiseaux et des abeilles ».

— Ah, merde ! Skippy et moi venons tout juste d'avoir un entretien, apparemment, j'ai encore besoin de mettre les choses au point avec lui.

Elle eut l'air sceptique.

— Et vous croyez que ça changera quelque chose ?

— Pas vraiment…

Je n'étais pas le seul, tous ceux de notre Joyeuse bande de pirates d'origine étaient intimidés par notre équipage « étoile » de haute volée. Le lendemain soir, après qu'on eut laissé le vortex désactivé derrière nous, et à défaut de trouver le sommeil, je m'étais pointé à la cambuse à 4 heures du mat' en quête d'un café – et de compagnie. Avant de m'habiller, j'avais consulté sur mon iPad l'UJ, l'Uniforme du jour, publié par le colonel Chang en qualité de commandant en second. La plupart du temps, on revêtait des treillis, et le lundi soir, on arborait au dîner l'uniforme d'apparat. Aujourd'hui, c'était au tour de l'uniforme de service d'été standard – ou l'équivalent militaire de chaque pays. À ma grande surprise, je trouvai attablés à la cantine, l'œil vitreux, le lieutenant-colonel Chang, le major Simms, le capitaine Giraud et le capitaine Desai en train de siroter leur café. Tandis que je m'en versais une tasse, le sergent Adams survint à son tour, et je lui en tendis une autre.

Nous voilà réunis dans la cambuse. Les six membres de la Joyeuse bande de pirates d'origine toujours à bord. Nous six, Dieu sait si nous en avions vu de toutes les couleurs, au point qu'on n'aurait jamais cru y survivre. Au point que j'avais follement envie de les serrer dans mes bras ! Je m'en abstins, car le sergent Adams n'aurait pas manqué de me cogner si jamais je m'y étais risqué. Je préférais donc lui taper du poing un « cinq sur cinq », en lui tendant son café.

— C'est un hasard, fis-je.

— Pour vous, peut-être, Monsieur, rectifia Adams en s'asseyant face à Giraud. Mon quart est dans une heure.

— Le mien aussi, souligna Simms en avalant une gorgée de café.

— Je n'arrivais pas à dormir, fit simplement Chang.

— Moi non plus, renchéris-je.

Je m'assis près de Desai et levai ma tasse pour porter un toast.

— À notre Joyeuse bande de pirates des origines ! Et tout spécialement à nos chers disparus.

Nos tasses s'entrechoquèrent, et nous bûmes de concert. Enfin, quand je dis « s'entrechoquèrent »… c'est un peu osé vu qu'elles sont en plastique, mais voilà, elles arboraient d'un côté le logo officiel de la FENU, et de l'autre, celui du *UNS Hollandais volant* de l'United Nations Spacy ou Nations unies de l'Espace – laissons de côté les sous-entendus genre « planant », « déphasé » et autre « shooté » avec « Spacy », si vous le voulez bien. Si, par quelque satané flippant prodige, nous devions revenir sur Terre, je voyais déjà ces tasses en plastique être exfiltrées clandestinement pour devenir les fleurons très prisés des collectionneurs. Nous nous mîmes en devoir de rattraper le temps perdu, tant nous nous étions peu revus entre le débarquement du *Hollandais volant* et les quelques jours précédant le départ de l'orbite terrestre. Au cours de ces journées frénétiques de transbordements et de préparatifs au décollage, les gouvernements s'étant enfin rendus à l'évidence – renvoyer le *Hollandais volant* dans l'espace ? Oh mon Dieu ! –, l'heure n'avait vraiment plus été aux entretiens et papotages. Les survivants de la Joyeuse bande de pirates d'origine s'étaient tous, jusqu'au dernier, portés volontaires pour retourner dans l'espace. Au terme de moult débats, arguments, réflexions et menées politiques au sein des diverses instances gouvernementales impliquées, je n'avais jamais toléré que cinq candidats avec moi dans la coquerie. Même si les survivants avaient accepté de rembarquer sur le *Hollandais volant*, tous n'avaient pas à revenir avec nous, d'autant plus que leurs gouvernements respectifs tenaient à ce que certains restent sur Terre, en raison de leurs compétences. Nombre de survivants étaient blessés ; Giraud avait toujours le bras enchâssé dans une attelle de contention thuranienne, et Chang avait encore les côtes sensibles. Docteur Skippy tenait pour pronostic que Giraud délaisse son attelle afin que son bras guérisse pleinement – ce serait l'affaire de deux jours. Or, le parachutiste français n'y trouvait pas son compte, car à l'entendre, son bras le démangeait comme sous la morsure d'un millier de fourmis. Skippy lui opposait que tout ça, c'était dans sa tête.

Moi, j'avais la ferme conviction que ce voyage était perdu d'avance, une quête insensée, une mission suicide. La Joyeuse bande de pirates des origines avait déjà repoussé crânement sa chance jusqu'aux dernières limites à force de jouer avec le feu ; en attendre encore davantage d'elle serait de la folie. J'avais été contraint de recourir, disons, aux jurons et aux blasphèmes avec Adams pour tâcher de la dissuader de nous accompagner. Notre sergent-major n'avait rien à prouver, lui avais-je dit, elle avait déjà fait bien assez de sacrifices comme ça. Ce que j'avais passé sous silence, en revanche, c'est que si nous avions tous deux été prisonniers des Kristangs, et promis au peloton d'exécution, elle seule avait subi la torture. J'avais vu ses cicatrices. Et mec, ce qu'elle m'avait remonté les bretelles, en arrivant à beugler que je ne disais ça que parce qu'elle était une femme ; si elle était *un* marine, jamais je ne la chouchouterais comme ça. Là-dessus, elle se trompait. Et tout le temps qu'elle m'avait engueulé, elle ne m'avait pas laissé en placer une.

« Avec tout le respect qui vous est dû, Monsieur, vous arborez les aigles du grade de colonel, alors que nous savons bien, vous et moi, que vous n'êtes jamais qu'un sergent à deux balles, et que vous avez besoin de moi ! »

Elle avait eu raison, à cent pour cent, et j'étais fichtrement heureux de l'avoir dans mon équipe. Elle et tous ses collègues, des gens que je connaissais et auxquels j'accordais toute ma confiance.

Notre nouvel équipage était la crème de la crème, de la graine de champions à coup sûr – au détail près que ces équipiers-là, je ne les connaissais pas. Préalablement au décollage spatial, j'avais sciemment évité de nous réunir, tous les six, histoire que le restant de l'équipage n'aille pas imaginer que j'allais systématiquement favoriser mes vieux compagnons à ses dépens. Même si c'était, bien évidemment, le cas. Il y avait à bord d'autres pilotes se réclamant d'une expérience et de qualifications fort supérieures à celles du capitaine Desai, de cracks qui avaient été aux manettes du top du top des jets, des essais de compète, des cadors des pilotes de chasse. Et pas un seul d'entre eux n'avait seulement eu le droit d'effleurer ne serait-ce qu'un seul des boutons des panneaux de contrôle du *Hollandais volant*. À moins d'être supervisé par Desai. L'un d'eux *pouvait* toujours se voir confier les commandes d'un astronef alien, on se fiait bien à *Desai*. Et Skippy était du même avis. Nonobstant le nom de code officiel de chaque pilote avant son transbordement au *Hollandais volant*, Skippy s'était mis à tous les nommer « FiNG » pour « Fucking New Guy, or Girl ». On dut expliquer aux nouveaux pilotes que Skippy se montrait en fait plutôt gentil, considérant qu'il s'agissait de, euh, vous savez bien, Skippy. Un pilote, que je ne nommerai pas, a suffisamment foutu Skippy en rogne pour qu'il se retrouve dans un sas – le site de ses tout nouveaux quartiers ! Et même si je comprenais le point de vue de Skippy, il avait bien fallu que j'intervienne. Le nouveau (sur)nom de code de ce pilote a tout de suite été « ALliGator » pour « Air Lock Guy », le Type du sas. Un truc de pilote, quoi.

— Que pensez-vous du nouvel équipage ? lançai-je à la cantonade, sans m'adresser à quelqu'un en particulier.

Après une petite pause diplomatique passée à siroter une gorgée de café, Chang fut le premier à prendre la parole :

— Ce sera un exercice intéressant en matière de coopération internationale.

Giraud hocha la tête, puis haussa les épaules.

— Nous verrons.

Soixante-dix personnes à bord. Dont douze savants, tous des civils : sept femmes et cinq hommes, leur vaste champ d'expertise allant de la médecine et de la biologie à la physique. En leur sein, la compétition pour l'attribution d'un couchage à bord du *Hollandais volant* avait été féroce, retombant quelque peu une fois que je leur eus expliqué que je ne m'attendais vraiment pas à ce qu'on revienne jamais sains et saufs d'une telle expédition. Soyons réaliste. Si cela n'avait tenu qu'à moi, nous ne nous serions jamais encombrés de scientifiques – non, pas d'un seul. Nous n'avions pas besoin d'eux pour remplir les objectifs de notre mission, et si nous étions dans l'incapacité de retourner sur Terre, leurs cadavres ne feraient que s'ajouter aux nôtres. Dans notre nouvelle Joyeuse bande de pirates, la composition du rôle d'équipage ne m'avait nullement incombé. Combien d'autres équipiers allaient nous rejoindre à bord ? Ça n'avait pas été de mon ressort. Aux quatre coins du monde, les gouvernements avaient insisté pour qu'on embarque des savants, et la liste d'origine nommait des milliers de candidats au départ. Nous limiter à douze scientifiques avait été le meilleur compromis que je puisse obtenir. Mes critères finaux quant au choix des postulants ? Ça concernait moins les compétences scientifiques à proprement parler que les grâces sociales, la faculté de s'entendre avec les autres. Ce dont on n'avait vraiment pas besoin, c'était d'une clique de petits génies d'intellos ou, pour reprendre l'expression de Skippy, de petits singes légèrement moins faiblards côté ciboulot mais dotés d'un ego démesuré, bref de sales emmerdeurs qu'on aurait toutes les peines à supporter au long de cette expédition au *long* cours. C'est bien pour cela d'ailleurs qu'on avait plus de savantes que de savants à bord, les candidats du sexe viril ayant échoué aux tests psychologiques de la FENU rubrique « vivre en bonne intelligence avec autrui ».

— Coopération internationale… fis-je, songeur. Notre équipage d'origine s'entendait très bien, soulignai-je.

— C'était impératif, observa Chang, et notre mission d'alors consistait à sauver la planète Terre. Nous étions tous hautement motivés.

— Notre équipage d'alors était fait de bric et de broc, d'un tas de volontaires, rappela Giraud. Je me trouvais à la base de soutien logistique à ce moment-là uniquement parce que mon commandant m'y avait envoyé afin de déterminer pourquoi les fournitures nous parvenaient au compte-gouttes.

— Nous vous envoyions ce dont nous disposions, rétorqua Simms, sur la défensive.

Giraud acquiesça.

— Eh oui. C'est ce que j'ai compris en arrivant, Major. Ce que je veux dire, mon Colonel, c'est que notre équipage d'origine avait le sentiment d'être à la poursuite d'un but absolument capital. Contre toute attente, nous nous retrouvions ensemble, inopinément, à conjuguer nos talents et nos efforts pour tâcher de sauver notre planète mère de l'annihilation ! Mais voilà, notre nouvel équipage n'a aucun sens d'une telle motivation.

— Et ces forces spéciales s'imaginent toutes… spéciales, persifla Adams d'un petit ton aigrelet. Soit dit sans vous offenser, Monsieur, ajouta-t-elle à l'adresse de Giraud…

… qui s'esclaffa.

— Pas de mal ! Cela dit, avoua-t-il, certains m'intimident.

René Giraud… parachutiste français des forces d'élite, avant notre incursion sur la planète Paradis…

— Vous aussi ? fis-je. Tous m'intimident ! Je m'inquiète à l'idée que ces rivalités dérapent.

Des affrontements non seulement entre nationalités, mais aussi entre les Rangers de l'armée américaine et les Navy Seals… Allaient-ils s'entendre ? Trouver un consensus, en parfaits professionnels ? Il ne restait qu'à l'espérer.

Par-dessus de la table, Adams et Giraud s'en cognèrent cinq.

— Pas d'inquiétude, Monsieur, on les aura au doigt et à l'œil !

Chang avait chargé Giraud et Adams, deux équipiers chevronnés, d'encadrer nos nouvelles unités spéciales, et de mettre en place un programme d'entraînement. Afin d'acquérir des rudiments jugés indispensables, la bleusaille devrait tout apprendre du *Hollandais volant,* du *Céleste Fleur Matinale de la Glorieuse Victoire* et des engins de largage. À eux ensuite de se familiariser avec les armures motorisées et les combots des Kristangs.

Ce qui me souciait véritablement ? Que nos forces spéciales élitistes tout feu tout flamme en viennent à s'ennuyer. Avant notre départ de l'orbite terrestre, j'avais rassemblé dans une soute vide tous ceux de notre équipage n'étant pas de quart ainsi que les savants. Où j'avais expliqué, une fois de plus, que j'espérais sincèrement que nous ne monterions jamais au combat. Que nous ne tomberions sur rien *d'intéressant* en chemin. À mon sens, une mission couronnée de succès, ce serait pour nous de dénicher la « radio magique » de Skippy, de le déposer quelque part, et que le *Hollandais volant* revienne sur Terre sans encombre. Ou alors, au cas plus que probable où le *Hollandais volant* tomberait en panne après que Skippy nous eut quittés, nous laissant à la dérive dans l'espace interstellaire, et où les vivres viendraient rapidement à manquer, je n'aurais plus d'autre choix que de nous saborder. Quand je fis part à l'équipage de cette fâcheuse éventualité, je vis ceux des forces spéciales hocher la tête d'un air grave. Je vis aussi danser dans leurs yeux la petite étincelle de l'incrédulité. Au fond ils n'y croyaient pas vraiment. Ils étaient formés à l'action, et ils s'attendaient à prendre part à l'action, quelle qu'elle fût. Moi, en tout cas, j'espérais bien les décevoir.

Notre nouvelle mission se prévalait toujours de la structure hiérarchique de la Force expéditionnaire des Nations unies. Les savants étaient originaires de nombreuses nations, tandis que les forces militaires, elles, se réclamaient de cinq pays seulement : les États-Unis, la Chine, l'Inde, la Grande-Bretagne et la France. Chacun de ces pays fournissait un contingent de neuf soldats des forces spéciales, à ceci près que les États-Unis n'avaient que quatre Rangers et quatre SEALs, du fait qu'un Américain commandait la mission. Chaque État fournissait aussi deux pilotes. Giraud et Desai, pilotes de leur état, faisant partie des forces spéciales, restaient Chang, Simms, Adams et moi, pour un total de cinquante-huit militaires incorporés à l'équipage.

Je vidai ma tasse, et me levai pour aller me resservir. La cafetière étant quasi vide, j'en versai le fond dans ma tasse avant d'en refaire percoler. Il n'y avait pas encore de petit déjeuner de proposé, à moins de se beurrer des toasts soi-même.

— À qui le tour, dans la coquerie ?

Ce genre de décisions appartenait à Chang en sa qualité de commandant en second, mais quoi qu'il en soit, j'aurais dû le savoir.

Il y avait bien, quelque part, une feuille de service à consulter. Comme sur mon zPhone, que je n'ouvrais pas par flemme.

— La Chine, répondit Chang. On commence dans une petite heure.

— Bien. Je ne suis pas encore affamé.

À quoi ressemblait un petit déjeuner chinois ? Il me tardait de le découvrir. Notre équipage se composait de scientifiques, de pilotes et d'effectifs des forces spéciales. Nous n'avions pas de maître-queux qualifié, de mécaniciens confirmés, nul membre des personnels habituels de maintenance. Chaque jour, une des nationalités des forces militaires était désignée pour œuvrer dans la cambuse, les savants formant la sixième équipe dévolue aux tâches culinaires. Voilà qui promettait. Les talents gastronomiques n'avaient pas été une condition préalable à l'embarquement, même si je me doutais que nos élites ultra-compétitives des forces spéciales feraient de leur mieux quoi qu'il en soit. Muni d'une demi-tasse de café frais, je me dirigeai vers la porte.

— Je vais à la salle de sport, ajoutai-je.

Vu l'heure matinale, je serais bien le seul, normalement. Sans me retrouver cerné par les agents des forces spéciales, tous mieux entraînés que moi. Voilà qui me permettra aussi de faire un travail salutaire sur mon ego.

CHAPITRE DEUX

QUAND J'EUS FINI ma séance de sport, il me fallut passer à la douche. Mon entraînement me laissait les poumons en feu, les muscles douloureux, les jambes en coton et les bras tellement parcourus d'influx nerveux que mes mains aussi en tremblaient. Même les doigts me lançaient. Alors que les six Chinois des forces spéciales qui se trouvaient déjà là s'étaient exercés bien plus dur encore. Je finissais à peine qu'ils sortaient de la salle pour aller piquer un sprint le long de la coursive de l'arête dorsale du *Hollandais volant*. Quant à moi, j'étais sur le point de m'effondrer.

Dans la cabine de douche, je dus m'agenouiller car elle était aux dimensions des Thuraniens, et en réarmant le *Hollandais volant* en pleine orbite terrestre, nous n'avions pas pu y remédier. Les couchages avaient été rallongés à taille humaine en éliminant des cabinets dont nous n'avions nul besoin. Mais ajuster les cabines de douche n'avait pas fait partie des priorités étant donné le peu de temps dont nous avions disposé avant que notre croiseur interstellaire piraté doive reprendre le chemin des étoiles. Mes doigts tremblaient tant que je ratai à plusieurs reprises les boutons de contrôle, m'arrachant une imprécation.

— Ça ne va pas, Colonel Joe ? fit Skippy d'une voix où perçait une sincère sollicitude. Tu sembles particulièrement maladroit ce matin.

— Particulièrement ? Merci beaucoup, Skippy.

— Je ne cherchais pas à t'offenser. Un singe maladroit, c'est un singe mort, Joe. Dans la jungle, quand tu te balances d'arbre en arbre, si tu tombes, le léopard ne fait qu'une bouchée de toi.

Je ne pus m'empêcher d'en rire.

— Ah ! Il n'y a guère de léopards dans cette partie de la galaxie, Skippy ! J'ai les bras endoloris, voilà tout. Je sors d'une séance d'entraînement difficile.

— Je sais, je t'observais. Tu ne crois pas que tu en fais un peu trop, Joe ?

— Diable, non ! Ces types des forces spéciales et surtout ces « typesses », par l'enfer, tous super speedés, Skippy… Pourtant je suis en bonne forme, et plus jeune qu'eux, et voilà qu'ils me bottent déjà le cul ! J'aimerais m'entraîner avec eux, mais dès que l'un d'eux me fera mordre la poussière sur le tatami sans le moindre effort, je perdrai leur respect.

— *Waouh* ! Ma parole, t'es vraiment un petit singe débile. Comment peut-on être aussi paumé ? Joe, tu les intimides grave, tes forces spéciales ! Tu pèses sur leurs épaules, toi comme les autres membres de votre Joyeuse bande de pirates des origines.

— Quoi ? bafouillai-je sous le jet de douche. Donne-moi une minute pour me rincer.

D'une main toujours tremblante, j'appuyai sur le bouton d'interruption, et reculai prudemment pour m'emparer d'une serviette.

— Et comment tu te figures ça ? Ces gens sont passés par la formation militaire la plus dure qui soit, c'est vraiment le haut du panier. Leur confiance en eux-mêmes, en leurs capacités, est complète et absolue.

— Complète et absolue dans la plupart des cas, probablement. Mais en ce qui te concerne, non. Essaie un peu de te mettre à leur place, Joe. Lorsque la FENU quitta sa planète mère, eux restèrent en arrière. Pour une raison ou pour une autre, on les laissa sur le banc de touche, sans qu'ils aient la moindre chance de se distinguer. Et voilà maintenant qu'ils ont quelque chose à prouver, à tes yeux, comme à ceux de Chang et des autres.

— Hum… J'imagine que tu as raison, Skippy. Je n'y avais pas pensé.

— Et ce n'est que le début. Non contents de quitter le berceau de l'espèce humaine, toi et les tiens avez réussi à arraisonner deux astronefs aliens, à rapporter des informations cruciales, et à sauver des griffes des Kristangs votre espèce tout entière. Joe, ces forces spéciales sont en admiration devant vous tous, l'équipage d'origine et toi. Oui, c'est vrai, ces gars en sont passés par une sélection des plus rigoureuses, exigeant le meilleur en termes d'endurance physique et de résistance mentale. Et pourtant, qu'ont-ils véritablement accompli ? Au cours de leur carrière militaire, quelles sont les probabilités pour qu'à leur tour, ils accomplissent des prouesses comparables aux vôtres ? Ça avoisine le zéro absolu, Joe. Et ils en ont bien conscience. De leur point de vue, c'est *toi* qui *les* toises de haut et c'est *toi* qui, pensent-ils, les méprises, pas l'inverse.

— Quelles foutaises !

Et pourtant… il avait raison. J'avais été complètement nul. Je n'avais pensé qu'à moi, sans considérer comment le nouvel équipage pourrait envisager la situation. Lorsque j'étais dans la 10e brigade d'infanterie de montagne à Fort Drum, et que notre bataillon avait été le fer de lance des efforts de « maintien de la paix » au Niger, j'étais intimidé par les types affectés sur d'autres terrains. Ils avaient été là, ils avaient vécu tout ça, ils connaissaient le territoire, ils étaient montés au combat – pour de bon, alors que moi, j'en avais simplement été informé. Il suffisait de croiser leur regard pour savoir. Savoir qu'ils se doutaient que notre bataillon, auquel j'étais rattaché, n'avait jamais eu son baptême du feu, n'avait jamais manié de carabines en territoire hostile. Ce qui faisait une sacrée différence. Et quand ce fut au tour de notre bataillon de se retirer et de rentrer au bercail, nous étions tous changés. Nous y étions allés. Nous savions.

Or, les membres embarqués des forces spéciales, eux, n'étaient pas allés, outre-monde, et n'avaient selon toute probabilité jamais vu d'aliens « en chair et en os ». Les Kristangs leur avaient fait vivre un véritable enfer sur Terre, alors que moi, j'y avais échappé. Toujours est-il que sur la planète Paradis, j'avais servi dans les rangs de la FENU, contrairement à eux. Maintes unités des forces spéciales n'avaient jamais été affectées sur la planète Paradis ; les Kristangs n'en voulaient pas *spécialement*, et les gouvernements terriens avaient pu chercher à tâter le terrain, à se couvrir en somme en maintenant leurs militaires d'élite au plus près. À un moment donné, si le *Hollandais volant* n'était pas apparu dans les cieux pour que Skippy écrase les Kristangs comme autant de vulgaires cafards, ceux des forces spéciales auraient sans doute tenté leur chance. Bien vaine tentative, au demeurant, que d'attaquer les Kristangs retranchés dans leurs bunkers, et une pire gageure que de lancer une offensive contre leurs navires en orbite. Toute action des forces spéciales n'aurait été que l'expression du plus profond désespoir, un baroud d'honneur au nom de la dignité humaine, de la grandeur et de… rien de plus. Ce que la vie avait pu être sur Terre depuis mon départ ? J'évitais d'y penser. L'horreur, la terreur… sans nul doute. Sur Paradis, notre sombre réalité se bornait aux livraisons aléatoires des fournitures, et surtout des victuailles en provenance de notre planète – confiées aux bons soins des Kristangs. À la fin de mon déploiement là-bas, j'avais vu les approvisionnements se raréfier à vue d'œil. Ça avait été déjà assez dur d'en venir à la conclusion que nous combattions dans le mauvais camp dans cette guerre, que nos « alliés » opprimaient notre propre planète mère, que si la FENU ne se pliait pas aux moindres injonctions des Kristangs, les lézards auraient beau jeu de nous affamer en interrompant les livraisons de vivres.

Or, ça avait dû être pire, bien pire, sur Terre. Sur la planète Paradis, on s'était inquiété de la survie des corps expéditionnaires. Les Terriens, eux, savaient que les enjeux étaient bien plus élevés que cela – on ne parlait même plus de la survie hypothétique de milliards d'êtres humains, mais de celle de notre espèce tout entière. Quand nous avions quitté notre monde avec la FENU, nous ne savions pas encore dans quelle galère nous nous fourrions, au détail près que ça allait chauffer – ça, au moins, on n'en doutait pas. Sur Terre, les populations avaient d'abord accueilli les Kristangs en sauveurs de l'Humanité. De gros et hideux lézards bipèdes ? Qu'importe, puisqu'ils allaient les sauver des Ruhars. Et en effet. Si bien que, lorsque les Kristangs se mirent à s'imposer, à jouer les gros bras, à s'arroger toujours plus de territoires, histoire de faire main basse sur des minerais rares et autres matériaux, les gens se dirent que ce n'était jamais que le prix à payer pour soutenir l'effort de guerre, pour empêcher les Ruhars de conquérir la planète Terre et de réduire ses peuples en servitude. À quel moment les Terriens eurent-ils la désagréable impression qu'ils avaient bel et bien été dupés dans ce sinistre miroir aux alouettes ? Qu'en réalité, les Kristangs, devenus à présent les despotes absolus de leur monde, étaient au moins aussi mauvais qu'ils s'étaient imaginé que les Ruhars puissent être ? Je l'ignorais. Autant que je m'en enquière auprès de nos nouveaux membres d'équipage. Qui ne demanderaient qu'à en parler, selon toute vraisemblance. Là, ils auraient franchement besoin de vider leur sac. Surtout auprès de quelqu'un qui n'était pas passé par toutes ces affres, pour mieux le lui expliquer.

— Tu as raison, Skippy. J'aurais dû y penser. Je suis le commandant, je suis censé savoir ce qui tracasse mon équipage. Mais… oh, une minute ! Comment sais-tu, *toi*, ce qu'ils ont en tête ?

— En les écoutant jacasser, comment crois-tu ? Bordel mais quel crétin tu peux faire !

— Skippy, tu plaisantes ? Les gens ont droit à un minimum de vie privée.

— Joe, ça ne m'est tout simplement *pas possible* ! Je surveille tous les systèmes embarqués en temps réel, ce qui inclue les entrées audio et vidéo. Tu sais déjà que je te regarde dormir, manger…

— Ouais, je sais. Plutôt flippant, hein, Skippy.

— Oh là, comme si vous voir nus, vous autres petits singes, pouvait m'intéresser ! Habillés ou non, vous serez toujours aussi hideux.

— Super. Tout ce que tu voudras. En revanche, pas question que tu me répètes, à moi ou à n'importe qui d'autre d'ailleurs, la teneur de conversations privées. À bord de ce vaisseau, entretenons au moins l'illusion d'un semblant d'intimité. Si les gens en viennent à apprendre que tu voies tout ce qu'ils font, ils composeront avec dans la mesure où tu es une IA alien. Pour la plupart, tu fais partie des meubles, tu es un système embarqué invisible. Si, en revanche, les gens savent que leurs coéquipiers ou même leur commandant les espionnent, en livrant aux commérages des détails croustillants de leur vie privée, voilà qui pourrait rapidement saper le moral. Ça, au moins, tu le comprends ?

— Je ne vois toujours pas pourquoi en faire tout un plat, Joe. Entendu, je ne dirai ni à toi ni à personne ce que je peux voir ou entendre. Une question : et si je découvrais que quelqu'un fomente un truc stupide susceptible d'endommager le vaisseau ou de compromettre la mission ?

— Dans ce cas, tu dois m'en parler – en me donnant uniquement les détails que j'ai besoin de savoir. Pigé ?

— Je crois, oui. Bon sang, vous autres singes avez des règles sociales tellement compliquées, pour une espèce qui végète si bas dans l'échelle de l'évolution…

Je venais tout juste de regagner mon bureau, un local de stockage reconverti proche de la passerelle et des compartiments du CIC, le Centre d'information de combat, quand Skippy me donna un avertissement :

— Oh, *oh*, Colonel Joe, attention, Mèches-de-Chauve arrive par ici pour te voir.

J'éclatai de rire.

— Mèches-de-Chauve ? Qui c'est ça, encore ?

— Le lieutenant de marine Williams, de l'US Navy.

Williams commandait notre équipe SEAL de quatre hommes. Et il se rasait le crâne, d'où le surnom narquois de Skippy. J'avais déjà saisi que notre IA ne l'aimait pas. Comment ? Parce que Skippy me l'avait dit. Jusqu'à présent, Williams et moi ne nous appréciions guère non plus. Il devait penser que je n'étais vraiment pas qualifié pour commander notre vaisseau spatial, surtout pour une mission aussi cruciale. À ses yeux, je manquais sûrement de professionnalisme, de zèle, de dévouement, j'étais trop jeune et inexpérimenté, je ne prenais pas mes responsabilités au sérieux, et comme soldat, je laissais encore beaucoup à désirer – là, je n'étais pas d'accord.

— Merci pour l'avertissement, Skippy.

Je me redressai sur mon siège, et fis passer mon iPad de mes cuisses, où il se trouvait, à la table en lui imprimant la position ergonomique correcte.

Une minute plus tard, Williams frappa au chambranle d'une porte coulissante encastrée dans la paroi de façon permanente – je tenais à une politique « portes ouvertes », littéralement.

— Colonel Bishop ?

Je feignais de m'absorber dans ma lecture à l'écran afin qu'il ne se doute pas que Skippy ait pu me prévenir de sa venue.

— Lieutenant Williams. Entrez, asseyez-vous. Comment vous trouvez-vous à bord du *Hollandais volant* ?

— C'est encore un peu écrasant, admit-il. Quand nous avons embarqué, je me disais que nous aurions un avantage, car les unités SEAL sont rompues au déploiement à bord des navires. Mais là, c'est très différent. Je constate que ça ne s'applique pas beaucoup ici.

Nous échangeâmes encore quelques mots pendant cinq minutes ; lui me disait combien c'était époustouflant de croiser dans l'espace, à bord d'un astronef alien arraisonné, et moi je me félicitais qu'on ait pu le modifier à notre convenance avant de quitter la planète Terre. Certaines ornementations de la passerelle et du CIC avaient été atténuées, ou recouvertes de peinture, nous disposions maintenant d'une coquerie, d'un endroit où cuisiner, servir à manger – de la vraie nourriture. Et nous avions des soutes remplies à ras bord de victuailles, suffisamment pour nourrir soixante-dix estomacs pendant des années. Mais la palme, en termes de réaménagement, revenait peut-être aux couchages. Les éléments dispensables des quartiers avaient été découpés et évacués afin que des lits aux dimensions humaines puissent enfin y tenir. Il n'était plus question de chercher le sommeil recroquevillé en chien de fusil sur des banquettes exiguës aux normes thuraniennes.

Chang étant censé venir me rejoindre bientôt pour notre meeting quotidien, je décidai de passer au vif du sujet et de déterminer ce que Williams me voulait au juste.

— Quel est le problème, Lieutenant ? Je suppose que vous n'êtes pas venu me voir simplement pour parler du vaisseau ?

— Monsieur, j'apprécie l'expérience du sergent Adams, répondit Williams, et ses conseils sont les bienvenus. Toutefois, elle connaît mal les normes d'entraînement des SEALs ou des Rangers, les méthodes de formation du SAS britannique, des parachutistes français…

Je l'interrompis.

— Très bien, j'ai compris, Lieutenant.

Chang était mon commandant en second, Simms, chargé de la logistique, mon commandant en troisième, Desai notre pilote en chef. Giraud faisait partie de l'équipe des parachutistes français et quant à Adams, Chang me l'ayant suggéré, je lui avais confié l'entraînement de nos forces spéciales à bord, en leur apprenant à manier les nouvelles armes aliens chic et choc.

Skippy prit la parole :

— Vous ne devriez pas être aussi impertinent, Lieutenant Williams. Vous n'étiez même pas le premier choix comme commandant de l'équipe SEAL.

Williams ne sourcilla pas.

— Monsieur…

S'adressait-il à moi ou à l'invisible Skippy ?

— Je sais bien que j'étais le second choix…

— Le quatrième, en fait, le reprit Skippy d'un ton quelque peu compassé – l'obligeance faite IA.

— Le quatrième ? s'exclama Williams, marquant l'étonnement.

— Le lieutenant Jerome Hansen était le premier choix, expliqua Skippy. Il déclina cette affectation car il ne désirait pas servir sous les ordres du Colonel Bishop. Hansen avait le sentiment que tu étais vraiment par trop inexpérimenté, Joe.

— Ça peut se comprendre…

Les forces spéciales devaient penser de même. Par l'enfer, c'était aussi mon propre sentiment !

— Le lieutenant Williams ici présent a accepté votre commandement. C'était à l'origine un deuxième choix. Il a toutefois refusé les clauses secrètes que vos instances militaires entendaient lui imposer.

Je décochai un regard pointu à Williams.

— Quelles clauses secrètes ?

Williams se mordilla les lèvres.

— Les types de la DIA ou ARD, l'Agence du renseignement de la Défense, voulaient qu'au besoin, je m'empare des commandes du vaisseau. Si j'estimais que ça devenait nécessaire. Et j'ai refusé.

— Eh ouais, en effet ! renchérit gaiement Skippy. Et le troisième type auquel ils ont proposé cette affectation a décliné à son tour leurs conditions, si bien qu'ils sont revenus vers vous, en renonçant à leur idée idiote de planifier une mutinerie en règle. C'est pourquoi, techniquement, vous êtes bien le quatrième choix comme commandant de l'équipe SEAL.

Williams me renvoya mon regard.

— Ça, je ne le savais pas, Monsieur. J'attribuais au DIA, et même à la CIA, ce projet de mutinerie.

— Veuillez croire, Lieutenant, que j'apprécie que vous n'ayez pas embarqué avec toutes les intentions de me ravir les commandes.

Les commandes de mon vaisseau. *Le Hollandais volant* était désormais *mon* vaisseau, selon ma façon de penser. Mais à quel moment au juste m'était venue cette intime conviction ?

— Je ne peux pas jurer que personne d'autre n'ait cette idée derrière la tête. En comptant la nôtre, nous avons en tout cinq formations militaires à bord. Et je ne réponds pas non plus de l'équipe des Rangers, Monsieur.

— Vous faites valoir de très bons arguments, Lieutenant Williams, reprit Skippy. Colonel Joe, je devrais peut-être faire une annonce par intercom, et démontrer ce qui se produira si ces sombres abrutis de petits singes cherchaient à prendre le pouvoir à bord. Et si je verrouillais portes et sas en coupant la ventilation ? Mais, *ooooh*, pourquoi ne pas suspendre aussi la gravité artificielle aussi, histoire de ralentir nos mutins en herbe ?

— Skippy, tu ne peux pas.

— Hein ? Mais si, je peux, Joe ! Oh, je vois, tu as raison… Je laisserai la ventilation et la gravité artificielle sur la passerelle et le CIC.

— Ce n'est pas ce que je voulais dire, Skippy ! Laisse-moi le formuler autrement, tu ne devrais pas agir de la sorte. Si certains à bord fomentent une mutinerie, c'est à moi d'y faire face – à moi, et personne d'autre. Et qu'une belle canette de bière rutilante abatte le boulot à ma place n'aura pour seul effet que de me faire paraître plus faible encore, en tant que commandant – une vraie lavette. Je n'ai pas besoin d'aide en l'occurrence, Skippy. Là, tu ne dois vraiment pas t'en mêler.

— Tu en es sûr, Joe ?

— À 100 %. Tu t'y connais en sciences, je m'y connais en singes, bon sang, je connais les humains, les gens ! Reste en dehors de ça.

Skippy marqua une pause.

— Bon, passons un deal, Colonel Joe. Je ne m'en mêle pas, à moins d'une tentative avérée de mutinerie. Auquel cas, certains ouistitis vont très vite se rendre compte que je ne me réduis pas toujours à une « petite canette de bière rutilante ». Quiconque cherche à m'entuber le regrette amèrement. Si vous avez le moindre doute, adressez-vous donc à l'ancien équipage thuranien de ce vaisseau.

— Reçu cinq sur cinq, Skippy. Haut et fort.

Une mutinerie potentielle ? Voilà un sujet que je me devais d'aborder avec mon état-major : Chang, Simms et Adams. Quiconque chercherait à prendre le contrôle du vaisseau ? Mais quelle folie ! Sans la coopération de Skippy, jamais notre astronef ne reviendrait à son port d'attache.

— Williams, il n'est pas dans mon intention que le sergent Adams interfère avec la manière dont vous entraînez votre équipe SEAL, elle restera chargée de la formation globale. Votre équipe et vous pouvez avoir étudié comment utiliser les combinaisons blindées et les combots, vous n'avez encore aucune expérience, ne serait-ce qu'en entraînement. Réunissez donc votre équipe au bloc de formation à 13 heures, et je vous montrerai de quoi je parle.

Alignées le long d'une cloison, dix combinaisons blindées kristangs motorisées. Et d'autres, remisées dans un autre compartiment. Nous en avions prélevé quarante-six en orbite terrestre, qui n'étaient pas toutes en bonne condition – quarante-deux opérationnelles, en fait. La bonne nouvelle ? C'est que le navire de guerre était équipé pour des combinaisons à convenance, et que nous disposions maintenant de ces équipements à bord du *Hollandais volant*. Nous avions été en mesure d'ajuster ces combinaisons aux normes humaines. Si bien que désormais quiconque mesurait plus d'un mètre soixante-dix pouvait enfiler un uniforme spatial. Nous n'avions pas eu tant de temps que ça avant de quitter l'orbite terrestre, de sorte que mon expérience en matière de nouvelles combinaisons était des plus limitées. N'empêche que j'en avais toujours plus que n'importe quel nouveau membre d'équipage.

Outre les combinaisons blindées motorisées, les transporteurs de troupes kristangs nous avaient fourni quantité de pétoires, de munitions et de missiles MANPAD Siffleurs. À l'exception des combots thuraniens, nous étions quasi entièrement équipés de matériel militaire kristang, à commencer par les zPhones dont tout le monde était pourvu, et des équipements de vision de nuit. Quant aux vivres, il va sans dire qu'ils provenaient de notre planète mère, la Terre.

À mon arrivée dans la vaste soute que nous réservions à l'entraînement, il était 12 h 50 ; Adams et Williams étaient tous deux en combinaison, visière frontale relevée. Du point de vue militaire, si vous n'étiez pas en avance, c'est que vous étiez en retard. Donc, comme de bien entendu, Williams et son équipe SEAL s'étaient pointés une demi-heure plus tôt. Était également présent Giraud, le chef des parachutistes français, qui contrôlait la combinaison de Williams en détaillant ses caractéristiques. De l'autre côté de la soute, Adams procédait à ses exercices ; prenant son élan, elle bondissait pour toucher le plafond à dix mètres de hauteur en faisant tournoyer son fusil kristang déchargé à la façon d'un bâton de majorette. En règle générale, elle frimait et cherchait sans doute à en imposer à Williams. À en juger par la mine de celui-ci, il faut croire que ça fonctionnait.

Adams et Giraud montrèrent à Williams le bon fonctionnement de la combinaison blindée, ce dernier en passant ensuite par toute une batterie d'exercices de familiarisation. Il était sacrément doué, et pigeait beaucoup plus vite que moi lorsque j'avais revêtu l'une de ces combis pour la première fois. Quand Adams et Giraud furent convaincus que Williams était suffisamment au point pour ne pas risquer de se blesser, il fut temps de passer aux choses sérieuses. S'étalait au sol un grand cercle peint ; Adams annonça qu'on allait jouer au sumo, le fameux sport de lutte japonais. Le premier à expulser son adversaire hors du cercle serait le vainqueur. Les athlètes prirent position, touchant de leurs orteils le cercle tracé au sol, et Giraud déclara les hostilités ouvertes.

Sachant Adams plus expérimentée que lui pour ce qui est de porter une combi blindée, Williams se ramassa légèrement sur lui-même avant de lui sauter dessus. Loin de tenter un mano a mano, il se fiait plutôt à la célérité de sa combinaison, à sa puissance et à sa masse conjuguées pour repousser Adams hors du cercle.

Adams, elle, ne l'entendit pas de cette oreille. Elle était restée bien campée en position, mais dès que son adversaire s'élança, une porte de la cloison située derrière lui s'ouvrit à la volée, et un combot se propulsa dans la soute, volant en un clin d'œil à travers les airs pour venir percuter Williams, qui fit un dérapage incontrôlé sur le pont. Il se débattit contre le combot, mais l'armure kristang motorisée ne faisait décidément pas le poids contre la technologie supérieure d'un combot thuranien. Toujours solidement campée sur ses appuis, Adams, qui contrôlait le combot par sa gestuelle, lui fit relever Williams comme s'il s'agissait d'une dérisoire poupée de chiffon pour « l'épingler » à la paroi du fond.

— Suffit ! trancha Giraud, et Adams fit signe au combot de relâcher Williams.

Qui releva sa visière, le regard rivé sur Adams, et s'inclina.

— Bien joué, Sergent. Vous m'aviez prévenu qu'il fallait s'attendre ici à l'inattendu.

— Ici, tout est inattendu en effet, renchéris-je. Des questions, Lieutenant ?

Williams ne se sentait visiblement pas atteint dans sa mâle virilité ni bafoué dans son honneur ; loin d'être furibond, il arborait même un magnifique sourire. Se familiariser avec les armures motorisées et les combots allait être un sacré défi – plus qu'il ne l'aurait cru. Or, les forces spéciales *adorent* positivement les défis.

— Absolument aucune question, mon Colonel.

Il ajouta à l'attention de ses hommes :

— Mes amis, on va bien s'amuser ! Ouvrez grandes vos oreilles…

Je m'attardai une heure de plus, en profitant pour m'exercer moi-même en combinaison motorisée – voilà des semaines que je n'en avais plus eu l'occasion. Par chance, je retrouvai vite mes marques, et me coordonnai à l'équipe SEAL que Giraud et Adams soumettaient à une flopée d'exercices. Que leur commandant sache ce qu'il faisait, voilà qui était positif aux yeux des SEAL, me disais-je. En vérité, je cherchais à leur en mettre plein la vue, et peu m'importait qu'on voie clair dans mon petit jeu. Adams réussit deux ou trois fois à accrocher mon regard, tandis que je bondissais au plafond, avec salto arrière à la clé pour retoucher « terre » dans les règles de l'art. Tout cela n'était pas dû au seul talent : les capteurs de la combinaison avaient détecté le plancher et auraient aussitôt « rattrapé le coup » si jamais je m'y étais mal pris. Après une bonne heure supplémentaire de cabrioles amusantes, je dus quitter ma combi et retourner à mes devoirs – mon quart débutait dans deux heures sur la passerelle, me laissant le temps d'aller prendre un déjeuner sur le pouce.

Dans la coursive, je réajustai en place l'oreillette de mon zPhone.

— Eh, Skippy, tu me donnes du « Colonel Joe », tu appelles Simms « Major Tammy », Chang, « Colonel Kong » (Kong étant son prénom) ou « King Kong ».

En fait, Chang adorait qu'on l'affuble du sobriquet « King Kong », ce sobriquet s'était parfaitement retourné contre son irrévérencieux auteur.

— Et tu appelles le lieutenant Williams « Mèches-de-Chauve ». Bref, tu as toujours des surnoms pour la plupart des gens. Or, pour ce qui est du sergent Adams, nada ! Tu parles toujours du « sergent Adams ». Et pourquoi ça ? Son prénom usuel est Margaret. Pourquoi ne lui donnerais-tu pas du Meg, du Peggy ou encore, oh, du « Sarge Marge » ?

— *Waouh*… Impressionnant. Moi qui avais cru te voir toucher le fond de l'imbécillité crasse, tu m'épates encore… Tu bats de nouveaux records niveau débilité foudroyante. Tu as fait la connaissance du sergent Adams, pas vrai ?

— Pff… J'ai rencontré Adams avant toi. Oh, parce que c'était une question rhétorique ?

— Double-*pff*… *Sarge* Marge, hein ? Dis-moi, que se passerait-il d'après toi si je m'en référais au sergent Adams par le biais de ce pittoresque surnom ?

— Hum… Elle te botterait le cul ?

— Très vraisemblablement. Je cherche à me distraire et à m'amuser, Joe, pas à me suicider.

— O.K., alors bonne discussion, mec.

— Sûr… Eh, je t'ai vu faire ton show dans les grandes largeurs dans la soute d'entraînement !

— Le privilège du commandant, Skippy. D'ailleurs, je me dois de maintenir mes compétences question port des combinaisons motorisées.

— Pourquoi ? Tu es le commandant, tu te dois surtout de ne pas quitter le bord.

— Pas question ! Pas question que je reste là en tout temps, Skippy. D'ailleurs, qu'est-ce qui te dit que je n'aurai jamais l'occasion de revêtir une combinaison, hein ?

Il soupira.

— Rien ne le dit, en effet. O.K., amuse-toi bien, assure-toi juste de ne pas te blesser inutilement. Je ne serai pas toujours là pour te protéger de tes propres inepties.

— Pigé, Skippy. Merci.

Chapitre Trois

Après avoir laissé derrière nous un vortex désormais en latence, nous avions mis le cap sur un autre trou de ver. Pas le plus proche, hélas, lui qui débouchait là où l'on ne tenait surtout pas à se rendre. Skippy avait beau plaisanter à propos de la « première étoile bleue venue », nous avions bel et bien une destination très précise en tête. On avait procédé à plusieurs sauts – abscisses et coordonnées calculées par Skippy –, puis, en plein espace interstellaire, nous autres humains avions programmé notre tout premier bond dans le système de navigation. Mon seul espoir ? Que notre premier saut ne fasse surtout pas exploser notre navire.

Visuels de la passerelle de commandement : je vérifiai les détails essentiels du statut de bord, même si je pouvais toujours consulter ces données sur ma tablette où que je me trouve. Mais voilà, ça paraissait tellement plus réel du moment que j'occupais le fauteuil de commandement. À l'angle gauche inférieur du visuel, le tout dernier bouton comportait en mini-script l'indicateur *NUE Hollandais volant*. Ce que Skippy avait dû ajouter quand j'avais le dos tourné… Même indicateur, en police bien plus grande, sur une nouvelle plaque de cuivre ornant le linteau de l'accès à la passerelle de commandement et au CIC. Ce que l'équipage et moi-même apprécions beaucoup – n'était-ce pas là le sceau même de l'officiel et de la dignité ?

Quelques jours avant notre départ, les gouvernements composant le commandement des Forces Expéditionnaires des Nations unies avaient brusquement décidé que *Le Hollandais volant* leur déplaisait, si bien que d'autres noms avaient été envisagés. J'avais eu l'impression que les RP voulaient lancer un concours mondial sur le Net, pour peu que ces beaux messieurs en aient le temps, et que la nature exacte du transporteur stellaire orbital ne soit pas classifié

Secret défense. D'un bout à l'autre du globe terrestre, les officiers de la marine avaient protesté – modifier la dénomination d'un navire portait malheur. Or, Skippy avait coupé court à l'argument en déclarant qu'il aimait bien *Le Hollandais volant*, qu'il contrôlait l'ensemble des systèmes de données et que les NU pourraient bien renommer notre transporteur alien *Le Bon Navire Lollipop* pour ce qu'il en avait à carrer. Ça changerait quoi, franchement ? Lors des journées frénétiques précédant notre départ, alors que nous faisions tout notre possible pour embarquer le personnel, les équipements, les fournitures dont nous aurions besoin sans rien oublier, je n'avais plus de temps à consacrer à l'appellation de notre astronef. Pour notre Joyeuse bande de pirates, ce serait toujours *Le Hollandais volant*, quoi qu'il advienne. Lorsque la FENU n'en parla plus, ça me valut un mal de tête en moins.

Sur Terre, j'en étais sûr et certain, les Nations unies avaient encore un comité international sur le coup, très occupé à débattre de la désignation de notre vaisseau. Un comité constitué d'experts largement rémunérés. Pas de souci, ils rendraient leurs conclusions avant que notre soleil n'explose. Enfin, sûrement…

— Saut effectué, annonça Desai, au poste de pilotage.

— C'est dégagé, Skippy ? lançai-je. Pas de créatures hostiles tapies dans le coin ?

— À toi de me le dire. Tu me soutiens que tu dois être en mesure de piloter ce vaisseau par toi-même, alors à toi de surveiller les senseurs, bougonna un Skippy acariâtre.

Je n'allais pas me prendre le chou avec lui, d'autant plus qu'il avait raison – au fond. La triste vérité, c'est qu'on n'avait nul besoin de piloter l'astronef par nous-mêmes. Ce dont on avait bel et bien besoin en revanche, c'était d'une lueur d'espoir – qu'on puisse, éventuellement, faire voler *Le Hollandais volant* après le départ de Skippy. Se raccrocher à ce maigre espoir, c'était toute la différence entre une mission à haut risque et une mission suicide. Or, l'équipage, moi y compris, s'était engagé dans une mission à haut risque. À *très* haut risque, disons. Du niveau, si *quoi que ce soit* tourne mal, on est tous foutus.

— Pilote ?

La réaction de Desai était loin d'être parfaite, et elle le savait.

— Notre saut nous conduit au bon endroit, à sept cent mille kilomètres près.

À en juger par le ton de sa voix, elle manquait cruellement d'assurance. Elle laissa échapper le souffle qu'elle avait retenu.

— En effet, notre bond est un succès.

Desai fit pivoter son siège vers moi en levant le pouce de la victoire – non sans un pauvre sourire. Elle avait programmé ce saut en personne, le premier que Skippy n'ait pas saisi pour nous dans le pilote automatique. Après avoir ronchonné et s'être plaint des temporisations, Skippy avait ensuite refusé de revoir ses calculs.

— Soyez heureux, vous ne vous retrouverez pas au cœur d'une étoile, avait-il daigné concéder.

Sa mauvaise humeur pouvait se comprendre : Desai avait programmé la veille le saut dans l'ordinateur de bord, puis nous avions passé l'intervalle à vérifier l'exactitude de cette programmation. Trois équipes de pilotes et de savants s'en étaient chargé, après avoir consacré deux journées d'analyse à déterminer ce qu'il conviendrait de paramétrer dans l'ordinateur de navigation thuranien. De mauvaise grâce, Skippy avait restauré le système d'exploitation thuranien d'origine dans celui de navigation, l'exécutant parallèlement à son propre accès sans cesser ses imprécations tout du long. Il ne s'agissait pas de l'authentique système d'exploitation d'origine, de l'IA du vaisseau thuranien, mais d'une version ultra-simplifiée donnant accès aux êtres humains. Skippy nous prévint qu'au moindre pépin survenant après son départ, nous n'aurions aucun moyen de le déboguer ou d'y remédier. Je lui avais répondu qu'au premier problème du logiciel système de navigation, ce ne pourrait être que sa faute, pour avoir bousillé la programmation ou avoir raté quelque chose. Ce qui avait suffisamment piqué au vif son ego démesuré pour qu'il affirme que le logiciel était parfait – et plus que parfait encore ! Car il y avait téléchargé son propre sous-programme d'entretien et de réparation. Je ne lui avais jamais laissé entrevoir que je m'étais joué de lui, histoire de garder cet atout dans ma manche.

— Senseurs ?

Je m'adressais aux officiers de quart aux consoles du CIC, par-delà les parois en composite diamantin transparent.

— Rien… sur les écrans, Monsieur. Rien qu'on puisse déceler.

Ce qui n'était pas rassurant. Sans Skippy pour contrôler les transmissions de données, les affichages de la passerelle et du CIC ne comportaient pas les codages couleurs à destination des Thuraniens, des Maxolhx, des Jeraptha, des Kristangs, des Ruhars et d'autres espèces encore inconnues. Peu importait dans ce cas de figure, car absolument rien ne s'affichait sur nos visuels à moins d'un quart d'année-lumière. Nous avions délibérément bondi du milieu de nulle part au beau milieu de nulle part, et nous n'avions jamais franchi que la distance entre le Soleil de notre Terre et Jupiter, un petit test pour un premier saut. S'il y avait eu quoi que ce soit de dangereux dans le coin, Skippy nous l'aurait dit. Il était certes grincheux, mais pas suicidaire.

Nous n'avions couvert qu'une faible distance, en manquant encore notre but de plus d'un demi-million de kilomètres. Avec une « précision » aussi foireuse, pas moyen de s'approcher suffisamment d'une planète, il fallait qu'on s'améliore beaucoup, sous peine de voir *Le Hollandais volant* passer un temps fou à se traîner dans l'espace normal. Or, nous n'avions ni le temps ni le carburant pour ça. Nous avions en outre un approvisionnement limité de garniture pour nos cheeseburgers en nombre critique. Notre premier bond était inadmissible. Et l'équipage en avait bien conscience.

— Le vaisseau n'a pas explosé, soulignai-je. Nous n'avons pas bousillé l'unité de commande de saut, et nous n'avons pas émergé au centre d'une planète ni près d'un groupe de bataille thuranien. Plutôt positif pour un saut initial. Demain matin, nous aurons un débriefing. Entretemps, Skippy, tu programmes le prochain bond ? Il faut qu'on se bouge !

— Holà, holà, du calme, petits singes ! Avez-vous analysé le système de commande de saut ? Les bobines d'induction sont-elles étalonnées et prêtes au saut suivant ?

— Pilote ?

En bas du principal écran de visualisation, le voyant de charge d'entraînement affichait 87 %. Génial pour des sauts réguliers, ou…

trop long compte tenu des modifications magiques que Skippy avait apportées à la commande de saut pourrie des Thuraniens.

— Ça te paraît O.K. à toi ? fit Desai.

— Ça paraît O.K. ? railla Skippy. O.K. ? Quelle exactitude, quelle précision dans le choix des termes… Vous me voyez ébloui par votre professionnalisme. Veuillez considérer que si la commande de saut n'est pas « O.K. », un autre bond risquerait de rompre l'intégrité spatio-temporelle et de détruire la partie postérieure du vaisseau en nous laissant à la dérive ici, en plein espace interstellaire. Pour l'éternité. Quand je dis « nous », je parle de « vous », bande de larves à la respiration aérienne, vous qui passerez un mauvais quart d'heure une fois l'alimentation de réserve mise en échec. Eh ouais, je serai là, tout seul, cerné par les cadavres momifiés et poussiéreux des petits singes. Mon seul espoir, c'est que, d'ici quatre milliards d'années, la collision de la galaxie Andromède avec la Voie lactée éjecte hors orbite d'autres systèmes solaires pour venir recouper ma trajectoire de dérive, quelle qu'elle soit. Au vu de ces considérations, je vous repose la question en l'énonçant clairement, distinctement : la commande de saut est-elle prête ?

— Tu t'es bien fait comprendre, Skippy, fis-je, non sans qu'une pointe de colère fasse vibrer mes cordes vocales.

Je n'appréciais guère qu'il cherche à brimer Desai.

— Alors, que dis-tu de ça, Monsieur le gros Malin : à toi de nous montrer comment analyser le statut de la commande de saut. Pour plus tard, à moins qu'un nouveau délai ne te gêne ? La commande de saut est-elle prête et opérationnelle ?

— Mais bien sûr ! Pas moyen de m'amuser un peu avec toi !

— Parce que t'amuser sans nous parler de l'explosion imminente de notre astronef, ça ne t'amuse pas, c'est ça ? Quel manque d'imagination ! Programme donc l'autopilote pour un nouveau saut, et bougeons-nous un peu ! Tant que tu y es, programme aussi un briefing demain, qu'on fasse le point : ce qui a fonctionné, et ce qui n'a pas fonctionné, avec ce tout dernier bond.

— À vos ordres, Capitaine ! Vous serez ébloui par ma brillante présentation PowerPoint.

Quand nous quittâmes le vortex désormais inactif de la Terre, Skippy avait calculé un cap à destination d'une station kristang à l'abandon. Les Kristangs l'avaient bâtie en orbite de la planète la plus proche d'une géante rouge. Non que celle-ci fût en quelque façon que ce soit intéressante, non. Ce qui avait de l'intérêt, c'étaient les vestiges d'un astronef des Anciens orbitant là, une mine d'or valant largement les frais d'une base orbitale kristang et de son maintien pour y établir une présence permanente. Environ trois cents ans plus tôt, des échauffourées avaient éclaté entre ces Kristangs affectés là et un clan rival qui avait lancé un raid contre la station. La bataille qui s'en était suivie avait endommagé la station au point de justifier son abandon depuis lors.

Cette station spatiale désaffectée était le site le plus proche *et* le plus facile d'accès pour nos investigations. Le plus proche en raison du détour que nous devrions prendre au travers de multiples trous de ver ; à ce rythme-là, nous n'atteindrions pas le premier site avant trente-huit jours. Trente-huit jours assommants à croiser dans un vide interstellaire solitaire, à bondir de saut cosmique en saut cosmique, le temps que les moteurs rechargent. Et à transiter occasionnellement par des vortex.

Les deux premières semaines suivant notre départ de la planète Terre s'avérèrent raisonnablement stimulantes, notre nouvelle Joyeuse bande de pirates s'accoutumant au voyage spatial, à la vie à bord d'un spationef – du genre alien confisqué. La mise en place d'un programme d'entraînement maintenait l'intérêt, ce qui était essentiel pour que les forces spéciales restent focalisées et concentrées. Ces deux semaines présentaient nombre de « premières fois », dont un premier transit par trou de ver pour le gros de l'équipage qui n'en avait encore jamais fait l'expérience. Les premières fois, c'était du tout bon, c'était intéressant, ça captivait l'intérêt, ça permettait de tromper l'ennui.

Puis l'ennui s'était incrusté. Même les seuls pilotes à bord qui aient bien autre chose à faire qu'à manger, s'exercer et dormir, se lassèrent de leurs tâches routinières. Dans leur ensemble, les pilotes devaient essentiellement attendre que les moteurs se rechargent, que Skippy programme un nouveau saut dans l'autopilote, puis que leur officier de quart presse un bouton. Cela impliquait toujours un peu de tension lorsque le réseau sensoriel du *Hollandais volant* déterminait qu'il y avait d'autres navires dans les parages. Au CIC, les officiers de quart scannaient les détecteurs, les deux pilotes restant prêts à appuyer sur les boutons d'amorçage d'un saut d'éloignement d'urgence préprogrammé. Ensuite, lorsque rien d'alarmant n'était décelé au bout de cinq bonnes minutes, le signal était donné – zone claire et dégagée – et tout le monde reprenait le cours de sa fastidieuse routine.

Sauf quand ils dormaient, les pilotes passaient leur temps à assimiler les commandes de notre transporteur stellaire thuranien, de notre frégate kristang bien amochée et des capsules thuraniennes – dans cet ordre, et même durant les repas ou l'entraînement sur tapis roulant en gym. L'un de nos nouveaux pilotes, une tête brûlée de Français qui avait joué les pilotes d'essai sur le chasseur Rafael, me disait que la formation y était terrible, quasi impossible – une véritable entreprise de broyage en règle. Et c'était l'un des meilleurs étudiants de Desai. Je lui répondis que le capitaine Desai avait livré combat aux commandes d'une nacelle, d'une frégate puis d'un transporteur stellaire ennemis sans aucun entraînement. Mais notre crack français n'avait pas tort. J'en parlai à Desai et Skippy en vue de réguler le rythme de la formation de pilotage. Après ces deux premières semaines, les nouveaux pilotes étaient submergés par toutes ces données à intégrer et se donnaient corps et âme à leurs tâches. Desai, elle, ne dormait plus que quatre heures par nuit.

L'ennui, c'est mauvais pour les gens normaux. La monotonie, pour les élites tout feu tout flamme des forces spéciales, peut s'avérer fatale. Au cours de la troisième semaine de notre « croisière de plaisance », deux parachutistes indiens écopèrent de fractures lors d'un de ces entraînements d'élite. Grâce à l'usage magique que fit notre bon docteur Skippy de la technologie médicale thuranienne, leurs fractures se résorberaient en quinze jours. Mais pour l'heure, ils ne pourraient hélas pas reprendre leur formation avant d'être pleinement remis sur pied. En atteignant notre premier objectif, ces deux parachutistes furent dans l'impossibilité de rallier les rangs de leurs camarades pour quelque opération que ce soit ; ou ils resteraient à bord du *Hollandais volant*, ou ils feraient fonctionner des combots.

Je me rendis à l'infirmerie de bord – terme officiel que détestaient cordialement les forces spéciales ; leurs soldats d'élite « infirmes » ? Allons donc ! Nos deux parachutistes modérément peinés étaient assis sur les couchages thuraniens trop petits – on ne pouvait guère les qualifier de « lits ». C'étaient plutôt des sortes de banquettes gélifiées à mémoire de forme. Les parachutistes blessés avaient leurs jambes cassées enchâssées dans des manchons rigides, des tubulures les reliant à leurs couchages vecteurs d'éléments nutritifs. Et notre savant fou de docteur Skippy avait eu la mainmise sur les nanomachines ressoudant les os et les tissus cellulaires. Nos blessés avaient naturellement hâte de recouvrer le plein usage de leur mobilité. J'en avais déjà parlé à Skippy pour m'assurer qu'il ne les libère pas prématurément de l'infirmerie afin qu'ils n'aggravent pas leur état en se surmenant avec leurs exercices de rééducation. Or, c'est Skippy lui-même qui était surmené avec nos deux remuants blessés, et les six scientifiques déterminés à comprendre la technologie thuranienne dont il se prévalait.

— Vous autres médecins, vous apprenez le fonctionnement de tout cet équipement ?

— Non ! s'écria notre IA avant que l'un ou l'autre des docteurs puisse me répondre. Ce serait un énorme gâchis de temps. Je vous l'ai dit, vous n'avez pas besoin que de petits singes malhabiles vous fouaillent les entrailles de leurs couteaux émoussés et non stérilisés alors que ce bon docteur Skippy peut remettre tout le monde debout d'un coup de baguette médicale magique ! Et je parle d'authentique art médical, pas de ces tâtonnements débiles dont vous autres ouistitis avez le secret.

Encore ce genre de conversation ? Ça commençait franchement à m'agacer.

— Oui, tu me l'as déjà dit, et je t'ai déjà répondu que lorsque tu trouverais le Collectif, que tu nous quitterais, notre propre corps médical devrait être en mesure de manier cet équipement afin de prendre soin de l'équipage.

— Ce qui n'arrivera jamais.

— Ce n'est pas satisf...

— Pour l'amour du Ciel, arrête un peu de geindre et écoute-moi, tu risquerais d'apprendre quelque chose ! J'en doute, mais bon... les miracles, ça arrive parfois.

Skippy me paraissait encore plus en rogne que d'habitude.

— Cet équipement repose entièrement sur la technologie nanométrique. Je suis en mesure de contrôler les nanomachines à la picoseconde près, qui sont capables d'assembler comme de désassembler les atomes en molécules, à la demande. Un tel équipement était conçu pour la cybernétique thuranienne, à contrôler *via* son IA médicale. Or, il s'agit d'une IA particulièrement stupide, même toi tu pourrais la battre aux échecs. Mais qu'est-ce que je dis ? N'importe quoi ! Bon, c'est une IA très limitée, et son architecture système n'a pas la capacité d'intégrer quoi que ce soit d'utile que je puisse lui télécharger. Elle a tout juste assez de mémoire pour stocker les détails de l'anatomie et de la physiologie humaines. Je parle de physiologie digne de ce nom, pas des approximations ignares que vous autres singes consignez dans vos publications médicales à la noix. Sans moi pour contrôler et coordonner les nanomachines, le système dans son ensemble ne fonctionnera pas. Et puisque vos médecins ne disposent pas de la cybernétique, puisque la cybernétique thuranienne ne peut pas s'adapter au genre humain, vous les petits singes ne pouvez en aucune manière utiliser cet équipement par vous-mêmes.

— Ça y est ? Tu as fini ?

— J'ai à peine commencé, mais avec toi, inutile d'aller plus loin.

— Bien. On peut dire que tu es actuellement l'être le plus intelligent de la galaxie. À notre connaissance du moins. O.K. ?

— Je suis de loin l'être le plus intelligent de la galaxie. Il serait grand temps que tu me l'accordes.

— Donc, puisque tu es si brillant, tu devrais être en mesure de trouver le moyen qu'on ait ne serait-ce qu'une sorte de contrôle limité de cet équipement médical, pour nous donner au moins accès à des soins médicaux de base. Considère cela comme un défi, Skippy.

— Un défi ? Construire un escalator au centre de la galaxie, ça, ce serait un défi ! Apprendre aux singes à se servir d'une technologie digne de ce nom ? Non, mais tu rigoles ! se plaignit-il.

— Impressionne-moi, Skippy.

Je savais bien qu'il n'y résisterait pas.

— Tu auras droit à toutes mes félicitations si tu y parviens.

— Bien. Génial. Tu veux l'impossible. Que suis-je censé faire, fabriquer une minuscule, que dis-je, une infinitésimale paire de brucelles afin que tu puisses manipuler les molécules de tes gros doigts boudinés ? Stupides singes. Bon sang, ce que je déteste ma vie ! J'aurais dû rester sur l'étagère poussiéreuse de cet entrepôt.

— Bye, Skippy, amuse-toi bien.

Je m'en fus en le laissant à ses sempiternelles râleries.

Quand j'en eus fini à l'infirmerie, après avoir écouté en sus les deux parachutistes blessés s'excuser de ne plus être temporairement aptes au service et leur avoir assuré que les accidents, ça arrive, je me hâtai de gagner la cambuse pour le dîner. Ce soir, ce serait du pain de viande ou du saumon, et je tenais à avoir ma part de meatloaf avant que les autres aient tout englouti.

À mon arrivée, du pain de viande, il en restait. Ce qui faisait défaut en revanche, c'était bien un soupçon d'animation, du feu roulant de conversations nourries. Tout le monde se sentait déjà assommé par la routine, les vastes distances que nous allions devoir couvrir et le temps que ça prendrait – de tout cela, l'équipage commençait à prendre la mesure. D'où l'ambiance maussade. Sans compter l'accident en plein entraînement, qui avait achevé de jeter un froid sur l'atmosphère à bord.

— *Yurck*, c'est mortel ici ! Pourquoi toutes ces têtes d'enterrement ?

Encore la voix irritante de Skippy, qui filtrait du haut-parleur encastré au plafond.

— On a eu une rude semaine, Skippy, grommelai-je les yeux noyés dans mon assiette.

Mon pain de viande avait quelque peu refroidi – ce qui m'apprendrait à me pointer en retard au dîner et à passer trop de temps à bavasser au lieu de me sustenter. Mon plat était O.K., cela dit, assaisonné d'étranges épices que je m'efforçais distraitement d'identifier. De la noix de muscade ? Oui, c'était ça. Oh, rien qu'un voile, de discrètes pincées mais… qui met de la muscade dans un meatloaf ? En tournant les yeux vers l'appétissante part de saumon du lieutenant Hendrick, serti d'un glaçage raffiné à l'érable et au gingembre, je commençais franchement à regretter mon choix. Ce dîner était l'œuvre de nos forces spéciales US, les Rangers et les SEALs.

— Vois-tu, on file en plein espace interstellaire, dans d'insondables ténèbres, avec absolument rien qui puisse accrocher nos regards. On aurait tous à gagner à changer de décor.

Skippy n'avait pas tort. Je devais d'une façon ou d'une autre stimuler le moral de l'équipage. Et si, justement, je confiais à quelqu'un le poste d'officier délégué au moral des troupes ? L'un des PowerPoint que j'étais censé étudier avait probablement quelques bons conseils à distiller concernant le maintien de l'unité morale, d'une bonne dynamique de groupe. Comment un équipage donné pouvait-il garder le moral à bord d'un sous-marin nucléaire ? Ces générations de boomers observaient obligatoirement un strict silence radio des mois d'affilée. Et ces sous-mariniers eux aussi n'avaient strictement rien à contempler. Même si nous, nous disposions de baies ouvertes sur le cosmos.

— Je sais quel est ton problème, Colonel Joe, annonça Skippy à brûle-pourpoint. Tu as besoin de t'envoyer en l'air. Eh, Major Tammy, vous devriez copuler avec Joe.

— Skippy !

Je faillis m'étouffer avec ma bouchée de pain de viande et le major Simms, qui venait de prendre une gorgée d'eau, la recracha tout de go. Son voisin lui flanqua une vigoureuse bourrade dans le dos histoire de lui éviter de suffoquer.

— Eh bien quoi, toi y en as mâle, elle y en a femelle, et pour un singe, tu n'empestes pas trop…

— Arrête ça tout de suite ! m'égosillai-je.

Au réfectoire, tous les regards s'étaient braqués sur moi.

— Eh, Joe, tu sais bien que tu as besoin illico presto de câlins, d'amour et de tendresse. Major Tammy, vous auriez dû voir la poutre turgescente qu'il se payait ce matin sous la douche…

Du choc premier, Simms passa à l'amusement ; ses épaules en frémissaient tant elle peinait à réprimer ses gloussements. Voilà qu'à présent tout le monde riait à mes dépens, en évitant soigneusement de croiser mes coups d'œil furibonds.

La tête en coupe à pleines mains, je heurtai la table du front.

— Skippy, c'est du domaine de l'intime ! *Verboten* en public ! Je suis l'officier commandant, le supérieur du major Simms.

— Alors quoi, sous prétexte que tu es colonel, tu ne peux pas te taper qui que ce soit placé sous tes ordres ? Comme si cela avait une quelconque importance par ici ! Eh bien, accouple-toi avec une « typesse » de l'équipe scientifique dans ce cas. Une bonne synchronisation d'ailleurs puisque nos savantes sont en pleine ovulation cette semaine, ce qui met leurs petites hormones en ébullition, elles aussi…

Autour de moi, ces dames accusèrent le coup, le choc contractant leurs traits.

— Skippy, la ferme, tu entends ? écumai-je. *Boucle-la* !

— Ah mec, quelle ingratitude. Moi qui tente de t'arranger le coup, alors que tu n'arrives à rien par toi-même… Pas la peine de me demander encore d'être ton coéquipier, hein.

— Mais je t'ai rien demandé ! Et t'es sacrément *vrillé* du bulbe, mec !

À l'avenir, j'aurais peut-être tout intérêt à prendre mes repas dans mes quartiers, ou mon bureau.

— Major Simms, je m'excuse de…

Réprimant encore ses gloussements, elle secoua la tête.

— Colonel, on connaît tous Skippy maintenant, inutile de vous excuser pour lui, vous savez.

— Merci. Vous autres…

Nous étions peut-être une vingtaine à dîner ce soir-là.

— J'apprécierais que tout cela reste entre nous. Mais comme je sais à quoi m'en tenir, ajoutai-je en sachant pertinemment que c'était bien trop croustillant pour que ça ne se répande pas à bord comme une traînée de poudre, gardez à l'esprit que ce sont les paroles de Skippy et non les miennes.

Et nom de nom, je ne réussis plus jamais à croiser le regard du major Simms sans me demander, vous voyez… ce qu'elle valait au plumard.

Comme si j'avais besoin d'encore plus de distractions.

Saut, recharge, saut. Monotonie, quand tu nous tiens… Surtout que le chemin était encore long avant qu'on atteigne notre premier objectif. En quittant la Terre pour découvrir la « radio magique » des Anciens – ou quoi que ça puisse être en réalité –, nous avions toujours le même problème, celui qui nous avait poussés dès le départ à revenir au bercail, sur la planète Terre. En lançant notre raid contre la base astéroïdale de recherche des Kristangs, nous avions découvert un nœud de communication des Anciens, ce qui, pensait Skippy, devrait lui permettre de contacter le Collectif. Espoir déçu. Le truc ne fonctionnait pas, ou bien Skippy ne savait pas le faire fonctionner – à moins que l'appareil fonctionne, mais qu'il n'y ait plus de Collectif à contacter. Ou encore, ça fonctionnait bel et bien, Skippy avait contacté le Collectif, qui avait décidé que l'IA était un sombre abruti, et qui donc l'ignorait. J'aurais volontiers parié sur cette dernière hypothèse.

Le premier nœud de communication ne lui valant aucune satisfaction, Skippy avait voulu vérifier les deux autres sites où se trouvaient, il en avait la certitude, des nœuds de communication des Anciens parfaitement préservés. Avant même qu'on regagne la Terre, je lui avais dit qu'il nous serait impossible de lancer un raid contre ces sites-là. Alors autant oublier ça tout de suite, ça n'arriverait pas. Jamais. Le premier site en cause était une planète thuranienne densément peuplée, le second, à neuf mille cinq cents années-lumière de la Terre, était un complexe que contrôlait une espèce à la technologie supérieure à celle des Thuraniens. L'un comme l'autre étaient donc exclus, hors de notre portée. Même compte tenu des durs à cuire surentraînés des forces spéciales qui avaient intégré notre équipage. Peut-être, ô oui peut-être, que par quelque heureux alignement favorable des planètes, de magie à la

Skippy et d'un aléatoire épiphénomène miraculeux, nous arriverions à attaquer l'un de ces deux sites. Où nous aurions toutes les chances de courir à notre perte. Car alors, nos ennemis découvriraient que des humains avaient fait main basse sur un astronef thuranien, et la Terre se retrouverait dans le collimateur d'aliens très énervés. Ce qui ne serait pas une issue idéale à notre mission.

Avant de quitter de nouveau la Terre, nous... enfin, moi surtout, j'avais convaincu Skippy d'élargir son champ de recherche en passant des sites confirmés aux sites probables où aller quérir l'un de ses précieux nœuds de communication, des sites réputés receler d'imposantes collections d'artefacts des Anciens, même si la base de données thuranienne que Skippy avait téléchargée ne mentionnait pas de nœuds com' dans les inventaires. Qui sait... D'après Skippy, avant que les Anciens ne se livrent à leur énigmatique « ascension », ne se téléportent Ailleurs ou quel que fût le projet de ces enflures, les nœuds com' étaient disséminés dans toute la galaxie. Skippy avait grommelé – chercher à prévoir leur emplacement, quelle perte de temps ! Ce genre d'analyse allait prendre une éternité – soit, pour lui, sept minutes et douze secondes selon nous autres, miteux sacs à viande. Son analyse conclue, il avait admis qu'il existait deux zones très prometteuses à moins de trois mille années-lumière de la Terre, bien plus faciles d'approche, à investiguer et, si nécessaire, à piller.

La première : une autre base de recherche kristang, la station spatiale laissée à l'abandon, après qu'un affrontement entre deux (ou davantage) factions kristangs l'eut laissée irrémédiablement endommagée. Selon les données auxquelles Skippy avait accès, la station spatiale avait recelé divers artefacts anciens de faible valeur, divers dispositifs et périphériques émanant d'espèces plus évoluées que les Kristangs avaient tenté de rétroconcevoir au nom de leur clan – sans grand succès. Skippy espérait que les capteurs du *Hollandais volant* seraient en mesure de scanner le champ de débris entourant la station, station que notre Joyeuse bande de pirates réussirait à investir histoire d'y trouver l'une de nos « antennes magiques ». Depuis le décalage du vortex, ce système stellaire avait été ignoré des Kristangs, et Skippy était d'avis que nous ne trouverions personne là-bas. Ça n'engageait que lui, bien sûr.

Le second site allait être un peu plus difficile à explorer ; si difficile que j'espérais bien trouver une autre possibilité. La bonne nouvelle, c'est qu'il s'agissait d'un site connu des Anciens localisé par les Maxolhx eux-mêmes, et qui avait à peine été exploré par d'autres. Une zone étendue, très importante au temps des Anciens. De sorte que Skippy était persuadé que nous allions forcément y retrouver de multiples nœuds de communication. La mauvaise nouvelle ? Franchement, très mauvaise... Car on parlait d'abord d'une *longue* distance de la Terre, de l'ordre de quatre mois – un voyage donc plus long que nécessaire, vu qu'il s'agissait d'éviter plusieurs grappes de couloirs espace-temps très fréquentés par les Maxolhx. Bon, pour commencer, c'était gênant. Ensuite ça devenait très risqué. Lorsqu'en effet les Maxolhx avaient découvert le site des Anciens, ils ne s'étaient pas contentés de chercher de jolis joujoux à annexer, genre les nœuds de communication, mais des armes des Anciens. Des dispositifs que les Anciens avaient pu ne pas concevoir en tant qu'armes et aux effets, pourtant, incroyablement destructeurs. Des dispositifs qui, à en croire Skippy, auraient pu faire exploser des étoiles. Or, faire exploser une étoile était un truc tout simple comparé à la technologie que les Anciens utilisaient couramment.

À l'époque où les Maxolhx décelèrent ce site, avec son titanesque potentiel ravageur, ils disposaient déjà d'un arsenal important d'appareils des Anciens susceptibles de servir d'armes contre les Rindhalu. À en croire les souvenirs supposément brumeux de Skippy, les Rindhalu avaient découvert que les Maxolhx avaient voulu les attaquer, et leur avaient forcé la main. Du coup, les Maxolhx avaient dû passer à la vitesse supérieure en lançant leur offensive avant que d'être fin prêts. Les Rindhalu avaient riposté à l'aide de leurs propres stocks d'armes des Anciens et, brièvement, la guerre avait fait rage avant que les Sentinelles ne détectent l'usage prohibé d'armes des Anciens et ne foudroient les deux camps adverses. Les Anciens avaient laissé derrière eux ces Sentinelles, des moniteurs doués d'intelligence, afin de prévenir toute utilisation illicite de leur technologie par les espèces en devenir. Et les Sentinelles se moquaient bien que ce soient les Maxolhx qui aient ouvert les hostilités. Pas plus qu'elles ne semblaient prendre en compte la zone galactique des combats livrés à mauvais escient. Les systèmes stellaires maxolhx et rindhalu, éloignés l'un et l'autre du théâtre des affrontements, essuyèrent donc indifféremment les foudres des Sentinelles, avec des effets dévastateurs. Les contrôleurs des Anciens semblaient bien avoir pour projet d'anéantir des civilisations sillonnant les étoiles, des civilisations capables de faire un mauvais usage de la technologie des Anciens, qu'elles l'aient acquise ou détournée à leurs fins. Les Sentinelles s'avérèrent si puissantes et implacables que les Maxolhx et les Rindhalu en vinrent à craindre l'extinction pure et simple. Or, soudainement, et pour une raison inconnue, les ripostes des Sentinelles cessèrent, et elles-mêmes disparurent de la scène galactique, entrant en latence. Tout en restant vigilantes.

Depuis lors, les Maxolhx et les Rindhalu, traumatisés, avaient gardé sous le coude leurs armements des Anciens, et poursuivi leur guerre interminable par procuration désormais, par l'entremise notamment des Thuraniens et des Jeraptha qui, eux-mêmes, disposaient de leurs propres intermédiaires. Quant au site des Anciens que les Maxolhx avaient exploré à l'époque, il avait d'un commun accord été déclaré hors limites pour tout le monde. Mais dans la mesure où ce site était l'œuvre des Anciens, Skippy était d'avis qu'il pourrait s'y rendre sans que sa présence soit signalée par le maillage de détection étendu des Maxolhx. Son plan craignait. Après un premier trajet de quatre mois pour nous rapprocher du site, il nous faudrait six mois de plus pour voguer dans l'espace « normal » et nous rapprocher encore de notre cible en nous traînant discrètement. Le *Hollandais volant* ne pouvait guère ralentir dans la mesure où la mise à feu des réacteurs risquait de trahir sa position. D'où la nécessité de couvrir la dernière longueur par largages successifs. Les équipes de terrain allaient passer près d'un mois entier à bord de navettes, au nom du plan foireux de Skippy. Dès qu'on aurait repéré un nœud de communication, ces équipes de terrain rejoindraient le bord du *Hollandais volant*, qui reprendrait sa course discrète dans l'espace normal pendant quatre mois supplémentaires, avant que nous ne puissions risquer un nouveau saut. Oui, décidément, le plan de Skippy craignait un max. Notre IA voulait qu'on s'engage dans un trip galactique de quatorze mois, en nous aventurant dans un quadrant spatial étroitement surveillé tant par les Maxolhx que par les Sentinelles des Anciens. Tout ça parce que Skippy estimait que nous avions une bonne chance de tomber sur un nœud de communication. Je détestais son plan. Et je n'en fis pas mystère. Hélas, je n'avais rien de mieux à proposer.

Avant de nous focaliser sur notre second objectif, nous allions porter nos recherches sur le premier, la station kristang supposément abandonnée. Et, avec un peu de chance, on y dénicherait un nœud de communication. Dans le cas contraire, je disposais peut-être d'une semaine pour trouver une autre possibilité au second but de Skippy.

J'avais grand besoin de remettre en place ma « casquette à idées » et de me creuser les méninges.

Chapitre Quatre

Avant d'étudier sérieusement la station spatiale à l'abandon, on s'adonna aux manœuvres de rigueur dans le vide, gravité zéro. J'avais ordonné que le vaisseau fasse halte dans l'espace interstellaire, et Desai pilota le *Céleste Fleur Matinale de la Glorieuse Victoire – Fleur*, si on préfère – à peu de distance, histoire de jouer le rôle de cible toute désignée. Ensuite, plusieurs équipes s'entraînèrent à sauter en vitesse dans une petite navette, à survoler l'objectif, et des intervenants en combinaison franchissaient la distance restant à couvrir pour assaillir le *Fleur*. Dans l'espace profond, l'usage des armures motorisées différait ô combien d'un jonglage ludique au fond d'une soute sécurisée. Ça n'avait plus rien à voir. Bien des fois, Skippy dut reprendre le contrôle global des combinaisons pour empêcher leurs porteurs de se blesser ou de blesser leurs compagnons. On apprenait ensemble, petit à petit. Les combinaisons elles-mêmes comportaient de mini-unités d'impulsion prévenant tout risque de partir en vrille, hors de contrôle. Les propulseurs des combinaisons spatiales n'étaient pas conçus pour de longues distances. Nous disposions d'une sorte de jetpack attachable aux combinaisons – d'encombrants dispositifs, au nombre de quatorze seulement. Or, nous n'aurions pas à y recourir en principe pour couvrir la courte distance entre un sas de navette et la station spatiale. Notre entraînement se limitait donc à propulser un cosmonaute du sas de la navette, ligne au poing. Une fois cette ligne fermement arrimée au *Fleur*, l'équipe désignée suivait en la remontant à la force du poignet. On s'entraîna aussi à voler au secours des astronautes en perdition dans l'espace, happés dans d'irrépressibles tournoiements. De bons exercices pour nos pilotes de nacelle inexpérimentés. Et si jamais nombre d'entre eux étaient engloutis par les ténèbres du cosmos dans d'accidentelles spirales sans fin, nos pilotes de nacelle novices auraient au moins le bénéfice d'un exercice de récupération des plus réalistes. L'un de ces pauvres hères tournoyant hors de contrôle dans le vide intersidéral et qu'il fallait secourir répondait au sobriquet farfelu de « Shmoe Bishop », ou un truc de ce genre. Le parfait crétin en somme. Pauvre mec.

Après deux jours d'exercices intensifs, au cours desquels l'équipe des forces spéciales et l'ensemble des pilotes eurent amplement l'occasion de se donner à fond, je me déclarai satisfait : nous étions prêts à aller explorer la station spatiale.

Nous approchâmes notre première cible avec un luxe de précautions, sans hâte inutile. Nous avions commencé par bondir à la lisière du système stellaire, en gardant notre position dix-huit heures durant, en toute discrétion. Nos senseurs passifs, à l'écoute de tout signe d'activité si infinitésimal soit-il, ne détectèrent rien. Nous bondîmes ensuite d'un million de kilomètres plus près de notre cible, en « prêtant l'oreille » six heures de plus. Même si Skippy se plaignit qu'il avait réuni toutes les données utiles dès les trois premières heures. Du coup, je l'avais entendu râler des heures durant. Un vrai régal pour mes oreilles.

On passa enfin aux postes de combat en sautant à moins de cent mille kilomètres de la station spatiale supposément abandonnée. Les pilotes étaient sur la corde raide, à un poil de déclencher un bond d'urgence sans attendre l'ordre officiel de l'officier de permanence.

— Skippy, fis-je avec anxiété, qu'en penses-tu ? Cet endroit te paraît réellement à l'abandon ?

— Lâche-moi un peu, tu veux, Joe ? Là, je me coltine la vitesse de la lumière alors que tout paraît lambiner à un point… Pas de vaisseaux à l'horizon. La zone entière semble désespérément vide, rien n'y génère d'énergie. Pour l'instant, je suis dans l'incapacité d'y déceler de quelconques risques genre mines furtives. Et c'est ce que je scanne actuellement. Avec les minables capteurs de bord, il faudra bien une heure pour un quadrillage intégral. Je dois te prévenir, Joe, afin de vérifier qu'il n'y a pas d'engins piégés dans la station, il faut qu'on s'en rapproche. Je parle d'engins bien physiques comme des explosifs reliés aux sas, ce genre de chose. Il faut que je me rapproche, disons à moins de douze mille kilomètres.

— Ooooh…

Douze mille kilomètres, voilà qui me paraissait bien trop proche à moi. Les distances en cause dans les affrontements spatiaux échappaient à la compréhension humaine, toute mon expérience militaire avait trait à la guerre en ligne de vue, en visibilité directe. Même dans l'espace, sans rien entre l'objectif et moi, je ne pouvais véritablement rien distinguer à douze mille kilomètres d'écart. Le problème, avec le combat spatial, c'étaient les immenses distances impliquées donc, si vastes que même la lumière mettait des secondes ou des minutes à les franchir. Venait contrebalancer ces éloignements astronomiques la vitesse des armements mis en branle : les masers, les rayons à particules, les canons électromagnétiques haute vélocité, des missiles capables d'accélérer cinq mille fois plus que la force gravitationnelle. De notre position, à seulement cent mille kilomètres de la station, nous étions exposés au risque de faisceaux lumineux aussi véloces. En théorie, nos boucliers pourraient les dévier le temps qu'on bondisse en sécurité. Si nous nous rapprochions à douze mille kilomètres d'écart en revanche, un canon électromagnétique ou même un missile couvrirait aisément cette portée, percerait nos boucliers et dégommerait un réacteur avant que nous puissions effectuer le moindre saut. Voulais-je donc prendre le risque d'amener le vaisseau si près ?

— Et si nous envoyions plutôt une navette ?

— Non, j'ai besoin des capteurs de ce navire. À vos yeux, tas de singes, ça peut sembler de la magie, mais nous parlons bel et bien de technologie, Joe, et même pour moi, elle a ses limites.

— Flûte… Bon, très bien. Pilote, dis-je à Desai, rapprochez-nous. Et si vous décelez la moindre menace, n'attendez pas, tirez-nous de là !

— À vos ordres, mon Capitaine !

Il n'y eut aucune menace ni engin piégé à signaler, déclara Skippy. Du moins, pas de pièges dans les structures externes de la station spatiale. Elle apparaissait telle que décrite dans les données recueillies par Skippy : une épave à l'abandon. Même à douze mille kilomètres de distance, on distinguait déjà les brèches dues aux explosions, aux bords déchiquetés, les ossatures mises à nu, hérissées de câbles et de tuyaux. Afin de ne pas se retrouver empêtré dans ces câbles bringuebalants, il fallait éviter ces zones-là. Pas de problème : on repéra des sas non obstrués, ce qui faciliterait l'approche pour une navette. Il y avait aussi une baie d'accostage grande ouverte, assez vaste pour accueillir plusieurs capsules. C'était tentant… un peu trop, peut-être ? Notre nacelle devait pouvoir dégager pleins gaz en cas de pépin – autrement dit, en évitant les espaces confinés genre baie d'amarrage trop « accueillante » pour être honnête. Bref, je flairais le piège. Possiblement.

J'optai pour le modèle mini de nos nacelles avec deux pilotes aux commandes, Giraud, deux autres co-équipiers et moi-même. Giraud avait retiré son attelle de bras, heureux de recouvrer son intégrité musculaire, et s'était déclaré de son propre chef bon pour le service. Ce que docteur Skippy avait avalisé, et c'était O.K. pour moi. Desai ayant fait marche arrière à cinquante mille kilomètres, je confiai les commandes du *Hollandais volant* à Chang. Les deux pilotes de notre navette étant britanniques, j'avais choisi le capitaine Xho de l'équipe chinoise et le capitaine Chander du contingent indien, aux côtés de Giraud, pour constituer une équipe initiale d'exploration authentiquement internationale. C'était vraiment très important, me disais-je, pour se préserver de toute forme de favoritisme au sein des cinq nations de la FENU.

Les pilotes stationnèrent la navette à cinquante mètres du sas sélectionné et ouvrirent le leur. Giraud passa le premier en traversant au vol les cinquante mètres de vide spatial, ratant l'ouverture du sas d'un mètre. Il réussit à se rattraper à une poignée et à attacher la ligne. Je fus le suivant, avec mes homologues indien et chinois. De sa main gantée, Giraud toucha le sas… et rien ne se produisit.

— J'imagine qu'il ne faut pas trop espérer que le courant ne soit pas coupé, maugréa-t-il en se penchant pour inspecter le panneau poussiéreux, à droite de l'ouverture, après tout ce temps.

Par des gestes aussi précautionneux que possible, il s'efforça de chasser la pellicule de poussière accumulée sur le panneau, n'y récoltant que des traînées.

— Rien n'y fait, râla-t-il. On aurait dû apporter une brosse ou une serviette. Mais d'où vient toute cette poussière ?

— Des débris de la bataille qui provoqua l'abandon de la station, expliqua Skippy. La surface fut légèrement aimantée du fait de ses boucliers défensifs. Et lorsque ceux-ci furent désactivés, des particules furent attirées. Il n'y a pas tant de poussières que ça, Capitaine, le problème, c'est que vos gants les étalent.

— Voyez-vous de quelconques lumières sur ce panneau, Giraud ? lui demandai-je.

La vue qu'il avait de la caméra de son casque m'était transmise sur la plaque frontale du mien. Je pouvais basculer l'affichage sur le bloc de mon poignet gauche ou sur mon menton (même si je n'avais pas encore pigé le truc). Je n'arrêtais plus de basculer l'affichage d'avant en arrière, c'était agaçant ! Cette caméra-casque de Giraud m'empêchait de me concentrer, il se déplaçait en tout sens et bougeait vraiment trop. Je me rapprochai de lui, sans pour autant planer trop près de son épaule au risque de le distraire à son tour.

— C'est difficile à dire, me répondit-il. Ici, la lumière est très crue, sans atmosphère pour la filtrer.

Giraud marquait un point. Notre entraînement en gravité zéro s'était toujours déroulé dans l'espace profond, les éclairages artificiels étant fournis par le *Hollandais volant*, le *Fleur*, ou une capsule. Nous aurions dû, j'aurais dû prendre en compte l'intensité d'une radiance ou luminance énergétique stellaire, et son impact sur des astronautes en combinaison.

— Très bien, pas question de prendre racine ici, essaie la poignée, commandai-je.

Comme pour à peu près tous les sas, la porte était pourvue d'un mécanisme manuel d'ouverture, en cas de panne d'alimentation. Et, sur le côté droit, on avait justement un bon gros levier peint en jaune et rouge. Impossible de le rater.

— J'essaie, annonça Giraud.

Je le vis tendre la main droite pour empoigner le levier et le tourner dans le sens inverse des aiguilles d'une montre. Aussitôt, un hurlement strident de sirène explosa dans les haut-parleurs de mon casque.

— On fout le camp ! hurlai-je. Repli ! Je répète… Une minute, *une minute* !

Ces trilles aigus titillaient ma mémoire. Auxquelles vinrent se mêler des voix humaines, aux paroles inintelligibles.

— Skippy, c'est… c'est quoi ça, par tous les diables ?

— Oh, c'est *Soul Finger*, des Bar-Kays.

— *Soul F…* Oh, mon Dieu ! Mais que vient *foutre* cette chanson ici ?

Tous ceux que j'embrassai du regard avaient l'air aussi éberlué que moi, bouche bée d'étonnement. Mais pourquoi diable une station spatiale kristang, à l'abandon depuis des centaines d'années, aurait-elle comme alarme une chanson R'N'B' d'un groupe funk humain des années 1960 ? Ma pauvre cervelle vacilla au bord d'un abîme de perplexité.

— Quoi ? Ah, bah, c'est pas ça, Joe ! L'alarme du sas étant un « bip » assommant, j'ai pimenté le signal pour vous. Eh, mais… *oh*, pauvres macaques débiles, vous pensiez vraiment que c'était *pour de vrai* ? Oh, mec, c'est tordant ! J'en peux plus, *lààààà…* ! Ah, nom d'un chien, si vous aviez pu voir vos têtes ! Impayable, *man* ! Bordel, faut vraiment que je remette ça…

J'étais hors de moi.

— Non, pas question, jamais ! Tu m'entends ? Tu m'as foutu une trouille bleue, Skippy. Et ç'aurait pu être dangereux, si quelqu'un avait mal réagi et avait été blessé. Vous autres, vous voyez maintenant les conneries que je dois me coltiner avec notre fabuleuse canette de bière ?

— Mon Colonel, réagit Giraud, je vous l'ai dit, dès qu'il vous plaira d'éjecter Skippy par un sas, histoire qu'il aille prendre un « bon bol d'air » dans le vide intersidéral, vous n'aurez qu'un mot à dire. Je serai trop heureux de vous faire ce petit plaisir.

Une fois ouvertes les portes externe puis interne, on découvrit qu'il subsistait une légère atmosphère résiduelle dans certaines zones de la station. Skippy nous déconseilla de relever nos visières pour humer l'air ambiant. Un air trop raréfié, nous prévint-il, contaminé par de dangereuses substances chimiques, reliquat des combats qui avaient été livrés en ces lieux. Mais Skippy n'avait pas besoin de nous prévenir, personne n'était tenté d'ouvrir sa combinaison spatiale et de s'exposer à de tels aléas.

L'intérieur de la station avait tout de celui du *Fleur* : un design kristang standard fort peu modifié depuis des centaines d'années. Notre frégate détournée elle-même, le *Fleur*, datait de près de deux cents ans. Et d'après Skippy, les Kristangs en étaient encore à construire des frégates quasi jumelles.

Notre exploration de la station spatiale prit deux journées entières, et se solda par un cuisant échec. Nous n'avions à notre actif qu'un maigre butin de restes inutilisables d'artefacts des Anciens. Qui, de Skippy ou de moi, était le plus amèrement déçu ? Difficile à dire. Au terme de quarante-six heures d'affilée d'équipes en alternance, à l'intérieur et à l'extérieur de la station, nous avions fourré notre nez dans tous les recoins possibles et imaginables de l'endroit, sans rien y trouver d'exploitable.

— Skippy, à quoi bon rester, tu peux me le dire ? Les Kristangs avaient fondé ici une station spatiale parce qu'un astronef des Anciens s'y était désagrégé en orbite. Y a-t-il la moindre chance qu'ils aient raté quelque chose ? Devrions-nous scanner l'espace entourant la planète, histoire d'y déceler des artefacts des Anciens ?

— C'est déjà fait, Joe, m'assura Skippy. Ici, l'espace environnant ne recèle rien d'utilisable. Les lézards ont fait du bon boulot en y prélevant tout ce qui était pièces de valeur. Et ils le devaient bien. Cette station était opérationnelle près de deux siècles avant le conflit, ce qui laissait amplement le temps de sonder chaque mètre cubique spatial du demi-million de kilomètres de la planète. Même ces gogols de sauriens ne pouvaient pas rater tous les bons trucs en deux cents ans de temps. La réponse est non, inutile de s'attarder plus longtemps, à moins que tu n'y trouves, toi, matière à parfaire l'entraînement de l'équipage.

Le Hollandais volant était déjà resté bien trop exposé dans l'espace. Je voulais qu'on décampe à toute vitesse, qu'on fonce vers notre nouvel objectif – nouvel objectif à déterminer. J'ordonnai la levée de nos explorations, dès que l'équipe chinoise pourrait être exfiltrée de la station. J'avais repris mon zPhone en main.

— Colonel Chang, on se retire. Rassemblez votre équipe à bord des navettes le plus tôt possible sans prendre de risques.

— Bien, Monsieur, me répondit-il. C'est une bonne occasion pour s'entraîner, mais il n'y a rien d'intéressant pour nous par ici. Nous serons de retour à bord du *Hollandais volant* d'ici une heure.

La nouvelle de notre départ s'ébruita rapidement, et moins de dix minutes plus tard, Skippy me rappela alors que j'étais dans mon bureau.

— Joe, le docteur Venkman arrive, l'équipe scientifique lui a demandé de te parler de...

— Skippy ? T'es sur le point de me parler d'un truc que t'as surpris par hasard ? Tu te souviens de notre petit entretien sur la notion de vie privée et de discrétion ?

— Bien sûr, mais...

— Et ce que tu as surpris représente un danger pour le vaisseau ?

— Non, mais...

— Écoute, Skippy, tu veux que les gens te traitent comme une personne et non comme une machine, c'est bien ça ?

— Oui.

— Alors voilà ce qu'une personne ferait, à supposer qu'il s'agisse d'un ami : il dirait simplement quelque chose du genre, « Eh, du nerf, mon vieux, voilà Venkman qui se pointe pour te casser les pieds ».

— Pas question que je t'appelle « mon vieux », Joe. Que dirais-tu plutôt de « chum », « mon pote » ?

— Bon sang, Skippy, il te faut un brin de contexte pour comprendre et manier l'argot ! Plus personne ne parle de « chum » dans ce sens-là depuis, disons, l'époque de ces internats anglais ringards des années 1930. « Chum », c'est des entrailles de poisson que tu jettes par-dessus bord en guise d'appât.

— Mouais. T'es sûr de ça ?

— Assez, ouais. Appelle quelqu'un « chum » et ça en dira long sur ta gaucherie et tes lacunes en société.

— Oh. Nom de nom, vous autres singes descendez à peine de vos foutus arbres que déjà vous vous dotez d'indéchiffrables règles sociales. Bon, alors, si je disais simplement, « Joe, Venkman est sur le sentier de la guerre, en chemin vers toi » ?

— Ça, c'est cool, Skippy. Tu piges vite.

— Incroyable. Une galaxie entière à appréhender, après mon « sommeil » d'un million d'années, et de quoi j'encombre ma mémoire ? Des actuelles coutumes sociales de sales macaques ignares. Oh, mon gars, je gâche complètement ma vie.

— De combien de circuits mémoriels vierges disposes-tu ?

J'essayai de me remémorer un gigantissime chiffre dans un article Wikipédia ou un autre que j'avais consulté.

— Ça se mesure en yottaoctets, un truc comme ça ?

— Un dérisoire YO ? Ah, ah, laisse-moi rire, tiens !

Il en riait tant d'ailleurs qu'il dut reprendre son souffle pour continuer.

— Putain, impayable ! Joey, un yottaoctet est une infime parcelle de mes capacités mémorielles, je ne pourrais même pas mesurer un bazar si minuscule.

Il se remit à glousser.

— Un yottaoctet… Ah, elle est bien bonne celle-là !

— Tiens donc, tu apprends vite avec nous autres singes, je veux dire… Oh ! Voilà que je nous traite de « singes » moi aussi ! Bref, les infos sur les coutumes sociales des humains ne t'accaparent pas une part importante de mémoire, alors où est le mal ?

— Le mal ? Quel mal y a-t-il à trouver des petits asticots dans une pomme, Joe ? Ou une poignée de bactéries dans ce que tu manges ? C'est la contamination qui m'inquiète. Allons, il n'y a pas si longtemps, les grâces sociales de ton espèce consistaient à s'épouiller les uns les autres. Et à croquer la vermine débusquée dans vos poils. Berk !

— Eh, mais les poux doivent bien aller quelque part. Ils regorgent de protéines.

— Oh, mon Dieu ! Tu vois ? C'est ce genre de pensée, stockée dans ma mémoire, qui me soucie. Avoir des idées de singes dans ma…

— Hello, Monsieur – ou devrais-je dire Capitaine ?

Par simple correction, Venkman frappa au chambranle de ma porte de bureau.

— Ou bien Colonel Bishop ? Avant notre départ, on ne nous a pas briefés sur le protocole militaire.

— Hello, Docteur.

Je me levai pour l'accueillir en lui faisant signe de prendre place.

— J'ai le grade de colonel et mes fonctions à bord sont celles de capitaine. J'imagine que vous pourriez m'appeler Colonel, c'est encore le plus simple.

— Très bien, mon Colonel.

Elle embrassa d'un bref regard mon bureau – rien de plus qu'un débarras thuranien qu'on avait vidé pour y installer une table et trois sièges. Ainsi qu'une petite armoire demeurant vide jusqu'à présent. Les seuls objets que j'avais ajoutés étaient un ordinateur portable que j'utilisais rarement, un iPad dont je ne décrochais jamais et une tasse à café chapardée dans la cambuse, en « oubliant » de la rendre. Pas d'écrits, pas de documents sur papier, pas de stylos, pas de calendrier aux jolis paysages, pas même une photo de ma famille. J'aurais dû en apporter une mais je n'avais pas eu le temps, hélas, avant de reprendre notre odyssée.

— On m'informe que vous venez d'ordonner de nous apprêter à quitter ce système stellaire, dit-elle, pour passer à l'objectif suivant du fait que nous n'avons pas localisé ici de nœud de communication des Anciens. L'équipe scientifique, moi y compris, aimerait que vous reveniez sur cette décision. Nous apprécierions la bonne occasion de collecter davantage de données sur ce système. Grâce aux extraordinaires capteurs du bord, nous avons déjà recueilli de précieuses informations. Toutefois, la vue d'ensemble demeure incomplète en l'état. Et aucun scientifique n'a encore eu l'occasion d'aborder la station alien. Nous avons regardé les vidéos des forces spéciales dépêchées sur les lieux, certes, mais ça ne vaut pas une incursion sur place.

Voilà une conversation que je ne tenais pas à avoir et que je n'aurais pas dû tenir. Nous avions déjà évoqué la question.

Avant de quitter la Terre, j'avais rédigé et hiérarchisé les objectifs de notre mission, afin que tous les volontaires venant s'enrôler comprennent bien les raisons d'un renvoi du *Hollandais volant* dans les étoiles. Et qu'ils aient conscience à cent pour cent, sans l'ombre d'un doute, des risques encourus en montant à bord. Or, j'avais justement espéré les en dissuader, de s'embarquer. Et ça n'avait pas fonctionné. Voilà précisément les objectifs listés de façon très lisible sous format à puces :

1. Empêcher les autres espèces de découvrir que les humains ont détourné un astronef alien, et cherchent à condamner l'accès d'un vortex

2. À condition que ça n'interfère pas avec l'objectif 1 susmentionné, assurer Skippy que nous cherchons effectivement à l'aider à contacter le Collectif

3. À condition que ça n'interfère pas avec les objectifs 1 & 2 susmentionnés, ramener si possible l'équipage sain et sauf à Terre.

Ça… c'était un doux rêve. Commentaire que je gardais évidemment pour moi.

On aurait pu croire que les deux premiers objectifs étaient interchangeables, le but principal étant que Skippy contacte le Collectif. Et à raison. Pour l'équipage cependant, ce n'était pas la visée principale. Nous devions à Skippy notre loyauté. Mais pas au point de risquer la survie de notre planète natale et celle de notre espèce tout entière. Que des humains s'emparent d'un vaisseau alien, c'était déjà moche. Les Thuraniens entreraient dans une colère noire, mais cela étant, la capture ou la destruction d'astronefs, fût-ce par des espèces dites inférieures, n'avait rien d'aussi exceptionnel. Si les Maxolhx ou les Rindhalu avaient un jour vent que les humains disposaient d'un moyen de manipuler les trous de ver, grâce à une technologie dont même eux ne pouvaient que rêver, ils n'hésiteraient pas à ravager notre planète pour lui arracher son secret.

On pourrait aussi croire que le 2ème objectif se résumait en ces termes : « Aider Skippy à contacter le Collectif ». Et là, on se fourvoierait. Était-il seulement possible de contacter le Collectif ? À supposer qu'il existe encore ? À supposer même qu'il ait jamais existé ? Mais qu'en savait-on, au fond ? En ce domaine, la mémoire de Skippy était bien fluctuante. Tout ce qu'on pouvait espérer, à ce stade, c'était de le rendre heureux en nous voyant tenir notre part du contrat – le temps qu'il parvienne à joindre son Collectif, ou qu'il jette l'éponge. L'assurer de la sincérité de notre démarche, qu'on soit véritablement en mesure de le seconder dans ses efforts, ou non. Dans un coin de ma tête, un petit *tic-tac* me taraudait. Consacrerait-on une année entière à aider Skippy ? Passé ce délai, j'escomptais le convaincre par la douceur de renoncer à cette quête en particulier. Le moyen d'y parvenir, avec une IA alien tête de mule comme lui, capable de consacrer un millénaire à une tâche sans plus y repenser, ça, j'y réfléchirais le moment venu. Pour moi, vu la façon dont je m'y prends en temps normal pour faire les choses, c'est déjà de la planification avancée.

L'objectif primordial, pour nos candides recrues, avait été de bien lire le n° 3. En prêtant attention non pas tant à la lettre de l'énoncé qu'à son rang dans l'ordre des priorités. Notre retour sur Terre, notre survie, venait en troisième position. Tout le monde avait besoin de bien comprendre cela. Si les volontaires n'y croyaient pas, ils pourraient toujours aller contempler la batterie d'engins nucléaires tactiques d'autodestruction, dans l'une de nos soutes.

Encore plus important pour nos co-équipiers potentiels : l'objectif n° 4. Oh, il n'y a pas d'objectif 4, me direz-vous ? C'est exact. Il n'y a pas de 4ème objectif genre « récolter des données scientifiques capitales », « glaner des infos sur nos ennemis en puissance », « collecter des équipements technologiques évolués de première utilité » ou encore « engager des opérations militaires spéciales contre les adversaires de l'humanité ». Si l'on pouvait remplir ces non-objectifs sans interférer avec les trois premiers, génial. Sinon, pas de bol. Je n'allais pas risquer le succès de notre mission, et des vies humaines, tout ça histoire de faire le bonheur de notre équipe scientifique. Et je n'allais certainement pas entériner d'opérations de combat à moins qu'on n'ait vraiment plus d'autre choix. Ou, qu'en théorie, engager le combat soit une meilleure option que de s'en abstenir. Nos forces spéciales va-t'en-guerre et nos Schtroumphs à lunettes de savants supra-intelligents allaient s'abîmer dans la morosité et périr d'ennui ? Qu'à cela ne tienne ! De fait, notre mission serait un complet succès à mes yeux du moment qu'on revenait à bon port sains et saufs, sans que le moindre incident « intéressant » ou dangereux soit survenu. *Semper Taedium* pourrait être notre devise : *Toujours l'ennui*. Voilà qui me satisferait pleinement, moi.

Et voilà pourquoi ça m'agaçait que Venkman revienne mettre tout ça sur le tapis. Pas qu'elle soulève la question, non – elle avait autant le droit de le faire que moi de lui opposer un refus. Ce qui m'irritait ? Son attitude arrogante. J'avais ordonné que l'on procède au départ du *Hollandais volant* ? Voilà qui prouvait à ses yeux l'étendue de mon ignorance, moi qui étais incapable de voir le potentiel de ce système en termes d'éminentes découvertes scientifiques. J'aurais adoré la débouter sans ambages, sans prendre de gants, en la dissuadant de revenir discuter mes ordres. Mais cette façon d'agir n'aurait fait que lui prouver à quel point elle ne s'était pas trompée sur mon compte – j'étais trop jeune et inexpérimenté pour prétendre commander un navire spatial de cette envergure. Ou, si on allait par là, une chaloupe. La rembarrer m'aurait fait un bien fou. Mais voilà, les officiers commandants ont rarement l'occasion de passer leurs nerfs sur quelque chose, ou quelqu'un ; ils doivent toujours garder en tête ce qui bénéficie avant tout à l'avancée de leur mission, et semer la zizanie dans les rangs ne pouvait que nuire au moral de l'équipage. Peu importaient les dimensions du *Hollandais volant*, nous avions soixante-dix équipiers à huis clos, confrontés chaque jour aux mêmes « horizons » tronqués, de cloison en cloison. Soldats, pilotes et moi-même avions au moins pu quitter le bord pour rallier la station kristang et avoir momentanément d'autres « lointains » sous les yeux. Au contraire de l'équipe scientifique qui, depuis son embarquement, restait coincée là.

Je m'efforçai de la désillusionner en douceur, sans brusquerie.

— Docteur, croyez bien que j'apprécie votre intérêt pour la recherche.

Je me surprenais moi-même à recourir à ces belles formules bien rodées.

— Or, il me revient d'opposer à ce gain potentiel de la compréhension de la place de l'humanité au sein de l'univers le danger qu'on détecte ici notre présence. Plus nous nous attardons, pire sera le risque encouru pour notre mission, et pour nos vies. Ce système stellaire tout particulièrement, où les Kristangs avaient leur place. Le risque était trop grand que des astronefs hostiles y surgissent à tout instant. Hors de question qu'on coure pareil danger. Je suis navré, Docteur. Libre à vous d'exploiter les données des capteurs du bord, tant que vous n'interférez pas avec l'équipage le temps qu'on prépare notre saut suivant.

— Capitaine, peut-être pourrions-nous…

Je levai une main dissuasive.

— Docteur Venkman, vous êtes sans doute coutumière des milieux académiques, où débats, échanges de vues et réflexions sont encouragés. Mais ici, c'est un vaisseau militaire, un bâtiment de guerre. En ma qualité d'officier commandant, je suis ouvert aux conseils de mon état-major. Néanmoins, une fois ma décision prise, elle n'est plus discutable. C'est irrévocable.

On risquait fort de sillonner les étoiles pendant très longtemps, autant fixer les règles tout de suite, avant d'attendre les complications.

J'avais raison à cent pour cent. Est-ce que ça m'empêchait de me faire l'effet d'un sombre connard ?

Chapitre Cinq

La station à l'abandon se révélait quelque peu décevante, dans la mesure où l'on n'y avait pas décelé l'ombre d'un nœud de communication des Anciens. Sur le long terme, j'estimais cependant que notre mission se soldait déjà par un grand succès. Tous nos pilotes avaient eu l'occasion d'effectuer des vols en mission réelle, et l'ensemble de nos forces spéciales avaient pu s'exercer au port de combinaison spatiale blindée en opération effective. Quand nous laissâmes derrière nous la station spatiale, toutes nos troupes avaient pu acquérir de l'expérience en plongée libre dans l'espace. Hormis de rares incidents minimes traités avec rapidité et professionnalisme, je me disais que tout le monde avait passé haut la main le test du « scaphandrier spatial », et je demandai à Skippy de concevoir un écusson spécifique pour les uniformes. Écusson basé sur l'insigne des Parachutistes en chute libre de l'armée américaine, à cette différence près qu'on remplaçait les plumes de couronnement par trois étoiles disposées en arc. Les pilotes reçurent leurs Ailes de vol spatial, là aussi basées sur l'insigne de l'aviation militaire mais avec une étoile à cinq branches en lieu et place du bouclier central.

Certes, ces nouveaux badges n'avaient rien d'officiel, et la FENU sourcillerait peut-être si jamais nous revenions un jour à notre port d'attache. Entretemps, l'équipage, lui, se réjouissait d'arborer de tout nouveaux insignes pour lesquels aucun humain auparavant n'avait eu les qualifications requises. En me voyant les décerner à ses hommes, le lieutenant Williams commença à m'apprécier – un peu. Après la cérémonie de remise des décorations, on eut droit à une petite fête dans la coquerie, qui déborda dans la coursive faute de place. Pour toute boisson, il n'y avait que du thé glacé, rien de plus fort. J'en pris un grand verre et rejoignis Williams, en grande discussion avec ses quatre hommes, et désignai les insignes spéciaux de la Navy, le fameux trident SEAL, qu'il arborait.

— Lieutenant, on doit modifier l'insigne de votre équipe.

— Comment ça, Monsieur ? me demanda-t-il, circonspect.

— SEAL, c'est bien SE pour Sea, la mer, A pour Air et L pour Land, la terre ? Dorénavant, ce devrait être SEALS avec le S final pour *Space*, l'espace.

Il sourit de toutes ses dents.

— Je pense que vous avez raison à ce propos, Monsieur.

— Et le pluriel alors ? lança Garcia. Ce serait SEALSes ?

— Eh, mec, s'interposa Skippy, ne t'adresse pas à Joe pour la grammaire, il massacre la langue, c'est une horreur ! Lieutenant Williams, sincères félicitations à vous et à vos hommes.

— Vrai de vrai, Skippy ?

Je me disais qu'il allait inévitablement ajouter un commentaire désobligeant à propos des singes.

— Vrai de vrai cette fois, Joe. Considérant que vous êtes une barrique volante de singes primitifs, l'équipage a accompli beaucoup de choses en peu de temps. Je dois au moins vous reconnaître ce mérite.

Je ne suis pas du matin – pas même de la matinée. En tant que soldat, il faut que je me lève tôt, et j'y arrive. C'est juste que pour moi, ça n'a rien d'évident. En raison du planning d'équipage concocté par un sombre idiot – ce débile de Joey Bishop… –, mon quart débutait à 4 heures du matin sur la passerelle temps-vaisseau. Je dus donc m'extirper du lit une heure à l'avance, suffisamment tôt pour prendre une douche et avaler une tasse de café. Le matin, sans mon café, j'étais pour ainsi dire non-fonctionnel.

Mais ce qui m'avait réveillé à trois heures du mat', ce n'était ni une alarme ni Skippy, c'était l'inquiétude. On avait eu de la chance en explorant la station spatiale à l'abandon – pas au sens de faire une trouvaille, non, plutôt dans le sens où on n'avait fait aucune mauvaise rencontre dans ce système stellaire également déserté. Donc, on avait échappé aux combats, à la planification de stratégies risquées. Le risque d'affrontements spatiaux avait électrisé et stressé nos forces spéciales en les maintenant sur le fil du rasoir. Cet état de fait leur avait aussi permis de s'exercer au port de combinaisons spatiales blindées. En gravité nulle, dans le vide absolu. Que du bon.

Ce qui l'était moins, c'est que notre cible suivante recelait beaucoup trop de périls en perspective. En laissant derrière nous la station spatiale abandonnée, nous avions mis le cap dans sa direction, car nous n'avions pas d'autre choix. L'avantage de ce deuxième objectif, c'est que Skippy tenait pour certain qu'il y avait là un nœud de com' des Anciens à glaner. Son désavantage ? Toute cette zone était étroitement surveillée par les Maxolhx et les Sentinelles.

— Skippy, une question…

— Bonjour, Joe. Pour le moment, je ne vais pas m'étendre sur ton piètre sens de la grammaire.

— Hein ? Quoi ? Piètre grammaire ? me récriai-je, surpris.

— Tu *as* une question pour moi, Joe. Bon sang, tu massacres assez déjà cette pauvre langue avec ton accent déplorable.

— Mon accent ? Qu'est-ce qui cloche avec ma façon de parler ?

Je parlais comme tous les natifs de la Nouvelle-Angleterre, au nord de Boston. C'est-à-dire, on ne peut plus normalement. C'est tous les autres, oui, qui avaient un accent atroce !

— Qu'est-ce qui cloche ? Commençons par ta façon de prononcer « voiture » comme « voitu » sans « r », tu ne prononces jamais les « r » correctement. Dis-moi, Joe, tes ancêtres étaient-ils dans une misère si noire qu'il leur fallut vendre leurs « r » ?

— Eh non, Skippy, on réserve nos « r » aux suffixes qui devraient en avoir, et qui n'en ont pas. Exemple, mon oncle Norm s'est retiré sur quelles terres ?

Ce que je prononçai « Nahm » et « te'euh ».

— Facile, il est en Floride.

— Faux ! Tu vois, il est en Flo'i-deuh. Et la capitale du Maine n'est pas Augusta, mais August'er.

— *Waouh* ! Incroyable. Comment ton pote Pain de Maïs et toi avez-vous réussi à communiquer ? Avec ton accent du Maine et son accent traînant du Sud, c'est comme si ni lui ni toi ne parliez cette langue !

— Pour la simple et bonne raison qu'on n'est pas Anglais mais Américains, Skippy ! Et cela étant, on communique très bien, merci !

— Si tu le dis, Joe. J'ai remarqué qu'avec la plupart des autres, tu atténues ton accent. Chez toi, tu dirais « Ayuh », mais là, ce sera « oui », « ouais », « oh-oh »… Quand tu as rendu visite à tes parents, avant qu'on quitte la planète Terre, tu n'en avais que pour des « Ayuh », des « pè'uh » pour « père », et ta mère qui cuisinait des spaghettis, des « pah-steur » pour « pasta »… À l'époque, tout cela était pour moi un affreux salmigondis inintelligible.

— Ayuh, fais un peu attention, hein, Skippy-O.

— Oh, oublions ça. C'est quoi ta question, alors ?

— On s'est mis à chercher ce machin là où il devait être selon les bases de données, pas vrai ?

— Ayuh ! gloussa Skippy. Parce que, toi, tu ne cherches pas un truc ou un autre là où il devrait être, peut-être ?

— Ben ouais, ce n'est pas ce que je veux dire…

— C'est si rare que tu veuilles *dire quelque chose*, que j'étais en droit d'assumer que ce cas-là ne faisait pas exception.

J'avais le cerveau tellement embrumé par le sommeil, je n'étais vraiment pas en état de lui balancer des répliques cinglantes. Il voulait me provoquer, il cherchait la bagarre ? Ce serait sans moi.

— Je veux dire, vois-tu, que si on a exploré cet astéroïde, c'est que tu savais que sa base renfermait un nœud de com'. D'autres lieux renfermeraient assurément un nœud de com' mais ceux-là sont vraiment trop risqués à aborder.

— Tu veux dire qu'ils sont trop risqués à ton avis, fit-il avec aigreur.

Faisant la sourde oreille, je poursuivis.

— Ensuite, tu as cherché des endroits susceptibles d'avoir l'un de ces machins des Anciens, du fait qu'ils détiennent déjà d'autres saloperies desdits Anciens ? C'est bien ça ?

— Si cette conversation consiste à me rabâcher ce que je sais déjà, je vais m'en abstraire et te laisser continuer ton monologue. Réveille-moi quand tu passeras à autre chose.

— Pourrions-nous aller un peu plus loin ?

— Ah là, tu as toute mon attention ! S'il y a la plus petite chance que tu me sortes un truc un minimum intelligent aux yeux des singes… Allez, amuse-moi un peu !

— La première étape consistait à rechercher les emplacements connus de nœuds de com' répertoriés dans les banques de données. Ça, c'est déjà fait, et on a commencé par lancer un raid contre cette base d'astéroïde dès notre première mission. La deuxième étape, c'est de localiser d'autres nœuds de com', n'est-ce pas ? Là où divers artefacts d'Anciens sont déjà catalogués.

— Jusque-là, tes pouvoirs de déduction ne m'éblouissent pas.

Là encore, je l'ignorai.

— Donc, étape trois : rechercher des lieux devant détenir des nœuds de com' qui ne figureraient pas dans des bases de données puisque personne n'a encore trouvé ces emplacements.

— Hein ? Tu m'as perdu, là ! Comment serions-nous censés explorer un site encore inconnu et inexploré ?

— En déterminant où les Anciens auraient *pu* stocker des choses – mission qui t'incombe –, et en comparant ces emplacements hypothétiques à ceux d'une carte des Anciens connue des Thuraniens et des Jeraptha, en calculant où *devraient* se trouver ces fameux sites dont personne n'a entendu parler.

— Et comment ? En jouant aux devinettes ?

Il renifla de dédain.

— Non, en…

Je cherchai mes mots…

— Je ne sais pas moi, en extrapolant, en déduisant, en prédisant ? Ce que tu voudras, qu'importe. Actuellement, tu connais les Anciens mieux que quiconque dans la galaxie. Tu peux supposer où se situeraient leurs colonies, leurs stations orbitales, ce genre de chose, pas vrai ?

— Mouais…

— Tu détiens une carte des sites des Anciens connue des Thuraniens, ainsi qu'une autre connue des Jeraptha, je me trompe ?

— Oui, toutes deux se chevauchent parfaitement pour l'essentiel ; les uns savent à peu près tout ce que les autres savent aussi, à peu de choses près. Cette guerre perdure depuis des éons, et les territoires sont passés tantôt sous l'hégémonie des uns, tantôt sous la coupe des autres. Continuellement.

— Bon, alors, tu te sens d'y arriver ?

— Tu veux que j'anticipe l'emplacement des lieux restant à découvrir par des espèces évoluées qui ne désirent rien tant que s'approprier la technologie des Anciens ? Des espèces jouissant de flottes impressionnantes dédiées à cette quête ?

— Eh ouais, ayuh. Tu m'as dit que la galaxie était vaste, plus vaste que tout ce que je pourrais concevoir et que même maintenant, elle demeure inexplorée dans sa majeure partie.

— Elle reste inexplorée, Joe, parce qu'elle n'en vaut pas la peine. Ou qu'elle est trop éloignée d'un vortex.

— Je vois que tu éludes ma question. En es-tu capable ?

— Je réfléchis !

— Réfléchis plus vite !

— Joe, ce n'est pas là une idée parfaitement stupide et écervelée, à cent pour cent affreuse et épouvantable ! Hmmm… C'est très probablement un énorme gaspillage de mon temps. Cependant, la perspective de tester mes capacités analytiques m'intrigue. Alors, oui, je m'y colle. Ce qui va me prendre le temps d'effectuer des simulations.

— Le temps ? Tu veux dire le temps de prononcer « le temps de » et « effectuer » ?

— Pas cette fois, gros malin. Va, je sais pas moi, te boire un café, te manger une banane, te gratouiller, tout ce que font les singes. Je te ferai savoir quand j'en aurai terminé. Et entretemps, évite de me harceler, je vais être super extra occupé là !

Je pris une douche rapide, m'habillai, me rendis à la cambuse, avalai mon café, échangeai quelques mots avec deux ou trois personnes. Puis je me rapprochai d'un minuscule hublot pour jeter un regard sur… le néant. Car qu'y a-t-il tant à voir dans l'espace profond ? Avant de prendre mon quart, je bus une seconde tasse de café puis pris la direction de la passerelle. Durant tout ce temps, je m'étais attendu à ce que Skippy me braille dans mon oreillette que mon idée était stupide, que les singes ne savaient que gaspiller son temps précieux. Trente-deux minutes s'étaient écoulées depuis qu'il avait entamé son analyse – en « temporalité Skippy », ça équivalait à une éternité. Or, je ne l'entendis pas avant d'être à mi-chemin de la passerelle.

— Joe, j'ai une bonne et une mauvaise nouvelle, m'annonça-t-il.

Oh-*oh*. Sa notion de « bonne nouvelle » pouvant être mauvaise, je pesai mes mots.

— Donne-moi la bonne d'abord, s'il te plaît.

Je m'arrêtai et m'adossai à la paroi de la coursive. S'il s'apprêtait à me dire combien j'étais stupide, je préférai ne pas l'entendre sur la passerelle, où tous les officiers de quart prêteraient l'oreille.

— La bonne nouvelle, c'est que je tiens de très belles perspectives sur les emplacements des sites des Anciens que n'ont pas découvert d'autres espèces, pour autant que je sache. Tu avais raison, même si mes souvenirs sont sensiblement bloqués, ma connaissance des Anciens me permet d'extrapoler où ils auraient dû fonder des colonies ou autres structures. Ce que j'ai fait, c'est donc de…

Je le laissai discourir ainsi sans interruption, alors que ses divagations décousues à propos de statistiques, de métadonnées et de compilation des relevés de cartographie sensorielle détenues par une dizaine d'espèces me passaient bien au-dessus de la tête. Il s'enorgueillissait de ce qu'il avait accompli ; lui seul, très vraisemblablement, aurait pu mener à bien une telle analyse en un si bref laps de temps. Dès qu'il fit une pause d'une fraction de seconde dans son exposé mené tambour battant, je m'engouffrai illico dans la mini-brèche :

— Stupéfiant, Skippy, tout simplement stupéfiant. C'est peut-être bien pour ça que tu disposes d'une si prodigieuse capacité de traitement, afin de retrouver, euh… l'héritage, le matos des Anciens, et d'en assurer la protection. Ou le suivi.

— Oh. Je ne l'avais pas envisagé sous cet angle.

Avant qu'il ne se lance encore dans la tangente spéculative de ses origines pendant une autre bonne demi-heure, je m'empressai de lui demander :

— T'as vérifié ton modèle de données en contrôlant qu'il prédise que les sites des Anciens sont bien confirmés ? Ceux dont les autres espèces ignorent jusqu'à l'existence ?

— Si j'ai « vérifié mon modèle de données » ? reprit Skippy, tout bonnement médusé. Joe, mais où as-tu pris ce jargon technique de ringard ? Tu me vois un tantinet impressionné, considérant que ça sort de ta bouche.

— Ça figurait dans l'un des milliers de PowerPoint que je suis censé étudier dans le cadre de la formation des officiers.

J'aurais sans doute dû m'abstenir de lui dire que je ne faisais qu'ânonner de simples slogans et autres formules toutes faites.

— Alors, tu as vérifié ?

— Non, sans blague ? Je t'ai dit que j'avais examiné le modèle à rebours afin de déterminer son exactitude dans une fourchette de déviation inférieure à…

— Tu as *tenté* de me l'expliquer, Skippy. N'oublie pas que lorsque tu m'expliques quelque chose, tu dois baisser d'un cran ou deux. Libre à toi de jacter sciences dures avec notre équipe de savants.

— C'est de bonne guerre. Si on décompose tout cela « à la Barney » (sans mauvais jeu de mots), la réponse est oui, mon procédé de prédiction quant à la position des complexes des Anciens est fiable à 96,7 % en comparaison d'une carte des sites des Anciens connue des espèces actuelles.

— Sacré nom… impressionnant.

—Aaaah, pas tant que ça, pour peu que tu saisisses véritablement la portée de ces données, fit Skippy, non sans un soupçon d'aigreur. Les sites des Anciens connus des espèces actuelles sont les plus faciles à détecter, les plus évidents. Les gogols peuplant la galaxie de nos jours ne les trouvent qu'en tombant dessus dans le noir par le plus grand des hasards, pour ainsi dire. La quasi-totalité des sites cartographiés des Anciens se situe dans des systèmes stellaires propices à l'émergence de formes de vie fondées sur le carbone. Les sites non cartographiés et répertoriés que, selon moi, nous devrions dénicher, se regroupent surtout dans des systèmes stellaires axés sur d'obscures étoiles, genre les naines rouges. Naturellement, je ne suis pas encore en mesure de déterminer la validité de mon modèle quant à la prédiction de localisation de sites mineurs des Anciens, empreints de mystère. Néanmoins, je suis très confiant.

— Génial. Pour cette fois, ta bonne nouvelle en est vraiment une. C'est quoi la mauvaise ?

— La mauvaise, c'est là où nous devons nous rendre pour vérifier la validité de ces sites potentiels. Par définition, ils se trouvent hors des chemins battus, sinon on les aurait repérés depuis longtemps déjà. Le modèle signale une poignée de ces sites à proximité de nos coordonnées actuelles.

— Eh bien, on va...

— Holà, holà ! m'interrompit Skippy. Pas si vite, champion ! Laisse-moi d'abord finir. De cette poignée de sites putatifs, deux sont présentement inaccessibles : les étoiles autour desquelles ils orbitaient sont devenues des géantes rouges qui les ont englouties. L'étoile d'un autre site s'est transformée en supernova. À supposer même que ce site puisse y avoir survécu, il est forcément très endommagé, et on aurait un mal fou à le repérer à l'heure actuelle. Il a dû être éjecté de son orbite d'origine sur une trajectoire impossible à calculer. Trois autres sites conservent tout leur mystère, mais se trouvent dans des systèmes stellaires dont les espèces jouissent d'une technologie équivalente ou supérieure à celle de ce vaisseau. S'y aventurer présenterait des risques considérables.

— Il n'y a rien que nous ne puissions vérifier ici ?

— Oh, moi, ce que j'en dis... Il y a quatre sites à moins d'un mois d'ici. Deux sont prometteurs, les autres présentent une faible probabilité.

— Mmmh, à moins d'un mois d'ici...

C'était musique à mes oreilles.

— Combien de temps faudra-t-il pour vérifier ces quatre sites ?

— Oh, il fallait que tu me poses la question ! grogna Skippy, l'air écœuré. Bon, je calcule, au minimum, je dirais, bof... trois mois et demi. Ces sites accusent une malencontreuse dissémination, il nous faudra en passer par des itinéraires détournés et plusieurs vortex pour les atteindre.

— Bof ? repris-je, surpris.

— Hein ?

— Tu as dit « bof ». Comme quand un truc n'est ni mauvais ni génial, tu sais, juste, euh… « bof ».

— Ah ouais. Dans ce cas, « bof », c'était simplement ma façon de réprimer mes élans en matière de précision. Je t'ai répondu que la période estimée de transit était de trois mois et demi, au lieu de parler de trois mois, dix-sept jours, dix heures, vingt et une minutes et quarante-huit secondes. En gros.

— En gros… À l'avenir, parlons plutôt de « bof », en effet.

— C'est bien ce que je pensais. Et encore, il s'agit là de durée de transit moyenne, sans prendre en compte le temps de calquer le cap aux coordonnées des sites, de s'y rendre en navettes, d'explorer les sites en question. Tout ça.

— Ça allait tout de même de soi, Skippy.

— Ouais, tu crois ça ? Mais figure-toi que je tente d'expliquer à de pauvres singes la navigation hyperspatiale, alors…

— Pigé. Tous les singes à bord ne sont pas aussi bébêtes que moi…

— Aucun d'eux ne l'est, Joe. Je ne fais évidemment que prendre en considération les tests Q.I. standards des fichiers du personnel, naturellement.

Skippy marqua une pause.

— Oh… t'aurais-je offensé ?

— Ah ouais ? Tu crois ?

— Eh, ne t'en prends pas au messager, ce sont les faits cliniques, voilà tout. En outre, comme je te l'ai dit, les tests Q.I. standards de ton espèce constituent de déplorables facteurs prédictifs inadéquats de la capacité à échafauder des solutions innovantes à…

— Dieu du Ciel, Skippy, on croirait entendre les mots-clés à la mode de ces PowerPoint débiles que je suis censé étudier !

— Navré. De schématiser au plus simple, précisa-t-il, lui qui n'était pas *censé* insulter mon intelligence. Au fond, ta cervelle de singe de la grosseur d'un pois chiche met le doigt sur certaines choses que mon intelligence divine ne capte pas. Tout comme tu eus l'idée de te débarrasser des vaisseaux kristangs en les catapultant au cœur d'une géante gazeuse. Ou lorsque tu me demandas comment les Thuraniens s'y prenaient pour livrer combat dans leurs minces combinaisons spatiales, tout ça parce qu'il ne m'était pas venu à l'esprit de te parler de leurs combots. Parmi ta Joyeuse bande de pirates d'origine, d'un Q.I. généralement plus élevé que le tien, personne n'avait pensé à tout cela. D'un sens purement conventionnel, Joe, tu n'es peut-être pas particulièrement brillant. Mais il faut croire que tu as un don plus utile dans ton rôle actuel : tu es *malin*.

— Les combinaisons spatiales.

— Et bien sûr, il fallait que tu me le rappelles ! Eh bien, ça m'ennuie de le reconnaître, mais oui, c'est un bon exemple.

J'étais sacrément fier de moi. Comme officier supérieur, je laissais peut-être beaucoup à désirer au vu des lourdes responsabilités qui m'incombaient, selon l'armée des États-Unis. Comme fantassin, je pouvais, à mon humble avis, me targuer d'un solide bon sens, et du don de poser les questions évidentes dont la pertinence semblait bien échapper à tout le monde. Croyez-moi, patrouiller en pleine jungle nigériane en tenue de combat, lors de missions aux lignes directrices des plus floues, m'avait incité à poster un tas de questions gênantes qui tombaient sous le sens.

— Merci, Skippy. Tu peux nous calculer le cap du site le plus proche ?

— Déjà programmé dans le système navigationnel.

— Quelle question. Évidemment. Super, je vais l'annoncer à nos pilotes.

Et à l'équipage au complet. Personne ne se réjouissait par avance d'embarquer pour un voyage monotone et solitaire de quatorze mois histoire d'aller explorer ce deuxième site, fort dangereux de surcroît.

Calé dans mon fauteuil de commandement, j'attendais que les moteurs de saut se rechargent. Nous avions viré de cap pour aller explorer le site le plus proche où Skippy estimait qu'on puisse dénicher un complexe des Anciens inconnu des Thuraniens ou des Jeraptha. Dans l'intervalle, je n'avais guère de quoi m'occuper, et mon esprit vagabondait.

— Skippy, un truc me turlupine…

Il poussa un soupir théâtral.

— Et chiotte ! Il fallait bien que ça arrive tôt ou tard… Bon, O.K. Joey, quand une môman et un pôpa s'aiment d'amour tendre…

— Je connais tout des oiseaux, des abeilles et des petites fleurs, Skippy !

Et zut alors ! J'aurais dû savoir à quoi m'en tenir au lieu de lui poser des questions sérieuses en public. Au CIC, je les voyais déjà avec leurs petits sourires en coin ; l'un des pilotes réprimait un gloussement, les épaules secouées de rires irrépressibles. À mes dépens.

— Ah, mon garçon, quel soulagement ! La dernière chose que je voudrais avoir à expliquer, c'est bien les rites d'accouplement de *vigueur* chez les singes. Tu es perplexe. À propos du laçage des chaussures, c'est ça ? Tu ferais mieux à mon sens de t'en tenir au Velcro jusqu'à ce que…

— Tu sais pourquoi j'ai besoin de chaussures ? Parce que je sais marcher ! À toi d'en faire autant, canette de bière !

— *Waouh*, c'est le tout meilleur de ce que t'as en poche, mec ? Tu me déçois, mon Joey.

— Je suis sérieux, Skippy.

Autre soupir à cœur fendre.

— Bon, c'est de bonne guerre. Tu comprends à quel point c'est difficile pour moi de prendre au sérieux tout ce qui peut sortir de votre bouche à vous autres, tas de macaques, hein ? Alors, c'est quoi ta question ? À supposer qu'elle ne soit pas d'une affligeante stupidité, j'envisagerai de gaspiller mon temps et ma salive avec toi.

— Nous autres humbles et indignes petits singes t'en serions ô tellement reconnaissants. Ma question porte sur la technologie furtive. Je t'ai entendu dire que ce vaisseau est doté d'un champ d'indétectabilité. Or, je t'ai vu détecter la présence d'autres bâtiments peu après notre saut dans une nouvelle zone. Ces bâtiments en question, n'étaient-ils pas également pourvus d'un bouclier furtif ? Et comment fonctionnent-ils, ces boucliers furtifs ? Sur Terre, nous disposons d'avions de chasse furtifs.

— Oh là, mon vieux… Il n'y aura jamais assez d'aspirine dans toute la galaxie pour soulager la migraine que je vais me choper à tenter de t'expliquer… Bon, ouvre grandes tes esgourdes, Mister

Grosse Tête de Poulpe, tu risquerais bien d'apprendre quelque chose… Alors non, vous ne disposez pas d'avions de chasse furtifs sur Terre. Vous disposez de risibles rafiots métalliques volants qui tentent bien de faire rebondir les ondes radar dans une direction différente de celle du récepteur radar. Ou vous avez des peintures de revêtement visant à absorber les ondes des radars. À propos, ce genre d'enrobage fonctionne plutôt mal en cas d'humidité ou de saleté. Et bonne chance à votre marine qui cherche à préserver de délicates couches d'indétectabilité sur des aéronefs en environnements salins corrosifs. Non, vous ne possédez pas de technologie furtive. Ton espèce a de vagues notions en la matière, et vous n'êtes toujours pas en mesure d'en exploiter les possibilités.

— O.K. Quelle différence ?

— Un bouclier ou écran furtif courbe les ondes lumineuses autour d'un vaisseau. Lorsque ledit bouclier furtif fonctionne à capacité maximale, la lumière contourne un objet comme s'il ne se trouvait pas là. Si un navire furtif se trouve entre une étoile et toi, tout ce que tu en verras, c'est la lumière émanant de cette étoile, le navire indétectable n'aura pas d'ombre.

— Cool. Est-ce là pourquoi les vaisseaux ruhars ou kristangs ont parfois des contours flous justement qui les rendent si ardus à détecter ?

— Eh oui, précisément. Encore que recourir à la furtivité en pleine atmosphère est presque inutile quand on y pense. Toute batterie de détecteurs valant son pesant de sel peut repérer un aéronef à la façon dont sa trajectoire perturbe l'air qui l'entoure. Quant à la signature thermique des moteurs, un aveugle pourrait la voir à des kilomètres à la ronde. Un champ furtif a cela dit un inconvénient majeur. Tu vois lequel ?

Skippy diffusait le thème agaçant de *Jeopardy* tandis que je me creusais furieusement les méninges histoire de l'impressionner. La lumière contournant le vaisseau, les ondes radar le contournant elles aussi…

— Eh ! Si toutes les ondes lumineuses se courbent autour du vaisseau, comment celui-ci peut-il détecter quoi que ce soit ? Il s'en retrouverait « aveugle », pas vrai ?

— *Bing,* on a un gagnant ! Très bien, Joe. Yep. Toutes les ondes lumineuses en effet se courbent autour d'un vaisseau furtif. Un navire enveloppé d'un champ d'indétectabilité pourrait voler accidentellement au cœur d'une étoile, ou trop près d'elle, car la lumière émanant de cette étoile n'entrerait pas en contact avec les capteurs de notre navire. Mais pas d'inquiétude, un champ furtif comporte des failles intentionnelles accessibles à la lumière.

Je jetai un coup d'œil à l'affichage.

— Oh. C'est de cette manière qu'on peut toujours compter sur les capteurs quand on est en mode furtif. Cool. Mais les autres astronefs utilisent aussi le mode furtif, O.K., et tu peux toujours les détecter. Est-ce encore de la fabuleuse « magie à la Skippy » ?

Notre IA grommela.

— « Fabuleuse magie », aux yeux des singes, c'est certain. La réponse est non, je rends nos détecteurs singulièrement plus efficaces cela dit, la technologie de balayage actif étant en usage auprès de toutes les espèces sillonnant les étoiles, y compris celle des lézards débiles. Les spationefs recourent à un champ actif de détection qu'ils projettent afin de repérer les objets environnants.

—Une petite minute… ça n'a pas de sens ! Pourquoi un vaisseau en mode furtif, qui cherche donc à échapper à toute détection, projetterait-il quelque chose de nature à trahir ses coordonnées ? Des missiles pourraient toujours s'orienter sur la source de ce champ et atomiser le vaisseau en question.

Être arrivé à cette déduction me faisait me sentir sacrément intelligent. Mon oncle Bob avait un ami dans la Marine US, affecté à un sous-marin nucléaire, et un jour, lors d'un barbecue dans la cour arrière de mon oncle, je me rappelais ce que le type avait dit à propos de ce tube d'acier immergé. Les authentiques sous-marins, avait-il souligné, n'utilisent presque jamais leur sonar « actif », émettant plutôt un *ping* afin de capter un éventuel rebond. À quoi bon naviguer en toute discrétion *sous* les mers si ce n'est pour surprendre l'ennemi ? En échappant aux radars ? Envoyer une impulsion sonar, ça revient à crier à la cantonade : « Hey, regardez-moi, je suis un pauvre bouffon, je suis là ! » Recourir à un sonar actif, c'est inviter une torpille à remonter les ondes sonar jusqu'à la source et à couler le sous-marin par le fond.

— Le champ sensoriel n'est pas sphérique, crétin, me reprit Skippy. Il est d'une forme irrégulière en constant changement, d'une intensité fluctuante ; à proximité du vaisseau dont il émane, il n'est pas le plus stable. Afin de sérier la source du champ, un missile devrait d'abord en cartographier la forme puis calculer d'où il faut le projeter. Ce qui prendrait beaucoup trop de temps, surtout que le tracé du champ se modifie continuellement, il n'y a pas de moyen commode de le déterminer. Quand un objet entre à portée du champ de détection d'un vaisseau, même en mode furtif, il modifiera la forme de ce champ, renvoyant ce flux de données au vaisseau émetteur. Du fait que celui-ci, le vaisseau émetteur, connaît à tout moment la silhouette et la densité ponctuelle que le champ sensoriel est censé avoir, il saura quel objet vient de déformer ce champ, quels sont sa position, sa vélocité, son cap, ses contours, tout ça. Au cours d'un combat, ça se complique évidemment, car les navires tentent d'altérer les champs de détection des bâtiments adverses afin de masquer leur identité, leur position réelle. Les vaisseaux peuvent même projeter des images fantômes de capteurs, fausser ou brouiller un champ de détection et générer de faux relevés. La grande limitation aux champs sensoriels, à ce niveau de technologie, c'est qu'ils se propagent à la vitesse de la lumière, et sont donc désespérément lents à l'aune des critères des affrontements spatiaux. Le temps qu'un objet soit détecté, et que cette donnée revienne au vaisseau émetteur par ondes radar, l'objet, lui, se sera déplacé d'une façon imprévisible. Ce qui rend difficile tout ciblage longue portée, même compte tenu de la vitesse des armements à faisceaux lumineux. Visez l'ennemi au maser ou au rayon à particules, et le temps que le tir porte, la cible, elle, aura déjà changé de position.

— Oh, *waouh* ! Un vaisseau peut esquiver un rayon maser. Cool.

— Oh, en effet. Bon, on en a fini pour aujourd'hui avec la maternelle ? Si tu es bien sage et que tu fais dodo maintenant, tu auras droit à ton jus de fruits. Oh, pauvre de moi… ! Gros soupir… Voilà que j'ai la migraine. J'ai besoin de m'allonger et de poser une compresse froide sur mon front.

— Pas besoin de jus de fruits. Tu pourrais faire une dernière chose pour moi ? Expliquer tout ça à notre équipe scientifique ?

— Équipe scientifique ? Tu fais référence à ces singes légèrement plus futés ? Oh là, tu veux que mon pauvre crâne explose ? Tu sais quoi, je viens de télécharger directement sur leurs zPhones une vidéo de notre conversation, ils peuvent la visionner et je n'aurai pas à me répéter.

— Génial. Merci, Skippy.

— N'en parlons plus. En fait, ne le mentionne plus du tout, s'il te plaît. Je suis sérieux.

Ayant réussi à pousser Skippy à m'inculquer quelques rudiments en la matière, je me sentais plutôt fier de moi. Sentiment qui dura moins de trois minutes. Tenant parole, notre IA avait effectivement transmis une vidéo de notre conversation à l'équipe scientifique. Et à tous les autres à bord. Génial. Ce qui était moins génial en revanche, c'est que ce petit salopard de canette de bière de mes deux avait substitué à mon image de capitaine dignement calé dans son fauteuil de commandement celle d'un chimpanzé parlant avec ma voix. Un chimpanzé se balançant d'un bout à l'autre de la passerelle, se gavant de bananes, se grattant le pelage, se tripotant les parties, hululant à gorge déployée et autres singeries fort embarrassantes… J'eus la puce à l'oreille lorsque les officiers de quart au CIC se tinrent les côtes, hilares, en matant leur zPhone.

Oh, pauvre de moi… ! Voilà que j'ai la migraine.

AVANT D'ACCOMPLIR LE saut final, en repérage du premier site répertorié sur la liste des emplacements potentiels de Skippy, je tenais à m'adresser à l'équipage au complet.

— Pas de chimpan-niaiseries cette fois, hein, Skippy ? O.K. ? Plus question de remplacer mon image par celle d'un singe, et peu importe ton opinion à notre sujet.

— Entendu, Joe. C'était marrant mais comme on dit, les plaisanteries les meilleures…

— Merci.

Ce fut un petit speech, rien de stimulant ; je voulais simplement rappeler à tout le monde que nous étions sur le point d'investir un système stellaire dont nous, Skippy y compris, savions fort peu de choses, et que nous risquions de fuir d'un autre saut d'urgence sans préavis. Les pilotes avaient en effet ordre d'impulser un court bond d'urgence de leur propre chef, sans attendre le signal de l'officier de quart. Bref, un simple message adressé à l'équipage, rien de mémorable. Au détail près que Skippy, lui, avait bien d'autres idées en tête. Je sus tout de suite ce qu'il avait fait dès que je coupai l'intercom, et que le sergent Adams retransmit un enregistrement vidéo de ma petite élocution sur mon zPhone.

Bordel ! Sur le signal vidéo diffusé à l'équipage, Skippy avait substitué à mon image et à ma voix celles de Barney, ce gros lourdingue de dinosaure mauve. Et, loin de se contenter d'altérer mon timbre de voix pour s'aligner à celui de Barney, Skippy avait modifié en conséquence certaines de mes idiosyncrasies linguistiques : mon speech ne s'ouvrait pas par la formule consacrée « Ici le colonel Bishop », mais par « Oh, salut, les gars et les filles » en ces caverneuses tonalités débiles typiques de Barney. Et me voilà, gros chtarbé de dinosaure à la gomme, engoncé dans mon fauteuil de commandement en uniforme, m'exprimant avec toute la classe d'un emmanché de première au Q.I. de 30. Dieu que j'exècre cette arrogante petite canette de bière !

D'un autre côté, tout le monde s'en était payé une bonne tranche à mes dépens, alors… c'était bon pour le moral des troupes, après tout. Dégageons le côté positif…

— Bon, bon. Concentrons-nous, les gars. Nous avons un saut programmé dans vingt minutes.

Je m'offris une petite douche, en en profitant pour avoir un « tête-à-tête » avec lui.

— Skippy, à propos de cette vidéo « Barney »…

— Poilant, non ? L'équipage a adoré !

— Ouais. Et, tu sais, il y avait bien d'autres personnages peints sur les flancs de cette camionnette de crème glacée. Pourquoi ne m'aurais-tu pas plutôt représenté sous les traits de Iron Man ou…

— … ou des Schtroumphs ?

Celle-là, je l'avais pas vue venir.

— Pas des Schtr…

— Le seul et unique que les gens gardent en tête, c'est Barney.

— Bon, concédai-je de guerre lasse, O.K., Barney. Là encore, c'est marrant une fois mais pas deux. Tu le comprends bien, hein ?

— Et t'es sûr de ça ?

— Plutôt, oui.

— Oh. Mmmh…

Et merde, qu'avait-il encore fait ?

— Qu'est-ce que tu as encore fait, Skippy ?

— Je ne peux ni le confirmer ni l'infirmer mais un individu dont le nom rime avec, disons, « Stippy » pourrait avoir généré un virus de nature à altérer ton image dans tous les enregistrements vidéo de tes débriefings Secret Défense. Un virus qui pourrait être entré en activité après notre départ de la planète Terre.

Fantastique. Tout simplement.

— Alors, comme ça, un gus m'a surnommé « Tippy », hein ?

— Ah ouais. Et tu ne devrais jamais te fier à lui. Celui-là, c'est un authentique enfoiré. Un salaud, un vrai de vrai.

Le saut en lui-même se déroula sans anicroche. Dans les cinq minutes qui suivirent, Skippy annonça que nous étions bien les seuls dans ce système stellaire. Et encore quinze minutes plus tard, les systèmes de surveillance du bord du CIC y souscrivirent, et j'ordonnai le retrait des postes de combat. Ensuite démarra le pénible processus de recherche. Axé sur une naine rouge lambda, notre système stellaire avait une géante gazeuse d'assez modestes dimensions dans sa catégorie, de la taille de Neptune. D'après Skippy, l'emplacement le plus probable pour un complexe des Anciens était une lune rocailleuse orbitant autour de la géante gazeuse. Les capteurs de bord identifièrent rapidement trois grandes lunes pierreuses et deux petites, plus deux autres enchâssées de glaces. Skippy nous prévint que localiser un site des Anciens pouvait prendre un temps considérable dans la mesure où lesdits Anciens avaient pu le dissimuler en partie, et l'enfouir profondément, loin de la surface.

Il se trompait.

— Ah bon sang, je l'ai ! s'écria-t-il, l'air dégoûté. C'est sur la seconde lune la plus grande, sur un plateau rocheux. Quel que soit son dessein, les Anciens n'ont pas jugé utile de le cacher. Si bien qu'on nous a précédés : il y a des débris épars, et la surface est trouble partout où les navettes se sont posées. Fait chier ! On arrive bien trop tard. Des hooligans ont déjà saccagé les lieux.

Des hooligans ? Je me demandais parfois où Skippy allait chercher son langage si imagé.

— Navré, vieux, mais, eh… ce n'est pas un échec. C'est même super au contraire, voilà qui prouve bien que ta modélisation visant à repérer des sites des Anciens non cartographiés est juste, et notre saut dans l'inconnu ne nous a pas brusquement confrontés à des entités hostiles, nous n'avons couru aucun risque. C'est le premier endroit que nous inspectons. Tu ne pensais tout de même pas qu'on allait décrocher le jackpot la toute première fois quand même ?

— Ç'aurait été trop beau, maugréa-t-il.

Puis il soupira ; je me demandai encore quand il décidait de simuler un soupir, lui qui ne respirait pas par définition.

— Tu as raison, tu as raison. Ça prouve bien en effet que je sais comment localiser des sites des Anciens inconnus des Thuraniens ou des Jeraptha, ne figurant pas en tout cas dans les banques de données auxquelles j'ai accès. Le moindre objet utile aura probablement été prélevé ici depuis une éternité. Joe, quand tu as patienté depuis aussi longtemps que moi, il est frustrant de faire un si long voyage, tout ça pour constater qu'un salaud ou un autre a déjà pillé les lieux.

— Est-ce que ça vaudrait néanmoins la peine de s'y rendre pour s'en assurer par nous-mêmes ?

Avec ce système stellaire apparemment inhabité, j'entendais tirer avantage de l'excellente possibilité qui nous était offerte de nous entraîner. Nos pilotes pourraient s'exercer au poser lunaire, et au vol de retour ; les soldats revêtiraient les combinaisons spatiales pour s'entraîner sur la lune, à faible pesanteur. Notamment parce que je regrettais d'avoir empêché l'équipe scientifique de passer plus de temps sur la station abandonnée, je me proposais de lui offrir la chance de se dégourdir les jambes hors de notre vaisseau, de se rendre sur l'astre lunaire et de partir explorer un site des Anciens. Même si, comme Skippy le craignait, ce site avait été délesté de tous composants de valeur, l'équipe scientifique verrait du moins à quoi cela ressemblait et se familiariserait avec. Ainsi, si nous trouvions ensuite un autre site relativement intact, elle ne perdrait pas de temps à s'en émerveiller.

— Bien sûr, pourquoi pas ? Possible que ces hooligans de vandales n'aient cherché que des armes ou autre, histoire d'en retirer assez de fric pour s'acheter des drogues, fit-il, amer. Un nœud de com', ça a fort bien pu leur passer largement au-dessus de la tête. Faites donc un peu de tourisme, les singes, qu'on en finisse. Ce ne serait pas une mauvaise chose. Quand on dénichera enfin un site où ces salopards n'ont pas encore foutu la merde, je ne veux pas que vous gâchiez une minute de plus à prendre des selfies.

— Tu lis dans mes pensées, Skippy, approuvai-je.

Je fis pivoter mon siège en direction du CIC.

— Colonel Chang, et si vous emmeniez l'équipe chinoise et l'indienne (toutes deux figurant en haut d'une liste de relève en mode aléatoire) ainsi que la scientifique en repérage, histoire de voir si les pillards auraient laissé quoi que ce soit d'utile ? Sinon, on y aura au moins gagné un peu d'expérience avec les combinaisons spatiales en environnement privé d'air.

— Oui, Monsieur, fit-il aussitôt, enthousiaste.

Je pivotai maintenant face à la passerelle.

— Capitaine Desai, si piloter une simple capsule n'est pas trop assommant comparé aux commandes d'un spationef, ça vous dirait d'y transporter les équipes du colonel Chang pour aller faire un peu de tourisme ?

— Oh, je crois que ça peut se faire, Monsieur, répondit-elle avec un large sourire en se glissant hors de sa banquette de pilotage.

Desai se posa en douceur, précautionneusement, à un demi-kilomètre du plus grand édifice du site des Anciens, et Chang guida les trois premiers individus sur les lieux, avant d'inviter les autres à les rejoindre. Résister à la tentation de microgérer le détachement depuis notre orbite n'avait rien d'évident pour moi. C'est pourquoi je feignais un calme que j'étais loin d'éprouver. Je me retirai dans mon bureau afin que le major Simms se familiarise avec le fauteuil de commandement. Et histoire de laisser Chang et Desai prendre leurs propres décisions. Au bout d'une heure, n'y tenant plus, je retournai sur la passerelle. Simms regagna sa console au CIC. Je remarquai aussitôt un truc bizarre sur le principal écran de visualisation, une analyse des détecteurs signalant que la géante gazeuse s'enveloppait d'une couche nuageuse effilochée.

— Major Simms, c'est quoi, ça ?

— Nous nous exerçons au maniement des capteurs, Monsieur. Skippy voulait qu'ils scannent l'orbite planétaire. On s'efforce de voir si nous obtenons les mêmes relevés que lui. Une sorte de gaz atmosphérique enveloppe la planète.

— Bonne idée, approuvai-je.

On n'avait pas intérêt à se reposer continuellement sur notre IA en tout et pour tout.

— Qu'a donc ce gaz de si fascinant, Skippy ?

— Joe, j'ai décelé quelque chose de bizarre.

Son timbre de voix me rappelait soudain celui de mon prof de sciences au lycée.

— Il y a une strate quantifiable de l'atmosphère planétaire en orbite.

— Tu veux dire, plus haute qu'elle ne devrait l'être ?

— Oui, en principe, ces gaz ne font plus actuellement partie de l'atmosphère. Vu le taux des éléments composant ces gaz orbitaux, je peux dire qu'ils proviennent de cette planète, qu'ils n'ont pas été éjectés par une quelconque éruption volcanique de l'une ou l'autre lune. Au détail près que… eh bien, c'est étrange.

— Quoi ?

En toute franchise, les bizarreries scientifiques que Skippy aurait pu déceler à propos d'une « modeste » géante gazeuse orbitant une naine rouge insignifiante, très loin de la planète Terre, m'indifféraient au possible. D'un autre côté, loin de moi l'idée d'offusquer Skippy en faisant montre de mon parfait désintérêt.

— Eh bien, qu'y a-t-il de si étonnant ?

— Ce qu'il y a d'étonnant, ce sont les éléments chimiques qui manquent à l'appel.

— Hein… ? Tu pourrais être plus explicite ?

Cherchant à manifester de la curiosité, je m'apprêtais à lui suggérer d'en discuter avec l'équipe scientifique au lieu de me bassiner avec ça.

— Cette planète n'a pas certains types de gaz, contrairement aux autres géantes, c'est bien ça ? Est-ce parce qu'elle est plutôt petite, pour une géante gazeuse ? ajoutai-je dans un éclair de lucidité. Eh, on a un nom pour une gazeuse qui n'est pas franchement une géante ? Genre, une « normale gazeuse » ou autre ?

— On n'a pas de…

— Si la planète était beaucoup plus petite encore, elle ne pourrait pas se composer de gaz, pas vrai ? La gravité serait trop basse pour les contenir, et ils fileraient dans l'espace, ils s'évaporeraient au gré des vents solaires ?

Les amis, ce que j'étais fier d'y penser par moi-même. Je me rappelais avoir lu que si l'atmosphère martienne était si fine, c'est que les vents solaires l'avaient érodée au fil de millions d'années du fait que Mars n'avait pas de champ magnétique.

— Oui, dans l'un et l'autre cas, c'est exact. *Et* sans rapport avec la situation qui nous occupe. Cette planète a une distribution gazeuse normale, pour un astre de sa taille, compte tenu de la composition gazeuse de son étoile. J'allais te préciser en quoi c'est bizarre, avant que tu ne m'en détournes avec tes spéculations débiles à propos d'un sujet dont tu ne sais strictement rien. Il y a des gaz présents dans l'atmosphère planétaire qui font quasi totalement défaut au nuage gazeux de la planète en orbite basse. Des plus révélateurs, il n'y a par exemple pas d'hélium 3 dans ledit nuage.

Débile ? Je me sentais insulté. Et prêt à relever le défi.

— Eh bien, certains éléments sont plus légers, et donc plus susceptibles d'avoir été soufflés hors d'orbite par les vents solaires. Quant aux gaz plus lourds, ils seraient retombés dans l'atmosphère planétaire.

— Joe ?

— Oui ?

— Je te donne en mille une citation d'un singe malin : « Mieux vaut garder le silence quand on vous traite d'idiot, plutôt que de l'ouvrir et d'ôter le moindre doute là-dessus. »

— Oh, c'est tordant, enfoiré !

— Moi, enfoiré ? Tu m'as donné de vulgaires conjectures du niveau de *l'astrologie* en termes de pertinence scientifique. Si tu voulais bien, *s'il te plaît*, fermer ton clapet un instant, je pourrais au moins te fournir des connaissances utiles, et qu'il t'intéresserait de connaître dans la mesure où le vaisseau que tu commandes risque d'être en danger. En qualité de commandant de cette mission, tu te dois de posséder ce savoir. Et, mec, chaque fois que tu ouvres la bouche, je mesure quelle erreur monumentale on a faite de te propulser aux commandes d'autre chose que d'un stand de limonade.

— Je la boucle. Là tout de suite.

J'étais on ne peut plus sérieux.

— Splendide. Enfin. Les planètes entourées d'une couche gazeuse composite orbitale ne sont pas si rares, j'en avais déjà vu beaucoup. Que cette planète-là s'enveloppe de gaz en pleine libération n'est pas intéressant en soi, c'est plutôt que ces gaz soient vraisemblablement toujours là. Mon hypothèse – basée sur de solides données et une analyse rationnelle, contrairement aux sombres conneries qui sortent de ta bouche –, c'est que ces gaz sont en orbite parce qu'ils furent tirés vers le haut lorsque des vaisseaux se livraient à l'extraction de gaz atmosphériques utiles. Les astronefs recourent aux gaz des planètes géantes pour suppléer aux besoins en carburant, en masse propulsive et autres. En fonction de la technologie des vaisseaux en question.

— La vache ! m'écriai-je soudain. Tu es en train de me dire que cette foutue planète est une station-service ?

— En quelque sorte, oui. Non le genre où on peut acheter en supérette des glaces Magnum et autres hot-dogs rassis vieux d'une semaine. Ce serait plus, au fond, une boutique « dérangeante » où il faut tout reconstituer à partir d'éléments de base. Mais oui, les données des capteurs désignent toutes cette planète comme site d'extraction de carburant par le passé.

— Par le passé… hier ou il y a un million d'années ? m'enquis-je, inquiet.

Pour Skippy, lui qui existait déjà depuis des millions d'années, le temps avait un sens totalement différent par rapport à ce qu'en appréhendaient les humains des temps modernes, eux qui le mesurent surtout en termes de séries télévisées.

— Difficile à dire, même pour moi, Joe. Nous n'avons pas assez de données à long terme sur ce système solaire pour que je puisse conjecturer des chronologies avec exactitude.

— Livre-moi une hypothèse, une conjecture : était-ce un millénaire plus tôt, environ ?

— Oh, ici, c'était moins que ça. Même si c'est pas d'hier. L'an dernier, peut-être. Oh, j'extrapole mais disons le mois dernier plutôt, à en juger par le mode de dispersion des gaz d'échappement. Et encore, ça remonterait à moins d'un mois vu qu'il y a quantité de gaz d'échappement en orbite. Alors, si cette étoile n'a rien de particulier, elle se situe commodément entre deux amas de vortex, ce qui fait d'elle une « station-essence » galactique toute désignée à laquelle recourir fréquemment.

— A-t-on intérêt à se tirer d'ici en quatrième vitesse, ou non ?

— Ça, Joe, c'est une question d'appréciation qui demeure ta prérogative. À toi de voir.

— Foutaises !

Si on allait par là, toutes les décisions incombaient pour finir au commandant de bord.

— Bon sang… Major Simms, rappelez notre détachement. Tout de suite ! Que sa navette regagne notre bord dès que possible. Et dites bien aux savants que je me fiche éperdument de ce qu'ils auront pu dénicher là en bas de scientifiquement fascinant. Pilote, Skippy, j'ai besoin d'options de saut pour déguerpir loin d'ici en cas de danger.

À travers la paroi vitrée, je vis Simms parler dans son microphone en secouant la tête ; elle se tourna vers moi.

— Monsieur, le capitaine Desai précise que sa navette se trouve à quarante kilomètres du site principal, là où elle avait atterri pour que ses quatre savants embarqués puissent explorer certains édifices. Elle a rappelé le second détachement et estime qu'elle pourra rallier le site principal d'ici vingt-cinq minutes. Le colonel Chang lui a dit qu'il faudrait quarante minutes pour que son équipe regagne le site d'évacuation. Certains des siens se sont engagés dans un puits d'accès loin sous la surface, pensant avoir découvert une partie de la base qui aurait échappé aux pillards.

— Nom d'un chien ! Si je salue son initiative, Chang a très mal choisi son moment… Bon, prévenez Desai et Chang de mettre les voiles dès que possible, sans risquer d'incidents histoire que ça ne vire pas à « opération sauvetage ».

— Oui, Monsieur, répondit Simms.

Adams contourna la paroi du CIC pour venir s'adresser directement à moi.

— On se tire déjà de ce système, Monsieur ?

Ce que je lisais dans son regard accusateur, même si les mots ne franchissaient pas ses lèvres, c'est qu'on tenait là l'emplacement d'un site des Anciens restant à explorer et que, peut-être, nous nous montrions un peu hâtifs à l'abandonner sous le fumeux prétexte de gaz flottant dans l'atmosphère planétaire… Tout autre site putatif des Anciens pourrait s'avérer tout aussi incohérent, et nous, nous aurions gâché cette occasion favorable.

— Non, nous ne repartons pas – pas encore. On rappelle simplement nos détachements afin de ne pas les abandonner là si jamais nous devions filer d'un autre saut interplanétaire. J'ai autorisé le départ d'un grand contingent en partie au nom de l'expérience à acquérir, et en partant du principe que ce système stellaire, inhabité, ne présentait pas de danger. Et voilà que nous apprenons maintenant que ce même système pourrait être une zone de passage très fréquentée, cette planète-là étant une station d'alimentation gazeuse. Nous allons nous retirer et procéder à une évaluation des données. Si les risques paraissent gérables, nous mettrons au point une meilleure façon d'explorer ce site, en multipliant les options en cas d'évacuation d'urgence.

Avec le recul, ç'aurait pu paraître téméraire de ma part de prétendre faire d'un site des Anciens un terrain d'entraînement en armure blindée à la surface d'une lune dénuée d'air. Les belligérants se lançant à la recherche de sites des Anciens, j'aurais dû porter mon dévolu sur un emplacement jugé moins important, tout cela au nom de la formation de troupes toujours plus aguerries. Ce que j'aurais dû faire ? Prier Skippy de suggérer un système solaire parfaitement insignifiant, et en faire le lieu de notre semaine d'entraînement. Rallonger notre mission de sept jours serait un prix minime à payer en vérité, pour avoir des pilotes expérimentés dans l'atterrissage de capsules, des soldats et des savants rompus au port de combinaisons spatiales kristangs dans leurs déambulations et leurs accomplissements. Une situation à rajouter à ma propre liste d'opportunités desquelles apprendre.

Songeuse, Adams hocha la tête en me décochant un regard appuyé. À ses yeux, j'étais encore et toujours un pauvre croupion de sergent et, elle, en tant que sergent-major éprouvé, était censée me guider en douceur sur la bonne voie – ou ce qu'elle considérait comme tel. Je savais très bien ce qu'elle pensait ; un commandant aussi inexpérimenté que moi était forcément craintif à l'idée de prendre des risques pourtant raisonnables.

— Oui, Monsieur.

Peut-être étais-je trop pressé de décamper en effet, trop réfractaire aux risques. Du détachement secondaire de Desai, les quatre savants qui avaient exploré les structures limitrophes de la base principale des Anciens étaient sur le chemin du retour vers leur navette. Je visionnai leur flux vidéo. Quatre individus négociaient précautionneusement les écueils de la surface rocailleuse lunaire, soulevant des volutes de poussière au gré de leurs déambulations légèrement bondissantes. Bon sang, ce que je les enviais ! Même si je m'étais entraîné en combinaison gravité zéro, basse gravité, haute gravité, dans le vide, dans une simulation d'atmosphère dense, tout cela avait eu pour cadre le *Hollandais volant*. Or, j'aspirais à fouler la surface d'une lune bien réelle, à me faire l'effet d'un authentique astronaute. Et j'étais là, commandant d'un astronef, me retrouvant à envier trois soldats indiens et un savant australien qui revenaient d'un pas assuré à...

— Eh, Joe, Saut option Echo, *maintenant* ! cria Skippy.

Je confirmai l'ordre d'un hochement de tête à l'adresse du pilote, qui appuya sur le bouton de commande idoine. En un éclair, le *Hollandais volant* changea radicalement de position. Et, sur le principal écran de visualisation de la passerelle, un fondu enchaîné passa d'une surface lunaire aux hautes couches nuageuses d'une géante gazeuse. Au point qu'on eût pu croire pouvoir les toucher.

— Où sommes-nous ? m'écriai-je, alarmé. Que s'est-il passé ?

— Ne t'inquiète pas, Joe, nous survolons l'atmosphère contrairement aux apparences. Nous avons bondi dans une zone que caractérise un intense champ magnétique, et j'ai enclenché le mode furtif. Deux vaisseaux kristangs se sont rematérialisés aux abords de la planète, et nous, nous étions de l'autre côté de la lune. Je pense que nous nous en sommes assez vite éloignés pour qu'ils ne détectent pas la signature des rayons gamma de notre bond de sortie. Nous sommes maintenant à l'horizon planétaire, qui a dû également contribuer à masquer notre manœuvre évasive. L'un dans l'autre, les Kristangs disposent à leur bord de capteurs pourris. Ils se sont appliqués à remettre à niveau leur technologie balistique au détriment des capteurs, une erreur dans laquelle persistent ces crétins de sauriens depuis très longtemps. Ils n'apprendront jamais. Hmmm... Deux autres navires kristangs viennent de bondir par ici. Deux, trois... cinq... sept. Un groupement tactique typique.

— Quel genre de navires ?

— Je vérifie les données à mesure… on dirait un cuirassé, deux croiseurs, deux torpilleurs, un transporteur de troupes et un bâtiment de soutien logistique.

— Ils peuvent nous voir ?

—Ah, absolument pas, Joe. Notre champ de furtivité thuranien, conjugué à mes formidables perfectionnements, nous dérobe on ne peut mieux aux capteurs aux performances dérisoires des lézards. Sans compter que nous sommes aussi enveloppés par le champ magnétique planétaire, qui défausse les champs sensoriels des Kristangs. Alors, oui, ils ignorent tout de notre présence ici.

— Et le détachement ? Les Kristangs l'ont vu ?

— Non – non que je puisse le déterminer à partir des transmissions kristangs de bord à bord. Les lézards ne semblent pas porter grand intérêt aux sites des Anciens, ce qui confirme mes soupçons : beaucoup d'espèces ont déjà visité ces lieux, au fil de nombreuses années. Avant notre bond, j'avais signalé à notre détachement que des vaisseaux ennemis croisaient dans ce système. Le capitaine Desai aura détecté leurs signatures entrantes de saut. Je suis certain que Desai a en conséquence enclenché le champ de furtivité de la nacelle en préservant les codes sécuritaires des communications. Tout comme je ne doute pas que le colonel Chang ait dissimulé son équipe dans les entrailles du complexe des Anciens. Nos capteurs ne sont plus en mesure de détecter la navette, ce qui m'amène à penser qu'elle est effectivement en mode furtif. À moins que Desai ou Chang rompe avec la discipline, ce qui me surprendrait grandement – même si j'en sais très peu à leur propos –, les Kristangs ne détecteront pas leur présence en sondant la surface d'ici.

Momentanément soulagé, je pris une grande inspiration et exhalai longuement – un truc de yoga. Au détail près que je n'avais encore jamais suivi le moindre cours de yoga. Un temps, ma sœur n'avait juré que par ça.

— Bon, super. Facteur décisif : de combien d'oxygène dispose le détachement ?

— Il y a à cela deux éléments critiques, Joe, me reprit-il. De combien d'oxygène dispose notre détachement dans ses combinaisons ? Combien de temps les Kristangs comptent-ils rester là ? À supposer que le colonel Chang ordonne au détachement de s'y établir le temps de reprendre des forces et d'économiser ses réserves d'oxygène, nos hommes devraient disposer de trente-deux heures. Si on part du principe qu'il leur faudra regagner leur nacelle en augmentant leurs besoins en oxygène, trente heures, c'est le maximum.

« Quant aux Kristangs, en partant de leurs communications, j'ai pu déterminer qu'un transporteur thuranien les avait déposés dans ce système. Et qu'ils attendent d'être récupérés par un autre transporteur dans les trente-six heures. Les Kristangs sont ici pour pratiquer les manœuvres d'escadre et les opérations de ravitaillement. Le bâtiment de soutien est à même d'extraire du carburant à partir de l'atmosphère d'une géante gazeuse. Ses réservoirs sont maintenant à peu près pleins, alors il n'en repassera pas par tout le processus d'extraction et de raffinage du combustible, ce qui, pour les Kristangs, leur prend en moyenne de six à huit jours. En l'occurrence, le bâtiment de soutien se contentera de s'exercer à abaisser sa ligne de ravitaillement dans l'atmosphère et à maintenir une position stable en orbite. Les autres vaisseaux se livreront à des simulations de combats. Je n'ai pas les détails, puisqu'ils n'ont pas encore été réglés dans les transmissions de bord à bord.

— Trente-six heures ? C'est trop tard ! Euh… une minute. Si les Thuraniens doivent revenir les chercher, ils se présenteront à l'avance au point de rendez-vous, pas vrai ?

En ce qui concernait notre propre détachement, je tenais à ce qu'il ait une belle marge par rapport à ses réserves d'oxygène.

— Absolument. Les Thuraniens n'ont aucune patience avec les traînards, leurs transporteurs stellaires n'attendent personne ni aucun autre vaisseau thuranien d'ailleurs. On les a vus abandonner à leur sort des navires qui n'avaient jamais que dix minutes de retard à un rendez-vous. Ceux-là s'assureront d'arriver au moins quatre heures à l'avance ; ils devraient donc partir d'ici dix ou douze heures.

Je laissai échapper un long sifflement consterné.

— Fichtre, c'est serré. Trente-six heures d'oxygène pour notre détachement, alors que les Kristangs seront là d'ici vingt-quatre à vingt-six heures ?

— En effet. En arithmétique, les chiffres sont implacables.

— Peut-on faire parvenir un message au détachement ?

— Pas d'ici, pas pour le moment. Mais dans deux heures en gros, nous serons en position d'émettre en rafales par faisceau étroit, avec un risque minimal de détection par les Kristangs. À moins bien sûr qu'un de leurs vaisseaux croise alors entre la lune et nous.

— Nous allons attendre, Monsieur ? fit Simms, sceptique.

— Skippy, quelles sont nos chances d'affronter sept navires kristangs ? Dont cinq cuirassés, O.K. ? Sans compter le transporteur de troupes ou le bâtiment de soutien ? ajoutai-je, plein d'espoir.

— Oh, ne commets pas l'erreur de ne pas les prendre en compte, ces deux-là, Colonel Joe, ils sont équipés de missiles, de masers et quatre des nacelles du transporteur sont également dotées de missiles. En combat, les Kristangs pourraient salement nous amocher. La meilleure défense d'un transporteur stellaire, c'est encore la fuite. À un contre sept ? Les pronostics ne m'enchantent guère. Sans oublier que d'autres spationefs kristangs sont à l'affût en périphérie de ce système solaire. Combien ? Je n'ai pas encore les données. En tout cas, ils pourraient rapidement appeler des renforts à la rescousse.

— Major Simms, dis-je, il ne s'agit pas là d'un simple affrontement en perspective ; le temps qu'on récupère notre détachement, on sera vulnérable. Et dès que les Kristangs comprendront ce qu'on fait ici, ils prendront notre détachement pour cible, nous ne serons plus en mesure d'assurer sa protection. Alors, patientons. Envoyons un signal à nos hommes dans environ deux heures, et attendons que les Kristangs repartent. Ça craint, je sais, mais voilà ce que nous allons faire : attendre.

Chapitre Sept

On attendit. Et, en effet, ça craignait. À pile deux heures trois minutes, on lança vers la lune un maser de liaison visant à informer le détachement de la situation, du délai estimé pour le ramener à bord – en lui ordonnant de ne surtout pas envoyer de réponse. Puis on reprit notre mal en patience. L'attente s'éternisait.

Après mon quart sur la passerelle, je confiai les rênes au sergent Adams. J'aurais voulu rester sur mon fauteuil jusqu'à la fin des vingt-six heures fatidiques, afin de ne pas rater une seule seconde pendant que mes hommes se raccrochaient désespérément à leurs dernières réserves d'oxygène. Ceux qui, sur mes ordres, s'étaient risqués à la surface de ce corps astral et mis en danger, ceux dont j'avais la responsabilité. Cherchant une quelconque occupation, je retournai au gymnase m'entraîner sur tapis roulant, casque sur les oreilles, tant j'étais très peu d'humeur à tailler le bout de gras avec qui que ce soit. Sur place, les autres me laissèrent tranquille. Après une heure à suer sang et eau sur le tapis de course, je pris une douche, m'offris un en-cas au réfectoire, et regagnai mon bureau. Skippy me bipa sur mon zPhone – autrement dit, il requérait un tête-en-tête, en toute discrétion. Je mis mon oreillette en place.

— Eh, Skippy, d'autres mauvaises nouvelles ?

— « Nouvelles » étant par définition de « nouvelles informations », non, il n'y en a pas. La situation n'a pas changé.

Vu l'affichage de ma tablette, ça, je le savais déjà. N'empêche, l'entendre confirmer ce que j'avais sous les yeux me confortait.

— Très bien, alors quoi ? Que se passe-t-il ?

— Voilà une conversation qui devrait se tenir en privé, Joe.

— Ah, pigé.

Je bipai les officiers du CIC histoire de leur faire savoir que je me rendais dans mes quartiers. Une fois arrivé, je refermai la porte sur mes talons, et m'assis sur ma banquette. En ces circonstances, l'équipage ne me dérangerait pas à moins de me contacter au préalable.

— Bon, qu'y a-t-il ?

— Joe, cette conversation n'aura rien d'agréable.

— Laisse-moi deviner, tu vas me conseiller d'abandonner l'équipe de Chang à son sort, histoire de poursuivre notre mission.

— Euh… Oui ?

Rien qu'à l'entendre, il était sincèrement surpris.

— Sacrifier une poignée de soldats, tout cela afin de préserver le restant de l'équipage, et notre vaisseau ?

— Oh… Je l'avoue, Joe, je ne sais plus trop quoi dire, là… Je m'étais préparé à de longs arguments et voilà que… tu me laisses sans voix.

— Ne sois pas idiot, Skippy. Parce que tu crois peut-être que je ne l'ai pas envisagé ? À attendre ici, sans mot dire, que leurs réserves d'oxygène se tarissent, et qu'ils meurent d'asphyxie ? Je suis le commandant. Celui qui a pour obligation de faire passer le succès d'une mission au-dessus de toute autre considération. Ça craint, c'est rien de le dire ! Et j'ai cela en horreur. Mais voilà, je suis le commandant de ce vaisseau, et c'est mon job. Penses-y un peu. C'est pour toi que nous nous aventurons si loin, c'est notre mission, et ce sont nos vies que nous mettons en jeu pour toi.

— *Waouh* ! N'importe quoi ! Tu fais porter sur moi toute la responsabilité du truc, et tu as tort. O.K., j'ai besoin que tu ne fasses pas courir à ce vaisseau de dangers inconsidérés. Vous, les humains, avez besoin de vous assurer que d'autres espèces n'aillent pas découvrir que vous êtes en train de sillonner la galaxie.

Ah, nom de nom, j'avais bel et bien froissé sa sensibilité.

— Skippy, mes paroles ont dépassé ma pensée. Je n'ai pas voulu dire ça. Tu as sauvé notre planète et nous avons un accord. Crois-moi, j'ai toutes les intentions de m'y tenir, même si cela coûte des vies. Je tiens à ce que tu le *comprennes*.

— Je le comprends tout à fait, Joe.

— Bien. J'y ai beaucoup réfléchi, Skippy. Faute de chance réaliste de récupérer notre détachement sans faire courir de risques indus à notre bord, je n'aurai d'autre choix que de faire face à la réalité des faits. C'est clair et net, Skippy, je ne peux pas me permettre le moindre sentimentalisme dès qu'il est question de commandement. Alors, oui, j'ai déjà décidé que nous abandonnerons à son sort le détachement de Chang si nous le devons. Il nous reste simplement à espérer de ne jamais en arriver à cette extrémité.

— Joe, je me retrouve parfois confronté au fait que tu ne te résumes pas à ce brave benêt si débonnaire avec lequel je blague. Voilà qu'il me revient que tu as abattu deux Épaulards de sang-froid, en tuant pas moins de deux mille êtres doués de conscience. Et que, sous ton commandement, nous avons ensuite catapulté quatorze spationefs kristangs au cœur d'une planète en renvoyant leurs équipages au néant. Sans compter les soixante-dix-huit Thuraniens de l'équipage d'origine. Ou les Kristangs tués lorsque tu as atomisé cet astéroïde.

— Tout ça pour en venir… où ?

De temps à autre, je me rappelais, moi aussi, que Skippy était une IA conçue par une civilisation à ce point évoluée qu'elle n'aurait pu envisager les êtres humains que comme de vulgaires insectes, au mieux. Il se montrait amical envers nous – et nous y avions tout intérêt. Mon job le plus critique ? Non pas de commander ce vaisseau, de guider notre équipage, de prendre des décisions vitales, non… M'assurer que Skippy appréciait notre présence, par-dessus tout. Car si jamais il se fatiguait de m'agonir d'insultes et de me chercher noise, *là*, les véritables ennuis commenceraient. Aussi étrange que cela puisse paraître, mes relations avec ce petit enfoiré de première étaient encore le meilleur atout de l'humanité.

— Pour en venir où ? J'avais cru être de mon devoir de t'aider à envisager une décision déchirante. Or, tu t'y étais déjà résolu. Je t'ai sous-estimé.

— Merci, Skippy.

— Maintenant, quand je crois t'avoir sous-estimé, il s'avère qu'au contraire je t'ai surestimé, toi, le tocard de première.

— Ah, merci de me rappeler le morback de première que, *toi*, tu es.

— À ton service, Joe, à ton service.

Dans les sept heures qui suivirent, je fus de nouveau dans mon bureau à m'acquitter de tâches vaines et inutiles histoire d'éviter de hanter la passerelle en détournant les officiers de quart de leurs propres missions. Skippy vint interrompre le cours de mes pensées avec toujours plus de mauvaises nouvelles.

— Hum, Joe, je viens de glaner un petit scoop qui pourrait être intéressant à propos de ce groupe d'intervention. Le commandant est le troisième fils du chef clanique haut placé, en poste récemment, et la flotte lui a tout naturellement attribué les détachements d'autres forces opérationnelles. Il a téléporté ici son équipe spéciale en vue de l'entraîner, de la mettre en condition. Il s'inquiète beaucoup à l'idée qu'elle ne soit pas à la hauteur d'un affrontement clanique majeur prévu le mois prochain. Or, ce sera là sa meilleure chance d'entraîner ses troupes vu que le mois en question sera occupé par les voyages cosmiques.

— Bon sang ! Autrement dit, il va tout faire pour repousser les limites horaires jusqu'au délai imposé.

Et c'est précisément ce que je ferais à sa place, si je me retrouvais soudain aux commandes d'une force opérationnelle de seconde main.

— C'est exactement ce que je pense. D'autres navires kristangs croisent aux abords de ce système solaire. Il y a amené son groupe d'action afin de l'entraîner loin des regards indiscrets. D'après ce que j'ai vu, les appréhensions de ce commandant sont entièrement justifiées. Ces bâtiments sont mal entretenus, leurs équipages inexpérimentés et le moral des troupes au plus bas. Jusque-là, ces navires manœuvrent maladroitement, et leurs navigateurs semblent mal distinguer la droite de la gauche. Que le commandant en question, tout kristang qu'il soit, soit un sacré dur à cuire d'âne bâté n'arrange rien. Pour un peu, je m'apitoierais sur le sort des équipages placés sous ses ordres.

— Pour un peu… maugréai-je, les sourcils froncés.

À dix-huit heures trente-deux, j'étais de nouveau dans mon bureau lorsque Skippy me contacta. Le sommeil m'avait fui ; m'allonger une heure n'avait servi à rien. J'avais fini par y renoncer.

Comment aurais-je pu m'assoupir alors que mes hommes étaient sur le point de mourir asphyxiés ? J'étais donc retourné dans mon bureau étudier les manuels de vol.

— Joe, l'un des croiseurs vient de bondir en orbite basse autour de cette lune, de l'autre côté de la base des Anciens ! Sans crier gare ! Et quatre nacelles s'apprêtent à se poser à la surface.

Je faillis moi-même bondir hors du bureau.

— Tu en as informé la passerelle ?

— Mais quelle question, Joe ! Évidemment ! En ce moment, le major Simms est l'officier de quart responsable.

De mon bureau à la passerelle, il y avait moins de vingt secondes. Voilà bien pourquoi j'avais opté pour un minuscule placard en guise de bureau. Assez près pour pouvoir m'y précipiter très vite, assez éloigné aussi, au détour d'une coursive, pour que la passerelle et les officiers du CIC ne se sentent pas étouffés par ma présence à tout bout de champ. Dès que je parus, Simms libéra le fauteuil de commandement.

— Tout ce que l'on sait, Monsieur, c'est qu'un croiseur vient de surgir en lançant à la surface quatre capsules. Compte tenu de leur trajectoire et de leur vélocité, elles arriveront à la base des Anciens d'ici vingt-sept minutes.

Vingt-sept minutes. *Le Hollandais volant* pouvant s'y rendre en une poignée de secondes, nous n'avions pas à réagir avec trop d'empressement. Nous avions tout loisir d'évaluer la situation, et de réfléchir à nos options. J'étais sur le point d'appeler le capitaine Desai sur la passerelle. Quitte à engager le combat, je tenais à avoir aux manettes notre pilote la plus expérimentée. Au détail près que, comme je me le rappelai soudain, Desai n'était plus à bord mais sur cette lune, en mode furtif. Les choses allaient décidément de mal en pis.

— Sait-on si les Kristangs se doutent de la présence de notre détachement ? lançai-je.

Une question qui s'imposait. Sinon pourquoi ce croiseur aurait-il bondi ici en orbite, et lancé quatre navettes ?

— Non, répondit Skippy. Il n'y a pas eu de communications en ce sens avant que ce croiseur ne fasse son saut ; or, ledit croiseur et ses quatre navettes maintiennent le silence radio. Il nous est néanmoins impossible de surveiller toutes les transmissions entre eux. S'ils recourent à un maser à faisceau étroit pour communiquer de bord à bord, les capteurs du *Hollandais volant* ont moins de cinquante pour cent de chances d'intercepter leurs messages d'ici.

— Je vais partir du principe que, d'une façon ou d'une autre, ils connaissent l'existence de notre détachement en ces lieux. C'est la seule chose qui ait du sens. Alors, quelles sont nos options ? On bondit, on lance des missiles contre ce croiseur et on foudroie ces nacelles au canon maser…

Les yeux rivés sur l'écran principal de visualisation, je jouais avec les contrôles de l'accoudoir du fauteuil de commandement. J'étais devenu assez bon dans la manipulation des visuels. De notre position, nous avions une vue directe sur la lune ; son orbite et celle du *Hollandais volant* impliquaient qu'elle passerait de l'autre côté de la planète dans moins de quarante minutes. Sur l'écran, le croiseur n'était jamais qu'un point, visible, mais tout près de disparaître derrière la lune dans moins de cinq minutes. Du fait que nous n'utilisions pas le champ de détection du *Hollandais volant*, nous devions nous rabattre sur les capteurs passifs afin de repérer les astronefs hostiles. Avant tout, quatre des signets du visuel représentaient les nacelles kristangs. Je recourai au zoom qui révéla deux grands transporteurs de troupes et deux canonnières. Les nacelles s'étaient éjectées de leur plongeon en orbite et volaient maintenant à basse altitude, survolant les reliefs dénués d'oxygène. Un des pictogrammes du visuel indiquait que les capteurs de bord se livraient à une estimation de la position des nacelles. À un tel intervalle, et compte tenu des interférences du champ magnétique planétaire, la détection desdites nacelles était intermittente.

— Ou alors… Eh, à quelle distance minimale pourrions-nous bondir de la surface lunaire pour réduire l'écart que doit franchir Desai afin de regagner le bord ? Les transporteurs stellaires sont mal conçus pour opérer en puits gravitationnel, et la gravité de cette lune ne peut poser problème, n'est-ce pas ? Pourrions-nous… ?

Skippy m'interrompit.

— Colonel Joe, nous avons une autre option que tu devrais fortement envisager : ne rien faire pour le moment, et attendre. Je ne crois pas qu'il s'agisse d'une attaque avérée contre notre détachement sur le terrain. S'ils se doutaient que des humains sont ici-bas, leurs autres vaisseaux se déploieraient en renfort de la section d'assaut. Ce qui n'est pas le cas à l'heure actuelle. Ces autres navires opèrent en mode indépendant.

— Tu penses aussi qu'ils se livrent à un simple exercice ?

Voilà qui ne laissait pas de me surprendre. Sans compter que ça n'avait guère de sens. La planète comptait une dizaine de lunes. Qu'un croiseur kristang bondisse en orbite de l'un de ces astres lunaires où l'un de nos détachements s'était échoué ? La « coïncidence » était louche.

— Oui, à mon avis, c'est bien d'un simple exercice dont il s'agit. En me fondant sur des données partielles, précisa Skippy sans rien perdre de son assurance. On a là, selon toute vraisemblance, un bâtiment kristang s'entraînant au largage d'une section d'assaut.

— Tu en es vraiment certain, Skippy ? Jusqu'à quel point ?

Je devais m'assurer qu'il n'ait aucun doute sur la question. Si les nacelles kristangs atterrissaient en zone critique, aux abords du site des Anciens, peu importait qu'il s'agisse à l'origine d'un simple exercice ou d'un assaut en règle, les soldats allaient débusquer nos hommes. Éclateraient alors des combats acharnés, qui n'auraient plus rien de simulacres.

— J'en suis raisonnablement sûr et certain, Joe. Mais pour être plus précis au lieu de rester dans le vague… Disons qu'il y a une probabilité de 92 % qu'il s'agisse bel et bien d'un exercice, et que les Kristangs ignorent tout de la présence de notre détachement à terre. Si tu le désires, je peux te montrer comment une unité spéciale kristang se déploierait en renfort. Or, cette unité n'est pas positionnée pour soutenir ce croiseur isolé. En outre, ces quatre nacelles n'ont pas enclenché de mode furtif, ce qui est également inhabituel. Ça indique qu'il ne s'agit pas là des prémices d'un authentique affrontement aux yeux des Kristangs. Si leur intention était d'attaquer notre détachement, les tactiques qu'emploie cette unité spéciale sont totalement inappropriées. Ce serait de l'incompétence pure et simple.

— 92 %, ça me va, Skippy. Hormis le fait que ça ne m'apprend pas tout ce que j'ai besoin de savoir. Si l'exercice consiste en partie à se poser sur le site des Anciens, nous n'aurons d'autre choix que d'intervenir de toute façon.

Skippy eut l'air décontenancé.

— Oh… Hmmm. Je ne l'avais pas vu sous cet angle-là. Dans ce cas-là, on serait contraints de livrer combat, en prenant les Kristangs au dépourvu.

— Oh-*oh*. De même, ces autres vaisseaux ne sont jamais qu'à quelques *minutes*-lumière d'ici. Autant dire que nos renseignements sur leurs coordonnées et leurs actes seront vite dépassés, lui fis-je observer.

C'était bien le problème avec nos écrans chic et choc : on en venait à assumer inconsciemment que leurs données étaient en temps réel. Tout faux. Dans le cadre de combats spatiaux, presque tout accusait un décalage de quelques secondes au moins. Lors de ma formation militaire basique, on avait dû se rabattre sur de vieilles cartes papier d'état-major, en renfort des affichages informatisés et des équipements GPS. Avec les cartes papier, on prenait au moins conscience qu'un marqueur signalant la position de l'ennemi était d'une validité toute relative – à un moment donné, c'était vrai. Et puis… Une disposition d'esprit, une logique, qu'on avait tout intérêt à cultiver encore maintenant.

— Tout à fait. Un tel pouvoir de réflexion, chez un singe comme toi, c'est assez impressionnant, je dois dire, me concéda Skippy de mauvaise grâce. Bon, eh bien, dans ce cas, ça peut effectivement virer à l'affrontement, je l'admets. Mais avant cela, j'estime toujours que notre meilleure ligne de conduite, c'est encore l'attente, afin de déterminer ce que les Kristangs mijotent au juste.

Je fronçai les sourcils.

— Et attendre ne limitera pas nos options ? Ce vaisseau va disparaître derrière l'autre hémisphère lunaire. Or, nos canons maser ont besoin d'une ligne de mire pour atteindre nos cibles – soit les nacelles ennemies.

— L'attente ne diminuera pas sensiblement nos chances de succès pour ce qui est de porter secours au détachement en perdition, Joe, parce qu'en l'état, les pronostics sont déjà pas bons du tout en ce qui nous concerne. En clair, notre meilleure chance de récupérer nos hommes sains et saufs, c'est encore de patienter en espérant qu'il s'agisse d'un simple exercice des Kristangs. Il y a peu d'inconvénients à retarder les mesures à prendre durant vingt à vingt-deux minutes. Si nous sommes contraints à passer à l'action, surseoir à une décision diminuera nos chances de succès de 0,17 %. Globalement, nos chances de récupérer le détachement, s'il faut combattre cette unité spéciale, sont de… euh… tu exècres les maths et les stats ! Inutile de t'assommer de chiffres. En somme, ça craint, Joe. Disons tout simplement que notre détachement à terre est devenu très vulnérable, et que ce vaisseau n'est pas en mesure de fournir assez de puissance de feu pour le préserver du pire.

— Alors… on attend ?

— Oui. C'est ce que je recommande.

Je m'affaissai quelque peu dans mon fauteuil.

— Attendre, je ne suis pas très doué pour ça, Skippy.

— Joe, si je te listais tout ce en quoi tu n'es pas « très doué », ça prendrait un certain temps, crois-moi. Cela dit, la patience n'est pas ton fort, ça, c'est certain. Si t'étais un super-héros, tu n'aurais rien de Mister Patience-Man. Tu serais plutôt le mec qui se dit, pourquoi cuire un gâteau à 300 °C 30 minutes alors qu'on peut le passer au four à 1800 °C 5 minutes, hein ?

L'ombre d'un sourire dansa sur mes lèvres.

— Ah, parce que… ça se peut pas ?

— C'est un non catégorique, Joe. Rappelle-moi de ne surtout pas te laisser approcher de la coquerie.

Nous attendîmes. Encore et encore. Et nous dressâmes des plans en hâte histoire d'attaquer les Kristangs et de voler à la rescousse de notre détachement en difficulté. Cinq minutes… dix. Douze… Skippy annonça enfin que les quatre nacelles kristangs s'étaient scindées en deux groupes, chacun comportant un transporteur et un hélico de combat. Leurs trajectoires respectives allaient prendre en tenaille la base des Anciens.

— Voilà qui paraît maintenant fort vraisemblable, soupira Skippy, attristé. Visiblement, ils ont toutes les intentions d'atterrir et de livrer assaut contre la base des Anciens. Voilà qui est tout à fait regrettable. Je suis toujours d'avis que les Kristangs ne se doutent nullement de la présence de notre détachement, et que le complexe des Anciens n'est jamais qu'une zone toute désignée pour s'exercer à des assauts en règle. Mais comme tu le disais, tout cela n'a plus guère d'importance.

— En effet. Quitte à livrer combat, autant qu'on ait les honneurs, au lieu de laisser l'ennemi nous forcer la main. Pas question de laisser non plus ces nacelles se rapprocher assez du site des Anciens pour menacer nos hommes en difficulté là-bas. Major Simms, que le Poulet soit paré à décoller.

Nous avions deux pilotes dans une nacelle, prêts au décollage en deux minutes top-chrono.

— Skippy, quelles sont nos meilleures options, déjà ?

— Aucune n'est bonne, alors de là à les qualifier de « meilleures »… Joe, celle qui te déplaisait le moins… Eh, une minute, j'intercepte un message du croiseur. Ah, j'avais raison, il s'agit bien d'un exercice, le capitaine se vante que tout s'est passé au cordeau, et il requiert la permission que les nacelles passent en mode furtif pour l'approche finale du site des Anciens. Jusqu'à présent, le commandant du groupe d'intervention s'y refusait au motif que, d'après lui, les pilotes allaient entrer en collision les uns avec les autres faute de visibilité. La réception de la réponse du groupe d'intervention prendra bien sûr plusieurs minutes.

— Dans ce cas, tirons le meilleur parti de ce répit, ordonnai-je. Pas question que nos cibles soient en mode furtif quand nous les aurons dans nos viseurs. Option Bravo ! Pilote, orientez notre vaisseau en accélérant pour aligner notre vitesse à celle de l'ennemi. Major Simms, avertissez le Poulet : qu'il actionne l'ouverture des portes du hangar et soit paré au décollage.

L'Option Bravo ? La moins mauvaise, à mon avis – guère – autorisé. D'une accélération, nous allions nous arracher au champ magnétique de la planète, afin d'aligner notre cap et notre vélocité sur celles de la lune. À la toute dernière minute, nous redresserions le nez de notre vaisseau à la verticale, direction la base des Anciens. À la verticale, si bien qu'en émergeant de notre saut, *Le Hollandais volant* chuterait en pleine gravité, l'arrière en premier. Notre plan consistait à lancer le Poulet sitôt qu'on émergerait du vortex de saut, et à lancer un signal à Desai. Avec un peu de chance, Desai le capterait et volerait à notre point de rendez-vous le temps que nos pilotes tentent d'équilibrer sur ses arrières notre spationef massif. Selon Skippy, celui-ci n'avait plus assez de poussée pour stabiliser son altitude. Sinon, nous ne pourrions pas l'exploiter dans un puits gravitationnel sans briser la longue colonne du navire. Or donc, il tomberait en chute libre sur la surface lunaire. Desai devrait calquer dessus avec exactitude notre vitesse et notre accélération, en ramenant sa navette à bord. Tandis qu'elle volerait à notre rencontre, nous allions foudroyer les quatre capsules kristangs au canon maser, et le Poulet irait récupérer le détachement de Chang à terre. Il n'y aurait plus le temps de reprendre le Poulet avant notre prochain saut d'évitement. On ne pourrait jamais que se repositionner à une certaine distance avant de devoir fuir, ou ce serait le crash. Dès notre bond programmé, on bombarderait le croiseur kristang de missiles à la dernière seconde. Le Poulet aurait à charge de secourir le détachement de Chang, de s'éloigner à tire-d'aile du site des Anciens, d'enclencher le mode furtif, puis de patienter. Et de patienter encore… Car, à supposer même que la chance nous sourie et que nous éliminions ce croiseur, le restant du groupe d'intervention kristang et ses alliés aux abords du système solaire viendraient bourdonner autour de la lune comme autant de frelons furibonds.

Ça n'avait rien d'un bon plan. C'était juste le seul qu'on puisse concocter en si peu de temps. Et ça devrait faire l'affaire. Pas question que j'abandonne nos hommes à leur sort. Ça peut paraître cruel, mais si nous étions incapables d'exfiltrer notre détachement de la structure des Anciens où il avait trouvé refuge, je n'aurais plus d'autre choix que d'ordonner une frappe de missiles, afin d'empêcher l'ennemi de découvrir la présence d'êtres humains en ces lieux.

— Quoi qu'il advienne, Joe, annonça Skippy, ce sera une première dans l'Histoire de la galaxie. Personne n'aura encore tenté ce type de manœuvre aux commandes d'un transporteur stellaire.

— C'est toujours bien d'avoir un objectif, soupirai-je.

— Personne n'a jamais rien fait de tel, parce que c'est tout simplement débile !

— Eh, Skippy ?

— Ouais ?

— Tiens donc ma bière et regarde ça.

— Quoi ? Que je tienne ta… ? Mais merde alors, qui a catapulté ce bouseux de péquenaud aux commandes d'un vaisseau spatial ?

— Mais toi, mon grand.

— Oh.

Il y repensa un instant.

— Hey, c'est vrai ça !

Hélas, il n'était plus temps de rigoler. Morose, je jetai un dernier coup d'œil à l'écran principal de visualisation.

— Pilote, ordonnai-je, lancement du compte à rebours du saut. Major Simms, n'attendez pas mon signal, décollez rapidement à bord de ces navettes, elles passeront en mode furtif si nous ratons nos premiers tirs.

Quatre navettes ennemies survolaient la surface lunaire, alors que *Le Hollandais volant* ne disposait que de deux canons masers arrière. Il fallait que chacun de nos tirs compte.

— À vos ordres, Capitaine, répondit Simms.

Je la vis appuyer sur le bouton lançant la programmation du saut.

— Dix secondes, neuf…

Encore quelques secondes, et j'allais lancer dans un combat désespéré un navire très peu adapté à cet usage, avec un tout nouvel équipage qui n'avait pas encore eu son baptême du feu. Tout le monde à bord risquait de mourir, et ce serait entièrement ma faute. Ma main droite était parcourue de tels tremblements que je dus l'enfouir dans mon giron en la recouvrant de la droite. Qui n'était guère mieux. Et voilà que ma vessie me mettait à la torture… Attendre l'ouverture des hostilités, anticiper le danger, tout cela était presque pire que les combats en eux-mêmes. Dès que les tirs strieraient les ténèbres cosmiques, je retrouverais des idées claires, et tout mon pouvoir de concentration. Mais avant cela, je revins en un éclair sur tout ce qui pourrait aller de travers.

— … quatre, trois…

— Annulez cet ordre ! beugla Skippy.

Sur l'écran principal de visualisation, il venait d'annuler notre prochain saut de sa propre initiative. *Et* de couper la puissance des moteurs. Plus d'accélération.

— Skippy, mais bon sang… !

— Le cuirassé vient de surgir près du site des Anciens ! Et il cible les quatre nacelles au canon maser basse puissance. Ça doit faire partie des exercices des Kristangs. Oh, deux destroyers viennent en outre d'émerger près du cuirassé de l'autre côté de la lune, et se livrent à un simulacre de bataille. Joe, crois-moi, ces quatre capsules ont été déclarées éliminées par le commandant du groupe d'intervention, elles ont changé de cap et remontent en orbite. Elles ne se dirigent plus sur le site des Anciens.

—Ah, Dieu merci !

Exhalant un long soupir, je me laissai aller contre le dossier de mon fauteuil.

—Pilote, ramenez-nous dans le champ magnétique en douceur je vous prie, on ne tient pas à être repérés.

— Ouh… grommela Skippy.

— Qu'y a-t-il ? demandai-je, la peur au ventre.

À cet instant précis, je ne pensais plus pouvoir encaisser de mauvaises nouvelles.

— Oh, rien qui nous affecte directement, Joe. Eh, mon gars, le simulacre de combat entre ce croiseur et les deux destroyers se passe mal de côté et d'autre ; tous trois se montrent d'une maladresse confondante. Le commandant du groupe d'intervention est tellement en rogne qu'il les engueule sans se soucier d'encoder la transmission. Je pense qu'il veut couvrir ces capitaines-là de honte devant leurs pairs.

— Maladroits, hein ? Tu estimes qu'on pourrait les battre sans trop de mal, au besoin ?

Skippy s'esclaffa.

— Ah, sûrement pas, mec. Quand je parle de maladresse, c'est selon les critères d'une espèce aussi haineuse et belliqueuse que les Kristangs. Joe, *Le Hollandais volant* est une longue monstruosité filiforme qui se conduirait comme un gras cochon complètement bourré même si c'était moi qui étais aux commandes et non une bande de singes inexpérimentés. Sauf le respect de tes pilotes, les Thuraniens ont conçu ce navire pour que des implants cyborgs le contrôlent. Utiliser les commandes manuelles sur cette passerelle auxiliaire ralentit la réactivité selon un facteur de dix, disons. Ces trois bâtiments kristangs traceraient des cercles autour de nous le temps qu'on réagisse. Notre visée balistique est bien trop lente elle aussi pour qu'on espère atteindre nos cibles.

— Merci pour ton vote de confiance, Skippy, fis-je, d'un ton qui se voulait sarcastique.

J'avais les mains qui tremblaient encore. Au moins, je ne ressentais plus un besoin pressant d'aller soulager ma vessie.

— Quoi ? Ce n'était pas un vote de confiance, voyons… Oh ! J'ai pigé, c'était de l'ironie. Ah, ah ! Très drôle. Stupides macaques, grommela-t-il.

À vingt-trois heures, je relevai l'officier de quart et repris place sur mon fauteuil de commandement. Vingt-quatre heures… et toujours pas signe des Kristangs, tout à leurs exercices – même s'ils en revenaient maintenant aux bases de la navigation spatiale. Le commandant du groupe d'intervention était décidément très mécontent de ses capitaines. Aucun des navires kristangs ne croisait près de la lune où notre détachement était piégé, et j'étais tenté d'ordonner à Desai de tenter une discrète échappée. Skippy le déconseilla vivement.

Peu après la vingt-cinquième heure écoulée, on prit un léger risque en transmettant à Chang et Desai un message pulsé à faisceau étroit pour les assurer de notre présence, et de notre ferme intention de les secourir à la première occasion.

Vingt-cinq heures et trente minutes… Les Kristangs étaient toujours là.

Vingt-six heures. Ils se livraient toujours à leurs exercices de navigation. Étreint par l'angoisse, je passai une nouvelle fois nos options en revue. Aucune ne présentait une bonne chance de réussite. J'étais seul face à une perspective implacable, celle d'abandonner nos hommes à leur sort afin de sauver notre vaisseau et de poursuivre notre mission.

Skippy finit par se manifester.

— Hum, Joe, mauvaise nouvelle… J'intercepte une transmission de bord à bord : le commandant du groupe d'intervention déclare les exercices de vol terminés, et ordonne au groupe de rembarquer sur le transporteur stellaire.

Un coup d'œil au visuel : il s'était passé vingt-six heures et douze minutes depuis l'irruption des Kristangs.

— Je ne comprends pas, Skippy, en quoi est-ce une mauvaise nouvelle ?

Ça me semblait une bonne nouvelle, à moi.

— C'est que seuls quatre bâtiments repartiront, trois restant ici. Le commandant reste très fâché des contre-performances de deux d'entre eux, les destroyers. Il leur impose donc de rester en arrière avec son cuirassé pour une formation de rattrapage. La vérité toute nue, que je viens juste d'apprendre, c'est que l'un des capitaines de destroyer est le frère cadet du commandant. Et comme de bons Kristangs, les deux frangins se haïssent positivement. Ce qui nous importe dans cette histoire, c'est que le commandant a toutes les intentions de maintenir ici ces destroyers jusqu'à ce qu'il se déclare satisfait de leurs performances, et peu importe qu'ils ratent le rendez-vous avec le transporteur stellaire. Le prochain à passer par ce système ne se pointera pas avant sept jours.

— Sept jours ?

— Sept jours, confirma-t-il d'un ton grave.

— Deux destroyers et un cuirassé ?

— Oui. Ce cuirassé est un formidable croiseur de bataille, pour les Kristangs. Il est d'un design relativement moderne, datant de moins de trente ans, et ses armements font certainement le poids contre les nôtres.

— Notre détachement ne pourra pas attendre sept jours, dis-je, en énonçant l'évidence.

— Exact, corrobora Skippy d'une voix feutrée. Je n'ai pas de solution au problème, Joe. Je suis navré.

Chapitre Huit

Le détachement se composait de dix-huit individus. Dont Desai et son copilote, le lieutenant Devereaux, qui avaient plein d'oxygène à bord de leur navette. Il fallait espérer que les quatre partis explorer les édifices étaient désormais de retour à bord. Restait les douze du détachement de Chang, en combinaison blindée, disposant de réserves d'oxygène limitées. Douze personnes qui ne survivraient pas sept jours de plus.

Douze vies, piégées sur cette lune. Contre cinquante-deux, sur le *Hollandais volant*. Douze courant un grand péril, contre les cinquante-deux que je mettrais en danger si jamais je poussais notre transporteur thuranien à affronter les trois navires ennemis. La technologie thuranienne contre la kristang ? Pas si simple. Au fil des ans, les Kristangs avaient dérobé et adapté à leurs besoins la technologie des Thuraniens. Côté armements et boucliers, ces vaisseaux n'étaient pas assez éloignés les uns des autres à mon goût. En outre, les navires de combat kristangs étaient entièrement conçus pour livrer bataille, alors que notre *Hollandais volant* restait foncièrement un « pick-up de l'espace ». Les transporteurs stellaires n'étaient pas censés affronter directement des bâtiments hostiles, mais au contraire décamper si besoin grâce à leurs capacités supérieures de bonds cosmiques, en laissant le soin à d'autres de relever le défi.

Douze vies, contre cinquante-deux. Des calculs fort ardus, car si jamais *Le Hollandais volant* était désarmé ou détruit, nos détachements échoués périraient de toute façon. Le bilan s'élèverait alors à soixante-dix morts à déplorer.

Le Hollandais volant pouvait toujours bondir en sécurité, loin de là, en sauvant les cinquante-deux âmes du bord, et en poursuivant notre ordre de mission. Si, à un moment ou à un autre, les vaisseaux kristangs, en pleins jeux de guerre, se trouvaient assez éloignés de la lune, Desai pourrait redécoller en s'en remettant au mode furtif de la navette. Et nous, on pourrait, au moyen d'un calcul savant, la récupérer au vol avant de filer sans laisser le temps aux Kristangs de nous intercepter. Ce qui permettrait de sauver six âmes de plus.

Douze contre cinquante-huit alors. En termes militaires, il s'agissait de douze vies contre l'objectif de notre mission. Si les maths étaient seules en cause, ma décision serait vite prise. Mais voilà, j'étais un singe, pas un cyborg. Et l'arithmétique n'était pas la seule contingence à prendre en considération.

La vraie question était celle-ci : pouvions-nous détruire, ou du moins désarmer ces trois navires de guerre kristangs, le temps de récupérer nos hommes et de déguerpir ? Il nous fallait un plan, et donc des renseignements. Il nous fallait une meilleure appréhension de la situation.

— Skippy, où sont ces vaisseaux par rapport à nous, je veux dire, à quelle distance ? Peux-tu nous donner sur visuel le contexte situationnel ?

Il soupira.

— C'est déjà en visuel. Si tu n'étais pas un pauvre ouistiti débile, ça ne t'aurait pas échappé. Bon, O.K., j'ai ajouté des droites montrant la distance en secondes-lumière.

Des lignes jaunes et des données chiffrées apparurent sur l'écran.

— Tu vois comme c'était facile, Skippy ? Génial, merci. Le cuirassé est donc à trente-sept secondes-lumière de nous, et les deux destroyers à soixante-huit secondes-lumière par-delà.

— Exact ! Tu veux une médaille, ô toi qui sais interpréter correctement le visuel, Joe ?

— Hein ? Ben non, je réfléchis.

— Ah. Fais-moi rire !

— Skippy, je suis sérieux, là. Notre détachement sera bientôt à court d'oxygène. Trois navires ennemis, c'est ça ? Tu pourrais nous rejouer ce tour quand on est arrivés sur Terre ? Prendre le contrôle de ces trois vaisseaux au moyen des nanovirus ?

Après avoir versé notre sang et essuyé des pertes en nous emparant de notre frégate kristang, le *Céleste Fleur Matinale de la Glorieuse Victoire*, Skippy avait appris que ces fourbes de Thuraniens avaient planté un virus nanorobot sur la plupart des bâtiments kristangs. Dès que ceux-ci se rattachaient à un transporteur stellaire thuranien, ils étaient infectés. Mieux qu'un simple virus dissimulé dans les entrailles d'un code informatique, à partir de là, les nanorobots s'agrégeaient rapidement et prenaient le contrôle des systèmes de bord comme un rien. Se méfiant depuis longtemps des manœuvres subversives de leurs patrons thuraniens visant à infiltrer leurs systèmes, les Kristangs avaient donc prémuni leurs ordinateurs de bord de toute tentative de piratage numérique. Du coup, un arraisonnage purement physique restait la seule option.

— Non, j'aimerais bien, Joe ! Ici, le contexte ne s'y prête pas. Plutôt que tu perdes notre temps à poser un tas de questions ignares, je t'explique : tu t'en rappelles, j'espère, je t'avais dit que je devais être relativement proche d'un vaisseau kristang pour que ça fonctionne ?

Je m'en souvenais vaguement, oui. Mais pas dans le détail.

— Un truc à propos de secondes-lumière ?

— En effet. Les Thuraniens ont mis au point ces nanovirus afin de prévenir toute tentative kristang de prise de contrôle *via* leurs vaisseaux pris en remorque. Il s'agit là d'une technologie de faible portée, nullement conçue pour les manœuvres de combat. Je peux quelque peu étendre la portée d'action des nanovirus, mais, de notre position actuelle, ça ne suffira pas à affecter ces trois bâtiments ennemis.

— Oh là, une petite minute ! Foutaises ! Tu t'es payé ces deux navires kristangs, alors que l'un d'eux était de l'autre côté de l'hémisphère terrestre !

— Ah ouais, mec, figure-toi que la Terre n'est jamais qu'une motte insignifiante perdue dans l'espace, et que les deux navires en question croisaient en orbite basse, largement dans ma sphère d'influence. Dois-je te rappeler la distance faramineuse que représente une simple seconde-lumière ? Visiblement, ça t'échappe.

— O.K., y a-t-il la moindre chance pour que notre technologie furtive de pointe nous permette de nous rapprocher suffisamment de ce croiseur ?

— Non.

J'attendis qu'il développe. En vain.

— Non ? Tu pourrais m'en dire plus ?

— Pourquoi ? Tu ne captes rien aux technologies impliquées.

— Skippy, ne sois pas idiot ! Bon, O.K., les finasseries des technologies en question me passent largement au-dessus de la tête…

— Il ne s'agit pas de toi, Joe, ne le prends pas mal, aucun de vous sales macaques n'a la moindre idée du réel fonctionnement de tous ces trucs high-tech. Avant que tu ne me bafouilles une réplique ou une autre, j'ai consacré mes superbes ressources aux jeux de guerre et, face à ces trois bâtiments adverses, je n'entrevois pas de chance raisonnable de succès. Nous pourrions affronter soit le cuirassé, soit les destroyers, mais pas les trois à la fois. L'un ou les autres bondiront à la périphérie du système pour appeler des renforts. Or, nous parlons là de treize navires kristangs supplémentaires qui guettent l'arrivée d'un transporteur stellaire. Même s'ils se réclament d'une technologie d'un niveau bien inférieur, ces treize navires nous rendraient impossible toute tentative de rescousse. Je suis navré, Joe. Il n'y a tout simplement aucune façon de bien faire.

De son poste au CIC, le major Simms prit la parole :

— C'est sans doute une question stupide, mais nous sommes un vaisseau thuranien. Pourrions-nous tout simplement ordonner aux Kristangs de s'écarter d'un bond aux abords du système ?

— Ce n'est pas une question stupide, major Tammy, répondit Skippy. Joe, tu pourrais t'inspirer d'elle pour éviter quant à toi les questions idiotes. La réponse, hélas, c'est non. Les Kristangs ne risquent pas d'obéir à un ordre aussi insolite émanant de Thuraniens. Ils trouveraient cela hautement suspect. Tout comme ils trouveraient des plus insolites qu'un transporteur stellaire s'aventure dans le puits gravitationnel d'un système solaire – et qu'il n'ait qu'un seul navire en remorque. Ce que les Kristangs feraient très vraisemblablement – et quand je dis ça, c'est que j'en suis à cent pour cent certain –, c'est effectuer un petit saut pour voir ce que les Thuraniens fabriquent ici. Et dès qu'ils les verraient s'activer aux abords d'une lune où se trouve un complexe des Anciens, ils appelleraient des renforts tout en prolongeant leur surveillance. Thuraniens et Kristangs se vouent une défiance mutuelle.

— Et merde… J'aimerais que quelque chose soit simple, pour changer.

Oh, je n'allais pas renoncer, ça, non. Les yeux rivés sur le visuel, je réfléchissais à notre plan d'action.

— Eh, on dirait bien que ces deux destroyers se touchent, tant ils sont près l'un de l'autre… ajoutai-je en zoomant sur eux à l'aide des commandes intégrées de mon accoudoir. C'est une illusion d'optique, pas vrai ? Les vaisseaux ne croisent pas si près en réalité ?

— Oui et non. Ils ne naviguent pas normalement à une telle proximité les uns des autres. Vu les vitesses hallucinantes impliquées dans les combats cosmiques, une infime erreur de navigation pourrait très vite provoquer la collision de navires. Auquel cas cependant, ces deux destroyers sont presque l'un sur l'autre, ce n'est pas un truc que je manipule pour vous rendre le visuel plus intelligible, sales singes pouilleux. Ces deux navires-là s'apprêtent à effectuer une manœuvre où l'un d'eux s'immisce dans le champ d'indétectabilité de l'autre. Or, l'un d'eux n'a d'autre choix que de couper son bouclier furtif dans la mesure où deux boucliers de la sorte interfèrent l'un avec l'autre, à moins d'être parfaitement en phase. Envelopper deux vaisseaux dans un même bouclier furtif les fera se confondre en un seul et unique « aux yeux » des systèmes de détection ennemis. Si bien que l'adversaire sera surpris en voyant deux bâtiments distincts suivre soudain des directions bien différentes. Une manœuvre certes des plus difficiles et dangereuses. Le commandant du groupe d'intervention multiplie les exercices de crainte que les capitaines courent à l'échec. Et si jamais leurs vaisseaux étaient endommagés, ces capitaines-là perdraient la face ; du coup, le commandant aurait beau jeu de les supplanter par des officiers qui lui soient dévoués corps et âme.

— Rappelle-moi de ne jamais aspirer à intégrer la marine kristang, fis-je distraitement alors qu'une idée germait dans mon cerveau. À quelle proximité, ces deux vaisseaux ?

— Quatre cents mètres, me répondit Skippy. Pour ce qui est des combats interstellaires, autant dire qu'ils sont l'un sur l'autre. C'est très risqué.

— Oh. Et qu'arrivera-t-il à ce croiseur de combat ? Les destroyers ne sauront rien avant soixante-huit secondes, pas vrai ? Avec la lumière ?

— Joe, quel génie tu fais… tu devrais t'appeler Einstein.

Je répondis à sa saillie par le dédain.

— Et quand nous nous serons assez rapprochés d'un vaisseau kristang, combien de temps te faudra-t-il pour en prendre le contrôle avec ces nanovirus ?

— Oh, compte quinze à vingt secondes pour un contrôle total. En sept secondes, le vaisseau sera déjà immobilisé. Ici, la vitesse de la lumière n'est pas le problème, l'effet que je génère est instantané, pour d'incroyables raisons magiques que vos pauvres cervelles de primates ne sauraient appréhender.

— Eh ouais, mec, si tu le dis. En émergeant d'un saut cosmique, on doit patienter un peu avant le suivant, pas vrai ?

— Ah, mon garçon… Tu me vois désolé de crever ton beau ballon d'une cruelle épingle, Joe. Tu imagines qu'on pourrait bondir à proximité du cuirassé et que mes nanovirus pourraient en prendre le contrôle ? Et, avant même que les destroyers aient la puce à l'oreille, je leur saute également sur le poil histoire de m'emparer là encore des commandes ? Ah, laisse tomber ! Je te l'ai dit, la réflexion, c'est vraiment pas le fort des singes. Vous n'êtes pas doués, franchement pas ! Et comme je te l'ai dit, j'ai déjà analysé toutes les variables possibles au filtre de mes gigantissimes neurones cérébraux, pas moyen d'affronter frontalement ces trois bâtiments de guerre sans que l'un voire deux d'entre eux se replient pour aller quérir des renforts. Quatre d'entre eux sont sur le point de déguerpir. Mais souvenez-vous, le transporteur stellaire thuranien ne sera pas là avant trente-six heures de plus, sans compter que nombre d'autres navires kristangs rôdent toujours en périphérie de ce système solaire. Ils pourraient sacrément nous nuire. Écoute, ajouta-t-il alors que je rouvrais la bouche, je parle, tu écoutes ! Moi sagace, toi macaque ! Joe, ton idée… *uh*, je déteste associer la notion « idée » à ce qui peut sortir de ta pauvre cervelle, mais bon, ton idée ne fonctionne pas. Dès qu'on émerge d'un saut, on doit attendre au moins quatre-vingts secondes avant de recommencer.

— Et moi, je te dis « foutaises », Skippy !

Cette fois, j'avais gagné en assurance.

— Quand nous talonnions ce groupe de combat thuranien afin que tu puisses subrepticement télécharger ses données, tu as découvert qu'il y avait peut-être aussi un vaisseau maxolhx dans les parages et tu nous as fait déguerpir d'un autre bond. Puis encore un autre dans la foulée, en une poignée de secondes.

— Dans ce cas précis, il s'était écoulé vingt-deux secondes pour être exact. En effet, Joe, on peut rebondir en moins de quatre-vingts secondes. Lorsque je craignais qu'un vaisseau maxolhx nous débusque, je me fichais de notre point d'émergence pourvu qu'on prenne du champ. Alors que là, tu voudrais qu'on surgisse tout près de ces deux destroyers, et ça, ça n'est pas possible. Un saut génère une vibration dans les bobines de bond, une fluctuation quantique imprévisible qui affecte instantanément l'espace-temps environnant notre transporteur stellaire. Afin de programmer un saut précis, nous devons attendre que la vibration disparaisse. Nous ne pourrons donc pas surgir près de ces destroyers avant que la bouffée de rayons gamma de notre bond ne les atteigne. Et sitôt qu'ils détecteront ce rayonnement gamma, ils se replieront d'un saut et nous les perdrons. Alors, pigé cette fois, ouistiti ?

— C'est bon, t'as fini ?

— Yep.

— Sûr ? Je ne voudrais pas gâcher ton plaisir, Skippy, tu as franchement l'air de t'éclater à nous agonir d'injures, nous autres pauvres singes.

— Yep, sûr. Mais je t'en prie, Joe, éblouis-moi de ton idée géniale, ça fait un bon moment que je ne me suis plus marré.

— Bien. Parce que si tu l'avais bouclé une seconde pour m'écouter *moi*, tu l'aurais déjà entendue, mon idée de génie. La voici : on surgit à proximité immédiate du cuirassé, tu en prends le contrôle au moyen des nanovirus afin de le faire bondir juste au-dessus de ces deux destroyers en activant l'autodestruction à la seconde près. Ça devrait au moins les désemparer provisoirement, le temps qu'on revienne à la charge pour achever de les détruire à coups de missiles dès que notre système de bonds sera de nouveau prêt à l'action. Les bobines de saut du cuirassé seront rechargées pour un repli d'urgence, il n'y aura pas à attendre quatre-vingts secondes. Est-ce que ça fonctionnera ?

Silence. Puis…

— Bon sang. *Bon sang* !

J'attendis qu'il s'explique, avant de perdre patience.

— Skippy ? *Allô* ? Écoute, si tu réfléchis à de nouvelles insultes parce que mon idée est stupide, autant me le dire tout de suite, et on reprendra rendez-vous plus tard pour que tu puisses me péter encore les grelots autant que tu veux. Ça te va comme ça ?

— Je hais ma vie, grommela-t-il, furibard, ça craint ! C'est tellement injuste !

— Quoi ? Qu'y a-t-il d'injuste ?

— Joe, j'ignore comment une telle chose a pu se produire, comment c'est possible, compte tenu des lois de la physique. Il se trouve que tu as sorti une bonne idée de ton sac à malice. Toi ! Un macaque ! Oh, ce que je me sens humilié, je hais ma vie ! J'ai craqué des milliards de variables et tout ça pour quoi ? Nada ! Zilt, zéro ! Aucun moyen viable d'affronter simultanément ces trois navires ennemis. Et c'est là qu'un foutu primate ramène sa fraise en sortant la solution de sa misérable cervelle…

Il avait vraiment l'air abattu, tout piteux.

— Joe, si j'avais un nez à moucher, ce que j'en extirperais serait encore plus brillant que l'ensemble de ton espèce. Et toi seul, entre tous, voilà que tu viens me servir la solution sur un plateau… *Inimaginable* !

— Oh… Euh, Skippy… C'est un peu comme ton idée géniale de raid contre l'astéroïde, en oubliant simplement que les humains ont besoin d'une combinaison spatiale… dans l'espace ?

— Savoure ta nanoseconde de gloire, mon petit singe, c'est pas près de se reproduire, maugréa-t-il.

— Mmmh, on prend les paris, Skippy ?

— Oh, la ferme ! Je te hais. Stupides singes.

— Moi aussi, je t'aime, Skippy. Peux-tu programmer un saut pour nous, afin de nous rapprocher assez de ce cuirassé ?

— Mais oui, bon sang, je programmerai un saut afin que tu puisses exécuter ton plan stupide !

— Stupide ? Ne viens-tu pas d'avouer que mon plan n'était pas stupide ?

— Il ne l'est pas, confirma-t-il d'une toute petite voix que j'eus du mal à capter.

Souriant, je tournai mes regards vers les officiers de quart au CIC, derrière leur paroi vitrée.

— Quoi ? Je t'entends mal, Skippy ? Ce plan-là, celui issu d'une cervelle de singe, n'est pas stupide ?

— Non.

— Hmm. Et c'est quoi le contraire de stupide, je me demande ?

— Malin ! Le contraire, c'est malin ! Là, je l'ai dit, t'es content maintenant ? Et merde, ma vie est déjà assez misérable comme ça. En pareils moments, je regrette les années passées sur Paradis, sur mon étagère poussiéreuse. Ah, que ces jours-là étaient doux, paisibles, calmes, loin des singes et de leurs criaillements stridents…

— Contente-toi de programmer le saut, Skippy, s'il te plaît.

Vingt-six heures et vingt-quatre minutes suivant l'irruption de la force spéciale kristang, quatre de ses bâtiments s'étaient repliés d'un bond, laissant sur place le cuirassé et les deux destroyers. Je réussis à donner l'ordre d'attendre vingt minutes angoissantes de plus, histoire de nous assurer que ces quatre bâtiments s'étaient suffisamment éloignés avant qu'on passe à l'action. On bondit près du cuirassé, à portée de Skippy – mais pas trop près non plus, afin d'éviter de déclencher un repli affolé des Kristangs. Dès qu'on émergea de notre saut, Skippy transmit un code thuranien censément secret, ordonnant aux Kristangs de tenir leurs positions et de garder le silence radio. Il y avait un croiseur jeraptha dans les parages, les informa Skippy en se faisant passer pour le commandant thuranien.

— Bon sang, grommela notre IA frustrée, ils viennent de m'envoyer des questions en retour, alors que je leur ai recommandé avec la plus grande sévérité de garder le silence !

— Statut des armements ? m'enquis-je, plein d'appréhension.

Nous avions abaissé nos boucliers – ça faisait partie du subterfuge –, ce qui nous rendait éminemment vulnérables aux salves ennemies. À si faible portée, le niveau inférieur de la technologie kristang n'entrerait guère en ligne de compte : les masers, faisceaux à particules et canons électromagnétiques auraient tôt fait dans ces conditions d'endommager salement *Le Hollandais volant*. Quand Skippy avait recommandé de ne pas lever nos boucliers, j'avais protesté. Mais il m'avait convaincu : qu'un vaisseau thuranien aux boucliers levés fasse irruption tout près des Kristangs inciterait forcément leur cuirassé à décamper séance tenante. Or, on avait besoin que les Kristangs hésitent assez pour que Skippy active les nanovirus et arraisonne le cuirassé.

— Leurs systèmes de guidage des missiles tournent à fond, et ils ont maintenant quatre batteries masers et un canon électromagnétique verrouillés sur nous. Les condensateurs des canons électromagnétiques sont en train de se recharger. Mec, il n'y a aucune confiance entre ces deux espèces. J'essaie d'expliquer la situation sous un autre angle – moins aigu – plutôt que de donner des ordres. Eh bien, peine perdue, un Thuranien doux et compatissant, c'est de la pure fiction ! Le commandant kristang ordonne un saut, les deux destroyers ayant pour stricte instruction de le suivre mais ah, trois, deux, un… Trop tard, pauvres nazes ! J'ai maintenant l'entier contrôle de ce cuirassé *via* les nanovirus. Son unité de saut est commodément chargée, et reprogramme les coordonnées au moment où je te parle. Oh, mec, voilà qu'un vent de panique souffle à bord, les Kristangs tentent d'éjecter les drones recelant les journaux de bord et je les bloque. Ils s'efforcent aussi de lancer des missiles manuellement ; je maintiens fermées les portes externes des tubes lance-missiles. Paré pour le saut.

Je m'autorisai un dernier coup d'œil au cuirassé s'affichant sur l'écran principal de visualisation. À la faveur de la chiche et morne luminosité de la naine rouge, le vaisseau se paraissait de tous les oripeaux de la malveillance à l'état pur, tout en angles aigus, hérissé d'armements, de stations de détection, tout en éléments strictement fonctionnels. Décidément, les concepteurs de navires kristangs avaient, semble-t-il, tout fait pour enlaidir à loisir leurs bâtiments de guerre.

— Vas-y, Skippy !

Sur le visuel, le cuirassé se volatilisa. Le problème avec ce plan ? Le même que l'avantage qu'il présentait, au fond. Les deux destroyers étaient assez éloignés pour que la luminosité de notre saut, près du cuirassé, que le signal du commandant du groupe d'intervention et que le rayonnement gamma distinctif d'un cuirassé en plein rebond voyagent relativement assez lentement pour que le cuirassé en question se positionne au-dessus des destroyers avant l'arrivée de ces rayons. Suivant notre plan, les destroyers capteraient l'image du cuirassé avec soixante-huit secondes de décalage. Ils verraient la lumière montrant le croiseur en lui-même et ce que découvriraient l'instant suivant ces mêmes destroyers, ce serait le croiseur leur bondissant quasiment dessus. La distorsion spatiale du point d'irruption d'un tel saut leur vaudrait de violentes oscillations, les troubles ondulations spatio-temporelles les empêchant de se replier en sécurité. Et c'est alors que les réacteurs du cuirassé, ses ogives de missiles et ses bobines de commande de saut exploseraient, causant également de graves avaries aux destroyers tout proches. Quand le rayonnement gamma de notre saut atteindrait les destroyers, au bout de soixante-huit secondes, les destroyers ne seraient plus en mesure de le détecter, et encore moins d'y faire quelque chose.

Selon notre plan, du moins. L'ennui avec ça ? Pendant ces soixante-huit secondes fatidiques, lorsque les feux de position du destroyer nous atteindraient, nous ne saurions pas si tout avait fonctionné comme prévu. J'avais notamment envisagé de bondir près des destroyers, aussitôt que possible, afin de déterminer si notre plan avait porté ses fruits. Après mûre réflexion, je préférai garder nos positions, et me ronger les ongles pendant ces soixante-huit secondes. Si nous bondissions plus près pour avoir une meilleure vue et que les choses tournaient mal, il s'écoulerait encore quatre-vingts secondes avant qu'on puisse sauter de nouveau en sécurité. Ce qui était trop risqué à mes yeux. Adams était peut-être dans le vrai, mon inexpérience en tant que commandant me rendait plus frileux que nécessaire. Mais en l'occurrence, je ne voyais pas l'intérêt de se montrer trop téméraire. Et je ne cessai de me le répéter à chacune de ces soixante-huit secondes.

Le plan pouvait cafouiller. Skippy avait programmé le saut en fonction des coordonnées supposées des destroyers à l'instant T de l'heure H. Hélas, nos informations à ce propos retardaient, elles aussi, de soixante-huit secondes. Bon sang, ce que les affrontements cosmiques étaient *compliqués* ! Tandis que nous nous emparions du cuirassé, les destroyers, eux, pouvaient s'être déplacés de façon imprévisible, et le cuirassé aussi, dans l'espace libre. À la quarante-cinquième seconde, je commis une erreur digne d'un bleu : j'exprimai mes craintes à haute voix.

— Je ne crois pas que ça se soit produit, Joe, m'assura Skippy. Le commandant de ces forces spéciales s'est montré très strict en ordonnant aux destroyers de tenir leurs positions au sein d'un seul et même champ de furtivité, jusqu'aux prochaines manœuvres. Qui n'ont pas encore eu lieu. Le dernier signal du transpondeur émanant des destroyers montre qu'ils se trouvaient exactement là où ils étaient censés être. Je suis très confiant. Entre tes appréhensions sans fondement et ma rigoureuse analyse statistique, il n'y a pas photo, mes chiffres l'emportent à tous les coups !

Tandis qu'il pérorait ainsi, j'avais momentanément détourné les yeux du compte à rebours du visuel.

— C'est génial, Skip…

— Et top… soixante-huit secondes ! me coupa-t-il, tout excité. Je détecte un rayonnement gamma exactement là où il est censé être, et un bond bien plus précis que ce que ces stupides sauriens auraient pu accomplir par eux-mêmes ! Ainsi, en effet, que l'explosion d'un réacteur, de missiles et de bobines de commande de saut. Le cuirassé est anéanti. Et… oui ! Je décèle également des explosions secondaires ! Une minute… Il y a beaucoup de raffut dans les données des capteurs… Hmmm, oui, oui… C'est une totale réussite, à cent pour cent ! Les deux destroyers sont désemparés, le croiseur a effectué un petit saut pour s'en écarter, c'est le mieux que je puisse faire avec ce tas minéral inerte que les Kristangs utilisent en guise de commande de saut. L'explosion a gravement endommagé la section antérieure de la coque des destroyers.

J'exhalai un soupir de soulagement.

— Excellent ! Pouvons-nous bondir maintenant sans danger ?

— Mieux vaudrait attendre soixante-dix-neuf secondes de plus, le temps que le nuage de débris s'estompe, et qu'on évite d'être percuté par des fragments propulsés à grande vitesse. Ces destroyers n'iront plus nulle part, Joe, ne te soucie pas de ça.

— Entendu. Programme un saut pour nous s'il te plaît, Skippy.

Je me tournai vers Chen, installé à main gauche.

— Pilote, enclenchez la procédure dans soixante-dix-neuf secondes.

Skippy reprit la parole.

— Je dois admettre, Joe, que c'était un plan ingénieux et novateur. Lors de mes recherches, je n'avais trouvé aucun moyen de désarmer ces trois bâtiments à la fois. Je comprends mieux maintenant le facteur qui manquait à mes calculs : il ne m'était pas venu à l'idée de les retourner les uns contre les autres. C'était habile. Surtout venant de toi, le petit singe.

Je ne pus m'empêcher de m'esclaffer.

— Skippy, j'imagine que venant de toi, ça se voulait un compliment. Et comme tu es nul dans l'art de tourner un compliment, je vais quand même te dire merci. Nous autres singes, on n'a pas de grandes griffes, de crocs acérés ou d'ailes, on n'est pas particulièrement forts ou costauds. On ne peut compter que sur notre astuce.

— Hmm, que ça ne te monte pas à la tête, hein, Joe, vous n'êtes que des singes après tout. Et ceci est une galaxie hostile. Toutes les espèces ayant conquis les étoiles bénéficient d'une intelligence génétiquement ou cybernétiquement modifiée, voire les deux.

— Comme les Thuraniens, tu veux dire ?

— Exactement.

— Ouais.

Je heurtai du poing l'accoudoir du fauteuil de commandement. Le seul siège à bord du transporteur stellaire adapté aux mensurations humaines sans nécessiter d'ajustements. Les commandants thuraniens avaient dû apprécier d'avoir leurs aises dans ces sièges – pour eux – extralarges.

— Et pourtant, nous voilà maîtres d'un de leurs astronefs, nous, les singes. Qu'en dites-vous, sergent Adams ?

Depuis son poste au CIC, elle se fendit d'un grand sourire en dardant d'enthousiasme les pouces en l'air.

— Les singes déchirent leur race, Monsieur ! Et comment !

— Et chiotte ! rouspéta Skippy. Voilà que vous vous êtes chopé la grosse tête… J'aurais dû ne rien dire.

Nous enjambâmes d'un saut les deux destroyers défaits qui tournoyaient sur eux-mêmes, hors de contrôle. Skippy annonça qu'il y avait des survivants à bord : ils ne représentaient plus aucune menace pour nous.

— Monsieur ? fit Adams, l'index en suspens au-dessus d'un bouton. Nous leur envoyons des missiles ?

— Ces destroyers restent un minimum fonctionnels, Skippy ? lui demandai-je, mâchoires serrées. Pourraient-ils réussir un petit saut ?

— Pas de leur propre initiative, non. Sinon, ils l'auraient déjà fait. J'active néanmoins dès à présent les nanovirus pour prendre le contrôle de leurs systèmes de commande de saut. Tous deux pourront encore accomplir un petit bond. Vu leur statut actuel, je dois te mettre en garde, ce sera leur ultime rebond. Leurs bobines de commande de saut sont salement déréglées. Elles ne sont plus du tout alignées.

— Fais-le. Je veux les propulser dans la haute atmosphère de cette planète en les empêchant de s'extraire du puits de gravité, assez haut pour qu'ils ne soient pas instantanément broyés par la pression. Tu peux le faire ?

— Oui, certainement, les nanovirus sont déjà effectifs. Pourquoi ne pas simplement leur décocher des missiles ? Si je peux demander ?

— Tu peux toujours demander, Skippy. À cela deux raisons : la première, nous avons un stock limité de missiles que j'évite donc de gaspiller sans absolue nécessité.

— Logique. Et la seconde raison, que je soupçonne d'être plus importante ?

— La seconde, Skippy, c'est que je me trouvais récemment sur Terre. J'ai vu ce que ces sauriens ont infligé à ma planète natale, j'ai vu ce qu'ils voulaient en faire, à elle comme à mon espèce tout entière. Au fond, c'est très simple, Skippy : je suis dans une rogne noire, et je veux que la terreur change de camp, que les Kristangs aient un avant-goût de ce qu'ils ont fait subir aux êtres humains. Ces Kristangs-là, au moins. Sur Terre, tu as tué les occupants avant qu'ils puissent comprendre ce qui leur arrivait. Ceux qui avaient survécu à la frappe initiale et qui se terraient dans leur trou avant que tu n'actionnes un électro-canon hypersonique. Un instant, ils étaient vivants, la seconde suivante, ils étaient morts. Lorsque tu vas propulser ces destroyers en perdition dans la haute atmosphère, les survivants auront peut-être une minute pour comprendre ce qui leur arrive tandis que leurs bâtiments s'abîment en chute libre dans le noyau de la planète, broyés par une pression croissante. Une façon pour moi de faire un doigt d'honneur aux Kristangs, au nom de tous les peuples de la Terre.

— Oh, fit-il doucement. Paré.

— Expédie-les droit en Enfer, Skippy.

— C'est fait. Visuel amplifié sur écran principal.

Et en effet, on y vit s'afficher d'un coup les deux destroyers plongés en pleine exosphère où leurs coques s'auréolèrent aussitôt d'un rose incandescent dans leur chute vertigineuse au cœur de la planète. Des pans entiers s'arrachèrent dans d'infernaux tourbillons. On les perdit rapidement de vue, même en affichage amplifié, tandis que les deux navires étaient engloutis dans l'atmosphère toxique. Main droite levée, je leur fis un doigt d'honneur en soufflant à voix basse :

— Adios, sales fils de putes.

— Joe, tu me surprends, avoua notre IA. C'était vindicatif de ta part.

— Skippy, tu me connais comme le crétin de boute-en-train qui badine volontiers avec toi. Et ça fait effectivement partie de moi. Mais tu dois comprendre que ce n'est jamais qu'une facette de l'homme que je suis. À cet instant précis, je suis avant tout un soldat, aspirant à défendre mon vaisseau, mon équipage et mon espèce par-dessus tout. En assouvissant de temps à autre ma soif de vengeance – ne serait-ce qu'un tout petit peu.

— Pigé. Surtout que tu reconnais être un pauvre tocard attardé.

Cette pique ramena un petit sourire sur mes lèvres, alors que les derniers vestiges des destroyers s'abîmaient au cœur des nuées tourbillonnantes.

— Pour rien au monde je ne voudrais qu'il en soit autrement. Équipage, rapatrions nos détachements en sécurité à bord avant que d'autres enfoirés se ramènent par ici et jouent les trouble-fête. Major Simms, prévenez le capitaine Desai : qu'elle rallie le site principal de toute urgence. Quant au colonel Chang, que son équipe rallie le point d'évacuation. Plus besoin du silence radio ; je veux un rapport de situation dans les plus brefs délais.

Leurs transmissions fortement cryptées à faisceau étroit ne trahiraient pas la présence d'humains dans ce système solaire.

— Skippy, programme un saut pour enjamber cette lune, si tu veux bien.

Dès notre saut effectué, Desai répondit quasi instantanément.

— *Hollandais volant*, nous avons décollé et serons rendus au site principal d'ici quatre minutes, selon l'heure d'arrivée estimée.

Rien qu'à entendre son ton stressé, on comprenait qu'elle poussait à fond le régime moteurs de sa nacelle.

— Que s'est-il passé là-haut ?

— Des forces spéciales kristangs se sont invitées à la fête, sans crier gare. Il faut croire que cette planète est l'équivalent d'une station-essence très courue… Elle doit se targuer d'offrir les seuls W.-C. à peu près nets de ce côté-ci de la galaxie.

Desai gloussa.

— C'est drôle mais j'ai du mal à le croire, Monsieur.

— Quoi, que cette planète soit un point de ravitaillement en gaz ?

— Non, que de quelconques stations-service puissent avoir des W.-C. fréquentables.

À son tour, elle me soutira un rire.

— Oh !

Bon sang… piégée sur cette lune, incommunicado, son équipe s'asphyxiant lentement dans ses combinaisons spatiales… et elle trouvait encore le courage de plaisanter envers et contre tout.

— Vous avez sans doute raison à ce propos, capitaine, lui répondis-je. Ces forces spéciales se composaient de sept navires kristangs ; quatre se sont éloignés d'un bond pour rallier un transporteur stellaire thuranien.

— Et les trois autres ?

— Vous pouvez rayer de la carte les deux destroyers et le cuirassé.

— Bien reçu, *Hollandais volant*. Je serais ravie d'en apprendre les détails plus tard. Des avaries à déplorer sur mon vaisseau ?

Elle se référait au *Hollandais volant* comme à « *son* vaisseau », et quoi de plus compréhensible ? Je n'en prenais nullement ombrage. Quand on y pense, c'est elle qui avait été aux manettes, moi, je m'étais contenté de donner les ordres.

— Aucune. On n'a pas tiré une seule salve.

— Waouh… J'aurai vraiment besoin d'en savoir plus, Monsieur !

CHAPITRE NEUF

LE LIEUTENANT-COLONEL CHANG avait été plus qu'heureux de renouer le contact avec nous, et surtout avec Desai. Elle posa la grande navette au plus près de l'entrée de l'édifice souterrain où Chang et son équipe venaient de passer plus d'une journée à se cacher en attendant interminablement que des secours arrivent… avant que leurs réserves d'oxygène se tarissent. Dès la navette rapatriée en sécurité dans notre hangar, je donnai l'ordre d'impulser un saut loin de ce système solaire. Par simple courtoisie, j'attendis que Chang s'extirpe de sa combinaison spatiale qui devait puer depuis le temps, prenne une douche, s'envoie au moins deux litres d'eau dans le gosier et prenne une légère collation avant de le prier de me présenter son compte rendu.

— Tout le monde va bien maintenant, me dit-il en avalant sa dernière cuillerée de soupe. Ces soldats font tous montre d'une admirable discipline. À réception de votre signal, je leur ai ordonné de s'étendre au calme, d'économiser leur oxygène et c'est bien ce qu'ils ont fait. Sans se plaindre, sans un mot. Pour l'essentiel, on a tâché de dormir le plus possible, en se relayant pour que l'un de nous veille à tour de rôle pour guetter votre signal. On restait les yeux rivés sur nos jauges d'oxygène se rapprochant inexorablement du niveau zéro, tout en se perdant en conjectures sur ce qui pouvait bien se passer au-dessus de nos têtes. Hormis cela, on s'ennuyait à mourir.

— Vous étiez en bas d'un puits d'accès ?

— Oui, nous étions tombés sur un site ayant apparemment échappé aux pillards. Personne ne s'y était aventuré depuis des éons, à en juger par l'épaisse couche de poussière couvrant le sol, vierge de toute trace d'empreintes de pas. Nous en avions découvert l'accès, dissimulé, par un pur caprice du hasard. Accès menant en réalité à un puits de maintenance.

Soupe finie, il repoussa son bol.

— Le couloir qui en partait aboutissait sur un cul-de-sac ; il s'agissait bel et bien d'un accès d'entretien de la logistique environnementale. Et nous n'avons rien décelé d'utile.

— Ça valait le coup, vous avez bien fait, l'assurai-je. Vous ne pouviez pas savoir que nous allions avoir de la visite…

Chang hocha la tête, l'air songeur.

— À l'avenir, il nous faudra une sorte d'abri portatif à oxygène, afin qu'on ne dépende pas uniquement de nos combinaisons d'astronautes.

— Je suis d'accord. Nous n'avons rien de tel à bord, il faudra voir si on peut bricoler quelque chose de cet acabit. À l'avenir, on devra aussi cantonner nos détachements en un seul et même lieu avec navette prête à l'envol. Et s'il faut scinder un détachement donné, il faudra prévoir plusieurs nacelles de retour, concluai-je.

En somme, je faisais à mots couverts mon mea culpa. Je tirai les leçons de cette mésaventure. Et, dans l'infini cosmos, nous avions tout intérêt à apprendre de nos erreurs.

Skippy n'en était pas exempté. Après mon débriefing avec Chang, les onze rescapés s'en tirant bien eux aussi, et manifestement impatients de reprendre le cours de notre mission, je retournai dans le cagibi qui me servait de « bureau » afin d'entamer la rédaction d'un rapport en bonne et due forme, tant que c'était frais dans ma mémoire.

— Quelle perte de temps ! jura Skippy, amer, tandis que je me calai dans mon siège des plus inconfortables. Tout ça pour un site des Anciens déjà pillé et ratissé !

— Ce n'était pas une perte de temps, on en a déjà discuté, lui rappelai-je. Et on a prouvé que ta méthode visant à pronostiquer les sites des Anciens encore inconnus est correcte.

— Ouais, si ce n'est que celui-là n'était pas inconnu, mais localisé sur une putain d'aire de repos d'autoroute ! Il aurait dû y avoir un grand panneau lumineux du style « Relais routier *Big Mike*, bons petits plats à petits prix, ne ratez pas l'attraction Site des Anciens, tee-shirt offert » !

— Eh ouais, à ce propos, Skippy… Pourquoi diable cette lune ne figurait-elle pas sur ta liste de sites confirmés, puisque la galaxie tout entière à part nous était au courant ?

— Ah… hum… C'était peut-être sur ma carte, maintenant que j'y pense. Sans doute un minuscule couac de ma part… Rien qui vaille la peine d'être mentionné.

— Rien qui vaille la peine d'être mentionné, tu dis ? Skippy, tu viens de nous envoyer dans un système solaire servant d'autoroute au trafic interstellaire. Il y aurait à peine eu plus de circulation si le site des Anciens avait proposé de la bière gratuite, ou quoi que ce soit que les Kristangs ingurgitent. Tu nous avais assuré que ce quadrant était désert, avec son étoile insignifiante, ses planètes inhabitées. Notre détachement a failli mourir de suffocation, à cause de ton « minuscule couac ». Alors, fais-moi le plaisir de le mentionner au contraire.

Il fut aussitôt sur la défensive.

— Ah ben voyons, c'est entièrement ma faute, te gêne pas, va ! J'ai dû traiter des exaoctets de données piratées afin d'établir ma carte, alors pardon si le résultat final avait encore besoin de réglages précis ! À présent que ce système me sert de point de données, je sais que ce site-là figurait dessus, mentionné dans une note subsidiaire. J'avais supposé qu'il serait au cœur de toutes données relatives à un système stellaire, ce qui se vérifie à propos des autres sites que j'examinais – sans exception. Celui-là en particulier se réduit à une simple note subsidiaire donc, du fait de sa notoriété. Maintenant que je sais que de tels endroits sont balisés dans les banques de données, j'en ai repéré six autres, absents de notre liste-cible. Plus important encore, j'ai la confirmation que les autres sites potentiels sont réellement inconnus des espèces sillonnant les étoiles.

— À moins que ces sites soient connus au contraire et ne figurent dans nulle banque de données à laquelle tu aies accès parce que les espèces en question tiennent à en préserver le mystère.

— C'est toujours une possibilité, Joe, admit-il, tristement. Et je n'y peux rien. Cela dit, tu as raison, ce n'était pas une perte de temps. C'était juste très décevant. Et me revoilà dans l'expectative, en filant dans l'espace libre.

Je m'efforçai de le réconforter.

— Eh, tu as déjà attendu des éternités entières, alors deux ou trois jours de plus… ?

— La prochaine cible est à dix jours d'ici. C'est pas « deux ou trois jours de plus », Joe.

Je jouai encore la carte de l'enthousiasme.

— Eh, ça fait moins de deux semaines en tout cas !

— Deux semaines dans une barrique infestée de macaques, soupira-t-il. Pitié, que quelqu'un mette fin à mes souffrances…

Skippy avait tort. Émerger dans des systèmes solaires fréquentés par des aliens ? On pouvait encore s'en prémunir. Dorénavant, m'étais-je dit, le *Fleur* irait en reconnaissance avant que *Le Hollandais volant* ne vienne larguer un détachement. De l'avis de Skippy, envoyer en avant-coureur notre frégate kristang revenait à gaspiller nos efforts, vu que les capteurs d'un tel navire étaient si lamentablement inadéquats qu'ils peinaient ne serait-ce qu'à localiser une planète. J'en disconvins, me disant qu'il exagérait. À l'approche de notre deuxième cible, le *Hollandais volant* s'en tint à la lisière du système ; à la tête du *Fleur*, le colonel Chang, lui, s'y aventura. Pendant douze heures – douze heures éprouvantes pour moi. D'un rebond, le *Fleur* revint pile-poil à l'heure prévue, et Chang, tout excité, nous rapporta ce qu'ils venaient de découvrir – ou, plus exactement, de ne *pas* découvrir.

Concernant les « ondes radio magiques » de Skippy, son deuxième site s'avérait une cruelle déception de plus. Cependant, pour ce qui était de susciter l'intérêt de Skippy et de notre équipe scientifique, de la Joyeuse bande de pirates au complet, ce fut un home-run, un touch down, bref, un score brillant. Au football, ce serait un tonitruant « *Buuuuutt* » ! L'étoile, si on pouvait la qualifier ainsi, était une autre naine rouge indistincte, un type d'astre stellaire qui me laissait déjà perplexe. Aucun signe que ce système solaire ait déjà été visité par une espèce intelligente, autre que les Anciens. Un quadrant si ennuyeux et ordinaire, il n'y avait pas de raison particulière de venir y faire un tour, à moins d'y avoir repéré un site des Anciens, comme nous. Lequel se situait sur une petite lune dénuée d'atmosphère orbitant une géante gazeuse, juste là où Skippy avait pensé qu'il puisse être. Autant qu'on sache, nul ne l'avait découvert avant nous, nul ne l'avait encore dépouillé de ses éléments de valeur. Ce site était resté inviolé depuis des millions d'années.

Ou ce qu'il en subsistait du moins. Et ce que Skippy trouvait intrigant, du fait qu'il ne pouvait l'expliquer, c'est que le centre – avec ses complexes névralgiques – en avait disparu, évidé avec une précision toute chirurgicale. Il en restait un hémisphère quasi parfait creusé dans la roche lunaire. Au fil des éons, les parois s'étaient quelque peu effritées, le fond se grêlant d'impacts de météorites. Moi qui n'étais pas un scientifique, je voyais bien qu'il s'était passé là quelque chose de bizarre.

Skippy consacra un temps inhabituellement long à traiter les données des capteurs.

— On devrait aller voir ça de plus près, dit-il enfin. Je veux des spécimens. Il peut y avoir des échantillons intéressants à glaner dans les annexes. J'en doute, mais puisqu'on est là, on devrait s'en assurer. Joe, je ne comprends pas ce qui a pu se produire là. Ou plus précisément, je vois bien ce qui est arrivé, ce qui m'échappe, c'est *pourquoi*. Les Anciens ont visiblement généré un champ sphérique pour téléporter tout ce qui s'y trouvait en d'autres lieux spatio-temporels. Il s'agit là d'une haute technologie très énergivore, même pour eux, les Anciens. Mais pourquoi auraient-ils éprouvé l'impérieux besoin de transmuter ainsi leurs propres structures, ça, je n'en ai pas la moindre idée. Il nous faut des réponses. *Moi*, j'ai besoin de réponses.

Cette fois, je pris une navette pour alunir, et Chang demeura à bord du *Hollandais volant*. L'équipe française, qui n'avait pas encore vu beaucoup d'action, m'accompagnait. Giraud eut l'honneur du premier pas sur cette petite lune ; je le suivais de près, cheminant prudemment dans la gravité d'un neuvième en prenant soin à chaque foulée de ne pas me catapulter à mon corps défendant à plus de trois cents mètres au-dessus du sol. Entre la faible gravité et le pouvoir boosté de la combinaison blindée, ça nous pendait an nez. Par chance, nos combinaisons comportaient des réglages « faible gravité », empêchant les inexpérimentés, les inconscients ou tout simplement les idiots de commettre des erreurs potentiellement fatales. Lors d'affrontements, ces réglages étaient modifiables. Et comme tous les autres soldats, il me tardait de tester ces combinaisons en combat simulé, surtout en basse gravité.

Nous explorâmes le site deux ou trois heures durant, et ne trouvâmes rien d'utile dans ces structures vides, en périphérie du centre disparu. Je ne pus naturellement résister à l'envie de m'avancer tout au bord de la fosse hémisphérique. Bord qui s'était en partie désagrégé au fil du temps. À certains endroits, là où affleurait la roche à nu, le cercle était encore parfaitement défini. Campé là, le doux sifflement de l'air à mes oreilles dans ma combinaison spatiale alien, face à l'infinie noirceur cosmique piquetée d'étoiles comme, à mes pieds, au mystère glaçant de cet hémisphère lunaire déplacé en d'autres lieux spatio-temporels, je me sentais si petit, si insignifiant, je me faisais tout l'effet d'une quantité parfaitement négligeable dans l'univers glacial. Plus que jamais, je ressentais que les humains n'avaient pas leur place ici, au milieu des étoiles, si loin de la Terre. Tous nos problèmes, nos espoirs, nos rêves, nos craintes d'être conquis, asservis ou annihilés par une espèce à la technologie supérieure – non, tout cela ne représentait rien aux yeux d'un univers immémorial, impavide, insensible. Frissonnant, je m'écartai du rebord de la sphère et m'apprêtai à retourner à la navette.

À ma droite, les parachutistes français se tenaient également au bord de la fosse, en prenant leurs clichés. Après une ou deux poses empreintes de toute la gravité seyant aux circonstances, ils crânaient maintenant devant la caméra, faisant le poirier, formant une pyramide humaine – l'un d'eux juché sur les épaules de ses deux camarades.

Ça me rendit le sourire. Que l'univers aille au diable ! Lui se fichait comme d'une guigne de nous autres humains, il n'avait nul besoin de nous. On pouvait se débrouiller tout seuls, en s'amusant même. L'important, c'était qu'on puisse compter les uns sur les autres, et tout irait bien.

L'équipe scientifique était longtemps restée claquemurée à bord ; j'autorisai six savants à alunir à leur tour, flanqués de leurs collègues indiens. Lorsque les savants conclurent avec amertume, au terme de plusieurs heures, qu'il n'y avait là rien de valeur ni même d'intéressant, ils rembarquèrent. J'ordonnai qu'on mette le cap sur notre cible suivante.

Le lendemain, je commis l'erreur de saluer ceux qui s'exerçaient au gymnase. Moi, tout ce que je voulais, c'était m'échauffer sur le tapis de course avant de m'élancer le long de l'arête dorsale du navire. L'un de nos SEALS prit mon « bonjour » matinal pour une invitation à causer, sautant sur le tapis de course adjacent pour entamer le dialogue – des plus embarrassants.

Coupant court à mon échauffement, je m'essuyai la sueur du visage.

— J'en parlerai à Skippy, l'assurai-je.

— Je vous remercie, Monsieur, répondit-il en accélérant la vitesse de son tapis de course, tandis que je vidai les lieux.

J'enchaînai les sprints. En revenant sur mes foulées nerveuses, le temps de décompresser, je réfléchis au meilleur moyen d'aborder le sujet. Et une fois seul dans mon bureau...

— Eh, Skippy... !

— « Eh », comme « haie », une barrière ?

— Très drôle. J'ai une requête. Certains équipiers ne sont pas du tout heureux que tu les traites de « singes ». Hum... c'est difficile à expliquer. Un truc religieux, vois-tu, ils apprécient très peu l'idée d'êtres humains descendant des singes.

— Oh, bien sûr, pas de problème, Joe.

Sa réponse spontanée, toute simple, ne manquait pas de me surprendre, moi qui m'étais préparé à une sacrée prise de bec.

— Génial, merci, Skippy, fis-je, tout soulagé.

Si seulement tout pouvait être aussi simple.

— On surmontera cet obstacle quand on y sera, répondit-il.

— Quoi ?

— J'ai utilisé cette expression à mauvais escient ?

— Euh… Tout dépend de ce que tu voulais dire, fis-je, prudent. L'expression signifie que tant qu'on n'est pas devant cet obstacle, inutile de s'en faire. Les gens sont déjà malheureux, alors on a franchi cet écueil-là. Tu vois ?

— Oh. Je voulais dire que je m'en inquiéterai quand vous aurez évolué au-delà du stade des primates.

— Quoi ?

— De mon point de vue, singes et humains sont identiques, alors, si l'évolution suit son cours, je ne vois pas ça comme ça. En règle générale, vous ne vous bombardez pas mutuellement d'étrons à la façon des singes…

— Un point pour toi.

— Les singes ne se bombardent pas. Avantage, les singes.

— Foutaises ! Bon, tu peux me faire une fleur en cessant de nous traiter de singes ?

— Mais c'est si drôle, Joe !

— Il est vrai que…

— Singes singes singes singes singes singes singes singes singes singes singes singes singes singes…

— Arrête !

— Je peux lancer un sous-programme « singes » jusqu'à la fin des temps, si ça te chante. Singes singes singes…

— La ferme à la fin !

— La discussion est close, alors ?

— Ce serait génial, ça oui…

J'aurais dû savoir à quoi m'en tenir, franchement.

— Et on devrait faire ça moins souvent.

— C'est celui qui dit qui y est !

— Comme tu dis, je ne suis jamais qu'un ouistiti débile.

— Ça, je te le rappellerai, la prochaine fois que tu me demanderas un truc idiot. Ce qui ne devrait pas tarder…

Plutôt que de rester seul dans mon bureau, j'allai prendre une tasse de café à la coquerie, iPad en main. J'y retrouvai Desai, les yeux baissés elle aussi sur sa tablette, et elle m'invita d'un signe à prendre place à ses côtés. C'était bien la première fois qu'on se retrouvait en tête à tête depuis… je ne savais plus quand, en fait. Depuis toujours ?

Elle m'accueillit d'un chaleureux sourire.

— Colonel, veuillez vous asseoir, je vous prie.

— Capitaine. Comment s'en sortent vos stagiaires ?

Elle sirota une gorgée de son thé avant de prendre le temps de me répondre.

— Aussi bien qu'on peut s'y attendre de manière réaliste. Skippy est un instructeur exigeant, il n'a aucune patience et ses grâces sociales sont inexistantes.

Je souris de toutes mes dents.

— Quoi ? Je suis *choqué* !

Elle me rendit mon sourire de connivence.

— Certainement. Lorsque nos stagiaires n'avaient qu'à se pénétrer des bases archiélémentaires de la navigation spatiale en temps de paix, c'était déjà assez dur. Et maintenant que nous abordons ce que Skippy nomme « les Manœuvres de combat spatial », ça me dépasse, ça me retourne la cervelle comme une crêpe ! Ça m'ennuie de l'avouer, Monsieur, mais il se peut que je sois déjà trop âgée pour apprendre de nouveau tout l'art de voler.

— Manœuvres de combat spatial ?

Mais de quoi parlait-elle donc ?

Elle, elle opina du chef.

— Sur Terre, les aspirants-pilotes s'inscrivent aux écoles de combats aériens : les MCB ou « Manœuvres de combat de base ».

— Les Manœuvres de combat de base ?

Je n'avais pas idée de ce dont elle pouvait bien parler.

Elle hocha la tête.

— Sur Terre, les formations aux combats aériens vous entraînent aux tactiques des affrontements tournoyants rapprochés, les *dogfights*, et surtout on vous apprend comment gérer au maximum l'énergie spécifique de votre appareil.

— Gérer l'énergie ?

J'étais perdu.

— Vous parlez du carburant ?

Elle éclata de rire.

— Mais non ! S'agissant des avions de chasse, l'énergie renvoie à l'anémomètre, l'aptitude à gagner de la vitesse. Par exemple, certains pilotes de chasse sont fulgurants en ligne droite, mais en cas de virage serré, ils perdent beaucoup d'énergie cinétique et de régime moteur. Reprendre de la vélocité exige du temps. Laps de temps durant lequel ils sont vulnérables. Or, dans les combats aériens, être vulnérable, c'est être mort.

Elle adaptait ses explications pour les nuls comme moi. Voire pire.

— Les MCS, les Manœuvres de combats spatiaux, c'est entièrement différent. Il n'y a pas d'aérodynamique à prendre en compte. Il s'agit d'éviter de se trouver là où l'ennemi pense que vous êtes. Le temps qu'il vous cible et vous tire dessus à coups de masers ou de faisceaux à particules, vous n'êtes déjà plus là.

— Un faisceau maser, à vitesse-lumière…

— … Ou peu s'en faut…

— … Et vous êtes censé vous soustraire à des tirs à vitesse-lumière ?

Ça aussi, ça m'époustouflait.

— Est-ce que ça ne reviendrait pas à prétendre esquiver une balle ?

— En quelque sorte. Vu les distances auxquelles se déroulent les combats spatiaux, il faut plusieurs secondes, sinon plusieurs minutes, avant qu'un rayon n'atteigne le bord ennemi. Et lorsque notre adversaire nous prend pour cible, on ne peut pas riposter en remontant la trajectoire entrante puisque le navire ennemi n'occupera déjà plus les mêmes positions.

— Bon sang, ce que c'est compliqué !

Desai hocha la tête.

— Jusqu'à présent, on s'est contenté de se concentrer sur les bases de la navigation. Monter au combat est d'une magnitude autrement plus complexe, en effet. Moi qui suis censée former les autres pilotes, je ne maîtrise toujours pas certains concepts. Ce mois s'annonce décidément très difficile.

De retour dans mon bureau, je mis de côté des rapports de routine pour me pencher sur quelque chose de bien plus important.

— Skippy, apprends-moi les Manœuvres de combats spatiaux

— Quoi ? Les Manœuvres de combats spatiaux ? Oh, bien sûr, mais eh, commençons par un truc plus simple comme la physique théorique pour les macaques. Ça te va ? En principe, l'effet Casimir permet à la densité d'énergie négative de soutenir un pont d'Einstein-Rosen, plus communément appelé trou de ver…

— Skippy, je suis sérieux. Mon minuscule cerveau ne pourra jamais retenir tout ce que nos pilotes ont besoin de savoir…

— Mon ami, tu me rends l'insulte trop facile…

— … Mais en tant que commandant de bord, il faut que je connaisse les principes des MCS. Je parle au niveau stratégique, pas au niveau tactique sophistiqué que nos pilotes doivent assimiler. J'ai besoin, comme tout officier commandant, d'une bonne appréciation de la situation pour prendre des décisions. Alors, que me faut-il savoir ?

— *Wa-ouh… Yeah*, génial, merci. C'est là tout ce que tu veux ?

— Commençons par le commencement et progressons par étapes, tu veux bien ? Comment un vaisseau peut-il en attaquer un autre ? Puisque même les armements à vitesse-lumière sont trop lents, et que les navires ne seront déjà plus là le temps qu'un faisceau à particules les atteigne ? Tu m'as expliqué comment les vaisseaux recourent aux champs de détection pour déceler la présence d'ennemis et les cibler. Ce qui m'échappe, c'est pourquoi ne pourraient-ils s'éloigner d'un bond au moindre signe de danger ?

— Oh, mon Dieu, ça ne va pas être facile. Je vais commencer par le niveau crèche « apprentissage de la propreté » et ensuite, on progressera à la « Barney » si du moins ta pauvre cervelle en ébullition n'a pas explosé d'ici là.

— Très bien, c'est de bonne guerre.

Et c'est bien ainsi qu'il procéda. Diable, ce que je pouvais avoir comme suppositions erronées et fausses présomptions toutes plus dangereuses les unes que les autres. Skippy se chargea de me dessiller les yeux.

Tout d'abord, j'étais parti du principe que lorsque, d'un simple saut, un astronef se repliait loin d'un conflit armé, il ne courait plus le moindre péril, l'ennemi étant dans l'incapacité de le talonner. Comment aurait-il su où son adversaire avait pu ré-émerger ? Certes, si un navire effectuait un microsaut de quelques minutes-lumière seulement, l'ennemi aurait tôt fait de détecter le rayonnement gamma à l'autre bout du saut, puisque les rayons gamma voyagent à la vitesse de la lumière. Autrement, je me disais que si un vaisseau s'éloignait d'une simple heure-lumière ou plus du théâtre des opérations, il serait forcément à l'abri. Ô dieux, ce que je me fourrais le doigt dans l'œil !

Skippy m'expliqua : à la façon dont les bonds cosmiques fonctionnent, un navire ouvre un vortex éphémère là où il compte se téléporter. L'extrémité du trou de ver s'ouvre en premier, puis ce trou de ver se projette de nouveau aux coordonnées du navire pour l'y aspirer. Si les spationefs émergent à l'autre bout du vortex une fraction de picoseconde *avant* d'y entrer, c'est en raison de l'infinitésimal temps de latence où se génère son extrémité justement avant qu'elle ne remonte aux spationefs en question. Pigé ? Sinon, pas de souci, il m'en aura fallu du temps pour que *moi*, ça me rentre dans le crâne.

Ouvrir un vortex assez large pour y faire passer un vaisseau spatial tant bien que mal ? Voilà qui, dans notre espace-temps, déplaît souverainement à l'Univers. Même après ce pénible passage, le trou de ver ne se referme pas tout à fait – pas tout de suite. On a un ballottage d'ondulations rebondissantes consécutives aux violentes retombées d'une spatiotemporalité fort malmenée. Rien qu'aux émanations de ces rides spatio-temporelles en reliquat de trou de ver, on peut localiser son extrémité. Ces ondulations s'estompant rapidement, l'ennemi doit réagir vite s'il veut se lancer aux basques d'un adversaire en fuite. Or, d'après Skippy, il y a bien des façons de tromper l'ennemi lancé à vos trousses, rien qu'en altérant la résonance de ces rides. Une technique d'une efficacité minime, cela dit, puisque les traqueurs possèdent les moyens de faire abstraction des sonorités et d'analyser les ondulations-source. Mesures et contre-mesures.

En somme, un saut de repli n'est jamais qu'une mise en sécurité provisoire pour un vaisseau. Lequel ne peut qu'espérer que ses condensateurs de réacteurs de saut disposent d'une meilleure charge de puissance que leurs pisteurs. Si jamais un navire ne dispose que de la charge d'un microsaut, il sera vite talonné par une horde d'ennemis, sans aucun moyen de lui échapper. Auquel cas, ledit navire n'a plus d'autre choix que de combattre dans l'espace normal, le temps que ses moteurs de saut se rechargent. Il va de soi qu'une espèce supérieurement évoluée sur le plan technologique peut toujours se téléporter au-delà de la portée d'astronefs moins sophistiqués. Même si un vaisseau kristang pourra toujours dire où un Thuranien a pu bondir, il faudrait audit vaisseau kristang de multiples sauts pour y parvenir. Le temps qu'un astronef thuranien recharge ses moteurs, s'éloigne d'un bond et que le trou de ver s'effondre en ondulations décroissantes au point qu'on ne puisse plus les déceler. En règle générale.

Les sauts d'éloignement ? On part du postulat qu'ils sont toujours possibles, alors qu'en fait l'ennemi peut projeter un champ d'amortissement qui enveloppe un vaisseau tentant de se replier d'un bond, et qui empêche qu'un trou de ver se forme correctement. Si un navire pris dans un champ d'amortissement tente le saut, il risque la rupture de ses bobines de commande, voire la dislocation.

Lors des affrontements spatiaux longue distance, les spationefs comptent sur deux types d'armement : les missiles et les armes à énergie dirigée type faisceaux à particules. Si impressionnants qu'ils paraissent, les canons électromagnétiques sont trop lents dans la plupart des conflits, sauf à proximité du puits gravitationnel d'une planète, et leur marge de manœuvre est limitée. Les missiles disposent d'un pouvoir supérieur de destruction ; d'un simple tir au but, ils peuvent désemparer un vaisseau. Les champs d'énergie défensifs protégeant les cuirassés peuvent quant à eux émettre des rayons à énergie dirigée et bloquer les missiles. Or, même en mode furtif, ceux-ci restent aisément détectables par les champs sensoriels des navires, qui pourront alors les pulvériser en plein vol au moyen de systèmes défensifs comme les masers. En combat réel, un attaquant utilise ses rayons énergétiques pour détériorer les boucliers et brouiller les senseurs adverses afin que ses missiles aient une faille à exploiter.

Tout cela me donnait mal au crâne, en plus de me présenter un angle d'approche différent sur ce qu'un commandant de bord devait analyser lors d'une bataille, ce à quoi il lui fallait réfléchir. Je demandai à Skippy d'élaborer une formation simplifiée des Manœuvres de combats spatiaux pour quiconque occuperait le fauteuil de commandement, incluant des simulations.

— Comment les pilotes parviennent-ils à retenir tout ça ? soupirai-je.

À retenir mais surtout à comprendre, à en assimiler les concepts et à les intérioriser au niveau instinctif.

— Pour le dire crûment, ils sont plus intelligents que toi. Ceux qu'on a à bord sont l'élite de ton espèce.

Je fronçai les sourcils.

— Et moi, je ne suis jamais qu'un troufion à la chance insolente…

Mais que diable étais-je en train de faire, moi qui me retrouvais à commander des pilotes et des soldats des forces spéciales meilleurs qu'un type comme moi sur tous les plans ?

— Tu as tes propres talents, Joe, je te l'ai dit. Tu étais sergent, prisonnier des Ruhars, puis tu as condamné l'accès à un vortex et tu as libéré ta planète natale du joug des Kristangs. Parmi ton nouvel équipage d'élite, qui peut s'en targuer ? Autour de quelques bières, c'est sympa de se perdre en conjectures en enchaînant les « et si… ? » mais on ne discute pas avec le succès.

— Merci, Skippy.

— De rien. Maintenant, si tu veux bien m'excuser, j'ai besoin de dénicher une fourchette.

Avais-je bien entendu ?

— Une fourchette ? Pour quoi faire ?

— *Ugh*, à force de me niveler par le bas pour t'expliquer les choses, j'ai contaminé mon substrat en l'abêtissant de façon irrémédiable. Si je poignarde assez mes nodes de traitement à la fourchette, j'espère mettre H.S. les circuits de stockage mémoriel idoines. Beurk.

Ces aperçus des Manœuvres de combats spatiaux de la « bouche » de Skippy piquèrent suffisamment ma curiosité au vif pour que je demande à Desai de me transmettre le module didactique de formation MSC au complet. Rien que de lire la première partie me valut une migraine carabinée, en m'amenant à reconnaître qu'avant d'envisager ces manœuvres guerrières, il me fallait d'abord comprendre le mode de fonctionnement des vaisseaux.

J'abordai de nouveau notre pilote en chef dans la coquerie ; elle sirotait son thé en lisant sa tablette durant sa période de repos. Ce matin-là, j'avais vu Desai faire de la gym sur son tapis de course et renoncé à la déranger ; elle écoutait de la musique en rythme. Par accord tacite, le temps passé au gymnase relevait de la sphère privée – à moins qu'on recherche un peu de compagnie bien sûr.

— Bonne après-midi, Capitaine, dis-je en me versant une demi-tasse de café.

Aux fourneaux, deux parachutistes français s'affairaient pour le dîner ; ils m'adressèrent un bref salut sans cesser de pétrir la pâte. Ce qui cuisait déjà au four embaumait. Ça sentait fichtrement bon ! Répartir les corvées de cuisine entre les équipes nationales plutôt que d'embarquer des brigades professionnelles avait en partie été mon idée. J'avais cherché à réduire nos effectifs histoire que le moins d'équipiers possible courent de risques durant notre mission, et la FENU, elle, avait voulu optimiser notre puissance de feu. Tout cela se résumait à une simple expérimentation, au fond : pilotes, savants et forces spéciales allaient-ils détester prendre sur leur temps de formation pour faire la popote et nettoyer ? À mon grand soulagement, pas du tout ! *Primo*, nos têtes brûlées de pilotes et les forces spéciales étaient les uns comme les autres hyper compétitifs. Aucune des brigades improvisées en cuisine n'aurait voulu servir de plats qui ne soient le top du top, d'une irréprochable qualité gustative – non, pas question décidément de faire honte à leurs nations respectives. Et *secundo*, les équipes voyaient leurs journées d'assignation à la coquerie comme une parenthèse amusante dans un entraînement exténuant. Avoir une journée entière de disponibilité permettait aux forces spéciales de s'entraîner encore plus dur le reste du temps. Et faire équipe lors d'activités aussi stimulantes et peu familières était idéal pour tisser des liens… d'équipe. Si jamais notre ordre de mission s'inscrivait dans la durée, j'envisageais même de disséminer les contingents afin de former des équipes internationales. À supposer qu'on vive assez longtemps.

— Bonne après-midi, Colonel.

D'un signe, Desai m'invita à prendre place à sa table.

— Comment se passe la formation de vol ?

Entraîner les autres pilotes lui prenait le plus clair de son temps, et que j'insiste pour qu'elle soit aux commandes chaque fois que nous nous aventurions dans un nouveau système solaire n'arrangeait rien. Dans le système où Skippy était certain – à tort – de trouver un site des Anciens, on avait passé neuf jours à enchaîner les petits sauts et à manœuvrer le *Hollandais volant* dans l'espace normal afin d'orbiter diverses planètes et d'explorer son champ d'astéroïdes en extension. Sur l'insistance de Desai, et vu que ce système isolé semblait ne présenter aucun danger pour nous, on en profita pour envoyer les pilotes s'entraîner aux manettes du *Fleur* et des nacelles de largage. Le *Fleur* passa plusieurs jours loin de son vaisseau de rattachement, effectuant ses propres sauts pour atteindre des cibles spécifiques, passant en orbite basse autour de certaines planètes avant de reprendre de l'altitude pour franchir d'un bond de plus grandes distances, pratiquer les Manœuvres de combats spatiaux. Les navettes, elles, s'entraînaient aux alunissages et aux atterrissages sur astéroïdes, volant entre le *Hollandais volant* et le *Fleur*, et les pilotes avaient pris plaisir à s'affronter dans ces simulations de combats, nacelle contre nacelle. Hors du *Hollandais volant*, les forces spéciales avec moi, Chang et Adams, pratiquaient les manœuvres en vol libre. Nous avions saisi l'occasion d'approfondir l'entraînement martial sur des lunes privées d'atmosphère, en testant différentes tactiques en combinaisons aliens blindées peu familières. Cette semaine-là, tandis que Skippy, confronté à l'absence d'un site qui aurait dû se situer là, s'agaçait de plus en plus, les humains, eux, s'amusaient follement. L'équipe scientifique avait libre accès aux capteurs sophistiqués du *Hollandais volant* dans son exploration d'un nouveau système stellaire.

Aux manettes d'une frégate kristang et de navettes thuraniennes, les pilotes eurent la possibilité de se lancer dans des manœuvres extrêmes, histoire de tester leurs limites propres comme celles de leurs engins. Quant aux troupes terrestres auxquelles j'étais rattaché, elles aussi avaient droit à cet entraînement en combinaison spatiale, à ces courses à la surface de lunes à faible gravité, à ces jeux de guerre permettant de tester ce qui fonctionnait ou non. Ce furent, et de loin, les neuf meilleurs jours de notre mission. Il était maintenant temps de faire notre miel de ce qu'on avait appris en la circonstance, et de partager notre savoir. À notre grincheux Skippy désormais de procéder à une maintenance approfondie des deux astronefs, des navettes, et de nos combinaisons kristangs blindées qui avaient déjà pâti de notre sympathique semaine d'éclate.

— Instruction en vol ? On en revient aux manœuvres de base, on s'est montré négligent la semaine dernière. On a laissé s'installer de mauvaises habitudes.

Je souris.

— On s'est pourtant amusé, non ?

Elle s'esclaffa.

— Oh, certainement, je ne m'étais plus autant amusée depuis que j'ai appris à voler. Roder le moteur du *Fleur* pour qu'il coiffe en basse altitude une lune en force d'accélération 8 ?

Elle secoua la tête de jubilation.

— Rien de comparable. *Le Hollandais volant* est un bien meilleur moyen de sillonner les étoiles. Mais dans l'espace normal, c'est un disgracieux pourceau.

— Heureux que ça vous ait plu. J'ai une requête : pouvez-vous m'enseigner le vol ? Être mon pilote instructeur ?

À son tour, elle eut du mal à en croire ses oreilles.

— Vous enseigner le vol ?

— Les bases. Je me suis entraîné aux côtés de vos forces spéciales, et je suis loin d'avoir leur niveau d'excellence. De surcroît, je ne me suis entraîné avec aucune autre équipe suffisamment longtemps pour que ce soit utile. Or, je tiens à comprendre les tactiques et les aptitudes de chaque équipe. Si je dois leur donner des ordres, je saurai au moins ce dont elles sont capables ou non, et par quels moyens. Le petit tutoriel de Skippy sur les Manœuvres de combats spatiaux m'a ouvert les yeux sur l'étendue de mon ignorance à propos du vol spatial, et de son immense dangerosité. Si on se retrouvait mêlé à des affrontements cosmiques, je veux savoir de quoi nos vaisseaux, eux, sont capables, et de quelles façons.

Je pris une gorgée de café.

— Si jamais il nous arrive en outre d'être en sous-effectifs, comme lors de notre première mission, de ce raid contre l'astéroïde, il me serait utile de doubler mes fonctions en qualité de co-pilote.

Jetant des regards à la ronde, je baissai prudemment d'un ton.

— Il pourrait également se présenter des situations où... je détesterais confier à d'autres certaines missions. Des situations où emmener un pilote comme binôme ne servirait qu'à lui faire courir les mêmes risques qu'à moi. Vous savez ce que je veux dire, Desai.

Oui, sourcils froncés, elle savait. Et me gratifia d'un bref hochement de tête.

— Avez-vous la moindre expérience de vol ?

— Aucune. Et je n'ai jamais pris de leçon, pas même à bord d'un monomoteur.

— Bien, approuva-t-elle à ma grande surprise. Comme ça, vous n'aurez pas de mauvaises habitudes à désapprendre. Sur Terre, l'entraînement au pilotage se réduit à l'aérodynamique, tout est question de vitesse anémométrique pour un départ moteur, pour acquérir une portance suffisante. Ici, dans l'espace, ça n'a pas lieu d'être. Pas même lorsque vous pilotez une navette de largage en pleine atmosphère planétaire. À mon arrivée au Camp Alpha pour ma formation en vol, je croyais qu'être pilote d'hélicoptère offrirait un avantage pour ce qui est des décollages à la verticale de vaisseaux type Balbuzards. Et je me fourvoyais. Même un hélicoptère obéit aux lois de l'aérodynamique pour voler, les pales des rotors font fonction d'ailes. Comme le dit l'adage, sourit-elle, les hélicoptères n'utilisent pas l'aérodynamique pour voler, ils se contentent de baratter les airs pour s'imposer. Avec les nacelles de largage et des engins comme les Balbuzards, ce n'est plus une façon de parler, leurs réacteurs sont assez puissants pour planer même à haute altitude, et ils n'ont pas besoin d'ailes pour assurer leur portance. Les nacelles sillonnent principalement le vide cosmique quoi qu'il en soit, et là, l'aérodynamique n'entre nullement en jeu. Faire l'impasse sur les principes de l'aérodynamique sera donc un formidable gain de temps. Vous voulez apprendre à voler, donc ?

— En partant des fondamentaux, oui. Suffisamment pour faire face en cas de crise. Le pouvez-vous ? M'inculquer l'art de voler dans les grandes lignes ?

Sirotant une gorgée de thé, elle y réfléchit une minute. Plutôt que de se contenter d'acquiescer sur-le-champ en satisfaisant les caprices de son officier supérieur, j'appréciais qu'elle prenne le temps de la réflexion.

— On peut toujours essayer. Les manœuvres élémentaires dans l'espace ne sont pas si ardues que ça. C'est la navigation qui est épineuse, surtout quand on parle de mécanique orbitale. On commencera par le pilotage de la nacelle, puis on passera au *Fleur*. Notre frégate piratée est leste, elle vole aussi bien qu'une grande navette…

Elle pianota sur son iPad.

— Je vous transfère une liste de cours de formation.

Je réprimai un grommellement. Encore des documents didactiques… ! Super.

— J'ai hâte de m'y mettre. Je vous remercie, Capitaine Desai.

— Tout le plaisir est pour moi, Colonel Bishop.

Ma formation n'accapara guère Desai, car dès que Skippy eut vent de mes velléités, il insista pour m'entraîner personnellement. C'est sûr, il ne se répandait pas en gentillesses ni en déférences à mon égard ; que je prétende apprendre à piloter une nacelle éveillait en lui un amusement sans faille. Et lui offrait de toutes nouvelles latitudes pour m'insulter à loisir, douter de mon intelligence. Hélas pour lui, je prenais ma formation très au sérieux. Ainsi que Desai me l'avait expliqué, du fait que je partais du zéro absolu, niveau « gros nullard », le bon côté des choses, c'est que je n'avais pas de mauvais plis ou de préconçus à surmonter. Même la lecture des supports didactiques ne manquait pas d'intérêt, tant j'accostais là des terres inconnues. Je consacrais un maximum de temps à m'exercer aux simulateurs de vol, à collectionner les erreurs flagrantes et à écouter bourdonner à mes oreilles les dénigrements et autres diatribes de Skippy. L'équipage, et tout particulièrement mon second, appréciait que je me consacre autant à ce domaine – je n'étais plus dans leurs pattes, je n'interférais plus à tort et à travers avec le bon fonctionnement du bord. Hors les quarts sur la passerelle et l'entraînement avec les forces spéciales, le temps libre qu'il me restait était absorbé par l'apprentissage accéléré d'un sujet auquel je ne connaissais encore rien. Et, nom de nom, je n'avais plus de temps à consacrer à l'instruction des officiers, avec laquelle j'étais déjà très en retard. Chaque nuit, ou matin, ou après-midi, suivant mon planning, j'étais tellement exténué que ma tête ne s'écroulait pas plus tôt sur l'oreiller que je sombrais dans une sombre torpeur, sans rêves.

Bref, le bon temps.

Antérieurement à notre saut final aux abords de la première de notre nouvelle série de cibles, on eut à cœur de programmer un autre bond par nous-mêmes, sans le concours de Skippy. Et avant de passer à l'action, on voulait s'assurer qu'il n'y ait aucune possibilité qu'on dirige nous-mêmes notre vaisseau. Cette fois, on passa un jour seulement à calculer quelles coordonnées programmer dans notre ordinateur de navigation. Notre équipe scientifique montrait plus d'assurance que la première fois. La présentation PowerPoint de Skippy, portant sur ce qui était allé de travers lors de notre programmation initiale de saut, avait ébloui nos brillants savants. Surtout quand notre IA avait souligné que la vitesse de la lumière n'était, après tout, qu'une variable et que, en théorie, le vaisseau émergeait à l'autre point d'un saut légèrement *avant* l'initiation d'un saut. Ce qui m'a scotché. Quoi qu'il en soit, le major Simms était, pour ce saut-là, aux commandes puisqu'il s'inscrivait dans son quart. Campé à ses côtés, je m'efforçais de ne pas interférer. Vœu pieux…

— Tous les systèmes parés au saut, annonça Desai, à gauche du pilotage.

Jusqu'à ce que nous comprenions comment effectuer des bonds corrects, notre pilote le plus expérimenté resterait à la barre lors de tous les sauts programmés par des humains.

— Enclenchement du compte à rebours, ordonna Simms.

— Voilà qui est excitant ! fit Skippy. Au bain, au lit et au-delà !

Simms et moi échangeâmes un regard.

— « Vers l'infini et au-delà », c'est ce que tu veux dire, Skippy ?

— Non, me répondit-il, je me disais qu'on commencerait par un truc tout petit. L'infini, c'est vraiment trop ambitieux pour des singes.

Je ne réagis pas. Le compte à rebours égrenait 3, 2, 1…

Et ce fut le saut. D'un quadrant vide de l'espace interstellaire à un autre…

— Saut réussi, annonça Desai. Calcul de nos nouvelles coordonnées en cours…

— *Arglll*, ça vous prendra un temps fou, le suspense va me tuer ! Nous avons émergé à moins de cinquante mille kilomètres de notre cible ! annonça gaiement Skippy.

Notre but pour ce deuxième bond ? Moins de cent mille kilomètres.

— Braves petits singes ! Bien joué ! Des bananes pour vous tous !

— Skippy, l'admonestai-je, sois sympa pour une fois.

— Quoi ? Parce que les singes n'aiment pas les bananes, peut-être ?

J'aimais bel et bien les régimes de bananes. Comment le contredire à ce propos.

Chapitre Dix

Le saut final effectif avait été programmé par Skippy. Il nous entraîna à la lisière du système solaire visé, à la naine rouge plutôt commune et sans intérêt, aux trois planètes, à la planète intérieure rocailleuse et aux géantes gazeuses. Aucune ne présentant de particularité digne d'attention. Ce que Skippy décela d'intéressant ? Des indices portant à croire que la naine rouge avait été une étoile de classe K (les naines orange). D'une K à une naine rouge ? D'après Skippy, ça indiquait une certaine manipulation des Anciens. Or, parfois, quand les Anciens avaient besoin de beaucoup d'énergie pour un projet, ils la tiraient d'une étoile insignifiante dont nul ne se réclamait. Skippy en déduisait donc que les Anciens auraient pu posséder là des infrastructures de recherches ou un poste de surveillance. Au temps où les Anciens peuplaient la galaxie sous forme physique, des lignes de force ou autre satanée notion que Skippy avait tenté d'expliquer (je n'y avais rien pigé, et même nos savants s'étaient gratté la tête) signifiaient que ce système solaire était en fait un excellent candidat côté nœud de communication. Voilà pourquoi nous explorions un système stellaire d'une folle banalité ; les trois quarts des étoiles de cette galaxie étaient des naines rouges.

La voix du colonel Chang tomba des haut-parleurs de la passerelle :

— *Hollandais volant*, ici le *Fleur*. Paré au saut.

— Bien reçu, *Fleur*, bonne chance et soyez prudents. Oui, soyez *très* prudents.

La petite frégate allait bondir dans le système solaire en reconnaissance, sans mettre en péril le *Hollandais volant*.

— Compris. Nous prendrons toutes les précautions utiles et nécessaires.

150

Skippy avait pré-équipé le système de navigation du *Fleur* de multiples options de saut en cas de difficulté.

— Et nous serons de retour aussitôt que possible.

Sur l'écran, le *Fleur* s'évanouit dans un flash gamma. Chang était aux commandes, Desai étant le pilote en chef. S'ils rencontraient des problèmes, je voulais que Chang puisse compter sur notre pilote le plus expérimenté. Le *Hollandais volant* s'en sortirait très bien sans Desai, voguant dans l'espace lointain avec à bord de nombreux autres pilotes – sans oublier Skippy, si jamais quelque chose tournait mal. Mais la mission était simple. Tout devrait bien se passer : se téléporter près de la deuxième planète, parce que de l'avis de Skippy, l'emplacement le plus vraisemblable où les Anciens auraient implanté une base était la lune de la deuxième planète. Bondir sur place et scanner les lieux pour détecter la présence d'éventuels navires, puis passer à une activité artificielle aux abords de ladite planète, quelle qu'elle soit. Si de quelconques signes de vie intelligente hostile étaient détectés, il s'agissait de revenir aussitôt au *Hollandais volant* et de foutre le camp à vitesse grand *V*. Si en revanche rien de dangereux n'était détecté, il fallait scanner les lunes en quête de n'importe quel signe indiquant un possible complexe des Anciens. Skippy, lui, était d'avis que nous aurions bien plus de chance de déceler une base des Anciens grâce aux capteurs plus sophistiqués du *Hollandais volant* ; le *Fleur*, lui, serait en quête d'indices probants et voilà tout.

Ce devait être facile, et sans danger. Ça me terrorisait. Notre frégate kristang détournée de seconde main, en partie défoncée, dépendant d'une technologie dérobée à une espèce supérieurement évoluée que les sauriens ne savaient assimiler tout à fait, voguait là, sans un Skippy pour la guider. La détacher de la cible ? L'idée de Chang. Nous en avions débattu encore et encore. Je m'y étais opposé, jusqu'à ce que je doive céder et concéder que Chang avait absolument raison. Risquer le *Fleur* était bien préférable à risquer le *Hollandais volant*. Que Chang détruise le navire en cas de capture, enfermé dans une gaine de contaminants qui, selon Skippy et nos savants, cèlerait les origines terrestres de ces appareils. Visiblement, la composition nucléaire ou constitution chimique d'un dispositif nucléaire s'apparentait à une empreinte digitale pointée sur ses concepteurs, permettant même une datation et un ciblage sur son site précis de construction. Tout cela était nouveau pour moi, j'avais toujours pensé qu'une bombe nucléaire, eh bien, c'était une bombe nucléaire.

Alors que le temps s'éternisait, ruminer le sabordage du *Fleur* n'arrangeait pas mon état d'anxiété.

— Eh, Skippy, tu as dit que l'une des planètes ici était rocailleuse ? Ça signifie qu'elle est simplement dotée d'une surface solide, pas vrai, et non que c'est un bout de caillou inerte comme Mercure ?

— Exact. « Rocky » ne veut pas dire non plus qu'on parle d'un champion de boxe capable de mettre les autres planètes K.-O.

Ça me fit rigoler.

— *Wouh* ! Regardez-le étaler sa pop culture !

— Les deux autres planètes ici sont comparables au Neptune de votre système solaire, d'assez petites géantes gazeuses. Dénuées de grands anneaux.

Comment quelque chose de « géant » pouvait être également décrit comme « assez petit » ? Je laissai couler, plutôt que de m'attirer d'interminables arguties à la Skippy pendant une bonne demi-heure.

— Bon, la rocailleuse, elle est habitable ?

— Là, ce serait un non catégorique, Joe. Il est vrai qu'elle est à distance de l'étoile où les températures de surface pourraient être considérées comme favorables aux formes de vie basées sur le carbone et l'eau, une distance que ton espèce surnomme la zone « Boucles d'or » : pas trop chaud, pas trop froid. C'est une bonne description, à propos, je vais la garder. Oh, un truc utile venant des singes, qui l'eût cru, hein ? Encore que, quand on y pense, « Boucles d'or » était un peu débile sur les bords. Qui va aller s'endormir dans une maison où vivent des ours ? Et pourquoi devraient-ils manger du porridge insipide alors qu'ils pourraient se l'offrir à dîner, notre charmante Boucle d'or ? Le conte illustre un point intéressant, mais il n'a aucun sens. Maintenant, il y a des contes de fées humains que je trouve sensés et pertinents, même s'ils sont, naturellement, fantasques et chimériques, étant…

— Skippy ?

— … Oui ?

— Cette planète rocailleuse ? Elle n'est pas viable ?

— J'y arrivais. Où en étais-je ? Ah, ouais. Les planètes habitables gravitant autour des naines rouges sont extrêmement rares dans cette galaxie. Les naines rouges émettant très peu d'énergie, une planète doit être si près de ces étoiles pour avoir assez de chaleur propre à l'émergence et au soutien de la vie, que sa surface entre en rotation synchrone avec elles et se verrouille au niveau gravitationnel par effet de marée. Du coup, comme pour votre lune, le même hémisphère fait toujours face au corps astral qu'il orbite. Un hémisphère de la planète est chaud, et l'autre froid – si froid que n'importe quel type de couche atmosphérique pourrait tomber en flocons de neige à la surface. Sans compter que les naines rouges sont hautement instables ; la lumière qu'elles diffusent peut considérablement baisser pendant de longues périodes ; d'autres fois, leurs éruptions solaires brûleront l'atmosphère de n'importe quelle planète pierreuse.

— Pigé. Je raye les naines rouges de toute future excursion en recherche de logement.

— Sage décision. Eh, parler des naines me rappelle un autre conte de fées…

Je le laissai à ses divagations qui l'occupaient bien, et m'aidaient à tromper l'ennui de l'attente, en guettant le retour du *Fleur*.

Un *Fleur* pile-poil à l'heure. Nous avions imparti quarante minutes à l'accomplissement de la mission, du saut d'entrée au bond de sortie. Si le *Fleur* avait accusé du retard, nous aurions bondi à sa suite afin de déterminer ce qui avait pu se produire. S'il revenait plus tôt que prévu, ce serait sans doute pour fuir des navires hostiles. Deux possibilités donc restées à l'état de simples hypothèses.

— *Hollandais volant*, ici le *Fleur*, annonça Chang, c'est une réussite. Nous avons trouvé une structure artificielle sur l'une des lunes, exactement là où Mr Skippy pensait qu'elle se dresserait.

— Je vous l'avais bien dit, pavoisa Skippy.

Une fois n'est pas coutume, je traitai par le dédain notre arrogante petite canette de bière.

— Bonne nouvelle, *Fleur*. Transférez à Skippy les commandes de la navigation afin que nous puissions vous récupérer dès que possible à bord.

— Bien compris, *Hollandais volant*.

La bonne nouvelle, c'est qu'une force spéciale kristang ne surgit pas dans ce système tandis que nous explorions le site des Anciens. Et cette fois, le site en question était intact. Il n'y avait pas là de centre évidé. La mauvaise nouvelle ? C'était vide. Le site se réduisait à un bâtiment littéralement nu. De l'avis de Skippy, il s'était agi d'une sorte de station de contrôle. Il y avait bien des étagères et autres supports pour les équipements, mais tout s'était volatilisé. Rien n'était endommagé comme lors de pillages. Il fallait croire que les Anciens en personne avaient fait le ménage, ne laissant rien derrière eux. Ils avaient même refermé la porte en repartant. L'équipe scientifique fut très déçue. Skippy, lui, se félicita : il avait affirmé qu'un site se trouvait là, et les faits lui donnaient raison.

Après ces premiers sites non cartographiés repérés par Skippy, nous mîmes le cap sur l'un des suivants de notre liste. Le voyage prendrait pas loin de cinq semaines puisqu'il nous faudrait traverser trois vortex qui n'étaient pas aisément reliés entre eux. Vu nos déconfitures, et après n'avoir trouvé aucun nœud de communication, je n'étais vraiment pas pressé d'endurer cinq satanées semaines d'ennui. L'équipe scientifique, elle, était aux anges, captivée par l'étude des données que nous avions déjà collectées à foison. Loin de sa bonne humeur habituelle, Skippy était de mauvais poil. Nos échecs répétés à dénicher une radio magique le fichaient en rogne ; le centre parfaitement évidé du précédent site – ou plus exactement là où le précédent site aurait dû se dresser – le laissait frustré, dérouté. Nos équipiers chagrins ? Mécontents ? C'étaient encore les pilotes et les équipes des Opérations spéciales. Côté pilotes, les cinq semaines suivantes ne seraient pas plus fascinantes qu'un trajet en navette aller-retour Washington DC-New York. Outre programmer quelques sauts chaque semaine, histoire de ne pas perdre la main, la seule perspective attrayante, ce serait les simulations de combat et d'atterrissage aux commandes de nos navettes thuraniennes. De leur côté, les Opérations spéciales n'auraient rien à faire pour meubler leur temps, à part enchaîner les entraînements à l'excès. Vu que j'avais rendue abondamment claire ma volonté d'éviter absolument/à tout prix les affrontements, le summum de l'excitation, ce serait la compétition culinaire du mois. Franchement, j'avais grave besoin de relever le moral des troupes, d'une façon ou d'une autre. Un tournoi de basket peut-être, l'un des rares sports qu'on pouvait pratiquer dans notre petite salle de gym ?

M'exercer m'aidait à garder la raison. Je me rendais de nouveau en salle de sport, un matin, lorsqu'une rencontre inopinée me fit stopper net en pleine coursive.

— Eh, mais c'est pas vrai !

— Qu'y a-t-il, Joe ? demanda Skippy. Je surveille toutes les fonctionnalités du bord, et, à l'instant *T*, tout fonctionne nommément.

— Euh, non… ce n'est rien. J'ai oublié un truc, voilà tout.

— Nom de nom, et c'est maintenant que tu avoues avoir oublié ta mère à l'aéroport avant de quitter la planète Terre ? Bon, pas de panique, elle a bien dû se trouver un plan de secours depuis le temps – vive les taxis. À moins qu'elle ne soit rentrée chez elle à pied. Bref, c'est un peu tard pour t'en soucier, mon coco.

— Non, Skippy, je ne l'ai pas oubliée à l'aéroport.

— Cette fois.

— Oh, pour l'amour du Ciel… ça ne m'est arrivé qu'une fois, sacré nom !

— Et c'était plutôt impressionnant, Joe ! En règle générale, les gens vivent leur vie sans « oublier » leurs parents ou leur proche parentèle à l'aéroport cinq heures d'affilée ! « Exploit » dont tu te rendis coupable à seulement dix-sept ans. Quelle précoce déception…

— Ça n'est jamais arrivé qu'une fois, foutue malchance ! Et je n'ai pas fini d'en entendre parler ! Tout ça, c'était bien la faute d'Amanda de toute façon, si elle ne m'avait pas fait tourner la tête…

— Euh… *laquelle* de tête ? La petite ou la grande, mon grand ? Voilà ce qui arrive quand ta cervelle migre dans ton caleçon…

— Skippy, je n'étais à l'époque qu'un sale gamin, dans toute la rayonnante stupidité de sa folle jeunesse...

— Hum... Parce que tout a changé maintenant, c'est ça ?

— Eh ouais, je ne suis plus si jeune. Bref, cette étourderie me colle à la peau. J'avais sept ans quand mon père m'a emmené assister à un match de baseball des Red Sox au Fenway Park à Boston. Après, il est passé aux toilettes le temps que j'aille m'acheter un tee-shirt, et il m'a carrément oublié. Il traversait la frontière l'État du Maine quand il s'est enfin aperçu que je n'étais pas dans la voiture avec lui.

— Oh. Cette histoire-là, je ne la connais pas. Et que s'est-il passé ?

Dans les coursives du *Hollandais volant*, je m'en souvenais comme si c'était hier.

— J'ai fait le pied de grue sur Boyleston Street. Les passants devaient imaginer que mon vieux était très occupé à se soûler la gueule dans le bar du coin, m'intimant l'ordre de l'attendre dehors. Un vendeur de cacahuètes m'en a glissé un sachet en douce entre les doigts tellement je devais l'apitoyer. Bref, après deux ou trois heures, à la nuit tombée, dans la froideur du soir – c'était début juin –, la voiture de mon père se pointe enfin. Tout ce qu'il a trouvé à dire, c'est « ah, te voilà enfin ! » Je suis monté à bord et il a filé chez mon oncle, à Brunswick, pour la nuit.

— Sacrée anecdote. Et comment se fait-il que tu ne m'en avais encore jamais parlé auparavant ?

— Et comment se fait-il que tu aies entendu parler de ma mère que j'avais oubliée à l'aéroport de Bangor, dans le Maine ?

— Tu étais de retour chez toi quand ta mère en a parlé à ta sœur, juste avant que tu n'embarques à bord du *Hollandais volant*. Lors de cette fiesta, je prêtais l'oreille à tout ce qui se disait.

— Quelle belle fiesta c'était, soupirai-je tristement, ramené à mon dernier jour sur Terre.

Cette après-midi-là, une centaine de gens peut-être étaient passés chez mes parents, tout excités à l'idée de voir un héros de retour des étoiles : le célèbre « Barney » Bishop. Que mes concitoyens me surnomment ainsi ? Je ne le prenais certes pas en mauvaise part. Histoire de faire profil bas avant tout, notre navette de largage thuranienne s'était posée juste devant ma maison parentale. J'avais contacté par téléphone ma famille parisienne, en lui annonçant que j'allais passer pour une petite visite à l'improviste, en ne restant qu'une nuit. Le sergent Kendall et deux des équipes de sécurité d'Air Force m'accompagnaient. Cette nuit-là, je dormis sur un divan de ma maison parentale, tandis que les agents de sécurité passaient la nuit à l'arrière d'un camion de la Garde nationale en pleine allée privative. À l'époque, Skippy était déjà de retour à bord du *Hollandais volant*, préparant l'astronef au largage des amarres et pilotant des nacelles à distance pour monter vivres et fournitures en orbite.

Dire que je dormais sur le divan est exagéré. Je réussis à fermer les yeux peut-être trois heures à tout casser cette nuit-là. Trop de gens tenaient à me voir, à me parler, à poser une myriade de questions. Ce que j'avais fait, ce qui se passait auprès de la FENU sur Paradis, ce que nous réservait l'avenir de la Terre… Les Kristangs ne serraient plus notre planète dans leur gant de fer, mais les gens savaient maintenant que la galaxie pullulait de sauriens bipèdes, et qu'un spationef thuranien rôdait en orbite basse. Sans oublier les Ruhars.

Histoire de répondre à toutes ces interrogations, j'avais à disposition une version peu satisfaisante, à laquelle la FENU et le gouvernement US voulaient que je me tienne. Avant de quitter Paris, j'avais dû subir quatre heures de briefing, dont un substitut de séance questions/réponses – un examen blanc en somme. Quand j'en eus fini, la tête me tournait tellement que j'eus du mal à me souvenir quelle était la version de couverture et quelle était la vérité. L'article de couverture ? Quelques soldats de la FENU et moi-même avions regagné la Terre à bord d'un transporteur stellaire thuranien, en vue d'une mission dont je ne pouvais parler. À notre retour sur Terre, les Thuraniens avaient appris que les Kristangs avaient abusé de la crédulité d'un allié, et pris les mesures qui s'imposaient en l'éliminant. Je n'avais fait qu'une visite-éclair sur Terre. Je devais remonter à bord du vaisseau thuranien pour poursuivre notre odyssée, où qu'elle nous mène. Secret Défense. Sur Paradis, la Force expéditionnaire des Nations unies se débrouillait magnifiquement bien, les communications entre Paradis et la Terre étaient instables en raison des activités ennemies, mais il n'y avait pas là de quoi se mettre martel en tête. L'avenir s'annonçait radieux, la Terre était préservée du pire et chaque matin, les Terriens se réveillaient sous les gazouillis des oiseaux, baignés de l'éclat du soleil. Je m'efforçais de suivre le script du mieux possible, sous l'œil de faucon du sergent Kendall. Par égard pour elle, je tenais à me présenter sous mon meilleur jour ; moi, j'allais quitter la Terre, tandis qu'elle resterait piégée dans notre sillage avec les conséquences à gérer.

Soit je faisais un piètre menteur, soit mes parents me connaissaient vraiment trop bien, car ma version ne les convainquit pas. Ils en savaient au moins assez pour s'abstenir de poser trop de questions. Je le lisais dans l'eau trouble de leurs regards. Le lendemain matin, ma mère quitta la table du petit déjeuner tant elle pleurait à chaudes larmes. Mon père m'entraîna dans le terrain s'ouvrant à l'arrière de la maison pour me montrer comment modifier le tracteur familial histoire de concocter de l'alcool de bois artisanal.

— Mon fils, me dit-il, la tête à demi enfouie sous le capot moteur, j'ignore tout de ce que peut être la situation réelle, et je ne vais pas te le demander. Tu arbores maintenant des galons de sergent et, la nuit dernière, j'ai entendu un gars de l'Air Force t'appeler « Colonel ». Quoi qu'il se produise maintenant, sache avant tout que ta mère et moi sommes diablement fiers de toi ! Il n'y a qu'une question à laquelle j'aimerais que tu répondes…

Il se dégagea du capot moteur pour plonger son regard dans le mien, non sans un coup d'œil en direction du sergent Kendall qui se tenait à bonne distance, en toute discrétion.

— Sommes-nous maintenant saufs de ces maudits lézards ? Et des hamsters ? Et des autres qui nous guettent, quels qu'ils soient ?

— Oui, papa. Je ne peux pas t'expliquer pourquoi, ou comment.

Il soupira de soulagement.

— Bien.

— Bien.

Que dire d'autre ? Le sergent Kendall se racla la gorge de façon significative, en lançant un coup d'œil à la navette. Il était temps d'y aller.

— Vous avez fait du bon boulot avec ce tracteur.

— Yo. Nous nous réapprovisionnons en gaz, aussi rationné soit-il, et en électricité comme vous l'avez vu.

— En effet, ça paraît bien.

La maison de mes parents jouissait de nouveau de l'électricité nocturne, tout paraissait revenir à la normale sur Terre. Ça méritait la peine qu'on se batte pour.

— Papa, je dois repartir.

— Ah. J'imagine que oui.

Mâchoires contractées, il me tendit la main, l'air gêné. Il en était toujours allé de la sorte dans notre famille, à force de ne surtout pas parler de quoi que ce soit.

— Bonne visite, merci d'être revenu à la maison.

J'en avais déjà trop vu pour marcher encore dans ces conneries. Pas cette fois. Pas encore. Je pris dans la mienne la main de mon père, et l'attirai dans une étreinte virile, tandis que nous nous donnions l'accolade. Les larmes me montèrent aux yeux. Idem pour lui.

Quand nous nous écartâmes l'un de l'autre, il s'essuya les yeux du revers d'une manche en flanelle.

— Ah, chiure sur bardeau ! Tu nous diras ce que tu fais, quand tu peux ?

— Promis, Papa. Compte sur moi.

— Alors ? fit Skippy en me ramenant au présent. Qu'est-ce que tu as oublié ?

J'étais toujours plongé dans mon dernier jour passé sur Terre.

— Quoi ?

— Bon sang, ce que tu es distrait, railla Skippy. Tu as fait halte en pleine coursive sous prétexte que tu avais oublié quelque chose.

— Oh, mes gants d'haltérophilie, voilà tout.

Cette nuit-là, ou précisément le lendemain matin, j'eus droit à un réveil en sursaut. Pas le genre où vous êtes pris de spasmes musculaires à la jambe ou autre, ça, je déteste. Là, je dormais à poings fermés, plongé dans mes rêves, quand mon subconscient me ramena brutalement au réel. Figé sous le choc, je me demandai si quelque chose était arrivé au navire. Mais non. Pas d'alarmes, pas de bips de mon zPhone, pas de Skippy en train de hurler dans les haut-parleurs du plafond. Mon curry de la veille au soir n'y était pour rien – ça au moins, c'était délicieux.

Et soudain… une idée me frappa. Une idée qui m'avait travaillé la nuit durant. M'extirpant du lit, j'entrepris d'enfiler caleçon et chemise, après un coup d'œil à mon iPad pour l'uniforme du jour. Eh zut ! 3 h 37 du matin. Comme je voudrais que, parfois, ma stupide cervelle me laisse un peu dormir.

— Eh, Skippy, tu dors ?

— Comme toujours. Sacré rêve, dis-moi, tu es revenu à toi super vite !

J'avais rêvé, moi ? Aucun souvenir.

— Eh ouais. Cette carte que tu nous avais montrée, nécessitant cinq semaines de voyage jusqu'au prochain site potentiel des Anciens, peux-tu me la transférer sur iPad ?

— C'est déjà fait. Pourquoi ? Tu vérifies mon arithmétique en pleine nuit maintenant ?

— Ah, comme si c'était demain la veille ! C'est pas près d'arriver. Non, c'est ta logique que je suis en train de vérifier.

Skippy renifla de dédain.

— Pff ! Tu es sûr que tu n'es pas toujours en plein rêve ? Moi ? Une faille dans ma logique ?

— Pas une faille, une brèche.

Je consultai la carte. Sur la surface en 2D d'un affichage iPad, ce n'était pas aussi impressionnant ou facile à comprendre que sur les écrans en 3D de la passerelle de commandement. Il n'y avait pas d'effet de profondeur, de sens du relief. Quand Skippy nous avait montré pour la première fois des cartes stellaires, je me disais que l'effet 3D était sympa, mais pas indispensable, car la galaxie de la Voie lactée est un disque ; si son épaisseur n'est pas perceptible à l'œil nu, ce n'est pas bien grave. Or, j'avais tort. À n'importe quelle échelle – et sauf si on envisage la galaxie tout entière de très, très loin –, c'est d'une grande importance au contraire, parce que les bras du disque de la Voie lactée font plusieurs milliers d'années-lumière d'épaisseur, de haut en bas. Le *Hollandais volant* croisait actuellement dans l'Éperon d'Orion, à environ six cents années-lumière de la nébuleuse de Gum. Eh ouais, ce genre de description ne signifiait pas grand-chose pour moi lorsque les étoiles étaient encore de lointains scintillements, de la surface de la Terre. Du bout des doigts, je fis un zoom sur mon iPad, faisant apparaître sous forme de clignotements violets les trous de ver disséminés çà et là. Je touchai l'un de ces symboles et des pointillés violets s'affichèrent pour le relier à son autre vortex de connexion. Sur l'écran principal de visualisation de la passerelle, Skippy avait le moyen de montrer toutes les connexions de la zone locale ; pour le moment, je n'en avais pas l'utilité. Certains trous de ver étaient reliés à d'autres dans un rayon d'une dizaine d'années-lumière, tandis que d'autres, plus rares, avaient une distance de connexion de plusieurs milliers d'années-lumière. Le plus éloigné, à la connaissance de Skippy, était connecté à un vortex à sept mille années-lumière de la galaxie naine du Sagittaire, soit une distance de cinquante-cinq mille années-lumière de son point d'origine, un vortex du bras de Persée de la Voie lactée. Pourquoi celui-là en particulier finissait à des milliers d'années-lumière de l'étoile la plus proche, nul n'aurait su le dire. La moyenne était de l'ordre de six cents années-lumière. Personne ne savait non plus pourquoi un trou de ver était relié à un autre, car pour la plupart les connexions longeaient des vortex auxquels elles auraient dû normalement se relier pour poursuivre leur course. Même Skippy n'en avait pas la moindre idée, ce qui le frustrait sacrément. L'agencement des vortex de la galaxie n'avait aucun sens et pour Skippy, qui avait un avis bien tranché sur la façon dont les Anciens auraient préparé leur retrait du cosmos, c'était un affront caractérisé. Il en restait à se demander si quelque force obscure n'était pas intervenue après le départ des Anciens pour foutre la pagaille dans leurs dispositions. Ou, pire, si ses souvenirs des Anciens étaient tronqués. Ou véridiques.

— Une brèche ? répéta Skippy. Je suis intrigué, qu'est-ce que ta cervelle de gros bêta de gnome simiesque pourrait bien considérer comme une « brèche »... Vas-y.

— Le problème, c'est qu'il existe d'autres sites potentiels plus proches de nous, mais distants des trous de ver, et on ne peut donc pas s'y rendre, c'est bien ça ?

— Logique imparable jusque-là. Tu as bien percuté, Capitaine J'enfonce-les-portes-ouvertes.

À ce stade, plus question que je retrouve le sommeil. Je commençai donc par enfiler mes bottes.

— Dis-moi un peu, Professeur Nimbus J'oublie-tout, nous avons, entreposé dans la soute, notre haricot magique, un module de contrôle des vortex des Anciens, n'est-ce-pas ? Y a-t-il des trous de ver dormants que ce module pourrait réactiver afin d'ouvrir un raccourci à destination d'un site potentiel ? Ou pourrais-tu connecter un vortex proche à un autre proche de notre objectif ?

— Merde alors...

— C'est pas une réponse, ça, Skippy.

— Laisse-moi une minute, bordel de merde ! Je suis en train de scruter de gigantissimes tas de données, là ! Gigantissimes même pour moi. Ça devrait prendre un petit moment.

Sa voix mourut, remplacée par du rock'n'roll.

— Skippy ?

Je m'inquiétais, tant l'intermède musical se prolongeait.

— Skippy ? !

— Oh là là ! Quel gigantesque amas... Eh, cette fois, j'ai dû mobiliser 37 % de mes capacités, un nouveau record !

— C'était quoi, ça, encore ?

— Hein ?

— Cet air !

— Oh, c'était *Don't Stop Believin'*, de Journey. Je me disais que tu te sentirais bien seul le temps que je mouline des chiffres.

— Très prévenant de ta part. Tu m'as fait peur. Ne recommence pas.

— Tu n'as pas aimé D.J. Skippy-Skip and The Fresh Tunes ? Eh, je me spécialise dans les tubes, rien que les grands classiques, mec.

J'éclatai de rire malgré ma nervosité.

— Une autre fois, peut-être. Donc, tu moulinais des chiffres, et… ?

— *Oh, Happy Day !* chantonna-t-il. La réponse est oui. Merde alors, quel crétin de bouffon je fais, c'est *moi* qui aurais dû en avoir l'idée ! Voilà qu'un singe m'en remontre… Quelle humiliation. Crénom, je serais gêné de contacter le Collectif, qui se tordrait de rire en entendant ça ! Il y a deux sites que nous devrions voir de plus près, à moins de deux semaines d'ici pour peu que je reprogramme un vortex actif afin de le relier à un dormant de longue date. Hmm. Le problème, c'est que je devrai repousser le trou de ver d'origine là où il était une fois que nous serons passés. Et même alors, quelqu'un remarquera tôt ou tard qu'il se passe un truc bizarre avec les vortex de ce secteur.

— C'est en fait un bonus, Skippy. Car alors le vortex proche de la Terre ne sera plus l'unique à se comporter de façon si singulière, et du coup, il en paraîtra bien moins suspect. Les Thuraniens, les Maxolhx ou qui que ce soit d'autre, ils en seront réduits à tourner en rond en courant après leur queue histoire de tenter de comprendre le pourquoi du comment. Ça détournera leur attention de la Terre.

— Les Maxolhx sont vaguement félinoïdes d'aspect, mais n'ont pas de queue.

— C'est une expression toute faite, Skippy.

— Oh. C'est noté. Hey… hum, Joe… Si on gardait ça pour nous ? D'accord ? Inutile que tout l'équipage apprenne qu'un truc super évident m'est passé sous le nez, O.K. ?

Je pressai le bouton d'ouverture de la porte pour sortir dans la coursive, ajustant en place mon oreillette zPhone.

— Ne te mets donc pas la rate au court-bouillon, va, ton secret ne craint rien avec moi, Skippy. En privé cependant, je vais pas me gêner pour te les briser menues, compte sur moi.

— Et je n'en attendrais pas moins de toi. Un nouveau cap est programmé dans le système de navigation.

— Super. Je me rends sur la passerelle, j'en informerai le pilote.

Quand j'y arrivai, le sergent Adams, l'officier de quart, occupait le fauteuil de commandement. Les deux pilotes, une Française et un

Chinois, étaient détendus sur leur banquette de fonction, s'adonnant visiblement à une simulation de vol. Selon les données du principal écran de visualisation, la charge des moteurs de saut était à 22 %. Les pilotes, l'officier de quart ou l'équipe affectée aux détecteurs du CIC n'avaient pas grand-chose à faire pendant un bon bout de temps. Le *Hollandais volant* était comme en suspens dans l'espace interstellaire profond, à 2,2 années-lumière du système stellaire le plus proche ; on avait là une naine rouge – relevant des dix pour cent de naines rouges présentes dans la galaxie, une étoile dont strictement personne ne se soucierait.

— Capitaine sur le pont ! claironna-t-on au CIC, dans mon dos.

Adams fit pivoter son siège face à moi. Les sourcils froncés, elle frotta l'un de ses ongles.

— Bonjour, Capitaine.

Cillant, j'ouvris la bouche, sans trop savoir quoi dire. Avant de quitter l'orbite terrestre, j'avais préconisé, à l'adresse de l'équipage, de se dispenser des saluts formels et du protocole militaire ; en gros, nous allions tous passer des mois sinon des années serrés dans une « boîte de conserve » volante. Qu'Adams néglige de me saluer dans les règles de l'art ne posait donc pas de problème. Ce qui me surprenait en revanche, c'était de voir le sergent Adams se vernir éhontément les ongles, se dorloter, bref, jouer les poupées madame. À notre première rencontre, tout cela avait été très loin d'elle, qui n'avait vraiment pas les ongles vernis. Notre première rencontre ? Les prisons kristangs, où elle avait subi la torture, et où nous deux étions promis au peloton d'exécution. Et, en quittant Paradis, nous n'avions jamais emporté que je sache, elle ou moi, de vernis à ongles. En atterrissant sur Terre, au soir du premier jour, elle avait été emmenée pour un bilan médical et un débriefing. Or, je ne l'avais plus revue avant la semaine de notre départ de la Terre, semaine où tout le monde avait travaillé d'arrache-pied vingt heures par jour afin que tout soit fin prêt, côté fournitures et équipements. Elle s'était verni les ongles ? Depuis des semaines ? Pourquoi ça m'avait échappé ? Chaque fois que je l'avais croisée, c'était en salle de gym, ou dans les soutes que nous recyclions en terrains d'entraînement.

Rien de tout cela n'offrant de bonnes occasions d'observer ses mœurs côté soins personnels.

Mais en fin de compte, qu'elle se vernisse les ongles n'avait rien de si surprenant, c'était une femme après tout, et femme elle restait, aussi endurcie soit-elle, comme ses comparses. De vraies dures à cuire, quoi. Surtout quand une Marine toutes griffes dehors ressent pourtant le besoin d'avoir un petit *plus* personnel, une touche de féminité. Je ne sais pas quoi, les femmes seront toujours un mystère pour moi. Adams est attrayante, si je puis m'exprimer ainsi sans paraître glauque et flippant, moi, son officier supérieur. À notre toute première rencontre, elle avait eu les cheveux coupés ras, coupe militaire. Des cheveux ondulés qui avaient repoussé en mode afro, bouclés sur le crâne, courts sur les côtés. Un peu la coupe qu'elle arborait. Un éclair, une rayure ou autre, rasé du côté droit ? Bref, quand je l'avais extirpée de sa prison kristang, elle avait le dos meurtri, balafré par les tortures. Les maltraitances et violences des Kristangs ? Nous n'avions jamais abordé le sujet puisqu'elle ne le voulait pas – et ce n'est certainement pas moi qui allais l'y pousser. Ce que pour ma part, j'avais vu ? C'est qu'elle avait sué sang et eau en salle de sport, sous ses vêtements amples. Deux ou trois jours plus tôt, je l'avais vue au gymnase en short et débardeur, sans cicatrice visible sur sa peau. Le Dr Skippy avait soigné ses cicatrices. Les médecins de l'infanterie des Marines américains l'avaient autorisée à reprendre du service à bord du *Hollandais volant* en m'affirmant que la résolution de tels traumatismes les satisfaisait.

Sourcils froncés, je jetai un coup d'œil à ses ongles.

— Du rouge ? N'est-ce pas là le rouge officiel du Corps des Marines des États-Unis, Sergent Adams ?

Je la savais un peu gênée d'être la seule Marine des États-Unis à bord.

Elle se mit à rire.

— Non, Monsieur, ça tire davantage sur le rouge corail. Le reste de ma personne appartient corps et âme au Corps des US Marines, mais ça, c'est juste pour moi. J'ai fait mes ongles ce matin, et en voilà déjà un d'ébréché.

— C'est plutôt joli.

Je ne savais quoi dire.

— Et sinon, tout roule ?

En ma qualité de capitaine, j'aurais probablement dû y mettre davantage les formes, en requérant un rapport de situation ou le statut du bord. Voilà ce qui arrive quand un grouillot de fantassin est propulsé aux commandes d'un vaisseau. L'armée a des bateaux, pas des vaisseaux spatiaux.

Elle désigna l'écran de visualisation.

— Le dernier saut en date a été couronné de succès, pas de présences hostiles détectées. Il y a une heure, nous avons traversé un nuage géant d'hydrogène moléculaire. D'après Skippy, la densité était de l'ordre de 3 millions d'atomes par centimètre cube, et voilà qui est atypique. Pas d'effet notable sur notre bord. Notre seule et unique source de joie de toute la soirée.

L'exclamation enthousiaste de Skippy coupa le fil de notre conversation :

— Eh, ce nuage gazeux était aussi à 98 % d'hydrogène et à moins de 2 % d'hélium, ce qui est hautement inhabituel en milieu interstellaire ! D'ordinaire, les zones froides et denses de l'InterStellar Medium, l'ISM, se composent de...

— L'équipe scientifique, je te prie, Skippy. Réserve ça pour l'équipe scientifique.

Je roulai des yeux au plafond, tandis qu'un grand sourire barrait le visage d'Adams.

— Bien sûr, pas de souci, si ça t'amuse de baigner dans ton ignorance crasse...

— Skippy, l'ignorance ne m'amuse pas plus que ça, pas plus que je ne suis en train de te snober. Si cela pique ton intérêt, toi qui as amassé de vastes connaissances sur la galaxie, notre équipe scientifique sera décidément très désireuse d'écouter tes remarques. Je pourrais t'écouter attentivement, moi aussi, mais il se trouve que nos savants sauront bien mieux en apprécier toute la pertinence et le bien-fondé.

— Oh. C'est vrai, j'ai cru que tu me jetais. Bon, très bien, j'en reparlerai avec des singes plus malins.

— Merci, Skippy. Sergent Adams, je suis là pour ambiancer votre soirée, et vous êtes la première à l'apprendre de ma bouche : Skippy a refait les calculs d'une méthode optimale de recherche, ce qui nous permettra de raccourcir notre planning de plusieurs semaines.

Les deux pilotes ayant pivoté sur leur siège pour suivre notre conversation, ils parurent aussi surpris l'un que l'autre à cette nouvelle.

— Skippy, le nouveau cap est bien entré dans l'autopilote ?

— Affirmatif. Sous l'intitulé « Saut option Delta ».

Adams avait haussé un sourcil.

— De nouveaux calculs ?

Elle connaissait assez bien Skippy pour se douter qu'il y avait bien plus que cela à la clé. Et qu'il parlerait quand bon lui semblerait – le presser de questions ne servirait à rien.

— Une approche différente, précisai-je, fondée sur de récentes découvertes.

De récentes découvertes… J'avais soufflé à Skippy une idée qui aurait dû venir de lui. Et qui resterait entre nous.

— J'en dirai plus lors de notre réunion du personnel.

Quelle plaie, ce truc-là ! Tous les deux jours, on avait droit à un meeting des chefs d'équipes, où je devais sempiternellement « rafraîchir » mes petites allocutions. Quelque chose de nouveau à annoncer, à bord d'un vaisseau où une journée de croisière interstellaire ne se différenciait en rien de la veille ou du lendemain.

— À vos ordres, Capitaine ! me répondit Adams. Nous mettrons le cap sur notre nouvelle destination dès le prochain saut effectué.

Elle coula un regard au principal écran de visualisation.

— Les bobines seront pleinement rechargées dans une heure et trente-sept minutes.

— Magnifique. Je vais me chercher un café.

Autrement, j'allais me rendormir sur pied.

Chapitre Onze

Skippy était super méga excité à propos du prochain site sur notre liste : un emplacement qui devait, selon lui, receler à coup sûr un complexe des Anciens. Ce qui m'intéressait, c'était que ce système s'ordonnait autour d'une étoile orange de classe K, de la moitié environ de la taille du soleil de la Terre. Ce n'était pas juste une naine rouge de plus. Skippy débordait de confiance car ce système stellaire de l'Éperon d'Orion, près de la nébuleuse de Mairan, était parfaitement situé pour un nœud de communication des Anciens. Ceci, en raison des lignes galactiques de forces invisibles ou autres couillonnades de ce genre que Skippy avait vainement tenté de m'expliquer.

Nous trouvâmes le système en question. En revanche aucun signe d'un quelconque complexe des Anciens, maintenant ou par le passé. Au terme de quatre jours de balayages radar intensifs, Skippy était frustré et déprimé.

— Foutu sort, ça n'a strictement aucun sens ! Nada, zéro ! J'ai prouvé que ma méthode pour déceler des sites inconnus était valable. Si l'un de ces sites est quelque part, c'est bien là, dans ce système ! C'est à n'y rien comprendre… Une lune tournant en orbite autour de cette géante gazeuse, c'est l'emplacement idéal. Il *devrait* y avoir un complexe des Anciens.

— Devrions-nous continuer à chercher, Skippy ? Il en existe peut-être ailleurs dans ce système stellaire.

— Peu probable, fit-il maussade, d'une voix lourde de déception. Oh, et puis après tout, pourquoi pas. Il y a peut-être un facteur minime que j'omets de prendre en compte, qui sait. Ça t'ennuie si on y passe une semaine ? Je veux des relevés très détaillés.

— On ira où tu voudras, Skippy.

— Ah oui ?

Il avait l'air surpris.

— Quelle question, eh, ballot ! Si nous sommes là, c'est bien pour que tu mettes la main sur ta satanée radio magique, non ? Par conséquent, on ira partout où tu juges nécessaire qu'on aille. Dans les limites du raisonnable, pas question que je mette l'équipage en danger sans d'excellentes raisons, tu le sais bien. Tu veux donc que le *Hollandais volant* sautille par ici pendant quelques jours ?

— Cinq jours disons, une semaine maxi.

— Pas de souci. Ce sera encore l'occasion de s'entraîner. Ça te va si on programme certains sauts ?

Il soupira.

— Pff. Dans ce cas, autant planifier sur dix jours, car cela nous déviera beaucoup de notre objectif à chaque bond. Vous autres singes, vous avez eu de la veine d'atteindre le bon système solaire.

Avec le *Hollandais volant* sautillant donc d'un bout à l'autre du système, l'équipage en profita effectivement pour se lancer dans un entraînement intensif – chose qui n'était pas possible tant que notre navire croisait d'étoile en étoile. Aux manettes des nacelles de largage, les pilotes s'en donnèrent à cœur joie, manœuvrant le *Fleur* en combat simulé et programmant des bonds par eux-mêmes. Nous nous améliorions côté justesse de saut, en dépit des sempiternelles railleries et jérémiades de Skippy. Quand elle ne s'affairait pas à analyser les données que recueillait notre IA, l'équipe scientifique s'entraînait elle aussi – notamment au port des combinaisons spatiales. Le tout était de ne pas se tuer avec. Les savants cherchèrent également à se familiariser avec des systèmes de bord dont ils n'avaient en principe pas à s'approcher, comme les consoles de commande des détecteurs et des armements, au CIC, le Centre d'information de combat. Un jour, alors que j'étais de quart comme officier supérieur sur la passerelle, trois savants eurent droit à une visite guidée du CIC. Tout était calme ; les navettes s'alignaient sagement au hangar dans leurs travées d'atterrissage, et le *Fleur* était amarré à sa plate-forme dédiée pour entretien. Pas d'effectifs en sorties extravéhiculaires, en goguette dans l'espace, pas d'autre saut prévu avant au moins trois heures. Renfoncé dans mon fauteuil de commandement, je phosphorais sur un quiz portant sur les contrôles de vol des nacelles thuraniennes, en espérant qu'il resterait de bonnes choses à savourer à la cantine quand mon quart prendrait fin à 14 heures.

L'une de nos scientifiques, un certain docteur Zheng, quitta le CIC pour s'aventurer sur la passerelle. Le sergent Adams s'empressa de lui barrer le passage jusqu'à moi, mais je lui fis signe de la laisser venir. Sa présence ne m'importunait pas.

— Docteur Zheng, cette visite vous plaît ? m'enquis-je.

Elle qui était docteur en médecine et biologiste, elle risquait de moins se passionner pour les commandes de bord que ses collègues.

— Ça fait du bien de sortir un peu du labo, reconnut-elle avec le sourire. Jusqu'ici, on a eu droit à une station spatiale à l'abandon et à des lunes sans atmosphère. Bref, en tant que biologiste, je me suis trouvée quelque peu désœuvrée. J'ai prêté main-forte au major Simms aux cultures hydroponiques.

Avant notre départ de la Terre, Simms avait apporté à bord des équipements hydroponiques expérimentaux – la NASA ayant joué avec, à ce que je sache. Grâce aux cultures hors-sol, nous cultivions légumes et fruits frais ; pas plus tard que l'avant-veille, notre première récolte d'épinards avait eu droit aux honneurs d'une salade. Et, si j'en crois mes papilles gustatives, nos épinards cultivés dans l'espace avaient été fameux.

— À notre arrivée ici, j'avais espéré que nous aurions de meilleures occasions d'étudier les biosphères aliens, insinua Zheng.

Seigneur. Je n'étais vraiment pas d'humeur à me coltiner des conversations pénibles de ce genre, franchement.

— Docteur, je vous ai bel et bien exposé notre situation, je n'ai pas manqué de vous expliquer l'objet de notre mission, tout cela avant que nous quittions notre orbite terrestre, commençai-je en douceur avec l'espoir d'éluder un débat de plus.

Non que je ne comprenne pas ses frustrations, elle qui s'ennuyait à mourir, avec bien peu de perspectives de poursuivre l'œuvre de sa vie.

— En fait, je m'étais opposé à l'adjonction d'une équipe scientifique à notre équipage. Vous n'êtes pas essentiels à notre mission et pire, votre simple présence nous fait courir de grands risques. Comme je l'ai dit à quiconque se portait volontaire, il est hautement improbable qu'on revienne jamais sur Terre. À supposer même que notre mission soit couronnée de succès, notre vaisseau pourrait être piégé dans l'espace profond sans nul espoir de retour.

— Si Skippy nous abandonne ?

— Oui, dis-je simplement.

— Et le feriez-vous vraiment ?

Elle pointait d'un geste éloquent le bouton de commande de sabordage, sur l'accoudoir gauche du capitaine, sous son cache en plastique transparent de protection barré d'un *AUTODESTRUCTION* inscrit en grandes lettres rouges. Avant de presser pareil bouton, l'officier de quart devait tourner une manette pour rabattre le cache, appuyer une fois sur ce bouton pour l'activer, puis le maintenir enfoncé pour confirmer l'ordre. Au même moment, un officier du CIC devait faire de même avec un bouton équivalent – garde-fou institué contre tout incident ou subit accès de démence des uns et des autres. De telles mesures préventives étaient d'ordre à rassurer l'équipage. En réalité, Skippy ne laisserait pas exploser d'armes nucléaires avant que je n'en donne l'ordre – et à condition qu'il soit de mon avis.

— Si jamais nous étions perdus, en détresse, donneriez-vous vraiment l'ordre de nous saborder ? Ou si des aliens allaient nous prendre à l'abordage en apprenant l'existence d'humains dans les parages ?

— Je le ferais sans hésiter, lui répondis-je sur un ton sinistre de circonstance.

À ses haussements de sourcils, je vis que je l'avais surprise – et pas dans le bon sens.

— C'est...

— Je n'hésiterais pas une seconde, non – car si je prenais le temps d'y réfléchir, je risquerais fort de me dégonfler. L'entraînement militaire est sacrément bon, ajoutai-je. Ça vous forme à ce que vous avez à faire, mais surtout à agir quelles que soient les circonstances. Que vous soyez épuisé, affamé, blessé, pris pour cible par des tireurs... Vous avez vu des soldats démonter leurs armes et les remonter, les yeux bandés, non ?

Elle hocha la tête.

— C'est histoire que votre corps, vos muscles intègrent parfaitement ces gestes, qu'on n'ait même plus à y réfléchir tant ça devient automatique. Un peu comme de lacer ses chaussures. Nul besoin d'y penser, pas vrai, on l'a fait tant et tant de fois déjà que nos doigts savent ce qu'il y a à faire.

— Je n'y avais jamais pensé en ces termes…

— Je ne vais pas saborder le bord à moins que ce soit absolument nécessaire. Et, dans ce cas, je le *ferai*. Pas question que nos agissements fassent courir le moindre risque à notre planète Terre.

Voyant que mon petit speech ne l'avait nullement convaincue, j'ajoutai :

— Je peux vous dire une chose en tout cas, Docteur Zhen, ici, tout peut arriver. Il se pourrait même que vous ayez l'occasion d'étudier la biologie alien de près, et de toute première main.

Elle acquiesça, toujours sceptique. Le sergent Adams n'attendit pas plus longtemps pour l'expulser en douceur de la passerelle, tandis que je retournais à mon questionnaire sur les commandes de vol des nacelles de largage. Ou du moins je m'y efforçai. Saborder notre transporteur ? Une conversation de nature à mettre également un frein à ma belle humeur. Restait vraiment à espérer que la cantine m'offrirait encore de bons petits plats dès que mon quart s'achèverait.

Tandis que le *Hollandais volant* sautillait aux quatre coins du système solaire, j'en profitais pour m'exercer au vol réel, surtout le vol en solitaire aux commandes d'une navette. Skippy annonça de mauvaise grâce qu'il lui fallait bien l'admettre : il était possible, quoiqu'improbable à l'extrême, que je puisse piloter une navette pour de vrai sans provoquer la destruction instantanée de la navette en question comme de son transporteur stellaire. Pour mon premier vol en solo, il émit bel et bien la requête qu'on éjecte au préalable sa capsule de sauvetage – requête rejetée. Je décrivis une simple boucle autour du *Hollandais volant* avant de rembarquer et durant tout ce temps, il ne cessa de grommeler dans sa barbe, d'anticiper tous mes faits et gestes, de prédire ruine et malheur pour moi comme pour tout le monde à bord.

Par mes propres moyens, j'alignai l'appareil sur le hangar d'atterrissage et entamai manuellement la manœuvre d'approche au moyen des propulseurs, par légers à-coups, tout en précision et en douceur. Alors que le *Hollandais volant* prenait en temps normal le contrôle des navettes pour les guider à bord, concernant l'entraînement au pilotage en revanche, il fallait qu'on apprenne à s'acquitter manuellement de cette tâche, par nous-mêmes. Ma première tentative pour poser l'engin dans les crampons d'amarrage manqua la cible de moins d'un demi-mètre. N'oublions pas que ce type de nacelle thuranienne de taille inférieure mesurait encore dans les quarante mètres et pesait davantage qu'un Boeing 767. Rien à voir avec un petit Cessna. La plus modeste des navettes doit pouvoir chuter en pleine atmosphère sans que le frottement ne l'embrase ; elle doit aussi pouvoir décoller, passagers et fret, d'une surface donnée pour s'envoler en orbite et parfois au-delà. Or, la technologie fantastiquement évoluée des Thuraniens elle-même n'aurait pu rapetisser une telle nacelle à la taille d'un avion de ligne terrestre de moyenne envergure – ou moins que cela encore. Volant dans le vide cosmique, la gravité nulle de l'espace interstellaire, la nacelle présentait toujours une masse substantielle. Si jamais elle prenait une mauvaise direction, les impulseurs devaient batailler ferme pour corriger son cap. Un ajustement minime de ma part centra sur l'affichage du cockpit le point lumineux sur les crampons, que je déclenchai d'une pression sur le bouton dédié. Une fois effectués l'atterrissage et l'attelage de ma navette, j'annonçai :

— *Hollandais volant*, ici Barney. Bien arrivé. Mise hors tension dès maintenant.

Barney était mon stupide nom de code ; j'aurais aimé un truc cool comme « Rocketman » mais le problème, c'est que traditionnellement, les pilotes n'ont pas à décider. Ce sont les collègues qui vous attribuent le vôtre. Le genre « Topgun » est immédiatement descendu en flammes. « Barney » était la moins humiliante de mes options. Je dus dissuader la confrérie des pilotes de m'appeler « Sirène » en raison du nombre de fois où l'alarme du cockpit s'était déclenchée durant mes vols. Stupide sirène, je soupçonnais Skippy de l'avoir fait exprès rien que pour m'énerver.

— Barney, content de vous revoir ! répondit Desai. Fermeture des portes du hangar.

— Bien reçu, *Hollandais volant.* Je m'en sors comment ?

— C'est un miracle ! s'exclama Skippy sans laisser parler Desai. Un foutu miracle, ça, oui ! Barney, que nous ayons survécu nous tous à ton vol solo est la preuve irréfutable de l'intervention divine.

— Vous vous êtes vraiment bien débrouillé, Colonel Bishop, m'assura Desai. Votre premier vol en solitaire est une réussite. Vous êtes fin prêt à aborder l'étape suivante de votre formation. Nous trouverons bien quelque part un bel astéroïde ou une petite lune où atterrir, pour vous.

— Super !

Je sécurisai les commandes et me désanglai de mon siège.

— Desai, au terme de mon entraînement, je pourrai commencer à acquérir des connaissances sur les systèmes de bord du *Fleur* ?

— Mais oui, Monsieur, ce n'est pas si diff…

— Quoi ? l'interrompit Skippy d'une voix geignarde. Joe va tenter d'apprendre à piloter un *astronef* ? Oh, mec, laisse tomber ! La galaxie est condamnée ! Condamnée ! *Foutue* ! Écoute, il faut que tu me largues quelque part, n'importe où, je te prépare une liste de planètes inhabitées !

Nous y restâmes neuf jours. Neuf jours d'entraînement optimal pour l'équipage ; l'équipe scientifique put étudier tout son soûl les minutieux relevés des capteurs que Skippy recueillait. Il confirma que ce système solaire était effectivement l'emplacement idéal pour un nœud de communication des Anciens. Et qu'il devait absolument y avoir un complexe des Anciens à ces coordonnées. Tout comme il confirma qu'il n'y avait aucun signe que les Anciens aient jamais été là. Des jours entiers, il observa un silence maussade, s'abstenant de tout commentaire narquois – de ceux dont il avait le secret. J'avais beau tenter de le chicaner, de l'exaspérer, il ne réagissait même pas. Je changeai donc de tactique et me montrai super sympa envers lui. Ça peut avoir aidé, ou peut-être qu'il se requinqua simplement parce que nous venions d'atteindre le site suivant et qu'il retrouvait à s'occuper.

Le système stellaire suivant à explorer, donc, s'avéra lui aussi décevant. On découvrit bel et bien le complexe là où Skippy l'avait prédit, et personne ne l'avait visiblement pillé en emportant tout ce qui pouvait être précieux. Non, c'était décevant parce que l'endroit avait été réduit en miettes.

Ce site, au contraire des précédents que nous avions pu explorer jusqu'à présent, ne se trouvait pas sur une lune sans air orbitant une géante gazeuse, mais sur une planète faisant approximativement la moitié de la Terre. Planète dotée d'une fine couche atmosphérique principalement composée de dioxyde de carbone. D'après ce qu'on en détectait du haut de notre orbite, il n'y avait pas d'organismes vivants – à moins qu'ils ne soient enfouis dans le sol.

Les Anciens y avaient manifestement implanté une de leurs installations, une vaste structure, et des pluies de météores étaient venues pilonner la surface de cette planète. D'où notre amère déconvenue. L'analyse menée par Skippy détermina que ce système solaire avait eu un immense champ d'astéroïdes et que, pour une raison x ou y, les orbites des astéroïdes avaient été perturbées ; des roches avaient fusé de toutes parts. Les deux premières planètes du système, dont celle où s'était dressé le complexe des Anciens, avaient subi de lourds bombardements pendant des millions d'années – bombardements qui se perpétuaient.

— Reste-t-il encore quelque chose là en bas ? demandai-je, plein d'espoir.

À l'écran, une carte signalait les contours initiaux de la base des Anciens qui s'était étendue sur plus de deux kilomètres de diamètre.

— Une structure de cette taille n'a tout de même pas pu disparaître complètement.

Skippy soupira.

— Eh si. Tout a disparu. Il ne reste strictement rien, Joe. Une grosse météore est littéralement venue s'écraser au centre, il y a de cela trois ou quatre millions d'années, et dans toute cette zone, on voit encore bien d'autres impacts, antérieurs ou postérieurs. Si des artefacts avaient échappé à ce genre de pulvérisations, ils auraient de toute façon été éjectés loin de là, dans l'espace. Un champ de débris s'étend d'ailleurs à trois cents kilomètres du point principal d'impact.

— Trois cents kilomètres ? fis-je, époustouflé.

— Des météores peuvent atteindre de grandes tailles, Joe. Cette planète a été assaillie par des pluies d'astéroïdes plus gros que celui qui a heurté la péninsule du Yucatán sur Terre et entraîné l'extinction des dinosaures.

— Bougre… Des météores, astéroïdes ou autres vont-ils encore frapper ?

— J'ai un scan en cours du système tout entier. Dans le mois qui va suivre, je peux déjà te prédire qu'aucun objet astral plus gros qu'un panier de basket ne viendra s'écraser sur notre planète. Pourquoi ? Tu envisages d'y faire un tour ?

— Eh ouais. On peut scanner la surface, pas vrai ? Si nous trouvons de quelconques artefacts des Anciens encore intacts, on devrait aller voir ça de plus près. Et nos pilotes ont besoin de s'entraîner aux vols atmosphériques. Ce serait aussi un bon endroit où pratiquer les attaques au sol. Tant que nous croisons dans les parages, autant en profiter.

Il soupira à cœur fendre.

— Bien sûr. Pourquoi pas ?

— Écoute, Skippy, je sais que tu es très déçu, nous le sommes tous. Mais une fois de plus, ta méthode pour prédire l'emplacement des sites des Anciens s'est avérée très juste jusqu'à présent, n'est-ce pas ? Nous sommes sur la piste, ce n'est plus qu'une question de temps désormais.

Le *Hollandais volant* resta en orbite autour du site sept jours durant, tandis que nous nous livrions à des exercices rigoureux. L'équipe scientifique avait elle aussi la permission de descendre sur place – je m'étais juste régalé de ses plaintes et de ses suppliques pendant une heure avant de céder. Zheng, notre biologiste, était hyper excitée en découvrant effectivement des micro-organismes enfouis dans le sol. Skippy annonça que ceux-ci ne présentaient aucun danger pour la biologie humaine ; je laissai donc le docteur Zheng rapporter des échantillons à bord. Pour les unités terrestres, une partie de la formation consistait à tester les abris portables que nous avions construits ; le capitaine Smythe et ses hommes du SAS y passèrent la nuit, à la surface. Ils devaient réintégrer le bord le lendemain matin, et je me levai de bonne heure pour leur mijoter un bon petit déjeuner.

— Saloperie ! Nom d'un chien, je voulais leur faire des roulés à la cannelle au petit déjeuner, mais cette pâte qui ne vaut rien refuse de lever !

Je secouai le cul de poule comme si ça allait tout arranger. La pâte, d'aucune aide, y restait obstinément roulée en boule, l'air aussi stupide que peu coopérative.

Adams se pencha par-dessus le plan de travail.

— Ça sent bon.

Je me sentis obligé de rétablir la vérité.

— Non, ça, c'est le mélange sucre/cannelle que j'allais y incorporer.

Moi, un colonel d'armée, incapable d'ordonner à une simple pâte de lever ? Ah ben non… ça ne fonctionnait pas.

— Bon, eh bien, dans ce cas, je pourrais toujours la faire passer pour un pita à la cannelle ?

Elle s'esclaffa.

— Ça m'étonnerait que beaucoup de gens gobent votre histoire !

La voix de Skippy s'éleva d'un des haut-parleurs.

— C'est ta faute, Joe. Cette pauvre pâte, tu l'as laissée se débrouiller toute seule, au lieu de l'alimenter en sucre comme tu étais censé le faire.

— Il y a plein de sucre là, Skippy.

Je désignai un bol en plastique rempli de sucre et de cannelle, près de la pâte rétive.

— Oh, pauvre gnome, tu es censé l'incorporer à ta pâte ! La levure absorbe le sucre et génère les gaz qui font lever la pâte. As-tu seulement lu les instructions ?

— Hem… fis-je, embarrassé. En quelque sorte…

Il m'était en effet arrivé de croiser le mot « sucre » dans la recette, et les roulés à la cannelle avaient l'air si faciles à faire quand ma mère s'y attelait.

— C'est euh… fichu, hein ?

— C'est bien possible. Je me suis livré à une petite analyse chimique : il t'est encore possible de rattraper cet affreux foirage. Couvre ton cul de poule de film transparent et d'une serviette, puis dépose-le près de cette lampe chauffante à ta gauche – pas dessous, juste à côté.

— Merci, Skippy.

— Pas de souci. Je pense que tu as encore 62 % de chances de t'en tirer. La prochaine fois, prends la peine de lire la recette, O.K. ? Je ne peux pas penser à ta place *encore* et *toujours*.

Il me sauva la mise. La pâte réussit enfin à lever, et à la cantine, tout le monde se régala. Oh bien sûr, c'est peut-être bien mon glaçage au sucre qui remporta en fait tous les suffrages.

L'unité de Smythe étant de retour à bord, ainsi que les navettes, nous mîmes le cap sur le site potentiel suivant. Le cinquième, le sixième ? Je perdais le compte. Tous ces entraînements éreintants à la chaîne laissaient notre équipage exténué. Deux semaines de voyage pour atteindre notre cap suivant ? Voilà une bonne nouvelle, de fait ! L'équipage avait vraiment besoin de repos, et nos équipements, d'entretien. L'humeur morose de Skippy avait autant besoin d'amélioration.

Ces trois jours de trêve laissèrent l'équipage frais et dispos, et nous en revînmes à un emploi du temps normal. Après la joie de s'entraîner sur une nouvelle planète, l'équipe scientifique et l'équipage avaient hâte de passer encore à autre chose. Je tentai bien de tempérer quelque peu leur enthousiasme. On n'avait franchement pas besoin d'une nouvelle cruelle déception pour nous plomber le moral. Non, on avait besoin de diversions à bord. J'échafaudai des plans pour retrouver le major Simms au dîner, afin d'aborder toutes les réjouissances qu'on pourrait s'offrir grâce aux fournitures qu'elle avait embarquées. Ce jour-là, c'était au tour des Britanniques de jouer les gâte-sauce, en proposant un plat intitulé le « rôti du dimanche ». En tout cas, dès que je pris pied dans la coquerie, de délicieux fumets vinrent chatouiller mes narines.

Jusqu'à ce que j'y jette un coup d'œil. Sur mon assiette, il y avait une sorte de truc légumineux tout raide et tout fripé en guise d'accompagnement. À côté du poulet rôti, du Yorkshire pudding, de ma part de carottes et de gratin dauphinois, franchement, cet espèce de machin verdâtre indéfinissable détonait ; on aurait dit qu'on avait chiffonné une serviette verte dans mon assiette. Me faisant discret pour ne pas vexer nos mirlitons britanniques, je chuchotai à Simms, ma voisine de gauche :

— Major, c'est quoi, ça ?

— Vous est-il jamais arrivé d'aller au buffet de salades, au restaurant ? me souffla-t-elle. Les salades sont présentées dans des bols, sur lit de glace, et entre elles, vous avez ce truc-là.

J'eus un éclair de génie.

— Ah, ouais, j'ai déjà vu ça.

Je donnai des coups de fourchette dedans.

— J'ai cru que c'était une garniture factice en plastique, genre laitue ou autre. Parce que ça, c'est réel ? C'est censé être comestible ?

— Oui, c'est bien de la nourriture : du kale, du chou frisé si vous préférez. Voyez, ce n'est pas mou comme de la laitue.

Elle avait raison : sous les dents de ma fourchette, le chou frisé, craquant, croustillait.

— O.K., du kale, j'en ai entendu parler. Ils l'ont cuit en friture ?

— J'ignore comment ils l'ont préparé, fit-elle en y plantant à son tour des coups de fourchette d'un air soupçonneux.

J'en harponnai un morceau pour le porter à mes narines et le humer.

— Vous savez ce qui l'améliorerait, ça ? Comme à la foire de l'État du Tennessee ?

— Un Twinkie frit ! tomba la voix de Skippy du haut-parleur au plafond. Incroyable ! La preuve que Dieu existe !

— Hein ? Qu'est-ce qui te fait dire ça ?

— Et voilà aussi la preuve que vous autres, singes, êtes bougrement idiots. Vous n'auriez jamais survécu jusqu'ici sans une intervention divine.

Je mordis dans mon kale – s'il s'agissait bien de cela. Pas mauvais...

— Stupéfiant. Quoi que ce soit, c'est en tout cas une expérience mystique pour Skippy.

Des camarades de tablée éclatèrent de rire. Non à mes dépens pour une fois, mais à ceux de *Skippy*.

— Je n'ai pas dit… Oh, oublie ça ! Et bouclez-la, vous tous !

— *Wouh*, quelle cinglante réplique. Bye, Skippy. Fais de beaux rêves.

Je pouvais en arriver à apprécier le kale, après tout. S'il s'agissait bien de ça.

Trois jours avant notre arrivée prévue au site suivant, une idée me vint en tête. Une idée fort peu agréable. Dans mon bureau, j'affichai sur ma tablette les schématiques de notre vaisseau, puis une vue externe que nous avions prise d'une des navettes thuraniennes.

— Skippy, combien les Thuraniens ont-ils de transporteurs stellaires du style du *Hollandais volant* ?

— Si tu parles de cette classe précise de vaisseau, ils en ont des centaines. Il s'agit d'un design commun auquel ils recourent depuis près de quatre cents ans. Avec changements minimes.

Il renifla de dédain.

— Des changements minimes parce que, ces quatre derniers siècles, les Thuraniens n'ont pas réussi à voler et s'approprier assez de technologie pour améliorer leurs astronefs tout pétés. À moins qu'ils aient réussi à s'emparer d'une technologie supérieure, et qu'ils ne parviennent pas à comprendre comment ça fonctionne. Stupides têtes d'épingles verdâtres !

— Ils en ont des centaines comme le *Hollandais volant* ?

Je savais que la Marine nationale des États-Unis disposait de designs standard comme pour les destroyers *Arleigh Burke*, mais ceux-ci comportaient des sous-classes qu'un marin chevronné identifierait au premier coup d'œil.

— Ah ouais, bien sûr, il y a des différences subtiles, à mesure que les navires sont révisés ou remis à niveau au fil des ans. Il y a, ou il y avait dans les soixante-dix vaisseaux quasi identiques au *Hollandais volant*. Pourquoi donc ? Tu espérais que notre « galion » pirate était quelque chose de spécial ? Une pièce de collection ou autre ?

— Tout au contraire, Skippy. J'espère bien que notre *Hollandais volant* ne présente aucune particularité de nature à être aisément identifiée. Si on se rapproche assez de nous, ou si notre champ de furtivité défaille, je ne veux pas que les Thuraniens s'avisent qu'il s'agit là du vaisseau porté disparu aux abords de Paradis. Vaisseau volatilisé là où se trouvaient des humains. Sans compter que le vortex proche de la planète natale des hommes s'est mystérieusement scellé alors que ledit navire s'évanouissait dans la nature. N'importe quel Thuranien un tantinet suspicieux multipliera les questions gênantes.

— Ce n'est pas faux – bien vu, Joe. Les Thuraniens sont quelque peu paranoïaques en effet pour tout ce qui touche à leur sécurité.

— Pas assez paranoïaques cependant – ils ne comptaient pas sur Skippy le Magnifique.

— C'est vrai, quel être magnifique je suis ! Et si, une fois n'est pas coutume, tu étais sincère, je t'en sais gré.

— Je suis sincère. Je te félicite quand tu le mérites, Skippy. Très bien, les Thuraniens ont perdu un transporteur stellaire comme celui-là ? Perdu, style atomisé au combat, et tout ce qu'ils savent c'est qu'il aurait disparu quelque part ? Comme le nôtre ?

— Hmmm… Question difficile. Il faut que j'interroge la base de données thuranienne. Ah… pas de vaisseau correspondant porté disparu, hélas. Hormis le *Hollandais volant*.

— Bordel !

— Toutefois, poursuivit Skippy non sans une petite note narquoise, un transporteur stellaire très analogue au *Hollandais volant* a bel et bien disparu dans ce secteur il y a de cela dix-sept ans dans des conditions mystérieuses. À l'époque, ce bâtiment transportait des cuirassés kristangs. Les Thuraniens ont retrouvé des débris de leurs escorteurs, mais aucune trace du transporteur lui-même ni de navires kristangs. Les Thuraniens avaient alors accusé les Kristangs d'avoir détourné leur transporteur stellaire, les Kristangs accusant quant à eux leurs patrons d'avoir détruit ou perdu un de leurs groupes de combat tout entier. Si l'on se réfère aux banques de données que j'ai téléchargées, tant du côté des Thuraniens que des Kristangs, l'on nie savoir ce qui a bien pu se passer.

— Ou alors ils le savent très bien, et ne sont pas assez idiots pour alimenter leurs banques de données à ce sujet.

— Très juste. Quoique, dans ce cas, je soupçonne les Thuraniens de n'avoir véritablement aucune idée de ce qui a bien pu se produire. Tout comme je soupçonne les Kristangs d'infâmes manœuvres. Ceux-là seraient trop heureux de sacrifier un de leurs groupes de combat constitué de navires merdiques, tout cela afin de capturer un astronef thuranien doté de moteurs de saut sophistiqués. Ce vaisseau porté disparu corps et biens ressemble furieusement au *Hollandais volant*, surtout compte tenu des modifications étant forcément survenues au cours de ces derniers dix-sept ans. Au point qu'on pourrait aisément se faire passer pour lui. Les Thuraniens identifient leurs bâtiments aux fluctuations quantiques intégrées aux champs de commande de saut. Chacun est unique. Je pourrais ajuster nos bobines de commande histoire qu'elles imitent la signature du vaisseau porté disparu.

Pouce dardé en l'air, je fis le signe de la victoire, sachant que ça n'échapperait pas à Skippy

— Excellent ! On éviterait ainsi que les Thuraniens soupçonnent les humains de s'être emparés de leurs vaisseaux, mais aussi et surtout, on sèmerait le trouble entre les Thuraniens et les Kristangs !

Skippy se marra.

— Oh, Dieu, boo-*hoo* ! Punaise, quel malheur ce serait que les lézards et nos petits hommes verts se détestent encore plus.

— Ouais, garde ça à l'esprit, on préférerait que personne ne puisse jeter un bon coup d'œil au *Hollandais volant* ; continue de faire merveille afin qu'on nous prenne toujours pour un vaisseau jeraptha.

— Compris. Eh, entre nous soit dit, on a eu une autre bonne idée. Venant surtout de moi, bien sûr.

Moi le singe, allais-je donc en disconvenir ?

— Bien sûr.

CHAPITRE DOUZE

NOTRE EXPLORATION DU nouveau site potentiel d'une base des Anciens commença plutôt bien. Pour l'atteindre à partir du précédent, nous n'avions pas eu besoin que Skippy réactive un vortex dormant, ou crée une nouvelle connexion pour un trou de ver actif. Il fallait juste qu'on procède à des transits courants *via* deux vortex établis, puis qu'on bondisse dans un nouveau système solaire qui n'avait rien de spécial – l'affaire de cinq jours. Un système non axé sur une nouvelle naine rouge ennuyeuse mais, cette fois, sur une naine jaune. Je partais donc du principe qu'elle était petite. Plutôt énervant d'apprendre de Skippy, et de notre équipe scientifique, que notre propre étoile, le Soleil, était elle-même classifiée comme étoile jaune. Ça ne me paraissait pas correct. Au cours élémentaire, je crois me souvenir, une maquette de notre système solaire présentait la Terre de la taille d'une balle de ping-pong, et le soleil de celle d'un ballon de basket. Et je me rappelle que mon institutrice, Mme Carmichael, pour laquelle j'avais le béguin (ne l'ai-je pas toujours ?), nous expliquait que si la maquette avait été à l'échelle, le soleil aurait fait plus d'un million de fois la taille de la Terre ! Qu'est-ce que ça avait pu épater mon petit esprit d'écolier du CE$_2$! Mais voilà, aux yeux de nos astrophysiciens, notre soleil n'avait rien d'exceptionnel. Et ils m'assuraient que c'était là une très bonne chose pour l'humanité, puisque cela signifiait que notre Soleil permettait à la vie de s'épanouir dans un environnement favorable – dans la mesure où une telle étoile restait assez jeune pour brûler de l'hydrogène et non de l'hélium. Ou quelque chose de ce genre. N'empêche, j'avais toujours le sentiment qu'ils dénigraient notre étoile. Quand j'entends « hydrogène embrasé », moi je revois l'explosion du *Hindenburg* dans les années 1930. Ce qui n'augure rien de bon.

Cette naine jaune en particulier était d'environ sept pour cent plus grande que notre soleil, mais légèrement moins ardente. Plus vieille aussi. D'après Skippy et notre équipe scientifique, elle était en fin de vie, ayant quasiment consumé ses réserves d'hydrogène. Nos savants ne savaient plus trop bien ce qui les exaltait le plus : la possibilité de recouvrer des artefacts des Anciens, ou la perspective d'approcher une étoile de type G grâce aux capteurs sophistiqués du bord ? Skippy leur avait dit que nos détecteurs leur permettraient de sonder ses mystères.

Nous avions respecté une procédure désormais routinière : le *Hollandais volant* bondissait aux abords de l'étoile d'un système, et, d'un saut, le *Fleur* survenait à son tour en reconnaissance pour étudier les lunes des géantes gazeuses. Or, même si ce système solaire avait pu abriter des formes de vie, il ne comportait jamais que deux premières planètes rocailleuses inertes, aucune d'elles n'orbitant la fameuse zone Boucles d'Or. Il y avait là trois géantes gazeuses ; le *Fleur* commencerait par la plus imposante, de trente pour cent plus massive que Jupiter. S'il n'y avait pas de site des Anciens sur une lune satellitaire de la planète la plus titanesque, le *Fleur* y reviendrait avec nous, puis passerait à l'examen des deux autres géantes gazeuses.

Le *Fleur* revint à l'heure convenue : l'équipage avait détecté un site des Anciens sur une petite lune, qui n'avait apparemment pas été mis à sac ! Skippy pensait pourtant qu'un tel système avait déjà dû être inspecté en raison de son étoile de type G. Il se disait que puisqu'il n'y avait pas là de planètes habitables, personne ne s'était donné la peine d'approfondir les choses. J'espérais que pour une fois, on décrocherait le jackpot.

Tandis que le *Fleur* s'arrimait, et que nous attendions que l'équipage nous rejoigne, Skippy analysait les données recueillies.

— Ça semble bon ?

— Difficile à dire avec ces détecteurs kristangs foireux, maugréa Skippy.

Quand nous avions pris la frégate, capturé un spationef alien, j'avais cru que ce serait la meilleure chose qui puisse nous arriver. Or, Skippy avait expliqué que le *Fleur* avait été pourchassé par des troisièmes couteaux du clan kristang du Blizzard, que ses capteurs étaient en piètre état, depuis longtemps obsolètes même à l'aune des douteux critères des sauriens. Globalement, le vaisseau avait pâti d'un très mauvais entretien durant la décennie écoulée.

— Ces stupides scanners s'obstinent à dévier de leurs étalonnages. Je ne sais même plus si je contemple une lune ou l'espace vide !

— Les senseurs, toujours… J'entends bien.

Dieu, ce que j'en avais ma claque d'entendre Skippy se plaindre des équipements qu'il devait se coltiner.

— Bon alors, ils ont découvert un site potentiel ou non ?

— Avec ces relevés, ce pourrait être un complexe scientifique des Anciens autant qu'une laverie automatique alien. Je ne peux pas me prononcer.

— O.K., on en aura le cœur net plus tard. Des signes d'autres vaisseaux ?

— Non. Mais, là encore, difficile d'être catégorique. Le *Fleur* est pour ainsi dire aveugle. Que cette planète ait un champ magnétique des plus puissants n'arrange rien. Il y a tant de parasites dans les relevés des capteurs que les Thuraniens pourraient y dissimuler une flotte entière que le *Fleur* n'y verrait que du feu.

De retour de la frégate en question, Chang se tenait à mes côtés.

— Mon Colonel ?

Chang n'ignorait rien de la piètre opinion que Skippy avait du *Fleur*.

— Nous n'avons détecté aucune menace, Monsieur. Je recommande que nous alignions notre saut à celui du *Hollandais volant*.

— Skippy ? fis-je.

Notre rutilante canette de bière soupira.

— Ah, ouais, bien sûr, pourquoi pas ? On pourra toujours se replier d'un bond.

Ça, il allait le regretter.

Nous allions tous le regretter.

Skippy programma un saut nous rapprochant du site repéré – à distance suffisante pour que nos capteurs scannent en détail la zone, tout en nous tenant assez loin de la gravité lunaire pour que cela n'affecte pas notre éventuel repli.

— Saut réussi, annonça Desai avant de se tourner vers moi. Nous avons émergé à moins de quarante mètres de notre cible, précisa-t-elle en secouant la tête d'une admiration ébahie.

Quarante mètres ! Notre meilleure prescription de saut programmé par des humains ? Une marge de cinquante mille kilomètres ! D'après nos savants, le meilleur qu'on puisse espérer dans ces paramètres, c'était de l'ordre de neuf mille kilomètres, pas moins. Une sorte de flou quantique rendait impossible qu'on puisse s'approcher plus près. Et les lois de la physique ne fournissaient nul moyen d'être plus précis. Or, voilà que Skippy nous rapprochait toujours à moins de cent mètres de notre but – pour le moins. Selon lui, la physique quantique était aléatoire pour autant qu'on ne prenne en compte qu'une seule strate d'espace-temps ; en somme, notre équipe scientifique n'avait pas fini de se prendre le chou.

— Félicitations, Skippy, lui dis-je. Un nouveau saut magnifique à ton actif.

— Ah ouais, ouais, voilà que j'éblouis encore les pauvres singes… Je tirerai ma révérence plus tard. Pour l'instant, je scanne. Au fait, la précision du saut était de trente-sept mètres et non de quarante. Hmmm… Il y a véritablement un niveau inhabituel d'interférence provenant des… NON ! Pilote, sortez-nous de là *immédiatement* !

Sans la moindre hésitation, Desai qui s'était tenue prête écrasa le bouton de commande de bond. Sur l'écran principal de visualisation, je vis se former le symbole, une fraction de seconde avant que le vaisseau ne soit aspiré par le vortex généré.

— Annulez cet ordre ! hurla soudain Skippy.

Trop tard. Le *Hollandais volant* avait bondi. Ou du moins il l'avait tenté. Le navire tout entier fut tellement secoué que je crus que j'allais y perdre toutes mes dents, tant elles s'entrechoquaient. Il y eut d'affreux grincements, comme si notre vaisseau était démantelé. Écrans et éclairages papillotèrent, la gravité artificielle se coupa puis revint. Tant de symboles d'alarmes clignotèrent en boucle sur les affichages de la passerelle que j'aurais été bien en peine de les déchiffrer. Et qu'y faire ? Si Skippy en personne n'y pouvait rien… Si j'en croyais mon regard peu instruit, nous ne nous étions pas repliés loin de ce système, nous ne venions d'effectuer en réalité qu'un microsaut, puisque la lune que nous nous proposions d'explorer s'affichait toujours à l'angle de l'écran.

— Skippy, que s'est-il passé ?

À mon crédit, je dois dire que j'avais parlé d'un ton calme, et assez fort pour couvrir les cris des officiers, les *bips* des sirènes, les terrifiants crissements des structures de bord. Sans oublier les alarmes des consoles tactiques de *Star Trek* que – je l'avais oublié – le sergent Adams avait programmées dans les systèmes de bord.

— Une flottille de cinq cuirassés thuraniens ; on venait de bondir tout près d'eux, et ils nous avaient partiellement piégés dans un champ d'amortissement. Notre tentative de saut a soufflé dix-sept pour cent de nos bobines de commande. Ç'aurait pu être pire mais dès que le vortex ouvert nous a aspiré, j'ai coupé les moteurs. De toute façon, le vortex s'effondrait sur nous. Nous devrions retenter un saut dans les plus brefs délais.

Je lus sur les données affichées à l'écran principal qu'il nous restait une capacité de soixante-trois pour cent de charge.

— Il faudra juste le temps que je mette hors ligne les bobines grillées et que je ré-étalonne les commandes du bord.

— Combien de temps ?

— J'estime… Oh, ils viennent de nous retrouver, voilà deux de leurs destroyers qui ont braqué leurs masers sur nous. Et six missiles.

— Systèmes défensifs en automatique ! lançai-je au CIC.

Le système informatique que Skippy avait perfectionné devrait nous protéger des missiles entrants, aucun humain ne pouvant réagir assez vite pour les pulvériser en plein vol.

— Pilote, vous savez ce que vous avez à faire.

— Oui, mon Capitaine, répondit Desai d'une voix tendue, de son poste gauche.

En pleine poussée des moteurs espace-normal afin d'esquiver les rayons masers des torpilleurs, le vaisseau tangua.

— Frappe maser, rapporta Skippy, impassible, alors que notre astronef tanguait plus violemment encore. Compensation boucliers.

— Devrions-nous riposter ? m'enquis-je.

Si cela paraissait évident, je tenais néanmoins à avoir l'avis de Skippy.

— Affirmatif. Ça empêchera ces destroyers de se rapprocher. Les trois autres ont surgi pour nous cerner. Et ils font feu.

À l'écran, nos canons de rayons à particules ripostaient.

— Quand pourrons-nous effectuer notre prochain saut ?

— Pas assez tôt, ils projettent de nouveau un champ d'amortissement, me prévint Skippy. Nous ne sommes pas prêts, mais avons-nous le choix ? Il faut qu'on évacue les lieux avant que leur champ d'amortissement prenne pleinement effet. Saut option Écho.

Écho… Soit un microsaut. Skippy devait estimer qu'en l'état, notre vaisseau n'était pas encore capable de bonds longue distance. Mauvaise nouvelle. Ces satanés torpilleurs seraient bientôt sur notre dos.

— Pilote, ordonnai-je, saut option Écho.

Il ne s'agissait pas là d'un banal affrontement contre de rudimentaires bâtiments kristangs. Le *Hollandais volant* se mesurait à des adversaires à technologie égale, à des cuirassés dignes de ce nom. Par contraste, notre transporteur stellaire était un coucou – un zinc de haut vol peut-être mais un zinc quand même.

Quel cauchemar… On avait beau multiplier les sauts pour tenter de semer l'ennemi, rien n'y faisait. Les destroyers nous retrouvaient toujours très vite, et les cinq nous cernaient pour pilonner nos boucliers. Desai s'efforçait de dérouter les Kristangs quant à nos coordonnées successives, et d'après Skippy, elle se débrouillait bien. Le problème ? L'ennemi disposait de multiples plateformes liées aux relevés des capteurs, et nous ne pouvions esquiver ses rayons maser plus de deux ou trois secondes avant qu'il n'ajuste ses visées. Nos défenses automatisées les mettaient K.-O. de tout côté, mais chaque salve de missiles se rapprochait un peu plus de nous alors que nos détecteurs étaient altérés par les reflux des rayons maser altérant nos boucliers.

Or, ça ne fonctionnait pas. À chaque bond, nous grillions un peu plus de nos bobines de commande, même lorsque les Thuraniens n'étaient pas en mesure d'établir un champ d'amortissement. Skippy n'avait jamais le temps d'étalonner la commande de saut, et chaque fois que nous perdions des bobines de saut, le système entier déréglé tombait un peu plus hors calibrage.

Ça ne fonctionnait pas… Cette fois, nous ne nous en sortirions pas. L'équipage le savait ; rien qu'aux mines sombres de mes hommes, j'en avais conscience. Les boucliers étaient à l'extrême de leurs capacités, les rayons maser commençaient à dégorger, l'ennemi visait la section technique arrière pour atteindre nos réacteurs et nos bobines de commande de saut. À la vingt et unième minute, nous perdîmes notre premier réacteur : il était endommagé et Skippy dut le désactiver. Les cinq autres réacteurs peinèrent à alimenter le champ de furtivité, les boucliers, nos canons masers *et* à recharger les condensateurs de commande de saut. Sans me demander mon avis, Skippy avait baissé d'un tiers notre gravité artificielle en coupant tous les systèmes non essentiels.

Ça ne fonctionnait pas.

Dans un long frémissement, le *Hollandais volant* grinça de plus belle, au son des terrifiants crissements des composés métalliques qui se déchiraient. Les écrans de visualisation de la passerelle papillotèrent sous les hurlements des alarmes de – quasi – tous les systèmes.

— Skippy ! Tire-nous de… !

De violentes secousses ébranlèrent notre vaisseau.

— Tir direct sur le réacteur n° 4 qui a perdu son confinement, annonça un Skippy flegmatique. Je prépare son éjection… Système d'éjection hors ligne. Pilote, propulseurs bâbord, poussée d'urgence à pleine puissance à mon signal.

— Paré, confirma Desai aussi posément que possible.

— Prêt… exécution ! cria Skippy.

Quoi qu'ils s'apprêtent à tenter, c'en fut trop pour une gravité artificielle de bord déjà soumise à rude épreuve et des systèmes de compensation inertielle tout aussi durement sollicités. En temps normal, l'équipage ne se ressentait nullement des manœuvres du vaisseau. Mais là, je dus me cramponner à mon fauteuil de commandement alors que notre navire était brutalement déporté à tribord. D'autres longs frémissements de bien mauvais augure parcoururent la colonne vertébrale de notre astronef, s'accompagnant d'un gémissement aux harmoniques profonds. Aucun vaisseau ne devrait produire pareils sons.

— Ah, sacré bon sang de bois ! Dans sa trajectoire d'éjection, le réacteur n° 4 vient de percuter le réacteur n° 2 et de le couper !

Skippy parlait cette fois d'une voix tendue.

— Missiles entrant ! On dévie toute l'énergie restante sur les commandes de saut des condensateurs. Accrochez-vous, ça va secouer !

Le principal écran de visualisation indiquait que la commande de saut était à 38 % de charge. Or, Skippy nous avait dit que, le *Hollandais volant* étant piégé par le champ d'amortissement de l'escadron des destroyers thuraniens, il nous fallait une charge de 42 % ne serait-ce que pour un saut très court – et ce, en courant encore un risque élevé de fracture des commandes de bord. Car, si jamais cela arrivait, on n'en aurait nullement conscience ; on serait tout simplement morts d'une picoseconde à l'autre.

Sur l'écran de visualisation, les symboles des missiles – au nombre de sept – fondaient sur nos coordonnées. Sous mes yeux, deux d'entre eux se volatilisèrent, anéantis par les rayons oscillateurs d'hyperfréquences des contacts défensifs. Les cinq autres missiles filaient toujours dans notre direction, « peluchant » nos sonars à détecteur furtif et se faufilant en deçà. Un missile de plus anéanti. Il en restait quatre.

Commande de saut à 40 %.

Trop près.

Je tournai le bouton de retrait du capuchon couvrant la commande de sabordage, et braquai mon regard au travers de la paroi vitrée du compartiment du CIC, le Centre d'information de combat.

— Colonel Chang…

Il acquiesça et je le vis relever d'une chiquenaude le capuchon de protection de l'autre commande de sabordage, en signe de confirmation.

— Monsieur.

Il vrilla son regard au mien, et salua dans les règles.

Salut que je lui retournai.

— Colonel Chang, vous et moi avons fait un drôle de bout de chemin ensemble. Ce fut un honneur de servir avec vous.

Mon pouce gauche restait en suspens au-dessus de la commande d'autodestruction. Celle d'un vaisseau voué à sa perte, quoi qu'il en fût. Et tout cela était ma faute. Mais comment Diable avais-je pu tous nous fourrer dans pareille galère ?

Nouvelle frappe crépitante au rayon maser qui nous chahuta salement.

— Skippy, je suis navré. Bonne chance pour…

— Saut option Delta, me coupa-t-il. *Maintenant* !

Charge de saut toujours à 40 %. Je ne discutai pas.

— Pilote, saut option Delta, exécution !

Jamais encore n'avais-je vu ou ressenti un saut cosmique en action. Avec celui-là, quelque chose était horriblement allé de travers. À mes yeux, notre vaisseau parut onduler et se déformer ; une fraction de seconde, il devint presque translucide et j'en eus la nausée. Au CIC, je vis un type s'essuyer la bouche après avoir dégobillé sur la console. Sans perdre sa concentration un seul instant.

— Par l'enfer, c'était quoi ça, Skippy ?

— J'ai calculé qu'un moins un de ces missiles allait tromper nos défenses et comme nos boucliers ne peuvent pas encaisser de frappe directe, il fallait sauter sans plus attendre. J'ai aussi défaussé l'espace-temps pour nous détourner de notre point d'émergence prévu – je t'épargne les détails. Disons juste que notre commande de saut a salement dérouillé. La bonne nouvelle, c'est que les Thuraniens vont avoir du mal à nous retrouver cette fois. Enfin, je pense.

— Un répit suffisant pour ré-étalonner la commande de saut donc, afin de pouvoir nous tirer pour de bon de ce traquenard ?

— Non, juste suffisant pour passer au plan B. Joe, j'ai besoin que tu me transbordes sur le *Fleur*, ne discute pas, on pourra continuer cette conversation en chemin. Allons-y.

Déclipsant mon harnais, je contournai vivement le fauteuil en prévenant à la volée Chang qu'il avait les commandes, et m'engouffrai dans la coursive au pas de course, rebondissant contre la paroi opposée. La gravité basse me rendait gauche ; je collectionnai heurts et horions avant d'atteindre la capsule d'évacuation où nous gardions Skippy. Il était posé exactement là où je l'avais laissé, naturellement, puisqu'il était incapable de se mouvoir de son propre chef. Nous l'entreposions là car en cas de sabordage, il aurait au moins une chance de fuir avant l'explosion. Restait à espérer ensuite qu'un bâtiment ennemi aurait la curiosité de prendre la capsule à bord. Outre Skippy, la capsule de sauvetage contenait le nœud de communications que nous avions pris dans la base de l'astéroïde kristang ; il servirait d'appât. Tout astronef scannant la capsule l'identifierait en tant que précieux dispositif des Anciens, même en ignorant ce qu'était véritablement Skippy.

Je l'extirpai du réceptacle rudimentaire conçu pour lui.

— Hello, Skippy !

Même s'il pouvait me voir et me parler de n'importe quel endroit à bord, je mettais un point d'honneur à revenir vers lui, dans sa capsule, une fois par jour. Et s'il en plaisantait volontiers, je pense qu'au fond, il appréciait ma sollicitude.

Le prenant sous le bras comme un ballon de foot, je rebroussai chemin toujours au pas de course pour atteindre la berline qui remontait le long de l'arête dorsale du *Hollandais volant*. Je m'y précipitai et m'y cramponnai.

— C'est quoi le plan ?

— Le plan : tu m'amènes sur le *Fleur*, tu règles le système de navigation et la commande de saut sur minuterie, puis tu reviens ici.

— Ouh *là*, une petite minute !

La berline fusa à grande vitesse, j'ignorais que ça pouvait détaler à pareille allure.

— Ouille !

Lâchant malgré moi la main courante, je partis à la renverse et me cognai le crâne contre la porte, assez durement pour que ça saigne.

— Nom d'un… Skippy ! Préviens-moi au moins ! Tu veux t'éloigner oui ou non avant que je ne saborde le *Hollandais volant* ?

— Non, gros débile, j'essaie justement de t'éviter d'avoir à l'atomiser, ton navire ! Pauvres créatures simiesques, bêtes à bouffer du foin, tiens ! Sans compter que vous puez un max. Mais bon… Que veux-tu, je me suis pris d'affection pour vous. Et maintenant que je vous ai amenés jusque-là, je me sens responsable de vous. Un peu comme un misérable chien galeux qu'on trouverait au bord de la route et qu'on n'arriverait pas à laisser là, à son triste sort. Et puis après, ben… plus moyen de s'en dépatouiller, quoi.

— Que tu prennes la tangente, c'est censé nous aider en quoi, petit génie ? Sans toi, nous ne parviendrons jamais à ré-étalonner la commande de saut, si bien que cette escadre de destroyers nous retombera dessus en un éclair.

— Ô, homme de peu de foi ! Joe, tu devrais tellement avoir honte de toi. J'ai téléchargé une IA secondaire de l'ordinateur thuranien afin de recalibrer temporairement la commande de saut et alimenter les systèmes de bord. Cette IA secondaire est quasi aussi bêta que toi, car je n'ai pas pu glisser encore quoi que ce soit d'utile dans ces misérables blocs mémoriels thuraniens. Cela dit, ça suffira à tes besoins, Joe. Si ça fonctionne, les Thuraniens pourchasseront le *Fleur*, et le *Hollandais volant* pourra prendre la fuite.

La berline stoppant enfin, la porte coulissa.

— Passe dans l'ascenseur et cramponne-toi pour de bon cette fois, ça va secouer !

— On va s'en tirer, tu crois ? Et comment ?

— Simple magie à la Skippy. Je programmerai l'autopilote du *Fleur* pour qu'il s'envole à impulsion maximale en accomplissant un certain nombre de bonds cosmiques. Mets pour moi l'autopilote sur minuterie, puis reviens à bord du *Hollandais volant*. Nous sauterons de conserve, mais en fonction de caps divergents. Je défausserai l'espace-temps pour vous catapulter bien plus loin que ne le pourrait votre commande aux bobines endommagées. Cette distorsion rendra aussi plus difficile aux Thuraniens de détecter notre point d'émergence de saut. Tu m'as déjà vu défausser la chronologie spatio-temporelle, ce que tu ignores en revanche, c'est que je suis capable de bien plus radicalement déformer la texture de l'espace-temps pour peu que je ne sois pas dans le champ de distorsion. Alors, si je m'y prends en dehors du *Hollandais volant*, l'effet en sera amplifié. Je modifierai également la signature de saut du *Fleur* afin de l'aligner sur celle du *Hollandais volant* et de maintenir ouvert plus longtemps que de coutume le point d'émergence de mon saut. C'est ce que les Thuraniens détecteront en premier, vraisemblablement, et avec un peu de chance, c'est moi qu'ils prendront en chasse cette fois. Joe, je ne vais pas te mentir, sans moi, vous avez très peu de chances d'échapper aux Thuraniens, et c'est toujours mieux que de faire exploser notre vaisseau.

L'ascenseur ralentissait à l'approche de la plateforme du *Fleur*. J'imaginais que Skippy réarmait déjà la frégate en vue des combats.

— Quoi qu'il en soit, une chance, c'est toujours mieux que zéro chance.

— Que va-t-il t'arriver ?

— Je suppose qu'après quelques sauts, les Thuraniens vont piéger le *Fleur* dans un champ d'amortissement et soit ils le pulvériseront, soit le navire sera anéanti en tentant un autre bond pour s'en extirper.

— Ce n'est pas possible, ça, Skippy !

Il fallait qu'il revoie sa tactique.

— Tu y survivras, O.K., mais pour quoi ? Pour dériver à jamais dans le cosmos ?

L'ascenseur stoppa, s'ouvrit et je pénétrai sur le *Fleur*.

— À moins que les Thuraniens se donnent la peine de scanner le champ de débris, m'y détectent et décident de me ramener à leur bord. Ce ne serait pas pire que d'être catapulté dans une capsule d'évacuation juste avant que tu n'atomises le *Hollandais volant*. Alors, même si ça craint, il n'y a véritablement pas d'inconvénient supplémentaire pour moi.

Je pilai.

— Oh que si ! C'est tout ton plan qui craint, Skippy !

Je pivotai pour le déposer sur le sol de la cabine d'ascenseur. Même si, au redémarrage, il allait basculer et rouler de côté et d'autre comme une canette de bière en effet, il ne courrait pas de risques.

— Mais que fais-tu, gros singe velu, on n'a pas de temps à perdre ! cria-t-il.

— Ce que je fais, j'applique le plan C. Je resterai à bord du *Fleur* en laissant les Thuraniens me donner la chasse, et toi tu feras ce que tu as dit : défausser le trou de ver, faire en sorte que la signature de saut du *Fleur* ressemble à s'y méprendre à celle du *Hollandais volant*, tout ça. Éloigne mon équipage d'ici.

Je connaissais assez les systèmes de contrôle de vol du *Fleur* pour effectuer un petit vol aux sauts pré-programmés – et un petit vol, c'est tout ce qu'il faudrait.

— Le plan C est un plan stupide ! Et pourquoi ? Mais ça tombe sous le sens, puisque c'est un stupide singe qui l'a concocté !

J'inspirai un grand coup en rassemblant mes idées ; il nous restait peu de temps en effet.

— Pas question que je te laisse dériver dans les étoiles jusqu'à la fin des temps, Skippy. Déjà, tu as assez souffert de la solitude pendant l'équivalent de milliers d'existences. Nous les humains, nous te sommes redevables, et dans les grandes largeurs. On ne pourra jamais te rendre tout ce qu'on te doit. Oh, sacré nom, sale petit enfoiré, je n'arrive pas à croire que je puisse dire ça, mais tu es mon ami !

Je pressai sur le bouton de renvoi de l'ascenseur.

— Attends !

La porte à demi fermée s'immobilisa.

— Attends, attends ! Joe, tu vas faire ça pour moi ?

— Il faut bien que quelqu'un se dévoue, Skippy, et c'est moi qui suis là.

Je réappuyai sur le bouton et la porte se remit à coulisser en mode fermeture.

— Prends bien soin de mon vaisseau.

— Attends, Joe, je…

Sa voix vacilla.

— Tu sais que ma mémoire s'est fragmentée. Je n'ai plus tous mes souvenirs, tu le *sais*. Peut-être même qu'ils ne correspondent à rien de réel, que ce sont juste des parcelles d'imagination. Ce dont je suis certain en revanche, c'est que jusqu'à présent, je n'avais jamais eu d'ami. Et je n'aurais jamais cru que mon premier véritable ami puisse être un foutu macaque, grogna-t-il, dégoûté. Non, tu sais quoi, fait chier. Fait *chier* ! hurla-t-il assez fort pour me vriller les tympans. Ramène-moi sur la passerelle du

Hollandais volant, je vais trouver un moyen de nous sortir de là. Il est grand temps que je mobilise mes gigantissimes « cellules grises ». Allez, Joe, bouge-toi, je vais la boucler un petit moment. Fais-moi confiance.

Quoi que Skippy puisse concocter de son côté, dans les autres espaces-temps qu'il pouvait occuper, la canette de bière chauffait tellement à présent que je devais jongler avec, d'une main à l'autre, le temps de retourner à la passerelle de commandement.

À mon arrivée, tout le monde braqua sur moi un regard choqué. Un simple coup d'œil me suffit à appréhender notre statut. La commande de saut elle-même affichait une maigre charge de vingt-huit pour cent, le ré-étalonnage des bobines de commande de saut n'en était qu'à trente pour cent, alors qu'il n'y avait pas d'autres spationefs à portée de détection.

— Que s'est-il passé ? demanda Chang en débouclant le ceinturon du fauteuil de commandement.

— Skippy a un nouveau plan. Pas vrai, Skippy ?

Je le déposai dans le réceptacle exigu que nous avions arrimé au sol pour lui.

— Un meilleur plan, précisai-je en me harnachant à mon tour sur le fauteuil du commandant de bord. Skippy ? Skippy ? Allez, Skippy !

— Je n'ai pas dit qu'il était meilleur. Seulement, qu'il est différent. Trop tard maintenant pour mon plan d'origine. Merci, Joe.

— Et quel était le plan d'origine de Mr Skippy ? s'enquit Chang.

Il se tenait maintenant à mes côtés, un autre officier occupant son poste au CIC.

— J'étais sur le point de me sacrifier héroïquement pour vous, êtres inférieurs, expliqua un Skippy digne et magnanime. Joe m'en a empêché car ma disparition aurait été une perte incommensurable pour la galaxie.

— Eh ouais, absolument ! ricanai-je. Sans compter que c'était un plan stupide.

— Il n'était pas stupide ! Vous aviez douze pour cent de chances de fuir et de vous en tirer !

— Douze pour cent, Skippy, ou plutôt douze, hum, bof… ?

— 11,56490 % de chances, grosso modo. O.K., plutôt optimiste, comme prévision. Mais au moins 7 %, ça, c'est sûr.

— Ouais, je m'en doutais. Parle-nous plutôt de ton nouveau plan de génie.

— C'est bien le problème, Joe, je n'ai pas de plan génial. J'ai voulu consulter les archives de vaisseaux ayant fui des situations analogues — chou blanc. J'ai alors mobilisé mon exceptionnelle matière grise pour inventer un plan de génie. Et… rien. Rien de rien ! Peu importait sous quel angle j'attaquais le problème, peu importait combien de variables j'y imputais, je ne suis pas arrivé à trouver d'issue intelligente. Et soudain, je me suis avisé que ce dont nous avions besoin, c'était d'un plan stupide ! Or, j'en ai un, Joe, de toute beauté ! Même un pauvre macaque le jugera débile, c'est te dire ! Et si ça fonctionne, le *Hollandais volant* pourra prendre la fuite.

— Et si ça ne fonctionne pas… ?

— Le *Hollandais volant* sera réduit en cendres.

— Pas génial.

— Eh, si ce plan échoue, vous autres, bande de singes poilus, serez tous morts. C'est aussi simple que ça. Et moi, je resterai encapsulé dans le noyau d'une étoile mourante des milliers et des milliers de milliards d'années durant.

— Eh, oh, bonus, que ne le disais-tu plus tôt… J'en suis ! Les chances pour que ça fonctionne ?

— Bah, fifty-fifty ? Moins ? Honnêtement, j'en sais fichtre rien ! Car rien d'aussi débile n'avait encore été tenté dans toute la galaxie. Ça en devient même excitant, Joe !

— Parce que c'est stupide à ce point ? Genre rednecks à la télé ?

— Les insondables abysses eux-mêmes de la débilité profonde n'arriveraient pas à la cheville de celle de ces ploucs de bouseux d'arrière-pays, Joe. Mais pour une IA comme moi, ça se rapproche de « tiens-moi-ma-bière-et-mate-un-peu-ça-mec ».

Je secouai la tête.

— Skippy, tu as vraiment besoin de lustrer et parfaire tes arguments de vente, vieux.

— Mon pitch de vente ? Réfléchis un peu, Joe, ce pourrait être pour toi la chance de toute une vie : décrocher le statut de Florida man.

— Florida man ?

J'étais déboussolé.

— Je suis originaire du Maine, bouffon.

Il poussa un soupir exaspéré.

— Mais non ! Je parlais du Florida man classique, comme dans les manchettes de journaux. Tu sais bien, *Florida man dévoré par un alligator d'élevage*, ou *le Florida man, qui, ivre mort, défonce un commissariat*, ou encore *du Florida man, qui, tout nu, court se…*

— Pigé, Skippy. Bon. Sans ce plan, quelles sont nos chances de nous en sortir ?

— Nos chances ? Zéro. Et je dis bien, *zéro*. Selon mes estimations, nous aurons une minute à tout casser avant que le premier navire thuranien surgisse et nous repère.

Selon l'affichage, les moteurs de saut n'en étaient encore qu'à trente pour cent de charge – à peine.

— Bon, super. Explique-nous donc…

— Vaisseau ennemi en vue ! cria Chang.

Un symbole triangulaire s'afficha – encore assez éloigné pour qu'on puisse esquiver des tirs de rayons de particules, mais trop près cela dit pour notre paix d'esprit.

— On se replie, Skippy ? fis-je, angoissé.

J'aurais peut-être dû le laisser dans l'ascenseur et m'envoler aux commandes du *Fleur* pour faire diversion.

— Non, Joe, fuir maintenant d'un saut ne serait pas intelligent. La réaction intelligente à avoir a zéro chance de succès, comme je l'ai expliqué. Crois-moi, ma stupidité te laissera sans voix.

Tout commença en attendant trente-cinq secondes de plus, le temps que trois destroyers thuraniens surgissent et nous verrouillent dans leurs champs de détection – et nous bombardent à coups de missiles et de rayons masers. Nous patientâmes, quand bien même nous aurions pu effectuer un petit saut avec trente pour cent de charge. On faillit prendre trop de risques ; les rayons masers soufflèrent nos boucliers, et un missile nous frôla au point que des fragments de sa tête d'ogive percutèrent ceux des réacteurs fonctionnels qu'il nous restait. Mettant l'un d'eux H.S.

Quand nous réussîmes enfin notre bond de repli... Disons que « repli » tenait plutôt du vœu pieux. Le facteur crucial du plan stupide de Skippy ? Sauter vers l'étoile, et non à l'opposé d'elle. Assez près en fait pour que je puisse y voir ma maison, si d'aventure il m'était loisible de vivre sur une étoile... Plongés comme nous l'étions dans le puits gravitationnel de cette étoile, s'en extraire serait une gageure même avec un astronef en pleine capacité de ses moyens, doté de bobines chargées à bloc et d'un système de saut au calibrage optimal. Inutile de rappeler que nous étions loin de prétendre à ces trois critères critiques d'excellence. Or, bondir assez près d'une étoile pour que seuls nos boucliers nous épargnent d'être rôtis tout vifs, ce n'était pas encore assez *stupide* pour Skippy. Dès que nous fusâmes de notre point d'émergence, nous mîmes aussitôt le cap sur notre étoile, accélération maximale, toujours plus avant dans le puits gravitationnel. Voilà bien le « tiens-moi-ma-bière-et-mate-un-peu-ça-mec » à la Skippy !

Une manœuvre suffisamment stupide en effet pour que, lorsque les destroyers thuraniens bondissent à nos trousses, ils hésitent à nous suivre. L'espace d'une minute, ils se déployèrent et tentèrent de nous atteindre à longue portée. Mais il y avait tant d'interférence du champ magnétique infernal de l'étoile que leurs propres champs sensoriels en réseau ne pouvaient plus se verrouiller sur nous. L'un de ces petits hommes verts dut prendre une décision critique en voyant tous leurs rayons masers et leurs missiles rater leur cible, car leurs destroyers se braquèrent en un bel ensemble sur notre vaisseau, qu'ils prirent aussitôt en chasse.

Mais voilà : les transporteurs stellaires peuvent couvrir de longues distances, et multiplier les bonds cosmiques. Ce qui les fait paraître véloces. Or, véloces, ils ne le sont pas. En revanche, ils sont endurants et vont de l'avant, bien après que d'autres astronefs aient épuisé leurs bobines de commande de saut et les ressources de leurs moteurs. Dans l'espace normal, un transporteur stellaire se manie à la façon d'un imposant navire de croisière, et les destroyers s'apparentent à des hors-bord. Un paquebot de ligne peut traverser les océans et, après un temps, laisser loin derrière lui un hydroglisseur grâce à sa vitesse acquise. Sur les petites distances, une vedette rapide surclassera aisément n'importe quel bateau de croisière. Bref, en d'autres termes, ces destroyers nous rattrapèrent très vite. Pour estimer à quelle vitesse ils se rapprochaient, je n'avais pas besoin de voir décroître à toute allure la section *Distance de l'objectif* sur l'écran principal de visualisation. Il me suffisait d'y suivre, d'un bout à l'autre, le vif déplacement des symboles triangulaires de ces cinq cuirassés lancés à nos trousses. S'affichait sous nos yeux l'étoile, si proche, dont la surface, loin de s'incurver, s'aplatissait en ligne droite.

— Euh, Skippy, ces cuirassés seront bientôt sur nous, dans…

Je consultai la section *Temps estimé de rapprochement*…

— Sept minutes. On ne peut plus bondir à proximité d'une étoile, et ces destroyers vont nous réduire à néant. Si c'est le côté stupide de ton nouveau plan, je ne tiens pas à en apprendre davantage.

— Joe, je te jure, tu n'as encore rien vu. Regarde plutôt ça !

À l'écran, l'étoile n'avait plus maintenant l'aspect d'une ligne droite, sa surface présentait une indentation distincte, comme si un couteau invisible l'avait crevée. Une indentation qui s'élargissait et se creusait, à tel point que l'affichage dut effectuer un zoom vers l'extérieur. Merde alors ! Il était en train de pratiquer un trou géant dans une étoile !

— Je déforme l'espace-temps, expliqua Skippy. Dès que je relâcherai l'impact, cet orifice va s'effondrer et provoquer une éruption solaire massive. Genre, une putain d'hyper-méga éruption solaire qui fera date. D'une façon ou d'une autre, ce sera d'un intérêt majeur.

— Une éruption solaire qui va instantanément carboniser le *Hollandais volant* ?

L'escadrille thuranienne avait perçu le danger ; les destroyers virèrent de cap, filant pleins gaz loin de l'étoile.

— Mmmh… Peut-être bien. Le côté véritablement stupide de mon plan, c'est maintenant. Nul n'avait encore tenté pareille folie, alors, accrochez-vous !

Skippy relâcha son emprise spatio-temporelle provoquant la distorsion de l'étoile. À l'écran, sa surface se mit à onduler, puis ce fut l'éruption. Elle jaillit vers nous à une vitesse phénoménale.

— Skippy ! criai-je.

Notre vaisseau fut secoué.

— L'étoile s'effondre ! cria-t-il à son tour. Ces ondes gravitationnelles nous percutent à la vitesse de la lumière ! Saut option Zulu – maintenant !

Mais par l'enfer, comment étions-nous censés plonger si loin au cœur d'un puits gravitationnel ? L'affichage le montrait bien, le bord d'attaque de cette colossale éruption solaire était sur le point de nous engloutir. Plus le temps de discuter.

— Pilote, saut option Zulu – exécution ! lançai-je en tâchant de rester aussi calme que possible en pareilles circonstances.

Si ça ne fonctionnait pas, au moins nous n'aurions plus besoin de bombes atomiques pour effacer toute trace d'ingérences humaines dans les voyages interstellaires.

Desai écrasa le bouton idoine pour impulser le saut en question. Quels que soient les agissements de Skippy, la commande de saut n'apprécia pas : dans mon champ de vision, le vaisseau tout entier parut scintiller, vaciller entre existence et non-existence, et fut parcouru de violents tremblements. Les écrans s'assombrirent, certains explosèrent en gerbes d'étincelles qui cascadèrent sur la passerelle et le CIC. La gravité artificielle fut coupée, se rétablit, puis retomba hors ligne. Je fus arraché si brutalement de mon fauteuil que mon cou faillit se rompre. Il y eut une plainte terriblement grave, un gémissement qui enfla et enfla encore, me fouaillant les tympans. Les éclairages s'éteignirent…

Chapitre Treize

Reprendre conscience, pour moi, ce fut comme de m'effondrer au lit ivre mort, un lit qui se met à tanguer si fort qu'il faut bien retrouver ses esprits en sursaut avant de dégobiller dans les draps. Ah, bien sûr… parce que ça ne vous est jamais arrivé, peut-être ? C'est pas beau de mentir… Mais bref, dans le cas présent, je revins à moi alors que je me vomissais dessus – ou du moins que mon estomac tentait d'expulser mon bol alimentaire par les voies aériennes, des morceaux prédigérés flottant fugacement dans les airs puisque la gravité artificielle n'avait plus cours que par intermittence. Cette gravité nulle discontinuelle me flanquait la nausée. Je serrai les mâchoires ; ainsi, je ne cracherais plus mes fluides corporels sur la passerelle. Quant au mal de crâne qui me taraudait… on eût dit que mes globes oculaires allaient exploser.

— Skippy, m'entendis-je dire d'une voix étranglée, rapport de situation…

C'est tout ce que j'étais encore capable d'articuler.

— Nous avons franchi la périphérie du système stellaire. Les cinq destroyers thuraniens ont été engloutis par l'éruption solaire. Actuellement, plus de vaisseaux lancés à nos trousses. La gravité artificielle s'est temporairement stabilisée. L'équipage souffre de multiples blessures, mais rien de grave.

C'était quoi au juste sa définition d'une « blessure grave » ? Mystère et boule de gomme…

— Les avaries en revanche sont considérables.

— À quel point est-ce grave ?

J'appréhendais la réponse.

— Ce n'est pas grave, c'est désastreux. Ce n'est pas désastreux, c'est catastrophique ! Boucle-la une minute et écoute.

Cette fois, il parlait presque d'une voix blanche... sans que perce la moindre pointe de ses sarcasmes coutumiers.

— De tous les réacteurs, seuls le un et le cinq sont encore en ligne. Et j'ai lancé une procédure d'arrêt moteur du cinq dont le confinement se délitait. En tout état de cause, cette fuite va endommager le réacteur trois, qui est déjà en arrêt moteur. Le réacteur un pâtit d'une légère perte de confinement, son problème majeur étant qu'il a presque perdu ses capacités de refroidissement. Les températures sont dans le rouge et si elles continuent de grimper – une certitude mathématique et physique –, s'ensuivra une colossale explosion de nature à pulvériser toute la section avant du vaisseau, dont les commandes de saut restantes. La pompe réfrigérante du réacteur un ? Entends un peu une meute de hyènes passées au blender, volume à fond, ça te donnera une petite idée... Je mets donc également hors circuit le réacteur un.

— Le problème, c'est une pompe ?

Voilà qui me paraissait simple.

— Et tu ne peux pas y remédier ?

— J'ai contacté la ligne d'assistance 1-800 du fabricant de pompe, qui m'a transféré à un certain « Bob » en Malaisie. Les pluies de la mousson crépitaient tellement sur son toit en tôle ondulée que j'ai eu toutes les peines du monde à décrypter ce qu'il pouvait bien me baragouiner. Il m'a prié de vérifier que la pompe était bien branchée, puis m'a suggéré de la déconnecter, de la reconnecter... Peine perdue. Sans compter que ce « Bob » ne s'appelle nullement ainsi... Joe, nom d'un chien, tu ne crois pas que si j'avais pu y remédier par moi-même, je ne l'aurais pas déjà fait ! La pompe est loin d'être le seul problème, tout le système de refroidissement a été grêlé par les shrapnels d'un quasi-abordage.

— Le vaisseau va complètement... ?

— Je t'avais demandé de la boucler – évidemment, je rêvais debout...

Il avait l'air tellement fatigué.

— Exact. Après la coupure des deux derniers réacteurs, notre astronef ne disposera plus que du soutien des condensateurs. Il reste assez de charge dans les bobines de commande de saut pour un bond de longueur modérée – bond qui, hélas, ne nous mènera pas aux abords du prochain système solaire le plus proche. Or, il est évidemment exclu que nous revenions là où nous nous trouvions. D'ici deux heures, je présage que les Thuraniens auront détecté notre position actuelle ; les rayons gamma de notre saut d'émergence ne pouvaient être masqués, et nous voilà à la périphérie de leur système stellaire, à portée très vraisemblablement de leurs champs de détection. Or, les Thuraniens ont maintenant conscience que l'un de leurs propres transporteurs est de nature hostile, et si ça se trouve, ils ont déjà appelé des renforts. Colonel, la parole est à vous.

— La situation n'est pas entièrement et totalement désespérée, sinon, tu ne te serais pas donné la peine de couper les réacteurs, pas vrai ? Quelles sont nos options ?

Autre que d'initier la séquence d'autodestruction, s'entendait.

— Nous en avons une… Disons deux, avec le sabordage. Utilisons la charge restante de la commande de saut pour se tirer d'ici au plus vite. En ce moment même, je procède au diagnostic des bobines de commande de saut, afin d'éviter toute rupture. Au sein du champ d'amortissement puis lors de mon voilage de l'espace-temps, nos bonds cosmiques avaient valu de graves dommages à nos bobines. À l'heure actuelle, vingt-sept pour cent sont fiables.

— En somme, bondir en plein espace interstellaire, avec nos réacteurs morts et nos condensateurs fuyants, ça équivaudrait à passer du feu ronflant à la poêle à frire. D'une façon comme d'une autre, on est des hommes morts. Les réacteurs ne peuvent donc être réparés ?

— En bref, non. Pas avec l'équipement de bord. Les transporteurs stellaires hébergent des engins de soutien, eux qui ne sont pas conçus en réalité pour les opérations au long cours. Les pièces de rechange, tout comme la capacité à les produire, sont quasi en rupture de stock. En somme ? Ben… peut-être.

— Ben… ça se pourrait ? repris-je, surpris.

Ça, c'était mon bon vieux Skippy.

— Je n'irais pas jusqu'à dire « peut-être ». Avec assez de matériaux bruts et de temps devant nous, on pourrait rendre notre astronef fonctionnel. Mais ça ne va pas te plaire…

Skippy avait raison. Ça ne me plaisait pas. D'autant plus que je n'avais pas le choix. Ni une meilleure idée.

Faute de pouvoir me rendre utile sur la passerelle d'un navire privé de ses moteurs, je m'attelai à nettoyer les dégâts. Après un petit speech à l'intercom à l'attention de mon équipage, je regagnai l'infirmerie. Sans surprise, les forces spéciales ne s'y trouvaient pas. Sur mon iPad, Skippy m'avait pourtant fait part de fractures, de contusions et autres commotions cérébrales, de lésions des tissus mous genre épaules luxées, dans les rangs de nos super-héros des forces spéciales. Soldats d'élite se préoccupant les uns des autres, restant sur le qui-vive, comme pour se tenir prêts à bouter hors d'ici les assaillants de tout poil. Pas question pour eux de se présenter à l'infirmerie avant que je ne leur donne le feu vert. Ils avaient peut-être tout simplement besoin de se sentir utiles, ce que je comprenais fort bien. En de telles circonstances, je me sentais tellement nul moi-même, bon à rien. Chang avait les commandes – telles qu'en l'état – et les officiers de quart du CIC surveillaient notre champ sensoriel défaillant au cas où les Thuraniens auraient un autre bâtiment rôdant dans les parages. Pour l'instant en tout cas, une simple navette kristang aurait suffi à perforer notre pauvre coque.

L'infirmerie avait accueilli trois de nos savants souffrants : une entorse du poignet, un nez cassé et un front ensanglanté, une jambe fracturée. Notre Folamour de docteur Skippy prenait soin d'eux à l'aide de ses effrayants robots. Ayant pris connaissance de mon bref rapport par intercom, l'équipe scientifique avait naturellement une bonne quantité de questions. Auxquelles j'avais bien peu de réponses à apporter. Ce que j'aurais dû faire ? Multiplier les rondes en rassurant mes équipiers. Au lieu de quoi, je me contentai de m'asperger la face et de chasser cet affreux goût de vomi de ma bouche.

Dans l'espace thuranien exigu, tombé à genoux au niveau du lavabo, je m'efforçai d'atteindre Skippy d'une voix affranchie de la moindre appréhension.

— Alors, Skippy, il faut bien que je te félicite, même ton plan stupide a fait merveille.

— Mais bien sûr ! Je suis un putain de petit génie, que veux-tu !

Mon sixième sens me titilla. Il ne me dupait pas une seconde.

— Sale petit con de menteur ! La vérité, Skippy. La vérité te libérera.

— Jamais compris cette expression. Mentir simplifie tellement la vie, Joe.

— Je t'écoute, Skippy.

— Eh bien, hum, voilà…

Chaque fois qu'il me racontait des bobards, il en devenait nerveux.

— Mon plan stupide, à l'origine, était du pur génie. Les Thuraniens ne nous auraient jamais cru aussi idiots pour tenter pareille chose, que veux-tu. En provoquant cette éruption solaire, bien plus colossale encore que je ne l'aurais espéré, entre parenthèses, je ne possédais guère de données sur cette étoile, et j'en avais été réduit à apprécier la composition de sa photosphère.

— Au fait, Skippy, au fait, je t'en prie.

Mon mal de tête était un tueur de la pire espèce.

— Une fois donc que j'eus provoqué cette éruption solaire, je comptais déformer l'espace-temps à rebours : l'aplanir suffisamment autour de notre vaisseau pour nous permettre un bond de repli tactique. Je savais que les navires thuraniens, eux, n'auraient aucune chance de battre en retraite. Les ondes gravitationnelles se propageaient à la vitesse de la lumière, et les Thuraniens se retrouvaient trop engagés dans le puits gravitationnel pour s'en extraire. Le problème, c'est que je n'avais encore jamais aplani à ce point l'espace-temps en plein puits gravitationnel. En théorie, ça restait du domaine du faisable, mais voilà, je n'avais pas les données mathématiques pour cela. Je n'avais plus qu'à me fier à de simples estimations, m'en remettre à une foi aveugle. Voilà, c'est ça qui était parfaitement stupide.

— Stupide, O.K. Mais eh, on est toujours de ce monde, Skippy ! Enfin, pour ce que ça vaut…

— Tu veux la vérité, Joe ? Ça n'a pas fonctionné – disons pas comme je l'avais envisagé, pas entièrement, m'avoua-t-il tristement. Pour ce qui est d'aplanir l'espace-temps. Je n'ai pas réussi à stabiliser assez cette étape de mon plan pour faire bondir le vaisseau hors d'ici. Les ondes gravitationnelles font résonner l'espace-temps d'une façon que je n'aurais su prédire, et je n'avais plus le temps de concevoir un modèle pour le tester. Bref, c'est un échec sur toute la ligne.

— Dans ce cas, comment se fait-il que nous soyons encore en vie ?

— Vous les singes, parleriez de chance. De ce côté-ci du trou de ver, les ondes gravitationnelles ont engendré une résonance spatio-temporelle qui a à son tour causé son effondrement à l'instant même où nous nous y sommes engouffrés. Notre simple présence dans ce vortex a en effet amplifié la résonance de façon exponentielle. La plupart du temps, les lois de la physique dans ce contexte sont un emmerdement maximum. Mais dans le cas présent, elles nous ont sauvé les miches. Notre vaisseau ayant déjà surgi de l'autre bout du vortex avant même qu'il y pénètre près de son extrémité, qu'il soit détruit en transit serait revenu à enfreindre les règles élémentaires de la causalité. Or, l'Univers ne tolère pas qu'on bousille de la sorte la chaîne des causalités ; toutes les probabilités se sont donc fait la malle, à l'exception de celle, hautement invraisemblable, qui aurait voulu qu'on survive à pareil transit et qu'on ressurgisse à l'autre extrémité du vortex sains et saufs. Ça revient un peu à envoyer un message *via* les protocoles Internet : ledit message est débité en segments ténus et dispersé le long de diverses voies jusqu'à destination, avant d'être réassemblé. Voilà les causes de la nausée et de la céphalée : notre corps est désintégré au niveau subatomique puis réassemblé à de nombreuses reprises. C'est ce par quoi je venais d'en passer. Ce vaisseau qui clignotait, existant et disparaissant continuellement ? C'est exactement ce qu'il s'est produit. Chaque fois qu'il était détruit en transit, l'Univers appuyait sur « reset » et le ramenait à la vie. Parce que c'était obligé.

Incrédule, je secouai la tête.

— Attends… parce qu'on est mort ? Sauf qu'on ne l'est pas ?

— Exact. Parce que nous n'étions pas tous morts à l'autre extrémité du vortex, nous ne pouvions pas davantage être morts à proximité, ou même en transit.

— Ouh là…

— Ouh là, en effet, Joe. Tu as là un minuscule aperçu des rouages de l'Univers.

— Oh, ça déchire sa race, mec ! Donc, à partir de là, on peut comprendre le reste, hein ?

— Mmmmh… ça, ce serait franchement illusoire. Un exemple : un chien te voit rapporter à la maison un nouveau sachet de croquettes. Disons que tu l'as sorti du coffre de ta voiture, et qu'il t'a vu faire. Disons même que tu l'as emmené avec toi à l'animalerie du coin, et qu'il t'a vu le prendre sur une étagère. Ce qui ne veut nullement dire que le chien maîtrise le concept de l'origine réelle de ces croquettes. Ou n'importe quel autre concept, d'ailleurs.

— Merci, vraiment, de ce grand vote de confiance en nous autres, pauvres singes.

— Je fais ici simplement preuve de réalisme, Joe. Vos physiciens théoriciens les plus futés en sont encore à scruter la porte de garage en la prenant pour la corne d'abondance magique des croquettes.

Débattre avec une IA des mérites de la puissance cérébrale des macaques ? Très peu pour moi.

— Bon, gardons pour nous le côté « petits veinards » de l'affaire, O.K. ? L'équipage a besoin d'avoir toute confiance en toi, aussi mal placée soit-elle.

Je m'inspectai dans le miroir que nous, humains, avions installé, les cyborgs thuraniens jugeant ce genre de choses parfaitement ridicules. Mon uniforme était quasi exempt de vomissures – ou alors, cette « marmelade » se confondait avec le camouflage numérique du patron du costume. Ma trombine, cependant ? Un cauchemar ! J'avais vraiment besoin de sommeil. Je pouvais toujours rêver… Incroyable. J'étais encore en vie uniquement parce que mon futur alter ego, à l'autre extrémité du trou de ver, n'avait pas péri. Une idée me traversa soudain l'esprit.

— Une petite minute… Qu'as-tu dit à propos de la version du *Hollandais volant* ayant émergé du vortex ? Qu'entendais-tu par « version » ?

— Hmmm… ça ne concerne pas les singes. Je n'aurais même pas dû le mentionner.

— Super. J'ai un mal de tête carabiné de toute façon. Alors, et maintenant ?

Nous procédâmes à un dernier bond grâce à la charge restante de nos condensateurs de commande de saut. Puis à un autre. Et un autre. Et encore un autre. Presque toute l'énergie était dévolue aux bonds et, à bord du *Hollandais volant*, le restant provenait directement de Skippy. Qui puisait toute la puissance possible à la source d'autres espace-temps, bulles quantiques, poussières de fées magiques et je ne sais quels fourbis frappadingues du même acabit. Ça me passait bien au-dessus de la tête, et quant à notre équipe scientifique, si elle acquiesçait collectivement – et pensivement –, elle n'avait pas la moindre idée elle non plus de ce que Skippy pouvait bien fabriquer. Car, quelle que soit la source à laquelle il puisait, ce devait être colossal, à l'instar d'une petite étoile, et il n'était pas en mesure de bien réguler le flux torrentiel d'énergie étant donné qu'il n'était pas conçu pour cela. Résultat, les systèmes du bord, de tribord à bâbord et de la proue à la poupe, ne cessaient de griller, victimes de surcharges. Les relais sautaient, les condensateurs fondaient, tous les dispositifs électriques disjonctaient à court terme, bref, il nous restait si peu de temps pour y remédier que c'en devenait une course contre la montre. Skippy parviendrait-il à nous mener à bon port avant de faire sauter tous nos circuits ?

Afin de réduire nos besoins énergétiques, nous avions coupé le champ de furtivité, les boucliers étaient au minimum, nous protégeant uniquement des micro-impacts des débris cosmiques, et toute la logistique environnementale – chaleur, éclairage, recyclage de l'oxygène – était également en régime restreint. Certaines zones avaient été évacuées, afin d'y couper tous les circuits. La gravité artificielle était abaissée à 18 %, soit le réglage minimal avant le degré zéro. Pour ma part, je n'étais pas prêt à supporter l'apesanteur à bord.

Fonctionnant à pleine puissance, le *Fleur* accueillait dix-huit équipiers – encore que ce petit vaisseau doive repousser ses limites pour les alimenter en oxygène et évacuer leur chaleur résiduelle. Détaché de sa plateforme d'amarrage, il était maintenant directement attelé à l'arête dorsale du *Hollandais volant*. Et nous l'en avions rapproché afin qu'il fournisse une partie de ses ressources à son vaisseau-mère. Ce qui n'avait guère donné de résultats. Skippy avait dû procéder à une adaptation de fortune pour gréer ensemble les câbles de transfert d'alimentation, les systèmes des deux astronefs n'étant pas compatibles. Sur le *Fleur*, on vivait non seulement à l'étroit, mais également en apesanteur puisque les Kristangs ne possédaient pas la technologie de la gravité artificielle. Nos forces spéciales en profitèrent pour s'exercer au combat en gravité nulle. Bonne idée. En plus, ça maintenait les esprits occupés et les corps affûtés.

Nous avions tous besoin de nous occuper l'esprit, sans plus penser à notre dilemme. Notre destination ? Une planète marginalement habitable, ou plus précisément, une planète que Skippy estimait habitable dans la mesure où elle posséderait, peut-être bien, une atmosphère oxygénée et des températures auxquelles des êtres humains puissent survivre. Bref, ses informations – de troisième main – étaient aussi fragmentaires que douteuses : il les tenait des Thuraniens, qui les tenaient des Kristangs qui, eux-mêmes, les tenaient des Ruhars. Cette planète s'était trouvée dans le territoire ruhar précédemment au récent décalage du vortex. Aucun Ruhar n'y vivait, ce qui n'était guère encourageant à nos yeux. Le décalage l'avait fait passer dans le quadrant kristang et, apparemment, aucun saurien ne tenait à y vivre non plus. De quoi se décourager, là aussi.

Nous devions évacuer le bord. Skippy aurait à réparer et restaurer ce tas de ferraille ambulant qu'était devenu le *Hollandais volant*. Nous allions le laisser en orbite d'une géante gazeuse ; cette fois, Skippy y resterait tout seul. Il chercherait les matières premières dans les nombreux satellites lunaires, et siphonnerait le combustible nucléaire des réacteurs directement dans l'atmosphère de la géante gazeuse. Dans ces conditions, notre vaisseau ne serait plus habitable avant complète réhabilitation. Fondamentalement, Skippy allait-il être capable de remettre notre astronef en état, rien qu'avec une poignée de poussière de lune et des gaz toxiques ? L'équipage le jugeait d'une suprême arrogance, estimant qu'il ne doutait de rien tant il était prodigieusement confiant en ses capacités. En privé, quand nous étions en « tête-à-tête » lui et moi, si j'ose dire, c'était une autre histoire.

— Et maintenant ? reprit-il. Je ne le saurai pas tant que j'aurai pas le nez sous le capot. Ça pourrait coûter bonbon. Tes assurances sont à jour pour ce tas de ferraille, hein ? Et si t'envisageais la location de véhicule ?

Quand un mécanicien me tenait ce genre de petit discours à la noix, c'est bien qu'il avait besoin d'un chèque pour les frais onéreux de son bateau de plaisance.

— Un peu de sérieux, Skippy. Peux-tu le réparer, cet astronef ?

— Ça, ce n'est pas une question fermée, Joe, genre « oui/non ». Voyons si j'arrive à ramener ça au niveau « Pour les Nuls » : à l'instant T du jour J, je n'ai pas les données idoines – pas assez, en tout cas. Tout le problème, c'est de savoir si mes réparations brûleront les ressources disponibles plus vite que je ne peux en créer de nouvelles, et cela, je le saurai quand mes scanners m'apprendront quels matériaux bruts sont ou non à portée d'exploitation – pas avant. Si je ne repère pas rapidement d'éléments critiques, ou si traiter ces matières premières exige trop d'énergie, ce sera la spirale infernale en chute libre, Joe. Je ne sais tout simplement pas. Les seules données dont je dispose à propos de ce système, c'est un vague rapport que les Kristangs ont prélevé d'un ordinateur ruhar lorsqu'ils ont annexé la planète Paradis. Les Ruhars s'étaient seulement souciés de savoir si ce système solaire avait une planète habitable. Les données relatives aux autres planètes sont bien minces. J'en suis donc réduit aux conjectures. Et nous n'avons pas d'autre option à portée, pour ce qui est de notre survie.

— Oh. Hum… à propos de cette voiture de location… ?

Le *Hollandais volant* entra laborieusement en orbite de la géante gazeuse – orbite tout juste adéquate pour répondre aux besoins de Skippy. Le bas de l'orbite tutoyait un peu trop le sommet des nuages alors que le haut en était malencontreusement éloigné. Avec un vaisseau ne disposant plus que d'une alimentation de secours, il n'y avait plus d'énergie à consacrer à altérer l'orbite du *Hollandais volant*. Skippy, lui, déclara qu'il pourrait vivre avec.

La première chose qu'il fit ? Guetter le moindre signe de la présence d'autres spationefs dans ce système solaire. RAS. Si autre vaisseau il y avait, il était silencieux, indétectable… Et qu'y faire ? Tout navire croisant là de longue date, même doté de boucliers furtifs, aurait forcément laissé des traces d'échappements moteur et autres gaz. Or, Skippy ne décela rien de tel. Et, au cœur même du quadrant thurano-kristang, pourquoi diable un astronef aurait-il dû lever ses boucliers d'indétectabilité ? Ça n'aurait eu aucun sens.

Ensuite, il s'intéressa à la deuxième planète, là où s'établiraient les humains le temps qu'il mette au point notre « caisse volante ». Or, cette deuxième planète se trouvait de l'autre côté du système stellaire, à deux ou trois semaines d'osciller complètement derrière l'étoile.

Nous en étions encore à scruter les données de Skippy quand Adams prit la parole :

— Monsieur ? Comment faut-il appeler cette planète ?

— Laquelle ? Celle où nous prendrons notre mal en patience ou bien la géante gazeuse ? Ah mince, celle où nous survivrons bien sûr.

Qui se souciait de la « station-essence » de Skippy, tout ce que représentait à nos yeux la géante gazeuse ? Une source d'hélium 3 ? Selon les données préliminaires de notre IA, la deuxième planète du système, la seule jugée apte aux besoins de la vie humaine, n'était que marginalement habitable. Et ça, c'était la « bonne » nouvelle. Son orbite était de nature elliptique plutôt que ronde, de sorte que chaque année, elle s'orientait loin de l'étoile avant de s'en rapprocher fortement. Bref, une orbite aussi bizarre l'amenait tout près du bord d'attaque de la zone « Boucles d'or » avant de l'y entraîner, là où il ne faisait ni trop chaud ni trop froid pour que la vie s'y épanouisse. La plupart du temps, la planète était gelée, une petite surface équatoriale dégelant juste assez à proximité de son étoile. Autre donnée positive : la planète se rapprochait de la zone estivale de son orbite, là où il ferait légèrement plus chaud qu'ailleurs le temps qu'on s'y installe. Les niveaux d'oxygène du secteur vivable étaient bas, l'équivalent de dix mille pieds (ou ~3,5 km) d'altitude sur Terre, alors que la gravité était de quatorze pour cent plus élevée que sur la planète Terre. Et, du fait que nous croisions à bord d'un vaisseau thuranien détourné, la gravité artificielle du *Hollandais volant* était normalement réglée sur 83 % des normes terrestres. Sur requête de ma part, Skippy avait pu réévaluer le niveau de pesanteur à 87 % des normes terrestres, si bien que s'établir sur cette planète nous vaudrait 31 % de bénéfice par rapport à la gravité à laquelle nous nous étions accoutumés à bord. Or, depuis ces affrontements, la pesanteur du bord avait énormément diminué. Et cette subite augmentation de masse – c'est le cas de le dire – allait peser lourd dans la balance. La vie ici, quand elle n'était pas recouverte de neige et de glace, se composait de simples graminées, de mousses, de lichens – le genre de végétaux typiques de la toundra sibérienne ou canadienne. Skippy avait détecté bien plus de formes de vie marines que terrestres, mais les océans étaient pris par les glaces – exactement comme les reliefs émergés. Des endroits glacés et suffocants. Aucun rapport avec la planète Paradis.

— C'est gelé.

— On devrait l'appeler « Hoth », suggéra Williams.

— Hoth ? Pourquoi ça ?

— Hoth, vous savez bien… La planète glaciaire où les rebelles ont implanté leur base dans *L'Empire contre-attaque !*

Voilà que ça me revenait, en effet.

— Ah ouais. Non pas de « Hoth », phonétiquement trop proche de « Hot » ou « chaud ». Cette planète, c'est un lieu tout pourri que *personne* ne convoite – à part nous, qui n'avons pas le choix. Et qui en repartirons le plus vite possible.

Notre autre pilote Seager renifla de dédain.

— On croirait entendre Newark.

— Newark ?

Il haussa les épaules.

— Ça vous est arrivé ? Car *personne* ne tient à s'y retrouver.

Adams et moi échangeâmes un regard amusé.

— Ça me plaît, dit-elle.

Me trifouillant les méninges, je tentais de me rappeler si notre joyeuse bande de pirates provenait de Newark, ou du New Jersey en général.

— Par l'enfer, mais pourquoi pas ? Ce sera Newark, « Nouvelle Arche » !

— Oh, merde alors… soupira Joe. Nous voilà face à une complication majeure : des Kristangs, sur la planète.

— Quoi ?

Le cœur me tomba dans les chaussettes. Le *Hollandais volant* était pour ainsi dire mort et bien mort. Nous ne pouvions plus vivre à bord avant qu'il ne soit entièrement rénové. Pas plus que nous ne pourrions survivre sur une planète occupée par les Kristangs. Il n'y avait plus d'autre possibilité. Alors, nous avions fait tout ce chemin pour rien ?

— Et que diable font-ils maintenant ?

— Une minute, une minute, je suis encore en train d'exploiter les données, ce n'est peut-être pas un total désastre. Il s'agit d'un groupuscule, sans le moindre astronef. Les données dont je dispose proviennent de deux petits satellites orbitaux. Mmmh… Ils sont une trentaine, chargés de rechercher les vestiges du crash d'un vaisseau des Anciens. Hmmh, ça te rappelle quelque chose, pas vrai ? Ces Kristangs ont une base et deux, voire trois aéronefs. Ils ne s'éloignent pas du site du crash. Ce ne sont pas des guerriers mais des détrousseurs. Joe, je pense que vous pouvez prendre pied sur une autre partie de la planète, et rester cachés. Quant à moi, je peux pirater et filtrer les données transmises par les satellites afin que les Kristangs ne se doutent jamais de votre présence.

— Dissimuler la présence de soixante-dix humains, voilà qui va être un sacré coup de baguette magique, Skippy.

— Eh, ce n'est pas pour rien qu'on me surnomme Skippy le Magnifique !

— Personne ne t'appelle Skippy le Magnifique.

Il renifla de dédain.

— Eh bien, on devrait. Il faudra scruter ces Kristangs de plus près, et ce pourrait faire partie de la mission de reconnaissance du *Fleur*. Je scanne en ce moment même les lunes de cette planète afin de déterminer si les matériaux bruts recherchés pour réparer notre transporteur sont disponibles en quantité suffisante.

— Génial. Envoie ce que tu as à l'équipe scientifique, je vais de ce pas aller lui parler.

Les savants seraient désireux de me montrer leurs trouvailles, de toute façon.

— Sergent Adams, vous avez, euh…

Les commandes ? D'une épave ?

— … Hum, vous avez mon fauteuil.

Alors que j'étais en chemin pour le labo – une soute vide aux tables chargées d'ordinateurs et de toutes sortes d'instruments scientifiques –, je fis une pause pour m'entretenir avec le major Simms, qui se chargeait de répertorier et d'empaqueter tout ce qui serait nécessaire à notre survie pendant les mois à venir sur cette planète glaciaire. Planète que je devais appeler désormais « Newark », Nouvelle Arche. Simms était surmenée ; le SAS britannique et le « Tigre nocturne » chinois des forces spéciales lui prêtaient main-forte en triant des montagnes de matériel. Britanniques et Chinois bossaient bien ensemble, leurs commandants s'entendaient bien aussi, de sorte que, sur une suggestion du lieutenant-colonel Chang, je fis d'eux officiellement une équipe.

— Major Simms, ça avance ?

— On est très occupés, Monsieur.

Rien qu'au ton qu'elle avait pris, que je vienne faire un saut pour poser des questions d'une imbécillité crasse ne risquait pas d'aider qui que ce soit à avancer, ça, c'était sûr et certain. Elle pianota sur son iPad. Tout le monde autour d'elle avait les yeux rivés sur sa tablette.

— Nous venons tout juste de recevoir les données préliminaires concernant la planète. Nous allons vraiment l'appeler « Nouvelle Arche » ?

Elle enchaîna sans attendre de réponse de ma part :

— Nous pouvons toujours composer avec la gravité et les faibles niveaux d'oxygène…

Les leaders des équipes chinoise et britannique hochèrent stoïquement la tête.

— Nous devrons nous préparer au froid polaire. L'été, les pics de températures diurnes de l'ordre de 18 ° apporteront un bien-être fugace.

Je fus surpris – jusqu'à ce que je comprenne qu'elle parlait en degrés Celsius, que je convertis mentalement en degrés Fahrenheit, soit dans les 64 °F. Très appréciable en effet.

— Ce n'est pas la norme, tempéra-t-elle aussitôt. L'hiver, il neige même à l'équateur.

— Vous avez entendu parler de la présence de Kristangs en ces lieux ?

Elle acquiesça ; ses compagnons avaient l'air sombre.

— Je viens tout juste de l'apprendre. À moins que vous ne vous y opposiez, Monsieur, je prépare notre évacuation sur Nouvelle Arche.

— Continuez.

Je ne sus qu'ajouter, puisque j'ignorais moi-même quelles mesures prendre à propos des Kristangs. Un groupuscule implanté à la surface, privé d'astronef, constituerait une cible facile, d'autant plus que le *Fleur* disposait de maigres armements. Je devais évaluer les bénéfices/risques : éliminer une menace mineure ? Comparé à celle, plus grande, qu'un vaisseau kristang survienne pour récupérer les détrousseurs et qu'il les découvre tous morts, victimes de frappes orbitales ? Un tel vaisseau scannerait attentivement la surface et nous repérerait inévitablement. Il pourrait même débusquer le *Hollandais volant*. Je devais réfléchir sérieusement à nos options. À mes options. Car la décision allait m'incomber. J'étais le commandant en chef.

Et merde ! Sous le choc, je venais de m'aviser que j'étais devenu ce genre d'enfoiré des échelons supérieurs qui prenait des décisions à la con et rendait la vie misérable aux gens. Quand j'avais été simple soldat de deuxième classe, puis consultant expert, puis sergent, j'avais haï ces bouffons. Or, voilà que j'en étais devenu un...

L'équipe scientifique au complet, dont le trio d'éclopés, s'était réunie au labo. Et la discussion était animée.

— Colonel J... Euh, Bishop ! me héla le docteur Venkman en se reprenant de justesse. Mr Skippy vient d'annoncer que cette planète et ses lunes se prêteront aux réparations du vaisseau. Il m'a prié de vous dire qu'il a détecté des matériaux bruts en quantité suffisante, dont ces éléments critiques que sont le vanadium, le rhénium et le bismuth.

J'eus péniblement conscience de mon ignorance crasse en la matière, en présence de tous ces augustes génies dûment certifiés.

— Génial… hum. Et c'est quoi, tout ça ?

— Le vanadium et le rhénium sont des métaux de transition.

Rien qu'à la mine que je devais faire, elle voyait bien qu'elle me parlait en javanais.

— Ce sont des métaux précieux. On ne saisit pas encore pourquoi les réparations en exigent de grandes quantités. Quant au bismuth…

Elle eut un haussement d'épaules théâtral.

— Un composant de l'antiacide Pepto Bismol ? hasardai-je. Comme pour apaiser les troubles gastriques ?

— Du subsalicylate de bismuth, en effet.

Elle secoua la tête.

— On ignore encore en quoi cela nous serait utile dans le cas présent. On l'utilise souvent sur Terre comme substitut moins toxique au plomb. C'est un métal de post-transition qui constitue l'élément le plus diagmagnétique, précisa-t-elle en m'épargnant d'autres questions embarrassantes. Bonne nouvelle, en tout cas, semblerait-il.

— Bonne nouvelle, soupirai-je.

Rien qu'avec ces matériaux sous la main, Skippy allait encore faire merveille. Une tracasserie en moins. Restait un autre problème majeur.

— Si vous n'en avez pas encore entendu parler, il y a sur cette planète un groupe de Kristangs. Et nous l'avons baptisée… hum… « Newark », Nouvelle Arche.

— Nous venons de l'apprendre, fit-elle en lançant un coup d'œil à sa tablette. Qu'allons-nous faire de ces Kristangs, Colonel ?

Malgré elle, l'anxiété perçait dans sa voix.

Je compatissais ; l'équipe scientifique savait pertinemment qu'elle dépendait entièrement des effectifs militaires du bord contre les Kristangs. Tout ce qu'elle pouvait faire, c'était encore d'analyser les « miettes » que lui abandonnait Skippy en espérant que l'équipage continuerait à assurer sa sécurité.

— Nous étudions les options qui s'offrent à nous, docteur Venkman. Skippy examine encore les données. Nous enverrons le *Fleur* en reconnaissance, afin d'évaluer la menace kristang.

Je passai sous silence l'option « autodestruction ». Qui ne me souriait guère.

De retour sur la passerelle, je consultai sur mon iPad les relevés des capteurs. Ces Kristangs pouvaient représenter un problème majeur, du type « on arrête tout ! » Ce fut alors qu'un autre genre de problématique cruciale me frappa de plein fouet.

— Lors de l'affrontement, Skippy, notre champ d'indétectabilité était coupé ?

Au CIC, je vis les officiers de quart opiner du chef à ma question.

— Après la première frappe, oui, répondit-il. Et j'étais aussi affecté, ayant dû dériver assez de puissance aux boucliers.

C'est bien ce que j'avais craint.

— Les Thuraniens savent maintenant que l'un de leurs transporteurs stellaires est hostile.

— En effet. Je dois cependant faire valoir que j'ai altéré notre signature de commande de saut afin de l'aligner sur celle du transporteur disparu corps et biens il y a de cela dix-sept ans, comme nous en avions discuté.

— Super. Excellent !

Un sujet d'inquiétude en moins pour moi.

Chang eut l'air confondu.

— Quel transporteur stellaire ?

Nom de nom, j'aurais dû en parler, ça m'était sorti de l'esprit. Voilà ce qui vous arrive à force d'enchaîner les petites conversations nocturnes à cœur ouvert avec Skippy.

— J'expliquerai ça plus tard. Ce sont de bonnes nouvelles.

Visiblement contrariée que je n'aie pas jugé bon de m'en ouvrir à mon état-major, Simms me décocha un regard acerbe.

— De bonnes nouvelles, voilà ce dont nous aurions sacrément besoin en ce moment… Monsieur.

Elle avait marqué une pause intentionnelle avant d'ajouter le « Monsieur » de rigueur.

Elle avait fait valoir son point de vue ; voilà que tout le monde attendait maintenant mes éclaircissements sur la question. Je fis pivoter mon siège face au CIC.

— Il y a dix-sept ans, un transporteur thuranien fort similaire au nôtre a effectivement disparu des radars aux abords de la planète Paradis où vivent maintenant des communautés humaines. Les Thuraniens restent d'avis qu'il s'agit là d'un coup des Kristangs. Skippy a donc maquillé en conséquence la signature de notre commande de saut. Avec un peu de chance, les soupçons des Thuraniens se détourneront des humains pour se reporter sur les Kristangs. Et ça devrait les dissuader de pourchasser des ombres pendant un bon moment. Skippy, les Thuraniens n'ont aucun moyen de savoir qu'il y a des humains à bord de ce vaisseau, c'est bien ça ?

— Aucun moyen, Joe. Pour qu'ils le découvrent, il faudrait qu'ils se rapprochent assez pour scanner ce navire avec notre bouclier furtif désactivé, ce qui n'est jamais arrivé. Ton secret est bien gardé, Joe. Les réactions maladroites et les trajectoires gauches de ce vaisseau lors des affrontements amèneraient les Thuraniens à conclure qu'ils sont face à un équipage d'un niveau technologique inférieur. Comme nous en débattions cependant, les Thuraniens soupçonneront les Kristangs. Il n'y a aucune raison pour qu'ils suspectent les humains d'y être mêlés en quoi que ce soit.

Il marqua une pause.

— Oh… Hmmm. Capitaine Desai, loin de moi l'idée de dénigrer vos talents de pilote.

— J'ai très bien compris ce que vous vouliez dire, Monsieur Skippy.

Au cours des combats, elle avait fait de son mieux pour tenir le *Hollandais volant* hors des lignes de tir. Toujours est-il que notre bâtiment avait été maintes fois atteint par les frappes des rayons masers – bien plus que si des cyborgs thuraniens avaient été aux commandes.

Rien qu'à en juger par la mine fermée des officiers de quart au CIC, Chang et Simms y compris, l'équipage n'appréciait guère que j'aie omis de mentionner ma demande – notre transporteur stellaire présentait-il des caractéristiques uniques au point d'être instantanément identifiable ? Et l'équipage avait toutes les raisons d'en être contrarié. J'aurais dû lui en parler. Un autre problème me traversa l'esprit. Je braquai aussitôt mes regards sur l'écran principal de visualisation.

— Nouvelle Arche est de l'autre côté de l'étoile en ce moment, pas vrai ? Pas entièrement, mais presque ?

— En effet.

— Comment pourrons-nous continuer à communiquer, en étant en bas et vous là-haut ? Il y aura un décalage de… quoi… une heure ?

— La lumière prendra une heure pour voyager d'un côté, c'est exact, mais le problème empirera dès que l'orbite de Nouvelle Arche l'entraînera encore plus loin.

Je secouai la tête.

— Ce n'est pas satisfaisant, ça. La « magie Skippy » n'y peut donc rien ? Pour accélérer la vitesse de nos communications ? Imagine que tu cales sur ta grille de mots croisés, et que t'aies besoin de mon aide ?

— Genre « félin en quatre lettres commençant par "C" et "H" » ?

— Eh ouais, tu vois ? Je peux te dire que la réponse n'est pas "chatte" ou "minou" comme tu le pensais.

En faisant cette remarque, je surpris un coup d'œil de Simms, à son poste au CIC. Bon sang, c'est bien pour ça que je préférais parler avec Skippy en privé, histoire de ne pas avoir à surveiller mon langage. Et aussi, histoire que des oreilles indiscrètes ne l'entendent pas m'insulter continuellement.

— Si quelqu'un ici avait « minou » en tête, ce n'est sûrement pas moi, Joey. Blague à part, oui, je vais recourir à la fameuse « magie Skippy » en générant un microvortex qui transmettra nos échanges. Une extrémité sera avec moi, et l'autre en orbite géosynchrone de Nouvelle Arche. Pour ta gouverne, Joe, ça signifie que…

— Je sais ce qu'est une orbite géosynchrone, Skippy. Sur Terre, ça signifie que le satellite stationne à 36 210 kilomètres à l'aplomb de l'équateur, toujours au même endroit dans le ciel donc tandis que la Terre poursuit sa rotation. Et ceci parce qu'à cette altitude, le satellite tourne à la même vitesse que l'équateur terrestre.

Silence.

Je commençai à m'inquiéter.

— Skippy ? Hello ?

— Navré, tu m'as complètement soufflé. *Comment* sais-tu cela ?

Je me sentis quelque peu vexé.

— Un commercial avait tenté un jour de vendre à mes parents un système de télévision par satellite, et j'avais dû leur expliquer pourquoi l'antenne parabolique doit être orientée bas dans le ciel méridional, en pointant sur le Brésil, disons. J'ai fait des recherches dans Wikipédia.

— Tes connaissances scientifiques se ramènent-elles donc toutes aux articles postés en ligne ?

— Bien sûr que non, Skippy. Je regardais aussi Discovery Channel.

— Aucun espoir à avoir pour ton espèce, soupira-t-il, navré. Pauvres singes, autant vous résigner et céder votre place aux blattes sans plus attendre, histoire qu'on en finisse. Et toi le premier, tu devrais t'incliner devant tes nouveaux seigneurs et maîtres, les cafards.

— Eh là ! Les cancrelats bouffent peut-être nos pizzas à bords fourrés, mais les ont-ils pour autant inventées ? Je ne crois pas !

— Les pizzas à pâte farcie ? La seule et unique contribution de l'espèce humaine à la culture intergalactique ?

— N'oublie pas les sports virtuels, Skippy.

— Je n'ai rien à ajouter, Votre honneur.

— Super. Ce machin-chose de microvortex nous permettra donc de rester en communication ?

— Pas tout à fait. Dans cet espace-temps, la « magie Skippy » elle-même ne peut entuber les lois de la physique à ce point. À moi seul, je ne pourrai pas projeter de trou de ver si loin. Et un saut brise la connexion entre les vortex, si bien que le *Fleur* ne saurait être en mesure de véhiculer le trou de ver pour moi. J'ai modifié un missile afin qu'il transporte l'autre extrémité du vortex au point voulu. Dès qu'il sera prêt, je le lancerai sur Nouvelle Arche. Il faudrait cinq jours au missile modifié pour atteindre sa destination, car je dois économiser plus de la moitié de son carburant en vue des manœuvres nécessaires à l'implantation orbitale du trou de ver. Ce missile sera néanmoins lancé avant le retour du *Fleur*, car dès vos premiers jours à la surface de cette planète, nos communications pâtiront d'un gros décalage. Et il sera vital que dans cet intervalle, tu fasses des efforts surhumains pour t'abstenir de faire quoi que ce soit de complètement con.

— Eh, pas de souci, Skippy, Tu sais quand même à qui tu t'adresses.

— Précisément ce qui me soucie…

CHAPITRE QUATORZE

LE DÉPHASAGE DES communications ne fut un problème que lorsque l'équipage prit pied sur Nouvelle Arche. Je n'avais aucune idée de ce qui pouvait bien se passer sur le *Fleur*, jusqu'à ce qu'il revienne de sa mission de reconnaissance. Tout à nos planifications, nous avions débattu de la possibilité que les armements du *Fleur* en orbite pilonnent la communauté kristang afin d'éliminer radicalement cette menace. Une frégate comme le *Fleur* n'était pas conçue pour des bombardements orbitaux. Mais on pourrait toujours se contenter de son canon électromagnétique. Perspective qu'on avait cependant écartée pour deux raisons : si jamais le premier tir n'éliminait pas ceux des Kristangs, on aurait toutes les peines du monde à les traquer. Nous n'avions aucune certitude quant à l'occupation des sauriens : regroupés en un seul lieu ? Disséminés aux quatre coins de la planète ? Nous ne pouvions nous permettre de laisser le *Fleur* s'attarder en orbite, exposé, traquant des Kristangs un par un. Seconde raison, et pas des moindres : notre plan tout entier reposait sur l'indétectabilité de notre présence sur Nouvelle Arche. Car, si jamais nous étions débusqués, ces Kristangs appelleraient au secours, et nous, nous serions foutus, frégate défoncée ou non. Si – quand ? – un astronef kristang surviendrait pour récupérer ses pairs, qu'il les découvre tous morts, victimes de frappes orbitales, n'augurerait rien de bon... pour nous. Ces nouveaux Kristangs auraient à cœur de scanner minutieusement la surface planétaire. Et nous serions inéluctablement démasqués. Non, ce que nous désirions, c'était bien qu'un vaisseau kristang survenant ici ne trouve qu'une bande de sauriens cherchant désespérément à tourner le dos à Nouvelle Arche dans les plus brefs délais. Nous avions tout intérêt à ce que des Kristangs nouvellement débarqués découvrent cela – et rien de plus.

Afin d'empêcher les Kristangs, à la surface, de détecter une présence humaine sur Nouvelle Arche, Skippy avait un autre tour dans son sac. Faute de pouvoir se rapprocher assez pour s'en occuper lui-même, il avait téléchargé une IA secondaire dans le système informatisé du *Fleur,* ne cessant de se plaindre que la frégate avait à peine assez de stockage de mémoire pour une cervelle de singe bêta. Parfaitement insuffisante en somme pour une IA secondaire fonctionnelle. Abstraction faite des logiciels kristangs, leurs IA demeuraient dangereusement instables. Ne nous restait plus qu'à espérer qu'elles feraient leur boulot avant toute rupture.

Le job de l'IA ? Infiltrer les deux petits satellites que les Kristangs avaient en orbite. Les infiltrer puis écraser les versions existantes du système de traitement, afin que dorénavant les satellites ignorent tout des images ou des relevés des capteurs ayant trait aux humains sur Nouvelle Arche, ou aux environs. Quand les pilleurs kristangs scanneraient la surface par caméra satellite, et à supposer que celle-ci soit braquée sur une communauté humaine, ils ne verraient rien d'insolite. Les images seraient éditées en temps réel de façon à ne rien montrer de plus intéressant que la neige, la boue et la toundra. Si le subterfuge portait ses fruits, il ne nous resterait plus qu'à nous soucier d'un aéronef kristang croisant au-dessus de nos têtes, avec l'un de ces sauriens collé à un hublot. Peu vraisemblable, espérait-on. Et grâce à nos propres satellites, nous serions très vite alertés au cas où l'ennemi approcherait de notre cachette.

Le *Fleur* allait larguer à notre usage deux minisatellites thuraniens. L'un d'eux serait en orbite polaire afin de couvrir une fois par jour la surface planétaire tout entière. L'autre serait en orbite géosynchrone à l'aplomb de notre cachette – dont l'emplacement restait à déterminer. Skippy accèderait aux données satellitaires *via* le microvortex, et nous, nous aurions accès aux satellites en temps réel, par le truchement d'une liaison cryptée par laser à faisceau étroit. La seule façon pour les Kristangs de détecter les transmissions satellite, ce serait que l'un de leurs aéronefs traverse par hasard l'un des rayons laser de communication – rayon de l'ordre de moins de 25 µm d'épaisseur d'un cheveu humain. Puisque nous verrions le bâtiment kristang en approche et pourrions en intercepter tous les messages, celui-ci allait avoir toutes les peines du monde à nous prendre en traître.

Du moins, à en croire Skippy – un Skippy très affairé à l'autre bout du système solaire dans son « garage-station-essence » du cosmos.

J'avais foi en lui, et il l'avait certainement mérité. Ce qui me tracassait ? Non pas nos plans, ou même notre capacité à mettre en œuvre lesdits plans, ou encore les équipiers de tout premier ordre que j'avais le privilège d'avoir sous mes ordres. Non, mon souci, c'était notre manque de bol hallucinant.

Lorsque, sur la planète Paradis, j'avais tenté de persuader notre joyeuse bande de pirates des origines de me suivre dans une mission à haut risque, aux lignes mal définies, le lieutenant-colonel Chang m'avait dit qu'il acceptait de signer non parce qu'il était courageux ou malin, mais surtout parce que la Fortune me *souriait*. Que j'avais le don d'être au bon endroit – ou au mauvais selon votre perspective – au bon moment. Je ne souscris pas à l'astrologie, à la numérologie ou autres innombrables théories conspirationnistes toujours plus délirantes. Mais qui aurait pu nier que la chance était une variable tout ce qu'il y a de plus réel ? Skippy avait plus d'une fois laissé entendre que ça n'existait pas contrairement à ce que les humains imaginent parce qu'au fond, nous autres n'avions aucune idée du fonctionnement réel de l'Univers.

Bref, peu importe.

Ce que je tenais pour assuré, en revanche, c'est que question « chance » dans cette mission, nous avions eu une poisse pas possible. Tous les endroits où nous aurions dû trouver la fameuse radio magique de Skippy pour entrer en liaison avec le Collectif avaient été vides, ou mystérieusement pulvérisés. Pour ces raisons, notre mission s'éternisait déjà plus que prévu. Pourquoi ces échecs répétés ? Skippy n'avait aucune raison logique à avancer sur la question. Si on va par là, c'était même contre toute logique. Sacrée malchance.

Pour couronner le tout, voilà que nous avions foncé tête baissée dans un traquenard – traquenard qui n'avait pu viser le *Hollandais volant*. En aucune façon les Thuraniens n'auraient pu anticiper l'arrivée du *Hollandais volant* ici et maintenant. Et nous l'avions échappé belle.

À présent, contre toute attente, nous filions d'étoile en étoile à bord d'un navire aux réacteurs H.S. en direction d'un système solaire insignifiant, négligeable, dédaignable – et que trouvons-nous au milieu de nulle part ? Un groupe de Kristangs ! Merde alors ! Mais que diable foutaient-ils sur Nouvelle Arche ? Quelles étaient les chances pour qu'ils soient là ? Foutue mouise, tiens ! J'en arrivais à craindre que la chance m'ait abandonné, et que tout aille désormais de mal en pis. Pas juste pour moi mais pour nous tous. C'était donc ça, cette histoire de karma qui revient vous mordre les mollets ? À force de rafler la mise au casino de la Fortune et d'encaisser les jetons « chance », j'étais maintenant endetté jusqu'au cou, c'est ça ?

Assis à ne rien faire, je me sentais parfaitement désœuvré et inutile. Aux manettes du *Fleur*, Chang était parti en mission de repérage.

— Skippy, tu es sûr qu'aucun de nous ne pourrait rester à bord pour participer aux réparations ?

— Que des singes comme vous me viennent en aide ? Et pour faire quoi au juste ? Éructer et s'épouiller ?

Que lui en tout cas ait quelque peu retrouvé du poil de la bête ne laissait pas de me ragaillardir.

— Non, Skippy. On t'aiderait en éructant et en nous épouillant *en même temps*.

— Ah, très bien. Ça change tout. Et dans ce cas, eh bien, *non*. Joe, j'adorerais que quelqu'un reste histoire d'avoir un pote avec qui jacasser. Sauf votre respect, vous devez tous évacuer le bord. Il n'y aura plus d'oxygène ici, du tout. Tant que je n'aurai pas réussi à réactiver un réacteur, les générateurs de boucliers s'éteindront bientôt eux aussi, et les radiations vous tueront, vous les biologiques.

Nous les « biologiques » ? Toujours mieux que « sacs à viande ». Faut croire que Skippy commençait à nous apprécier.

— Mais... cinq mois ? Ça fait long, ça.

Skippy serait seul à bord du *Hollandais volant* et l'équipage tout entier échoué sur une planète inexplorée, en plein inconnu.

— Long ? Cinq petits mois, c'est un sacré miracle à la Skippy, tu veux dire ! Un vrai de vrai ! Joe, pour rénover ce transporteur, je vais devoir recourir à des matériaux bruts, récupérés à bord ou glanés sur les lunes de cette planète. Afin de me constituer les outils dont j'aurai besoin, je vais d'abord devoir en fabriquer d'autres et encore d'autres, jusqu'à obtenir ceux nécessaires aux restaurations. Ensuite seulement, je pourrai m'y atteler pour de bon. Tu vois ces émissions de télé-poubelle où un type hirsute s'aventure en pleine nature et est censé survivre par ses propres moyens pendant un mois entier avec son zob et son couteau ?

— Un couteau, plus l'équipe de tournage avec téléphones satellitaires et hélicoptère à gogo ? soulignai-je. Mais ouais, je vois où tu veux en venir.

— Votre rude aventurier échevelé, lui, il a au moins un couteau. Moi, je débuterai avec un trombone pour remettre à neuf un foutu vaisseau stellaire ravaudé de partout ! râla Skippy. Tu as raison, ce mec à la télé a toute une équipe de tournage à ses côtés si jamais quelque chose tourne mal. Moi, tout ce que j'ai, c'est une barrique pleine de macaques criards, et encore, vous serez bientôt partis de l'autre côté de ce système. Et là, si quoi que ce soit tourne au vinaigre avant la fin des réparations, genre survenue de Thuraniens lancés à nos basques, nous serons foutus de chez foutus. Complètement niqués.

— Eh ouais, je sais. Ça m'arrangerait qu'on ait une petite marge d'erreur, au moins. Tu as vraiment besoin du *Fleur* ?

— Absolument. J'ai d'abord besoin que ce vaisseau plonge dans l'atmosphère de la géante gazeuse pour collecter de l'hélium 3 et ravitailler les réacteurs. Ensuite, le *Fleur* recèle des matériaux difficilement accessibles sur les lunes de cette planète ou son système annulaire. En somme, il faudra sacrifier cette frégate et notre vieux Dodo ruhar salement bousillé afin de retaper le *Hollandais volant*.

— Ça, j'ai bien compris. Mon problème, c'est que tu as tous les jetons du casino en main. Est-ce que les trois engins de largage thuraniens doivent vraiment rester à bord ? L'un d'eux ne pourrait-il pas nous suivre plutôt à la surface de Nouvelle Arche ? Avec ces Kristangs au-dessus de nos têtes, nous serons des cibles bien trop faciles si notre seule échappatoire, c'est la marche à pied.

— Désolé, Joe, pas moyen. Je serai très occupé à forer les lunes et les anneaux à l'aide de ces engins, et de robots qui n'étaient nullement conçus pour opérer indépendamment du bord. Vous en céder un seul reviendrait à allonger le délai estimé de cinq à sept mois. Huit semaines de plus, donc, durant lesquelles les Kristangs risquent de découvrir votre présence. Ou bien un vaisseau pourrait survenir pour récupérer ce groupe et vous détecter du haut de son orbite. Ou encore, une flottille de reconnaissance pourrait également surgir dans ce système solaire et tomber sur notre transporteur stellaire détourné. On a tout intérêt à mesurer les risques.

— Tu as raison, oui, oui…

J'aurais fait le même choix, pris les mêmes décisions. Et c'est très exactement ce que j'avais fait dès que Skippy m'avait exposé ses plans.

C'est juste que ça ne me plaisait toujours pas.

D'un saut, le *Fleur* revint dans les temps de sa mission de repérage. Comme il faudrait plus de deux heures à la frégate pour calquer vitesse et cap sur ceux du *Hollandais volant*, misérable épave à la dérive, Chang avait pris sur lui de relayer immédiatement les données recueillies. Aucune raison de se ronger les sangs. L'attente était bien un luxe que nous ne pouvions plus nous payer. Sur le transporteur stellaire, c'était devenu invivable, il nous faudrait évacuer en vitesse, et le plus tôt serait le mieux. À moins que je ne m'y oppose. Or, j'avais besoin d'infos.

Skippy étudia de près les relevés de nos satellites furtifs, les Kristangs que son IA secondaire avait réussi à infiltrer, ainsi que les bases de données kristangs au sol. Comme il se délectait à le répéter, les nouvelles étaient bonnes *et* mauvaises. Ses premières impressions s'avéraient fondées, il s'agissait bien de récupérateurs/ épurateurs largués sur Nouvelle Arche près d'un an plus tôt afin d'en ratisser la surface en quête des débris d'un astronef des Anciens.

Leur chef était le troisième fils du leader de second rang d'un clan mineur. En tant que tel, il voulait à toute force faire main basse sur des vestiges utiles qui élèveraient le statut de sa famille au sein du clan. Il avait sous ses ordres cinq frères d'armes (d'une douteuse loyauté) et vingt-huit travailleurs forcés : criminels kristangs, membres d'autres clans faits prisonniers et réduits en servitude, frères claniques vendus par leurs propres familles pour éponger des dettes accablantes…

Les récupérateurs formaient un groupe à faible budget, contraint de se rabattre sur des équipements défraîchis de deuxième ou troisième main, sans pièces de rechange ni même l'expertise requise pour les maintenir en état de fonctionnement. Au commencement, ils avaient disposé d'une vieille navette amochée de largage et de deux aéronefs – dont l'un s'était écrasé près de leur base. Le chef ne voulant pas risquer leur unique navette, son groupe n'avait plus qu'un aéronef fonctionnel. Plus six ensembles de combinaisons blindées motorisées – dont deux inopérants. Durant cette année passée sur Nouvelle Arche, cinq travailleurs d'astreinte avaient péri lors d'accidents, deux autres étant exécutés pour insubordination. Bref, le moral était au plus bas, c'est le moins qu'on puisse dire. Ce groupe ne comportait aucune représentante du sexe faible, uniquement des mâles. Il n'y avait pas d'aliments frais, pas même pour les chefs. Le camp de base était exigu, avec des installations de loisir des plus limitées ; l'unique médecin avait également été victime d'un accident, les soins médicaux étant prodigués par une IA fonctionnant la moitié du temps. D'après les archives auxquelles Skippy avait accès, les Kristangs n'avaient pas rayonné à plus de trois cents kilomètres de leur base, là où étaient enfouis les débris de l'épave des Anciens. Autant de bonnes nouvelles pour nous.

La mauvaise concernait la géographie. Seul l'équateur était viable, le reste de la planète étant gelé, avec une météo abominable et des températures auxquelles des humains ne sauraient survivre. Les glaciers et banquises proches de l'équateur fondaient partiellement l'été ; leur surface en devenait traître – trop pour oser y implanter de quelconques habitats. La dernière chose à souhaiter, c'était bien qu'une grotte glaciaire s'effondre sur nous. Les terres exposées à l'équateur se réduisaient pour la plupart à une toundra spongieuse et marécageuse ; inutile d'espérer y creuser un abri où se tapir. Les trois quarts de l'équateur étaient constitués d'océans ; inutile là aussi d'espérer jeter notre dévolu sur une quelconque propriété foncière. La zone recommandée par Skippy était bien trop proche à mon goût de la base kristang, à moins de mille trois cents kilomètres à l'est. Là où le terrain se déclinait en steppes, vallons et canyons érodés, mais aussi en grottes – de bonnes cachettes en perspective où nous soustraire aux regards indiscrets, de l'avis de Skippy.

— Tu as des scans des sous-sols ? Montre-moi.

L'affichage zooma sur la zone en question : une image vidéo standard à laquelle succéda en un clin d'œil un aperçu de la strate souterraine.

— Les satellites dont nous disposons ne sont pas conçus pour ce genre de balayage, expliqua-t-il. Je fais avec ce que j'ai. Tu vois ces grottes ?

Il y avait effectivement des poches s'étendant sous la surface planétaire, certaines de dimensions assez considérables pour servir de refuges. Hélas, celles-ci s'ouvraient profondément sous une surface à laquelle elles n'étaient pas reliées – sinon par d'étroits goulets impraticables. Bref, elles ne nous seraient d'aucune utilité. Nous n'aurions pas le temps d'excaver une caverne, surtout que nous aurions intérêt à ne laisser aucune trace derrière nous, comme d'encombrants déblais.

—Mmmh… et ça, là ?

Je désignai une aire de canyons et de grottes à cent kilomètres au nord du site recommandé par Skippy.

— Ces grottes m'ont l'air assez grandes.

Certaines semblaient superficielles, ne s'enfonçant pas suffisamment sous terre pour fournir un véritable abri.

— C'est une possibilité. Je ne pensais pas qu'une région de canyons t'intéresserait. L'été, certaines de ces gorges connaissent des crues éclair dues aux fontes des glaciers.

— J'entends bien, Skippy, et c'est un argument recevable. Je vais de ce pas en parler avec un géologue.

Nous avions à bord une géologue – ou plus précisément une astrophysicienne de son état, qui avait pris en option l'étude de la géologie. Le docteur Kassner se présenta dans mon bureau ; le labo du bord se trouvait en effet dans une zone désormais privée de chauffage, d'énergie, de gravité artificielle ou même d'air respirable.

Je lui montrai sur ma tablette les terres ravinées de canyons.

— Que diriez-vous de ce secteur ? Certaines de ces grottes paraissent assez évasées pour nous accueillir, et suffisamment profondes pour nous préserver des attentions de l'ennemi.

— Nous ne nous serrerons pas sous des tentes alors ? fit-elle, sourcils froncés, en écartant de son visage une mèche de cheveux blonds

Je secouai la tête.

— Non, des tentes seraient trop visibles. Pour peu que des Kristangs survolent notre refuge, pas question que quoi que ce soit trahisse notre présence. Ce serait un trop gros risque. Nous serons alertés de leur approche, si cela se produit, mais nous n'aurons jamais le temps de tout démonter et de tout dissimuler. Non, courir de tels risques est exclu. En outre, les conditions météorologiques sur cette planète sont loin de nous être clémentes. Je préfère, et de loin, qu'on soit tous à l'abri dans une grotte raisonnablement sèche plutôt que sous des tentes trempées d'humidité à la surface.

— … « sèche »… c'est tout relatif, j'imagine, réfléchit Kassner à voix haute. L'été, ces canyons charrient les eaux de fonte ; rien que la saison dernière, on en discerne encore les strates d'érosion, toutes récentes. De plus, on ignore tout de la profondeur réelle de la nappe phréatique dans cette région. Les cavernes pourraient déborder du fond, être noyées sous les remontées. Colonel, reprit-elle en tirant nerveusement sur sa queue-de-cheval aux reflets mordorés, vous avez conscience que mes études en géologie remontent à vingt bonnes années.

— J'ai conscience que je vous demande de hasarder des hypothèses…

— Nous ne disposons pas de données diachroniques suffisantes qui permettraient d'appréhender les faits dans toute leur évolution, protesta-t-elle.

— Bon alors, si on partait du principe que ces grottes sont d'une structure solide ? Les crues éclair sont un problème potentiel, qu'on affrontera le moment venu. Des voûtes qui s'écroulent sur nos têtes, en revanche...

Explorant les images de ma tablette, Kassner, fronçant les sourcils de plus belle, s'aventurait toujours plus sous terre.

— Il vous faut une réponse là, tout de suite ?

— Non.

De façon réaliste, je pouvais attendre que le *Fleur* s'arrime avec sa cargaison de fournitures et son équipage, avant d'être paré au bond cosmique suivant. À ce stade, Chang n'avait pas à savoir où ses navettes allaient bien pouvoir se poser. Ni si nous irions sur Nouvelle Arche ou non. Simms avait amoncelé une petite montagne d'approvisionnements à transborder sur le *Fleur* – de quoi tenir huit mois, au cas où Skippy se heurterait à des imprévus. Notre major Simms avait à peine fermé l'œil de la nuit. En qualité de spécialiste *ès* logistique, il lui revenait d'évaluer les fournitures dont nous aurions besoin et en quelles quantités, mais aussi de tout organiser afin que les livraisons par largage couvrent les exigences premières. Priorité aux armements donc ; quant aux pénuries de chaussettes, celles-ci attendraient. Les deux navettes de largage que Chang n'avait pas requises pour sa mission de repérage étaient maintenant chargées à ras bord.

— Non, docteur, lui confirmai-je. Il me faudra une réponse dans les dix heures. Parlez-en à Skippy et à quiconque vous semblera bon. Gardez juste en tête que le site recommandé, quel qu'il soit, devra tenir toutes ses promesses dans les cinq à huit mois à venir. Le confort, ce n'est pas notre priorité. La sécurité et la garantie de notre clandestinité, en revanche...

Nous possédions maintenant suffisamment de données à propos de Nouvelle Arche et des Kristangs s'y trouvant pour prendre une décision éclairée. Surtout au sujet de notre atterrissage en de tels lieux. Soucieux de trouver conseil, je convoquai mon état-major, nommément Chang, Simms et Adams, ainsi que les cinq chefs d'équipes des Opérations spéciales du CIC. Vu que notre transporteur était désormais majoritairement obturé, le CIC restait le seul compartiment assez vaste pour accueillir quatre personnes et plus – à moins que le surplus s'aligne le long d'une coursive. Or, il va de soi que j'avais pris mes dispositions en la circonstance.

— Merci !

Au même instant, un major Simms manifestement harcelé s'engouffrait au CIC, un masque à oxygène portatif au cou.

Elle était descendue dans les soutes pour superviser l'emballage des fournitures en partance pour Nouvelle Arche, et Skippy avait dû y couper l'apport d'oxygène.

— Maintenant que nous sommes tous là, j'ai besoin de votre conseil. Nous disposons désormais d'informations sur Nouvelle Arche confirmant que nous pourrons y survivre, alors qu'à bord de ce vaisseau, ce ne sera bientôt plus possible. Nous possédons également assez d'informations à propos des Kristangs sur Nouvelle Arche, comme nous avons une aptitude substantielle mais limitée de dissimuler notre présence sur Terre. Pourrons-nous prendre le risque de… ?

—Allez-y donc, bande de débiles profonds ! me coupa Skippy. Comment crois-tu qu'on s'y soit rendus, nous autres, hein… ?

À mon tour de lui couper la chique.

— Skippy, c'est tout à ton honneur de fournir des informations, mais ça, ça affecte principalement les humains.

— Non, Joe. Tu es le commandant en chef. C'est ta décision, ajouta-t-il en toute simplicité, et tous, au CIC, acquiescèrent. Tu m'as dit un jour que l'un des inconvénients à servir sous les drapeaux, c'est que la chaîne de commandement exige que tu confies ta vie à des gens qui peuvent s'avérer de sombres idiots. Aujourd'hui, c'est à ton tour de jouer potentiellement les idiots. J'espère que tu sauras prendre une décision éclairée, Joe. Et je ne me mêlerai pas à la discussion, à moins que tu ne m'en pries.

— Merci, Skippy. Toute la question est de savoir si nous pouvons prendre le risque de descendre sur Nouvelle Arche. Bien sûr, je ne parle pas de nous : rester à bord, c'est se vouer à une mort certaine. Une fois que Skippy commencera à démanteler notre vaisseau pour le rafistoler, il n'y aura plus d'oxygène, et des niveaux létaux de radiation prendront le pas. Non, je parle bien du risque que nous ferions courir à la Terre si jamais des aliens hostiles nous débusquaient, là en bas, et prenaient pour cible notre planète mère. Quand nous avons surgi dans le secteur, notre mission était simple : aider Skippy à contacter le Collectif, sans risquer que les aliens découvrent que des humains sillonnent la galaxie à bord d'un vaisseau pirate.

— Au détail près que ce n'est pas tout à fait vrai, n'est-ce pas, Monsieur ? fit observer le capitaine Smythe, chef de l'équipe du SAS.

Je trouvais toujours aussi déroutant qu'un dur à cuire comme lui s'exprime avec un accent british tellement élégant et raffiné. Étant du SAS, il pourrait probablement me régler mon compte d'une simple agrafe en guise d'arme improvisée, comme tout individu appartenant aux Forces spéciales. Avec son accent ô combien distingué, il était capable de me faire la peau puis de s'excuser auprès de mon cadavre d'avoir été si peu fair-play, il me donnerait du « *Ô comme je suis désolé, mon pauvre vieux* », et *tutti quanti*.

— L'objectif premier de notre mission, reprit-il, ce n'est pas le risque *zéro* que d'autres espèces apprennent que nous voguons dans l'espace comme vous le présentez, non, c'est le risque *minimal*. Sinon, mon Colonel, vous auriez aussi bien pu faire exploser une bombe nucléaire sitôt que notre ami Skippy aurait condamné l'accès au trou de ver.

Il embrassa le CIC du regard.

— Nous connaissons tous les ambitions affichées de notre mission. Comme nous avons parfaitement conscience des non-dits.

— Allez-y, Capitaine Smythe, je suis tout ouïe.

Je voulais une discussion franche et ouverte, et le débat semblait bien parti en ce sens, en effet. Les officiers du CIC avaient bien plus d'expérience que moi pour ce qui était de prendre des décisions de commandement. J'avais tout intérêt à ouvrir grandes mes oreilles et à en prendre de la graine.

— Tout d'abord, poursuivit Smythe sur sa lancée, notre véritable mission est de garantir que ce Skippy n'aille pas décider que nous ne respectons pas notre part du marché, et rouvrir par dépit le vortex ouvrant sur la planète Terre.

Il lança un coup d'œil éloquent au haut-parleur du plafond, tant nous nous attendions tous à ce que notre IA réagisse vertement à cette perfide remarque. Mais Skippy resta de marbre. Du coup, Smythe pressa son avantage :

— Notre deuxième objectif inavoué, c'est notre retour à notre port d'attache, aux commandes du *Hollandais volant*, afin que l'humanité jouisse d'un astronef sophistiqué à démanteler et à étudier. Nous sommes tous d'avis que pour le moment, les aliens n'ont plus accès à notre Terre. Ce qui ne sera pas toujours le cas à l'avenir. Mon Colonel, vous avez trouvé le moyen de manipuler les trous de ver, mais alors, qui peut dire si d'autres espèces n'acquerront pas les mêmes talents ? Ou bien si ces décalages intermittents ne pourraient réactiver notre vortex d'une importance toute stratégique ?

Skippy m'avait dit que notre vortex local était mort, condamné, sa source d'alimentation coupée. Pour autant, il ne m'avait jamais certifié qu'il ne pourrait jamais se réactiver de son propre chef. Bon sang de bois ! Voilà bien une question que j'aurais dû lui poser !

Soutenant mon regard, Smythe reprit la parole.

— Avant la Seconde Guerre mondiale, certains Américains comme vous estimaient que deux grands océans vous séparaient du reste du monde et qu'en conséquence, vous n'aviez à redouter une quelconque invasion. Que les problèmes des autres continents, des autres pays n'étaient donc pas les vôtres. Et voilà maintenant que notre planète tout entière est confrontée à la même situation : pour le moment, de vastes étendues interstellaires nous protègent. Heureuses contingences – qui ne dureront pas. Nous avons besoin de la technologie de ce navire pour permettre à l'humanité de faire un pas de géant, histoire d'être prêts lorsque le pire viendra frapper à nos portes. Car cela arrivera tôt ou tard, nous n'en doutons pas.

Ses camarades hochèrent la tête en un bel ensemble.

Et ses remarques bien senties ouvrirent les vannes. Tout le monde eut dès lors à cœur d'ajouter son grain de sel – pour ou contre. Au terme de dix minutes de vives discussions, tous les regards se braquèrent sur le capitaine Xho, chef de l'équipe chinoise des Forces spéciales dite « La nuit du tigre ». Jusqu'ici, il avait gardé le silence. Là, il se racla la gorge, attirant l'attention générale.

— Capitaine Smythe, ce que vous dites est vrai. Nous avons le besoin crucial d'étudier les arcanes de la technologie de cet astronef. Tout est question d'équilibre entre risques et profits : le risque que l'ennemi découvre notre présence sur Nouvelle Arche contre la possibilité de ramener notre navire à bon port sans Mr Skippy. Mes pilotes et notre équipe scientifique…

Parlait-il du contingent chinois ? J'imagine.

— … m'ont assuré qu'il y avait très peu de chances que nous puissions rallier la Terre sans notre bienveillante IA. Alors que le risque que les Kristangs découvrent notre présence sur Nouvelle Arche, lui, est bien réel. Et pèse lourd. Certes, nous avons la haute main sur les satellites. Mais que se passera-t-il si – ou plutôt quand – un vaisseau kristang sautera en orbite pour revenir chercher son équipe de récupérateurs ? Ses détecteurs nous repéreront comme un rien !

Nouveaux débats animés – il n'était plus tant question de savoir si nous aurions intérêt à nous poser à la surface de Nouvelle Arche, mais plutôt de déterminer quel niveau de risque était encore acceptable à nos yeux. Et surtout, à quel point nous pourrions nous croire indétectables. À quel point nous pourrions minimiser les risques.

Après vingt autres minutes de discussions houleuses, tout le monde avait exprimé son point de vue. Les Britanniques, les Indiens, le SEAL, les commandants des Rangers se prononçaient plutôt pour atterrir sur Nouvelle Arche. Les chefs des contingents chinois et français se prononçaient contre. Cette prise de position de la part de René Giraud ne fut pas sans me surprendre.

Il haussa les épaules.

— Il doit bien exister une alternative. Et dans le cas contraire, je ne m'attendais pas à vivre si longtemps quoi qu'il en soit, mon Colonel.

En somme : quatre commandants éprouvés, pour l'atterrissage, deux contre. Tous avaient fait valoir de bons arguments, ayant raison sur un point : tout était affaire d'appréciation. Le mien, de jugement ? La décision m'incombait à moi, et à moi seul. Plongé dans mes ruminations, je hochai lentement la tête.

— Très bien. J'ai pris ma décision. Nous allons sur Nouvelle Arche. Les risques sont bien réels. En dernier ressort, je dois me fier à Skippy. Son bilan, à l'aune de ses impressionnants pouvoirs d'analyse, c'est que le risque reste minime et gérable.

Ce fut au tour de Giraud de hocher pensivement la tête.

— Sûr et certain qu'on a déjà vu Skippy réaliser de grandes et étonnantes choses. Monsieur, vous a-t-il effleuré l'esprit que cette IA alien pourrait bien faire pencher la balance en sa faveur pour ce qui est de soupeser les risques ? Il a besoin qu'on se pose sur Nouvelle Arche au mépris des risques car notre survie est le seul moyen pour lui d'échapper à une éternité à dériver dans l'espace. Si jamais notre présence sur Nouvelle Arche s'ébruitait, ce serait un désastre pour l'humanité. Mais pour Skippy, c'est comme si nous ne nous étions jamais posés sur cette planète. Qu'on s'aventure sur Nouvelle Arche ? Mais quoi qu'il advienne, ce sera tout bénef pour lui. Son unique chance d'avenir, c'est qu'on risque à son unique bénéfice la survie de notre espèce tout entière, un point c'est tout.

— Je l'ai envisagé, assurai-je. Capitaine Giraud, il vous faut en tenir compte : si tout ce qui importait à Skippy, c'était de poursuivre cette odyssée coûte que coûte, il aurait tout aussi bien pu nous conduire droit sur un système solaire à la géante gazeuse apte aux réparations, sans planètes viables pour des humains. Il aurait pu nous affirmer que notre unique option était de sélectionner un petit nombre de gens pour survivre dans une navette le temps qu'il retape le *Hollandais volant*, et tant pis pour les autres. Qui seraient dès lors voués à une mort certaine. Une telle option aurait bénéficié à Skippy, qui n'aurait plus eu que l'embarras du choix avec tous ces systèmes solaires qui s'offraient à lui. Or, il n'en a rien fait. Il nous a au contraire déniché un endroit où nous dissimuler et survivre. Alors, en ce qui me concerne, il a toute ma confiance.

Xho n'en parut guère réjoui.

— Colonel Bishop, je le crains, c'est la vie de milliards de Terriens qui sont ici en jeu, et qui sont dans l'incapacité de participer à cette prise de décision fatidique.

Il coula un regard entendu à Chang.

À cet instant, un frisson glacé remonta le long de mon échine. Chang et Xho auraient-ils des directives secrètes pour s'emparer du vaisseau en semblables circonstances ? Car avec un *Hollandais volant* quasiment désemparé, Skippy ne pourrait pas vraiment s'opposer à une mutinerie.

— La décision vous incombe, mon Colonel, conclut Xho. Quels sont vos ordres ?

J'en frémis intérieurement de soulagement.

— Colonel Chang, avez-vous l'horaire de départ de l'équipage… ?

Décision prise, je contactai Kassner pour lui demander de revenir me voir au bureau. Elle non plus ne semblait guère avoir fermé l'œil de la nuit.

— Docteur Kassner, nous allons sur Nouvelle Arche. Vous avez analysé les échantillons et les données rapportés par le *Fleur* ?

Elle fut prise de court.

— Colonel, j'ignorais que notre installation sur Nouvelle Arche était sujette à caution. N'est-ce pas là la raison même de notre présence en ces lieux ?

— La sécurité prêtait à débat, en effet. Pour l'instant, nous avons écarté ces soucis. Une question demeure : où implanter notre campement ?

Elle désigna son iPad.

— Il y a là une mine d'or d'informations. Même avec le concours de Skippy, nous en avons à peine entamé l'étude. Et certaines de ces données récoltées n'ont encore aucun sens à nos yeux. Le niveau d'oxygène, par exemple…

— Ça n'aura rien de confortable pour nous, confirmai-je. Au début en tout cas. Il nous faudra un certain temps d'adaptation. Skippy m'a dit que ça équivaut à l'oxygène raréfié sur Terre à plus de trois mille mètres d'altitude. Or, des gens y vivent…

— Oui, oui, me coupa-t-elle, vous ne comprenez pas. La question qu'on se pose, ce n'est pas que le niveau d'oxygène soit si bas, c'est surtout comment il pourrait être si élevé. Ça n'a pas de sens.

Oh. Je commençais à comprendre. Enfin, je crois.

— Oh… bien sûr. Il n'y a pas d'arbres, sur Nouvelle Arche, pour convertir le dioxyde de carbone en oxygène libre.

Trop fatiguée, elle ne réussit pas à masquer tout à fait son irritation.

— Non !

Quand Skippy m'envoyait des piques sur mon ignorance crasse ou même ma lenteur d'esprit, ça ne m'affectait pas plus que ça. Quel humain aurait pu se comparer à son intelligence ? Lorsque Kassner me jeta un regard de commisération, comme à l'adresse d'un gamin particulièrement apathique, ça m'a singulièrement irrité. Elle dut capter mon énervement, car elle se hâta de préciser :

— C'est là une conception erronée des plus courantes, même dans la communauté scientifique – sauf bien sûr pour ceux qui se spécialisent en biologie. Sur Terre, de nos jours, des végétaux comme les arbres dégagent bel et bien quantité d'oxygène libre. Il y a des milliards d'années cependant, les organismes unicellulaires utilisant la photosynthèse convertirent l'atmosphère terrestre de l'état anaérobique à celui saturé d'oxygène libre. Ça, c'était bien avant l'apparition de quelconques plantes terrestres. L'accumulation d'oxygène libre fut retardée par les minéraux de surface tel le fer, qui l'absorbaient, jusqu'à ce que le soubassement minéral lui-même en soit saturé. À ce stade, nous pensons que l'oxygène libre a réduit la couche de méthane composant l'atmosphère terrestre. Le méthane est un puissant gaz à effet de serre, si bien que ses niveaux en chute libre ont provoqué le premier âge glaciaire de notre planète. Même cause, mêmes effets pour Nouvelle Arche, qui sait ? Il est encore trop tôt pour le dire. Son niveau de méthane dans l'atmosphère, sans doute dû principalement aux activités volcaniques, tendrait à indiquer que de conséquents effets de serre sont à l'œuvre. Ce qui nous révèle que la planète devait être plus chaude par le passé, si l'on prend en compte les taux d'oxygène.

Aussi intéressante soit cette mise au point, qui m'incitait à creuser un jour la question, j'avais besoin de son avis, de sa prise de décision. J'aurais amplement le loisir de m'intéresser aux sciences lorsque nous nous pelotonnerions au fond des cavernes de Nouvelle

Arche. Des mois durant lesquels j'aurais bien besoin de m'occuper l'esprit pour meubler le temps.

— Tout cela n'affectera pas notre capacité de survie au cours des quelques semaines à venir ?

— Non, non. Colonel, je vous en ai parlé uniquement pour vous montrer à quel point nous en serions réduits à prendre des décisions cruellement mal informées, à l'aveugle. Quelle que soit la cause de ces anomalies atmosphériques, celles-ci n'affecteront pas les conditions environnementales de Nouvelle Arche, du moins pas à court terme.

— Magnifique. Excellent. L'équipe scientifique a-t-elle sélectionné un emplacement idéal pour nous ?

— Les canyons que vous avez mentionnés seraient en pole position. Deux grottes y sont assez vastes pour nous loger, et assez profondes pour que notre chaleur humaine reste confinée sous terre. Vous dites que notre camouflage reste primordial : les radiations infrarouges sont notre pire passif pour ce qui est de la dissimulation précisément. À supposer que nous soyons suffisamment alertés à l'avance des survols kristangs, nous pourrons éteindre les lumières et évacuer tout le monde au fond des cavernes. En revanche, la chaleur persistera, chaleur qu'absorberont les roches des grottes. Mais sa dissipation prendra du temps. Autre avantage pour nous cependant, c'est qu'à environ huit kilomètres au sud, on a une aire géothermalement active, avec des sources chaudes. Selon Skippy, les Kristangs ne se sont pas donné la peine d'explorer attentivement la surface de Nouvelle Arche ; l'excès de chaleur émanant de nos grottes pourrait s'expliquer par l'activité géothermale, si du moins nous sommes assez prudents pour ne pas dégager de chaleur suspecte lorsque les Kristangs nous survoleront.

— Compris.

J'étais ravi que l'équipe scientifique ait couvert l'angle de la sécurité, sous des aspects que je n'avais pas même envisagés. Évidemment, soixante-dix humains, avec nos abris, nos feux de cuisson, notre eau de chauffage pour l'assainissement, voilà qui produirait beaucoup de chaleur. Et j'aurais dû y penser.

— Et la stabilité ? Ces grottes sont-elles stables ?

Outre ma peur du vide, la perspective de me retrouver sous terre, avec des millions de tonnes de roches au-dessus de la tête, ne me remplissait pas de joie.

— Vous avez parlé de sources chaudes ?

— Pas à proximité des canyons, non. Ces deux grottes, ici…

Elle fit un zoom sur l'écran.

— … semblent de structure stable et solide, leur ossature minérale est…

Elle sourit en cherchant un qualificatif qui soit à ma portée.

— … robuste. Nous en saurons plus une fois sur place. Nous pensions que nous pourrions y vivre, d'autant plus qu'elles sont reliées à d'autres cavernes, plus petites, où stocker des fournitures.

— Et les cours d'eau ? Que se passera-t-il l'été, lors de la fonte des glaciers ?

Les eaux allaient dévaler le fond de ces canyons.

Elle planta son regard dans le mien, afin de bien me faire comprendre que son équipe se livrait à une supposition éclairée.

— Si l'on se fonde sur les strates d'érosion, on pense que l'ouverture de ces grottes se trouve bien au-dessus du niveau des crues estivales. Il y en a d'autres…

Elle les montra à l'écran.

— … qui sont régulièrement inondées. Mais ces deux vastes cavernes que nous recommandons ont des débouchés secondaires assez larges pour laisser une personne regagner l'air libre en rampant. Si donc la majeure partie de nos cavernes était inondée elle aussi, nous n'y serions pas coincés.

Elle passait sous silence le fait que dans ce cas, tout le nécessaire à notre survie se retrouverait sous les eaux. Mais je hochai la tête.

— C'est un risque acceptable, disons.

Que diable en savais-je, au fond ? N'étais-je pas un blanc-bec de sergent jouant les colonels ?

— Bien, Docteur, vous prendrez place dans l'une des premières navettes en partance. Le colonel Chang se basera sur votre évaluation des sites.

Chang commanderait le *Fleur*, et guiderait les deux premières nacelles sur Nouvelle Arche. Et avec moi qui serais à deux heures de portée des communications bidirectionnelles, il reviendrait à Chang de prendre toutes les décisions, jusqu'à ce que notre frégate kristang revienne me chercher, avec le restant de l'équipage et des fournitures. J'espérais que Chang avait conscience que je m'en remettais entièrement à son jugement, que je n'allais pas me mettre à critiquer ses faits et gestes à l'autre bout du système solaire.

Chapitre Quinze

— Skippy, je n'aime pas ça.

— Colonel Joe, ce n'est jamais que la septième fois que tu me le dis. Et la troisième avec les mêmes mots. Tu te répètes.

— T'es sûr ?

— Je peux repasser les enregistrements audio, si ça te chante.

— Ça ne me « chante » pas.

— Ça m'aurait étonné. Et je t'avais bien dit que ça ne te plairait pas, lorsque je t'ai exposé mon plan.

— Je sais que tu…

Le système com' nous interrompit.

— *Hollandais volant*, ici le *Fleur*, paré au départ.

C'était la voix de Chang.

Je lançai un coup d'œil au CIC, où tout le monde leva le pouce en un geste éloquent.

— Bien reçu, Colonel Chang. Et bonne chance.

— Compris, *Hollandais volant*, nous serons de retour dès que possible.

Dans un frémissement, le *Fleur* se détacha de son point d'emport. La gravité artificielle du *Hollandais volant* étant coupée, nous sentions toutes les manœuvres en cours. À l'écran, je regardai le *Fleur* se dégager lentement sur ses propulseurs, virer de bord, puis mettre à feu ses moteurs principaux pour prendre assez de champ avant d'effectuer un premier saut. Ce petit navire – « petit » en comparaison de notre Goliath de transporteur stellaire – atteindrait sa destination en deux bonds : un premier dans un secteur vide proche de l'étoile, où le *Fleur* pousserait ses moteurs à longue combustion pour accélérer vers sa destination finale. Puis un second vers le point de Lagrange L2 au-dessus de l'hémisphère opposé de la lune de la planète-cible. Le *Fleur* devrait rester du côté de la face cachée de cette lune, afin de masquer les corolles de rayons gamma de ses sauts.

Masquer ces rayons aux yeux de nos hôtes imprévus, la trentaine de Kristangs déployés à la surface de Nouvelle Arche, la planète où nous allions devoir survivre pendant de longs mois… Ces sauriens n'étaient pas censés se trouver là. Skippy ne s'y était pas attendu. Bonne nouvelle, ils n'étaient pas nombreux, et n'avaient pas d'escorteur en orbite. Sur la foi des communications limitées qu'il avait pu intercepter, Skippy en déduisait que c'était plutôt là un ramassis de trompe-la-mort de *desesperados*, qu'on avait largués ici-bas en leur confiant la tâche ingrate de rechercher des artefacts des Anciens. Certains de ces Kristangs dans une bien mauvaise passe étaient des prisonniers, sinon des esclaves, tous du sexe fort pour autant qu'on sache. Le largage de satellites thuraniens furtifs serait une des premières opérations du *Fleur*, afin qu'on puisse glaner davantage d'infos.

D'une façon comme d'une autre, l'équipage au complet devait évacuer le bord et, à notre portée, l'unique endroit susceptible d'accueillir soixante-dix humains demeurait Nouvelle Arche. Très vite, le *Hollandais volant* allait manquer d'énergie pour la logistique environnementale et son orbite hautement excentrique autour de la géante gazeuse de taille jupitérienne le faisait piquer en pleines ceintures de radiations. Skippy siphonnait l'énergie de secours des condensateurs pour alimenter les générateurs des boucliers de la section antérieure de la zone de commandement. Les coéquipiers restant encore à bord s'agglutinaient à l'avant autant que faire se pouvait. Lorsque notre transporteur interstellaire atteignit le point bas de son orbite et fut grillé par les radiations planétaires, nous battîmes en retraite dans les compartiments internes, jusqu'à ce que la courbe ascendante de l'orbite nous ramène au-dessus des taux de radiation les plus élevés. Ce n'était pas une situation idéale.

L'évacuation du bord touchant à sa fin, Skippy ajusta de nouveau les réglages des systèmes vitaux afin que seuls nos compartiments-refuge aient encore chauffage, éclairage et ventilation d'appoint. Le vaisseau se refroidissait rapidement, et nous aurions besoin de masques respiratoires pour rallier le *Fleur*, dès son retour.

Une sacrée veine, oui, que j'aie décrété, avec ma Joyeuse bande de pirates des origines, de conserver le *Fleur* endommagé sous les feux de l'ennemi ; l'avoir maintenant comme chaloupe de sauvetage nous sauvait la vie. Cinquante-deux personnes s'y entassaient, avec les deux navettes de largage entreposées dans les hangars d'amarrage. Tout ce monde avait besoin de trop d'oxygène et expirait trop de dioxyde de carbone pour les capacités limitées de la petite frégate. Sans parler de la chaleur animale que dégageaient tous ces corps. Et sans même considérer des besoins vitaux comme la nourriture, l'espace à trouver pour les couchages et autres fonctions biologiques. Pour un court trajet, le *Fleur* (et ses navettes) pouvait accueillir cinquante-deux individus. Pourvu que ce trajet le soit – court.

Aux commandes des deux navettes, Chang transborda sur Nouvelle Arche une première vague d'évacués et d'approvisionnements. Nous ne pouvions courir le risque que les Kristangs remarquent les traînées de condensation des navettes dans leur descente atmosphérique incandescente en chandelle ; il faudrait donc qu'elles se présentent loin au-dessus de la ligne d'horizon avant d'entamer un vol relativement plane en rase-mottes jusqu'au point de ralliement – tant pis pour le délai et pour le carburant que cela coûterait. Skippy nous assura que, grâce à son contrôle des deux satellites kristangs, le contingent ennemi déployé à la surface ne verrait rien que nous ne voulions qu'il voie, telles les nacelles thuraniennes. Or, même compte tenu du facteur furtivité à notre avantage et d'un profil entrée bas et planant, il n'en restait pas moins très ardu de dissimuler les traînées de condensation de nos navettes. Que Skippy ait ou non la mainmise sur ces satellites ennemis, nous ne pourrions jamais empêcher les Kristangs de lever les yeux au ciel, tout bêtement. Par chance, les cieux de Nouvelle Arche étaient souvent plombés et pluvieux. Carte bonus.

Je fus le tout dernier à quitter le navire, empruntant l'ascenseur pour monter sur la plateforme d'amarrage où le *Fleur* se trouvait. Le manque de chaleur, d'éclairage et d'oxygène avait exigé que je revête une combinaison blindée. Je pris place dans l'ascenseur, avec un petit sachet d'effets personnels. L'équipage avait dûment été avisé qu'une faible masse étant impérative, il était exclu que tout un chacun emporte plus que le strict minimum – au grand dam des scientifiques. Il me revenait donc de donner l'exemple.

Lorsque l'ascenseur se cala au top niveau et que la porte coulissa, j'hésitai à faire ce pas fatidique qui me ferait passer d'un vaisseau à l'autre. Avec un peu de chance, je réintégrerais le bord du *Hollandais volant*, et poursuivrais le fil de mes aventures avec lui. Après tout, notre transporteur pirate s'enorgueillissait d'un nom illustre, celui d'un vaisseau de légende voué avec son capitaine maudit à écumer les mers pour l'éternité. Or, le *Hollandais volant* était mon premier commandement – et, selon toute probabilité, le dernier.

Prenant une grande inspiration, je fis un pas en avant, puis un autre. La cabine de l'ascenseur se referma derrière moi, et voilà. Je quittais le *Hollandais volant* pour plusieurs mois au moins. Personne pour m'accueillir ; je fus à mi-chemin de la passerelle de renfort avant de rencontrer âme qui vive. Depuis les affrontements qui nous avaient permis de capturer la frégate de haute lutte, nous avions pu colmater certaines de ses avaries. Restaient les orifices de tir, les traces de brûlures, les impacts des shrapnels. Chang étant chargé des réparations, je le soupçonnai d'avoir délibérément laissé ces traces comme autant de blasons de bravoure au combat, de noble armorial. N'avions-nous pas en effet livré un combat acharné, désespéré ? Il en était ainsi de certaines choses que nous ne pouvions réparer – pas sans des efforts surhumains. La passerelle de commandement restait en pièces après que Desai l'eut ciblée de notre Dodo. J'avais déjà l'impression que tout cela s'était passé dans une autre vie, que c'était arrivé à quelqu'un d'autre que moi. Au détour de la coursive, je tombai sur Portillo, l'un des Rangers, qui retraçait d'un doigt ostensible le pourtour de l'orifice d'entrée d'une balle. Je captai son regard, et nous échangeâmes un message entendu – tacite. L'index pointé sur l'orifice, il hocha la tête. Signe d'intelligence muette que je lui renvoyai. Nul besoin de donner voix à nos conclusions. Il savait, je savais. Nous étions tous deux des guerriers éprouvés.

Quand je pris place dans la passerelle d'appoint, le centre névralgique de la frégate, je constatai que le capitaine Desai était naturellement notre pilote – retour aux sources pour elle. Qui fit à demi pivoter son siège vers moi.

— Mon Colonel, paré au départ.

— Les navettes sont sécurisées ?

Dans les deux soutes d'atterrissage du *Fleur*, nos nacelles de largage thuraniennes étaient remplies à ras bord des approvisionnements nécessaires à notre survie. Elles se logeaient à peine dans les soutes de la frégate kristang, tant et si bien que de délicates manœuvres avaient dû entrer en jeu pour qu'elles y prennent place sans dommages. Ensuite, les crampons kristangs n'étant pas prévus pour ce type de bâtiments, nous avions dû les arrimer en place à l'aide de câbles. Ce qui n'était pas une solution idéale.

— Elles sont bien arrimées, m'assura-t-elle.

Je m'assis et me harnachai du mieux que je pus (ces sangles de sécurité étaient prévues pour des Kristangs de corpulence bien supérieure). Paré au démarrage, pilote.

— À vos ordres, Capitaine. Monsieur Skippy, baissez la gravité artificielle et déverrouillez les crampons, je vous prie.

Il y eut un résonnement métallique, suivi d'une vibration.

— C'est fait, soupira Skippy, non sans une touche de mélancolie dans la voix. Fichez le camp d'ici, je ne peux pas économiser l'énergie que génèrent des singes comme vous. Joe, je t'en reparlerai d'ici peu. Mais garde mon conseil dans un coin de ta tête : évite soigneusement de commettre la moindre bévue ici-bas.

— Pigé, vieux. Je battrai mes records de stupidité, compte sur moi.

— J'ai dit… oh ! Oublie ça ! Je vais me casser le cul à rafistoler ce rafiot, alors vous auriez intérêt à admirer le travail quand j'en aurai fini !

Notre bond nous ramena par-delà la lune, même si elle se trouvait maintenant de l'autre côté de la planète par rapport à la base des Kristangs.

— Skip…

Je m'arrêtai net. Je m'étais tellement habitué à lui demander si notre saut avait été couronné de succès. Au point que j'en avais oublié qu'il se trouvait désormais de l'autre côté du système solaire. Tout message diffusé du *Fleur* mettrait dorénavant une heure à atteindre Skippy. Déglutissant avec peine, je déclarai :

— Skippy se demandera si nous sommes arrivés à bon port. Veuillez l'en aviser.

— À vos ordres, Capitaine, répondit Desai en adressant un hochement de tête entendu à son copilote. Saut réussi, mon Colonel, nous sommes hors cible de cinquante-deux kilomètres seulement.

Ce qu'elle passait sous silence ? Que le retour du *Fleur* ne serait pas aussi précis, loin de là. Skippy avait programmé pour nous le saut entrant. Avant notre atterrissage sur Nouvelle Arche, nous programmerions par nous-mêmes le saut de renvoi de la frégate, saut que je déclencherais à distance depuis la surface. Au retour donc, nous aurions de la chance si le *Fleur* émergeait à moins de cent mille kilomètres de la géante gazeuse autour de laquelle orbitait le *Hollandais volant*.

— Étrange, non, Monsieur ?

— Quoi ?

— De ne plus avoir Skippy chaque fois que vous avez quelque chose à lui dire. Il me parle constamment. Parfois, j'avoue, j'aimerais bien qu'il me fiche la paix. Et maintenant qu'il n'est plus là, il me manque.

Elle reporta son attention sur les commandes de pilotage.

— Moi aussi, fis-je simplement.

C'était étrange, en effet, ce sentiment de solitude. Depuis notre échappée belle de l'entrepôt que les Ruhars avaient recyclé en prison de fortune, Skippy avait toujours été là, bourdonnement incessant dans mon oreille, que ça me plaise ou non. Jusqu'à ce que l'autre extrémité de son microvortex magique nous atteigne sur Nouvelle Arche, nous allions rester *incommunicados*. Il ne pourrait plus nous transmettre de messages afin d'éviter que les Kristangs détectent les signaux. Me dessanglant du siège, je me mis à planer en apesanteur.

— Prévenez-moi quand vous aurez programmé le saut de retour, je vais de ce pas contribuer à la libération de nos navettes.

Celles-ci firent chacune un saut à la surface, lourdement chargées des derniers coéquipiers à évacuer et des fournitures. Dès qu'elles se libéreraient de leur emport, elles seraient rapatriées à distance sur le *Fleur* et je déclencherais le saut de retour *via* mon zPhone.

Chang était là quand je redescendis la rampe d'accès.

— Je peux vous faire le point le temps que nous accédions aux cavernes, mon Colonel, me proposa-t-il.

Réprimant mes élans de troufion gonflé d'orgueil, je me rappelai que je n'étais jamais qu'un « colonel de circonstance » ; mes responsabilités allaient à l'équipage au complet, et pas seulement à ceux qui s'échinaient à décharger les cargaisons. J'inspirai à fond – sans grand résultat, le taux d'oxygène étant très bas. L'air avait des relents de tourbe et d'herbes mouillées. D'un coup d'œil par-dessus mon épaule, je vis que les larges patins des nacelles avaient creusé de profonds sillons dans le sol détrempé. En voyant la partie ventrale de nos navettes maculée de boue, Skippy ne manquerait pas de pousser des cris d'orfraie. On aurait tout intérêt à combler ces sillons.

— O.K., ça me semble s'imposer.

— Pour commencer, cette pesanteur plus élevée ne vous aura pas échappé. Quatorze pour cent, de prime abord, ça paraît peu. À moins que vous vous échiniez dans ces conditions.

Il désigna ceux de nos coéquipiers qui, en combinaisons blindées, se chargeaient des tâches les plus pénibles.

— Et c'est là que ça vous frappe. Ici, tout exige plus d'efforts.

— Comme si on portait tout le temps un havresac ?

Il fronça les sourcils.

— Non, c'est d'abord ce que j'ai cru. Mais là, c'est pire. Rien que de lever les bras, sans rien tenir en main, c'est fatigant. Tout ça parce que vos muscles ne sont pas rompus à ces efforts supplémentaires. Vous lisez, assis ? Eh bien, vos muscles cervicaux sont aussi tendus que si vous portiez un casque en permanence. D'après nos médecins, le sommeil ne nous revigorera pas avant que nous ne nous soyons pleinement adaptés à ces nouvelles conditions parce que cette pesanteur accrue nous vaudra un surplus d'ulcères pour peu qu'on garde un tantinet trop notre position nocturne. Quant à la station debout, elle fera refluer le sang dans nos jambes, et nos cœurs, du coup, auront d'autant plus de mal à pomper le même volume sanguin. Ensuite, il y a la question du faible niveau d'oxygène.

Faible niveau dont je me ressentais déjà. Cinq cents mètres peut-être, de l'atterrissage à l'ouverture de la première caverne, avec un dénivelé de cinquante mètres supplémentaires, selon mon estimation. Un terrain cahoteux, accidenté, menant à un canyon dont le cours d'eau s'accélérait en rapides. On dut cheminer à pied dans le lit du ruisseau, en dérapant sur des roches glissantes.

— Mes poumons s'en ressentent, soupirai-je.

Comme je luttai pour ne pas me laisser distancer, Chang s'avisa de mon désarroi et ralentit l'allure, sans rien dire de nature à me plonger dans l'embarras. Ce que j'appréciai.

— Combien de temps avant qu'on s'adapte ?

— Les médecins n'en sont pas certains. En haute altitude, ça demande normalement de quelques jours à une semaine. La différence en l'occurrence, c'est que la pression atmosphérique est légèrement plus élevée que la pression barométrique au niveau de la mer sur Terre. Ici, le mélange d'oxygène est plus faible. On risque d'avoir du mal à s'adapter, selon ce que craignent les docteurs, car nous inspirons un plus grand volume d'air à chaque respiration, ce qui pourrait tromper notre métabolisme sur cette déficience avérée en oxygène. Nous devrons surveiller chez nous les moindres signes du mal aigu des altitudes. Nous avons déjà des migraineux dans nos rangs.

Des migraineux dont je faisais partie. Depuis notre affrontement avec l'escadre de destroyers thuraniens, je dormais mal, et trop peu. Il y avait eu trop à faire, trop de soucis. Sur Nouvelle Arche, j'espérais au moins combler notre déficit général de sommeil. Car qu'aurions-nous de plus à faire que de rester terrés dans notre coin en attendant que Skippy finisse de retaper notre navire ? Hélas, comme le rappelait Chang, nous devrions d'abord nous adapter à une gravité plus élevée avant de dormir sur nos deux oreilles. Génial.

— Qu'avons-nous appris de plus à ce jour ?

— Certaines nouvelles seraient plutôt bonnes, me répondit Chang, sauf qu'elles ne nous sont d'aucune utilité. Sur Nouvelle Arche, les formes de vie seraient comestibles pour les humains, si seulement elles existaient.

Il joua de la pointe d'une botte avec une broussaille à fleur de terre.

— Les sucres et les protéines qui constituent les végétaux ici peuvent être ingérés par les hommes. Mais tout ce que nous avons déniché jusqu'à présent, ce sont des herbes, des ronces et un genre de lichen qui court sur les rocs. Pas d'animaux terrestres autres que des organismes microscopiques enfouis dans le sol. Dans les cours d'eau, on trouve des animalcules genre insectes d'eau, crustacés de type krills et minuscules formes de poissons – rien qui ne dépasse quelques millimètres. Et donc rien de comestible pour nous a priori.

Il désigna un groupe, un peu plus loin dans le canyon, pataugeant jusqu'aux genoux dans une eau glaciale.

— Notre équipe scientifique s'éclate un max ! Même ceux qui ne sont pas des biologistes se lancent dans la collecte d'échantillons.

Je voyais le docteur Venkman, le leader, et une astrophysicienne se pencher pour extraire précautionneusement, de leurs mains en coupe, quelque chose de l'eau vive. À sa mine, on eût pu croire que Venkman venait de découvrir une pépite d'or tant elle gesticulait avec enthousiasme à l'adresse de ses pairs. Le docteur Zheng, la biologiste, s'était carrément agenouillée dans l'eau glaciale. Tout son visage irradiait d'une joie euphorique tandis qu'elle parlait à Venkman. Voilà qu'elle avait une biosphère entièrement nouvelle à explorer, et elle allait être la première biologiste humaine à en récolter les lauriers. La première aussi à avoir accès à la technologie thuranienne. Elle en tout cas avait toutes les raisons du monde de se réjouir d'arriver sur Nouvelle Arche.

— C'est génial que les savants s'amusent autant ; ont-ils déjà accompli quelque chose d'utile ? Après avoir déterminé que notre biologie était compatible avec la vie autochtone ?

J'étais intrigué.

— Comment l'équipe scientifique y est-elle parvenue si vite ?

— Elle a eu recours à un scanner thuranien conçu dans ce but précis : indiquer aux concepteurs si les organismes d'une planète donnée sont compatibles avec les leurs. Les biologies humaine et thuranienne métabolisant les mêmes types basiques de glucides et de protéines, tout le reste allait de soi. Vous verrez, les cavernes sélectionnées nous seront propices, nous en avons exploré deux ici...

Il me les désignait : l'une à la grande ouverture cintrée, l'autre à l'accès haut et étroit.

La gravité excessive pesait déjà sur moi de tout son poids. Le temps était humide et froid, de lourds nuages gris sombre plombaient des cieux maussades, et il commençait à pleuvoir. Notre refuge. Des mois durant. Fantastique.

— Rentrons, suggérai-je.

Lors de notre sixième jour sur Nouvelle Arche, Skippy nous contacta, bien sûr, à 2 h 24. Il m'avait dit qu'il faudrait cinq jours au missile pour atteindre notre extrémité du microvortex et, la veille, noué par l'angoisse, j'avais guetté un signal de lui. Toutes sortes de choses avaient pu tourner mal pour lui. Si Skippy ne nous contactait pas, nous serions bloqués sur Nouvelle Arche, et ne saurions jamais ce qu'il avait bien pu advenir du *Hollandais volant*. Après être resté à scruter mon zPhone jusque minuit bien sonné, j'avais fini par m'allonger et m'assoupir. La voix étouffée de notre IA pénétra enfin mon cocon (j'avais roulé mon blouson en boule en guise d'oreiller), et je jetai un coup d'œil au marqueur temporel s'affichant en haut à droite.

— Eh, Skippy, murmurai-je.

— Eh, Joe ! beugla-t-il.

— Skippy ! le sermonnai-je d'un chuchotement rauque. Les gens essaient de dormir, figure-toi ! Tout va bien là-haut ?

— Oh, sûr, Joe, ça baigne. Je t'en reparlerai. Mais avant, je...

— Génial. Tout est merveilleux. Ça peut donc attendre « demain » matin, pas vrai ? On en reparle, vieux.

Je bâillai à m'en décrocher la mâchoire.

— Quoi ? Je veux... !

— Bonne nuit, Skippy. Ce sac poubelle biologique, là, a besoin de sommeil.

Au matin, Skippy se montra d'abord rancunier – avant de se dérider vite fait. La veille, le missile était arrivé dans les temps ; il n'avait plus eu qu'à le positionner, à activer le microvortex puis à le tester. Le *Fleur* avait rejoint le *Hollandais volant* sans embrouille, si bien que Skippy était maintenant très occupé à le démanteler. Affecté par nos manques de contacts, il en devenait extraordinairement volubile – une vraie pipelette ! Et il voulait absolument tout voir. Après un petit déjeuner sur le pouce, je lui offris une visite guidée de nos cavernes. Le major Simms se tenait au fond de la principale, encore affairée à déballer notre petite montagne de fournitures.

— Bonjour, Skippy. Que dites-vous de notre magnifique location de repli ?

— Oh, magnifique, très douillet tout ça, vous avez fait du beau boulot… Major Tammy, êtes-vous certaine de vouloir vous en remettre à Joe après avoir si bien aménagé votre caverne ? Ce n'est pas le meilleur des hôtes, croyez-moi, il y a eu bien des incidents…

Je m'esclaffai.

— C'est ça, ouais ! Comme quoi, par exemple ?

— Tu veux qu'on reparle du jour où tu as cru que ton voisin avait des toilettes en or massif, et que tu as pissé dans son tuba ?

J'éclatai carrément de rire.

— Skippy, dans tes rêves, vieux ! Ça ne n'est jamais produit !

Simms, elle, n'avait pas l'air entièrement convaincue par mes protestations.

Skippy renifla de dédain.

— Mais bien sûr, Joe, si tu le dis. En tout cas, le type t'en veut toujours à mort ! Fourre-toi ça dans le crâne une fois pour toutes : la tequila n'est vraiment pas ton amie.

Je me fendis d'un long soupir.

— O.K. C'est peut-être bien arrivé. Pour ma défense, on s'en était enfilé des *tonnes* de téquila ! Je n'ai plus aucun souvenir de ce jour-là.

Autant même que je sache, cette histoire de tuba était fabriquée de toutes pièces – quelqu'un avait cherché à me plonger dans l'embarras, et voilà tout. D'un autre côté, tout le monde, dans ma ville natale, connaît l'anecdote. Alors… peut-être bien qu'il y avait un fond de vérité, qui sait ?

— Il n'y a pas de tubas ici, Skippy. Je pense que nous ne risquons rien.

— Hmmm, fit-il. On ferait quand même mieux de t'aménager une litière, au cas où.

Simms avait fait un boulot du tonnerre pour ce qui était d'accueillir des humains dans ces cavernes. Des couchages séparés par des bâches, histoire d'offrir un semblant d'intimité, jouxtaient tables et chaises pliantes pour qu'on y prenne place tour à tour, sous des plafonniers de fortune. Chacune des deux grottes aurait sa cuisine de terrain attitrée et certes, la chère y serait moins raffinée qu'à bord du *Hollandais volant*. Mais au moins, après les deux ou trois premiers jours, nous n'aurions pas pour uniques rations de survie les EMR, les fameuses Entérobactéries multirésistances.

Cela dit, les conditions de vie n'étaient pas si rudes ; même si l'environnement de cette planète était frisquet, humide et foncièrement déplaisant, la survie de notre équipage ne me souciait pas outre mesure. Pas plus que les ravages de l'ennui, à vrai dire. L'équipe scientifique aurait amplement de quoi faire, entre l'étude de Nouvelle Arche et celle des masses de données moissonnées en cours de voyage. Les Forces spéciales se serviraient indubitablement de Nouvelle Arche pour s'entraîner sous gravité dense en combinaisons blindées motorisées, dans un environnement à faible taux d'oxygène. Il serait plus difficile de garder les simulations de vol, puisqu'il faudrait désormais se contenter des manuels. Certains des pilotes et des forces spéciales s'étaient déjà portés volontaires pour collecter des échantillons pour nos biologistes. Je me devais de les encourager dans cet esprit d'équipe.

Après une première nuit de sommeil digne de ce nom, alors que je m'étais fait à mon couchage et à une gravité accrue, je m'étais réveillé tôt. Bottes en main, je traversai la caverne sur la pointe des pieds, me fis une tasse de café et m'aventurai au-dehors pour m'asseoir sur une pierre et enfiler mes bottes. Que le sergent Adams se matérialise derrière moi comme par magie ne me surprit nullement.

— Où allez-vous, Monsieur ?

Je pris une gorgée de café avant de lui répondre :

— Nulle part en particulier, Sergent. J'allais juste au bord histoire d'avoir une vue générale de notre charmant petit canyon, en espérant profiter du lever du soleil.

Ce qui paraissait improbable. Le ciel était bas, menaçant, et, à en juger par les roches mouillées à l'entrée de notre grotte, il avait plu durant la nuit. L'équipe scientifique tentait de prévoir le temps qu'il ferait à partir des données satellitaires. Avant de nous reconnecter à Skippy, nos savants n'étaient pas sûrs de bien appréhender les constantes climatiques de Nouvelle Arche.

— Personne ne se risque dehors tout seul, Monsieur. Ce sont les ordres du commandant.

J'avais effectivement donné cet ordre, par l'intermédiaire de mon second.

— Votre commandant a l'air d'être un grand sage…

— Le jury délibère encore là-dessus, Monsieur, répondit-elle avec un sourire que je discernais à peine à la faveur de la chiche lumière du petit jour. Jusque-là, il s'en sort pas trop mal.

— Vous êtes prête ?

Elle leva un pied pour me faire admirer ses bottes.

— Toujours.

Adams ayant fait partie de la première vague, à bord de la toute première navette, elle avait déjà ses repères. La paroi du canyon était abrupte, surtout en hauteur ; sans le sergent, j'aurais eu du mal à trouver mon chemin jusqu'au rebord. Quelqu'un avait déjà balisé un chemin vers le sommet, et une corde tendue faisait office de main courante pour négocier les derniers mètres jusqu'au sommet. C'était moins escarpé que je ne m'y attendais.

Un rai de lumière soulignait la ligne de l'horizon, à l'est ; la vue par satellite sur l'écran de mon zPhone montrait quelques éclaircies dans la chape nuageuse, avec des pluies à l'ouest. Il était possible que j'assiste au lever du soleil, pour mon premier matin sur Nouvelle Arche. Ce qui serait pour moi un signe de bon augure.

— Eh, Skip… !

— Monsieur ? fit Adams.

— Rien, dis-je, gêné. J'allais demander à Skippy un bulletin météo. C'est devenu un automatisme.

Elle acquiesça.

— Je comprends ce que vous voulez dire. Sur le vaisseau, je ne peux pas lui échapper. Et voilà que maintenant, il me manque déjà.

— À moi aussi.

Nous restâmes assis, en silence, à regarder poindre le jour à mesure que l'astre solaire couronnait l'horizon. Je distinguais de vagues silhouettes, au fond du canyon qui s'étendait à nos pieds. Les leaders des Forces spéciales m'avaient demandé la permission d'aller courir tôt le matin à l'air libre. Je leur avais recommandé d'éviter toute sortie la première matinée avant qu'on puisse explorer les parages en plein jour. Qu'ils se lèvent si tôt pour s'exercer dans le lit du canyon n'était pas pour me surprendre. Inévitablement, certains en escaladeraient les parois et le silence en serait troublé. Avant cela, j'avais intérêt à saisir ma chance. Je me raclai la gorge.

— Pourrions-nous parler une minute ?

Elle se tourna vers moi. Dans le petit jour qui précède l'aube, son visage se découpait contre le halo solaire commençant à peine à coiffer la ligne d'horizon.

— Si vous vous apprêtez à me dire que vous me trouvez mignonne, ça, je le sais déjà. Et je ne me priverai pas de vous décocher une droite. Monsieur.

— Uh… fis-je stupidement, ne sachant comment réagir.

— Sinon, je serais ravie d'avoir quelqu'un avec qui échanger quelques mots, c'est vrai, reprit-elle en me sauvant de l'embarras.

— Pourquoi êtes-vous venue là ? lui demandai-je à voix basse.

— Nous avons déjà eu cette conversation, Monsieur. Skippy a sauvé notre planète entière, et nous avons passé un accord avec lui…

— Non, Adams, c'est *moi* qui ai passé un accord avec Skippy, pas l'humanité, pas l'Amérique, pas vous. *Moi*. Je devais retourner dans les étoiles avec lui, et il nous faut disposer de suffisamment d'effectifs pour mettre la main sur sa radio magique. Ce qui n'implique pas que vous ayez eu besoin de tenter à nos côtés cette quête insensée. Vous en aviez déjà assez fait.

— Les Marines ne baissent jamais les bras, Monsieur. Et nous n'avons de cesse de mener notre mission à bien. Pour celle-ci, nos objectifs ne sont pas encore remplis – à moins que je n'aie manqué un briefing en chemin.

Elle n'allait pas répondre à ma question. Pas vraiment. Je changeai donc d'angle d'attaque.

— Pourquoi vous êtes-vous engagée chez les Marines ? Au vrai, si j'ai rejoint l'armée, c'est que je voulais quitter ma petite ville natale, et que mon père servait sous les drapeaux. Je me disais que je ferais mes deux ans, mon devoir de patriote, et que je gagnerais de quoi payer mes études. Quand nous sommes revenus du Niger, j'espérais rester aux États-Unis quelque temps. C'est alors que les Ruhars nous sont littéralement tombés dessus. Et ont ruiné tous mes plans d'avenir.

— Ma mère était une Marine, m'expliqua Adams.

— Je l'ignorais.

Ça figurait sûrement dans son dossier. Que je n'avais pas consulté. Je n'en avais pas eu besoin.

— Elle était aussi sergent. Quand elle termina son service actif, elle intégra l'Armée de réserve de la Marine nationale pendant huit ans. Après l'offensive des Ruhars, elle se porta de nouveau volontaire. Et lorsque nous revînmes chez nous, elle travaillait dans la sécurité à Norfolk. Mon père a pris un job dans la région. Tout va bien pour eux. Quand je lui ai annoncé que je repartais dans l'espace, que je m'étais aussi portée volontaire pour cette nouvelle mission, elle n'a pas tenté de m'en dissuader. Au contraire de mon père. Elle, elle savait dès le début que je n'allais pas renoncer, que je retournerais avec vous dans les étoiles. Le temps de boucler notre boulot, vous voyez ?

— Oui, je sais.

Le problème, c'est qu'on n'en verrait peut-être jamais la fin, de cette quête, à moins que Skippy nous quitte, et que le *Hollandais volant* dérive aux confins du cosmos.

— Vos parents ont-ils cru à notre version des faits ?

— Non. Ils n'ont rien dit, mais je l'ai bien vu.

— Les miens non plus n'en ont pas cru un traître mot. Ils savaient qu'il ne fallait pas poser de questions, voilà tout. Mon père voulait que j'écrive !

Je gloussai.

— Ou un truc de ce genre.

— Et que lui avez-vous répondu ?

— Que je ferais de mon mieux.

— On ne peut pas demander plus, Monsieur.

— L'idée que la chance ait cessé de nous sourire me tracasse. Jusqu'ici, on a eu une sacrée poisse.

— Skippy affirme que la chance, ça n'existe pas.

— Skippy dit beaucoup de choses, alors qu'il ne sait pas toujours de quoi il parle.

— Je suis convaincue que nous nous en sortirons, d'une façon ou d'une autre. Que vous nous en sortirez et que vous nous ramènerez sur Terre.

— Oh, super. Ce n'est pas comme si vous me mettiez la pression…

— Si vous ne vouliez pas qu'on vous « mette la pression », il ne fallait pas accepter d'arborer ces Aigles d'argent. Oh… regardez ! Le soleil se lève !

Et en effet. Même si, à l'orient, des nuages effilochés voilaient en partie le disque solaire.

— Skippy déclare aussi que les présages n'existent pas. Comme quoi, il en débite des sornettes !

Je désignai le radieux spectacle auquel nous assistions.

— Ça, pour moi, c'est un bon présage.

Alors que notre première semaine sur Nouvelle Arche touchait à sa fin, nous nous étions installés dans notre routine. Chaque matin, je me levai tôt, à 5 h 30, pour aller courir avec une équipe des forces spéciales. Soucieux d'éviter tout favoritisme, je rejoignais une équipe différente tous les matins. Au bout de deux semaines, les équipes avaient commencé à se mêler ; Smythe, Chang et moi désirions que les équipes apprennent les unes des autres et tissent des liens pour ne plus en former qu'une seule, au-delà de toute nationalité. Se réveiller à 5 h 30 était du luxe, le soleil, lui, ne surplombait pas l'horizon avant 6 heures. Et je ne voulais pas voir les gens trébucher dans le noir, à moins qu'ils ne se livrent à un entraînement spécifique dans l'obscurité.

Ce matin-là, je faisais mon parcours habituel avec une équipe mixte SEALS/parachutistes français. Comme toujours, je lambinais à l'arrière – encore qu'au bout d'une quinzaine de kilomètres, je terminai ma course à cent pas seulement du gros du peloton. Plutôt encourageant. Il n'avait pas cessé de pleuvoir, j'avais hâte de quitter mes vêtements détrempés pour enfiler une tenue sèche à défaut d'être parfaitement propre. Sur Nouvelle Arche, les services de blanchisserie étaient rudimentaires, malgré tous les efforts du major Simms.

— Oh, les mecs, dis-je en frissonnant, maintenant qu'on ne se remue plus, je suis glacé jusqu'aux os ! Qui veut un chocolat chaud ?

Je regrettai immédiatement ma boutade. On avait là des soldats dans une forme éblouissante et des marins aguerris qui venaient de finir une course intensive – pas des marmousets s'ébattant dans la neige.

— Ce serait génial, répondit le lieutenant Williams, à ma grande surprise.

Et les autres signifièrent leur assentiment d'un hochement de tête. Depuis notre petite entrevue dans mon bureau, j'avais commencé à apprécier Williams, même si Skippy se défiait toujours de lui, le surnommant ironiquement « Mèches-de-Chauve ».

À partir d'un mélange de poudres, évidemment, on se confectionna un chocolat chaud – moins bon, cela va sans dire, que du fait maison. C'était chaud, chocolaté, et en savourer une tasse était toujours plus agréable en tout cas que de rester planté dehors sous une pluie battante. D'autres camarades vinrent nous rejoindre, dont le sergent Adams. Les choses prirent rapidement la tournure d'une fête improvisée, même s'il était encore tôt et qu'on s'envoyait des lampées de cacao plutôt que des rasades d'alcool.

Williams leva sa tasse et reprit la parole.

— Eh, avant de lancer sa poudre *Quick* chocolatée, la marque a-t-elle réalisé une étude de marché du produit pour commercialiser la version *Slow*, vous pensez ?

Je ricanai.

— *Slow*… pour quand t'es pas trop pressé, hein ?

— Eh ouais. Genre, on vous donne une fève de cacao et un bâton de canne à sucre, à vous de faire votre propre mélange magique…

Voilà qui souleva l'hilarité générale.

— Le « chocolat chaud DIY » ? Mon père se payait déjà la tronche de nos voisins qui achetaient un kit d'assemblage à monter soi-même pour du mobilier en chêne. Du bon marché.

— C'est quoi ça ? s'étonna Williams.

J'en gloussai de plus belle.

— Pour dix dollars, t'imagines quoi ? Un gland et une scie !

Tout le monde en rit à gorge déployée.

— Attendre qu'un gland germe et donne un beau chêne ? Ce sera toujours plus rapide que d'attendre que certains entrepreneurs se retroussent les manches, fit Williams, acide. Bien avant que les Ruhars n'attaquent notre planète, mes parents avaient versé un bel acompte à l'un de ces messieurs pour refaire leur cuisine. Et à ce jour, tout ce qu'il a fait, cet artisan, c'est d'abattre la moitié des meubles et des cloisons avant de s'évanouir dans la nature. C'est bien pour ça d'ailleurs que je suis là, précisa-t-il avec un éblouissant sourire carnassier. Le margoulin n'étant plus sur Terre apparemment, il doit bien être quelque part dans le cosmos. Je m'en vais le traquer sans relâche et le ramener à mes parents par la peau du cou !

— Ouais, je sais ce que c'est. Mon oncle avait aussi loué les services d'un entrepreneur pour construire un appartement au-dessus de son garage. Le type a commencé par démonter la toiture en la remplaçant par une bâche bleue. Puis il a dû attendre la livraison de fournitures, puis il s'est fait mal au dos et autres couillonnades du même genre. En novembre, la bâche a eu des fuites, et mon oncle en a eu sa claque. Il nous a appelés à la rescousse, mon père et moi. Tous les trois, on a trimé d'arrache-pied, nuit et jour, week-ends compris, Thanksgiving compris. Bosser dans un garage sans toit fin novembre ? Mais quelle éclate ce serait de le mettre K.-O. cet empaffé d'entrepreneur ! Bref, il avait plu durant tout le week-end de Thanksgiving et même si on avait maintenant un toit au-dessus de nos têtes, il n'y avait toujours pas de chauffage. Ça me rappelle furieusement le temps qu'il fait sur cette misérable planète.

La voix de Skippy s'éleva du zPhone clipsé à mon ceinturon.

— Eh, Joe, vois le bon côté des choses. Avec ce sale temps tout pourri, tu n'auras pas à t'inquiéter d'avoir un corps « de plage » sculpté et hâlé à la perfection cet été.

Je roulai des yeux au plafond.

— Eh ouais, c'est bien ce qui me turlupinait en effet.

— Tu sais, tous ces rasages, ces lissages, ces épilations à la cire… continua un Skippy songeur.

— Eh, c'est pas tes oignons si les femmes de notre… !

— Oh, c'est de toi dont je parlais, Joe.

— Très drôle.

— Eh, à propos ! Je voulais te demander… Pourquoi tu te rases là-dessous en dessinant les zébrures d'un coup de foudre ? Un point d'interrogation, ce ne serait pas plus approprié pour toi ?

— Coup de… ! Je ne rase rien du tout « là-dessous » ! protestai-je, furibard, alors que notre groupe s'esclaffait de bon cœur.

De grosses larmes roulant sur ses joues, une Adams hilare frappait la table du poing.

— Point d'interrogation… ! hoqueta-t-elle, suffoquée, en se retenant pour ne pas en tomber de son siège.

— Oh, zut, reprit Skippy, l'innocence faite IA, c'est un de ces trucs « privés » dont tu m'avais parlé ? Pas d'inquiétude, ton secret est bien gardé avec moi, eut-il le toupet d'affirmer dans une grotte bondée.

Je serrai les dents.

— Je ne me rase rien du tout « là en bas ».

Si seulement j'avais pu étrangler sur place cette canette de bière de mes deux !

— Ah, ah ! Oh… pigé ! Tout à fait, tout à fait, mec.

— Je suis sérieux, Skippy.

— Hum… J'ai des signaux contradictoires ici, Joe.

— On pourrait passer à autre chose ? Ne plus parler de ça ?

— De ça ? De ça quoi ? Tu vois, je suis la discrétion même.

Autour de moi, tout le monde s'en payait une bonne tranche à mes dépens. En évitant soigneusement mes regards.

— Mais par tous les diables et les démons de l'Enfer, qu'est-ce qui m'a pris de ne pas laisser cette canette de bière sur son étagère poussiéreuse ?

CHAPITRE SEIZE

LE MATIN COMMENÇAIT donc par de la course à pied, puis le petit déjeuner. Ensuite, je procédais à mon « inspection des troupes », m'assurais qu'il n'y avait aucun problème du côté des approvisionnements, que blessés ou malades recevaient les soins appropriés. Bref, que mes hommes voient bien que je me souciais de leur sort et que je tenais à eux. Après le déjeuner, je profitais de mon temps libre pour étudier les commandes de vol du *Hollandais volant*. Ce jour-là, Skippy me contacta.

— Joe, c'est admirable que tu apprennes le pilotage, les contrôles de vol, tout ça, mais es-tu sûr que tu n'en fais pas un peu trop ? Tu t'entraînes aux côtés des Forces spéciales, tu as tous ces ronds de cuir sur le dos, et tu es vachement à la traîne côté formation des officiers.

Qu'il ne se livre pas à une de ces blagues sarcastiques dont il avait le secret, voilà qui me surprenait. Moi qui tâchais d'apprendre les arcanes du vol spatial ? Il faut croire que franchement, je n'avais rien de mieux à faire de mes dix doigts.

— Pourrions-nous être sérieux une minute, Skippy ? Ça ne prendra que quelques minutes. Une conversation à cent pour cent sérieuse entre humain et être évolué.

— Hmmm… *Une* minute, ce n'est pas *quelques* minutes. Tu sais quoi, Joe, je vais tenter le coup et te prêter une oreille attentive, si du moins ce que tu as à dire présente un quelconque intérêt.

— C'est de bonne guerre. Voilà, au vrai, ce qu'il en est : j'apprends à voler parce que je veux être en mesure de piloter le *Hollandais volant* par moi-même. Skippy, je voudrais passer un deal avec toi, et c'est là que ça devient sérieux. On est venus là sans trop savoir ce qui se passerait quand tu contacterais le Collectif. Avant que nos recrues s'engagent et signent le rôle d'équipage, je leur ai expliqué, dans le blanc des yeux, qu'il y avait toutes les chances pour qu'on ne revienne jamais sur Terre, à partir du moment où tu établirais le contact avec le Collectif et que tu nous quitterais.

— O.K. Je vois où cette conversation nous mène et ça me déplaît souverainement, Joe. Nous avons déjà un deal. Ta planète natale ne court plus aucun risque, j'ai condamné l'accès au vortex…

— … Tout à fait, et tu as notre gratitude éternelle…

— … Ah oui ? Ce n'est pas ce que j'entends, là, du moment que tu veux passer un nouveau deal avec moi.

Il avait pris un timbre de voix qui n'avait plus aucun rapport avec celui d'un Skippy au cœur léger auquel je m'étais accoutumé.

— Au temps pour moi. « Deal » n'était vraiment pas le terme approprié. Ce que je demande, Skippy, c'est tout simplement une faveur. Laisse-moi m'expliquer, ce sera ensuite à toi de décider.

— Une faveur, c'est ce que tu sollicites ? fit-il de cette voix subitement rauque, éraillée. Pour l'heure, je vais m'abstenir de toute référence moqueuse à la trilogie du *Parrain* qui, tu t'en doutes, me brûle les lèvres. Alors, va droit au but, mec, j'ai pas toute la journée.

— Merci. Ce que je veux, ce que je voudrais, c'est que lorsque tu auras joint le Collectif et avant que tu ne nous quittes, nous puissions ramener le *Hollandais volant* sur Terre pour y débarquer l'équipage. Ensuite, toi et moi reprendrons notre envol. Puisque, dans ce cas de figure, tu as localisé le Collectif, tu n'auras plus qu'à me laisser, seul, piloter le transporteur stellaire. Ça reviendrait à finir en beauté comme on avait commencé toi et moi, Skippy, pour la toute dernière fois.

— Hmmh. Intéressant. Et qu'en retirerais-tu de tout ça, Joe ? Je suis curieux…

— Qu'est-ce que j'en retirerais ? Je suis le commandant de ce vaisseau, responsable de mon équipage. De sa vie comme de sa mort. Il est de mon devoir de le ramener sain et sauf à bon port, si c'est dans mes moyens – et au-delà. Mon cynique ami, imagine simplement que je cherche à échapper aux affres d'une mauvaise conscience.

— Houlà. O.K., je vais y réfléchir.

— Merci. C'est un de ces trucs où tu dois réfléchir entre « où » et « là », c'est ça ?

— Eh non, Joe. On ne parle pas là de maths de haut niveau, mais d'une question morale – et d'ordre pratique. Je vais y réfléchir, te dis-je.

À ma grande surprise, Skippy ne me donna pas de réponse – pas plus le lendemain que le surlendemain. Soit il était toujours plongé dans ses cogitations, soit il savait d'avance que sa réponse ne correspondrait en rien à mes attentes, et il cherchait à m'épargner tant que je restais sur cette misérable planète. Je me proposais de revenir à la charge dès notre retour sur le *Hollandais volant*.

Entretemps, je m'en tenais à mon train-train, avec jogging matinal aux côtés d'une des équipes des forces spéciales. Ce matin-là, je m'exerçais avec le contingent chinois, et le capitaine Xho avait planifié une montée ardue suivie d'une descente escarpée – dix kilomètres par monts et par vaux. Les poumons me brûlaient, je haletais, j'avais les jambes en coton. Me prenant en pitié, les Chinois marquèrent une halte au sommet d'une colline.

S'asseyant dans la poussière, le capitaine Xho cassa une brindille qu'il examina de près. Après l'avoir humée, il passa un doigt à l'endroit de la brisure, puis goûta la sève qui y perlait.

— Devriez-vous… ? m'exclamai-je. Est-ce sans danger ?

La vie végétale sur Nouvelle Arche étant comestible pour les humains, je m'inquiétais particulièrement du fait que les poisons puissent aussi nous affecter.

— Oui, ça ne risque rien, m'assura-t-il. L'équipe scientifique a testé ces plantes-là, qui ne sont pas comestibles pour nous. Elles ne sont pas non plus vénéneuses. Si nous faisions venir des chèvres ici, elles pourraient brouter ces buissons et ces graminées, ainsi que le lichen. Bref, les caprins mangeront tout ce qui leur tombe sous la dent, de toute façon, sourit-il.

Il leva la tige pour en scruter l'écorce.

— Je me disais à quel point notre entraînement sur Terre s'avérait inutile.

— Comment ça ?

— Dans les forces spéciales de l'armée chinoise, l'entraînement consiste en partie à tirer sa subsistance de la terre. Dans la vie animale comme végétale, on est formé à identifier le comestible et le toxique. On attend de nous qu'on survive par nos propres moyens pendant des semaines sinon des mois dans différents environnements : la jungle, le désert, la forêt, la toundra sibérienne. Larguez-moi à peu près n'importe où dans le monde, et je trouverai toujours à manger, de quoi confectionner des outils, des habits, le minimum pour assurer sa survivance. Alors qu'ici… (de sa brindille pointée, il désigna l'horizon)… tout cet entraînement se révèle inefficace. Il n'y a rien de comestible sur cette planète, pas d'animaux pour s'en faire des peaux, des fourrures, rien !

Il s'en gaussa.

— Tout votre entraînement n'est pas inutile, l'assurai-je. Il vous apprend à improviser, à réfléchir par vous-même, à garder une attitude positive. À vous adapter. Nous avons tous dû nous adapter, et j'estime que nous nous en sortons bien.

Je me massai le mollet droit endolori.

— J'aimerais bien que mon corps s'adapte à cette gravité accrue et au faible niveau d'oxygène aussi bien que notre mental.

Xho balança sa brindille au pied de la colline.

— Vous avez peut-être raison, Capitaine. Continuons notre adaptation en reprenant notre course le long des collines.

— Ooooh, grommelai-je. Ce qu'on va s'amuser… pas du tout !

Le commandant en chef se devait de s'assurer du bien-être de tout un chacun sur Nouvelle Arche, et je tâchais de m'entretenir avec chaque contingent au moins deux fois par semaine. Ce matin-là, c'était au tour de l'équipe scientifique ; le docteur Venkman s'affairait devant toute une batterie d'instruments savants.

— Bonjour, Docteur. Comment se portent les sciences ?

— Mais très bien, Capitaine. Nous sommes face à un puzzle : certains aspects de cette biologie n'ont aucun sens.

— Comme quoi ? Veuillez juste ne pas perdre de vue que je ne suis pas biologiste, pour ma part.

Elle rit.

— Moi non plus ! Le département biologie voit en moi une mascotte, ou un grouillot. Ce qui me laisse de marbre. C'est fascinant ! À l'université, j'avais suivi des cours obligatoires de biologie, et je regrette maintenant de ne pas m'être davantage investie dans cette matière.

Nous n'avions pas à proprement parler de « département biologie », Venkman était restée ancrée dans la mentalité universitaire, mais je savais de quoi elle parlait.

— Mes derniers cours de biologie remontent à ma seconde, au lycée, ou peut-être même quand j'étais étudiante de deuxième année à la fac.

Moi, je n'étais jamais allé à l'université. Elle le savait.

— Voilà le problème, en termes tout simples : regardez, et dites-moi ce que vous voyez…

Elle désignait l'écran de son iPad branché sur un microscope imageur confocal thuranien sophistiqué transbordé du *Hollandais volant*. Sous la lamelle, une brindille en coupe de ces buissons colonisant à peu près toutes les surfaces de Nouvelle Arche. Celles épargnées par les glaces, les océans, les minéraux.

Je fis un zoom tactile. Frappé par les performances de l'imageur, je continuai dans ma lancée, histoire de voir quel degré de détail on pouvait atteindre. J'en arrivai ainsi à distinguer le niveau cellulaire, et ses composés. Près de moi, Venkman fit peser son poids d'une jambe à l'autre tant, j'imagine, elle s'impatientait. Ramenant l'image à son agrandissement initial, je soupirai.

— C'est une brindille du cru, en tout point caractéristique.

— Certes, mais que voyez-vous là ?

Elle attirait mon attention sur une petite excroissance de l'écorce barrée d'un infime trait légèrement plus foncé. Cette fois, je tâchai d'y réfléchir.

— On dirait qu'une feuille est tombée de là.

— Vous y êtes presque. Les biologistes me disent que c'était une fleur. Minuscule, vestigiale. Un bouton qui ne s'est pas pleinement développé parce que la plante ne mobilise plus ses ressources pour produire des fleurs.

Même avec ces précisions, je ne comprenais toujours pas. Une minuscule fleur ? À vue de nez, ç'aurait aussi bien pu être une feuille pour ce que j'en savais.

— J'ai lu quelque part...

En fait, je l'avais vu à la télévision, mais ça faisait plus sérieux.

— ... que de gros serpents comme les pythons ont, sous leurs écailles, de minuscules pattes arrière. Or, à l'origine, les reptiles étaient bel et bien pourvus de pattes et les serpents descendent des grands lézards.

— Exact, sourit Venkman. Au fil du temps, le gène de développement des pattes s'est résorbé chez les serpents. Pour l'instant, nous n'avons pas réussi à analyser l'A.D.N. de ces végétaux, on sait juste qu'ils fleurissaient. Sauf qu'à présent, les fleurs n'ont plus d'utilité. Les plantes ont donc cessé d'en produire.

— O.K. Alors où est le problème ? Que désormais les plantes n'aient plus l'usage des fleurs ou au contraire qu'elles en aient eu besoin par le passé ?

— Les deux.

Ça m'énervait quelque peu que le grand docteur Venkman se joue de moi au lieu d'aller à l'essentiel. Elle dut percevoir mon irritation car elle ajouta :

— Au début, ça m'échappait aussi. Nous ne sommes pas biologistes, ça, c'est certain. L'équipe biologie a donc expliqué : ces anciennes floraisons disparues prouvent que les plantes dépendaient pour leur pollinisation de la vie animale, insectes ou oiseaux. De façon typique, ces agents pollinisateurs butinent le nectar des fleurs qu'ils ensemencent par ce biais.

— Genre les abeilles ? Il n'y a pourtant pas d'insectes ni d'oiseaux sur Nouvelle Arche.

— Et c'est bien là où le bât blesse. Les végétaux d'ici n'auraient jamais produit de fleurs s'il n'y avait pas eu d'animaux pour les butiner, de base. La raison d'être des fleurs, avec leurs belles couleurs, leurs séduisants parfums, c'est bien d'attirer les bêtes. De nos jours, sur Nouvelle Arche, il n'y a pas d'animaux terrestres et encore moins de bestioles volantes. En conséquence, les plantes ne gaspillent plus leur énergie à se parer de floraisons, elles s'en remettent juste aux vents pour disséminer leurs pollens.

— Où ont donc disparu tous les animaux ? Oh !

Je saisis en un éclair.

— Par le passé, Nouvelle Arche avait un climat plus clément.

— Bien plus. Il y faisait beaucoup plus chaud. Cette zone, proche de l'équateur, devait avoir un climat tropical.

— Alors que maintenant, la planète est en pleine ère glaciaire ?

— Une ère glaciaire majeure, catastrophique. Grâce aux données des satellites kristangs, nous savons même qu'il y neige, en fonction de la saison. Face aux interrogations de notre équipe scientifique, Skippy a répondu que le problème était assez intéressant. Il se propose d'y consacrer des recherches dès qu'il aura fini la rénovation du bord.

— Une ère glaciaire ? Comment a-t-elle pu survenir ?

— Nous l'ignorons. C'est un des nombreux mystères qui entourent ce monde. Colonel, nous retrouver ici, sur Nouvelle Arche, ce n'est pas quelque chose que nous aurions planifié, mais pour l'équipe scientifique, on peut dire que c'est une aubaine.

Aller m'entraîner chaque matin à la course à pied avec les forces spéciales m'était bénéfique, sur le plan de la santé bien sûr, mais ça me permettait aussi de côtoyer mes hommes, de fraterniser. Ce qui me donna une idée. Je rejoignis, l'air de rien, Zheng devant la table qui lui faisait office de laboratoire improvisé. Des échantillons végétaux, des fioles de prélèvements du terreau et des eaux étaient soigneusement étiquetés. Je l'avais d'ailleurs aidée à tout répertorier.

— Bonjour, Docteur Zheng. D'après votre dossier, vous étiez une triathlète avant de vous enrôler avec nous ?

Surprise, elle se tourna vers moi.

— Pas tout à fait : j'ai participé à deux ou trois courses multidisciplinaires par an et par moitié. Je n'avais jamais le temps pour un parcours complet.

— Une moitié *seulement* d'Ironman, c'est ça ? Soit la moitié de 226 kilomètres ?

— 112,48 km, pour être exact.

Elle connaissait naturellement le parcours à la décimale près, tout comme les chronos de ses cinq dernières performances, ainsi que tout athlète de fond qui se respecte. Or compte tenu de l'investissement personnel que cela implique, semaine après semaine, quiconque concourait dans de multiples Ironman annuels était, de mon point de vue, un athlète sérieux.

— Vous avez un doctorat en biologie, ainsi qu'en médecine. Vous pratiquiez en tant que chirurgienne ?

— Oui. J'ai pratiqué six ans la chirurgie, puis je me suis lancée dans la recherche médicale. C'est alors que j'ai repris le chemin de l'université pour un second doctorat en biologie. Vous le savez, Colonel, c'est en partie pourquoi j'ai été sélectionnée pour l'équipe médicale. En qualité de médecin de réserve, en cas de défaillance de la technologie médicale thuranienne. Comme maintenant.

— Nous nous félicitons de vous avoir ici avec nous.

Jusqu'à présent, le besoin en docteurs ne s'était pas fait sentir sur Nouvelle Arche. Mais je me doutais que cet heureux état de fait ne durerait pas jusqu'à la fin de notre séjour en ces lieux. La gravité pesante, l'oxygène raréfié, le froid, l'humidité, une vie de troglodyte, un moral au plus bas, le désœuvrement… Autant de facteurs propices aux erreurs d'appréciation et aux accidents. Auxquels cas, nous aurions cruellement besoin de médecins, en effet.

— Vous avez continué à vous exercer à bord du *Hollandais volant*.

Ce n'était pas une question tacite ; je l'avais vue s'escrimer en salle de sport.

— Autant que faire se pouvait, oui. Ce n'est pas comme si nous avions tout loisir de foncer à vélo sur cinquante kilomètres ou de nager à ciel ouvert. Pourquoi cette remarque, Colonel ?

— Parce que si nos forces spéciales doivent entrer en action sur Nouvelle Arche, il leur faudra un médecin patenté. Pour l'heure, ces gars ne peuvent compter que sur deux secouristes qui ont suivi une formation intensive avant notre départ de la Terre. Ce n'est vraiment pas le niveau de docteurs en médecine. Je parle de docteurs capables, non de participer aux combats bien sûr, mais de les accompagner où qu'ils aillent. Non que je m'attende sérieusement à de quelconques affrontements sur Nouvelle Arche, mais mieux vaut toujours se tenir prêt. Adams… vous connaissez le sergent Adams ?

Elle acquiesça.

— Nous deux nous entraînons chaque matin aux côtés des forces spéciales. Il n'est pas question pour vous de combats à mains nues, d'entraînement au maniement des armes, mais de courses, de marches d'endurance havresac au dos, d'ascensions, d'haltérophilie, ce genre de choses. Seriez-vous partante ? Je ne vous parle pas de conditions démentes, comme de rouler au bas du lit à 3 heures du matin pour aller courir une quinzaine de kilomètres, il s'agit d'un simple entraînement d'endurance. Les équipes des forces spéciales chemineront à pied, selon toute probabilité, et sur le terrain, il leur faudra un médecin qualifié. Dehors, le temps n'est certes pas au beau fixe, mais ça vous changera d'ici…

Je désignai la voûte grise.

— Et pourquoi pas le docteur Rouse ? m'objecta-t-elle. Ou Tanaka ?

Elle passait sous silence Suarez, médecin expérimenté et biologiste moléculaire. Il avait aussi 58 ans, et je le voyais mal s'exercer aux côtés des forces spéciales.

— Quand je lui en ai parlé ce matin, Tanaka a accepté. Rouse est un nageur, pas un marathonien. Sans compter qu'il souffre depuis hier d'une cheville foulée ; il s'est fait cette entorse quand il remontait le lit du cours d'eau. Il ne risque pas de reprendre la course avant un bon moment.

— Alors… Tanaka et moi ?

— Et le sergent Adams et moi. Docteur, je sais que cette planète constitue pour un biologiste une formidable mine d'or, la chance de toute une vie, qui sait. Ici, une biosphère attend dans son intégralité d'être explorée, analysée. Moi, je vous parle d'un entraînement qui vous prendra deux ou trois heures le matin à tout casser, six jours sur sept. En pleine course, en pleine escalade, si jamais vous avisez quelque chose que vous souhaitiez échantillonner, je vous le promets, on fera halte.

— Puis-je y réfléchir, Colonel ?

— Naturellement. Si vous êtes partante, soyez prête à 8 heures demain matin.

— Oh, fit-elle, surprise. J'aurais cru qu'on partirait plus tôt.

— Non. Pas question qu'on se risque en terrain inconnu alors qu'il fait encore nuit, la dernière chose qu'on veuille, c'est davantage d'entorses et de jambes fracturées. Les forces spéciales se livreront à un entraînement nocturne une fois par semaine, afin d'entretenir leur superbe forme physique et leurs compétences, vous n'aurez pas à être de la partie. Je le répète, je ne m'attends pas à des affrontements tant qu'on sera sur Nouvelle Arche, je tiens à les éviter à moins de circonstances exceptionnelles. Je vous invite à y réfléchir. Et vous me ferez part de votre décision demain matin.

En raison des conditions austères qui régnaient sur Nouvelle Arche, nous nous étions efforcés de réunir autant de gens que possible dans la caverne principale à l'occasion du dîner. L'ambiance était morose, tendue. Nous avions tous peur, moi y compris, que Skippy s'avère finalement dans l'incapacité de réparer le *Hollandais volant*, et que nous soyons coincés sur cette planète glaciaire jusqu'à épuisement de nos stocks. Histoire d'alléger l'atmosphère, je fis tinter une fourchette contre ma tasse de café pour capter l'attention. Sachant que Skippy restait à l'écoute, je me raclai la gorge et déclarai :

— J'ai une annonce à faire. Skippy, eh, quand nous étions cernés par cette escadre de destroyers thuraniens et que nous essuyions ses feux, tu m'as avoué un truc surprenant… que tu t'étais *attaché* aux singes que nous sommes ?

Totalement exclu que je laisse filer entre mes doigts une occasion pareille.

— Comment est-ce arrivé ?

— Oh, mec, j'aurais dû me douter que tu ne laisserais pas passer une chance pareille ! J'ai revu mes attentes à la baisse, voilà tout. Au point qu'elles étaient tombées au ras des pâquerettes ! J'ai creusé un gros trou dans le sol et quand j'ai atteint le substrat rocheux, je me suis emparé d'un grand foret pour creuser encore plus profond. Dès que le foret n'a plus pu aller plus loin, j'y ai enfoncé mes pauvres illusions en leur sautant dessus à pieds joints, je les ai enfin recouvertes d'une décharge fumante, et j'ai comblé le trou.

— Oh, *oh*. Bon, en résumé, tu es tombé sous notre charme et tu nous voues un amour éperdu.

Des éclats de rire fusèrent.

— Ahhhhh, s'étrangla Skippy. Tuez-moi !

— Skippy nous aime, Skippy nous adore, Skip…

— Oh, boucle-la ! Mais nom d'un chien, pourquoi n'ai-je pas sauté au cœur de cette étoile, moi ?

— Parce qu'alors, nous ne passerions plus de si bons moments ensemble, Skippy.

— Tout à fait. Ce ne sont pas les étoiles qui manquent pour courir s'y jeter.

— Nous aussi on t'aime, Skippy.

On riait de bon cœur.

— Ah, bon sang, ce que j'étais bien sur Paradis, enfoui sous terre, à pioncer en paix dans l'humus… bougonna-t-il. Pourquoi a-t-il fallu que ces sombres crétins de lézards viennent m'y déterrer ?

Chapitre Dix-Sept

Après quatre semaines de nos vacances tropicales idylliques sur Nouvelle Arche, je reçus un appel.

— Colonel, me dit le sergent Adams dans l'oreillette de mon zPhone, il y a ici quelque chose que vous devriez voir.

— Des problèmes ?

Je me nettoyai les mains, car j'étais en train d'aider l'équipe d'aménagement à agrandir une des cavernes arrière de la partie inférieure. La roche y était friable, ce qui m'inquiétait quant à la stabilité de la caverne, mais à environ cinquante centimètres de profondeur, nous étions tombés sur de la roche solide, un genre de granit. Pour peu qu'on dégage la strate friable, nous aurions beaucoup plus d'espace. Simms avait proposé de déplacer certaines de nos réserves et provisions hors de la caverne principale, si du moins nous pouvions trouver un endroit sûr et sec.

— Pas exactement, répondit-elle. Pas pour l'instant.

— Où êtes-vous ? demandai-je, intrigué.

— Au complexe cathédrale, Monsieur.

Le sergent parlait d'une grande caverne qui, pour certains d'entre nous, évoquait une cathédrale. Elle avait une large ouverture flanquée de hautes colonnes de pierre. Ouverture qui avait, il y a de cela des éons, été bien plus petite, jusqu'à ce que la voûte s'effondre sous le poids colossal de la neige et de la glace accumulées. C'est du moins ce que supputait notre équipe scientifique. Nous avions pensé au « complexe cathédrale » pour en faire un habitat possible, mais l'accès nous offrait un abri relativement insuffisant, et des rocs massifs bloquaient le chemin vers les cavernes s'enfonçant plus profondément sous les collines. J'avais donné la permission à mes équipes d'y aller en reconnaissance, au cas où nous pourrions en faire quelque chose, car la cathédrale était située, de manière assez pratique, à moins de deux kilomètres de l'entrée du canyon.

C'était quand même une longue marche, dans une gravité élevée et une atmosphère pauvre en oxygène, sans compter que la nuit n'allait pas tarder à tomber.

— Vous ne pouvez me donner aucune indication, Adams ?

— Il faudrait vraiment que vous voyiez ça par vous-même, Monsieur. C'est important.

En raison de notre passé, de notre parcours, Adams savait qu'elle pouvait me pousser un peu plus loin que d'autres. En tant que colonel, j'aurais pu lui ordonner de me dire ce qu'il se passait. Je m'en abstins, m'en remettant à son jugement.

Rejoindre la cathédrale, alors que l'obscurité approchait ? Il fallait que je remonte le fond du canyon, en pataugeant parfois jusqu'aux genoux dans les ruissellements de glaces fondues qui serpentaient d'un côté des hautes parois à l'autre. Cette après-midi-là, pour la première fois en trois jours, il ne pleuvait pas. Le temps était nuageux, sombre, glacial, et un vent violent me fouettait le visage. Derrière moi comme au-devant, pas âme qui vive… Tout le monde était à l'abri dans nos cavernes, excepté l'équipe qui creusait le fond du complexe cathédrale.

Je fis une pause pour fermer ma veste afin de me protéger des assauts du vent. Dans les petits ruissellements, je discernai de minuscules animaux que j'avais pu observer au microscope. Je me sentais vaguement désolé pour elles, ces infimes créatures. Si l'équipe scientifique avait raison – et j'avais pu voir ses preuves de mes propres yeux –, Nouvelle Arche avait autrefois été le berceau d'une vie florissante. Il y avait eu, au minimum, des insectes volants ou créatures similaires, qui avaient répandu le pollen de fleur en fleur. Puis la planète s'était retrouvée, on ne sait trop comment, comme enchâssée dans une période glaciaire. C'était désormais un lieu de désolation, gelé, pluvieux, misérable. Dire que ç'avait été jadis un petit paradis… au moins autour de l'équateur. Quand nous en repartirions, je ne reverrais sans doute jamais Nouvelle Arche, et je ne parvenais pas à imaginer quelle autre espèce pourrait bien jeter son dévolu dessus pour y établir une colonie.

Une bourrasque m'arracha à mes rêveries. En voulant traverser à gué un des ruissellements, je dérapai sur les galets, chutant à mi-genoux dans l'eau. Merde alors ! Quelle que soit la raison pour laquelle Adams tenait à ce que je la rejoigne à la « cathédrale », elle avait intérêt à ce que ça en vaille la peine…

Munie d'une grosse torche lumineuse, Adams m'attendait à l'entrée. Même si Skippy contrôlait les images satellites, nous n'aimions guère recourir à la lumière artificielle à découvert, c'était trop risqué. J'ignore ce qu'elle voulait me montrer, mais ça ne semblait pas lui faire peur. Elle avait l'air enthousiaste *et* triste. Très triste.

— Quel est ce grand secret, Adams ?

Elle pivota et gagna le fond de la cathédrale, en direction de la grande pierre plate que nous surnommions « l'autel ».

— Vous verrez, Monsieur.

Nous dûmes escalader des buttes pierreuses et contourner à grand peine un énorme rocher tombé de la voûte. Je ne m'étais encore jamais aventuré si loin dans la caverne. Solidement épaulée par nos soldats, l'équipe scientifique avait dégagé les éboulis bloquant l'entrée de ce que nous supposions être une chambre beaucoup plus vaste. Un passage avait été aménagé. Nous progressâmes le long d'un boyau en pente abrupte ouvrant sur une chambre étroite au plafond haut. En me voûtant pour éviter de me cogner la tête au plafond, je marmonnai :

— Adams, si c'est une surprise-party pour mon anniversaire ou autre, il y a intérêt à ce que vous ayez prévu un super gâteau !

Pas de gâteau. En revanche, il y avait une chambre carrée d'environ dix mètres de côté, bien éclairée avec une hauteur sous plafond de six mètres au moins. Une chambre parfaitement *carrée*. Au centimètre près. À certains endroits, des indentations murales avaient autrefois été comblées d'un mélange de briques et de plâtre. Le plâtre s'était effrité avec le temps, provoquant des chutes de briques. Auxquelles s'ajoutaient des empilements de pierres sculptées. *Sculptées*. Artificielles. Rien de ce que j'avais sous les yeux ne pouvait être naturel. Je me tournai vers Adams. Qui hocha la tête.

— Je comprends, Monsieur. Le docteur Graziano est tombé dessus ce matin.

— Et vous n'avez pas cru bon de m'avertir tout de suite de cette anomalie ?

Graziano intervint :

— Nous voulions d'abord nous assurer que ces pierres n'avaient pas seulement l'air de sculptures. Elles sont antiques, mon Colonel. Elles se seraient délitées depuis longtemps et ne ressembleraient plus à grand-chose si cette chambre ne les avait maintenues au sec.

— Depuis longtemps… C'est-à-dire ?

S'il y avait d'autres espèces intelligentes sur Nouvelle Arche, je tenais à en être informé sur-le-champ.

Il haussa les épaules.

— Je l'ignore. Pour le moment. J'ai besoin que M. Skippy nous aide pour les analyses. Mais une chose est sûre, elles sont très vieilles. Des centaines de milliers d'années, au bas mot. Sinon plus.

Il traça d'une main légère un relief sculpté.

— Leurs créateurs ont mis les voiles il y a une éternité.

Dépassé, j'embrassai les lieux d'un regard pensif.

Les millénaires avaient certes érodé le cénotaphe souterrain, mais même maintenant, je voyais bien que les parois avaient été lissées par les mains d'une… *créature.*

— Alors, repris-je, des aliens, en croyant trouver refuge sur Nouvelle Arche, s'y seraient retrouvés coincés et auraient espéré ici-bas qu'on vienne enfin les récupérer ?

Agrandir une caverne ? Je voyais bien s'y atteler un équipage de vaisseau stellaire échoué là, particulièrement s'il n'avait pas de batteries pour générer de la chaleur, comme nous. Mais pourquoi aurait-il sculpté la pierre ? Ça n'avait pas de sens. Et pourquoi ériger une paroi ?

— Étaient-ce des Kristangs ? demandai-je.

Graziano lança un regard perçant à Adams, qui haussa les épaules.

— Il n'est pas au courant, dit-elle au scientifique. J'ai pensé qu'il valait mieux qu'il voie cela par lui-même.

— Cette trouvaille date d'il y a quelques heures, précisa Graziano. Venez par là, je vous prie, Colonel Bishop.

Il désignait une ouverture pratiquée dans la paroi la plus éloignée, si basse que nous fûmes obligés de nous y engager sur les mains et les genoux. Ouverture bloquée par des pierres que Graziano et son équipe avaient retirées avec moult précautions. Je lui emboîtai le pas, Adams sur mes talons. Graziano et Adams avaient des torches, pas moi. J'aurais dû en apporter une. C'était stupide de ma part, d'autant plus qu'au-dehors, l'obscurité tombait. Le passage où nous dûmes ramper ne faisait que six ou sept mètres de long, et déboucha bientôt sur une autre chambre, bien plus grande. Visiblement, celle-ci avait aussi été arrangée par des êtres intelligents, avec ses murs lisses et rectilignes.

Ce n'était pas tout. Il y avait des ossements. Et des outils en bronze. Haches, pelles, épieux, épées, têtes de flèches. Les outils étaient, pour la plupart, posés debout dans des récipients en céramique, et quelques-uns épars, leurs récipients brisés.

Mais, loin d'être éparpillés, les ossements étaient soigneusement disposés sur des dalles sculptées. Les cadavres avaient peut-être porté de beaux vêtements, ou peut-être été enveloppés de linceuls rituels. Des boucliers en bronze en recouvraient certains. Je m'agenouillai pour examiner un des tas d'ossements. Bipède, comme nous, deux bras, une tête avec un orifice pour le nez, plus horizontal que chez les humains. Les os des jambes étaient épais. Et les corps plus petits que celui de l'humain moyen. Ou même de l'humain autrefois ? Ça, je l'ignore.

Les sculptures des dalles étaient érodées, leurs contours, arrondis. Je tendis la main pour en toucher une, mais Graziano toussota.

— Désolé, dis-je en baissant les yeux sur les gants qu'il portait. Je voulais voir si ces sculptures montrent à quoi ils ressemblaient.

— C'est le cas, dit-il en désignant une dalle où les docteurs Venkman et Friedlander nettoyaient soigneusement la poussière accumulée à l'aide de brosses souples.

Graziano me conduisit devant un bouclier prélevé sur un des squelettes. En partie débarrassé de la corrosion, on voyait maintenant que le bouclier représentait un personnage aux détails fort réalistes : campé sur ses jambes, celui-ci tenait une épée d'une main, une plante ou des branches de l'autre. Globalement, il était plus trapu et corpulent qu'un humain des temps modernes. Ce que j'avais pris de prime abord pour un casque était en fait une crête osseuse. En baissant les yeux sur les ossements qui reposaient sur la dalle de pierre, je vis qu'ils comportaient également une crête osseuse.

— Ils étaient plus petits que nous, dis-je sans réfléchir.

— La gravité plus élevée, répondit Graziano, laconique. Et ils avaient aussi des os plus épais.

— Ce n'était pas l'équipage d'un vaisseau stellaire, ajoutai-je à voix basse en scrutant les outils de bronze.

Sûrement, une espèce assez avancée pour construire des vaisseaux stellaires aurait possédé des outils en acier plutôt qu'en bronze. Ou des outils façonnés en alliages composites, ou en quelque matériau exotique. Pas en bronze.

— Ces créat…

Je faillis dire « créatures », mais ils avaient fabriqué des outils pour travailler le métal. Ce n'étaient pas simplement des créatures, mais des *individus*.

— Ces individus, c'étaient des natifs, non ? Comment cela est-il possible ? Sur une planète gelée ?

— C'étaient en effet des autochtones, me confirma Venkman en se relevant pour épousseter son pantalon. Souvenez-vous de ce que je vous ai montré, au sujet des plantes qui fleurissaient, auparavant. Nouvelle Arche jouissait autrefois d'un climat beaucoup plus chaud que maintenant. Et ces individus, comme vous dites, sont une preuve de plus allant dans ce sens.

— Et puis, qu'est-il arrivé ? demandai-je en examinant le personnage du bouclier en bronze. La planète est soudain entrée dans une période glaciaire, et tous ont péri ? Tout est mort ? Les plantes et les animaux se sont tous éteints ?

— Nous ne comprenons pas comment c'est arrivé, avoua Friedlander en se joignant à la conversation.

C'était un ingénieur aérospatial délégué à la FENU par la NASA.

— Nous ne saurons peut-être jamais quel mécanisme a joué, sauf si nous restons sur cette planète pour l'étudier, mais ça nous demanderait un séjour bien plus long que prévu.

— Ils sont tous morts ? À cause d'une période glaciaire ?

J'avais du mal à l'assimiler, ça. Une espèce, une civilisation entière, disparue. Complètement éliminée.

— Oui, confirma Venkman. Ce n'est pas sans précédent. Il existe des preuves génétiques que la population humaine s'était réduite à cinq ou dix mille personnes, il y a de cela soixante-dix mille ans.

— La catastrophe de Toba, nomma Graziano.

— C'est juste une théorie, reprit Friedlander. Et il existe des preuves contradictoires.

— Toba ? répétai-je, me demandant si T-O-B-A était l'acronyme de quelque chose.

— Toba était un supervolcan indonésien entré en éruption il y a environ soixante-dix mille ans, expliqua Venkman. L'éruption a laissé une épaisse couche de cendres sur toute la planète. Selon une théorie, elle a provoqué un hiver volcanique mondial. Et ce drame coïncide à peu près avec un goulet d'étranglement de la diversité génétique humaine. En fait, Colonel, l'humanité est passée tout près de l'extinction, là comme peut-être bien d'autres fois. Avec les violents changements climatiques survenus sur Nouvelle Arche, il n'est pas surprenant qu'une civilisation relativement avancée n'ait pas eu la possibilité de s'adapter assez vite pour survivre. Imaginez que sur Terre, les glaces soient descendues des pôles jusqu'à l'équateur, à l'époque de l'Égypte antique ou de Sumer. Ces peuples auraient-ils pu survivre ?

Elle fit un signe négatif de la tête.

— Ils sont donc tous morts, dis-je doucement.

Silence.

— Nous sommes proches de l'équateur, ils ont cherché refuge là quand le froid s'est installé ? Pour faire quoi ? Tenter de survivre dans les cavernes ? Pourquoi n'auraient-ils pas plutôt investi celles où nous vivons maintenant ? La cathédrale est trop exposée, fis-je remarquer.

Raison pour laquelle nous n'avions pas choisi de nous y installer.

Le premier, Graziano reprit la parole.

— Colonel, nous pensons que la « cathédrale » s'étendait beaucoup plus vers l'avant et que le canyon, à l'extérieur, n'existait pas à cette époque. Il y avait probablement un cours d'eau à la surface. Au fil du temps, les glaciers ont avancé, reculé, avancé, reculé de nouveau, sans arrêt ; les glaces et les crues saisonnières ont créé ce canyon. La voûte de la cathédrale faisait alors partie du soubassement, et, avec les sources chaudes des alentours, ces cavernes ont dû être un des derniers endroits où les natifs...

Il désigna les ossements.

— ... ont pu survivre aux grands froids. Ils ont tenu le coup ici, les derniers de leur espèce, jusqu'à ce que la nourriture vienne à manquer, ou jusqu'à ce que des maladies les emportent. Parmi les survivants en vase clos, les pathogènes ont pu se répandre comme une traînée de poudre, particulièrement compte tenu du froid intense et de la malnutrition.

— Le poids du glacier aura provoqué l'effondrement du toit de la caverne ?

Ça ne me disait rien qui vaille. Si la voûte d'une caverne pouvait s'effondrer, les nôtres pouvaient donc être instables, affaiblies par les anciens glaciers.

— C'est possible, en effet, mais il est plus probable que les crues saisonnières ont lentement érodé les matériaux au-dessus de la caverne, pour mettre à nu les pierres qui en formaient le toit. Or, si de l'eau s'infiltre et gèle, cela provoque des fissures. Qui s'agrandissent en laissant filtrer toujours plus d'eau. C'est un processus très lent. Au fil de centaines de millénaires, voire d'un million d'années, l'eau est impossible à arrêter.

— Un million d'années ? m'exclamai-je, surpris.

— Pour le moment, ce ne sont que des conjectures, reconnut Graziano. Cette chambre était scellée jusqu'à ce que nous y pénétrions, et les pierres étaient posées très près les unes des autres, avec très peu de mortier. L'humidité et l'oxygène n'ont pas pu pénétrer, et cette chambre est au-dessus de la cathédrale, elle est à l'abri des crues. Les marques des crues sur les parois de la cathédrale atteignent seulement un tiers de la hauteur menant à ce passage au plafond bas par lequel vous êtes arrivé.

Je regardai autour de moi.

— Ils ne vivaient pas ici. C'était une tombe. Ils y ont inhumé leurs défunts, et scellé la chambre funéraire.

— C'est ce que nous pensons, oui, dit Venkman. Cela a peut-être été l'une des dernières choses qu'ils ont faites. Peut-être la toute dernière. Je ne serais pas surpris de trouver d'autres ossements et outils sous le sol de la cathédrale. Les articles présents ici, et ceux de la chambre antérieure, ont été préservés parce que l'humidité et l'oxygène n'ont plus pu s'infiltrer.

— Ça me dépasse, avouai-je en toute franchise.

Une espèce entière, se déplaçant vers l'équateur à mesure que le froid descendait des pôles, jusqu'à ce que les glaces la rattrapent…

— Personne n'arrive à le concevoir, conclut doucement Friedlander.

Les nouvelles de nos trouvailles dans le complexe cathédrale se répandirent comme un feu de brousse dans notre petite communauté, et les rumeurs suivirent inévitablement. Le lendemain matin, tout le monde aspirait à visiter la « cathédrale » ; tant et si bien que je dus réagir. Graziano, qui y avait dormi cette nuit-là, était revenu à la caverne principale pour y prendre des fournitures, et je le trouvai là, s'entretenant avec le major Simms.

— Docteur Graziano, lançai-je, pourriez-vous organiser un briefing pour faire le topo sur ce que nous pensons savoir pour le moment ? Les rumeurs vont déjà bon train, et je ne tiens pas à laisser dire tout et n'importe quoi.

Simms maugréa. Je savais ce qu'elle pensait.

— Désolé, major. Il y a eu un moment où la désinformation était nécessaire, sur Paradis. Je ne pouvais pas dire la vérité au sujet de Skippy, sans la révéler aussi aux gens qui allaient rester. Et nous ne pouvions pas risquer, à l'époque, qu'ils le répètent ensuite aux Ruhars, aux Kristangs, ou à quiconque contrôlait Paradis. De plus, ajoutai-je avec un sourire qui, je l'espérais, allégerait l'atmosphère, le discours que j'ai fait à ce moment était drôlement exaltant, non ?

Simms grommela de nouveau dans sa barbe.

— Ce n'était pas votre discours, Monsieur. Franchement, vu votre réputation – le peu que j'en savais – (elle me dévisagea comme pour juger de ma réaction), je craignais que la mission des forces spéciales que vous disiez conduire soit un truc bâclé, bidouillé tant bien que mal à la dernière minute.

— Comme pourchasser une force d'invasion au volant d'un camion de glaces ?

— Oui, Monsieur. Je ne savais pas grand-chose à votre sujet, avant que vous ne tombiez du ciel sur ma base dans un vaisseau spatial ruhar détourné. Tout ce que je savais, c'est que vous vous étiez livré à des actes irréfléchis sur la Terre, que vous aviez eu beaucoup de chance et que vous aviez été promu « pour la galerie », disons. Pardon, Monsieur, mais à l'époque, c'était l'avis général.

— Inutile de vous excuser, major, j'en avais bien conscience. J'avais peur que la FENU m'emploie à enchaîner les discours pour vendre des obligations d'emprunt de guerre ou autre, avant de m'affecter à la plantation des patates.

Simms hocha la tête.

— Ce Dodo dans lequel vous êtes arrivé, c'était plus convaincant que n'importe quel discours. Être capable de vous approprier et de piloter un vaisseau spatial alien, c'était sacrément impressionnant. Oh, et quand vous êtes descendu du Dodo, que vous avez assommé ces Ruhars, dont les armes ne fonctionnaient plus… L'un d'eux s'était pétrifié, je revois encore la scène… Il y eut aussi le message du Q.G. de la FENU, qui, je le sais maintenant, était un faux fabriqué par Skippy.

Elle fit une moue dépitée à l'idée qu'elle avait été manipulée.

— Désolé, mais c'était nécessaire. Si ce n'était pas mon speech de recrutement alors, qu'est-ce qui vous a convaincue de venir avec nous ?

— Ces prétendus ordres du Q.G. de la FENU, sans compter que vous avez bien choisi votre moment. Vous avez dit que vous alliez attaquer les Kristangs, pas les Ruhars, et nous avions tous entendu les rumeurs sur ce qui se passait sur la Terre. J'avais vu les fortune cookies, nous en trouvions régulièrement quand nous ouvrions les boîtes, à l'entrepôt. Vous avez été le premier officier de la FENU à nous dire ce que nous voulions tous entendre, que nous allions lancer des actions contre les Kristangs. Et aussi, dans l'intendance, nous n'avions plus grand-chose à perdre.

— Comment ça ?

Je ne comprenais pas ce qu'elle voulait dire.

— Nous savions, mieux que quiconque, à quel point nos réserves de nourriture s'épuisaient, expliqua Simms. Vous avez envoyé Chang et Adams à l'entrepôt, et ils sont revenus au Dodo en déclarant que les réserves étaient adéquates, non ?

Je fouillai ma mémoire.

— Euh, oui, en effet.

— Ce qu'ils ignoraient, c'est que l'entrepôt était bien moins plein qu'il n'en avait l'air. Mon aide et moi, nous retournions à l'entrepôt tard la nuit, avec une brouette de pierres pour en remplir les conserves que nous repoussions à l'arrière des étagères. Puis nous trafiquions les registres d'inventaire pour que même mes équipes ne se doutent pas à quel point nos réserves étaient maigrelettes. J'avais ordonné que personne ne distribue les deux dernières boîtes de quoi que ce soit sans mon approbation, pour qu'on ne risque pas de donner à notre insu une boîte de cailloux à des soldats partant en expédition. Quand nous avons chargé le Dodo, je me suis assurée que nous embarquions de vrais conteneurs de nourriture, pas des pierres.

J'en fus ébahi.

— Major, je savais que nos stocks baissaient, mais je n'avais aucune idée que...

— Le Q.G. le savait. Il fermait les centres logistiques régionaux, prétendument pour consolider les opérations en cours tandis que nous nous débarrassions des hamsters secteur par secteur. Mais la vraie raison, c'est que le Q.G. ne voulait pas qu'on découvre des entrepôts vides. Vous prenez le peu de vivres qu'il reste, vous les concentrez dans quelques bases logistiques, et quand les gens constatent que ces bases ont beaucoup de réserves, ils imaginent que tout va bien. Ils ne voient pas la situation globale. Ma base devait fermer deux semaines plus tard, avant que les Ruhars reprennent la planète. Moi, je transpirais à l'idée qu'à la fin, tout ce qu'il nous resterait, ce seraient des boîtes de cailloux. Mon supérieur savait que je bidouillais les registres d'inventaire. J'ai repris l'idée d'un officier des renseignements du Q.G. de la FENU.

— Les renseignements, fis-je, amer. Ouais, je connais ce genre de personnages.

Mais même si j'avais eu des soucis avec les opérations des services de renseignements, n'avais-je pas fait bien pire ? J'avais trompé mon monde, caché la vérité, ou menti par omission quand ça m'arrangeait. Tout ça pour la bonne cause, bien entendu. Si je n'avais pas trompé les gens, nous n'aurions jamais eu assez de volontaires pour capturer un vaisseau stellaire kristang, un transporteur stellaire thuranien, et pour attaquer une base sur un astéroïde afin d'obtenir un dispositif de contrôle des Anciens qui nous a permis de fermer le vortex donnant à l'ennemi accès à la Terre. Si je n'avais pas menti, la Terre serait toujours sous le joug des cruels Kristangs. Ça en avait valu la peine, et je le referais sans hésiter. Mais il n'empêche, je ne me sentais pas mieux pour autant. Peut-être que les agents des renseignements en passent par les mêmes affres avant de s'y faire, qui sait ?

— Monsieur, enchaîna Williams en volant à mon secours, quelle que soit la façon dont vous l'avez fait, nous autres sur Terre vous en sommes très reconnaissants. La situation devenait désespérée. C'était déjà assez moche ce que les lézards faisaient sur Terre, et que nous ne soyons plus en communication avec la force expéditionnaire, c'était presque pire. Nous savions seulement que vous aviez atterri sur Pradassis, que vous appeliez Paradis, c'est tout ce que les Kristangs nous avaient dit.

Simms et moi échangeâmes un regard entendu.

— Nous n'avions plus de nouvelles de la Terre, dit-elle tristement, jusqu'à ce que nous ayons notre premier fortune cookie. Vous étiez au courant pour les fortune cookies, Lieutenant Williams ?

— Non, pas avant d'avoir lu votre débriefing. Ça devait être un secret sacrément bien gardé, sur Terre.

— Puis les fortune cookies ont cessé de nous parvenir, parce que les Kristangs ont cessé de nous ravitailler.

— En effet, confirma Williams. Nous avons su que les choses tournaient mal pour le corps expéditionnaire quand les Kristangs ont fermé l'ascenseur spatial en Équateur. Sur Terre, on s'est dit que c'est parce qu'ils n'avaient plus besoin d'expédier du fret hors de la Terre. Selon les rumeurs, le corps expéditionnaire avait été éliminé. Nous savions que les Kristangs de la Terre étaient exaspérés… mais par quoi ? Le raid ruhar, quand votre équipe a descendu ces deux navettes, les Épaulards ?

— C'est possible, dis-je. Mes parents me croyaient mort, et ça les a sacrément surpris lorsque je les ai appelés.

— Quelle version leur avez-vous racontée ? demanda Williams. Vous ne leur avez pas dit la vérité, si ?

Je fus étonné qu'il ignore la version officielle promulguée par la FENU – jusqu'à ce que je me souvienne que ceux des opérations spéciales avaient été sélectionnés moins de deux semaines avant le départ du *Hollandais volant* – des journées infernales de dix-huit heures de boulot frénétique pour tout le monde. La Joyeuse bande de pirates, elle, avait eu vent de l'histoire de couverture, mais la FENU n'avait rien diffusé au public avant que le *Hollandais volant* quitte l'orbite de la Terre.

— La version ? Votre équipe n'en a pas été informée avant de partir ?

— Il n'y a pas eu le temps, Monsieur. Après notre sélection, la FENU voulait que nous embarquions à bord du *Hollandais volant* au plus vite. Par sécurité, j'imagine, pour éviter les fuites au cas où nous irions parler à tort et à travers.

C'était logique à mes yeux. La FENU avait insisté pour que toutes les communications émanant ou partant du *Hollandais volant* transitent par son Q.G. à Paris. Skippy, bien entendu, avait ignoré ces normes stupides de singes, mais, en tant que commandant, je m'étais conformé aux règles, que ça me plaise ou non.

— La version de la FENU, qui a dû être diffusée auprès du public depuis, c'est que la Bande de joyeux pirates, l'équipage originel, est revenue sur Terre à bord d'un vaisseau thuranien, les Thuraniens détestant que les Kristangs agissent sans autorisation. Les gens imaginent donc que nous étions des passagers sur ce vaisseau piloté par des Thuraniens, et que ceux-ci ont tué les Kristangs déployés sur Terre, parce que ces lézards pillaient la planète d'un allié. Les gouvernements ont pensé que ce serait trop si jamais les gens apprenaient que les Ruhars tout comme les Kristangs sont nos ennemis, qu'en fait la galaxie entière est hostile aux humains. Sans compter que les aliens ont sur nous un énorme avantage technologique. En ce qui me concerne, je ne suis pas sûr que les Ruhars soient nos ennemis, ils me paraissent plus enclins à nous ignorer qu'à vouloir se fatiguer à nous conquérir. Mais je pense aussi que les Ruhars ne se mettraient pas en porte-à-faux pour nous venir en aide, ils ont suffisamment à faire sans ça. Quand j'étais sur Paradis, quand les Ruhars ont reconquis la planète, leur administratrice adjointe m'a dit qu'ils avaient des plans pour soutenir la FENU, le temps du moins que les humains fassent pousser assez de nourriture pour leurs besoins. C'est formidable, mais tout dépend de la tournure que prendra la campagne militaire des Ruhars. En fait, tout dépend comment les Jeraptha se débrouilleront face aux Thuraniens. Si les Jeraptha essuient une défaite majeure, les Ruhars n'auront pas de ressources à gaspiller pour une espèce de faible technologie comme les humains. La FENU a beaucoup de bouches à nourrir sur Paradis, et je suis certain que les Ruhars, là-bas, n'estiment pas devoir quoi que ce soit aux humains.

— Faites-vous confiance aux Ruhars ? demanda Simms. Vous avez eu plus de contacts avec eux que moi.

Je lui avais parlé des informations que la bourgmestre m'avait données, infos que j'avais d'abord prises avec des pincettes. Par la suite, Skippy m'avait appris qu'elles étaient cent pour cent exactes.

— Je sais que la bourgmestre, leur gouverneur régional, était sincère envers moi, répondis-je honnêtement. Mais je ne suis pas sûr qu'elle tienne parole, car cela ne dépend pas entièrement d'elle.

Je me tournai vers Graziano.

— Docteur ?

— Oui, je vais résumer ce que nous savons pour le moment. Ce qui ne va pas loin, admit-il, comme pour s'excuser.

— Nous comprenons parfaitement, docteur. Faites de votre mieux, et quelles que soient les ressources dont vous ayez besoin pour en apprendre plus sur nos lointains prédécesseurs, vous les aurez.

Graziano demanda davantage de bonne volonté et d'équipements, afin de faire avancer les fouilles du complexe cathédrale. Je n'eus nul besoin de demander des volontaires, tout le monde était partant. Le problème de Graziano n'était pas le manque d'aide, il lui revenait plutôt de réfréner l'enthousiasme général pour déplacer des rochers et creuser le sol. Skippy voulut également apporter sa contribution, il affecta une IA secondaire pour tout chercher au sujet de Nouvelle Arche, et essayer de comprendre comment une civilisation avait pu évoluer sur une planète gelée comme celle-là. Tâcher de comprendre ce qui avait provoqué son extinction. Il m'appela alors que j'aidais le docteur Zheng à collecter des échantillons dans une mare située à trois kilomètres de notre canyon.

— Joe, après la trouvaille des ruines, de ces ossements et des outils, j'ai étudié Nouvelle Arche et découvert que quelque chose va vraiment de travers avec ce système stellaire.

— De travers ? Pire que d'être un lieu de vie merdique ?

— Tout à fait. Et c'est très inquiétant. Je n'y avais pas fait attention avant, étant assez occupé à réparer le *Hollandais volant* et à effectuer des scans passifs pour détecter d'éventuels vaisseaux ennemis. Je n'avais donc pas pu étudier de plus près ce système stellaire. Jusqu'à maintenant, ce n'était pas nécessaire. Maintenant ça l'est ! Il n'y a aucune possibilité qu'une espèce complexe, une civilisation entière, ait pu évoluer sur Nouvelle Arche dans l'état où la planète se trouve actuellement. Il n'existe actuellement aucun animal terrestre à un niveau dépassant les créatures microscopiques. De toute évidence, le climat a radicalement changé. La chaleur émise par l'étoile n'a pas varié de manière significative au cours des derniers millions d'années, et ça ne peut pas être la raison d'un tel changement climatique. Depuis que tu as découvert ces ruines étonnantes, j'ai effectué un modèle mathématique des orbites des sept planètes, et ces calculs m'indiquent que quelque chose a perturbé leurs orbites il y a environ 2,7 millions d'années.

— *Ouah*. J'ai lu un truc comme ça dans un livre, un jour.

— Incroyable.

— Ouais, une, euh, une étoile…

J'essayai de me remémorer ce passage.

— J'ai lu ce roman il y a longtemps, il y était question d'une étoile vagabonde passant près d'un système stellaire, et sa gravité foutait en l'air les orbites de toutes les planètes.

— Stupéfiant.

— Les populations entières étaient obligées de quitter leur monde pour aller survivre sur une autre planète qui, selon leurs calculs, finirait par orbiter autour de cette nouvelle étoile, dès qu'elle aurait quitté leur système solaire. La planète d'origine allait être éjectée de son orbite, ou deviendrait inhabitable. Le nom de l'auteur était McDermott, ou McDevitt, un nom comme ça.

— Époustouflant. Absolument sidérant.

Je m'interrompis.

— Je suis surpris que tu n'en aies jamais entendu parler, Skippy, ça doit bien arriver, de temps en temps, dans la galaxie. Je me souviens maintenant, l'étoile était une naine brune. Si petite que…

— Je sais ce qu'est une naine brune, Joe, et, oui, c'est vrai, les étoiles vagabondes perturbent parfois les orbites des planètes dans les systèmes stellaires dont elles s'approchent. Ce n'est pas ce que je trouve époustouflant.

Là, j'étais vraiment intrigué !

— C'est quoi, alors ?

— Que *toi*, tu aies lu un livre ! dit-il en éclatant de rire.

Merde. J'aurais pourtant dû me rappeler que c'était un vrai trou du cul.

— Oui, Skippy, j'ai lu un livre.

— C'était une bande dessinée, je suppose. Avec plein d'images.

— Ce n'était pas…

— Oh, désolé, j'aurais dû dire un « roman graphique ». Je ne veux pas contrarier les geeks.

— C'était un vrai livre, Skippy ! Et j'en ai lu plus d'un !

— *Waouh*. Donc, ces *deux* livres que tu as lus, tu as dû aller très lentement, ânonner les mots à haute voix pendant que ton doigt glissait de ligne en ligne ?

— Oublie ça, je t'en prie.

À mi-voix, je maugréai :

— Trou du cul.

— Ça, j'ai entendu.

— Si on en revenait à ce que tu as découvert à propos des orbites planétaires de ce système ? Était-ce une naine brune qui a provoqué ça ?

— Non, ce n'était pas une étoile vagabonde ni une planète. Cela aurait été simplement intéressant. Mais la vérité est, comme j'ai dit, perturbante. Intrigante. Effrayante. Regarde sur ton iPad, je vais te montrer.

L'écran afficha un diagramme du système solaire, pas à l'échelle, j'imagine, avec les huit planètes tournant autour de l'étoile. Décrivant des cercles parfaits et non des orbites elliptiques. Nouvelle Arche était surlignée en bleu, la géante gazeuse en rouge.

— Skippy, pourquoi y a-t-il huit planètes sur ce diagramme, je pensais que Nouvelle Arche était la seconde à partir de l'étoile ?

Le diagramme indiquait que Nouvelle Arche était la troisième. Je zoomai dessus – c'était bien ça, Nouvelle Arche était bien la troisième planète. La nouvelle huitième planète, elle, était très proche de l'étoile, comme Mercure. Or, il n'y avait pas eu là de planète, sur le diagramme que Skippy avait projeté sur l'affichage principal de la passerelle, en nous expliquant pourquoi il avait mis le cap sur ce système.

— Ceci, expliqua-t-il, est le système solaire tel qu'il était il y a 2,7 millions d'années. L'orbite de Nouvelle Arche était régulière et circulaire, elle se trouvait légèrement plus en arrière du centre de la zone Boucles d'or de cette étoile que notre Terre, dans sa propre zone habitable, et donc Nouvelle Arche était sans doute légèrement plus fraîche que la Terre. J'aurais besoin de carottes de glace pour confirmer cela, mais j'ai une grande confiance en mon analyse. Pendant plusieurs millions d'années, Nouvelle Arche était assez similaire à notre globe terrestre en termes d'habitabilité, ce qui explique pourquoi des formes de vie complexes ont pu s'y développer. Tels les êtres pensants qui ont laissé ces ruines derrière eux.

Des êtres pensants. Tous morts. Une espèce entière.

— Qu'est-il donc arrivé à cette planète ?

L'affichage de l'iPad s'anima, les planètes tournant sereinement sur leurs orbites. Puis, soudain, Nouvelle Arche se déplaça en périphérie. Son orbite restait circulaire, mais c'était un cercle plus large, plus éloigné de l'étoile.

— Joe, quelque chose a poussé Nouvelle Arche hors de son orbite originelle. La nouvelle orbite se trouvait au-delà de la limite extérieure de la zone habitable. La planète a commencé à geler rapidement, trop pour que l'espèce de faible technologie qui y vivait ait pu compenser. Elle a disparu, probablement en l'espace d'une année ou moins. Il n'y pas eu de survivants.

— Oh, mon Dieu…

— Dieu n'a rien à voir là-dedans, Joe ! gronda Skippy avec une véhémence surprenante.

— Je suis d'accord. Cette nouvelle orbite, c'était toujours un cercle ? Pourquoi est-elle elliptique, maintenant ?

La vitesse de l'affichage augmenta, et les orbites planétaires commencèrent à osciller, détournées de l'élégant tracé qu'elles avaient observé pendant un milliard d'années.

— Modifier l'orbite de Nouvelle Arche a affecté la géante gazeuse autour de laquelle j'orbite actuellement. Cela a déclenché une réaction en chaîne dans tout le système. Les deux géantes gazeuses du système solaire avaient, en gros, une résonance de deux pour un, comme Jupiter et Saturne dans ton système natal. Jupiter effectue deux rotations pendant que Saturne tourne une fois autour du soleil. Quand la résonance a été perturbée, les orbites de toutes les autres planètes ont été affectées à leur tour. Celles de Nouvelle Arche et de ce qui est maintenant la première planète ont évolué en elliptiques. En ce qui concerne la planète intérieure d'origine, qui était, je suppose, un petit corps rocheux similaire à Mercure, son orbite est devenue tellement elliptique qu'elle est tombée au cœur de l'étoile, et c'est pour ça qu'il n'y a plus que sept planètes actuellement. Nouvelle Arche finira par retrouver une orbite circulaire, légèrement plus près de l'étoile que son trajet originel. Je prévois que cela arrivera dans les prochains vingt millions d'années. La glace fondra, et Nouvelle Arche redeviendra une planète où il fera bon vivre. De nouveau.

Une remarque impertinente me vint à l'esprit : ce serait alors le bon moment pour acheter des biens immobiliers sur Nouvelle Arche. Mais je m'abstins. Une espèce pensante tout entière s'était éteinte, ici, foudroyée de manière horrible, sa civilisation enfouie sous une couche suffocante de neige et de glace. Il n'y avait rien d'amusant à cela.

— Comment c'est arrivé ? Tu m'as montré le décalage de Nouvelle Arche, mais un truc comme ça, c'est impensable, hein ?

— En effet. Et vu le niveau technologique primitif des natifs, ça ne peut pas être de leur fait. Ce n'est pas non plus un caprice du hasard.

Sa voix se mua en un murmure.

— Joe, déplacer une planète de cette façon a demandé une technologie du niveau de celle des Anciens.

— Ouh là !

Je réfléchis.

— Tu penses que les Rindhalu se sont procuré un dispositif des Anciens, et l'ont utilisé ici ?

— Impossible, trancha Skippy. Les Rindhalu n'avaient même pas découvert le feu il y a 2,7 millions d'années. Ça ne peut pas être eux. Les Anciens se sont affranchis de leurs enveloppes corporelles longtemps avant cela, et de toute manière ils n'auraient jamais perpétré pareil crime. Joe, ça me fiche une trouille de tous les diables ! J'ai des trous de mémoire exaspérants, mais ça, ce n'est en rien comparable. Quelque chose de significatif est arrivé dans la galaxie, et je ne parviens pas à l'expliquer du tout. Ce qui s'est produit ici semble impossible, pourtant, les faits sont là.

— Y a-t-il une possibilité que ton analyse soit fausse ?

Il y eut un silence gêné.

— Joe, à ce stade, je ne suis plus sûr de rien. Si je me base sur les données, mon analyse est correcte. Toutefois, je pourrais les avoir interprétées de travers, ou un élément m'aurait échappé, ou encore mes fonctions analytiques pourraient être défectueuses sans que je puisse le détecter. Tu sais que je soupçonne que quelque chose d'inconnu se soit détraqué en moi.

— Skippy, tu fais tout ce que tu peux.

— Ce n'est pas suffisant.

Il semblait triste, perdu.

— Skip, eh, remets les pieds sur… le vaisseau.

J'avais failli dire « sur terre ».

— Je suis un singe idiot, le mieux que je puisse encore faire, c'est d'être le meilleur singe idiot possible. Tu es une IA dotée d'une intelligence et de connaissances faramineuses. Malgré tout, tu peux seulement faire de ton mieux ! Tu as sauvé mon espèce entière, sans effort. Mais peu importe tes capacités, tu peux seulement faire de ton mieux. Quel que soit le problème avec ta mémoire, ce n'est pas ta faute.

— Merci, Joe. Même si tes paroles seraient plus rassurantes si elles ne sortaient pas du museau d'un singe infesté de poux.

Ah. La politesse n'était vraiment pas le fort de Skippy.

— Ce truc que tu soupçonnes d'être détraqué, c'est la raison pour laquelle tu es un tel trou du cul ?

— Hein ? Non, ça, c'est moi.

— Aucune chance de corriger ça, alors ?

— À ta place, je n'y compterais pas, non.

J'ai toujours apprécié son honnêteté.

— Au fait, quand tu contacteras le Collectif, il aura peut-être des réponses pour nous ?

— Des réponses sur la raison pour laquelle j'étais enfoui sur Paradis, et comment je suis arrivé là ? Des réponses sur la façon dont la technologie des Anciens a pu être utilisée à une époque où aucun être pensant n'habitait cette galaxie ? Sur comment la technologie des Anciens a pu servir à un but aussi maléfique ? Ouais, ces réponses-là, je les veux !

Chapitre Dix-Huit

— Joe Joe *Joe* ! Réveille-toi ! beugla l'oreillette de mon zPhone.

Mon entraînement militaire me fit me dresser d'un bond sur mon lit de camp, une main volant à l'oreillette, l'autre attrapant automatiquement une botte.

— Qu'y a-t-il, Skippy ?

— Pas d'urgence immédiate, tu peux repasser en code jaune.

— Abruti ! Tu m'as foutu une trouille de tous les diables, j'ai failli faire « code jaune » dans mon slip ! C'était quoi qui ne pouvait pas attendre mon réveil…

Je jetai un coup d'œil irrité à l'horloge du zPhone.

— … Trois heures et demie !

— Deux choses, très importantes, en fait. Une bonne nouvelle et une mauvaise.

— La mauvaise d'abord, s'il te plaît.

Une mauvaise nouvelle impliquait une réaction immédiate de ma part. Une bonne pouvait attendre le matin, et une tasse de café. Sinon deux. J'enfilai mes bottes, conscient que je ne dormirais plus cette nuit-là.

— Bien sûr, dit Skippy. Deux des chefs kristangs ici présents se parlaient au téléphone. L'un se plaignait que leurs flemmards de besogneux n'aillent pas assez vite, et l'autre, leur chef, je crois, rappelait qu'un vaisseau reviendrait les chercher dans les soixante à quatre-vingts jours prochains.

— *Quoi* ? Tu parles d'une mauvaise nouvelle, toi !

Je me levai en toute hâte et revêtis mon pantalon.

— Tu nous as dit qu'on ne reviendrait pas les chercher avant un an minimum !

— En effet, sur la foi des communications que j'avais interceptées alors. Désormais, au vu de ces nouvelles informations, j'en déduis que les chefs mentaient à leurs travailleurs. Maintenant, je suppose que ces six leaders ont prévu d'emporter les artefacts des Anciens en abandonnant la main-d'œuvre à son triste sort. Ce qui expliquerait une incohérence qui ne m'avait pas échappé : leurs réserves de nourriture me semblaient insuffisantes à leur survie pour la durée officielle de la mission. J'ai d'abord cru qu'ils avaient l'intention de tuer leurs travailleurs afin d'économiser leurs rations.

Tout ça, Skippy aurait dû m'en parler avant. Ou j'aurais dû le lui demander…

— Tu ne peux pas brouiller les détecteurs de ce vaisseau, comme pour les satellites ?

— Non, pas à travers le microvortex. La connexion ne possède pas la bande passante qui me permettrait de transmettre une IA secondaire. Et de toute façon, les satellites n'ont pas la capacité d'en stocker une. *Via* le microvortex, je ne peux pas davantage activer le nanovirus thuranien sans doute intégré aux systèmes du vaisseau kristang.

Voilà qui allait poser un *gros* problème.

— Ce navire sera donc en mesure de nous détecter.

— Yep, c'est à craindre.

Ayant mis mon pantalon et une chemise, je retrouvais des idées claires.

— Malédiction. Dans ce cas, nous devrons nous enfouir sous terre, effacer toute trace de notre présence en surface et nous terrer jusqu'à ce que ce vaisseau reparte.

Ce serait difficile, car tout dépendrait… Le vaisseau en question voudrait-il récupérer rapidement les Kristangs présents ? Sans juger utile d'effectuer un scan minutieux de la surface de la planète ?

— Négatif. Pas besoin de nous cacher. Ou de *seulement* nous cacher.

— Pourquoi ?

J'espérais qu'il n'avait pas pire à m'annoncer.

— Grâce à ma bonne nouvelle, Joe. Nous avons une occasion extraordinaire !

Oh, merde. Dans l'armée, quand quelqu'un vous parle d'une « occasion », ce n'est presque jamais une « bonne nouvelle »…

— Tu nous as dégoté une super réduction pour l'assurance de la voiture ?

— Non ! C'est encore mieux ! Joe, sérieusement, c'est extraordinaire ! Ils ont une IA !

— C'est, euh, c'est super, Skippy…

Que trouvait-il d'extraordinaire à ça ? Tous les vaisseaux stellaires disposent d'une IA dédiée à leur noyau informatique central. Même les systèmes de navigation des navettes sont contrôlés par un type d'IA. Et donc, quel était l'intérêt de savoir que les lézards en avaient une dans leur base de récupérateurs ? Ils l'utilisaient probablement pour déterminer ce qui pouvait bien avoir une quelconque valeur dans le bric-à-brac des Anciens.

— Tu ne comprends pas. Tant que ces lézards jacassaient, il y avait un flux vidéo, et derrière l'un d'eux, j'ai vu quelques-uns des artefacts qu'ils avaient récupérés, posés sur une table. Or, l'un d'eux était une IA des Anciens !

Là, c'était effectivement une nouvelle extraordinaire.

— Une IA comme toi ? Une autre canette de bière chromée ? m'écriai-je, tout excité. Est-ce qu'elle t'a parlé du Collectif ?

— Je n'ai pas réussi à la contacter. Je ne comprends pas pourquoi,

— Peut-être est-elle en sommeil, du fait que les Kristangs sont une espèce interstellaire ? C'est bien pour ça que tu n'as pas pu t'adresser aux Kristangs ou aux Ruhars sur Paradis, n'est-ce pas ?

— Ça n'explique pas pourquoi elle n'a pas daigné me répondre. Nous autres IA, nous communiquons à un niveau plus élevé que les êtres biologiques ne peuvent concevoir. Ce qui est également troublant, c'est que cette IA, comme moi, semble connectée au crash d'un vaisseau des Anciens. Et ce que les Kristangs récupèrent ici, ce sont les débris d'un astronef stellaire des Anciens ayant chu de son orbite. Auquel cas, ça se serait produit il y a 2,3 à 2,5 millions d'années.

Redoutant d'avance sa réponse, je demandai :

— Oh là là ! Tu m'as dit qu'on n'allait pas se cacher, parce que nous devrons récupérer cette IA avant que le vaisseau Kristang revienne tout emporter ?

— Exactement. Pas question de rater si belle occasion ! Si jamais cette IA peut m'aiguiller sur le Collectif, ta mission sera accomplie, et tu pourras retourner au bercail dès que le *Hollandais volant* aura été réparé. Si les Kristangs emportent cette IA, nous ne la retrouverons sans doute jamais. Ils n'ont aucune idée de ce que c'est, bien entendu, ils l'ont prise uniquement parce qu'elle a un rapport avec le vaisseau des Anciens. Cette IA pourrait demeurer oubliée sous un tas de cochonneries pendant une éternité.

Ou sur une étagère poussiéreuse dans un entrepôt.

— Skippy, je suis d'accord, c'est une super occasion à ne pas rater, j'en ai conscience. Mais nous sommes très loin des Kristangs, nous n'avons aucun moyen de transport, et ils disposent d'armements aériens. Nous ne pouvons tout simplement pas aller frapper à leur porte et leur demander gentiment de nous donner l'IA. Il faudra nous battre pour l'obtenir. Et, s'il y a combat, nous devrons les tuer tous, sans exception, afin qu'aucun survivant ne puisse révéler que des humains les ont exterminés. Hum… Et même dans ce cas… Laisse-moi au moins le temps de la réflexion.

— C'est toi le génie militaire, Joe. Tu auras bien une idée.

— Le génie ?

— Tout est relatif, c'est sûr. Mais eh, réfléchis vite, le temps manque !

— Je m'y mets de ce pas, dis-je doucement en sortant de mon réduit pour rejoindre la salle principale de la caverne, où s'alignaient des rangées de lits de camp. Frappé par une idée, je pilai.

— Tu as dit que ce vaisseau des Anciens s'est écrasé il y a de cela 2,3 ou 2,5 millions d'années ?

— Oui, pourquoi ?

— Un vaisseau des Anciens, contenant une IA, s'est écrasé ici quelques centaines de milliers d'années après que la technologie des Anciens eut poussé cette planète hors de son orbite ?

— Cette coïncidence ne m'a pas échappé, en effet. Je trouve ça des plus suspicieux.

— Cette IA sait peut-être ce qui est arrivé.

Un frisson glacé me parcourut l'échine.

— Oh, merde ! Serait-il possible qu'elle ait pu jouer un rôle dans ce qui s'est passé ?

—Non ! Absolument pas ! C'est *impossible*. Aucun être pensant connecté à la civilisation des Anciens, qu'il soit d'origine biologique ou artificielle, n'aurait voulu, n'aurait pu, perpétrer d'acte aussi maléfique. Il est plus probable que le vaisseau des Anciens et cette planète aient tous deux été victimes de la même force sinistre. Joe, j'en ai chié dans mon froc, pour ainsi dire.

Après avoir réfléchi à la nouvelle annoncée par Skippy concernant l'arrivée relativement imminente du vaisseau kristang, et à sa suggestion d'attaquer le camp des récupérateurs pour s'emparer de l'IA et le nœud com', je réunis l'équipe des forces spéciales dans la caverne principale, me hissai sur une table et me lançai dans une harangue :

— Les gars, nous avons saisi la chance d'atterrir sur cette planète, de nous y entraîner et d'apprendre tout ce que nous pouvions à son sujet. Maintenant, je suis heureux de vous annoncer que nous avons une nouvelle occasion à saisir au vol !

J'entendis des grognements de dépit s'élever de nos équipes des forces spéciales originaires de cinq pays. Quelle que soit sa nationalité, chacun comprenait ce que le terme « occasion » signifie dans l'armée. Garcia leva la main.

— Monsieur, « occasion », ça veut dire une chance, ou un truc mal ficelé qu'on refile à d'autres pauvres troufions pour s'en débarrasser ?

Je me joignis aux éclats de rire. Le fait que les soldats placés sous mon commandement se sentent assez en confiance pour plaisanter avec moi était bon signe. Nous nous étions vraiment soudés en tant qu'équipe pendant notre exil sur Nouvelle Arche – les élites des forces spéciales et leurs commandants respectifs, le sergent qui jouait au colonel !

— Ça pourrait être l'un ou l'autre, Garcia. Voilà la situation : Skippy a découvert que les récupérateurs kristangs sur la planète ont non seulement extrait un nœud com' des débris d'un spationef des Anciens, mais également une IA. Une autre canette de bière comme lui… Ou plutôt, ajoutai-je en hâte avant que Skippy ne prenne la mouche, une autre IA des Anciens, puisque nous nous accorderons tous à dire qu'il n'existe qu'un seul et unique Skippy. En tout cas, espérons-le !

Cette saillie me valut une vague de gloussements.

— Je compte attaquer les Kristangs pour leur prendre les deux artefacts.

Plus de gloussements cette fois, mais des cris de surprise. Smythe reprit la parole le premier :

— Monsieur, nous nous sommes terrés dans des cavernes et avons détourné les images de leurs satellites pour que les Kristangs ne se doutent pas de notre présence. Et voilà qu'il serait question d'attaquer un ennemi qui possède des armes au minimum équivalentes aux nôtres et qui a, en plus, l'avantage d'armes aériennes ? Même si nous sommes les meilleurs…

Il balaya l'assemblée du regard, comme pour s'assurer que les forces spéciales étaient bien persuadées de leur supériorité.

— Ces Kristangs sont plus grands, plus vifs et plus résistants que nous. Je comprends que notre ami Skippy ait hâte de récupérer cette IA, mais pour nous, le jeu en vaut-il la chandelle ?

— Oui, parce que si cette nouvelle IA sait comment contacter le Collectif, ou si ce nœud com' fonctionne, nous n'aurions plus à errer dans la galaxie. Et n'oubliez pas que nous avons parcouru tout ce chemin, au départ, pour récupérer un nœud de communication des Anciens ! Obtenir cette IA serait un énorme avantage, mais un nœud com', ce serait de toute façon l'accomplissement de notre mission. J'espère également que cette nouvelle IA, ou Skippy, ou les deux, seront d'accord pour guider le *Hollandais volant* vers la Terre, avant de repartir vers de nouveaux horizons. Auquel cas, nous pourrons rentrer chez nous au lieu de rester coincés ici jusqu'à la fin des temps, mais nous fournirons aussi à l'humanité un transporteur stellaire thuranien à étudier et rétroconcevoir. Pareille chance ne se représentera pas de sitôt, j'en suis persuadé.

Mes arguments firent mouche. Mes co-équipiers hochèrent la tête avec des regards entendus. Un transporteur stellaire thuranien, en orbite terrestre… Relevant d'une technologie bien plus avancée que celle des Kristangs. Peut-être la base de l'élaboration par l'humanité d'une capacité de défense de premier plan, un vaisseau stellaire bien à nous, voire, un jour peut-être, une flotte entière !

— Nous passerons à l'offensive, ajoutai-je, uniquement si nous avons un plan de nature à minimiser les risques. Mais je ne vous ai pas encore parlé du volet le plus intéressant. Skippy a également appris qu'un vaisseau arrivera ici pour récupérer les Kristangs, dans soixante à quatre-vingts jours.

Il y eut des cris de surprise.

— Ouais, je sais, le *Hollandais volant* ne sera pas prêt en soixante jours, donc nous n'aurons pas à disposition les armes du vaisseau ni ses navettes, pour un raid. Il nous faudra marcher jusqu'au campement des Kristangs et attaquer avec les équipements dont nous disposons. Franchement, si je n'avais pas une unité des forces spéciales à disposition, je n'aurais même pas envisagé d'attaque. Mais, là encore, si nous n'avons pas de plan solide pour minimiser les dangers, nous ne nous y risquerons pas. Nous resterons tapis là, dans les cavernes, jusqu'à ce que les Kristangs repartent.

— Une attaque, contre une espèce disposant d'une technologie équivalente à la nôtre, sur son terrain, alors que nous ne pourrons emporter que ce qu'il nous sera possible de transporter sur notre dos ? fit Smythe, pensif.

Je ne parvins pas à déterminer s'il était sceptique ou intrigué.

— La devise du SAS, c'est bien « Qui ne risque rien n'a rien », Capitaine Smythe ?

— Pour ça, il nous faudra un plan en béton armé, Monsieur.

— Je suis d'accord. Et, pour y arriver, je suis très heureux d'avoir six chefs expérimentés des Forces spéciales. Sans parler de l'atout dans notre manche : Skippy. Il est peut-être loin, de l'autre côté de ce système stellaire, mais en ce moment, il contrôle tout ce que les Kristangs voient grâce à leurs satellites. C'est une longue marche jusqu'à la base ennemie, mais s'il y a une chose dont nous n'aurons pas à nous soucier, c'est d'être détectés par images satellites. Je compte sur Skippy pour nous donner l'avantage de la surprise. Nous frapperons un grand coup, sans qu'ils se doutent de quoi que ce soit avant que nos rafales ne cisaillent les airs.

Je déclarai la séance levée. Et abordai Chang.

— Colonel, nous avons maintenant besoin d'un seul et unique chef pour les équipes des Forces spéciales. Je voudrais que vous compiliez une liste de…

— Le capitaine Smythe, m'interrompit Chang.

— Smythe ?

— Smythe. Et si vous posez la question aux cinq autres chefs, ils vous diront la même chose. Smythe jouit du respect de tous, tout le monde l'apprécie, et c'est, de loin, le plus expérimenté pour le commandement d'opérations spéciales en situation de combat. Il devait être promu major, mais il a décliné la promotion, au motif que la FENU voulait que les chefs d'équipe soient tous des capitaines, afin qu'ils soient égaux en grade.

— Euh… Je ne savais pas.

— C'est dans son dossier, Monsieur, me reprocha Chang sans animosité.

— Smythe, alors ?

— Oui.

— Vous y avez déjà réfléchi, on dirait…

— Je suis le commandant en second, et je ne servirais pas à grand-chose si je ne cherchais à vous éviter force tracas, Monsieur.

Avant de pouvoir attaquer la base des récupérateurs et de nous emparer de l'IA et du nœud com', nous avions besoin d'un plan. Les leaders des Forces spéciales se penchèrent sur nos cartes d'état-major dès la fin de la réunion. Pour ma part, j'appelai Skippy. Avant que nous nous lancions dans des planifications complexes, je voulais lancer une chose de très simple.

— Eh, Skippy, j'ai une question pour toi.

— Laquelle ?

— Même une bombe nucléaire ne pourrait t'endommager, n'est-ce pas ?

— Exact.

— Super, alors…

— Exact, je l'ai dit. Je préfère que ce soit clair. Puisque je parle à un singe.

— O.K. Et c'est pareil pour l'autre IA ?

— Probablement. Je ne peux le savoir avec certitude, car cela dépend de la force de sa connexion à l'espace-temps local. Si cette connexion est faible, une explosion pourrait l'endommager.

— Merde.

— Pourquoi me demandais-tu ça ?

— Parce que, dis-je, en rayant mentalement une idée de ma liste, j'espérais que tu pourrais envoyer un missile ou deux sur la base kristang. Ensuite, il nous aurait suffi de fouiller les débris pour trouver cette canette de bière, je veux dire, l'IA.

Les missiles thuraniens du *Hollandais volant* n'étaient pas munis de têtes nucléaires, ils recouraient à un dispositif sophistiqué de compression moléculaire high tech à haut rendement explosif, quoique sans radiations.

— Ah, ah. Hélas, il y a quatre problèmes avec ton idée. Premièrement, un seul de nos missiles suffirait à endommager l'IA, et nous ne pouvons en aucun cas prendre un tel risque. Deuxièmement, je devrais lancer ces missiles à très longue distance, ce qui rendrait quasi impossible de prévoir leur impact visant à exterminer les Kristangs présents à la base. Troisièmement, un missile endommagerait certainement le nœud com', presque aussi essentiel que l'IA. Les nœuds de communication des Anciens sont des dispositifs assez fragiles, pour des raisons que je n'ai pas à expliquer à des singes. Quatrièmement, et c'est sans doute l'objection la plus importante, à cet instant précis, nous n'avons aucun missile à bord.

— Quoi ? fis-je, surpris. Nous en avions huit…

— Petit nigaud, tu oublies que j'en ai utilisé un pour ouvrir ce microvortex à Nouvelle Arche.

— D'accord, sept. Nous avions sept missiles !

— Oui, tu as raison à cent pour cent. Nous *avions* sept missiles. J'ai dû les démonter pour récupérer les matériaux de base et le carburant.

— Ma foi, voilà qui est tout simplement génial ! fulminai-je. Et quand allais-tu m'en informer ? À quoi ça sert que je sois le commandant, si je ne sais même pas ce qui se trame sur mon propre bâtiment ?

— Je construis un vaisseau stellaire à partir de poussière lunaire, là ! Tu veux tout savoir jusque dans les moindres détails ? Nous n'avons plus de coquerie ni de salle de sport. Je les ai recyclées en accélérateur de particules – des plus primitifs ! – afin de transmuter des éléments rares dont j'ai besoin.

— Un vaisseau de guerre délesté de ses missiles, tu n'as pas jugé bon de m'en informer, Skippy ? De toute façon, nous aurons besoin d'une coquerie, à un moment…

— Malédiction, Joe, qu'y a-t-il de si important au sujet d'une fichue cuisine ?

— Skippy, nous avons un équipage composé de gens qui savent pertinemment, même s'ils n'y pensent pas consciemment, qu'ils ne rentreront sans doute jamais chez eux. Car dès que tu auras contacté le Collectif, de ton propre aveu tu partiras, et il est très peu probable que nous puissions regagner la Terre par nos propres moyens. De la bonne nourriture à savourer en un lieu où nous réunir et en profiter ensemble, c'est crucial. C'est même vital pour le moral, Skippy. Nous en avons besoin. Cette convivialité est un des rares plaisirs que nous ayons encore dans notre situation, même si les choses vont mal. La perspective d'un bon repas entre camarades, ça fait un bien fou au moral, ça donne de l'espoir. C'est un problème de « sacs à viande », tu comprends ? Un réfectoire, c'est important, nous en avons besoin.

— Sans compter, gloussa Skippy, que ça me procure beaucoup d'amusement. D'accord, dès que vous remonterez à bord, il y aura une cambuse, au moins une partie de la salle de sport, et trois, peut-être quatre missiles. À mesure que les réacteurs se réactiveront, et que j'aurai transformé les matériaux bruts en substances utilisables, je redirigerai des ressources à la logistique environnementale et aux armements. Selon mes prévisions, nous aurons assez de matériaux et d'énergie pour assembler jusqu'à onze missiles en tout. Certains n'auront pas une pleine capacité, car nous n'avons tout simplement pas les ressources nécessaires à ce type de fabrication.

— Skippy, j'apprécie à sa juste valeur l'énorme quantité de travail que tu fournis.

Chez mes parents, les projets de week-end étaient toujours planifiés, car un aller-retour à un magasin de bricolage ou un entrepôt de bois prenait plus de deux heures et demie. Le « magasin de bricolage » de Skippy, c'était les outils qu'il fabriquait lui-même.

— Souviens-t'en quand tu remonteras à bord. En outre, des secteurs du vaisseau seront toujours hors limite, à décontaminer à cause des radiations haute énergie.

— Je suis sûr que nous allons positivement adorer tes talents de décorateur !

— Ce sera magique. Je me suis décidé pour un thème Arts and Crafts, en y mixant un peu de Walt Disney et des caractéristiques d'un lupanar français. Faire sauter d'un missile la base des récupérateurs ne fonctionnera pas. Quel est ton plan de secours ?

— C'était mon plan de secours, Skippy. L'original consiste à attaquer la base. J'y travaille.

La raison pour laquelle nous tergiversions toujours sur notre raid, c'est qu'a priori, rien n'était faisable. Le meilleur plan aurait été que nos forces spéciales, en armures motorisées, attaquent la base kristang de nuit. La rapidité, la puissance, la surprise, ce plan avait tous les avantages. Arrivés discrètement à la base, nous attendrions que leur hélicoptère soit posé et arrimé. Grâce à Skippy, nous pouvions le pister, et nous disposions des plans complets de la base. Les chefs des récupérateurs n'accordaient aucune confiance à leurs travailleurs forcés, et avaient donc placé la base sous surveillance. En conséquence, Skippy avait pu infiltrer leurs systèmes et y suivait à peu près tout ce qu'il s'y passait. Le problème ? Nos armures motorisées ne pourraient pas stocker assez d'énergie pour faire tout le chemin jusqu'à la base des récupérateurs. Ces stupides Kristangs n'avaient pas conçu leurs armures avec des batteries amovibles, et nous n'étions donc pas en mesure d'emporter assez d'énergie pour qu'un soldat en armure en transporte une autre de secours. En emploi standard, les armures motorisées s'accompagnaient d'unités de chargement portables, mais nous n'en avions même pas une. Quelle que soit la façon dont nous arriverions à la base, nous n'aurions ainsi pas d'armures motorisées pour l'attaque. Et, face aux Kristangs, même si les gars de nos Forces spéciales étaient excellents, ils ne seraient plus si « spéciaux » que ça. Nous devrions affronter trente aliens plus grands, plus forts et génétiquement améliorés, dont quatre au moins, voire six, porteraient des armures motorisées. Comment égaliser les chances dans ces conditions ? Pour le moment, nous n'avions aucun plan réalisable. Les forces spéciales avaient beau mobiliser leur génie tactique, aucune de nos idées n'était de nature à réduire suffisamment les risques pour que je puisse tabler sur nos chances de succès.

Ce soir-là, je m'éveillai au beau milieu de la nuit avec une idée subite issue de mon subconscient… Mon nouveau plan – sacrément brillant, même si c'est moi qui le dis – aboutirait à deux résultats : réduire le nombre de Kristangs à affronter, et supprimer leur avantage en termes de puissance de feu aérienne. À supposer bien sûr que ça fonctionne. Sachant que je ne me rendormirais pas, je quittai mon lit de camp et traversai la caverne à pas de loup pour aller me verser un café, contournant les dormeurs sur leurs propres lits de camp ou leurs matelas. Puis je sortis à l'extérieur ; il faisait froid et humide, mais par bonheur, il ne pleuvait pas. J'appelai Skippy pour en discuter avec lui. Étonnamment, il m'écouta sans me couper.

— Hum… fit-il quand j'eus fini de lui exposer mon idée, ton plan, c'est ça ? Je devrais peut-être prendre le dictionnaire et t'expliquer la définition du mot « plan ».

— Je sais ce qu'est un plan, Skippy. Et sinon, à part qu'il sorte d'une cervelle de singe, est-ce que tu vois un problème majeur ?

— Je dois l'admettre, c'est peut-être bien la chose la plus stupide que j'aie jamais entendue. Peut-être. En tout cas, il est clairement dans le top cinq des idées stupides jamais émises dans cette galaxie ! À quelle place, ça, c'est une question de jugement…

— Merde, Skippy, merci pour la motion de confiance ! Sérieusement, tu vois des problèmes ? Ce plan repose en grande partie sur toi.

— Il dépend entièrement de moi, espèce d'idiot ! Et je suis de l'autre côté du système stellaire, occupé comme je le répète à fabriquer un vaisseau spatial avec de la poussière lunaire. Le problème majeur, et si tu avais plus de deux neurones encore actifs, tu le saurais, c'est que ton plan comporte de multiples points d'échec potentiels. Et à la première défaillance, c'est l'ensemble qui tombe à l'eau. Plouf !

— O.K., O.K., j'ai compris. Tu as de meilleures idées ?

— Non, c'est bon. Essayons ce projet-là.

— Quoi ! hurlai-je. Tu me casses les couilles en me disant que j'ai concocté un plan stupide, puis tu es d'accord pour le mettre en œuvre ?

— Ouais, pour sûr, il fera l'affaire, ton plan. Voyons, Joe, vous êtes des singes. Quelles sont les chances que vous parveniez à échafauder une meilleure tactique ?

CHAPITRE DIX-NEUF

DEUX JOURS PLUS tard, nous mettions mon plan – peut-être pas le plus incroyablement stupide – à exécution. Et deux jours encore après, les Kristangs mordirent à l'hameçon.

L'appât était censé être un dispositif de captage d'énergie des Anciens. Par leurs satellites, Skippy exhiba aux récupérateurs une vue alléchante d'un dispositif de captage d'énergie, au fond d'un étroit canyon, supposément dénudé par un glissement de terrain. Si le glissement de terrain s'était réellement produit, le dispositif de captage d'énergie, lui, nous l'avions fabriqué à partir de pièces de rechange et de ferraille – « création » assez convaincante vue de loin, du haut du canyon ou bien au-delà.

Si les récupérateurs étaient marginalement compétents, ils auraient dû aviser le « dispositif de captage d'énergie » déterré peu après le glissement de terrain. Mais étant d'une incompétence crasse, ils ne remarquèrent pas le précieux artefact gisant au sol, sous un soleil intermittent. Skippy en fut si frustré qu'il eut envie d'appeler tous leurs zPhones et de leur demander s'ils pouvaient être encore plus stupides ! Heureusement, il se retint, et les récupérateurs repérèrent enfin l'objet après que Skippy l'eut obligeamment mis en valeur dans le résumé quotidien de leurs détecteurs.

Grâce à notre satellite, nous suivîmes le parcours de leur hélicoptère depuis sa préparation au vol, à la base, jusqu'à son décollage avec deux pilotes et huit autres Kristangs à bord. Cet hélicoptère ressemblait furieusement aux transporteurs Balbuzards des Ruhars que j'avais connus au camp Alpha et sur Paradis, sauf qu'il était plus grand, plus laid... Et bien déglingué avec sa coque rapiécée, rayée et bosselée. Skippy déclara que, d'après les rapports d'entretien, les Kristangs se limitaient au minimum requis pour assurer ses vols. Un des moteurs avait plus de mille heures de retard pour son contrôle technique, et les pilotes signalaient qu'il chauffait toujours de manière inquiétante. L'autre moteur accusait quant à lui une légère surchauffe, fournissant une bonne quantité d'énergie, mais il vibrait tellement qu'il menaçait à tout instant de se détacher de son support. Lorsque les récupérateurs quitteraient Nouvelle Arche, ils ne reprendraient pas cet hélicoptère, et je pouvais comprendre qu'ils ne veuillent pas gaspiller de précieuses ressources pour le garder en bon état de vol. Facile à dire pour moi, qui n'étais pas obligé de monter à bord de cette épave volante ! Peut-être tomberait-elle toute seule du ciel, sans nulle intervention de notre part…

Une fois que l'engin eut décollé, Skippy suivit son trajet par satellite, et nous pouvions l'observer à chaque seconde. Les Kristangs prenaient des précautions avec leur hélicoptère déglingué. Ils auraient pu aller chercher le dispositif factice de captage d'énergie la veille, mais il avait fait mauvais temps, avec des cieux plombés et des averses. Le lendemain, il y avait encore quelques nuages, mais les vents étaient modérés. Des conditions météo toutes indiquées pour faire atterrir un vaisseau en piètre état dans une région inconnue.

— Comment allons-nous l'appeler ? demanda Smythe tandis que l'hélicoptère, loin au-dessus des nuages, se dirigeait droit sur nous.

— L'hélicoptère ? fit Adams. Sur Paradis, les Ruhars avaient un appareil de transport à ascension verticale qui y ressemblait, que nous appelions un Balbuzard. Celui-ci est la version des lézards, je propose que nous l'appelions un Balbulézard pour le moment. Ou peut-être, un corbeau…

— Balbulézard me convient, tranchai-je, ne tenant pas à nous laisser distraire. Skippy, que disent-ils ?

— Les pilotes n'ont plus communiqué avec la base depuis que l'engin a atteint son altitude de croisière. Et je ne peux pas entendre leurs échanges dans l'habitacle. Hé, je peux toujours te traduire leurs transmissions, proposa Skippy.

— Ce serait génial.

Et très utile en temps réel.

— Relaie les transmissions aux équipes de Siffleurs.
— Affirmatif.

Nous nous attendions à ce que le Balbulézard survole le secteur de notre appât. Logique que l'ennemi veuille quadriller la zone au préalable. Mais nous n'avions pas prévu qu'il la survolerait en cercle à haute altitude. Heureusement qu'il avait beaucoup plu, les précipitations de la veille ayant fait disparaître nos piétinements à cet endroit critique (proche des cavernes). Nous avions ramassé herbes et arbustes pour les répandre là où nous avions assez déambulé pour laisser une sente dans la boue ; les averses à elles seules ne pourraient dissimuler ces traces-là. À l'exception des équipes de Siffleurs et des observateurs comme moi, les autres se pelotonnaient au fond des cavernes, batteries d'alimentation coupées, sans plus aucune source de chaleur artificielle. Nous étions aussi bien préparés que possible, au vu des circonstances.

À mes côtés, Desai me fit observer que le pilote ennemi tournait en rond au-dessus de la zone, probablement en quête d'un point d'atterrissage peu risqué. Le Balbulézard planait, offrant une cible tentante. Il était à portée de Siffleurs, mais pas vraiment à portée *idéale*. Si le pilote kristang détectait un Siffleur, et que le missile ratait sa première tentative d'interception, le Balbulézard aurait le temps de se replier, et ce serait un désastre pour nous. Nous suivîmes donc notre plan à la lettre et attendîmes que le Balbulézard perde de l'altitude. Les équipes de Siffleurs restèrent cachées en bon ordre, guettant le signal de Smythe.

Et l'appareil descendit par paliers. Grâce à Skippy, nous entendîmes le pilote appeler la base pour signaler qu'il procédait à un passage supplémentaire au-dessus de l'appât, à basse altitude, et qu'il avait l'intention de se poser sur une crête plutôt que de risquer d'atterrir au fond d'un canyon et de ne pas pouvoir en repartir, aux manettes d'un engin si peu fiable. Les autres Kristangs à bord protestèrent à la perspective de devoir descendre puis remonter en transportant le précieux dispositif de captage d'énergie.

Le Balbulézard entama une approche par le sud, le soleil à revers pour ne pas interférer avec la visibilité du pilote. Après une rapide perte d'altitude, il se lança dans un léger piqué. Le pilote allait atterrir au sommet de la paroi nord du canyon. Je donnai le signal à Smythe.

Une équipe de parachutistes indiens eut la chance – ou la malchance – de se trouver en position parfaite. Dès que le Balbulézard dépassa la paroi sud du canyon, les parachutistes lancèrent une paire de missiles, qui fondirent sur le malheureux Balbulézard en un clin d'œil. Attirés par la signature thermique du moteur en surchauffe, les deux siffleurs frappèrent la nacelle du moteur tribord. Même si les moteurs étaient vulnérables, et plus faciles à viser sur un astronef ceint d'un bouclier furtif, l'élément critique d'un vaisseau aérien restait son centre d'alimentation, là où l'énergie destinée aux moteurs était produite et stockée. Normalement, c'est bien là que les Siffleurs se seraient dirigés, mais cela ne nous aurait servi à rien, car il fallait que les Kristangs voient un Balbulézard tomber du ciel à la suite de l'explosion d'un moteur. S'ils venaient survoler le site du crash et constataient que des missiles avaient troué la coque de l'appareil, notre plan se solderait par un cuisant échec. Voilà pourquoi les servants des forces spéciales avaient visé manuellement le moteur tribord, et verrouillé les détecteurs de leurs siffleurs avant de les décocher.

Dépourvu de bouclier furtif, avec des pilotes ne prenant aucune précaution contre un ennemi dont ils ignoraient la présence sur la planète, le Balbulézard à basse altitude était une cible facile. Le premier missile détruisit le moteur tribord, et le second, une fraction de seconde plus tard, pulvérisa son aileron d'attache. Les débris des ogives et des aubes de turbine du moteur percutèrent le fuselage, le déchiquetant comme s'il avait été en papier de soie. Le Balbulézard vira rapidement à droite, nez pointé au ciel, avant de se retourner sur le dos et de tomber en chandelle. Sa queue accrocha le bord de la falaise nord, le propulsant dans une spirale infernale. Le Balbulézard heurta la paroi avant de s'écraser au fond du canyon. Puis il s'immobilisa, l'arrière à demi-submergé dans un cours d'eau.

— Équipes Alpha, restez en position, ordonnai-je.

Je savais que le capitaine Xho avait hâte d'entrer dans la mêlée avec son équipe Alpha en armures motorisées. Comment lui en tenir rigueur ? L'équipage kristang était chaudement vêtu vu ces frimas, mais à première vue, il n'avait ni armures ni armes. Il était toujours possible que les Kristangs aient revêtu en vol des armures motorisées en stock, mais ça semblait peu probable. D'après les informations que Skippy avait obtenues, les armures motorisées étaient réservées aux Kristangs de haut rang, destinées à garder leurs travailleurs forcés sous contrôle. De ce fait, je doutais fort que leurs chefs aient pu autoriser les travailleurs à bord du Balbulézard à avoir accès à des armes, quelles qu'elles soient.

Je ne voyais pas non plus comment même des guerriers génétiquement améliorés comme les Kristangs auraient pu survivre à l'écrasement. Les composés de la coque avaient tenu le coup, dans des conditions où un vaisseau de construction humaine se serait disloqué en débris enflammés. Mais, en dépit de ces améliorations, les Kristangs restaient des créatures biologiques, avec les limites que cela impliquait. La pesanteur générée par le crash avait dû briser des nuques, écraser des cages thoraciques, arracher des membres. Aucune chance que l'un d'eux ait pu survivre.

C'était du moins ma déduction.

— Équipe Alpha, restez en position, ordonnai-je. Je répète, restez en position.

— Bien reçu, confirma Xho, laconique.

— Skippy, tu diffuses notre récit de couverture sur la vidéo ?

— Affirmatif, répondit-il avec une concision inhabituelle.

Notre amicale canette de bière, qui contrôlait le flux de données par le truchement des deux satellites kristangs, était la clé de voûte de notre plan visant à priver les récupérateurs de leur avantage aérien, et à réduire drastiquement leurs effectifs. Jusque-là, un Balbulézard planait au-dessus de notre « trésor » factice des Anciens, et une paire de siffleurs avait jailli du sol pour pulvériser le moteur tribord du Balbulézard. Nous avions entendu monter sur nos zPhones les cris des pilotes avant de voir leur Balbulézard s'écraser au fond d'un canyon.

Si les Kristangs de la base des récupérateurs avaient suivi la scène, ç'aurait été un désastre pour notre Bande de joyeux pirates. Ils auraient appris la présence d'une force hostile sur Nouvelle Arche et nous auraient probablement survolés à haute altitude pour effectuer une reconnaissance de la zone, en restant hors de portée des missiles siffleurs. Ils nous auraient suivis et auraient pu envoyer des guerriers nous harceler. Puis ils auraient hérissé des défenses rendant le succès de toute offensive de notre part fort aléatoire, sinon impossible. Les chefs auraient dès lors placé leur navette en orbite, avec les précieux artefacts des Anciens à bord, ou auraient gagné une autre partie de la planète où nous n'aurions pas pu accéder à pied. Puis, à l'arrivée du vaisseau attendu, les récupérateurs auraient certainement prévenu de la présence d'un groupe hostile sur Nouvelle Arche. Du haut de leur orbite, les nouveaux venus auraient alors beau jeu de nous renvoyer au néant.

En bref, à nous d'abattre le Balbulézard en faisant croire aux Kristangs à un accident, afin de dissimuler notre présence sur la planète.

Et c'est là qu'intervenait Skippy le Magnifique, Skippy le Magicien.

Grâce au contrôle absolu qu'il exerçait sur les deux satellites kristangs, il s'était déjà assuré que les récupérateurs ne décèleraient aucun signe d'activité humaine sur Nouvelle Arche. Les satellites modifiaient les images et les données des détecteurs transmises aux lézards, afin que ceux-ci voient uniquement ce que nous voulions qu'ils voient. Ils n'avaient donc pas vu nos navettes débarquer l'équipage et les fournitures sur Nouvelle Arche. Pas plus qu'ils ne pouvaient voir les panneaux solaires que nous avions installés et qu'ils ne détectaient l'augmentation des radiations infrarouges produites par la chaleur générée par l'activité humaine. Quand les Kristangs consultaient les images transmises par leurs satellites, si jamais ils s'intéressaient à la zone où nous nous trouvions, tout ce qu'ils voyaient, c'était des prairies, des buissons, de la boue, des affleurements rocheux. Oh, sans oublier ruisseaux et rivières, çà et là. Pas d'humains. Et aucun signe que Nouvelle Arche fût habitée par quelque espèce douée de conscience que ce soit.

Comme Skippy contrôlait, *via* les satellites toujours, les flux de données audio et vidéo, et ceux des détecteurs, tout ce que les Kristangs de la base de récupération virent et entendirent, ce fut leur Balbulézard survoler un objet précieux des Anciens, puis les hurlements d'effroi des pilotes, leur moteur tribord surchauffant au point d'exploser. Les derniers mots des malheureux furent de maudire leurs chefs d'avoir traité leurs avertissements par le mépris. Le flux vidéo des satellites ne montra pas des humains, certains en armures kristangs, approcher de l'épave. Tout ce qu'il montra, ce fut le Balbulézard gisant au fond du canyon.

Ainsi qu'un artefact des Anciens, toujours exposé au sol. Trop tentant pour que les récupérateurs puissent l'ignorer.

Leurs chefs se fichaient pas mal des victimes de cette chute. Ou de l'engin, perte acceptable. Mais impossible qu'ils fassent l'impasse sur un trésor des Anciens qui suffirait à lui seul à rentabiliser leur misérable expédition. Je comptais sur le fait que les récupérateurs possédaient toujours un moyen de transport aérien, leur navette, pour venir chercher notre appât, sans se douter que la chute du Balbulézard n'avait rien d'accidentel – et encore moins que des humains aient trouvé refuge sur Nouvelle Arche. Je comptais sur leur cupidité, et, plus important, sur le fait que les Kristangs seraient toujours les Kristangs. Quand leur vaisseau stellaire se pointerait, s'il détectait l'artefact des Anciens toujours exposé dans son canyon, le capitaine serait tenté d'envoyer sa propre navette pour s'en emparer, à son seul bénéfice.

J'étais certain que les chefs des récupérateurs ne prendraient pas le risque d'attendre, et qu'ils retenteraient de récupérer notre leurre.

Après dix minutes sans mouvement perceptible du côté du Balbulézard, je donnai à Smythe le signal d'envoi des équipes Alpha. Deux Chinois étaient les plus proches. Au signal, ils jaillirent de leurs caches, foulant à grandes enjambées l'herbe boueuse en direction de l'épave. Tous deux étaient bien plus disciplinés que je ne l'aurais été en pareilles circonstances. Car, en armure motorisée, j'aurais jailli à dix mètres de haut et serais arrivé à mi-chemin de la cible en un seul bond. Mais eux contrôlaient parfaitement l'avantage de leur armure, évitant de s'élever inconsidérément dans les airs, fusils pointés sur la rampe d'accès du Balbulézard. La porte arrière s'était ouverte dans le crash, et l'impact avait arraché le haut de la rampe de son mécanisme de fermeture. L'un des Chinois braqua son zPhone sur l'ouverture pour que nous ayons une vue de l'intérieur, tandis que son binôme le couvrait.

— Je ne vois rien bouger là-dedans, dit Xho.

— Moi non plus, renchérit Smythe. Attendons l'équipe Alpha française pour entrer.

Les deux Français en armures motorisées, à cinq cents mètres du canyon, étaient presque arrivés sur le site du crash, à l'avant du Balbulézard. *Via* le flux du réseau des zPhones, nous voyions l'intérieur de l'hélicoptère, où régnait le chaos. Les Kristangs n'avaient guère été concernés par la fixation des éléments. Le plongeon mortel avait arraché quantité d'équipements de leurs supports, les envoyant valdinguer de toutes parts. Les occupants avaient sans doute été plus en danger à cause de leur propre matériel qu'à cause de leur chute de plus de deux cents mètres. En tout cas, plus rien ne bougeait à l'intérieur du Balbulézard. Deux cadavres s'affichaient sur l'écran étroit des zPhones, leurs jambes pliées en des angles bizarres, du sang rouge foncé coulant sur le sol.

Un des Français sauta lestement par-dessus le Balbulézard, puis se pencha et rampa pour risquer un coup d'œil par les hublots du cockpit.

— Ces deux-là sont morts, dit-il, en levant son zPhone sur le carnage.

Je reconnus ce timbre de voix : celui de René Giraud. Et, si j'avais fait plus attention, j'aurais tout de suite vu que l'image provenait de « Giraud, R (FR) », comme l'indiquait l'icône en bas de l'écran de mon zPhone. Les Kristangs sont de sales lézards, mais ils fabriquent de très bons Smartphones. Surtout une fois que Skippy eut remplacé le logiciel d'origine par autre chose de sa fabrication.

— Ils ont dû être touchés par des éclats d'obus, indiqua Giraud. Les hublots sont troués. Le cockpit est déchiqueté. C'est… très moche, ajouta-t-il à voix basse.

— Devons-nous inspecter l'intérieur, Monsieur ? demanda Smythe.

— Oui, à condition d'ouvrir la rampe arrière ou une porte latérale sans l'abîmer. Pas question de provoquer plus de dégâts qui n'auraient pas l'air d'être dus au crash. Nous devons sauvegarder notre couverture le plus possible.

La porte latérale comportait une poignée encastrée, aux instructions en kristang, que Skippy fit traduire par les visières des armures de l'équipe Alpha. Simple : en cas d'urgence, la porte serait aisément ouverte de l'extérieur par les secours, comme dans un appareil volant humain. Un des Chinois l'ouvrit effectivement sans peine, et fit un panoramique avec son zPhone. Toujours aucun mouvement décelable à l'intérieur. Les armures motorisées étant volumineuses, les quatre membres de l'équipe Alpha attendirent l'arrivée de l'équipe indienne, qui ne portait pas d'armure et descendrait du haut du canyon. Les quatre parachutistes indiens entrèrent rapidement dans le Balbulézard, et, trente secondes après, confirmèrent que les Kristangs étaient tous morts.

— Compris, dis-je. À toutes les équipes, retour à la base, et couvrez vos traces.

Les équipes Alpha en armure quittèrent les lieux en premier ; les autres balayèrent les traces de nos pas, couvrant les empreintes les plus profondes d'herbes glanées dans d'autres zones. Cela fait, impossible de deviner qu'on était passé par là. Des pluies abondantes étant prévues cette nuit-là, les signes restants seraient éliminés au matin. Pour moi, c'était un succès. Phase Une, terminée.

Quand je lui avais exposé mon plan visant à priver les lézards de leur second engin aérien, une navette, et donc les récupérateurs de leur puissance aérienne restante, Smythe n'avait guère été enthousiaste.

— Ça ne fonctionnera pas… Il y a trop de zones d'atterrissage possible pour que nous les couvrions tous. Or, il nous reste six siffleurs.

— Capitaine, où poseriez-vous cette navette ?

— C'est bien le problème. J'atterrirais ici…

Il indiquait un point loin à l'est du site où nous avions placé notre faux dispositif de captage d'énergie.

— … ou là, là, ou encore là. Je déposerais trois hommes en armure motorisée, puis trois autres par là… (à l'ouest du site du crash). La navette survolerait la zone, hors de portée des siffleurs, tandis que nos deux équipes prendraient la cible en tenailles.

J'acquiesçai.

— Oui, c'est ce que je ferais aussi. Contrairement aux Kristangs. Docteur Mesker, pourriez-vous nous rejoindre, je vous prie ?

— Certainement. Qu'y a-t-il, Bishop ?

Visiblement, Mesker n'avait jamais intégré les « nuances » de la hiérarchie militaire.

Je montrai le site de l'accident, sur la carte.

— Voici le site de notre appât, avec le glissement de terrain. Vous connaissez cette zone ? Nous y avons placé notre dispositif factice de captage d'énergie des Anciens, au fond de ce canyon, derrière le complexe cathédrale.

— Oui, bien sûr, j'y suis allé. C'est un canyon très abrupt.

— Exact.

Je tapotai l'emplacement sur la carte.

— Si vous deviez vous y rendre par les airs, où atterririez-vous de préférence ?

— Euh…

D'une pichenette, il superposa à l'écran une image satellite, puis revint à la carte.

— Ici, le canyon s'évase assez. De plus, rejoindre le site du crash semble assez facile à pied. Sauf qu'il faudrait traverser ici le ruisseau à gué, car il est très près de la paroi du canyon.

Je souris.

— Merci, Docteur Mesker. Capitaine Smythe, c'est ainsi qu'un civil raisonne, et c'est ainsi que les Kristangs présents raisonneront. Ces récupérateurs sont des civils, pas des soldats. Vous êtes entraîné à contrer un adversaire militaire. Souvenez-vous que ces Kristangs-là n'ont aucune raison de se douter que la chute du Balbulézard était autre chose qu'un accident, puisqu'ils croient être seuls sur la planète. Ils feront atterrir cette navette aussi près que possible du site du crash, histoire de réduire la distance à couvrir pour récupérer notre appât et emporter tout ce qu'ils pourront. Mesker a raison, ils atterriront au fond du canyon, un peu plus loin, leur pilote ne voulant prendre aucun risque avec leur seul appareil aérien restant. Il se souciera avant tout d'avoir une voie dégagée pour redécoller, surtout s'il est chargé à plein. Il se posera quelque part dans cette zone…

Je montrai l'endroit où ce canyon s'ouvrait sur un autre, plus large et moins encaissé.

— Vos équipes de siffleurs pourront se positionner au-dessus, ici et là. La navette en question survolera la zone du désastre avant d'atterrir, et vous l'attaquerez au-dessus du canyon, afin de minimiser le temps de réaction du pilote.

Songeur, Smythe opina du chef.

— Que diriez-vous de deux équipes de siffleurs au sol et d'équipes postées en haut du canyon ?

— Deux au sol du canyon, me répondit Smythe, qu'elles se couvrent l'une l'autre. Une en haut côté sud, et une autre ici, en haut de cette colline. De là, on pourra couvrir la zone. Le sommet ne fournissant pas le meilleur angle de tir, nous garderons en réserve cette équipe de siffleurs, au cas où les choses iraient vraiment de travers.

Et, naturellement, j'avais accepté le plan du leader des forces spéciales, vu qu'il en savait bien plus que moi au sujet des opérations clandestines. À mon grand étonnement, à l'arrivée de la navette, Smythe voulut que je me poste au sommet de la colline, au lieu d'observer le déroulement des opérations depuis la caverne. De tous ceux présents sur Nouvelle Arche, expliqua Smythe, j'étais le seul à avoir lancé un siffleur en situation de combat. Les forces spéciales s'étaient entraînées au simulateur à bord du *Hollandais volant*, mais ces gars avaient bien plus d'expérience avec le modèle de MANPAD que leurs armées sur Terre. Les servants des Siffleurs auraient-ils les réflexes acquis avec les missiles MANPAD justement ? Des réflexes prenant le pas sur le maniement de siffleurs bien plus performants à l'épaulé ? C'était l'inquiétude de Smythe. Il voulait surtout, en fait, que je joue en l'occurrence mon rôle d'observateur au bénéfice des équipes de siffleurs. Ce serait toujours mieux plutôt que je reste au fond de notre caverne à suivre le déroulé de l'action sur l'écran d'un iPad ou d'un zPhone. Au cas où ça tournerait vraiment mal, Smythe désirait même que je lance un missile contre la navette.

— Vous avez de l'expérience, Monsieur, m'avait-il dit. Sur Paradis, vous avez abattu un Poulet qui vous avait repéré. Une variable de moins à prendre en compte, si nous avons vraiment besoin de votre intervention.

— J'apprécie votre confiance, Capitaine. Je serai donc posté en haut de la colline.

Smythe, lui, serait en faction au fond de la vallée, là où nous nous attendions à ce que la navette atterrisse.

— Il ne devrait pas y avoir de problème, ces Siffleurs sont très faciles à utiliser.

J'espérais ne pas me tromper à ce sujet. Jusqu'à ce que Smythe aborde la question, je n'avais pas considéré que le manque de familiarité de nos équipes avec les Siffleurs puisse être un motif d'inquiétude. C'est là que l'expérience et la formation supérieures de Smythe contrastaient avec les miennes. Il réfléchissait à tout ce qui pouvait aller de travers, alors que je pensais seulement à ce qui pourrait *peut-être* aller de travers. Voilà la différence. Les soldats d'élite ne laissaient presque rien au hasard.

La Phase Deux ne fonctionna pas exactement comme je le supposais. Une fois de plus, les Kristangs attendirent que le temps s'améliore aussi bien au niveau de leur base que dans notre zone – soit deux jours d'atermoiements. Nous observâmes le chargement de la navette, son décollage puis son trajet vers nous. En suivant les communications entre le pilote de la navette et les chefs des récupérateurs, nous avions appris que ceux-ci ne voulaient prendre aucun risque avec leur dernier engin aérien fonctionnel. Ils ordonnèrent au pilote d'atterrir dans une zone dégagée, et de rester à l'écart des canyons étroits. Au lieu de survoler le site du crash du Balbulézard, la navette arriva droit du sud-ouest. Mes services de guetteur ne furent pas nécessaires, la navette se rendant directement sur l'un des endroits probables d'atterrissage des Kristangs. Les gars du SAS britannique y avaient une équipe en faction, qui tira sur la navette à l'instant où elle émettait un signal lumineux pour passer en mode stationnaire. La paire de siffleurs fila à la vitesse de l'éclair et frappa la nacelle au moteur tribord.

À une altitude plus élevée, la nacelle aurait pu s'en tirer. Ce ne fut pas le cas. Elle se retourna et heurta violemment le sol, l'avant percutant un rocher. L'impact le plia comme un accordéon. Personne n'aurait pu survivre à un tel choc.

Smythe n'envoya ses équipes Alpha, celles équipées d'armures motorisées, que dix minutes plus tard, pour s'assurer qu'aucun Kristang furieux ne jaillirait de l'épave. Et aussi que le vaisseau n'allait pas exploser. Je ne perdis pas de temps. Dès que la navette s'écrasa, je laissai l'équipe de siffleurs sur la colline et accourus. La descente, interminable, me prit plus d'une heure, ce qui me parut une éternité. Pour défendre mon niveau de forme physique, je précise que la gravité de Nouvelle Arche augmentait mon poids de quatorze pour cent par rapport à celui que j'avais sur la Terre, et que le faible taux d'oxygène me faisait ahaner même quand je marchais normalement. Tout en dévalant une pente assez douce, j'appelai Skippy.

— Hé, comment se déroulent tes effets spéciaux dignes d'un Oscar ?

— Oh, Joe, c'est vraiment une production hollywoodienne épique ! Il y a des frissons, de l'excitation, des surprises époustouflantes, et des retournements de l'intrigue à tomber par terre, qui laissent l'auditoire haletant ! J'ai ri, j'ai pleuré. C'est un film qui réchauffe le cœur ! Ma foi, sauf si vous êtes les récupérateurs kristangs… Dans ce cas, ce serait le long-métrage le plus déprimant de l'année. Du siècle, peut-être.

— Oui, oui. Ils ont mordu à l'hameçon, alors ?

— Ils ont tout gobé, je crois que c'est l'expression consacrée, non ? Oui, ils croient tout ce qu'ils voient et entendent par le flux des satellites. Il n'y a aucune raison pour eux de douter des données.

Ce que virent les récupérateurs kristangs, par le flux altéré de leurs satellites ? Leur navette abattue par deux siffleurs. Skippy n'avait pas modifié cette séquence-là. Cette fois, nous voulions que les récupérateurs voient leur engin aérien se faire descendre par deux missiles antiaériens kristangs portables. Ensuite, Skippy avait aussitôt modifié les images, masquant aux récupérateurs l'approche d'humains sur le site du crash, auxquels se substituaient des Kristangs venant enlever le filet de camouflage de leur navette dissimulée, monter à bord et rallier le secteur où se trouvait le dispositif de captage d'énergie des Anciens, le ramasser, et filer aussitôt en orbite. Ce mystérieux groupe de Kristangs, après s'être emparé du trésor, rallia ainsi un vaisseau stellaire qui abaissa son bouclier furtif le temps de reprendre la navette à bord. Puis il quitta l'orbite pour rejoindre une position d'où il bondirait sans risque. Quand ce « vaisseau » fantôme fila du côté de l'hémisphère opposé à la base des récupérateurs, il sauta et disparut. Le flux de données des satellites inclut même le sursaut gamma caractéristique. C'était, nous assura Skippy, et nous l'espérions, parfaitement convaincant.

Les Kristangs restants devaient être fous de rage ! Non seulement il ne leur restait plus aucun engin volant fonctionnel, mais ils avaient perdu l'inestimable « dispositif de captage d'énergie des Anciens », à cause d'un groupe rival. Un groupe qui avait déguerpi sans coup férir et était en chemin vers la civilisation, détenant un artefact qui valait plus que bien des planètes habitables. Les récupérateurs étaient désormais coincés dans leur base, avec pour tout trésor à leur actif de médiocres trouvailles. Il ne leur restait plus qu'à attendre qu'on revienne les chercher.

À leur place, j'aurais clairement été fou furieux, moi aussi ! D'après Skippy, qui interceptait toutes leurs communications, les chefs des récupérateurs criaient vengeance, se bagarraient et dépensaient de folles énergies en vain.

La Phase Deux, jugeai-je, était un complet succès.

Pour m'éviter toute humiliation due à mon manque d'endurance, je m'arrêtai une minute dans le lit d'un ruisseau, hors de vue des forces spéciales, et je respirai à fond jusqu'à ce que mon pouls s'apaise. Que le commandant en chef – moi – arrive enfin, s'effondre et vomisse après ce qui aurait dû être une descente facile ? Si je pouvais l'éviter… Quand mes mains cessèrent de trembler, je me redressai et rejoignis l'épave de la navette cernée par une vingtaine de nos gars, fusil à l'épaule. Ceux en armures motorisées avaient retiré leur casque. Ils avaient pu ouvrir une porte latérale, l'encadrement n'ayant pas été tordu par les broiements de l'impact au sol. Les Kristangs fabriquaient des vaisseaux solides, pour sûr. Quatre cadavres gisaient dans l'herbe humide ; trois des corps étaient déchiquetés et ensanglantés, le quatrième ayant juste l'air endormi. Je détournai le regard, mal à l'aise. Ces Kristangs étaient morts à cause d'une attaque furtive que j'avais ordonnée.

Me voyant arriver, le capitaine Smythe me salua.

— Colonel, il faut que vous veniez voir ça, nous avons une surprise. Pas de problème sinon, les Kristangs ont tous péri.

Jusque-là, j'étais resté loin de l'épave du Balbulézard ; ça me rappelait trop de mauvais souvenirs… Les deux Épaulards que mon équipe avait abattus sur Paradis, le Poulet que les Kristangs avaient délibérément descendu, parce que la jeune femme aux manettes avait refusé de décocher un missile sur une école ruhar… Ça me hantait jour et nuit, inutile qu'on me rafraîchisse la mémoire. Mais maintenant, je devais prendre sur moi, et inspecter l'épave, comme Smythe s'y attendait. Les dents serrées, je lui fis un signe de tête avant d'attraper le cadre de la porte à pleines mains pour me hisser dans l'engin.

L'intérieur était moins ravagé que je ne l'aurais cru. Il y avait un peu de sang, et des débris projetés çà et là dans la violence du crash. En me tournant vers le fond, j'eus en effet une surprise.

— C'est quoi, ça ?

Les deux tiers arrière de la navette étaient occupés par une *chose* aux allures de camping-car arrondi, un long tube conçu pour entrer dans une navette. Il touchait presque les parois et le plafond ; des sangles le maintenaient fermement en place.

— Nous pensons que c'est un genre de véhicule, une sorte de caravane, expliqua Smythe, ce que vous les Américains appelez un camping-car.

Pourquoi diantre les Kristangs en auraient-ils apporté un sur Nouvelle Arche ? Nous ne les avions pas vus le charger dans la navette, à leur base, il devait donc se trouver déjà à bord. Un sacré poids à transporter, fallait-il qu'ils en aient eu besoin ! Pour rallier le canyon où récupérer des éléments sur le site du crash du Balbulézard ? Et surtout le précieux dispositif de captage d'énergie des Anciens ? Sur Nouvelle Arche où aucune route n'avait été créée, le camping-car devait pouvoir attaquer des terrains très rudes. D'après les images satellites, les Kristangs n'avaient construit aucun réseau routier, pas même autour du site étendu du vaisseau stellaire des Anciens. Nonobstant, disposer d'un camping-car aurait été une grande aide pour l'exploration, pour éviter de marcher ou se déplacer par les airs.

— Comment avance-t-il ? Je ne vois aucune roue.

Skippy soupira dans l'oreillette de mon zPhone.

— Vous êtes si impatients, vous les singes ! Tu ne peux pas voir les pneus, parce qu'ils sont rétractés afin que le camping-car tienne dans la navette. Il va falloir que vous redressiez la navette et que vous enleviez les sangles de maintien, avant d'abaisser la rampe arrière. Ensuite, je mettrai le camping-car en route et je le conduirai.

La navette était énorme, presque de la taille d'un avion de ligne 737, et elle était couchée sur le flanc.

— Comment sommes-nous censés la redresser ? Ce truc doit peser au moins deux tonnes.

— Exact. Vous pouvez tendre des câbles, et, je ne devrais pas avoir à vous le rappeler, mais vous avez des armures motorisées, sans déc !

Sans déc, oui, c'était le mot. Je n'avais pas pensé aux armures.

Les armures motorisées nous furent d'une grande aide. Nos gaillards y allaient franco, ils faillirent même faire basculer la navette sur l'autre flanc au lieu de la remettre d'aplomb. Par précaution, nous laissâmes l'engin se stabiliser dix bonnes minutes sur le ventre, histoire de nous assurer que sa structure fragilisée n'allait pas s'effondrer sur nos têtes. Quand je donnai le feu vert, deux soldats entrèrent par la porte latérale, et, au bout de quelques minutes, la rampe arrière coulissa, s'abaissa puis se coinça. C'était déjà surprenant qu'elle fonctionne encore en partie, j'imagine. Après avoir vainement tenté de la remettre en fonctionnement pendant près d'une heure, nous dûmes renoncer et couper les mécanismes d'entrée et de sortie, des deux côtés. La rampe s'écrasa au sol et y rebondit, froissée mais de nouveau fonctionnelle. L'équipe détacha les câbles du camping-car, qui glissa à bâbord de la navette.

— C'est fait, Skippy. Maintenant, vas-y, sors ce camping-car de là !

Il y eut un bourdonnement de moteurs. Skippy dut le faire aller de droite à gauche, avec pas mal de grincements et d'arrachements à mesure qu'il quittait le fuselage déformé de la navette. Le camping-car était étonnamment intact, avec quelques bosses et éraflures çà et là, mais rien de nature à compromettre son fonctionnement. Une fois sortis de la navette, nous pûmes en apprécier la taille. Il était aussi imposant qu'un autobus. Et son mode de locomotion ne manquait pas d'intérêt. Ses roues étaient en fait des chenilles de tank. Sur un terrain propice à la vitesse, on pouvait les ajuster pour qu'elles aient une forme ronde, ou bien une forme ovale façon tracteur. D'après Skippy, la traction des chenilles était rétractable ou extensible à volonté, sur terrains boueux. De part et d'autre, des pontons gonflables munis d'hydrojets permettaient de traverser des rivières, des marécages ou même des lacs.

— Diable, Skippy, c'est un sacré véhicule ! dus-je reconnaître.

— Tout ce qu'il faut pour de chouettes vacances en famille, Colonel Joe !

— Ouais, il nous manque juste un ou deux ados renfrognés, une semaine de pluies incessantes, et des moustiques.

Soit, en résumé, les vacances en famille que j'avais connues.

— Y a-t-il une chance que nous puissions gagner la base des récupérateurs dans cet engin ?

— Malheureusement, non. Les batteries contiennent juste assez de charge pour quarante pour cent du trajet.

— Merde. Bah, ce sera toujours quarante pour cent du chemin où nous n'aurons pas à crapahuter. Ouvre-le, s'il te plaît. Je voudrais visiter.

Nous avions hâte d'entrer dans notre nouveau camping-car. Je passai le dernier, pour laisser les autres admirer notre « prise de guerre ». L'engin, usé, cocottait. L'intérieur était très dépouillé : deux sièges à l'avant, plus une douzaine transformables en couchettes. Pas de cuisine ou autre dispositif pour cuisiner ni salle de bains. Les Kristangs s'attendaient sans doute à ce que leurs équipages se livrent à ces activités à l'extérieur. À l'arrière se trouvait une grande soute, vide.

Je me frottai le menton en examinant cet intérieur spartiate.

— Nous pouvons nous mettre à douze ou quatorze là-dedans, non ?

Smythe secoua la tête ; les forces spéciales ne devaient pas raisonner en ces termes.

— Pour attaquer cette base, contre des Kristangs dont six au moins porteront des armures motorisées, il nous faut être en nombre. Nous mettrons deux personnes à l'avant, pour conduire et déterminer le trajet. À condition d'ajouter des sièges, nous pourrions partir à vingt là-dedans. Nous roulerons de nuit aussi, jusqu'à ce que cet engin tombe à court d'énergie. Comptons deux soldats de plus dans la soute, avec nos équipements. Sur la galerie du toit, nous emporterons une tente ou un auvent pour nous protéger des intempéries, et on pourrait encore y caser quatre soldats. Soit vingt-huit en tout. Sur ce type de terrain, nous ne roulerons pas très vite, d'autres gars courront à nos côtés, à tour de rôle.

— Non, dis-je en secouant la tête. Je n'ai pas envie que quelqu'un se foule une cheville en chemin. Et pas question de voyager de nuit, c'est trop risqué. Vingt-huit, hein ? Ça égalise un peu les chances. Mais plus nous serons nombreux, plus nous aurons besoin de fournitures.

— Ça pose problème, en effet. Nous pourrions envisager que certains ne fassent qu'une partie du chemin en transportant les armes, pour économiser les forces de nos combattants. Tout est question de logistique, Monsieur. Nous devons y réfléchir. Mais avoir ce camping-car résout quand même un tas de tracas.

CHAPITRE VINGT

AVOIR FAIT MAIN basse sur ce camping-car était vraiment une aubaine, mais restait quand même à planifier soigneusement la logistique, en effet. Smythe et Simms avaient uni leurs efforts. Et certains problèmes, du genre sérieux, demeuraient.

— Monsieur, même avec le camping-car pour couvrir une bonne partie du chemin, nous avons toujours un souci majeur : nous ne pourrons pas emporter assez de vivres pour rallier la base des récupérateurs puis revenir ici.

— C'est vrai, mais il suffira de prendre assez de nourriture pour arriver à leur base, expliquai-je. Et nous n'avons pas l'intention de revenir ici.

— Pardon ?

— Après l'attaque, nous ne reviendrons pas ici à pied, ça ne servirait à rien. Si ce vaisseau kristang arrive plus tôt que prévu, pendant notre marche en terrain découvert, nous serons à leur merci. Nous nous cacherons donc ici, dans ces petites grottes...

Je zoomai sur la carte, à l'ouest de la base ennemie.

— ... à soixante-dix kilomètres des récupérateurs. Comme nous passerons tout près à l'aller, nous y déposerons vivres et fournitures. Ensuite seulement, nous lancerons notre assaut.

Smythe tapota son iPad, examinant les grottes en question.

— Ça pourrait fonctionner. Je me suis terré en des endroits bien pires, dans les montagnes de l'Afghanistan. Mais il nous manquera toujours de la nourriture. Nous ne pourrons même pas en prendre assez pour arriver à la base, si nous devons emporter les armures avec nous.

— Ça ne sera pas un problème, l'assurai-je avec un clin d'œil. Je connais un chouette livreur.

Je tapotai l'icône de transmission sur mon zPhone pour héler le *Hollandais volant*.

— Hep, je suis bien à *Pizzeria Skippy* ?

— Euh… oui. Jouons le jeu.

Il prit l'accent new-yorkais.

— Ouais, ici la *Pizzeria Skippy*, que puis-je pour vous ?

— Vous livrez à domicile ?

— Ça dépend. Z'avez un coupon de réduc ?

— Sérieusement, Skippy, on a besoin de victuailles et de fournitures médicales, les premiers secours rapportés de la Terre, pas ces nanomachins sophistiqués imbitables.

Je lui expliquai le topo : nous avions prévu d'aller à la base en camping-car, en finissant le chemin à pied.

— Et par victuailles, je veux parler de bouillies déshydratées de subsistance, le maximum de nutriments dans le minimum de poids et de volume. Alors, peux-tu nous faire parvenir une livraison ou deux ?

— Oh, bien sûr, pas de problème, ce n'est pas comme si j'étais absorbé par la tâche ! Espèce d'abruti ! Je construis un vaisseau stellaire avec de la poussière lunaire, là !

— Je sais que tu es très occupé, Skippy. Nous ne pouvons pas emporter assez de nourriture avec nous pour atteindre la base des récupérateurs, à cause des armes et du matériel d'assaut. Peux-tu mettre sur pied une simple livraison ? Il faudra un atterrissage en douceur, et surtout hors de vue des Kristangs. Pas question qu'ils aperçoivent une traînée de condensation, ou des parachutes.

— Simple ? Ah parce que tu trouves ça simple, toi, de traverser un système stellaire entier, de pénétrer dans l'atmosphère sans laisser de traînée de condensation que les Kristangs pourraient remarquer, et de faire atterrir un paquet sans l'endommager ? Simple, qu'il dit !

— Oui, oui. Alors, tu peux ? Nous n'avons pas besoin du premier envoi aujourd'hui, il nous le faudra dans un ou deux jours, une semaine avant que nous arrivions à leur base. Je t'ai transmis notre prévisionnel.

— Je suis donc censé laisser tomber tout ce que je fais ici, se plaignit Skippy, pour concevoir, construire et tester un système de livraison par drone, en partant de zéro.

— C'est sacrément important, Skippy. À moins que cette IA détenue par l'ennemi ne t'intéresse plus. Ou que tu aies une meilleure idée.

— Zut alors. J'ai réfléchi pendant que tu pérorais, et, non, je n'ai pas de meilleure idée. Merde. Bon, O.K., je m'en charge. Avec un peu de chance, tout ça atterrira sur ta stupide tête de singe.

— Excellent ! Je savais que je pouvais compter sur toi, Skippy.

— Tout ce que je peux dire, c'est que j'espère que le pourboire sera à la hauteur des exigences du client !

— Ouais.

Je décidai de pousser le bouchon.

— Si la livraison est en retard, est-ce qu'on l'aura gratuitement ?

Ce problème résolu grâce à la *Pizzeria Skippy*, nous retournâmes à nos autres soucis logistiques.

— Capitaine Smythe, dis-je, j'ai besoin que vous planifiiez le chemin d'ici à la base des récupérateurs, en particulier le trajet en camping-car.

Il tapota son iPad, montrant les itinéraires suggérés par Skippy.

— Notre IA a déjà planifié les plus rapides, et ajouté des alternatives…

Deux autres lignes apparurent.

— L'une est un peu plus courte, et l'autre permettra de faire durer davantage l'énergie motrice de la caravane.

En tant qu'Anglais, il appelait notre véhicule de récupération une « caravane » et non un camping-car.

— Smythe, dis-je, je suis sûr que Skippy a établi des trajets mathématiquement parfaits, et nous ne pourrons guère espérer mieux. Toutefois, je connais bien ce petit connard de canette de bière, et l'une des variables qu'il n'inclura pas dans ses milliards de calculs savants, c'est bien le côté pratique. Plus rapide, plus court et, euh, plus économe en énergie, c'est parfait, en théorie. Mais ce dont nous avons besoin, c'est d'un trajet réalisable à la date prévue, avec le moins de risques possible. Par exemple, celui-ci…

Je tapotai la ligne la plus courte.

— … nous fait traverser un vaste marécage. Bien sûr, le camping-car est taillé pour. Mais que se passera-t-il si une chenille se coince, si un ponton est percé, si un moteur crame au beau milieu de ces marais ? Nous serons alors obligés de nous en extraire avec tout notre attirail sur le dos, de patauger dans des eaux glaciales au risque de perdre pied. Alors, c'est hors de question. Skippy ne prend pas en compte ce genre d'aléas. Pas plus qu'il ne considère que nous sommes des conducteurs inexpérimentés quand il projette un tracé longeant le vide sur une corniche étroite. Vous voyez ?

— Oui, Monsieur, répondit Smythe, l'air mortifié.

Ouah ! Pour la première fois, je me fis l'effet d'un authentique officier supérieur digne de ses galons…

Le lendemain matin, Smythe me héla alors que j'aidais Simms à charger des fournitures dans le camping-car. Je fis une pause, très bienvenue, et retournai dans la caverne où Smythe travaillait sous une tente chauffée. Je fus plus que ravi d'y dézipper ma veste.

— Qu'avez-vous pour moi, capitaine ?

— Plusieurs trajets possibles pour atteindre la base des récupérateurs dans les trente jours, avec des risques minimaux à la clé.

Il appela le premier sur son iPad et m'expliqua comment celui-ci évitait, autant que possible, les marécages, les champs de glaces boueuses et les pentes trop abruptes que le camping-car risquerait de dévaler hors de contrôle – ou de verser.

— Après cette rivière, il devrait nous rester assez d'énergie motrice pour atteindre une prairie relativement sèche. Nous devrons marcher à partir de là. La bonne nouvelle, c'est que nous aurons quarante kilomètres à faire pour contourner ce marécage. Ensuite, ce sera tout droit et, ma foi, le tour sera joué !

— Le tour sera joué ? Comment ça ?

Smythe gloussa.

— Oh, façon de dire que ce sera du gâteau.

— Oh. Le tour est joué, pas « jouer un tour » !

— Tout à fait, Monsieur.

— Et les alternatives ?

Les trois trajets en question avaient chacun des avantages. Le premier n'allait pas aussi loin avant que le camping-car n'ait épuisé son énergie, mais la partie marche à pied bénéficierait d'un terrain accessible. Le deuxième économiserait davantage les batteries d'alimentation du camping-car pour couvrir le maximum de distance, minimisant ainsi la distance à finir à pied. Toutefois, ce serait en région vallonnée et marécageuse. Le troisième trajet était le plus sûr pour le camping-car, et on crapahuterait sur un terrain relativement plat. Le désavantage, en revanche, c'est que ce serait la plus longue marche des trois autres possibilités.

— Hum… Tous ces itinéraires nous obligent à traverser ces trois rivières ?

— Oui. Aucun moyen de les contourner, corrobora Smythe. Nous avons planifié les traversées les plus faciles le long de chaque trajet, les endroits où le courant est le plus lent. Ici, par exemple…

Il montrait la première traversée, la même sur les trois trajets, qui divergeaient ensuite.

— Un peu plus haut en amont, là où la rivière est moitié moins large, votre copain Skippy m'informe que le courant est au moins deux fois plus rapide, avec de gros rochers à fleur d'eau. Mais ici, c'est plus gérable, et le lit de la rivière est sablonneux, il n'y a pas d'obstacle caché où la caravane pourrait rester coincée.

Je hochai la tête.

— Logique. Bon boulot.

— Le point noir, c'est cette dernière rivière. Cette saloperie, là…

Il tapota l'écran de l'iPad à l'appui de son irritation.

— Va être un sacré problème ! Le glacier qui l'alimente fond à toute vitesse, et de gros morceaux de glace sont déjà à la dérive. Il nous faudra manœuvrer autour d'eux. Ce sera coton avec un lit aussi étroit tout du long, jusqu'à la mer… Or, il nous faudrait un détour de centaines de kilomètres pour trouver une traversée moins périlleuse. Et les rives sont abruptes. Le seul gué praticable, c'est là. La rive opposée fait moins de cinquante centimètres de haut. Selon Skippy, les chenilles de la caravane peuvent aisément l'escalader. À notre arrivée, l'été sera presque là et le niveau du fleuve montera à mesure que la fonte du glacier s'accélérera. De ce côté-ci, la rive est abrupte, il nous faudra construire une rampe pour nous mettre à l'eau, un sacré boulot en perspective avec des pioches et des pelles, mais rien que les gars ne puissent accomplir.

À l'entendre, rien d'insurmontable en effet. Pour les forces spéciales, fabriquer une rampe de la largeur du camping-car représenterait peut-être bien quelques heures d'amusement en extérieur… Soudain, j'eus une idée.

— Capitaine, avec les armures motorisées, ça prendrait beaucoup moins de temps, vous ne croyez pas ?

— Est-ce vraiment nécessaire, Monsieur ? Nous devrions les recharger à partir de la caravane, ce qui userait plus vite sa réserve d'énergie.

Pas une si bonne idée que ça, après tout… Je raisonnais toujours comme au bon vieux temps où nous jouissions d'une alimentation d'énergie quasi illimitée, grâce aux réacteurs du *Hollandais volant*. Il fallait que je m'adapte, et vite, avant de commettre une erreur stupide qui coûterait la vie à quelqu'un.

— Vous avez raison. Des muscles endoloris, ce n'est pas le souci, alors que drainer la puissance du camping-car serait très ennuyeux. Soyons très prudents avec les batteries d'alimentation du camping-car. Le trajet n° 2, je pense, est inenvisageable, je ne tiens pas à traverser ces collines à pied. La gravité, l'oxygène et les charges à transporter rendront déjà cette marche suffisamment difficile. Le trajet n° 3, dites-vous, serait le plus sûr pour le camping-car, mais avec une marche plus longue ? De combien ?

— Soixante kilomètres de plus, en gros, soit un jour et demi, Monsieur.

Il ne me fit pas remarquer que l'information s'affichait sur le côté de la carte. J'aurais dû la voir.

Soixante kilomètres, pour le capitaine Smythe du SAS britannique, c'était l'affaire d'un jour et demi. Soit une quarantaine par jour. Avec de lourds paquetages, sous une gravité de quatorze pour cent supérieure à celle de la Terre…

— Soixante kilomètres en un jour et demi ? Vous n'êtes pas un peu trop ambitieux, là, capitaine ?

— Non, Monsieur, ne vous inquiétez pas, les gars peuvent le faire. Nous serons en contact toutes les deux heures, et vous pourrez suivre notre progression par satellite.

— Je la suivrai de plus près que ça, Capitaine. Je viens avec vous.

— Pardonnez-moi ? fit-il, surpris.

— Je sais, je ne fais pas partie des forces spéciales, mais je suis capable de marcher. Il y aura peut-être des décisions cruciales à prendre, en temps réel, quand nous attaquerons la base des récupérateurs. J'ai besoin d'être là, sur place.

Smythe détourna le regard.

— Monsieur...

— Pourquoi diable pensez-vous que je me sois cassé le cul à m'entraîner à vos côtés ? Je viens, point barre. Ne vous inquiétez pas, je ne serai pas dans vos pattes durant l'assaut. Nous emmènerons aussi deux civils avec nous, des médecins.

— Monsieur ?

Smythe ne dissimulait pas ses appréhensions. Trois de ses précieuses vingt-huit places seraient occupées par des non-combattants, ce qui réduirait sa force de frappe à vingt-cinq. Mais au moins, j'étais un soldat ; mon baptême du feu, je l'avais passé il y a longtemps déjà. J'avais même tué un guerrier kristang à mains nues, l'achevant de la crosse d'un fusil. Cependant, emmener deux civils avec nous... ? Un cauchemar pour lui.

— Nous avons des infirmiers qualifiés.

Sa liste de vingt-huit des forces spéciales comprenait quatre infirmiers certifiés, en supplément de la formation aux premiers secours que tous les soldats avaient suivie.

— Des infirmiers qualifiés, oui. Les deux toubibs dont je vous parle sont des chirurgiens expérimentés, ils ont servi avec Médecins sans frontières, opéré dans les conditions les plus rudimentaires. Ma décision est sans appel, Capitaine. Il est exclu pour moi de monter au combat sans possibilité de maintenir en vie nos blessés le temps de les transférer aux installations médicales thuraniennes du *Hollandais volant*.

— Oui, Monsieur.

Lui ne cachait pas son exaspération.

Je voyais bien qu'à ses yeux, je compromettais la mission première, l'attaque des Kristangs, avec, à la clé, un objectif secondaire douteux. Les deux camps en lice possédant une technologie équivalente, les blessures seraient très probablement fatales, et une assistance médicale, un gaspillage de ressources. C'était peut-être mon manque d'expérience en tant qu'officier supérieur qui m'amenait à vouloir deux civils avec nous. Un véritable colonel aurait sans doute envisagé le problème sous un angle plus objectif, en se montrant froidement calculateur quant à la survie de ses hommes. Mais moi, je ne me chauffais pas de ce bois-là. Si nécessaire, je me joindrais à la mêlée. Et je me disais que si deux soldats de plus ou de moins pouvaient faire toute la différence entre le succès et l'échec, autant annuler tout de suite une mission par trop aléatoire.

— Ces médecins, Zheng et Tanaka, se sont entraînés à la course et à la marche rapide avec nous, vous les avez rencontrés.

Smythe inclina brièvement la tête, peu convaincu. Ce qu'il passait sous silence, c'est qu'une course ou une longue marche étaient une chose, quand on savait qu'on reviendrait à une caverne accueillante où attendaient un repas et un chocolat chaud à la fin de l'exercice. En expédition, jour après jour, avec un lourd paquetage, sous une pluie glaciale, et une toile de tente où espérer s'abriter à la fin d'une très longue journée, c'était une tout autre paire de manches... un test d'endurance physique et mental bien différent. Un civil n'ayant jamais subi cette fatigue extrême à longueur de journée ne pouvait affirmer être de taille à supporter pareille pression.

Il avait raison, je pariais sur le fait que nos médecins civils tiendraient le coup. Les forces spéciales et moi porterions sur le dos la nourriture, les vêtements, des tentes et autres articles personnels, en plus des armes et des pièces des armures motorisées démontées. Les deux civils auraient juste à porter leur subsistance, affaires personnelles et kits médicaux. D'une manière ou d'une autre, eux tiendraient le coup, nous ne laisserions personne en arrière.

— Cela laisse vingt-cinq places pour les troupes de combat, réfléchit-il.

— Et cinq nationalités. Choisissez cinq soldats de chaque nation. Pas de favoritisme.

— Oh, mon Dieu !

J'étais époustouflé. Là, devant moi, fixé à l'avant du camping-car, juste sous le pare-brise gauche côté conducteur, un Barney en peluche... d'une trentaine de centimètres...

— Monsieur, dit le capitaine Gomez, chef de notre équipe de Rangers, je nie catégoriquement toute connaissance de cet acte outrageant... À moins, bien sûr, que vous le trouviez à votre goût.

— Si je le trouve à mon goût ? Mais je l'adore ! Diantre, il me rappelle mon vieux Hamster, sur Paradis. Je vous pose la même question qu'à l'époque : comment diable vous êtes-vous procuré un Barney ?

Gomez toussota.

— Lors de votre débriefing, vous aurez mentionné votre Hamster. À supposer, du moins.

Je m'écartai pour mieux admirer, puis me tournai vers mon équipe réunie, et saluai.

— Merci ! J'apprécie vraiment. Avant, je détestais cette histoire de Barney... Maintenant, ça fait partie de moi, je suppose.

Gomez sourit.

— Ce camping-car n'est peut-être pas de la marque Winnebago, mais la marque Barney-en-Marche, c'est encore mieux !

J'éclatai de rire.

— Barney-en-Marche, ça me plaît, Capitaine. Ne perdons pas un instant, en route les amis !

Oh là là, j'aurais dû y réfléchir à deux fois, avant d'entreprendre ce trekking en camping-car détourné, en territoire inconnu, avec une équipe des forces spéciales gonflée à bloc. Notre Barney-en-Marche s'ébranla péniblement, ses passagers poussant des cris d'enthousiasme en saluant la foule... Et nous voilà partis. Le ruisseau traversé, canyon sur notre droite, la caverne qui avait été notre « maison » disparut à notre vue. Avec force gesticulations, Smythe poussa la chansonnette : « Au feu, les pompiers, V'là la maison qui brûle ! » Je me joignis au chœur improvisé. C'était bon enfant, de nature à favoriser une atmosphère de camaraderie, un bon début pour ce qui promettait d'être un voyage long et ardu.

Bref…

L'équipe indienne se mit de la partie : « Il était un petit navire, Qui n'avait ja-ja-jamais navigué… » Ce fut très amusant, au début. Croyez-le ou non, les gars des forces spéciales sont très compétitifs, et aucun ne voulait s'incliner. Ils continuèrent sur leur lancée, jusqu'au moment où j'en eus vraiment ma claque. La responsabilité m'échut, en tant que chef, de mettre un terme à notre récital improvisé.

— Chut ! C'était quoi, ça ?

Je me levai et me postai derrière le conducteur, faisant mine de m'inquiéter d'un bruit métallique suspect provenant du bas de caisse.

— Oh, Monsieur, rien de grave. Nous délogeons des cailloux, dit notre chauffeur en désignant les gravillons du lit du ruisseau que nous suivions, le long du canyon.

Il y eut un autre bruit plus étouffé quand les chenilles avant propulsèrent une pierre sous le véhicule, là où le placage était plus épais pour le protéger des impacts. Il comportait également une sorte de plaque de glissement, afin de mieux négocier les obstacles.

J'ordonnai une halte et sortis pour vérifier la coque du camping-car, non sans réelle inquiétude. Je décelai de nouvelles éraflures, mais pas de bosselures supplémentaires. Rien de grave, donc. Revenu à l'intérieur, je fus soulagé de voir que nos gaillards avaient sorti des jeux de cartes et que deux parties venaient de démarrer. Même sans autres enjeux que des bonbons glissés dans les paquetages, voilà qui les tiendrait occupés, ce qui était positif. Notre chauffeur, un Chinois appelé Zhang, diffusait de la pop, la règle étant que celui qui conduisait était aussi celui qui choisissait la musique. Je ne comprenais pas les paroles, mais je fis remarquer que la pop musique, sur Terre, avait les mêmes sons et les mêmes rythmes, alors qu'importait. Le capitaine Li haussa les épaules.

— Cette chanson est Coréenne, Monsieur. Nous appelons ça de la K-pop. Nous ne comprenons pas les paroles non plus.

Diantre, nous avions vraiment une équipe internationale intéressante, à bord de notre Barney-en-Marche, tandis que nous cahotions à la surface d'une planète alien, à près de deux mille années-lumière de chez nous. Voilà qui m'emplit d'une grande fierté.

Notre première traversée se déroula sans incident. Avant que le camping-car descende le long de la rive, j'ordonnai une halte pour que tout le monde sorte du véhicule et que Skippy le fasse traverser à distance. Le milieu de la rivière était assez profond pour que le camping-car doive déployer ses pontons de flottaison, qui fonctionnèrent parfaitement. À la rive opposée, Skippy lui fit faire demi-tour et nous le renvoya. La moitié de notre groupe rembarqua et notre chauffeur chinois nous fit traverser, précautionneusement. La transition entre les chenilles et la flottaison par hydrojets sous pression était fluide car l'ordinateur du véhicule savait comment procéder, sur la base des données saisies par le conducteur. Le capitaine Giraud ramena le camping-car pour embarquer le restant de notre groupe, puis nous repartîmes avec un soldat indien aux commandes. De cette manière, nous avions maintenant trois personnes ayant une certaine expérience de la conduite du véhicule. Une bonne chose, car nous aurions notre première rivière majeure à traverser dans deux jours. Au bout de deux heures, nous nous arrêtâmes à un endroit propice pour changer de chauffeur. Le capitaine Smythe me vit regarder avec envie le siège du conducteur.

— Ça vous plairait, Monsieur ?

— Capitaine, j'adorerais conduire ce truc ! Mais pas question que j'empêche les gars de s'amuser. Nous conduirons plusieurs jours d'affilée, et je peux attendre mon tour.

La règle que j'avais édictée, selon laquelle celui qui conduisait choisissait la musique, ou n'en mettait pas, nous assurait une variété disons, intéressante, de styles. Notre premier conducteur chinois, Zhang, avait mis de la pop que je ne connaissais pas. Le deuxième Chinois, Chen, joua de la musique au croisement entre un tintement de carillon, le genre de truc new age que les gens écoutent en faisant du yoga, et le grincement d'une guitare mal accordée. Au bout

335

d'un moment, je jetai un coup d'œil au capitaine Li, qui haussa les épaules et leva les yeux au ciel. Puis nous mîmes nos casques audio pour écouter notre propre sélection musicale. Après Chen, nous eûmes un parachutiste indien, Sharma, qui aimait chanter, à tue-tête et très mal, sur sa musique. Ses camarades se joignaient souvent à lui, chantant tout aussi faux mais avec un bel enthousiasme.

Quand l'un de nos SEALS, Garcia, prit à son tour le volant, ce fut sur un champ relativement plat où les chenilles s'ajustèrent pour devenir presque rondes, et nous avançâmes à bonne allure. Les chenilles absorbaient très bien les irrégularités du terrain ; nous étions bien moins secoués et ballottés que je l'aurais cru. Garcia devait se sentir bien, car il changea tout à coup sa sélection musicale pour passer à la vieille école : Coolio. Quand les premières notes de la chanson sortirent des haut-parleurs, les soldats chinois se regardèrent en marmonnant, imités par leurs collègues indiens ; je craignis qu'il y ait un problème. Puis Indiens, Chinois et Français se levèrent, échangèrent des signes de reconnaissance de gangs, et se mirent à chanter. Faux, mais avec enthousiasme, eux aussi. « *As I walk through the valley of the shadow of death, I look at my life and realize there's nothing left…* »

— Merde alors, fis-je à voix basse. Est-ce que tout le monde connaît cette chanson ?

Le capitaine Smythe se leva et se joignit au chant, et bientôt tout le monde dans le camping-car chantait en chœur : « *They been spending most their lives livin' in the gangster's paradise…* »

La chanson finie, tout le monde se tapa dans la main. Nous formions vraiment une équipe internationale qui déchire ! Avec un peu de chance, nous pourrions ramener un jour avec nous sur Terre cet esprit d'équipe exceptionnel…

Ce soir-là, quand nous fîmes halte, le ciel était nuageux mais il ne pleuvait pas, le vent s'était mué en une brise légère, et, pour un début d'été sur Nouvelle Arche, il ne faisait pas trop froid. Smythe et moi surprîmes le groupe en déroulant un écran et en le fixant sur le flanc du camping-car, pour une séance cinéma. Le capitaine Chander de l'équipe indienne fournit un film du hit parade de Bollywood. Les Indiens l'avaient tous déjà vu, mais pas nous. Avec les oreillettes de nos zPhones pour assurer la traduction, nous pûmes suivre les dialogues sans avoir à lire d'ennuyeux sous-titres. C'était un très bon film, avec des courses-poursuites en voiture, une romance contrariée, des gangsters et une histoire de contrebande de diamants. Vers la fin, je perdis le fil de l'intrigue, car j'étais trop fatigué. Mais au beau milieu d'une grande scène de combat, les personnages cessèrent soudain de se battre pour se lancer dans un complexe numéro de chant et de danse. Puis le ballet s'arrêta, et ils se remirent tous à se taper dessus comme des dingues. Gomez, chef de l'équipe des Rangers, secoua la tête comme s'il n'arrivait pas à en croire ses yeux, s'exclamant :

— Mais c'est quoi ce bordel ?

Les Indiens se mirent à sourire et à glousser ; avec son humour british pince-sans-rire, Smythe conclut :

— Ma foi, ça n'est guère plus étrange qu'un film hollywoodien où une voiture se transforme en robot volant, si ?

Chapitre Vingt Et Un

La première traversée d'une rivière majeure ne fut pas un drame. Nous nous arrêtâmes sur la berge pour faire descendre le camping-car, en cherchant le meilleur endroit pour qu'il en ressorte sur la rive opposée. La quantité de terre qu'il fallut déblayer pour créer une rampe de fortune jusqu'à l'eau ne fut pas aussi importante que je l'avais craint. Et la besogne fut abattue en moins de deux heures. Ensuite, je demandai à quelqu'un de conduire le camping-car de l'autre côté de la rivière et de revenir, seul dans le véhicule. La conductrice désignée était une Chinoise du nom de Liu, une de nos trois soldates des forces spéciales. Elle s'acquitta de la tâche, l'engin dérapant quelque peu dans la boue avant de se stabiliser et de traverser. Liu indiqua que l'endroit choisi sur la berge opposée était friable. Je lui demandai d'évaluer la situation par elle-même, et elle jeta son dévolu sur un autre point de sortie en amont. Les chenilles du camping-car le propulsèrent aisément hors de l'eau, et nous vîmes à travers le pare-brise avant Liu brandir un poing triomphal. Elle revint, nous prit tous à bord et retraversa.

La journée, tandis que nous restions assis dans le camping-car ou sur son toit, il n'y avait pas grand-chose à faire, sauf pour le conducteur et le navigateur. Smythe demandait à tous d'afficher des cartes de la base des récupérateurs sur leurs tablettes : les forces spéciales échafaudaient des plans d'attaque incluant une grande variété d'éventualités. Tout dépendait en somme de la vitesse d'exécution, de l'effet de surprise, surtout à la faveur des ténèbres, qui contribueraient également à semer la confusion chez nos adversaires. Si nous y étions obligés, nous attaquerions de jour, mais ce n'était pas optimal. Grâce aux troupes kristangs déployées en orbite autour de la Terre, nous disposions d'excellents équipements de vision nocturne, aux allures de lunettes de sécurité standard, pour pratiquer le ski, la moto tout-terrain ou manier des outils électriques. En temps normal, ces lunettes transparentes se comportaient comme n'importe quelle paire terrienne de lunettes de sécurité en plastique. Mais celles-là étaient en outre antichoc, antiballe, déperlantes, et repoussaient les poussières grâce à des aimants, des champs de force ou autre truc super high tech. Si on appuyait sur un bouton situé sur le montant gauche, l'intérieur des verres affichait l'image choisie sur le zPhone. On pouvait sélectionner un mode de vision nocturne qui affichait une vue améliorée à partir de minuscules caméras, sur la monture, et on visualisait ainsi une carte, des données ou encore ce que voyaient les lunettes d'un autre. Un dispositif des plus précieux pour les chefs, qui pouvaient de la sorte voir ce que leurs troupes voyaient, en temps réel. On pouvait même scinder la vue, un côté affichant l'image en vision nocturne de ce qui se trouve devant, avec une carte en surimpression, et l'autre affichant ce qu'un autre soldat voyait. S'y habituer prenait un peu de temps, et, bien entendu, il nous fallait apprendre à utiliser au mieux les différentes fonctions, selon la situation. Jusqu'à ce que nous soyons un peu mieux rodés à l'emploi de ces appareils, s'en tenir à la simple fonction de vision nocturne était le mieux adapté pour les soldats. Au contraire des lunettes de vision nocturne de l'armée US auxquelles j'étais accoutumé, restreignant la vision périphérique et affichant une image floue aux couleurs faussées, les lunettes kristangs montraient une image analogue à un crépuscule. Les tons étaient plus pâles, mais ce qu'on voyait semblait simplement un peu moins lumineux que d'habitude.

Cela étant, s'adonner à des opérations virtuelles sur tablette n'a qu'un intérêt limité. Chaque nuit, après avoir installé notre camp, Smythe créait un modèle miniature de la base des récupérateurs, des sacs à dos représentant les bâtiments et des cordes figurant les palissades. Puis, douceur vespérale ou non, qu'il pleuve (comme le plus souvent) ou qu'il vente, Smythe passait une heure à expliquer des plans d'assaut selon différents scénarios. Tout le monde se regroupant autour de lui, utiliser un modèle en 3D n'était pas inutile. Pourtant, Smythe regrettait de ne pas avoir eu le temps de construire une maquette à l'échelle réelle, afin que les équipes puissent pratiquer sur le terrain au lieu de devoir tout imaginer. Créer un faux camp n'avait pas été possible avant que nous descendions leurs deux appareils aériens, car nous ne pouvions pas courir le risque que les Kristangs en orbite voient ce camp factice. Et, avant de partir en camping-car, nous ignorions à quelle vitesse nous pourrions voyager. Smythe était maintenant d'avis que nous aurions dû prendre quelques jours, une semaine peut-être, pour pratiquer nos attaques.

Deux jours après avoir traversé la première rivière, nous roulions sur un terrain très vallonné. Quand nous avions planifié le parcours, ces collines avaient été une grande source d'inquiétude pour nous, mais en définitive, elles ne posèrent aucun problème. Les chenilles du camping-car s'ajustaient automatiquement au terrain et nous progressions vite. Le conducteur avait juste à se défier des gros rochers épars sur toute cette zone. L'équipe scientifique, qui suivait notre progression depuis notre base grâce aux images satellites, pensait que ces rochers avaient été laissés là par un glacier. Un glacier d'au moins un kilomètre d'épaisseur, qui avait couvert la région entière après le changement d'orbite de Nouvelle Arche. Puis, par suite d'un nouveau réchauffement climatique, le glacier en cours de disparition avait laissé derrière lui les rocs qu'il avait charriés au sud. Les collines que nous traversions, formées d'une série de crêtes parallèles, étaient une « moraine finale », selon notre équipe scientifique. À la base, chaque crête se dressait là où un glacier avait libéré des poussières, des rochers et toutes sortes de débris accumulés.

Nous franchîmes une colline de plus, la suivante se trouvant à un kilomètre de nous, avec une belle zone plane entre les deux. On était en fin d'après-midi, et j'examinai la carte en quête d'un nouveau bivouac. Après une journée aux éclaircies intermittentes, la nuit serait pluvieuse, ainsi que la matinée suivante. Je relevai les yeux de la carte au pare-brise, et la vallée qui s'étendait devant nous retint mon attention.

— Hmm… grommelai-je.

Sur mon iPad, je zoomai sur l'image satellite. Hormis quelques éperons rocheux, cette zone était vierge de tout obstacle.

— Capitaine Smythe, dis-je, cette vallée, là, qu'en pensez-vous ?

Il fut évident qu'il n'avait pas compris ce que je voulais dire.

— Ça me rappelle un peu les Yorkshire Dales, Monsieur, si…

— Non, je veux dire, regardez ça…

Je lui montrai l'image satellite où j'avais superposé un schéma du camp des récupérateurs.

— Intéressant, fit Smythe, le regard volant de l'écran de mon iPad au terrain qui s'étendait devant nous. Nous sommes en avance sur notre planning, ajouta-t-il de manière appuyée.

— C'est ce que je pensais. Pourquoi ne pas y installer une réplique grandeur nature du camp des récupérateurs tant qu'il fait encore jour, et préparer notre assaut cette nuit ? Il va pleuvoir, cette nuit…

— Excellent, approuva Smythe en souriant.

Moins d'une heure après notre halte, nous avions installé notre camp, mais également construit la base factice des récupérateurs, avec, toujours, bâtiments et palissades symbolisés par des poteaux et de la corde. Skippy inspecta le schéma *via* les images satellite et reconnut, à regret, que c'était foncièrement exact, à quelques centimètres près. Cette nuit-là, de courtes averses cédèrent la place à un brouillard glacial. Tout le monde se sentait épuisé, misérable. À part les deux médecins civils et moi, nos soldats prirent cependant plaisir à l'exercice. Je n'avais jamais vu des gens si exténués avoir l'air si heureux quand nous cessâmes l'entraînement, à l'aube. Smythe demanda à son équipe d'étudier un scénario après l'autre, et de mettre en œuvre chaque plan d'attaque aussi parfaitement que possible. Les équipes Alpha en armures motorisées kristangs purent s'entraîner à bondir du sol sur le toit du camping-car, et inversement, à sprinter, à enjamber les rochers tout en se la pétant grave.

J'observai les exercices sans y participer. Je ne suis pas des forces spéciales, je n'avais pas suivi d'entraînement au combat, et je ne les connaissais pas bien. Si j'avais insisté pour participer à l'assaut, je les aurais gênés plutôt qu'autre chose, risquant même de provoquer la mort de l'un d'eux. Observer suffirait. Les équipes Alpha, impressionnantes comme toujours, couraient à cent kilomètres par heure et sautaient à dix mètres de haut. Mais après tout, ne bénéficiaient-elles pas d'une technologie alien avancée ? Ce qui m'épata vraiment ? Voir à l'œuvre les soldats des forces spéciales sans armure motorisée. Rapides, silencieux, bien coordonnés, ils convergeaient vers leurs cibles désignées à partir de multiples directions. Skippy étant au fait de la disposition intérieure des bâtiments des récupérateurs, nous avions pu tendre d'autres cordes pour simuler couloirs, portes et murs, afin que nos commandos s'entraînent à forcer les accès et à nettoyer un bâtiment pièce par pièce. Ce qui simplifiait les choses ? Nous ne ferions pas quartier. Et inutile de nous soucier des dégâts que nous causerions, à l'exception des deux articles que nous étions venus prendre : l'IA et le nœud com'. Dans les autres bâtiments, il nous suffirait d'arroser les pièces investies d'un feu nourri, ou d'y balancer des grenades. En épargnant, cela va sans dire, les lieux susceptibles de renfermer l'IA et le nœud com'. Skippy nous indiqua que certains artefacts étaient stockés dans le bâtiment où vivaient les chefs des récupérateurs, ceux auxquels ils adjugeaient le plus de valeur. Pour nous, ces artefacts étaient sans intérêt, et Skippy se fichait comme de son premier circuit imprimé qu'on les détruise. L'IA et le nœud com' se trouvaient dans un bâtiment sécurisé servant d'armurerie aux récupérateurs, avec à la clé une barrière électrisée et de lourdes portes blindées auxquelles seuls les chefs avaient accès. Si l'IA et le nœud com' étaient bien dans l'armurerie lors de notre offensive, notre tâche en serait facilitée. Il suffirait d'y éliminer les Kristangs présents, afin de récupérer les précieux articles plus tard.

Si, pour une raison quelconque, les artefacts étaient enlevés de l'armurerie, voire séparés, la tâche du groupe d'assaut deviendrait exponentiellement plus difficile. Et, quoi que nous fassions, pas question de laisser les Kristangs s'apercevoir que le but de notre attaque était de nous procurer ces artefacts des Anciens, car ils risqueraient de menacer de les détruire pour nous arrêter.

Smythe avait projeté de multiples scénarios d'assaut, ce qui était formidable. L'équipe s'y entraîna jusqu'à ce que chaque plan soit réglé comme une horloge. Mais ce que Smythe ne pouvait anticiper, c'était l'inconnu. Techniquement, nous avions des options pour contrer chaque aléa envisageable : quel temps il ferait, à quel endroit de la base les récupérateurs dormiraient, combien de chefs et de travailleurs seraient éveillés, quelles armes les chefs auraient avec eux... Skippy nous indiqua que les récupérateurs n'avaient pas de programme défini pour la sécurité de la base. Certaines fois, deux chefs restaient de garde la nuit. Mais la plupart du temps, les leaders dormaient paisiblement sur leurs deux oreilles, se fiant à leurs seuls systèmes de surveillance électronique.

D'une certaine manière, la base des récupérateurs était une cible facile pour une attaque-surprise. Les Kristangs possédaient nombre d'armements, dont quatre armures motorisées fonctionnelles. En plus des fusils kristangs standard, l'armurerie contenait des armes lourdes : grenades, fusées antiarmures, siffleurs. Mais hormis les armures et les fusils que les chefs gardaient avec eux, le restant des armes était enfermé à double tour dans l'armurerie. Sur une planète dépourvue de menaces naturelles, les leaders étaient surtout concernés par d'éventuelles émeutes. Ce qui nous facilitait les choses ; nous n'aurions qu'à les éliminer. Or, les plans de Smythe partaient du principe que, la nuit, les chefs se claquemuraient dans leur enceinte. La nuit, les travailleurs étaient enfermés dans leurs bâtiments, dans l'impossibilité d'en sortir en catimini. Les portes externes des bâtiments de l'enceinte des travailleurs de force étaient verrouillées, et des barrières électriques quadrillaient la base, protégeant les chefs de leurs sous-fifres, empêchant ceux-ci d'accéder à l'armurerie. Une fois ces despotes éliminés, nous nous occuperions de leurs bûcheurs plus tard.

C'était là notre plan. Sans augurer des inconnues impossibles à mettre en équation. Or donc, une certaine flexibilité et une bonne dose d'initiative individuelle étaient de mise. Heureusement que les forces spéciales en avaient à revendre. Il me restait à garder confiance quoi qu'il advienne.

Dans le camping-car, nos deux médecins avaient dormi toute la nuit du sommeil du juste, avec des boules Quiès et du bruit blanc diffusé sur la radio. Une heure avant l'aube, je les réveillai, et nous préparâmes un petit déjeuner chaud pour les troupes, qui fut fort apprécié. Après avoir levé le camp et effacé toute trace de notre aire d'entraînement, nous reprîmes le cours de notre voyage, les médecins prenant le volant à tour de rôle. Quant à moi, je jouais les navigateurs. Au terme de six bonnes heures de sommeil, l'équipe était en pleine forme, et ce fut mon tour de dormir. Je mis les boules Quiès en place, me sanglai sur un siège et rivai une casquette de baseball sur mon front. Les secousses et les soubresauts du camping-car bercèrent mon sommeil.

J'espère juste que je n'ai pas ronflé.

— Arrêtons-nous ici, ordonnai-je deux jours plus tard.

Smythe descendit du camping-car avec moi, et nous inspectâmes la pente devant notre véhicule. La situation n'était pas idéale. Cette zone plissée était quadrillée de canyons aux parois trop abruptes. D'après les données satellite, il y avait un seul trajet possible, mais bien moins praticable qu'escompté, maintenant que nous l'avions sous nos yeux. Notre plan était de rouler au nord-ouest le long d'un canyon assez large et peu profond jusqu'à ce que nous atteignions un défilé latéral menant au plateau-cible. Un cours d'eau central traversait le canyon principal en forme de V peu encaissé. Mais au fil du temps, beaucoup d'éboulis s'étaient amassés là. D'après le satellite, on aurait intérêt à longer la paroi droite. Le canyon était suffisamment large et peu profond pour que les parois montent en pente douce, au-dessus de nos têtes.

— Ceci pourrait nous poser problème, fis-je en étudiant le terrain à négocier.

Éviter les rochers ne serait pas un gros souci, ils étaient aussi espacés sur la paroi du canyon qu'ils l'avaient paru sur les images satellite. Mais par endroits, la pente latérale du défilé était plus abrupte qu'escompté. Par endroits, elle était presque à quarante-cinq degrés d'inclinaison. Smythe et moi nous approchâmes, flanqués des chefs d'équipe et de nos conducteurs les plus expérimentés.

— Si nous pouvons suivre ce chemin rectiligne sur deux kilomètres, dit Williams, en traçant une diagonale à travers la pente, tout devrait bien se passer. Nous arriverons ici…

Il montrait un endroit sur le haut plateau du canyon, plus haut que là où nous voulions aller.

— Nous tournerons à droite et redescendrons.

— Excepté pour ces deux arêtes, objecta Smythe en désignant le licu où la pente latérale du canyon était abrupte. Si nous avions du temps et l'équipement adéquat, nous pourrions nous tailler un chemin. La première arête fait une centaine de mètres, mais la seconde doit mesurer près d'un demi-kilomètre. Nous n'avons même pas la main-d'œuvre nécessaire.

Il sortit son zPhone et consulta l'image satellite de la zone, la comparant à ce que nous avions sous les yeux.

— Ce n'est peut-être pas si grave qu'il y paraît. Est-ce que vous skiez, colonel ?

— Je fais un peu de snowboard. Ma famille pratique surtout la motoneige, notre région du Maine étant très plate, et il faut conduire un bon moment pour aller faire du snowboard.

Smythe acquiesça.

— Vous savez donc que quand vous êtes au pied d'une montagne, l'inclinaison ne semble pas très abrupte et vous avez le sentiment que vous n'aurez aucun problème à la redescendre ? Puis vous prenez la remontée mécanique jusqu'au sommet, et parfois, d'un coup, cette même pente vous paraîtra bien plus ardue. Peut-être que ceci est similaire à une montagne pour aller skier. Ce trajet a peut-être l'air plus difficile vu d'ici.

— Skippy, l'appelai-je, qu'en penses-tu ? Tu peux conduire le camping-car pour surmonter ces obstacles, ou va-t-il se renverser ?

— Qu'est-ce que je suis, moi, maintenant, un pilote de course hors route ? bougonna Skippy. Oui, le camping-car peut monter une pente latérale même plus abrupte que celle de ces deux zones, parce que les chenilles ont une fonction limitée d'autonivellement, où la chenille du côté le plus bas se déploiera pour compenser. Vous pouvez aussi déplacer la charge dans le camping-car pour qu'elle porte à l'avant. Toutefois, ce n'est pas moi qui devrais être au volant.

Même avec le microvortex pour faciliter les communications, il existe un temps de latence entre la surface et moi, et je pourrais ne pas réagir assez vite. Un conducteur humain, dans le véhicule, sentira fonctionner en temps réel les chenilles et compensera au gré des besoins. Le problème est que la surface est gorgée d'eau, instable au possible. Je ne peux pas le prédire avec précision. Quelqu'un devra conduire ce véhicule pour toi, Joe. Je suppose que nous sommes trop loin de la Terre pour que tu appelles Uber ?

Et ce ne serait certainement pas moi qui m'installerais au volant. Je n'avais pas encore pris mon tour. Nous rejoignîmes le véhicule, examinant soigneusement en chemin les deux zones problématiques. Puis nous fîmes sortir tout le monde du camping-car, déplaçant le chargement à l'intérieur que nous arrimâmes solidement en place. Le lieutenant Zhang prit les commandes. C'était lui qui nous avait conduits au fond de ce canyon, et ce serait lui qui nous en sortirait.

Il y eut des moments difficiles où nous crûmes que le camping-car allait se renverser, avec ses chenilles qui dérapaient sur la boue. Zhang resta calme, les chenilles finirent par accrocher, et le camping-car, centimètre après centimètre, se hissa finalement sur un sol relativement plane. Quand les chenilles revinrent à leur configuration initiale, tout le monde poussa des cris d'encouragement. Zhang reçut sa part de tapes amicales dans le dos alors que nous regrimpions à bord. Il leva le pouce vers moi.

— Merci pour votre confiance, Colonel.

— Aimeriez-vous faire une pause ? demandai-je, remarquant que ses mains tremblaient légèrement.

Il avait conscience que, l'espace de quelques instants, le succès de notre mission tout entière, et la survie des humains sur Nouvelle Arche, avaient entièrement reposé sur ses épaules.

— Oui, Colonel. J'ai assez conduit pour aujourd'hui, je crois !

— Bon boulot, dis-je en lui tapotant le dos.

Je sortis de ma poche un carré de chocolat que j'avais mis de côté.

— Tenez, vous le méritez.

Le chocolat était un article assez précieux sur Nouvelle Arche, et encore plus dans nos circonstances présentes. Vu la mine de

Zhang, c'est comme si je lui offrais un lingot d'or. Il le prit au creux de ses mains en coupe, s'inclinant légèrement devant moi, puis emballa soigneusement la friandise dans un morceau de tissu avant de l'empocher. Ses collègues chinois lui dirent quelque chose en mandarin, et il se fendit d'un large sourire. Apparemment, j'avais illuminé sa journée.

J'eus envie de grimper sur la galerie de toit et continuer le trajet là-haut, car nous y avions bricolé quelques places assises surmontées d'un auvent pour les protéger de la pluie. La journée ayant été en partie ensoleillée, l'auvent avait été démonté et mis en réserve. Il pouvait faire froid sur le toit, mais tout le monde aimait s'y installer. À tel point d'ailleurs, que j'avais dû intervenir et instaurer des roulements. Ainsi, les soldats se relayaient à mesure que nous changions de conducteur. L'intérieur était chaud et sec, abrité des vents, mais il était également morne, l'engin ayant peu de fenêtres. Là, si je remontais sur le toit, quelqu'un devrait en descendre ; je restai donc dans le camping-car, en réglant mon siège de manière à pouvoir voir le paysage défiler par le pare-brise avant. L'un de nos SEALS, Taylor, prit le volant, et le lieutenant Williams se posta derrière lui.

— Droit devant, à côté de ce gros rocher rond, c'est le sommet, indiqua Williams. Allez-y en droite ligne, et, quand nous aurons passé la crête, descendons vers la gauche pour reprendre notre trajet initial.

— Pigé, répondit Taylor.

William retourna à son siège, s'y harnacha, et nous repartîmes.

Au début, tout se passa bien. Taylor conduisait, précautionneusement mais avec assurance. Une fois la crête franchie, il laissa le camping-car glisser naturellement vers la gauche, et continua sur une droite relative en direction d'une ouverture entre les deux gros rochers repérés sur nos images satellite, et que nous comptions éviter. Mais maintenant que je les voyais de près, ils ne présentaient vraiment pas de danger. L'espacement était quatre ou cinq fois plus large que le camping-car, avec quelques pierres plus petites à demi enfouies dans le sol, et les chenilles du camping-car changèrent de forme pour rouler par-dessus. Il fut ensuite aisé de redescendre suivant le trajet prévu, parallèle au ruisseau qui serpentait en bas du canyon. Même compte tenu de la conduite attentive et prudente de Taylor, il ne nous faudrait pas plus de quelques minutes pour rejoindre la piste retenue qui, à cet endroit, ressemblait à un banc rocheux entaillé dans la paroi du canyon. Je me demandai si ce banc n'avait pas été autrefois une route, créée des millions d'années plus tôt par les habitants originels de Nouvelle Arche. Une idée stupide, au demeurant, puisqu'aucune route n'aurait pu perdurer aussi longtemps, particulièrement dans un canyon sculpté par l'avancée et le recul des glaciers, lesquels avaient une masse de millions de tonnes. Le banc, ainsi que celui à l'opposé du canyon, avait été creusé par le cours d'eau en pleine crue, charriant des pierres qui s'étaient écrasées contre les parois, arrachant la terre, élargissant le canyon d'année en année, emportant tout jusqu'à la mer.

Il nous faudrait donc quelques minutes pour atteindre le banc entaillé dans la paroi du canyon, même si Taylor était particulièrement prudent en conduisant sur le sol boueux instable.

Soudain, ce fut le chaos.

— *Holà* ! hurla Taylor.

Au même instant, le camping-car tangua de côté et d'autre, avant de retomber avec une brutalité à flanquer la nausée.

— Que se passe-t-il ? criai-je en me haussant sur mon siège, les yeux braqués sur le pare-brise.

— Je n'ai rien fait, Monsieur, me répondit Taylor, les chenilles ne veulent plus… Ah !

Un bourdonnement aigu monta des chenilles de droite, le camping-car fit une embardée vers la gauche et retomba de nouveau. Puis il oscilla de gauche et de droite, avant de poursuivre sur sa lancée. Par le pare-brise avant, je vis quelqu'un sauter du toit. Le camping-car avait entamé une série de tonneaux et les soldats assis sur le toit n'allaient pas attendre de carton d'invitation pour en sauter.

Ce fut le chaos infernal. Le camping-car continua ses tonneaux, me donnant le tournis. Je perdis le compte après avoir déterminé que nous avions déjà fait deux tours complets, ma tête heurtant un tas de parois… Pour une raison ou une autre, le camping-car n'effectuait pas ces tonneaux très vite, on aurait presque dit un mouvement contrôlé, et l'engin ne semblait pas prendre de vitesse. Mais dans l'habitacle malmené, le chaos régnait.

Je vais vous dire quelque chose au sujet des gars des forces spéciales. Ils n'ont pas paniqué. Tous ont gardé leur calme, gardé conscience de la situation à tout instant, guettant l'instant propice pour réagir et y remédier. Tous, j'en suis sûr, savaient combien de tonneaux nous avions faits. Nous n'avions plus aucun contrôle du véhicule, nous dévalions une pente vers des rapides glacés hérissés de rochers en bas d'un canyon, et il n'y eut aucun hurlement, aucun cri de panique. J'eus presque honte, avant de redevenir assez maître de moi pour suivre leur exemple.

Heureusement que j'avais insisté pour que chacun se harnache à son siège à chaque déplacement, ou nous aurions sûrement souffert de graves blessures. Après une dernière série de tonneaux pesants comme au ralenti, le camping-car retomba une fois pour toutes sur ses chenilles, oscillant, puis s'immobilisa.

— Tout le monde va bien ? lançai-je à la cantonade. Des blessés ?

— Moi, ça va…

— C'est bon pour moi, Monsieur…

Tout le monde me rassura ; à part quelques heurts et horions, personne n'était blessé.

— Ouvrez la porte et sortons avant que ça recommence, ordonnai-je.

Je m'assurai d'être le dernier à sortir. Comme la porte était sur la gauche, du côté de la pente, je m'éloignai à la course du camping-car, avant qu'il décide de me tomber dessus.

— Merde alors ! m'exclamai-je.

Le camping-car avait atterri sur ses chenilles, exactement sur le banc rocheux où nous voulions aller ! Je levai les yeux en haut de la pente et vis les quatre qui avaient été assis sur le toit nous faire signe, apparemment indemnes. Et je découvris la source du problème. Le sol avait cédé sous le poids du camping-car, se délitant en mini-glissement de terrain. Au premier tonneau, son élan emporta le véhicule le long de la pente douce du canyon, jusqu'à ce qu'il vienne buter sur le banc rocheux.

— Ah ! s'exclama Williams, soulagé de voir que personne n'était sérieusement blessé. Taylor, vous n'aviez pas besoin de nous amener ici aussi vite !

Nous éclatâmes tous de rire. Je riais aux larmes, je riais de soulagement de ne pas avoir été tué, que le camping-car ne se soit pas renversé sur le toit, et de voir que les vitres des fenêtres n'étaient même pas cassées. La porte fonctionnait toujours, même si elle coinçait un peu. Je m'étais attendu à ce qu'elle soit impossible à ouvrir après un tel choc.

— Skippy, demandai-je, quels dégâts a subis le camping-car ?

— Aucun, Joe. Vous avez fait une sacrée culbute, là ! Tu vas bien ?

— Aucun dégât ? répétai-je, sidéré.

— Ouaip. Les constructions kristangs, y a pas à dire, c'est du solide. Ces véhicules sont conçus pour être largués par parachute. S'il a fait ses tonneaux aussi lents, c'est que les gyroscopes ont un peu contrebalancé le mouvement, c'est leur rôle. Vous pouvez remonter à bord et continuer votre chemin, pas de problème. Vous devriez d'abord réparer la galerie de toit. Elle s'est automatiquement rétractée, mais je vois qu'elle est tordue à certains endroits. Personne n'a été blessé ?

— Quelques bleus et bosses, c'est tout. Zut, Skippy, dis-je en faisant le tour du camping-car et en l'inspectant sous tous les angles, sidéré. Comment ce truc n'est-il pas brisé en mille morceaux ? Comment les chenilles n'ont-elles pas été arrachées de leur logement ?

— Les chenilles et les pontons ont dû se rétracter automatiquement, eux aussi. L'ordinateur de bord a su à quel moment étendre les chenilles pour stopper les tonneaux. Comme je disais, ces machines sont de construction très robuste, Joe. Et c'est une excellente chose, car la garantie sur ce camping-car a expiré il y a très longtemps ! Tiens, au fait, je peux te décrocher un très bon deal sur une sous-couche antirouille. Je connais un type qui connaît un type…

— Merci, Skippy, mais nous n'avons pas l'intention de garder cet engin assez longtemps pour que ça fasse une quelconque différence.

— Pour faire bonne mesure, j'ajouterai une paire de désodorisants. Avec un camping-car plein de singes, des désodorisants pourraient vous être sacrément utiles.

J'éclatai de rire.

— Skippy, si tout fonctionne comme prévu, dans quelques jours, nous jetterons ce camping-car au fond d'un lac, ou nous l'enterrerons, afin que personne ne le retrouve jamais. Dès lors, les traitements antirouille ou les désodorisants ne serviront plus à rien.

— Ah zut, Joe, rappelle-moi de ne jamais te prêter ma voiture. Si un jour j'en ai une.

Quand les quatre du toit nous rejoignirent, après avoir récupéré en chemin l'auvent, des vestes et plusieurs paquetages tombés de la galerie, je demandai à tout le monde de prendre la pose devant le camping-car boueux légèrement abîmé. Je calai mon zPhone sur un rocher et demandai à Skippy de nous photographier. Il s'y prêta volontiers sans aucun commentaire désobligeant. Peut-être était-il réellement content que nous nous en soyons tous sortis vivants, ou bien il était trop occupé à réparer le *Hollandais volant* pour nous jouer des tours. Quoi qu'il en soit, j'en fus ravi.

Quand nous en eûmes fini avec les photos pour commémorer notre miraculeuse survie, je demandai à Taylor de reprendre la conduite en vérifiant que tout fonctionnait, comme l'affirmait Skippy. Taylor me jeta un regard intrigué.

— Vous êtes sûr que vous voulez que je reprenne le volant, Monsieur ?

— Taylor, ce qui est arrivé n'était pas votre faute. De plus, quelles chances y a-t-il que cela se reproduise ?

Skippy intervint.

— Était-ce une question pour moi, Joe ? En fait, je n'ai pas assez de données pour calculer les probabilités. J'aurais besoin de radars pour sonder le sous-sol si…

— C'était une question rhétorique, Skippy, nul besoin de te lancer dans de savants calculs statistiques.

— Bien. Parce que, faute de données suffisantes, mon estimation des chances que cela se reproduise aurait soixante-six pour cent de…

— Merci, Skippy. On s'occupe du reste. Taylor, au boulot !

Le camping-car fonctionna sans accrocs.

Taylor avança d'une centaine de mètres, puis revint vers nous. Si le sol du banc avait été saturé d'eau et instable, les allées et venues du camping-car auraient dû le déstabiliser. Smythe et moi examinâmes les traces du véhicule : aucune craquelure, aucun signe de déplacements. Nous réparâmes la galerie de toit de notre mieux et chargeâmes le camping-car avant de repartir. Ce n'était certes pas des vacances familiales vibrantes de bonne humeur et de gaîté, mais l'expédition promettait d'être mémorable. Smythe regardait les photos que j'avais transférées sur les zPhones de tout le monde.

— Bishop, dit-il, s'oubliant un instant. Pardon… Mon Colonel…

Il était assez intelligent pour ne pas s'enferrer dans ses erreurs.

— En Afghanistan, mon hélicoptère a chuté en pleine montagne, et la pale de rotor a calé. Une chute de cinquante mètres dans la neige… Ç'aurait pu être bien pire, l'hélico avait dévalé le flanc de la montagne avant de rebondir contre un rocher et de basculer par-dessus une falaise. Nous en étions quittes pour quelques fractures, rien de bien méchant, ajouta-t-il à sa manière nonchalante de gars du SAS. Avant que l'hélico de secours arrive, nous avions pris une photo devant notre appareil déglingué.

Il appuya sur quelques boutons de son zPhone et afficha le cliché en cause.

— C'est moi, là, sur la gauche.

Il n'avait pas l'air différent, par rapport à son apparence actuelle. Un cliché relativement récent ? Le SAS avait été déployé en Afghanistan… quand ?

— C'était quand… ? Oh, peu importe. Vous ne pourriez pas me le dire, et de toute façon, je m'en fiche.

Et si j'avais vraiment voulu le savoir, les détails figuraient dans son dossier de service.

Smythe éclata de rire.

— Ah ! Ça n'a plus guère d'importance, ça, Monsieur. Nous connaissons le seul fichu secret qui compte, désormais – à propos de Skippy qui fait joujou avec les vortex. Ce que j'allais dire,

Monsieur, c'est que, jusqu'à ce jour, cette photo de l'hélico tombé était ma favorite. Mais maintenant, un cliché de nous ayant survécu à une série de tonneaux le long d'un canyon, dans un camping-car alien volé, sur une planète située à des milliers d'années-lumière de ta Terre… À mon avis, ça bat tous les records !

Chapitre Vingt-Deux

Les deuxième et troisième gués étant proches, nous les franchirions en camping-car la même journée. Nous arrivâmes au deuxième en fin d'après-midi, et, contrairement au premier où nous avions dû creuser une rampe pour atteindre le niveau de l'eau, nous nous attendions à ce que la descente vers la berge soit facile pour le camping-car. Nous nous étions fiés aux images satellite. Mais ce ne fut pas la réalité du terrain. Par endroits, le long des berges, le chemin menait directement à l'eau, sur une pente d'inclinaison assez faible. Le souci, c'était qu'à ces endroits, le sol était boueux et glissant. Skippy nous prévint que même les merveilleuses chenilles de notre camping-car risquaient de s'embourber. Nous descendîmes et explorâmes en aval et en amont en quête d'un meilleur passage à gué. En vain. Il ne nous restait plus qu'à creuser de nouveau à la pelle et à la pioche une rampe d'accès à l'eau, là où ce n'était pas trop boueux. Sur la berge opposée, nous devrions faire grimper la pente au véhicule, puis fixer un câble autour d'un rocher et utiliser le treuil du camping-car pour le hisser. La rampe achevée, il commençait à faire nuit, et je décidai que nous ne tenterions pas une traversée dans l'obscurité. J'ordonnai qu'on monte notre camp. C'était une soirée sèche et chaude pour Nouvelle Arche, alors que les prévisions météo pour le lendemain annonçaient bourrasques et pluies torrentielles. On avait besoin d'une halte et de repos, de toute façon. Histoire de nous dégourdir les jambes, ankylosées par la station assise toute la journée, nous repartîmes gravir une colline qui surplombait le fleuve, et de là, nous admirâmes le coucher de soleil. C'était seulement la deuxième fois, depuis notre séjour sur Nouvelle Arche, que je voyais l'étoile s'abîmer à l'horizon, tant le climat était nuageux et pluvieux. C'était une splendeur, et j'y vis un présage de bon augure.

La traversée se déroula cette fois sans incident. C'était casse-pieds de haler le gros camping-car en haut de la berge opposée. Mais en fait, chacun de nous adora voir le treuil le tirer vers le haut, en creusant une profonde entaille dans la rive. Les chenilles furent engorgées par des amas de boue gluante, et, merde alors, nous dûmes rester sous la bruine à regarder le conducteur, un parachutiste indien appelé Patel, ouvrir l'accélérateur à fond pour faire tourner les chenilles et les nettoyer, envoyant de la boue gicler à la ronde quand le véhicule zigzagua hors de la rivière. Tout le monde rit et applaudit ; Patel se fendit d'un sourire éblouissant à s'en décrocher la mâchoire. Bon sang, pourquoi n'avais-je pas pensé à jouer du galon et à prendre enfin le siège du conducteur ?

Quand nous parvînmes au troisième fleuve, la bruine était devenue une pluie battante, mais pas encore l'averse accompagnée de rafales de vent attendue, d'après le bulletin météo de Skippy. Le sujet l'irritait ; il m'assura qu'au nord de notre position soufflait un ouragan, venu du nord. Nous arrêtâmes le camping-car et en sortîmes pour évaluer le débit de la rivière. Les berges étaient en pente douce couverte de végétation. Au nord, le ciel était si noir qu'on eût dit que la nuit approchait, alors qu'on était en pleine après-midi. Le fleuve roulait des eaux tout aussi noires, soulevant force gerbes d'écume contre des rocs submergés. J'eus l'impression que le niveau montait à vue d'œil. Des blocs de glace émergeaient sporadiquement avant de replonger au gré de violents remous. Sur les images satellite, la longue langue laissée par un glacier en recul émergeait elle aussi, à moins de dix kilomètres au nord de notre position, par-delà un lacet. De la glace s'en détachait, érodée par les eaux vives à la base du glacier. S'aventurer dans le fleuve et en ressortir ne serait pas un problème pour le camping-car. Le point épineux, ce serait d'éviter les rochers submergés et les blocs de glace à la dérive.

— Allons-y.

Un coup de vent glacial me fit tituber sur la berge, renforçant ma décision.

— Traversons avant que ces rafales nous arrivent dessus.

Je ne tenais pas à ce que le volumineux camping-car se comporte comme une voile sous le vent, en pleine traversée.

— Oui, Monsieur, dit Smythe. En haut de ces collines…

Il montrait la rive opposée.

— Il y a plusieurs points de chute adéquats où attendre la fin de l'orage.

Nous retournâmes au camping-car, ôtâmes nos vestes humides puis repartîmes vers la berge. Patel avait fait une pause, et, pour cette dernière traversée cruciale, je voulais quelqu'un d'expérimenté au volant. L'air sûr de lui, Patel leva le pouce, avant que l'avant du camping-car rencontre l'eau. Puis il se concentra sur sa tâche. Une fois en ligne de flottaison, le camping-car dansa de manière inquiétante. Le courant était si fort que Patel dut orienter l'avant du véhicule en amont afin de rester en ligne droite. Une trajectoire directe n'aurait pas fonctionné, le lit du fleuve étant hérissé de rochers, émergés comme immergés. Le camping-car était un bijou de technologie, mais, pour une raison x ou y, les Kristangs n'avaient pas jugé utile de le munir d'un sonar voué à détecter les obstacles subaquatiques. Nous en fûmes donc réduits à supputer où les rochers se "cachaient" en fonction des jets d'écume et des remous ; nombre d'entre nous, dont moi, en connaissaient un rayon grâce à leur expérience du canoë ou du kayak. Lesquels avaient un tirant d'eau si faible qu'ils pouvaient glisser par-dessus des obstacles recouverts par très peu d'eau. Ce qui n'était pas le cas du camping-car. Le bas de caisse évoluait à plus d'un mètre sous la surface, surtout avec des pontons qui plongeaient et remontaient au gré de remous de plus en plus forts. Nous n'avions pas fait cinquante mètres que le camping-car heurta un rocher immergé, assez profond pour le harponner.

— Désolé… fit Patel.

Par bonheur, notre véhicule en fâcheuse posture se dégagea. Puis Patel dut le faire pivoter en aval pour se dérober à un nouvel obstacle. Le navigateur, le lieutenant Crispin du SAS, cherchait à éviter les obstacles subaquatiques. Smythe avait suggéré que Crispin serait un bon choix pour cette tâche, vu qu'il avait participé aux épreuves de sélection olympique pour l'équipe britannique de kayak.

— Ce n'est pas sa faute, Monsieur, dit Crispin. Ces rochers sont fichtrement difficiles à détecter. Et cette fichue caravane a un tirant d'eau trop fort. À tribord toute ! cria-t-il soudain.

Patel braqua à droite, et le véhicule plongea, tanguant sur les rapides. Les dix minutes suivantes, Crispin et Patel jugulèrent leurs forces pour ramener le camping-car au milieu des eaux tumultueuses, là, où, nous l'espérions, le lit plus profond nous éviterait de périlleux accrochages. Patel orienta le camping-car en amont, pendant que Crispin cherchait un moyen de dégager le véhicule de sa position dangereuse. À droite, à gauche et en aval, de gros brisants. En amont, un rocher submergé que nous avions déjà heurté, et que nous ne tenions pas à affronter de nouveau. Skippy avait affirmé que le camping-car était robuste, disposant d'un bas de caisse renforcé. Mais je n'avais aucune envie de tester la solidité réelle de cette plaque de protection si jamais nous heurtions encore un rocher particulièrement acéré.

— Prenez votre temps, Crispin, dis-je doucement.

Le tangage du camping-car m'avait presque flanqué le mal de mer, et j'aurais aimé que le véhicule dispose de davantage de fenêtres.

— Nous nous en sortirons, mon… Oh, merde ! hurla Crispin.

En amont, nous vîmes débouler au détour d'un coude du fleuve des blocs de glace, larges d'une rive à l'autre. Un gros morceau du glacier avait dû se détacher et se briser en aval. C'était ma faute, nous savions que le fleuve charriait de la glace vers la mer, et j'aurais dû le prévoir à cause de l'orage au nord de notre position. J'aurais dû envoyer deux éclaireurs en amont, sur une éminence assez élevée pour juger des conditions, favorables ou non. Et moi, comme un idiot, j'avais juste ordonné la traversée.

Des pans de glace s'écrasaient contre les rochers, soudain/ brutalement réduits en miettes.

— Patel, droit vers la rive au plus vite ! ordonnai-je. Plutôt nous échouer sur un rocher qu'être heurtés par ces glaces !

Dont bon nombre faisaient la moitié du camping-car.

Nous y fûmes presque. À cinquante mètres de la rive, Patel vira vers l'aval et la gauche pour éviter un rocher affleurant à la surface ;

un bloc de glace s'écrasa contre le ponton gauche. L'impact fit basculer l'avant du véhicule en amont, les eaux bouillonnantes le poussant hors de contrôle. Soudain, il pointa vers l'aval, prit de la vitesse et fila vers deux rochers. Patel lança les hydrojets à pleine puissance, parvenant à peine à nous maintenir en position.

— Le ponton gauche prend l'eau ! Crispin, un moyen pour… ?

Un mini-iceberg arracha un craquement abominable au camping-car. Par une lucarne, je vis se dresser un mur de glace, m'évoquant le *Titanic*. Notre véhicule fit une embardée à gauche, puis rebiqua sur le ponton. Non sans un crissement strident, le ponton racla contre l'iceberg, avant que l'un et l'autre ne repartent en sens contraires.

Sacrément amoché, le ponton gauche coulait sous mes yeux. Patel indiqua que l'hydrojet gauche répondait mal, et je lui indiquais de fondre sur la berge. Le camping-car n'allait pas tarder à couler, et je voulais que nous nous rapprochions au plus près de la rive avant que ça n'arrive. Patel réussit à abriter en partie le camping-car en difficulté derrière un grand rocher, et se dirigea vers la berge avec le peu de puissance qu'il lui restait. À ce stade, l'hydrojet du ponton gauche fonctionnait à peine. Le camping-car s'échoua sur un rocher immergé.

— Je crois que nous sommes coincés, Monsieur, dit Patel à regret. Les hydrojets sont enclenchés à fond, mais nous ne pouvons plus ni avancer ni reculer.

C'en était fait, je ne pouvais plus attendre. La berge était toute proche, je le voyais par le pare-brise avant.

— Nous coulons ! Capitaine Smythe, évacuez tout le monde sur la berge. Williams, avec moi !

Je titubai à l'arrière du camping-car, Williams et ses trois SEALS sur les talons, et j'ouvris le hayon de la soute. De fait, le camping-car coulait de plus en plus vite, déjà incliné à gauche en un angle de trente degrés, et, d'après les grincements horribles qu'on entendait, il était repoussé par le courant vers le mitan du fleuve. Il nous restait probablement moins d'une minute avant qu'il ne glisse loin de la berge, en s'enfonçant assez profondément pour nous submerger. Avec ce courant hyper rapide, il y aurait des morts.

— Il nous faut un ensemble complet d'armure motorisée, laissez tout le reste ! criai-je.

À nous cinq (six, en fait ; interprétant mes ordres, Smythe nous suivit dans la soute), nous prîmes tous les composants d'une armure motorisée.

— Laissez ça, ordonnai-je quand Smythe voulut ramasser un fusil. Sortez, c'est un ordre !

Je verrouillai alors la soute, où se trouvait presque tout notre précieux équipement. De l'eau glaciale me montait déjà aux chevilles quand nous sortîmes par la porte avant alors que le véhicule en perdition tanguait d'avant en arrière. Des flots bouillonnaient par l'écoutille d'urgence, du côté droit ; des gars remontèrent tant bien que mal le ponton droit et sautèrent à l'eau. Patel et Crispin avaient renoncé à sortir par l'écoutille droite. Patel actionna les commandes de l'écoutille du toit, saisit le bord de l'ouverture et se hissa à travers. Le camping-car accusait maintenant un angle de quarante-cinq degrés sur la gauche, et se cabrait comme un cheval sauvage en glissant vers l'arrière, jouet des remous.

Je ne me souviens plus exactement de la manière dont nous nous sommes extirpés de là. Smythe et Williams jaillirent derrière moi, alors que j'avais eu toutes les intentions d'être le dernier à quitter le véhicule condamné. Au moment où Smythe passait l'écoutille, le camping-car était presque couché sur son flanc gauche, et nous dûmes ramper le long du côté droit à l'avant, nous agenouiller sur une fenêtre et sauter. L'eau m'arrivait à la poitrine, et je haletai sous le choc du froid glacial. Le courant, conjugué au poids de la jambe d'armure que je tenais fermement, me déséquilibra. J'aurais basculé à la renverse et j'aurais été emporté par le courant si les gaillards n'avaient pas formé une chaîne humaine pour rallier la berge. Le ranger Samuels m'empoigna par le bras et me traîna vers la rive.

— Merci !

L'eau ne m'arrivant plus qu'à la taille, je lui tendis la jambe d'armure et j'aidai Williams et Smythe à se mettre en sécurité. Je m'assurai qu'on avait bien récupéré les précieux composants de l'armure motorisée. Quand Smythe sauta à l'eau le dernier, le camping-car fit une embardée vers l'arrière, flottant de nouveau en partie. Nous atteignîmes la berge ; je fis les derniers mètres en rampant sur les mains et les genoux, puis nous restâmes là, dans un silence hébété. Le camping-car dériva puis vint se coincer entre deux rocs. Ensuite, il disparut lentement. Seul le ponton droit restait visible à fleur d'eau.

Je secouai la tête en cherchant à revenir à la réalité, puis je me hissai sur un rocher d'où je vis tout le monde réuni.

— Quelqu'un est-il blessé ? À part être complètement gelé, comme nous tous ?

— Des entorses mineures, rien de plus, assura le docteur Zheng, près du lieutenant Zhang.

Celui-ci avait ôté sa botte droite et sursauta quand Zheng manipula sa cheville.

— Je vais bien, Colonel, j'ai seulement trébuché sur un rocher, dit-il.

— Parfait.

En tant que commandant, je n'étais pas d'une grande aide…

— Capitaine Smythe, nous sommes trempés, frigorifiés, et l'orage menace.

Les bourrasques soufflaient et il pleuvait à verse.

— Trouvons-nous un endroit abrité des intempéries, et que chacun utilise sa poche de chauffage, si nécessaire. Je ne veux pas qu'on tombe malade dans un endroit pareil.

Tout le monde disposait de poches de chauffage chimiques, de celles disponibles dans n'importe quelle quincaillerie ou magasin de sport. Ça, ce n'est pas une technologie alien sophistiquée.

— Lieutenant Williams, vous et les autres SEALS, vous êtes nos nageurs. Rapportez ici les composants de l'armure. Nous allons l'assembler et voir ce que nous pouvons faire avec.

CHAPITRE VINGT-TROIS

PENDANT QUE WILLIAMS et son équipe se débrouillaient avec l'armure, puis que Taylor l'endossait, j'en profitai pour me remettre d'aplomb. Notre expédition frôlait le désastre. Notre équipement, nos armes, nos victuailles, nos vêtements de rechange, nos tentes, tout ce dont nous avions besoin pour survivre se trouvait dans ce camping-car immergé. J'étais sous le choc. Comment la situation avait-elle pu si mal tourner, si vite ? Skippy en analysa les causes : au nord de notre position, le déluge avait très rapidement fait gonfler la rivière. Une langue du glacier en obstruant les deux tiers du lit, la pression accumulée avait arraché des blocs entiers à l'antique glacier, et le trop-plein avait débordé en aval. En atteignant ce fleuve, nous aurions dû remarquer le haut niveau de l'eau, débordant déjà de ses berges habituelles. Voilà bien pourquoi il y avait eu cette pente douce. Nous aurions dû nous méfier, j'aurais dû me méfier. J'avais cru à une illusion d'optique, mais la montée des eaux était bien réelle. Les blocs de glace filant sur l'onde en direction des océans, cela aussi aurait dû m'inciter à une élémentaire prudence. Voir défiler autant de blocs de glace au fil des rapides, ça n'était pas normal. En somme, j'aurais dû reporter notre traversée au matin, et là, nous aurions mieux apprécié les périls au vu du niveau de l'eau et des masses de glace arrivant du coude du fleuve, en amont. Mais j'avais eu bien trop hâte de traverser avant l'orage. Comme un idiot, je n'avais pas pensé une seconde aux conséquences fluviales de ce même orage.

C'était un accident, mais c'était surtout ma faute.

En y réfléchissant, j'aurais dû prendre plus de temps pour étudier la situation, abriter le camping-car sous un promontoire, et traverser le matin suivant. Nous étions en avance sur le planning, les batteries du véhicule avaient encore assez de puissance pour un jour et demi, avant que nous ne devions le cacher quelque part et continuer à pied. Peut-être donc qu'attendre le matin aurait évité ce désastre, ou peut-être aurions-nous quand même été heurtés par un des nombreux mini-icebergs dévalant le fleuve grossi par les pluies torrentielles ? Qui sait…

S'étant assuré que l'armure était pleinement opérationnelle, Williams m'informa que Taylor se tenait prêt.

— Nous allons faire un test, Monsieur, dit-il.

— Skippy, demandai-je, quelles sont les prévisions météorologiques ?

Il répondit aussitôt :

— L'orage au nord s'est un peu apaisé et se dirige désormais vers l'ouest. Mais à votre emplacement, vous aurez des vents assez forts et des averses persistantes dans deux heures environ.

— Merci, Skippy. Très bien, allons-y avant que le temps n'empire. Plus le camping-car sera immergé, plus grands seront les risques qu'il se déplace, ou que l'équipement soit emporté par les tourbillons. Il aurait été préférable, pour une opération de récupération, d'attendre le matin, mais nous n'avons pas le temps.

— Nous récupérons d'abord les armes ? suggéra Smythe.

— Non, tranchai-je avec autorité. Taylor, votre priorité est d'extraire de la carcasse les pièces d'une deuxième armure, afin que deux plongeurs puissent ensuite remonter les composants des deux autres armures. Il nous faut les armures d'abord, car nous ignorons combien de temps il nous faudra pour vider le camping-car, et une seule armure risquerait de tomber à court d'énergie avant que nous ayons fini. Nous utiliserons deux armures pour récupérer nos équipements, et nous garderons les deux autres pour l'assaut.

— Cela paraît logique, Monsieur, reconnut Williams.

Il aida Taylor à fixer son casque.

— Équipe de guetteurs, mandai-je sur mon zPhone, où ça en est ?

L'équipe de guetteurs se composait de deux soldats que j'avais postés sur une éminence, en amont, avec vue plongeante sur le tracé du fleuve. Une mesure élémentaire, là aussi, que j'aurais dû prendre avant même de tenter cette traversée.

— Plutôt positif, Monsieur. Des blocs de glace défilent toujours, mais ils se raréfient.

Via leurs zPhones, je vis ce qu'ils voyaient : des blocs sporadiques, en effet, qu'un plongeur devrait pouvoir éviter sans difficulté. De toute façon, nous n'avions pas trop le choix.

— Situation gérable donc. Et vous, Taylor ?

— C'est bon, répondit Taylor sur sa radio.

Il avait fermé son casque.

Il leva un pouce.

— Nous n'avions jamais utilisé ces armures pour nager, ajouta-t-il.

— Compris. Faites de votre mieux. Ne vous hâtez pas trop d'atteindre le camping-car, commencez par vous entraîner à nager, pas question que vous risquiez de heurter le véhicule, que vous démolissiez l'armure sur un rocher, ou que vous soyez percuté par des blocs de glace. Approchez-vous en venant de l'aval, lui recommandai-je sans réfléchir.

Stupide. Un SEAL n'avait pas besoin de mes conseils pour ce qui concernait les opérations sous-marines.

Taylor entra dans l'eau d'une démarche assurée mais, rapidement, le courant menaça de le déséquilibrer.

— Je plonge, dit-il, le fond est meuble par ici.

Un instant, il disparut sous la surface, et mon cœur sauta quelques battements. Mais nous l'entendions respirer sur la radio. Puis il remonta et nagea à contre-courant.

— La puissance de cette armure est incroyable ! s'exclama-t-il. Les stabilisateurs aident bien, je ne crois pas que je contrôlerais l'armure sans eux.

— Continuez, ordonna Williams. Allez jusqu'à ce rocher, contournez-le et voyez comment il se déplace avec le courant. Et faites attention aux glaces !

Pendant vingt minutes, sans aller plus loin que le camping-car submergé, Taylor nagea à la surface, sous l'eau, dans le sens du courant puis à contre-courant, évitant les débris de glace flottée.

— Je suis prêt, Monsieur. Je me suis suffisamment entraîné. J'aimerais explorer le camping-car maintenant.

— Qu'en pensez-vous ? demandai-je à Williams.

Il réfléchit.

— Normalement, nous ménagerions un repos avant de continuer.

— Ça va aller, Monsieur, vraiment, intervint Taylor.

Il faisait du sur-place, un peu en aval du véhicule coulé.

— Cette armure fait presque tout le travail à ma place, elle est très efficace. Même le radar fonctionne très bien sous l'eau, les obstacles subaquatiques s'affichent sur ma visière. J'aimerais plonger maintenant, car cela risque d'être long, la lumière diminue et les vents vont bientôt gagner en intensité.

— Je recommande qu'il y aille, Monsieur, renchérit Williams.

— Lieutenant, je ne connais rien à la récupération d'éléments submergés, reconnus-je. C'est votre opération. Prenons d'abord une autre armure, afin que deux plongeurs puissent faire équipe.

Nos trois SEALS travaillèrent toute la nuit, en se relayant. Nous avions posté des guetteurs sur la berge pour repérer les blocs de glace et prévenir les plongeurs si nécessaire. Ils s'en sortirent au prix d'un incident mineur : l'un d'eux eut le pied coincé dans des câbles, à l'intérieur du véhicule, mais il suffit d'une minute pour les couper et le libérer. À la tombée de la nuit, les plongeurs firent une pause d'une heure, jusqu'à ce que les vents retombent un peu. En sept plongées successives, Taylor récupéra d'abord les composants de la deuxième armure que nous assemblâmes et vérifiâmes. Williams la déclara bonne pour le service. Il plongea avec Taylor à l'intérieur du camping-car, et ils travaillèrent en équipe. Comme ordonné, ils récupérèrent d'abord les deux autres armures motorisées, puis je demandai à Williams de remonter les tentes et la nourriture avant les armes. Sur la berge, tout le monde frissonnait, et nous ne pouvions nous permettre de prendre le risque que certains tombent gravement malades. Williams avait pleine confiance en les capacités de plongeurs des SEALS ; il s'était assuré que le camping-car était solidement coincé contre un rocher et ne risquait pas de dévier. Au milieu de la matinée suivante, ils avaient récupéré tout ce qui nous serait réellement utile dans le camping-car submergé, et même, c'était insensé, cette stupide peluche Barney.

Au début, cela m'agaça. Qu'un de nos gars ait risqué sa vie, et gâché quelques minutes de la précieuse énergie de nos armures, tout ça pour récupérer une peluche... Williams m'expliqua que le pare-brise s'était brisé dans la nuit, et que le Barney s'était détaché, finissant coincé sous un siège. Il l'avait remonté pour qu'il nous serve de mascotte, de porte-bonheur, et je dois avouer que les applaudissements avaient crépité quand il était ressorti des eaux en brandissant Barney. Et donc, merde alors, nous étions condamnés à le garder avec nous !

Les armures utilisées par les SEALS étaient à moins de quinze pour cent de leur charge normale, celle de Taylor n'étant plus qu'à douze pour cent. L'énergie requise pour nager à contre-courant avait rapidement épuisé les réserves des armures, et, à cause de la température glaciale de l'eau, les armures avaient dû enclencher leur chauffage, accélérant encore la perte d'énergie.

— Les armures ne peuvent pas se transférer d'énergie entre elles, observa Smythe, amer. Nous avons deux armures démontées chargées à bloc, et deux autres qui dureront peut-être le temps d'une journée de marche.

— Ouais. Eh, Skippy, pourrais-tu calculer combien de poids chaque armure utilisée peut porter, pour que nous ayons le meilleur rapport entre la capacité de chargement et la distance ? Nous enlèverons le casque et les bras des armures quasi déchargées.

— Je t'en prie, Joe, cette arithmétique de jardin d'enfants est en dessous de moi ! Mais, bon, je conseille une charge de cinquante-sept kilos par armure. Cela vous permettra de voyager environ soixante kilomètres, sur le type de terrain qui vous attend.

— Super, merci, Skippy ! Smythe, charger les armures nous permettra de nous mettre en marche plus facilement. J'ai les jambes raides d'être resté assis plusieurs jours dans le camping-car. Ôtez les casques et les bras des armures que nous utiliserons comme bêtes de somme, et enterrez-les avec tout ce que nous n'emporterons pas. Divisez d'abord les charges, que je voie ce que chacun transportera. Et, Capitaine...

— Monsieur ?

— Je sais que vous autres des forces spéciales, vous êtes de vrais durs. Mais je ne veux voir personne surchargé au point de se blesser, ou d'être trop épuisé quand nous arriverons au camp des récupérateurs. Skippy nous a livré ses « pizzas », nous pouvons donc compter sur la possibilité de reconstituer nos vivres. Partons dans deux heures, ça nous donnera sept heures de jour pour couvrir du terrain et bivouaquer ce soir. Le premier jour, je veux qu'on y aille en douceur...

— Oui, Monsieur, répondit Smythe.

Mais je lus dans ses yeux qu'il n'était pas convaincu, et regrettait probablement que l'équipe m'ait inclus dans l'expédition, ainsi que deux civils.

— Bien. Prévoyez que je transporterai des cartouchières, et des éléments d'armure. Ne vous inquiétez pas, Capitaine, ajoutai-je devant son regard sceptique, si j'ai trop de mal, je vous préviendrai.

Laissant Smythe distribuer ses ordres à ses gars, je rejoignis les docteurs Zheng et Tanaka, qui aidaient à trier une pile de vêtements boueux posés sur une toile de tente.

— Comment vous en sortez-vous ?

— Je me sentirais déjà mieux si je pouvais enfiler des habits secs, reconnut Zheng. Colonel, l'entraînement au triathlon nous endurcit au froid et à l'humidité, mais les douches me manquent, pouvoir revêtir après une tenue chaude et sèche, ça me manque. C'est fatigant. On dirait un de ces tests d'endurance sur vingt-quatre heures, que pour ma part j'ai toujours soigneusement évités.

— Si j'étais un de mes patients, remarqua Tanaka, je m'ordonnerais un traitement contre l'hypothermie.

— Je comprends. Nous serions tous bien mieux lotis si le camping-car n'avait pas coulé. Nous partirons dans quatre heures, et cela nous réchauffera au moins. Nous devrons marcher davantage que prévu, puisque nous avions espéré faire durer les batteries du camping-car pour deux jours supplémentaires. Mais ne vous inquiétez pas, nous avions pris en compte de possibles contretemps dans nos prévisions. Vous aurez juste à porter vos affaires personnelles et les fournitures médicales. Les forces spéciales se chargeront du reste.

— Et vous, que porterez-vous ? demanda Tanaka.

— Mes affaires, plus des munitions et une partie d'armure. Ça ne sera pas facile, et je vous suis vraiment reconnaissant d'être venus avec nous, comme des sacrifices auxquels vous consentez.

— Nous nous en sortirons, dit Zheng avec détermination. Et j'espère que tout ceci sera juste une perte de temps pour nous !

— Oh ? fis-je, surpris. Pourquoi ?

— Parce que, expliqua-t-elle, si vous avez besoin de médecins au cours de cette mission, c'est que quelque chose sera allé de travers, non ?

Nous nous mîmes en route dès que je me fus assuré que personne ne transportait de charges utopiques. Je donnai le feu vert à Smythe, qui délégua deux éclaireurs. Prévisualiser le terrain sur la foi des images satellite était une chose, la réalité en était une autre. Les éclaireurs nous conseilleraient à propos des raccourcis et signaleraient les endroits impraticables, histoire de nous éviter de faire demi-tour. Smythe avait organisé une rotation des postes d'éclaireur : deux le matin, deux l'après-midi. Des affectations très prisées, car les éclaireurs transportaient des charges légères, sans avoir à patauger dans la boue avec nous autres.

Par esprit de corps, je me mis en marche aux côtés des Rangers, puis je me laissai distancer afin de me rapprocher des SEALS. Par roulement, nos trois SEALS avaient travaillé toute la nuit.

— Comment ça va, lieutenant ?

— Nous allons très bien, Monsieur, répondit Williams. Comparé à certains de nos entraînements, ça, c'est du gâteau !

— Et la nourriture est meilleure, renchérit Garcia, en mangeant le contenu (non identifié) d'un sachet d'EMR.

— À ce stade, n'importe quelle nourriture aura bon goût, fit observer Taylor.

— Dans cette mission, je ne pensais pas que nous serions amenés à exploiter notre entraînement de plongeurs ! soupira Williams.

Je hochai la tête.

— Lieutenant, si j'ai appris une chose, c'est qu'on ne sait jamais de quoi on aura besoin sur le terrain. Ça paye d'avoir une grande variété de capacités à disposition. Je n'aurais pas cru qu'un archéologue, ou un géologue, puisse être utile dans l'espace, mais maintenant, je me félicite qu'on les ait à nos côtés. Tomber sur ces ruines a donné à Skippy un puzzle à résoudre. Les choses les plus étranges peuvent se révéler précieuses, même la connaissance de, euh, zut… c'était quoi déjà, Skippy, la poésie hongroise du XVIIᵉ siècle ?

— Correct.

Williams en fut abasourdi.

— C'est une longue histoire, fis-je, laconique. Vous avez vu comment Skippy peut parfois se lancer dans d'interminables digressions…

— Bien que, comme je l'ai fait remarquer, même des rudiments de la littérature romantique européenne de la période baroque…

— Oui, Skippy, l'interrompis-je, tandis que Williams se fendait d'un sourire entendu. Merci, on en reparlera, d'accord ?

— Tu dis toujours ça, mais tu ne trouves jamais un moment, mec, grommela Skippy, irrité. J'essaie d'inculquer un semblant de culture à des singes, et comment vous me remerciez !

— Je vais te dire, Skippy, fis-je en lançant un clin d'œil à Williams, si tu t'arranges pour que nous puissions nous arracher à ce rocher sains et saufs, je consacrerai une heure – non, *deux* – à t'écouter nous régaler du sujet de ton choix. Sans t'interrompre.

— Bof. Tu dis ça maintenant, mais…

— T'ai-je déjà fait une promesse que je n'ai pas tenue ? Par exemple, quitter la Terre et venir ici – une vraie chasse au dahu – pour te trouver ta radio magique ?

— Tu n'as peut-être pas tort là-dessus. Deux heures, hein ? Je me préparerai. Tu ne le regretteras pas, Joe.

Merde alors ! Je le regrettais déjà.

— Vous vous sacrifiez pour l'équipe, Monsieur ? lança Williams. Soyez certain que nous l'apprécions.

Je secouai la tête d'un air attristé.

— Vous n'avez pas idée…

J'en avais déjà marre. Et dire que c'était seulement le premier jour de marche. Depuis une heure, je n'arrivais plus à régler les sangles de mon paquetage pour qu'elles ne soient pas aussi inconfortables, elles me sciaient les épaules et les hanches. Et aussi, je voyais des nuages s'amonceler. Des rafales nous assaillaient sans relâche.

— Skippy, dis-je, bulletin météo.

— Ça craint. Vous allez vous payer de sacrées saucées d'ici deux heures. Demain matin, ça devrait s'améliorer.

— Merci, Skippy. Capitaine Smythe !

Il était à cinquante mètres de moi, et j'avais élevé la voix pour qu'il m'entende au-dessus des hurlements du vent.

— Cinq minutes de pause, tout le monde ! criai-je. Smythe, c'est le moment ou jamais de chercher un endroit où camper, d'ici une heure.

— Je vous demande pardon ? fit-il en consultant ostensiblement sa montre. La nuit ne tombera pas avant plusieurs heures.

— Capitaine…

Je tirai sur les sangles de mon paquetage pour soulager mes épaules endolories…

— C'est bien pour ça que vous avez besoin de moi avec vous ! Quand vous crapahutez avec le SAS, personne ne veut être le premier à demander une halte, si ?

— C'est une question de fierté, Monsieur.

— Exactement. Et c'est même pire ici, car le SAS ne veut pas s'arrêter avant les Rangers, qui ne veulent pas s'arrêter avant les Chinois, qui ne veulent pas s'arrêter avant les parachutistes indiens, et ainsi de suite. Je n'appartiens pas aux Forces spéciales, et donc je peux demander une halte sans que ma fierté en soit blessée. Or, nous aurions tous à bénéficier d'un peu de repos. Selon Skippy, de fortes précipitations menacent, du nord-est, et pas question qu'on s'y laisse prendre. Il n'y a pas de raison de nous épuiser sans nécessité. La dernière chose que nous voulions, c'est que nos gars risquent l'hypothermie.

— Bien, Monsieur, dans une heure. Je vais dire aux éclaireurs de nous trouver un emplacement.

Quarante minutes plus tard, Smythe toucha l'oreillette de son zPhone, parla avec quelqu'un, puis ralentit pour revenir à ma hauteur.

— Il y a un bivouac tout indiqué devant nous, Monsieur. Un autre, un peu plus loin, serait risqué en cas de fortes pluies.

Il me montrait sur son zPhone les images que les éclaireurs avaient prises des deux sites en question. Le plus éloigné se trouvait à l'abri d'un promontoire qui nous aurait protégés du vent, mais il comportait également un ru qui menaçait de déborder.

— En effet, celui-là est exclu, car trop dangereux. Nous n'avons vraiment pas besoin que tout notre équipement soit de nouveau inondé.

Le premier site, en revanche, se situait au flanc sud d'une colline, donc plus exposé aux rafales, mais sans risques de déferlement des eaux.

— Nous devrons franchir cette colline, de toute façon.

Je me faisais l'effet du chef scout de la pire randonnée de tous les temps : choisir des sites de campement, et m'assurer que tout le monde avait des chaussettes sèches. Au moins, je n'avais pas à me soucier que des parents viennent se plaindre que leur petit Jimmy était rentré à la maison avec des ampoules et une mystérieuse éruption cutanée.

Le matin suivant, j'avais déjà des muscles endoloris à des endroits où j'ignorais même qu'il y eût des muscles. Tout le monde était vermoulu, perclus de fatigue. Pourtant, levé dès l'aube, personne ne se plaignit, et chacun prêta main-forte à la levée du camp. Au bout d'une demi-heure, mes muscles se détendirent et je me sentis mieux. Puis Skippy m'appela.

— Hé, Joe.

— Salut, qu'y a-t-il ?

— T'es occupé ? Je voudrais te parler d'une découverte.

— Je ne suis pas occupé du tout, Skippy. Voilà tout ce qui nous attend : de la marche, encore de la marche. Au moins, il ne pleut pas, pour le moment.

— Ça va changer, vous aurez de la pluie et du grésil cette après-midi.

— Du grésil ? Ce que je hais cette planète !

— Malheureusement, Nouvelle Arche ne dispose pas encore d'une section « commentaires » sur TripAdvisor, pour que tu y déposes une réclamation. Bon, ce que je voulais te dire, c'est que j'ai fait une analyse avec le docteur Venkman…

— Waouh !

Venkman, notre astrophysicienne…

— Elle t'aide, Skippy ? C'est génial !

— Non, ce n'est décidément pas génial, Joe. Avoir un singe qui regarde par-dessus mon épaule est un énormissime, épique, in-cro-ya-ble, euh… zut, il n'existe pas de mots pour décrire à quel point c'est casse-couilles ! Tu sais combien c'est exaspérant pour moi d'essayer d'expliquer les bases des sciences à vos cerveaux d'abrutis de singes ?

À ce stade, je ne me sentais même plus froissé par ce genre de remarque.

— Oui, oui. En général, je te dis de ne pas te casser la tête à m'expliquer des trucs scientifiques…

— Exactement ! C'est formidable, je te fais marcher et toi, tu ne me fais jamais perdre de temps en vaines tentatives pour parvenir à comprendre ce qui sera de toute façon toujours au-delà de tes capacités. Comme pour un chien : on peut lui apprendre à donner la patte, à s'asseoir, à se coucher, à faire une roulade, mais on n'essaierait jamais de lui apprendre à calculer les impôts ou à conduire une voiture.

— Pourtant, ça serait drôlement pratique. Sauf si le chien est au volant et décide de poursuivre un écureuil avec ta voiture.

— Je suis d'accord, gloussa Skippy. Bref, quand je parle avec toi, je n'ai pas à réfléchir au moyen de rendre les choses assez simples pour que tu puisses les comprendre. En fait, je pourrais me contenter d'inventer des fariboles, et tu ne t'en apercevrais jamais.

— Mais tu ne t'abaisses pas à ça, si ?

— Non, pour autant que tu saches. Avec le docteur Ven…

— Eh ! J'ai entendu ça ! Pas pour autant que *je* sache ?

— Est-ce que ça a réellement de l'importance, Joe ?

— Je suppose que non.

— En réalité, non, je n'invente rien avec toi, car ce ne serait pas amusant du tout. Mais avec un singe légèrement, je dis bien *infinitésimalement* plus intelligent comme Venkman, ce serait très amusant d'inventer des fadaises, parce qu'elle en sait juste assez pour saisir la nuance, et du coup, je me marrerais comme une baleine.

— Mais tu ne fais pas ça non plus, n'est-ce pas ?

— Non, pour autant qu'elle sache.

— Skippy, voyons, notre équipe scientifique est venue ici apprendre comment l'univers fonctionne. Si tu l'induis en erreur, ça n'aidera pas ! Et ce n'est pas correct, non plus, car des gens risquent leur vie, ici.

— Mais quel rabat-joie ! Rappelle-moi de ne jamais t'inviter à une fête, Joe. Vos nullards de « savants » se sont portés volontaires pour venir ici. Écoute, dans bien des cas, je ne peux pas dire toute la vérité à tes têtes d'œuf de scientifiques, car de telles connaissances seraient dangereuses pour des singes. Et pas seulement, mais aussi pour toutes les espèces stagnant à votre niveau d'évolution. Certaines seraient même trop dangereuses pour les Rindhalu, donc je n'insulte pas seulement les singes. Ce sont des choses très graves, Joe.

— Oh.

— Ouais, « *Oh* ». Pauvre nigaud…

Il fit une pause.

— Euh, de quoi parlions-nous ?

Skippy oubliait de quoi on parlait une minute auparavant, et c'est moi qu'il traitait de nigaud ? Bah.

— D'une analyse que tu as faite avec Venkman.

— Ah, ouais. Encore que parler d'analyse, c'est comme quand tu avais quatre ans. Ton père te calait sur ses genoux quand il prenait son pick-up, pour que tu puisses « l'aider » à conduire. Ce qui n'était d'ailleurs pas d'une folle intelligence.

— Cette vieille camionnette n'a pas d'airbag, Skippy. Et il n'y a aucun trafic sur les routes de campagne, là où j'ai grandi.

— Exactement ! Et si vous aviez percuté un élan ?

— Oh Dieu… As-tu jamais vu un élan, Skippy ? Si on heurte une de ces énormes bestioles, un siège enfant ne servirait pas à grand-chose. Du moins, je ne crois pas. Mais bref, j'ai survécu à mon enfance.

— C'est comme ça que tu as eu ces lésions cérébrales ?

— Très drôle. Non, je suis simplement fait comme ça.

— Mes condoléances. À ton espèce tout entière. Bon, revenons à nos analyses. Dire que Venkman m'aidait, ça revient à dire que le petit Joe aidait son père à conduire la camionnette… Le docteur a juste assez de neurones pour poser un tas de questions stupides, alors que toi, tu es trop idiot pour *penser* à en poser. C'est pour ça que je préfère travailler avec toi, Joe.

— Merci. Enfin, je crois…

— Je t'en prie, tout le plaisir est pour moi. Bref, nous avons procédé à une analyse. Il serait plus juste de préciser que j'ai fait l'analyse pendant qu'elle jouait avec des cubes dans son coin, tout en mangeant des bonbons collants à même le sol.

— Ah !

Cette vision me fit glousser.

— Moi, j'aurais plutôt joué avec des petites voitures. C'est bien plus amusant que les cubes.

— Je te crois sur parole, Joe. Les résultats de notre analyse sont fascinants, ils sont en fait si inquiétants, si inexplicables que je tiens à récolter davantage de données pour des analyses ultérieures.

— Skippy, ça ne me dérange pas qu'on réunisse plus de données, mais d'abord, tu dois nous faire quitter cette planète. Et qu'y a-t-il de si, euh, fascinant ? Tu as encore décelé une minuscule différence dans la concentration des particules de poussière interstellaire ?

— Non, sombre idiot ! Ce qui est fascinant, c'est… Je dois d'abord te donner un certain contexte.

— O.K., je suis tout ouïe, je ne t'interromprai pas, promis.

Son timing était parfait, car nous entamions l'ascension d'une colline, et je m'essoufflais vite.

— Tu te souviens de ce système stellaire où j'étais quasi certain que… Oh, stupide singe ! maugréa-t-il. Ça te brûle les babines, alors vas-y, dis-le. Dis-le ! J'avais tort. Tort ! Là, tu es content ? Espèce de grand pendard, va !

— Skippy ?

— Ouais ?

— Je n'ai pas la moindre idée… avouai-je, hors d'haleine… de ce que tu dégoises… De quel système stellaire parles-tu ?

— Oh. Mmm… Peut-être suis-je un brin trop chatouilleux au sujet de mes rarissimes errements. Dans ce cas, j'ai cru que j'avais tort, mais c'était faux. Ha ! Je n'avais pas tort, j'avais raison !

— Donc tu t'es trompé sur le fait de t'être trompé ?

— Exactement !

— Ce qui veut dire que là, tu as quand même eu tort.

— J'avais… Oh, tais-toi. Tu veux entendre mon information, ou non ?

— J'essaye… de t'écouter… si seulement tu pouvais aller droit au but… Tu es tellement distrait parfois. Ton esprit bat la campagne, et vagabonde si loin que parfois je me demande s'il reviendra un jour.

— *Moi* ? Tu t'es déjà entendu parler, Joe ? Tu commences une phrase, et avant que tu finisses ce que tu voulais dire, tu as changé le sujet, le verbe et le complément trois fois. La plupart du temps, je perds le fil. Et toi aussi, tu perds le fil.

— Oh. D'accord, ça m'arrive peut-être, admis-je.

On m'avait parfois reproché d'être un peu trop tête en l'air.

— J'ai eu une institutrice en primaire, Mme Evans, elle a fait un diagramme de l'une de mes phrases décousues au tableau, ou du moins, elle a essayé… Bon, revenons à notre sujet, *s'il te plaît*.

— O.K., dit-il, vexé. Le système stellaire dont je parlais est celui où j'avais estimé que nous trouverions un site des Anciens non répertorié. J'en étais convaincu.

— Oui, oui, ça avait un rapport avec des lignes de force galactiques ?

— Oui ! Or, nous n'avons trouvé aucune trace de la présence des Anciens, même quand j'ai demandé au *Hollandais* de voler autour du système pour me permettre d'effectuer des recherches complètes avec les détecteurs.

— Je me souviens…

Je manquais de plus en plus de souffle.

— Même après avoir rassemblé quantité de données avec les détecteurs, j'ai été incapable de comprendre pourquoi ce système stellaire en particulier ne contenait pas de site des Anciens. Or, j'avais tâché de déterminer si c'était vraiment un excellent candidat, et la réponse était que, oui, c'était un endroit où les Anciens *auraient dû* posséder une installation. Ils y auraient très certainement placé un node de communication. Mais nous n'avions pas trouvé de signes que les Anciens soient jamais venus dans ce système stellaire, et la raison était un mystère complet pour moi. Au point que j'ai commencé à douter de mes capacités analytiques. J'ai commencé à douter de moi.

— Pourtant, tu as bravement affronté tes doutes, et tu es parvenu à rester un trou du cul arrogant depuis tout ce temps.

— En fait, je possède des trésors d'arrogance dont je n'avais même pas idée.

— Pas de quoi te vanter, Skippy.

— Parle pour toi, pauvre macaque ! Bref, c'est resté un mystère pour moi, jusqu'à ce que j'essaie d'expliquer au docteur Venkman ce qui s'était passé ici, avec Nouvelle Arche. Elle, et ce que vous autres singes appelez scandaleusement, criminellement, une équipe « scientifique », m'ont posé un tas de questions idiotes au sujet de la mécanique orbitale. Sérieusement, des élèves de C.P. qui mangent leurs crottes de nez auraient pu faire ce simple calcul mathématique. En tâchant de l'expliquer à Venkman et aux autres minus intellectuels, au moment où j'aurais presque préféré embrasser la libération bénie du néant, m'est venu l'idée de procéder à une vérification des orbites dans cet énigmatique système stellaire. Et devine ce que j'ai découvert, avec mes maths d'école primaire ?

— Euh… que les crottes de nez n'ont pas bon goût ?

— Berk. Je n'ai jamais goûté mes crottes de nez, Joe.

— Oh, bon sang, Skippy, tu n'es pas censé manger les crottes de nez des autres ! Qu'est-ce qui ne va pas, chez toi ?

Comme, autour de moi, on entendait seulement ma partie de la conversation, je m'aperçus que mes camarades me dévisageaient d'un drôle d'air.

— Je n'ai jamais… Oh, laisse tomber. Bon, voilà : mon analyse a montré que j'avais raison. Il y avait bel et bien un site des Anciens dans ce système stellaire, sur une lune qui orbitait la plus grande des géantes gazeuses.

— Diantre ! Était-elle dissimulée par un bouclier furtif ?

— Non. Cacher une lune entière sous un bouclier furtif ? Quelle en serait l'utilité ? Même les détecteurs d'un vaisseau kristang pourraient repérer la présence d'une lune sous bouclier furtif, rien qu'aux effets de sa gravité sur les autres lunes. Mec, quelquefois t'as des notions stupides. Non, nigaud, quand j'ai qu'il y « avait », je parlais au passé, ce site n'est plus là. Cette géante gazeuse avait une lune supplémentaire.

— Que lui est-il arrivé ? A-t-elle été expulsée de son orbite, comme Nouvelle Arche ?

— Non. Et c'est bien ce qui est troublant, Joe. La lune qui hébergeait le site des Anciens a été détruite, et par « détruite », je veux dire qu'elle a été oblitérée, vaporisée. En examinant les données du détecteur, maintenant que je sais ce que je cherchais, j'ai vu qu'il subsistait de minuscules particules de cette lune, éparpillées dans tout son système stellaire, alors que sa masse principale, elle, en a totalement disparu. Ce n'est pas le seul point troublant. Quoi qu'il soit arrivé à cette lune, ce fut si violent qu'une bonne partie de l'atmosphère de la géante gazeuse fut également soufflée. J'estime qu'entre douze et quatorze pour cent de la masse de la planète ont été éjectés de sa propre orbite. À titre de comparaison, douze pour cent de cette planète équivalent à vingt planètes Terre. Une telle masse disparaissant d'un coup a provoqué un changement subit de l'orbite de la planète, perturbant le système tout entier ; ça a même fait osciller l'étoile de manière visible.

— Qu'est-ce qui est assez puissant pour vaporiser une lune ? demandai-je, sidéré.

Les soldats tournèrent la tête en entendant ça, imaginant que je parlais d'un drame récent survenu dans le système stellaire de Nouvelle Arche. Pouce levé, je leur fis comprendre que ce n'était pas un problème pour nous. Pas dans l'immédiat, en tout cas.

— La technologie des Anciens est la seule possibilité, Joe. Ce qui est un fait des plus inquiétants. D'abord Nouvelle Arche, et maintenant ce système stellaire… On a poussé Nouvelle Arche hors de son orbite, probablement pour commettre un génocide contre une espèce à faible technologie. Ce « on » a également atomisé une lune. Sans doute pour détruire le site des Anciens qui s'y trouvait, parce qu'il n'y a aucune autre raison pour laquelle on aurait pu s'intéresser à un système stellaire sans valeur, comme celui-là.

— Nom de Dieu ! jurai-je en sentant un frisson glacé me parcourir l'échine.

— Joe, si nous sommes un jour menacés par une technologie de ce niveau, implorer une puissance supérieure sera peut-être notre seule option, il serait donc beaucoup plus prudent de s'abstenir de blasphémer.

— As-tu idée des auteurs de tels crimes ? Et pourquoi ?

— En ce qui concerne qui, non, pas la moindre. Mais en ce qui concerne le pourquoi, la seule raison d'annihiler une lune – la seule qui ait un minimum de sens –, c'est la destruction de l'installation des Anciens, quelle qu'elle ait pu être.

— Euh...

Une pensée déplaisante me vint à l'esprit, et je me mis sur le côté en faisant signe au capitaine Smythe de continuer ; je les rattraperais.

— Eh, je me souviens d'une chose que la bourgmestre m'avait dite. Tu sais, le hamster qui était secrètement l'administratrice adjointe de Paradis...

— Je sais qui c'est, oui.

— Bien. Selon elle, la guerre avait été déclenchée parce que les Maxolhx avaient déniché une cache d'armes des Anciens et attaqué les Rindhalu, qui avaient répliqué par les mêmes moyens. Puis les belligérants s'étaient fait tanner le cuir par les Sentinelles, des « gardiens de la paix » dirons-nous, que les Anciens avaient laissés derrière eux pour s'assurer que personne n'interférerait avec les dispositifs qu'ils avaient abandonnés en se retirant.

— Oui, et alors ?

— Est-ce que quelque chose comme ça aurait pu arriver à cette lune ? Peut-être qu'une espèce à faible technologie avait trouvé sur cette lune un entrepôt d'armes des Anciens et voulu s'en servir, déclenchant une explosion accidentelle ?

— Non.

J'attendis que Skippy m'en dise plus. Comme il n'ajoutait rien, je revins à la charge :

— Non ? Et pourquoi ça ?

— Joe, tu m'as demandé qui avait pu perpétrer pareils actes, et pourquoi. Je t'ai expliqué le comment : un dispositif des Anciens, pas nécessairement une arme. Mais tu ne m'as pas demandé « quand ». Le calcul de mécanique orbitale m'indique que la lune fut détruite il y a environ 2,7 millions d'années. Les Rindhalu ont découvert le vol spatial bien après cette époque. Et il n'y a eu, autant que je sache, aucune espèce maîtrisant le voyage stellaire dans la Voie lactée, entre l'ère des Anciens et celle des Rindhalu. Donc, ni les Maxolhx ni les Rindhalu n'ont pu être responsables de la destruction de cette lune.

— Une minute ! fis-je, une sonnette d'alarme se déclenchant dans ma tête. Il y a 2,7 millions d'années ? Cette lune fut renvoyée au néant au moment où Nouvelle Arche était expulsée de son orbite ?

— Oui. Tout ceci est très suspect.

— Mince alors… Nous voilà revenus à la question du « qui ».

— Une question importante, qui exige une réponse. Joe, comme je l'ai dit, ça me fiche une trouille bleue. Merde ! Les choses étaient si simples avant. Difficiles, oui, mais simples. Nous trouvions un nœud de communication des Anciens, je contactais le Collectif, et voilà, mission accomplie ! Maintenant, je ne sais plus quoi faire.

— Attends ! Skippy, nous allons attaquer les Kristangs afin de récupérer l'IA et le nœud com', et maintenant tu n'es plus sûr de les vouloir ? Sacré mauvais moment pour changer d'avis !

— Non, non, Joe, désolé, ce que je voulais dire, c'est… Ah, merde alors, parler avec des sacs à viande biologiques n'est pas chose aisée ! Tout ce que je voulais dire, c'est que les choses sont devenues fichtrement compliquées. Avant, je savais qui j'étais, à peu près, qui étaient – ou sont – les Anciens, et quelle était ma place dans l'univers. Ce que j'espérais, c'était de pouvoir contacter le Collectif, et que cela résolve tous mes problèmes. Et maintenant, je me dis que ces efforts avec le Collectif sont peut-être le début d'une longue épreuve pour moi. Je t'en prie, j'ai besoin que tu prennes cette IA et le nœud com' à ces détestables lézards. J'apprécie sincèrement tout ce que vous accomplissez. Bien entendu, quand je dis « j'apprécie », j'emploie ce terme dans le sens de « reconnaissant », car je ne peux pas réellement apprécier à quel point c'est physiquement épuisant pour vous de faire à pied un si long chemin.

— Oh. Merci, Skippy.

Voilà qui était mieux…

— Tout comme vous autres, singes ignorants, ne pouvez réellement apprécier à quel point c'est difficile pour moi de reconstruire un vaisseau stellaire thuranien à partir de matériaux bruts. Vous ne pouvez pas comprendre.

— Hé, Skippy, j'apprécie vraiment les efforts que tu fais afin d'être un trou du cul arrogant !

— Oh, pas de problème, Joe !

Zut alors. Parfois, je ne pouvais dire s'il était sarcastique, ou s'il ne pigeait rien à la situation.

— Toutefois, tu me déçois beaucoup, Joe. Tu as raté le point essentiel de mon histoire.

— Quoi ? Quel point ?

Que diable pouvait être plus « essentiel » qu'une lune vaporisée, à une époque où aucune espèce douée de conscience ne peuplait la galaxie ?

— Eh bien, que j'avais raison ! Le système stellaire possédait un site des Anciens, ainsi que je l'avais prédit. Sans déc. Je suis le meilleur, mec ! Ouais !

— Pour l'amour de Dieu, dis-je, écœuré, c'est *ça* que tu estimes être le plus *essentiel* ?

— Bien entendu. Voyons, ce n'est pas comme si on pouvait sauver cette lune maintenant, si ?

TROIS NUITS PLUS tard, après trois dures journées de marche qui laissèrent endoloris tous les muscles de mon corps, nous dînâmes autour d'un pitoyable feu de camp. Le jour, nous avions ramassé des brindilles sur les buissons bas qui poussaient autour des rochers. Ce feu de camp avait une fonction purement psychologique, il n'était pas assez chaud pour y cuire quelque chose. Toutefois, Britanniques et Indiens firent chauffer de l'eau pour du thé, et tout le monde eut droit à une petite tasse. Pour Nouvelle Arche, c'était une soirée agréable. La température était largement au-dessus de zéro, il n'avait pas plu depuis le matin tôt, et une brise soufflait de l'est. Les équipiers avaient besoin de cette pause et de se retrouver ensemble, au lieu de prendre un dîner rapide sous des tentes minuscules avant de sombrer dans un sommeil de brute, comme ça avait été le cas jusque-là.

— Hello, Colonel Joseph Bishop, lança Skippy sur le haut-parleur de mon zPhone. Comment allez-vous ce soir ?

— Bien, marmonnai-je autour d'une bouchée de beurre de cacahuète et de crackers EMR. Nous dînons autour d'un feu de camp, en quelque sorte. Qu'y a-t-il ?

—Eh bien, Monsieur, j'ai une occasion vraiment extraordinaire à vous proposer. Pour une période limitée, nous offrons à vil prix de formidables multipropriétés à temps partagé sur Nouvelle Arche.

— Mon Dieu ! dis-je en riant et en tâchant de ne pas recracher mes précieux crackers sur mes genoux. Skippy, qui diable voudrait acheter une multipropriété sur cette misérable planète ?

— Joe, Joe, *Joe*... Tu es complètement à côté de la plaque. Réfléchis : si tu achètes notre package basique de multipropriétés à temps partagé, une semaine sur Nouvelle Arche, ça signifie que tu n'auras pas besoin d'y être les cinquante et une semaines restantes de l'année !

— Oh !

Tout le monde éclata de rire.

— Dans ce cas, oh que oui ! Inscris-nous tous pour un achat.

— Vous ne le regretterez pas, Monsieur ! Sérieux, Joe, comment ça va, pour vous ? Je sais le temps qu'il fait, mais ça ne me dit pas comment votre Bande de joyeux pirates se porte en ce moment. Au fait, demain après-midi, vous aurez un mélange de pluie et de grésil puis le temps s'éclaircira et redeviendra humide, glacial et partiellement ensoleillé.

— Nom de… ! Je croyais qu'on était presque en été sur cette fichue planète ? Et dire que nous sommes à l'équateur ! Pour notre prochaine planète, Skippy, nous ne t'embaucherons plus comme agent de voyage. Bon, officiellement, nous sommes ce soir une Bande de pirates pas très joyeux. La gravité est trop forte, la température trop basse, et respirer est même difficile à la marche. À part ça, tout baigne. Et toi, là-haut ?

— Eh bien… C'est drôle que tu me poses la question.

— Et merde…

Je détestais quand il se mettait à dire ça, et l'équipe aussi savait à quoi s'en tenir : des ennuis. Tout le monde me regarda avec inquiétude. Je mis l'oreillette de mon zPhone en désactivant le haut-parleur, que nous puissions continuer en privé. Je me levai et m'éloignai du feu de camp.

— Qu'est-ce qu'il y a, cette fois ? Quelqu'un a oublié d'éteindre le réchaud en partant ?

J'espérais vivement que le problème, quel qu'il fût, était simple.

— Je ne peux pas remonter à bord régler la question, Skippy !

— Plus de coquerie ici pour l'instant, et encore moins de réchaud. Soyons sérieux un moment, Joe. Une des navettes a eu un incident.

— Un incident ? Tu as rayé la peinture, ou défoncé le garde-boue ?

— Euh, non. Léger, dans le sens où une poche de gaz a explosé sur une lune quand je l'ai percée, la navette s'est retournée et la voilà coincée dans un trou.

— Malédiction, Skippy ! Je te laisse de jolis jouets pour que tu t'amuses avec, et tu les casses ! Pas moyen de te confier quoi que ce soit de valeur, on dirait !

— Eh, sois juste, je travaille presque à l'aveugle, ici. Cette lune contenait des minerais dont j'ai besoin, et son orbite l'avait emmenée de l'autre côté de la planète. Je me servais des détecteurs merdiques de la navette pour voir ce que je faisais. Les détecteurs n'ont pas pu déceler la poche de gaz parce que les Thuraniens, et cela va te surprendre, n'ont pas conçu leurs navettes comme installations de forage. Bref, j'ai une autre navette sur les lieux, et je me sers des combots pour excaver la première navette. Elle devrait être à peu près intacte, à part qu'il nous faudra une nouvelle navette, car la cabine est un peu écrabouillée et ne retient plus l'air. De plus, je détesterais la faire voler dans l'atmosphère à ce stade, parce que son bouclier thermique n'est pas en très bon état.

— Abrège, Skippy, tu veux bien ?

— Abréger quoi ?

— Dis-moi l'important d'abord. Tu sais comment nous réfléchissons, dans l'armée des USA.

— Oh, ouais, d'accord. L'important, c'est que cet incident nous coûtera une semaine de plus, voire deux. Je dois mobiliser des ressources pour réparer la navette esquintée, et pendant ce temps, elle ne récupérera pas de minerais pour moi. Il y aura donc des retards dans la rénovation du *Hollandais volant*. Pas moyen de faire autrement, avant que tu ne me poses quelque question stupide. Cela a toujours été un risque non négligeable, Joe. Mon estimation initiale tenait compte d'un certain nombre d'aléas, donc ce fâcheux contretemps allonge de huit jours seulement la date prévue de remise en état du vaisseau.

Je soupirai.

— Compris, Skippy. Tu fais l'impossible, là-haut, et nous t'en sommes très reconnaissants. Et je ne t'insulterai pas en te recommandant d'être prudent.

— En effet, nul besoin de me conseiller la prudence, Joe. Je travaille déjà à la limite des possibilités, et il ne faudrait pas grand-chose pour faire pencher la balance du mauvais côté, surtout si j'utilise des ressources plus vite que je n'en crée de nouvelles.

— Tu veilleras au grain donc ? demandai-je, plein d'espoir.

— Je fais de mon mieux.

Ce qui me flanquait les boules, c'est que son timbre de voix n'avait plus sa gouaille narquoise habituelle. Il avait peur, ou en tout cas, il était très inquiet.

Et, de là où nous étions, sur Nouvelle Arche, nous ne pouvions absolument rien faire pour l'aider.

La livraison de la *Pizzeria Skippy* avait atterri en douceur dans une zone marécageuse, et nous avions dû patauger dans une eau glaciale qui nous arrivait à la taille pour aller la récupérer. Encore un tour pendable de Skippy… ? Mais non, il avait sûrement fait de son mieux, de l'autre côté du système stellaire. Quand nous atteignîmes notre livraison, je ne sentais plus mes jambes. Ni mes joyeuses… Le conteneur, de la dimension d'une grande cantine, était plein à craquer de fournitures médicales et de « vivres » sous forme de bouillies déshydratées. Ce dont l'équipe d'assaut avait besoin, c'était de nutrition basique, pas de gastronomie. Nous ramenâmes le conteneur sur la terre ferme et entamâmes le tri.

— Chocolat-banane, banane, fraise-banane, curry à la banane… Monsieur, ces trucs sont aromatisés à la banane, annonça Williams, consterné.

— Ça alors ! fis-je, en me frappant le front. Skippy croit que les singes adorent les bananes ! En cas de nouvelle livraison, je lui demanderai un meilleur assortiment de saveurs.

Le capitaine Gomez ouvrit un tube de bouillie, y versa de l'eau pour la réhydrater, le secoua et l'avala d'un trait.

— La nourriture, c'est du carburant, dit-il en haussant les épaules. Nous pourrons en manger de la vraie dès notre retour sur le *Hollandais volant*.

— Exact. Surtout, dis-je à mes troupes, n'oubliez pas d'enterrer les déchets. Il ne faudrait pas qu'un vaisseau kristang voie des tubes vides traîner sur le sol. Et flanquons ce conteneur rempli de pierres à l'eau pour qu'il y coule à pic.

Soucieux de donner l'exemple, je pris un tube sans en vérifier la saveur, y versai de l'eau et avalai le tout. Était-ce supposé avoir un goût de banane ? Impossible d'en avoir la certitude avec les bouillies thuraniennes, la plupart avait seulement un sale goût chimique artificiel.

Après avoir déballé le chargement de bouillies de subsistance, nous nous les répartîmes équitablement.

— Smythe, quelqu'un a encore de la vraie nourriture ? demandai-je à voix basse.

— Je crois que oui, Monsieur. Tout le monde a eu un bon petit déjeuner ce matin.

— Oui, j'ai vu.

J'avais surveillé les gars pour voir s'ils montraient des signes de fatigue ou de blessures, et aussi pour m'assurer qu'ils ne négligeaient pas leur alimentation.

— Il me reste huit EMR, ajoutai-je, je vais les mettre de côté pour ceux qui seraient blessés.

— Je vous demande pardon ?

— Capitaine, j'ai déjà survécu à un régime de bouillies, ce n'est pas nouveau pour moi. Elles fournissent de l'énergie et assurent une santé correcte, mais nos gaillards vont vite s'en lasser, vous verrez. Si quelqu'un est blessé ici, il ne bénéficiera pas tout de suite d'un traitement médical adapté sur le *Hollandais*. Je voudrais que nos hommes aient au moins de la vraie nourriture, ça leur permettra de garder le moral.

— Bonne idée, reconnut-il. Je vais les rassembler.

Smythe s'empara d'un sac, et je demandai aux gars de faire don d'un ingrédient ou d'un autre, en expliquant que ce serait réservé aux blessés, ou distribué comme friandises après la bataille, en attendant que Skippy finisse de réparer le *Hollandais*.

— J'ai ici huit EMR incroyablement délicieux, dis-je en les exhibant à mon équipe. Cinq américains, deux français…

Je fis un signe de tête à Giraud, avec qui j'avais fait du troc un peu plus tôt.

— Et…

Je baissai les yeux sur l'emballage.

— Un chinois, je suppose. Je commence la cagnotte en faisant don de la totalité. Je suis las de transporter ces trucs, de toute façon.

Ma boutade souleva des gloussements de rire. Je fourrai les EMR dans le sac.

— Un seulement, si vous en avez la possibilité. Gardez le reste pour vous. Croyez-moi, vous serez vite fatigués de devoir survivre en vous fadant ces bouillies.

— Il dit vrai, assura Giraud en tirant la langue d'un air dégoûté.

Nous nous en tapâmes cinq. Aucun de nous n'avait envie de se souvenir de cet aspect déplaisant, quand nous avions investi le *Hollandais volant*.

La collecte fut couronnée de succès. Le sac contenait désormais trente-cinq vrais repas de de différentes sortes. Même si ces rations ne pouvaient être considérées comme gastronomiques, elles avaient tout de même meilleur goût qu'une bouillie thuranienne. Les soldats porteraient notre sac de victuailles à tour de rôle, et nous redoublions de prudence en traversant les ruisseaux. Les quatre jours suivants, personne ne mangea autre chose que des bouillies de subsistance. Pour épargner le pire à ceux qui n'en avaient pas l'expérience, je feignis d'être amateur de la saveur banane pure, alors qu'elle était positivement infecte. La banane sans rien, dont le goût n'était pas masqué par d'autres saveurs un peu moins déplaisantes, comme le chocolat, la fraise ou même le curry, était insipide, artificielle, grumeleuse, et laissait une sensation huileuse persistante en bouche. C'était ma faute : je n'avais pas demandé d'assortiments à Skippy. Bien que, en y réfléchissant, il ne restait pas tant de bouillies que ça à bord du *Hollandais volant*, en entamant notre seconde odyssée. Et personne n'avait pensé à demander à Skippy d'en fabriquer davantage. Personne, c'est-à-dire moi… Et, nul n'aimant les bouillies à la banane, peut-être Skippy nous avait-il simplement expédié ce qu'il restait du premier voyage ? C'était donc doublement ma faute. De toute façon, je me retrouvais avec pour seul nutriment les bouillies à la banane, ayant renoncé aux autres saveurs un peu moins écœurantes. Chaque gorgée de ces insipides décoctions huileuses, grumeleuses, me rappelait tout l'intérêt qu'il y avait à planifier les choses. C'était là une leçon que je n'étais pas près d'oublier. Dès notre retour à bord du *Hollandais volant*, je passerais sans doute la première semaine à me délecter de délicieux cheeseburgers bien juteux matin, midi et soir ! Même si nous n'avions plus de cuisine, et que je doive les griller sur un réacteur.

Une fois collectée une nourriture digne de ce nom, je pris une bouillie de subsistance au hasard dans mon paquetage, ouvris le bouchon et y versai de l'eau pour la réhydrater.

— Buvez, tout le monde, profitez bien de votre délicieuse bouillie. Et aujourd'hui, c'est vendredi. Plus que deux jours avant lundi !

Malgré ma fatigue, cette nuit-là, je m'éloignai un peu du camp, afin de parler en privé avec Skippy. Je me donnai pour prétexte de tenir à le remercier pour nos vivres, mais en vérité, mes virevoltantes conversations avec l'irascible canette de bière me manquaient. Personne ne m'avait insulté depuis plusieurs jours, c'était une sensation bizarre.

— Hé, Skippy, comment ça va, là-haut ?

— Je suis occupé, fit-il, laconique.

— Oh, dis-je, embarrassé. Désolé, je te laisse tranquille.

— Pas la peine, Joe, je ne suis pas occupé *à ce point*. Tel que tu me vois là, je suis au beau milieu d'une opération très délicate, consistant à créer de la matière exotique dans ce qui était une de nos soutes, à l'aide essentiellement d'une cafetière, d'une tête nucléaire et de deux combots qui, malgré tous mes efforts pour les modifier, persistent dans leur nullité crasse en tout ce qu'ils entreprennent, le combat excepté. Si ça foire, même sur Nouvelle Arche, il faudra vous protéger les yeux quand ça explosera. Mais ne t'inquiète pas, j'ai confiance, ça fonctionnera. Assez confiance… Enfin, disons que ça devrait fonctionner… Oui, parce que je concocte tout ça sur le tas, pour ainsi dire. Bon, lâche-moi un peu les baskets, d'accord ? Et je ne suis pas très sûr du sort de cette cafetière, au cas où tu te serais posé la question. Toutefois, mener une conversation avec vous autres, les singes, prend environ un octillionième de ma puissance cérébrale, et la moitié quand c'est avec toi que je parle. Donc, tu voulais ?

Voilà bien le Skippy que je connaissais. Le Skippy que j'aimais !

— Juste te remercier du fond du cœur pour la livraison de nourriture.

— Mmmm. Je vous aurais volontiers ajouté quelques gressins à titre gracieux. Mais, comme tu le sais, la coquerie est actuellement hautement radioactive, et donc, ce n'était pas possible.

— C'était une charmante attention de ta part en tout cas, Skippy.

À cet instant, je ne trouvai rien d'autre à lui dire.

— Oui, O.K. Pas de problème.

Au ton de sa voix, il avait l'air de penser que notre conversation languissait.

— Bon, je te laisse retourner à…

— Comment s'est passée la journée ? J'ai suivi votre progression. Ton groupe avance drôlement bien.

Somme toute, Skippy avait envie de parler.

— Nous n'avons pas coulé de camping-car aujourd'hui, on peut dire que c'est un progrès, en effet. Tout le monde est endolori, même si les gars des forces spéciales refusent de le reconnaître. Nos muscles se sont ajustés à la gravité supplémentaire, mais nos articulations et nos tendons sont plus lents à s'adapter. Je me suis foulé la cheville, hier matin.

— Tu en as parlé à un médecin ?

— Non, je l'ai bandée moi-même.

Il soupira.

— Joe, tu as emmené deux civils avec toi, pour avoir des médecins dans l'équipe. Tu les obliges à faire tout ce chemin, pour rien ?

— Skippy, ils ne sont pas là pour un truc aussi banal qu'une foulure, mais pour soigner des blessures au combat. Il n'y a pas grand-chose d'autre à faire qu'un bandage, pour ma cheville, et pas question que j'arrête de marcher, en faisant perdre du temps à tout le monde. Je ne veux pas que les forces spéciales me prennent pour un geignard.

— Joe, Joe, *Joe* ! Parfois, pas souvent il faut le dire, tu as des éclairs de génie. Mais le reste du temps, tu es con comme un balai. Tu n'es sûrement pas le seul singe de votre équipe à souffrir de bobos passés sous silence, et mal soignés.

— Probablement pas…

Le matin, j'avais vu certains d'entre nous se mouvoir avec difficulté.

— Et, à ce compte-là, vous risquez de vous retrouver inefficaces au combat, pas vrai ? En tant que commandant, est-ce que tu ne devrais pas montrer l'exemple ?

Merde.

— Skippy, non seulement tu construis un vaisseau stellaire avec de la poussière lunaire, mais tu en sais plus sur la psychologie des singes – je veux dire des humains – que moi. Oui, tu as mille fois raison, j'aurais dû le comprendre. Je vais en parler à un des médecins, ce soir.

Et sans tarder, avant qu'ils ne s'endorment.

— Mais assez parlé de moi, comment vas-tu ?

— Raisonnablement bien. Je supervise les progrès de l'équipe archéologique, qui a découvert une nouvelle chambre funéraire derrière une paroi. Un éboulement l'avait murée, peut-être au moment où le centre de la caverne fut emporté par les flots et où la voûte s'est effondrée. Pour anticiper ta question, le colonel Chang veille à ce que nos archéologues ne prennent pas de risques inutiles. L'équipe est très excitée. Elle a trouvé des fragments de plaques en bronze comportant des écrits. Chang espère dénicher d'autres artefacts portant des inscriptions. Cette nouvelle chambre est assez peu profonde, et ce qu'elle contient ne demandera pas d'excavations importantes.

— Ouah ! Des inscriptions ? C'est remarquable.

— Ne t'emballe pas trop, Joe. À première vue, ces supposées inscriptions évoquent surtout une série de gribouillis. La seule manière d'espérer les déchiffrer, ce serait d'en retrouver d'autres en quantité, accompagnées de pictogrammes.

— Rien ne nous empêche d'espérer, non ? Et pour toi, comment ça va, là-haut ?

— Bien, bien. Aucun nouvel incident à signaler. Pendant que je te tiens, Joe, j'ai pensé à cette faveur que tu m'as demandée.

— Euh, laquelle ?

Il avait déjà livré les pizzas…

— Que toi et moi repartions ensemble sous les feux mourants du soleil couchant… Tu n'as pas oublié ? Tu apprends à piloter le vaisseau, pour que toi et moi, on retourne débarquer l'équipage sur Terre, une fois que j'aurai contacté le Collectif.

— Ah, oui, répondis-je.

Je tâchai de ne pas avoir l'air trop optimiste à ce sujet.

— J'y ai réfléchi, je comprends pourquoi tu penses que c'est une bonne idée. Et je suis prêt à tenter l'aventure. Hélas, mes analyses ont déterminé que ce scénario était fort peu probable. Comme tu le sais, je n'ai que de vagues souvenirs au sujet du Collectif, mais je suis sûr d'une chose : une fois que je l'aurais joint, je ne serai plus capable de vous aider. Peut-être ne serai-je même plus en mesure de communiquer encore avec vous. Je pourrai, tout simplement, me volatiliser.

— Oui, je comprends, Skippy. Merci de t'en ouvrir à moi.

— Je suis désolé.

— Skippy, tu as sauvé notre planète natale, tu n'as vraiment aucune raison de t'excuser auprès de nous. Nous connaissions tous les risques en venant ici. Je consulterai un de nos docteurs pour ma cheville.

Je lâchai un bâillement.

— Passe une bonne nuit, d'accord ?

— Toi aussi, Joe. Dors bien.

À partir du site de la livraison, nous eûmes deux jours entiers de marche par des collines ondoyantes sous un crachin persistant, les vents qui soufflaient en rafales nous cinglant le visage. Nos chiches repas se composaient toujours exclusivement de bouillies réhydratées – et froides. La nuit, nous nous écroulions sous nos tentes, recroquevillés dans nos sacs de couchage, avec nos vêtements humides pendus sur une corde tendue au-dessus de nos têtes, dégoulinant sur nous. Au matin, tout recommençait. Fouler des terres aliens ? Nous, les pionniers humains sur Nouvelle Arche ?

La nouveauté s'était hélas vite émoussée. Nous avions tous hâte d'atteindre enfin la base des récupérateurs, de livrer combat et de remonter à bord du *Hollandais volant*. Apparemment, j'avais désormais le respect de Smythe, qui cheminait maintenant à mes côtés, une fois que j'eus démontré que je tenais la cadence. Heure après heure, jour après jour, je me concentrais sur une chose, une seule : continuer à mettre un pied devant l'autre. Ce qui aurait sans doute été au-dessus de mes forces, toutefois, ç'aurait été de porter un lourd paquetage toute la journée, dans une gravité supérieure de quatorze pour cent à celle de la Terre, et une atmosphère équivalant à celle des cimes terrestres, puis de monter sans transition au combat. Les braves des forces spéciales, eux, en étaient capables. Ils s'y étaient entraînés, et ils y étaient mentalement préparés. Moi, à la fin d'une journée, tout ce que je voulais, c'était avaler un peu de bouillie nutritive et dormir à poings fermés.

Une bourrasque m'envoya de grosses gouttes dans les yeux. J'abaissai mes lunettes de sécurité, relevées sur le crâne, pour m'abriter de la pluie cinglante. Ces lunettes kristangs déperlantes ne s'embuaient pas. Cela restait néanmoins des lunettes, et les porter en permanence était fatigant.

— Un temps splendide, non, Capitaine Smythe ?

Lui aussi avait remis ses lunettes.

— C'est ça, l'Écosse ?

— Non, répondit-il, l'air surpris. L'Écosse est d'une beauté sauvage. Quand on aime la nature, c'est un pays merveilleux doté de grands espaces, comme ici…

D'un ample geste, il désigna une ligne d'horizon partiellement obscurcie par les averses et les nuages bas.

— Et il peut être pluvieux, lui aussi, reconnut-il. Mais pas plus que le reste de l'île.

Il me fallut un moment pour comprendre qu'en disant « île », il parlait de la Grande-Bretagne. Pour un Américain comme moi, la Grande-Bretagne était avant tout un pays, pas une île. Quand j'entends le mot « île », je vois un site tropical, avec palmiers et noix de coco à gogo. Sans oublier les boissons exotiques aux charmantes mini-ombrelles et rondelles d'ananas en décor.

— C'est là que vous vous entraînez ? Le SAS, je veux dire ? En Écosse ?

— En Écosse ? Parfois. Le 22 SAS est basé dans le Hereford, près de la frontière galloise. Une partie de notre entraînement de sélection a lieu dans les Brecon Beacons, au Pays de Galles. Cette zone ressemble un peu au paysage d'ici, le temps y est imprévisible et des vents soufflent de la mer d'Irlande.

— C'est un des avantages de Nouvelle Arche, je suppose. Le temps y est prévisible : infect à souhait ! Ma ville natale, dans le Maine, est presque entièrement couverte d'arbres, ce qui coupe les vents. Et le petit bois ne manque pas pour des feux de camp.

— Êtes-vous déjà allé en Grande-Bretagne ?

Je secouai la tête.

— Vous aimeriez les pistes de randonnée en Grande-Bretagne. À ce que j'ai compris, en Amérique, vos pistes courent surtout à travers bois, vous cuisez vos repas sur un feu de camp et vous dormez sous des tentes. En Grande-Bretagne, nos pistes vont d'un village à l'autre. On peut s'arrêter à un pub pour manger, et dormir dans une chambre d'hôtes. C'est très populaire, particulièrement dans les régions des Cotswolds et des Yorkshire Dales.

— En ce moment précis, j'avoue que c'est très tentant en effet ! Les pistes mènent droit aux villages ?

— Oui. Aux États-Unis, les pistes de rando sont mises en place sur le domaine public par le gouvernement, ou sur des terres privées quand le propriétaire y autorise l'accès. La différence en Grande-Bretagne, c'est que des droits de servitude sont toujours en vigueur sur les terres privées, parce que depuis des millénaires, les paysans avaient ce droit d'accès à l'eau, et pour conduire leurs animaux au pâturage ou au marché. Le propriétaire ne peut donc pas s'opposer à la traversée de ses terres, en raison de ce droit d'accès historique. Une fois l'an, une association qui appelle à la « grande désobéissance civile » arpente les pistes de randonnée afin de maintenir le droit d'accès du public.

— Euh... ma foi, ça les briserait menu à pas mal de mes compatriotes.

— L'Amérique n'est pas un pays ancien, comparé à la Grande-Bretagne. Il y a des normes différentes, conclut Smythe.

Nous cessâmes de converser après ça, car le chemin nous entraînait à flanc de colline, le long d'une pente ardue.

Même Smythe peinait à gravir la montée. Au sommet, nous fîmes une pause.

— Les montagnes de l'Afghanistan sont comme ça. En altitude… haleta-t-il, on doit souvent… chercher à reprendre son souffle – dans une atmosphère à l'oxygène raréfiée…

J'acquiesçai.

— J'étais dans la 10e division d'infanterie, spécialisée dans les conflits en montagne. On m'a envoyé dans les jungles du Niger, puis sur Paradis. Ma première affectation, sur Paradis, c'était en terrain si plat qu'on se serait cru au Kansas.

Le jour suivant, la pluie cessa en milieu de matinée, mais cette fois, des bourrasques soufflaient du sud-est, balayant les nuages.

En début d'après-midi, ce fut le retour béni de la brise, du soleil et de la chaleur – je pus rester en chemise. Le moral des troupes s'améliora avec la température, les mines sinistres cédant la place aux sourires, les bougonnements au rire. Je profitai de cette douceur bienvenue pour dérouler mon sac de couchage humide et l'attacher à mon paquetage, pour qu'il sèche. Et je pendis mes chaussettes humides à ma ceinture. Tout un chacun prenait des mesures analogues. J'appréciais la caresse (même un peu trop chaude par moments) du soleil sur mon visage.

— Capitaine Smythe, Skippy me dit que ce temps clément durera jusqu'à minuit environ, avant le retour des averses. Comme nous gardons notre avance, je veux une pause de deux heures pour le déjeuner. Nous monterons les tentes avec les rabats ouverts pour qu'elles sèchent. Et nous tendrons des cordes entre ces rochers, ici, pour faire aussi sécher les vêtements. Nous marcherons un peu plus tard dans la nuit pour compenser. Le terrain à couvrir s'aplanit, et il n'y aura aucun cours d'eau majeur à traverser avant demain.

À mon grand étonnement, Smythe n'éleva aucune protestation. Nous dressâmes rapidement les tentes et installâmes les cordes à linge, jouissant d'une agréable pause au soleil, assis ou allongés sur des affleurements rocheux.

— Ce n'est pas si mal en ce moment, dis-je à Tanaka et Zheng.

Nous étions assis sur un rocher plat, affairés à nous masser les pieds. Les civils avaient remarquablement bien tenu le coup jusqu'ici, dans ce trekking exténuant sur Nouvelle Arche.

— Vous savez, je me demande parfois à quoi ressemblait cette région, avant.

— Avant ? répéta Zheng.

— Avant que Nouvelle Arche soit poussée hors de son orbite originelle. Nous sommes à sept cents kilomètres de l'Équateur, et ça devait être… quoi ? Une jungle ? Un désert ? Un endroit chaud, en tout cas. Les natifs devaient venir ici en vacances.

— J'en doute, me répondit Tanaka. Ils n'avaient probablement pas la technologie pour des voyages d'agrément.

— Ils avaient la roue, et donc des routes, dis-je, aussitôt sur la défensive. Bref, vous voyez ce que je veux dire : cet endroit devait être agréable.

Je toisai les collines ondoyantes, les vallées zébrées de ruisseaux scintillant au soleil.

— Voyez cette colline, au sud. Elle offre une vue splendide sur ce lac, et il devait y avoir des brises pour s'y rafraîchir. Qui pouvait avoir élu domicile sur ces hauteurs ?

Une main en visière, Zheng embrassa du regard notre panorama. S'irritait-elle que je trouble ainsi la quiétude chèrement acquise de notre petite halte ?

— Ce paysage a été sculpté par les glaciers, avant même que l'orbite de Nouvelle Arche devienne elliptique. Ce lac, cette colline, n'existaient probablement pas à l'époque. Ce sera un gros problème pour les archéologues, les vestiges de civilisation, sur cette planète, cités, édifices, maillages routiers ayant été éradiqués par les glaciers. Ils devaient pourtant être de taille. L'équipe scientifique hésite : la surface a-t-elle été entièrement prise par les glaces, ou aurait-il subsisté une étroite bande d'océan près de l'équateur, l'été ?

Devant mon expression chagrinée, car elle ajouta vivement :

— Les autochtones ne méritaient pas un tel sort. Personne ne le mérite.

— Excepté, peut-être, les auteurs de ces crimes sans nom. Quelles sont les chances que Nouvelle Arche soit la seule planète qu'ils aient fait dévier de son orbite ? crachai-je, amer. Si jamais je retrouve ces enfoirés…

Zheng me tapota gentiment l'épaule.

— Colonel, nous avons une belle journée, pour changer ! Profitons-en tant que ça dure. Profitons-en au nom de tous ces malheureux, puisqu'ils ne le peuvent plus. Et on ne parle plus de glaciers, promis !

Ne plus penser aux glaciers, voilà qui me convenait…

— Oh, Joe ! cria Skippy.

Immergé à mi-poitrine, je pataugeai dans un cours d'eau glacial.

Vu la profondeur, j'étais contraint de faire deux voyages pour porter tout mon attirail à bout de bras.

— Une minute, Skippy…

Naturellement, il m'appelait au moment où je me retrouvais au plus profond du cours d'eau.

— Je suis un peu occupé, là.

— Pas d'urgence, Joe, grogna-t-il, irrité.

Une fois sur la terre ferme, je déposai mes affaires sur un rocher. Histoire d'ajouter à mes misères, il tombait des hallebardes. Franchement, il pleuvait à verse sans discontinuer sur cette foutue planète. Suivant l'exemple des gars des forces spéciales, je fis des squats avec mon fusil au-dessus de la tête, puis je le posai et enchaînai par cinquante pompes, afin de me fouetter les sangs et de réchauffer mes pauvres muscles frigorifiés. Cinq soldats traversaient encore le cours d'eau. Je repris le fil de ma discussion avec notre exaspérante IA.

— Qu'y a-t-il, Skippy ?

— Un problème potentiel, Joe. Il y a quelques minutes, j'ai entendu les chefs des récupérateurs ; deux d'entre eux emmènent en camion une division de travailleurs sur le site du vaisseau stellaire des Anciens. Ils sont sur le départ.

— Merde alors !

C'était bien la dernière chose dont nous avions besoin ! Les récupérateurs en deux endroits différents… À nous de coordonner deux attaques simultanées. Selon la distance à laquelle les Kristangs se rendraient, cela pourrait nous prendre longtemps, en marchant nuit et jour, pour les rattraper. Même si nous étions encore légèrement en avance sur notre planning, nous ne pourrions pas retarder notre assaut à ce point, au risque que le vaisseau kristang revienne plus tôt que prévu et joue les trouble-fête…

— Ce site des Anciens où ils se rendent, à quelle distance est-il de leur base ? Et sais-tu s'ils ont l'intention d'y rester toute la nuit ?

— Oui, mais une seule nuit. Ce site particulier a déjà été examiné très soigneusement, Joe. C'est un acte désespéré de leur part d'y retourner, en espérant y déterrer quelque chose de valeur. Sans transport aérien, et sans leur camping-car, ils ne peuvent plus s'aventurer très loin de leur base, ce qui les limite à quatre-vingts kilomètres de rayon, disons. Les chefs savent pertinemment qu'une sortie trop longue, loin de la base, les rendrait vulnérables à un soulèvement de leurs esclaves. Sans engin aérien, ils se sentent déjà très vulnérables. Et ils ont bien raison de se faire du mouron. Leurs travailleurs-esclaves sont vraiment très mécontents : leurs maîtres ont perdu leurs deux engins aériens, le camping-car, et ont laissé un « artefact des Anciens » d'une valeur incalculable leur échapper. Les autres de récupération permettront à peine de rembourser les coûts de l'expédition. La main-d'œuvre pourra se fouiller pour espérer de quelconques profits, si minimes soient-ils. Elle est mûre pour une mutinerie, Joe.

— Du tout bon pour nous. Où se situe ce site des Anciens ? Tu peux me l'indiquer sur mon zPhone ?

— C'est déjà fait.

— Mmh… Ah zut, c'est entre notre position actuelle et la base des Kristangs !

Skippy avait signalé le site d'un point clignotant surimposé. Notre trajet passait à moins de vingt kilomètres du bivouac des récupérateurs cette nuit.

— Sais-tu quel chemin ils vont suivre ? demandai-je.

Aussitôt, une série de points rouges apparut sur ma carte, au fil du tracé ennemi projeté. Les derniers quarante kilomètres de ce trajet chevauchaient les nôtres. Logique, puisque nous approchions de la base par le sud, et il existait un seul itinéraire évitant les collines. Nous nous proposions de remonter une vallée. En camion, les Kristangs avaient logiquement pris la même option.

— Skippy, merci, il faut que je réfléchisse à tout ça. Pouvons-nous suivre leur camion par le flux satellite ?

— Le couvert nuageux, au-dessus de votre position, devrait hélas l'empêcher. Je vais ajouter une icône sur vos cartes, pour que vous visualisiez leur position. Le camion quitte la base en ce moment même. Personne à bord ne chantonne la version kristang de « Il était un petit navire… » Joe, ces lézards sont dans une rogne pas possible !

— Bien reçu, merci !

Je rejoignis Smythe, qui vérifiait que chacun était prêt à repartir tout de go, au mépris de nos pauvres carcasses roidies de froid et d'épuisement. Je lui exposai la situation, carte à l'appui.

— Putain ! cracha-t-il. Ça complique drôlement les choses, non ?

— Oui, reconnus-je.

— Bien que, dit-il en grattant sa barbe de deux jours, ce pourrait aussi être une bonne occasion.

— C'est pas faux. Mais je vois ça plus comme un risque que comme une bonne occasion. Vous caressez l'idée d'éliminer les membres de cette petite excursion kristang et de leur prendre leur camion, c'est bien ça ? Puis de foncer sur leur base les prendre au dépourvu ?

— Fondamentalement, oui. C'est tentant, non ? Ce genre de tactique repose sur notre céleste espion. Skippy peut-il intercepter les communications de l'expédition, en l'abreuvant de faux signaux ?

— Capitaine, ce ne serait pas un problème pour Skippy. Cependant, l'expédition adverse passera la nuit à soixante-dix kilomètres seulement de sa base. Ce qui lui permettra de se contenter des communications radio, sans en passer par les satellites. Du coup, Skippy ne sera plus en mesure d'intercepter et supprimer ou modifier le signal émis. Il ne peut en rien altérer des transmissions radio.

— Merde alors ! fulmina Smythe. C'est hors de question, dans ce cas. À moins de les éliminer d'un coup, nous risquerions de tout foirer. Le chronométrage serait trop aléatoire. Il y aurait trop de dangers que ça tourne au vinaigre.

— Euh, oui… Bon alors, que dites-vous de ça… Nous allons là…

Je lui montrai l'intersection où le camion des Kristangs croiserait notre trajet dès qu'ils retourneraient à leur base.

— … et les guettons. Puis nous les prenons en chasse. Pas question de les précéder, ils verraient nos empreintes. Et la vallée de cette rivière est le seul moyen pratique d'aller de là à leur base, sauf à contourner ces collines, à l'est. Ce que j'aimerais éviter.

— Pour autant que je le regrette, Monsieur, conclut Smythe, amer, nous ne sommes pas là pour les éliminer un par un. Nous avons déjà détruit leurs appareils aériens. Maintenant, il nous faut frapper un grand coup pour tous les renvoyer *ad patres*. Ah, conneries… Nous devrons expliquer aux gars pourquoi nous ne les attaquons pas.

Chapitre Vingt-Cinq

Deux jours plus tard, en suivant du regard un camion kristang qui roulait lentement vers nous, nos braves ne furent pas les seuls à qui il fallut rappeler de n'ouvrir le feu sous aucun prétexte. Smythe, Giraud, d'autres et moi-même étions tapis à plat ventre derrière des rochers, tandis que le véhicule ennemi remontait la vallée de la rivière, en contrebas. Une cible ô combien tentante ! Armés de nos fusils kristangs, nous aurions pu facilement crever les pneus, puis tuer les Kristangs un par un. S'ils avaient été seuls sur la planète, ç'aurait été un plan viable. Mais en l'occurrence, nous en étions réduits à l'inaction. Par précaution, personne n'avait emporté d'arme avec lui, à notre poste d'observation. J'aurais trop redouté qu'un tir se déclenche accidentellement. Un risque minime, mais que nous n'avions pas besoin de courir. Les Kristangs ignoraient tout de notre présence à l'affût. Ils n'étaient pas une menace pour nous.

Leur véhicule me rappelait le camion tactique M977 de l'armée US, excepté qu'au lieu de huit roues, l'équivalent kristang était doté de quatre chenilles flexibles comme celles de notre regretté camping-car. La cabine avait un avant aplati aux larges vitres. Sur la caméra de mon zPhone, je vis clairement les deux Kristangs qui s'y trouvaient. Derrière eux, il y avait une sorte de bâche en toile. Deux autres Kristangs, jambes pendant par-dessus le hayon, avaient l'air furieux.

Quand nous aperçûmes le camion pour la première fois, il se déplaçait assez rapidement sur un sol plat. Maintenant, alors qu'il passait au-dessous de notre position, la rivière décrivait une série de coudes ondoyants et il dut ralentir. Selon les précisions de Skippy, il ne possédait pas de pontons de flottaison, et ne pouvait donc avancer sur l'eau comme le camping-car. C'était juste un camion aux chenilles sophistiquées. Sur une planète quadrillée de rivières gonflées par la neige et les fontes des glaciers, un véhicule qui ne pouvait traverser d'étendues d'eau était sévèrement limité en ce qui concernait ses déplacements. Voilà pourquoi les Kristangs s'étaient rendus sur un site de crash des Anciens qu'ils avaient déjà exploré : il n'y avait plus beaucoup d'endroits à explorer, maintenant que nous avions détruit leurs appareils volants et leur camping-car.

Le camion remontait ses propres traces boueuses. À plusieurs endroits le long de la rivière, il y avait un seul passage possible, sans avoir à traverser des eaux assez profondes pour le submerger. Il négocia un cours d'eau, et je me surpris à retenir mon souffle. Le camion était immergé jusqu'au capot ou presque, et les deux Kristangs assis à l'arrière s'étaient remis debout, pour garder leurs pieds hors de l'eau glaciale. Même de là où nous étions, j'entendais grincer les moteurs. Une des chenilles gauches se mit à tournoyer, accrocha le fond, et le camion bringuebala en remontant l'autre côté. Il s'immobilisa, la porte de gauche s'ouvrit et un Kristang en sortit pour examiner la chenille avant gauche. Son binôme sortit à son tour, et tous deux en discutèrent. Un des travailleurs, à l'arrière, passa la tête sur le côté ; le premier Kristang, pistolet au poing, fit signe aux manuels de rester dans le camion. Les deux compères flanquèrent des coups de pied à la chenille, de la boue s'en détachant par plaques. Puis ils remontèrent en cabine, et le camion reprit son chemin cahin-caha.

La lassitude me gagnait. Visiblement, ces maudits Kristangs n'avaient aucune idée de notre présence, et ils n'aspiraient qu'à rentrer à leur base. Mon attention se reporta sur Smythe ; combien de fois, en combien d'endroits paumés, avait-il dû rester ainsi à l'affût, les nerfs tendus, à observer l'ennemi, à décider de l'instant propice où passer à l'attaque…

Dix minutes plus tard, le camion avait disparu, au détour d'un des méandres du fleuve.

— Skippy a dit qu'ils étaient six dans le camion, fit Smythe à voix basse. Au plus, nous aurions pu en descendre trois simultanément. Ça n'aurait pas fonctionné, de toute façon.

— Et nous n'aurions pas pu arriver à temps à leur bivouac pour les éliminer dans leur sommeil, soupirai-je. Tenons-nous-en au plan d'origine, laissons ce camion regagner sa base. Donnons-lui vingt minutes pour s'éloigner, puis descendons dans la vallée. Ce soir, nous devrions arriver à portée de frappe.

La grande inconnue, dans mon plan d'attaque ? Pourrions-nous nous rapprocher suffisamment de notre objectif pour lancer une attaque surprise, ou les Kristangs nous verraient-ils venir de loin et prépareraient-ils leurs défenses en conséquence ? Si les Kristangs avaient fait ne serait-ce qu'un effort minimal pour assurer la sécurité extérieure de leur site, comme avoir hérissé de caméras le périmètre de la base, ç'aurait pu ruiner tous nos plans. Quelques caméras bon marché étaient une précaution élémentaire, ce qui nous forcerait à livrer une bataille rangée contre un ennemi possédant une technologie équivalente à la nôtre, un ennemi ayant eu le temps de renforcer ses positions. Smythe et moi en débattîmes ; quel serait le meilleur angle d'approche, en faisant diversion avant que le groupe d'assaut principal fonde sur eux par surprise ? Nous en étions réduits aux conjectures, bien peu prometteuses au demeurant.

Mais, à ma grande surprise et non moins grand contentement, Skippy confirma que les récupérateurs avaient négligé toute protection élémentaire contre d'éventuelles menaces extérieures, les chefs se souciant uniquement de la sécurité interne. L'unique péril à leurs yeux ? Leurs travailleurs d'astreinte. Derrière les barricades, la base regorgeait de caméras et de détecteurs ; les portes étaient verrouillées par des codes connus de seuls trois leaders. Sur une planète inhabitée, dépourvue de vue animale autre que des insectes, ils avaient dû se dire que des caméras externes n'étaient pas indispensables. Et c'est là qu'ils se trompaient.

Au vu des données satellites falsifiées par Skippy, selon lesquelles d'autres Kristangs étaient venus les dépouiller de leur trésor, en démolissant leur véhicule aérien, on aurait pu croire que les chefs des récupérateurs auraient pris des mesures pour empêcher des forces hostiles de se rapprocher de leur base. Sauf qu'ils n'en firent rien. Après avoir vu les pillards repartir en orbite, ils s'étaient crus sortis d'affaire. Le comble !

Nous, nous n'avions qu'à nous en frotter les mains. La veille de notre arrivée prévue, je demandai à Skippy de confirmer qu'il n'y avait ni caméras ni détecteurs de mouvement ou autre en dehors de leur base. Lui qui surveillait leurs conversations, il m'assura qu'il n'y avait aucun détecteur d'aucune sorte.

Autant qu'il puisse savoir.

C'était là où le bât blessait. Dans nos prévisions, les conditions les plus favorables à envisager devaient côtoyer les pires.

C'était un jugement personnel, qui m'incombait en ma qualité de commandant de bord. S'il n'y avait de fait ni caméras ni détecteurs hors du périmètre de la base, nous attendrions le point du jour pour attaquer, ma tactique partant du principe que les Kristangs seraient réveillés. S'il y avait des détecteurs hors des barricades, mieux vaudrait en ce cas lancer notre assaut de nuit, par surprise. Si je tablais sur le fait qu'il n'y ait pas de détecteurs, et que je me trompais, un raid de jour serait vite hasardeux. Mais en cas d'un assaut nocturne, au lieu de coller à mon plan initial, je mettrais des vies humaines en danger, sans nécessité.

J'optai pour un compromis. Nous approchâmes de la base en tenaille, de nuit. Une équipe de six se pointa à l'est, pour servir de leurre. Une fois qu'elle fut à moins d'un kilomètre, nous autres tapis à l'ouest, avec une équipe Alpha de deux hommes en armures motorisées, nous piquâmes un sprint. Si par malheur nous étions détectés, la base sonnerait l'alarme, et Skippy nous préviendrait aussitôt. À ce stade, nous n'aurions plus rien à perdre, il s'agirait de frapper vite et fort. Nous ne pouvions plus revenir en arrière.

Si notre approche nocturne n'était pas décelée, et que nous atteignions la crête située à deux cents mètres à l'ouest, nous attendrions le jour, comme prévu dans mon plan initial. En mon for intérieur, je me mis à prier avant de jouer le tout pour le tout. Nous avions nos armes, de l'eau, une bouillie et des kits de premiers secours. À un kilomètre de la base, tapis sous un promontoire, nos médecins qualifiés étaient également sur les nerfs en attendant de passer à l'action. Je priais pour que nous n'ayons pas besoin de leur expertise. Cette nuit-là, le temps était froid, et notre Monsieur Météo local, Skippy, nous avait dit que les cieux resteraient dégagés jusqu'au lendemain après-midi. Ce qui était de bon augure. Hélas, j'eus la mauvaise idée de le mentionner alors que Skippy écoutait, et il me cassa les oreilles avec un sermon sur les singes ignorants et superstitieux. Heureusement qu'il ne savait pas qu'en plus, j'avais mis mon caleçon porte-bonheur.

Oui, un caleçon porte-bonheur, ça existe !

Les informations de Skippy étaient correctes. Aucune alarme ne se déclencha quand nous arrivâmes en position, à deux cents mètres de la base. Nous nous étions déployés pour couvrir le plus d'espace possible, puis nous sommes restés à plat ventre, retranchés derrière une éminence d'environ cinq mètres. Nous avons disposé des zPhones le long de la crête, en guise de caméras d'appoint. Nous avons attendu toute la nuit, communiquant uniquement par signes. Quand l'aube pointa, des lumières s'allumèrent dans la base ; d'après Skippy, les Kristangs s'adonnaient aux occupations quotidiennes, petit déjeuner, douche, discussions. Deux heures plus tard, deux chefs décidèrent de repartir sur le site du crash des Anciens avec six travailleurs, pour recommencer à creuser. Une fois sortis de la base, il y avait de fortes chances qu'ils nous voient, et je lançai donc la Phase Trois.

Les Phases Une et Deux de mon plan s'étaient surtout basées sur le désir des Kristangs de s'approprier un « dispositif de captage d'énergie des Anciens », et sur les capacités de Skippy à contrôler le flux de données de leurs satellites. Les Phases Une et Deux n'exigeaient rien de spécifiquement kristang par nature. N'importe quelle espèce aurait voulu s'emparer de ce prétendu dispositif de captage d'énergie. Que les récupérateurs le veuillent au plus vite, avant que le vaisseau attendu puisse s'en saisir et repartir avec, était peut-être bien typique des Kristangs, mais toujours est-il qu'aucune autre espèce n'aurait laissé un objet de si grande valeur à tous les vents. Bien entendu, ils enverraient un engin aérien le récupérer. Et, bien entendu, une fois celui-ci perdu, ils enverraient leur unique vaisseau aérien restant. Les humains auraient survolé le site par navette, pour regarder s'il y avait des survivants, ou du moins pour sérier les causes de l'accident. Mais les Kristangs, eux, n'en auraient eu cure, y voyant sans doute des signes de faiblesse.

Mais qu'importe leurs motivations, les Kristangs étaient tombés dans notre piège. Les Phases Une et Deux les avaient privés de leurs avantages aériens, éliminant onze d'entre eux. J'avais espéré qu'une de leurs expéditions aériennes aurait comporté une armure motorisée. Ça me paraissait une mesure élémentaire pour aller récupérer un artefact aussi précieux. Dans ces rudes canyons, un soldat en armure aurait pu atteindre le site plus vite, et rapporter l'artefact à l'appareil en le gardant en parfaite sécurité. Traverser des torrents glacés hérissés de roches traîtres, des zones boueuses, tout cela aurait été plus sûr en armure motorisée dotée de gyroscopes et de stabilisateurs à contrôle informatique.

Hélas, si les Kristangs auraient probablement été d'accord avec moi sur l'intérêt pratique d'envoyer quelqu'un en armure récupérer le « dispositif de captage d'énergie », ils devaient considérer un facteur important à leurs yeux : ils ne pouvaient confier à leurs travailleurs forcés une de ces armures. Même les six Kristangs de haut rang, qui disposaient des armures, n'auraient pas pris le risque de quitter la base en compagnie de travailleurs d'astreinte. Dans l'espace restreint d'un engin aérien, ou entre les parois abruptes d'un canyon, un Kristang perdrait en grande part l'avantage conféré par le port de l'armure, se retrouvant exposé à une agression concertée. Résultat, les deux engins aériens n'avaient pas recelé d'armure. Étaient donc restés à leur base quatre ensembles fonctionnels d'armures motorisées, et nous devrions les affronter. Trop de Kristangs, dont quatre en armure motorisée, contre nos forces spéciales, et nos deux ensembles d'armures…

La Phase Trois de mon plan consistait à faire en sorte de surmonter l'avantage numérique des Kristangs, l'avantage de l'armement ainsi que l'avantage de leur position retranchée. J'avais longuement réfléchi aux moyens de vaincre. Vu leur supériorité numérique et technologique, il faudrait tous les occire. Pas de quartier. Le mieux, ce serait de déléguer.

Nous forcerions les Kristangs à s'entre-tuer. Voilà pourquoi mon plan reposait sur le fait qu'ils soient éveillés et en activité avant que nous lancions la Phase Trois.

Je contactai Skippy.

— Hé, tu es là ?

— Bien entendu. Comment va ton dos, Joe ?

— Mieux, reconnus-je, maintenant que mon paquetage est plus léger.

Je ne transportais plus d'armure motorisée, et j'avais presque fini ma réserve de nourriture. Les bouillies déshydratées ne pesaient pas grand-chose, même avec la gravité. Les armures étaient montées et prêtes à l'emploi. Mais si mon plan fonctionnait, j'espérais que nous n'aurions pas besoin de notre équipe Alpha en armures motorisées avant un moment.

— Prêt pour la Phase Trois ?

— Archiprêt ! J'ai hâte de voir ça. Ce sera une expérience intéressante à tenter sur la dynamique sociale des Kristangs.

— Oui, oui, j'en suis sûr. Active la Phase Trois.

— C'est fait. Si tu as raison, nous en aurons vite le cœur net.

La Phase Trois était simple. Elle n'impliquait aucun leurre, manipulation de données satellite, crash d'engin aérien ou dissimulation complexe d'activités humaines. L'essence de la Phase Trois, c'était « La vérité nous libérera ». Seulement, dans ce cas, la vérité serait donnée aux travailleurs forcés des Kristangs, et le « nous » qui serait libéré, ce serait la force d'assaut humaine. Qui n'aurait pas besoin, espérons-le, de devoir se livrer à d'interminables échanges de coups de feu avec les Kristangs.

La partie « vérité » de la Phase Trois était, effectivement, cela : la vérité. Skippy donna aux travailleurs forcés l'accès aux communications sécurisées des six chefs kristangs. Il « améliora » un peu la teneur des conversations pour capter plus vite l'attention. Puis il s'arrangea pour que la rupture momentanée du flux de communications ressemble à un bug du système ; les travailleurs mirent un certain temps à le remarquer, et plus encore à saisir cette chance inattendue. Les données auxquelles ils eurent accès étaient, en substance, toutes véridiques. Le stock de vivres de la base s'épuisait, et les six chefs avaient prévu d'abandonner leur main-d'œuvre à leur sort sur Nouvelle Arche au retour du vaisseau stellaire. Même si les travailleurs avaient eu des soupçons, se les voir confirmer ainsi devait les rendre fous furieux. La colère est une émotion inutile si on ne peut la canaliser dans l'action, et c'est là que les autres informations révélées par Skippy entrèrent en jeu. Il donna également accès aux systèmes de sécurité physiques de la base, telles les portes qui les maintenaient enfermés la nuit, et toutes les autres, y compris celles de la zone à haute sécurité où vivaient les six chefs. Ainsi que, plus particulièrement, les codes de verrouillage du bâtiment de l'armurerie, renfermant notamment trois des quatre armures fonctionnelles.

Les êtres pensants, qu'ils soient humains, ruhars, kristangs ou de n'importe quelle espèce de la Voie lactée, ont tendance à éviter le danger, et à hésiter face à des informations nouvelles, surtout de nature à remettre en question préconçus et certitudes. Heureusement, il s'en trouvera toujours pour lancer des actions décisives, et ces individus dynamiques entraînent généralement leur groupe dans leur sillage. Dans le cas qui nous occupe, trois Kristangs furibonds passèrent hardiment à l'action. C'étaient des fils cadets, n'étant pas officiellement prisonniers ou esclaves, mais qui appartenaient à des clans inférieurs paupérisés. Ils s'étaient volontairement joints à l'expédition en une tentative désespérée d'améliorer le sort des leurs. Ce trio se sentait particulièrement trahi à l'idée que leurs chefs aient prévu de les abandonner sur Nouvelle Arche, avec les criminels et les esclaves qui constituaient le gros de la main-d'œuvre. Leur première mesure fut de vérifier que les codes d'accès ouvraient bien la porte qui les retenait, de fait, prisonniers. Libérés d'un cliquetis métallique, ils sortirent aussitôt, leurs camarades d'infortune sur les talons. Les travailleurs se savaient sous surveillance ; ils avaient été témoins du mécontentement croissant et des querelles à mesure que la situation s'envenimait. Leurs maîtres seraient très vite notifiés de l'ouverture des portes.

Et tous les travailleurs de force seraient indifféremment châtiés pour insubordination. Quitte donc à affronter la mort, qu'ils participent ou non à la mutinerie n'y changerait rien. Ce serait tout ou rien – une puissante motivation en soi. Le groupe de mutins fonça vers l'armurerie, pendant que les six chefs, frappés de stupeur, hésitaient durant quelques secondes cruciales.

Quand ils se reprirent enfin pour affronter leur nouvelle réalité, ils recommencèrent d'abord à s'écharper. Le premier leader, qui avait financé l'opération de récupération, savait que seuls deux de ses pairs et lui possédaient les codes de l'armurerie. Et pourtant, sur l'affichage du système de sécurité, les travailleurs fondaient sur le bâtiment de l'armurerie ; ils avaient déjà ouvert le portail de la barrière électrifiée protégeant le bâtiment. Le leader en déduisit aussitôt qu'un de ses pairs les avait livrés aux travailleurs, pour s'emparer de la base et voler à son profit les précieux artefacts des Anciens. En réaction, il dégaina le pistolet qu'il portait toujours à sa ceinture, et abattit les deux suspects sans autre forme de procès. Ne restait que quatre chefs. Et une armure motorisée disponible, dans la cabine du leader. Les trois autres ensembles fonctionnels se trouvaient dans l'armurerie. Après avoir tué deux de ses collaborateurs, le leader, tenant en joue les trois autres, recula et s'enferma dans sa cabine privée. Il en ressortit quatre minutes plus tard, en armure motorisée, et entraîna les trois survivants en direction de l'armurerie, à la porte extérieure ouverte. Quand le quatuor y parvint, des coups de feu retentirent, de part et d'autre.

Les échanges de tirs nourris furent chaotiques, sanglants, sans tactique, planification ou coordination. Le leader fonça sur la porte arrière du bâtiment. Il avait dû comprendre que, si jamais les travailleurs avaient le temps de revêtir les autres armures, c'en serait fait de lui. Les trois autres chefs canardèrent à tout va en direction de la porte ouverte, exterminant les rebelles à mesure qu'ils sortaient. Mais le nombre supérieur des travailleurs finit par prévaloir. L'un des chefs tomba ; les deux autres reculèrent à l'angle du bâtiment. Smythe rappela trois fois à son équipe de ne pas tirer, aussi tentantes que soient les cibles, et de rester hors de vue. Notre équipe Alpha, en particulier les deux gars en armure, brûlait d'envie de se jeter dans la mêlée. Mais nous avions tout intérêt à garder profil bas, non seulement pour que les Kristangs ne nous voient pas, mais parce que des volées de balles explosives quadrillaient les airs en tout sens. Les chefs adverses maniaient des armes plus lourdes ; les explosions envoyèrent voltiger à la ronde des éclats d'obus. Les travailleurs répliquèrent avec des explosifs improvisés prélevés dans l'armurerie.

Quand le combat cessa, il restait seulement trois Kristangs survivants sur la planète. Deux des chefs en armure motorisée, recroquevillés à l'angle de leur propre bâtiment, probablement sous le choc, tâchant de décider quoi faire. Et un travailleur, terré dans l'armurerie, avec la précieuse réserve d'artefacts des Anciens, et un sacré tas d'explosifs. Explosifs qu'il menaça de faire sauter si les maîtres n'enlevaient pas leur armure et ne sortaient pas à découvert pour négocier le partage des artefacts, et s'ils ne lui assuraient pas qu'il pourrait quitter la planète sain et sauf. D'après Skippy, il avait effectivement une chance de survie. Même si la société kristang verrait d'un mauvais œil qu'il ait participé à une mutinerie, elle le respecterait pour son courage, et, plus important, pour son succès. Les Kristangs récompensaient la victoire au combat, je le savais bien en raison d'une expérience très personnelle. Hélas pour lui, nous savions d'après les conversations menées entre les deux chefs relayées par Skippy, qu'ils avaient l'intention de supprimer ce dernier survivant.

Il restait trois Kristangs. Nous devions les tuer rapidement. En prenant des risques minimes. « Nous », les Opérations spéciales. Je n'avais pas d'arme, puisque j'avais juste transporté des munitions et des éléments d'armure. Oui, j'avais de l'expérience au combat, j'avais même tué des Kristangs. Mais pour l'équipe des forces spéciales, j'aurais été une gêne. Les soldats d'élite s'étaient entraînés intensivement, ils se connaissaient, connaissaient leurs rôles sur le bout des doigts, chacun sachant ce qu'il aurait à faire dans une situation donnée. Chaque équipe s'était aussi entraînée avec d'autres, et chaque soldat avec les membres d'autres équipes. Les Rangers avaient ainsi fait équipe avec les Chinois, les Chinois avec le SAS et les parachutistes français avec leurs homologues indiens. Même si j'avais participé à certains de leurs entraînements à bord, et hors, du *Hollandais volant*, je n'étais pas qualifié pour monter au combat avec eux.

— Qu'en pensez-vous ? demandai-je à Smythe.

— Ça aiderait si nous pouvions attirer ces deux chefs hors de leur planque… Ça sera une sacrée castagne si nous devons entrer dans le bâtiment pour les choper. Deux armures motorisées contre deux armures motorisées, et ils sont plus grands, plus rapides et plus forts que les humains. Ils manient probablement ces armures depuis l'enfance, alors que nous n'avons pas encore assez d'expérience pour croire en nos chances de succès, face à eux. Cet enfoiré avec ses explosifs, c'est lui le vrai problème. Et c'est là que nous pourrions utiliser nos armures. On fait irruption, on le frappe avant qu'il ait le temps de réagir. À ceci près que nous avons besoin des armures pour combattre les chefs. Il nous faut parvenir à ce que ce travailleur désarme les explosifs, ou qu'on arrive à le distraire, le faire hésiter. Vous auriez un autre tour de magie dans votre sac, Monsieur ?

Je secouai la tête.

— Si seulement…

La magie était bien ce dont nous avions cruellement besoin en pareil moment. Les vaillants des forces spéciales étaient sérieux et courageux, déterminés à accomplir leur mission au mépris des risques. Ils iraient débusquer le forcené dans son antre, si je le leur ordonnais. Mais c'était un ordre que je me refusais à donner. Ce ne serait pas juste de ma part, de les lancer dans un combat sans merci simplement parce que leur commandant en chef n'avait pas trouvé de meilleure solution tactique au problème. Pourtant, nous étions parvenus jusque-là ; hors de question d'abandonner maintenant la partie. Un tour de magie aurait été super. Tous les tours de magie sont basés sur la supercherie…

J'inspirai à fond.

— Capitaine Smythe, j'ai peut-être une idée. Skippy, tu m'entends ?

— Je suis là, dit Skippy.

J'expliquai mon plan à cet auditoire attentif.

Smythe eut un sourire admiratif.

— Monsieur, je crois que Skippy a raison, vous êtes un génie maléfique !

Cela m'arracha un sourire, malgré le côté sérieux de la situation.

— Un truc pareil, ça peut fonctionner ?

Les gars des forces spéciales savaient parfaitement ce qui était dans leurs cordes.

— Oh, oui. Nous nous en occupons, Monsieur, conclut Smythe, avant de se tourner et de dessiner un plan d'attaque dans la gadoue.

La Phase Trois Bravo, que je venais d'élaborer dans mon cerveau fébrile, commença par une transmission de Skippy sur les ondes radio. Le message était censé provenir des Kristangs qui avaient descendu le Balbulézard et la navette, et volé le « dispositif de captage d'énergie des Anciens ». Se faisant passer pour l'un de ces Kristangs du clan de la Pierre Rouge, Skippy lança un appel au travailleur retranché avec ses explosifs. Il expliqua que le vaisseau du clan de la Pierre Rouge n'était pas réellement reparti, se dissimulant juste en orbite, derrière un bouclier furtif. Le clan de la Pierre Rouge avait donné les codes d'accès aux travailleurs, et si leur unique survivant désactivait les explosifs et se joignait au clan de la Pierre Rouge, il aurait le privilège de partager le butin avec eux. Nos deux hommes en armures motorisées sortirent à découvert, et piquèrent un sprint vers l'entrepôt recelant, outre les explosifs, l'IA, le précieux nœud de com'.

La Phase Trois Bravo porta ses fruits, les trois survivants entendant les voix de leurs congénères, et voyant accourir deux Kristangs inconnus en armure. Jusqu'à preuve du contraire, les récupérateurs étaient seuls sur Nouvelle Arche. Ils gobèrent donc aussitôt notre version à propos du clan de la Pierre Rouge. N'était-ce pas la seule explication plausible ? Le trio n'avait aucune raison de douter de voir accourir des compatriotes en armure, compatriotes du clan de la Pierre Rouge. Toute autre hypothèse aurait été absurde.

Notre supercherie fonctionna comme prévu. Les chefs braillèrent force imprécations sur les ondes radio et détalèrent de leur abri pour courir vers l'armurerie, cherchant à devancer les deux du clan de la Pierre Rouge. De là où ils se trouvaient, les chefs n'avaient pas une ligne de mire directe sur nos deux guerriers casqués. Plusieurs bâtiments se dressaient entre les belligérants, et nos hommes zigzaguaient, courant le plus possible à couvert. Les forces spéciales avaient souvent pratiqué ce type de sprint en terrain accidenté, en armure. De l'avis de Skippy, en raison de la différence de taille et de démarche entre humains et Kristangs, ceux-ci remarqueraient rapidement que quelque chose clochait. Mais nos deux gars dévalaient une pente, sautant d'un endroit abrité à l'autre, et n'étaient pas assez clairement visibles pour que les Kristangs aient la puce à l'oreille. Du moins, nous l'espérions...

Sans se soucier pour leur part de rester à couvert, les chefs des récupérateurs couraient à toutes jambes. Ils étaient sacrément véloces. Notre équipe d'assaut au complet, à l'exception de deux membres de l'équipe Alpha en armure et d'un tireur embusqué guettant une ligne de tir dégagée pour éliminer le travailleur, visait avec nos fusils kristangs les chefs lancés en pleine course. Mais même en prenant en compte la super technologie des viseurs adaptatifs des fusils kristangs, notre première salve fut un échec. En revanche, les tirs suivants foudroyèrent les chefs récupérateurs, leur faisant mordre la poussière. Échaudés, ils se relevèrent, se séparèrent et tentèrent cette fois de se mettre à couvert. Trop tard. Le feu nourri de huit à dix fusils les refit tomber et nos balles explosives antiblindage transpercèrent les robustes armures.

— Cessez-le-feu ! Cessez-le-feu ! hurla Skippy sur la ligne directe. Ces deux-là sont morts, vous gaspillez des munitions !

Avant que j'aie à en confirmer l'ordre, tout le monde s'arrêta de tirer sur les deux chefs kristangs, inertes. Nos deux hommes poursuivirent leur course folle. C'était le moment fatidique : si le lézard barricadé décidait qu'il n'avait plus rien à perdre et faisait sauter ses explosifs, nous y laisserions des plumes : nos soldats en armure, le nœud com' et l'IA. J'étais sur le point d'ordonner d'ouvrir des négociations avec le dernier Kristang restant, quand le crépitement sec d'un fusil se fit entendre. Le tireur embusqué affecté à l'armurerie n'avait pas perdu sa cible de vue un instant, malgré les salves fusant tout autour de lui. Le feu nourri avait attiré l'attention du travailleur réfugié dans l'armurerie. La curiosité, ou la peur de l'inconnu l'avait poussé à sortir rapidement la tête pour jeter un coup d'œil.

Mal lui en prit. Notre sniper, un Chinois, lui tira une balle explosive dans la tête, et c'en fut terminé. Par chance, le Kristang n'avait pas prévu de dispositif d'homme mort pour les explosifs.

— Vous êtes sûr de l'avoir eu ? demandai-je au sniper.

— Oui, Monsieur, dit-il, transférant l'image de la caméra de son fusil à mon zPhone.

Il n'y avait aucun doute : la tête du lézard avait explosé comme… bon, je vous épargnerai les détails peu ragoûtants. Ce qui comptait, c'est que celui-là ne serait plus jamais un problème pour qui que ce soit.

— Équipe Alpha, ordonnai-je, approchez. Les autres, restez en position.

En armure motorisée, les gars de l'équipe Alpha bondirent vers l'armurerie sans baisser leur garde. En pareille situation, j'aurais aimé disposer de la totalité des équipements militaires de l'infanterie kristang, en particulier les drones de reconnaissance. Nous aurions pu en envoyer un dans l'armurerie, sans risquer la vie de quiconque. Mais nous avions juste deux armures, il faudrait bien faire avec. Un membre de l'équipe Alpha entra par la grande porte de l'armurerie, suivi d'un camarade. L'un d'eux ressortit en hâte, pouce levé vers moi.

— Feu vert, Monsieur. Pas de chausse-trappe. Il aurait dû déclencher la mise à feu à la main. C'était surtout du bluff.

— Skippy ? demandai-je. Qu'en penses-tu ?

— Je suis d'accord, la voie est libre. Pas de survivants kristangs.

— Merde alors !

J'en soupirai de soulagement.

— Nous avons réussi. Nous avons vraiment réussi !

Smythe remit la sécurité sur son arme, et me salua.

— Monsieur, nous avons détruit leurs engins aériens et nous les avons tous neutralisés, sans un seul coup de feu tiré dans notre direction. La meilleure opération à laquelle j'aie jamais participé. C'était un sacré plan, Monsieur.

— Pour le moment, Capitaine. Pour le moment.

Nous devions toujours nous cacher du vaisseau kristang qui arriverait bientôt, avant que le *Hollandais* soit prêt, puis quitter la planète sans être repérés.

— Allons prendre la radio magique de Skippy et l'IA, puis je réfléchirai à la manière de fêter notre succès…

CHAPITRE VINGT-SIX

LES ARTEFACTS DES Anciens étaient empilés sur le sol de l'armurerie, sous un lézard mort. J'ordonnai à l'équipe Alpha d'enlever le cadavre de deux mètres trente, trop lourd pour moi. Il me fallut quelques minutes pour fouiller la pile et en extraire les objets tant convoités, l'IA et le nœud com'. Celui-ci était dans une boîte capitonnée. Les Kristangs avaient dû en comprendre la valeur.

— Bon, nous avons déjà le nœud com'…

— Non ! m'interrompit Skippy. L'IA, trouve l'IA !

— D'accord, d'accord. Pas de souci

Je mis de côté le nœud com', la radio magique qui nous avait déjà tant coûté. J'achevai ma fouille. Chou blanc. Il n'y avait pas d'IA.

— Elle n'est pas là.

— *Quoi* ! cria Skippy, d'une voix où perçait un brin de panique. Elle doit être là, quelque part !

— Du calme, Skippy, on va la trouver. Pour l'instant, j'ai seulement inspecté les artefacts que le type aux explosifs avait avec lui. Il n'a probablement pas eu le temps de prendre avec lui tous les artefacts stockés ici. Il y a un tas de casiers et de conteneurs. Nous finirons bien par mettre la main dessus.

Et nous la trouvâmes, en effet, quarante minutes plus tard. Nous avions littéralement mis l'armurerie en pièces. Nous avions fouillé tous les casiers, étagères et conteneurs, où s'entassaient des tas d'artefacts des Anciens, la plupart endommagés, tous sans valeur, d'après Skippy. L'IA n'était nulle part.

— Chiotte ! jurai-je, frustré. Il nous faudra fureter dans tous les recoins de cette fichue base. Capitaine Smythe, formez des équipes pour…

Williams m'interrompit :

— Je l'ai, Monsieur ! C'est bien ça ?

Il me montrait un objet identique à Skippy, au détail près que celui-ci comportait une substance verte gluante sur un côté.

— Oui ! dis-je, exultant. Où l'avez-vous trouvée ?

— Dans la poubelle, Monsieur, répondit Williams.

— La poubelle ? hurla Skippy. Merde alors ! Si ces lézards n'étaient pas déjà tous morts, je les massacrerais avec plaisir !

— Ils ignoraient ce qu'ils avaient entre les doigts. Les lézards et les hamsters t'avaient bien relégué sur une étagère poussiéreuse, eux qui ne connaissaient pas ta valeur non plus.

Je pris l'IA des mains de Williams et essuyai soigneusement le truc visqueux avec un chiffon. Il s'effaça sans laisser de traces sur la surface en chrome étincelant.

— Bon, et après ?

— Pose ton téléphone sur la surface, elle a besoin d'un contact direct.

— Ça suffira ? m'inquiétai-je, sceptique.

— Oui, on se débrouillera avec ce qu'on a. Je m'occupe de la suite. Bien, tiens le téléphone à cet endroit, juste là. Hum… J'essaye de nouveau. Bof.

— Il se passe quelque chose ?

— Non, rien du tout. J'essaie de nouveau. Ah, merde !

— Skippy ?

Il ne répondit pas. J'avais posé le haut de mon zPhone sur le sommet de l'IA. Puis je calai le zPhone sur une table et le surmontai de l'IA. Les deux objets n'auraient pas pu être en contact plus étroit.

— Hé, Skippy… murmurai-je. Tu veux réessayer ? Skippy ?

— Je viens de le faire, dit-il, sans même se donner la peine d'imiter un soupir.

— Pas de réponse ? Je suis désolé, Skippy.

Zut alors. J'avais de la peine pour lui. Il était, en essence, seul dans l'univers. Il pensait avoir trouvé quelqu'un de son « espèce », et en était pour ses frais.

— Écoute-moi, nous ramènerons l'IA avec nous sur le *Hollandais volant*, et tu pourras continuer.

— Pourquoi ? L'IA est morte, Joe, il n'y a rien dans cette « canette de bière ». Inutile de me l'apporter.

— Et ça, tu en es sûr, parce que tu as déjà contacté des IA apparemment inertes ?

— Non. Sans déconner, un truc pareil n'est jamais arrivé, à ma connaissance.

— Dans ce cas, pourquoi baisses-tu si vite les bras ?

Il soupira – qu'il ait fait cet effort à mon bénéfice était encourageant. Nous n'avions pas besoin d'une IA dépressive travaillant à la tâche délicate de réparer notre vaisseau.

— Tu as raison, fit-il, morose. Ah, et puis zut ! O.K., j'essaierai…

— Je suis désolé, Skippy, vraiment désolé.

— Oui, je sais. Ma foi, le temps guérit toutes les blessures, non ? Ça t'a pris une minute alors qu'avec ma notion du temps, c'est arrivé il y a un an. Je me suis remis de ma déception initiale, ajouta-t-il, plus joyeux. Tu as raison ! L'IA a peut-être besoin d'être à portée physiquement. Par le téléphone, je peux seulement agir dans ce continuum espace-temps précis. Ouais, c'est ça. Je me sens beaucoup mieux, Joe. Ah superzut, je devrais attendre de pouvoir envoyer une navette la chercher. Bon, maintenant, essayons le nœud com'.

— Non, dis-je, catégorique.

— Non ? fit Skippy, surpris. Oh, il est endommagé ? Abruti, tu m'as dit qu'il était dans une jolie boîte matelassée !

— Il n'est pas endommagé, je ne veux pas que tu fasses joujou avec tant que nous ne serons pas remontés à bord du *Hollandais volant*. Réfléchis à ce qui arriverait si ce nœud com' fonctionne, et que tu contactes le Collectif ici même ? Comme tu me l'as dit, tu pourrais te volatiliser purement et simplement ! Et les singes resteraient coincés sur cette foutue planète, avec les réparations du *Hollandais volant* inachevées, et aucun moyen de rallier le vaisseau de toute façon.

J'accrochai le regard de Smythe, qui me fit signe qu'il approuvait. Aucun de nous ne voulait prendre le risque que Skippy disparaisse avant que nous soyons prêts à quitter Nouvelle Arche.

— Donc, la réponse est non ; je garde le nœud com' à l'abri dans sa boîte capitonnée. Finis donc par remettre notre transporteur stellaire en état de fonctionnement, par le ramener à proximité de notre position et par nous envoyer des navettes.

— Très bien, grommela-t-il, vexé. Je suppose que c'est frappé du sceau du bon sens. À vrai dire, même si je meurs d'envie de contacter le Collectif, j'ai aussi follement envie de voir si je peux réellement réparer ce vaisseau. Je pourrais m'en vanter à juste titre, pas vrai ?

— Si ? Tu veux dire, « quand », j'imagine ! m'écriai-je, effrayé. *Quand* tu auras réparé le vaisseau, c'est bien ça ?

— Oh, oui, bien entendu. D'accord. Je voulais dire *quand* j'aurai réparé le vaisseau. Ici, tout fonctionne comme sur des roulettes, Joe, aucun désastre majeur depuis au moins six heures. Rien que je ne puisse régler.

— Super.

Je devais le croire sur parole…

— Autre chose que nous puissions faire ici, Skippy ?

Avec mon zPhone, je panoramiquai sur les autres artefacts étalés par terre.

— Devrions-nous rapporter certains de ces bidules avec nous ?

— Aucune utilité à en attendre, dit Skippy. Mais si le vaisseau kristang se pointe et détecte ces objets anciens à proximité de la base, ça fichera en l'air notre histoire d'un autre clan kristang venu dépouiller les récupérateurs. Nous ne pouvons pas compter sur notre missile pour tous les éradiquer.

— Pigé, soupirai-je, consterné.

Certains de ces artefacts étaient lourds, ou volumineux, ou les deux. Les emporter serait encore un boulot considérable, car les grottes où je comptais retourner nous tapir étaient distantes de soixante-dix kilomètres. Là où nous avions stocké le gros de nos vivres.

— Ça nous fera une sacrée pile à transporter, dis-je.

— Monsieur ? fit Gomez. Ce type, là…

Il poussa du pied le cadavre kristang.

— … était prêt à pulvériser le bâtiment si nous tentions de le capturer. Et si notre version, c'était que les récupérateurs ont fait exploser les artefacts des Anciens, pour empêcher le clan de la Pierre Rouge de s'en emparer et de les emporter ?

Je le regardai, surpris.

Smythe fit signe qu'il approuvait.

— Ça nous éviterait de devoir traîner tout ce fourbi sur un chemin aussi long, Monsieur. Nous pourrions en emporter juste une partie.

C'était en effet un bon plan ! J'aurais dû y penser.

— Skippy ? Ça te paraît une bonne idée ?

— Ouais, bien sûr, pourquoi pas ? répondit-il d'un ton morne. Désolé, Joe, je suis très déçu au sujet de l'IA. Oui, ça paraît logique. Empilez les explosifs autour du gros de la pile, programmez un temporisateur et faites péter. Ce sera suffisamment convaincant. Si le vaisseau scanne la zone, les Kristangs décèleront un tas de cartouches vides provenant des combats. Le missile est en route, ça couvrira tout ce qui pourrait encore compromettre notre mise en scène.

— Parfait, très bonne idée, lançai-je à Gomez et Smythe.

Le missile, que Skippy avait lancé à travers le système solaire pendant que nous conduisions le camping-car, se dirigeait vers Nouvelle Arche suivant une approche orbitale lente. Maintenant que nous avions vidé la base de ses Kristangs, et disposé à dessein du matériel futile des Anciens, il suffirait que notre commando quitte la zone pour que le missile accélère et atteigne sa cible.

C'était une des unités fabriquées main par Skippy, non pas l'un de nos précieux destructeurs de vaisseaux thuraniens avec leurs têtes nucléaires à compression atomique. La version artisanale d'ogive nucléaire de Skippy était assez puissante pour que son impact dans le sol de Nouvelle Arche creuse un cratère plus vaste que le périmètre de la base des récupérateurs. En outre, il laisserait la signature caractéristique d'une ogive kristang. En somme, ce missile constituait la Phase Quatre de mon plan, visant à effacer toute trace d'un assaut lancé par voie terrestre. Les faux indices que Skippy infiltrerait dans les deux satellites kristangs montreraient un vaisseau kristang en orbite baisser son bouclier furtif, une paire de navettes ouvrir le feu sur la base, puis un atterrissage suivi de heurts sanglants. L'armurerie exploserait avec le gros des artefacts des Anciens, les navettes redécolleraient et le vaisseau lancerait un missile sur la base attaquée, avant de récupérer ses navettes et de bondir au loin. Skippy saurait rendre ce scénario parfaitement crédible dans les banques de données des satellites. Quand le vaisseau kristang viendrait rechercher les chefs des récupérateurs, il trouverait un cratère boueux à l'emplacement de la base, et le récit relativement familier d'une attaque des récupérateurs par un clan rival. J'espérais ardemment que ce navire n'aurait aucune raison de montrer de la curiosité et de scanner la surface. Aucune raison non plus d'initialiser un scan susceptible de détecter des traces de camping-car menant vers cette base, ou la présence de ce même camping-car au fond des eaux. Non, aucune raison de scanner la zone où gisaient les épaves des deux engins aériens des récupérateurs en décelant, très probablement, des signes récents d'occupation humaine, aussi étrange que cela paraisse.

Si le vaisseau kristang restait en orbite plus longtemps que prévu, j'espérais aussi que l'équipage se contenterait d'envoyer une navette sur le site du crash des Anciens, pour regarder si les récupérateurs avaient raté quelque chose. Ce qui occuperait au moins les Kristangs, jusqu'à ce qu'ils en aient assez et repartent. Aucun humain ne s'étant rendu sur ce site, l'ennemi ne trouverait pas trace de notre présence à cet endroit.

— Je vais prendre la canet… euh ! l'IA et le nœud com'.

Peut-être Skippy leur trouverait-il plus tard quelque utilité. En tout cas, pas question d'abandonner ici l'IA inerte.

— Nous couvrons le reste d'explosifs, et nous y installons un minuteur.

Au nord, des nuages noirs s'accumulaient, poussant vers nous un vent glacial.

— Partons, nous avons beaucoup de terrain à couvrir avant la tombée de la nuit.

Quand le vaisseau kristang se pointa, j'étais devant notre grotte, profitant de l'air frais des premières heures pour m'étirer les jambes et jouir d'un panorama quelque peu différent. Le jour en effet, nous restions planqués dans nos trois étroites cavernes. Un de nos grands moments, c'était de changer de caverne quelques nuits, pour y voir des visages un peu moins familiers. Nos zPhones détectant le sursaut gamma et un appel de Skippy nous avisèrent de cette visite.

— Le vaisseau kristang est là, Joe. Vous feriez mieux de vous mettre à couvert.

— Bien reçu.

Nous partîmes nous cacher dans nos cavernes respectives. Non pas au pas de charge, car nous étions un groupe discipliné et personne n'avait besoin qu'on lui rappelle de ne pas risquer une entorse ou une jambe cassée dans la semi-obscurité.

— Heure d'arrivée prévue ?

— Il a sauté très loin de la planète, même pour un vaisseau kristang, car ses commandes de saut semblent en piètre état. À mon avis, il ne sera pas en orbite stable avant une journée entière, peut-être plus. Les nouveaux venus bipent le camp des récupérateurs et, bien entendu, n'obtiennent aucune réponse. Ils viennent de programmer un téléchargement des satellites. Je leur transmets tout ce que nous voulons qu'ils voient.

— Super. Je reprendrai contact avec toi toutes les six heures, et tu m'appelles en cas d'urgence.

— Affirmatif. *Hollandais volant*, terminé.

— Eh, colonel Joe ! appela Skippy, en me faisant sursauter.

J'étais assis sur un rocher près de l'ouverture de la caverne, en regardant une pluie froide éclabousser l'extérieur, et en buvant à petites gorgées une bouillie banane-chocolat. Il n'y avait pas grand-chose d'autre à faire, et j'avais déjà beaucoup dormi. Trop, probablement.

— Qu'y a-t-il, Skippy ?

— Euh, nous avons un petit problème.

— Oh, de quel genre ?

Je claquai des doigts pour attirer l'attention des gars, qui me rejoignirent aussitôt, oreillette en place.

— Deux nouvelles, une mauvaise, l'autre simplement pour info. L'info, c'est que, comme nous l'avions anticipé, ce vaisseau envoie une navette inspecter le site du crash des Anciens, au cas où les récupérateurs auraient raté quelque chose. Pour l'instant, ils ne se soucient pas des ruines de la base ni des autres sites d'écrasements près de notre campement principal, là où nous avons descendu ces deux engins aériens. Ils ont gobé notre version des faits dans les données satellites falsifiées. En authentiques Kristangs, ils ne sont même pas ulcérés que le camp ait été attaqué et tous les leurs tués, ils sont juste en pétard qu'un clan rival ait osé dérober les artefacts.

— Jusque-là, ce sont de bonnes nouvelles, Skippy. Quelles sont les mauvaises ?

— Ce sont plutôt des nouvelles agaçantes au plus haut point, mais qui pourraient virer au désastre. Le temps nous le dira. À partir des communications intérieures qui filtrent hors de la coque du vaisseau à cause d'une choquante… et, là, je dois dire, je suis réellement *choqué* cette fois, Joe. Ce n'est pas juste ces bonnes vieilles facéties où je fais semblant, tu vois ? Quelqu'un se prétend choqué alors que c'est tout le contraire. Prenons la célèbre réplique de Claude Raines dans *Casablanca*, même si on la cite souvent de travers. La forme correcte est…

— Skippy ! Viens-en au fait, je te prie. Voilà une autre citation pour toi : « Car la brièveté est l'âme de l'esprit…

— … Et l'ennui des membres et de l'extérieur s'épanouit, je serai bref ». Mec, j'essaie de t'inculquer un semblant de culture, là…

— Et crois bien que nous autres singes ignorants, nous l'apprécions grandement. Mais garde ça pour un moment plus approprié, d'accord ?

— Très bien, maugréa-t-il, vexé. Comme je disais, j'imagine, avant que j'interrompe aussi abruptement mon propre fil de pensée… Euh, je vois ce que tu voulais dire, Joe. Zut alors, mon esprit s'égare vraiment, parfois. Bref, la sécurité des communications à bord de ce vaisseau est si mauvaise qu'elle en devient choquante, leur câblage doit être si usé que le signal se perd quasiment en chemin plutôt que d'arriver à destination. Elle est si mauvaise que, même s'ils avaient un bouclier furtif fonctionnel, ce qui n'est pas le cas, je serais en mesure d'intercepter tout ce qu'ils disent. Vous autres, les singes, êtes une espèce jeune et impatiente. Sans autres ambages, voilà donc les nouvelles. Le transporteur stellaire thuranien qui a largué cet astronef aux limites de ce système solaire ne reviendra pas avant quatre mois et demi. Ce qui est un niveau d'exactitude assez « bof-bof ». Mais cela signifie que le vaisseau kristang est ici pour quatre mois, au moins. Pendant ces quatre mois et demi, les Kristangs à bord risquent de commencer à s'ennuyer, et se mettre à farfouiller, à enchaîner les scans, à se pencher sur ce qu'il vaudrait mieux qu'ils ne voient pas. Ils pourraient, à plus ou moins brève échéance, découvrir la présence d'humains sur Nouvelle Arche.

— Merde !

Mes camarades eurent des regards alarmés.

— Ce n'est pas le seul problème, Skippy. Il nous reste seulement trois mois de nourriture, ici.

Mon unité serait sans doute capable de faire durer nos réserves de bouillies déshydratées pendant trois mois et demi, voire une semaine supplémentaire au besoin, mais nous étions déjà assez sévèrement rationnés. Le groupe principal, dans les cavernes près du complexe cathédrale, avait plus de stocks, et pourrait aller jusqu'à quatre mois en faisant attention. Mais aucun de nous ne survivrait là quatre mois et demi.

— C'est vraiment un problème, et avec ce vaisseau en orbite je ne peux plus vous expédier de livraisons. La réserve de bouillies du *Hollandais volant* est presque épuisée, de toute façon, et je ne peux pas en fabriquer davantage tant que le vaisseau ne redeviendra pas opérationnel. Joe, c'est moche, car j'ai fait d'excellents progrès, ici, j'ai eu de la chance, et d'ici un mois environ, je devrais pouvoir revenir vous récupérer. Soit juste une semaine de plus que le planning de départ.

— Fantastique, Skippy, nous t'applaudirons au ralenti dès que nous remonterons à bord…

— Eh ! Des applaudissements au ralenti ? C'est pas du sarcasme, ça ?

— Quoi ? Non, pas du tout. Navré, c'était ambigu, en effet. Dans ce contexte, disons que nous serions réellement ébahis par tes prouesses techniques.

— Et zut. Je ne comprendrai jamais rien aux normes sociales des singes.

— Moi non plus, Skippy. Revenons au sujet : que peux-tu, contre ce vaisseau kristang ?

— Pour le moment, je ne vois rien que je puisse faire, Joe. J'ai deux missiles, un prêt et l'autre à qui il manque seulement l'unité de propulsion.

Il lui manquait *seulement* l'unité de propulsion ? Que voulait-il en faire ? Le leur décocher à l'aide d'un *très* grand lance-pierre ?

— Un missile ne nous servira pas à grand-chose, si ?

— Hélas, non. Ce rafiot détecterait nos missiles en approche, et les détruirait avant qu'ils n'arrivent à portée. Les Kristangs entretiennent très mal leurs systèmes internes et leur commande de saut, mais les champs de détecteurs et les batteries de défense sont opérationnels. Une attaque ratée, à si longue distance, les inciterait à poser des questions gênantes, et à aller fouiner là où nous n'aurions nullement intérêt à ce qu'ils mettent les pieds.

— Compris. Je suis sûr qu'aucun de nous ne pourrait lancer de rocher assez haut pour toucher ce bâtiment en orbite… Alors tâche de trouver une solution, O.K. ?

— Je ferai de mon mieux, Joe. Je ferai de mon mieux.

Mais tôt le matin suivant, il reconnut que ce ne serait pas suffisant.

— J'y ai pensé toute la nuit, Joe, tu sais, au beau milieu de la reconstruction d'un vaisseau stellaire avec de la poussière lunaire… J'en ai déduit… rien du tout. Et vous, les militaires, des idées ?

— Non, dus-je avouer à mon tour.

Nous en avions débattu tard dans la nuit, réfléchissant à des idées de plus en plus invraisemblables et irréalisables, jusqu'à ce que je dise à tout le monde d'aller se coucher. Nous reprendrions le fil de nos cogitations dès le lendemain, en repartant de zéro.

— Non, Skippy. Nous ne sommes arrivés à rien, là non plus. Nous y travaillons. Gardons tous espoir, d'accord ?

— D'accord, dit-il doucement.

Le fait qu'il s'abstienne de toute impertinence cette fois m'indiquait à quel point il se sentait découragé.

Et son humeur chagrine faisait écho à ma propre morosité.

— Skippy, nous avons parcouru trop de chemin, surmonté trop d'épreuves pour échouer maintenant. Nous sommes arrivés dans ce système stellaire sans le moindre réacteur fonctionnel, nous avons vaincu une force kristang supérieure en nombre sans essuyer un seul coup de feu et survécu sur cette planète pluvieuse et glaciale. Je suis même parvenu à ne tuer personne pour avoir chanté « Il était un petit navire… » un nombre incalculable de fois. Et ça, c'était un fichu miracle garanti cent pour cent or pur ! Je n'abandonnerai pas.

Prenant un mini-risque, je glissai mes fesses le long du rocher, à l'entrée de la caverne, pour avoir une vue plus dégagée d'un ciel matinal légèrement nuageux. En théorie, ce vaisseau kristang n'avait pas la moindre chance de m'apercevoir à cette seconde, eût-il braqué ses détecteurs sur notre caverne, à travers une éclaircie. Quelque part, là-haut, à cet instant à droite de la minuscule lune de Nouvelle Arche, s'ouvrait le microvortex qui nous permettait de communiquer avec Skippy quasi en temps réel. En levant mes regards dans sa direction, je me sentais un tout petit peu plus proche de cette exaspérante canette de bière, cette IA alien pour laquelle je m'étais pris d'affection. Encore une des prouesses miraculeuses de Skippy que ce vortex…

— Oh merde ! lâchai-je soudain.

— Quoi ?

— La manière dont fonctionne ce truc, le microvortex…

Je réfléchissais à voix haute.

— Tu envoies des ondes radio au travers pour éluder d'énormes décalages temporels ?

— Vu votre pitoyable niveau de compréhension de la physique, pauvres singes, on dira que c'est bien ça. Oh là ! Albert Einstein en pleurerait des larmes de sang, à t'entendre.

— Tu envoies des photons à travers le vortex, afin que…

— Attends ! Boucle-la une minute ! Pas cette fois, non pas *encore* ! C'est là que tu penses avoir une de ces géniales fulgurances à laquelle j'aurais dû penser le premier, exact ?

— Euh… peut-être ?

Il gloussa de joie.

— Ha ! Ha, ha, ha ! Je sais exactement ce que ton cerveau obtus a concocté, et ce que tu vas me dire, et je peux te répondre, là tout de suite, que non, ça ne fonctionnera pas. Tu veux que j'envoie des missiles sur ce vaisseau, à travers le vortex. C'est ça, non ? Ha, ha, ha ! Oublie ça, gros malin. Pour l'instant, il nous reste un missile fonctionnel, ça t'a échappé, crétin ? De plus, ce vortex mesure moins d'un nanomètre de diamètre, impossible d'y faire passer un missile. Donc, tu n'es pas si brillant, hein !

Skippy, tout à sa diatribe jubilatoire, ne m'avait pas laissé en placer une.

— Ça y est, tu as fini d'exulter ?

— Donne-moi une minute, je savoure ! Ahhh, quel bonheur ! J'adore me sentir comme ça ! Tu te crois si intelligent, Joe… Tiens, fais comme si j'avais jeté une piécette dans ton chapeau ! Allez, danse pour moi, petit singe !

— Super. Parce que j'allais te suggérer d'envoyer un rayon de canon maser par le vortex, pas un missile.

Il y eut un *long* silence. Puis il hurla :

— *Merde, merde, merde* ! Excuse-moi, je me déconnecte un moment, le temps d'aller me défouler sur quelque chose.

— Skippy ?

Silence.

— Skippy ?

— Ouais, ouais, je suis là, grogna-t-il.

— Tu as fait de la casse ? Tu te sens mieux, maintenant ?

— Je n'ai encore rien cassé, mais il y a une paire de petites lunes là, qui vont avoir une très mauvaise journée d'ici deux heures.

— Tu vas faire sauter deux lunes, juste parce que tu es énervé ?

— Non, je vais juste les fracasser l'une contre l'autre. Allons, Joe, il y a pléthore de lunes dans le coin. Une de plus, une de moins… Elles ne manqueront à personne. Donc, tu pensais à une salve de canon maser, c'est ça ?

— C'est l'idée, oui.

— Merde et merde, Monsieur-je-me-la-pète ! Tu n'imagines pas combien c'est horriblement humiliant pour moi.

— J'aimerais que tu me l'expliques sans omettre un seul détail, s'il te plaît ? Surtout n'oublie rien, nous autres singes ignorants, nous serions tellement contents d'écouter ton récit. Même, je l'enregistrerais pour que tu gardes un souvenir. Alors, dis-moi comment tu te sens, avec ton intelligence, ton acuité quasi divine ?

— Pour sûr, je te l'écrirai, le douze de Jamais, ou alors le quatre de Ferme-ta-putain-de-margoulette, est-ce qu'une de ces dates te convient ?

J'aurais peut-être dû l'appeler « Persifleur » au lieu de Skippy.

— Le canon maser, ça fonctionnera ?

Gros soupir. Quelque part, dans l'espace-temps alien où résidait la plus grande partie de son essence, Skippy devait se sentir terriblement frustré.

— Oui, oui, ça fonctionnera. Il faudra que je règle de nouveau l'émetteur pour rétrécir le rayon, ce qui en atténuera un peu la puissance de frappe… Mmhh, je peux faire ronronner le… Bah, ce sont des considérations techniques, rien qui vaille la peine que je cherche à l'expliquer à des singes. Nous pourrons seulement tirer un coup, pas deux – allusion grivoise incluse gratuitement –, car diffuser une telle puissance par le vortex provoquera son effondrement. Il faudra une heure ensuite, quand ton signal radio arrivera, pour savoir si la manœuvre aura porté. Et, notre vortex disparu, nous serons limités à des communications déphasées, voyageant à la vitesse de la lumière. Il faut que ce tir compte ! Je viserai leur réacteur. Si l'enveloppe se rompt, ce navire fera un joli feu d'artifice. L'ennui, avec ce plan, c'est ma capacité restreinte à orienter le rayon de votre côté du vortex. Malheureusement, l'orbite actuelle de ce vaisseau ne l'amène jamais dans le cône de visée disponible. Tu as idée comment régler ce problème ?

— Oui, oui, je me disais aussi que ça risquait d'être un souci.

Je me creusai les méninges. Comment amener un vaisseau à changer d'orbite ?

— Ouais, j'ai peut-être une idée.

— Lui demander de poser pour une photo, juste devant notre vortex ?

— Non, pas tout à fait. Nos deux satellites piratés, tu pourrais les décaler en douce, sans que les Kristangs s'en aperçoivent ?

— Oui. Ces satellites sont minuscules, Joe, alors en catapulter un contre eux serait vain. Si c'est ta meilleure idée, nous avons un gros problème.

— Non. Que penses-tu plutôt de ça : tu en positionnes un loin du microvortex, puis tu ajustes le champ furtif afin que ça évoque un spationef dont le bouclier serait défaillant…Tu peux le faire ?

— C'est du gâteau, Joe. J'attends la partie brillante de ton plan. Si tu n'en as pas, la partie légèrement stupide m'amuserait quand même.

— Parfait. Si ce vaisseau kristang pense détecter un autre vaisseau dans cette zone, se repliera-t-il aussitôt ?

— Non, pas à partir de sa position actuelle. Il s'est trop engagé dans le puits de gravité pour pouvoir sauter immédiatement à l'abri, il devrait d'abord… Oh, je comprends ton plan, maintenant. Je positionne notre satellite pour contraindre le vaisseau kristang à aller vers notre microvortex le temps qu'il reprenne de l'altitude pour arriver à distance de saut, ce qui me permettra de l'atteindre facilement ?

— Tout à fait. Ça fonctionnera ?

— Tu es tellement futé, grogna-t-il, dégoûté. Je te déteste.

— Moi aussi, je t'aime, Skippy. Et ?

— Et rien ! Je ne te dirai pas que je t'aime aussi !

— Le « et », dans ce cas, expliquai-je patiemment, signifie : « Et est-ce que mon plan fonctionnera ? »

— Oui.

— Je n'ai pas très bien entendu, Skippy : tu as bien dit que le plan échafaudé par un pouilleux de macaque pourra fonctionner, alors que ton incroyable intelligence n'a pas été fichue de trouver un moyen de nous sortir de ce merdier ?

— Oui, bon sang de bonsoir, j'ai dit *oui* ! Ce que t'es exaspérant. Tu sais quoi, quand j'aurai fini de réparer votre rafiot, je le déclarerai « interdit aux singes ». Aucun sale singe ne sera autorisé à monter à bord. Ah, ce sera le paradis !

— Oui, en omettant que tu seras coincé là jusqu'à ce que l'orbite du *Hollandais volant* décroisse et que notre « rafiot » tombe dans l'atmosphère de la géante gazeuse. Tu sombreras dans le noyau d'une planète qui se refroidira lentement, jusqu'à l'ignition de l'Univers, d'ici un million de milliards d'années…

— Yep. Pas de singes. Le paradis, je te dis.

Skippy n'aurait qu'une seule chance de descendre ce maudit vaisseau. Bien entendu, il ne lui en faudrait pas plus, malgré ses rouspétances sur le fait que nous lui demandions l'impossible, une fois de plus, et que nous n'appréciions pas à sa juste valeur son indicible génialitude. Histoire de lui clouer le bec, je lui proposai de faire un gâteau en son honneur dès notre retour à bord. Cette après-midi-là, tandis que le navire kristang accélérait frénétiquement pour atteindre l'altitude de saut et échapper au vaisseau fantôme, Skippy décocha dans le vortex un rayon maser à pleine puissance, qui toucha le réacteur déjà surchauffé. En résulta un éblouissant flamboiement au ciel, suivi d'un lourd silence. Plus de vaisseau kristang au-dessus de nos têtes, mais… plus de Skippy non plus.

Sur nos zPhones, nous vîmes les données satellites représentant l'explosion. Quand le champ de débris s'éclaircit, nous pûmes détecter des fragments du vaisseau détruit en orbite ; plus aucune trace d'alimentation interne, plus le moindre signe de vie. Pendant plusieurs jours, nous vîmes des débris brûler en tombant finalement dans l'atmosphère. Les satellites nous alerteraient si jamais de quelconques vestiges retrouvaient soudain un semblant d'autonomie, généraient de la puissance ou transmettaient un signal. Au cas où, je vérifiais images et données satellitaires plusieurs fois par jour, et nous restions dissimulés.

Quelques heures après avoir tiré au canon maser, Skippy vit l'éclair caractéristique d'un réacteur qui se rompt, suivi par l'explosion des bobines de commande de saut, quand le vaisseau kristang fut renvoyé au néant. Il sut donc qu'il avait accompli sa mission. Lui restait toujours à finir de reconstruire le *Hollandais volant*. Pire que le décalage des signaux radio, les antennes basse puissance de nos zPhones peinaient à récupérer les signaux en provenance du *Hollandais volant*, tout comme il était quasi impossible au transporteur stellaire de capter nos faibles transmissions. Nous parvenions à maintenir un minimum de communications, mais la bande passante nous limitait à des textos, sans échange vocal possible.

Ainsi commença la période la plus misérable de notre pluvieux séjour sur Nouvelle Arche. Sans Skippy, nous n'avions plus nos bulletins météorologiques. Nous recevions uniquement les images satellite et les cieux restaient plombés. Les seuls moments où nous pouvions nous risquer hors de nos cavernes, c'était quand il faisait particulièrement gris, à la faveur d'épais nuages, dans le cas d'une présence kristang en orbite dont nous n'aurions pas été informés. Le temps que nous pouvions passer à l'air libre était limité, car si jamais nous partions faire une course ou une randonnée, nos signatures thermiques seraient détectées même sous une épaisse couche nuageuse. La plupart du temps, nous restions emmitouflés dans nos vêtements les plus chauds, désormais sales, malodorants et toujours humides. Après trois jours d'averses continues, je sortis ramasser de l'herbe, des branches de buissons et une sorte de lichen qui poussait sur les rochers. Nous les étalâmes à sécher au fond de la caverne, et, deux jours plus tard encore, nous nous risquâmes à faire un petit feu dans une des cavernes latérales à la voûte trouée. Nous ôtâmes nos habits et les mîmes aussi à sécher. Quand je récupérai mes vêtements, ils sentaient l'herbe brûlée, mais étaient chauds et secs. Fantastique ! À force, j'avais commencé à avoir des démangeaisons un peu partout.

Nous n'avions plus que de la bouillie froide réhydratée à ingurgiter. Ceux restés dans notre grotte principale, près du complexe cathédrale, avaient au moins de la nourriture chaude et variée. Le pire, pour notre groupe blotti dans ces cavernes exiguës, humides et boueuses, c'était le manque. Le manque d'exercice, d'occupations, d'objectif, de victuailles… Avec le désœuvrement et la misère, de petites altercations deviennent inéluctables. Les chefs d'équipe veillaient à mettre un terme aux disputes mineures, sans que j'aie à intervenir.

Pour ma part, ne plus pouvoir parler avec Skippy me manquait terriblement. Ne plus recevoir de rapports détaillés sur la situation était certes préoccupant, mais mes joutes verbales avec cette canette de bière exaspérante me manquaient aussi. Quand nous reçûmes enfin son message disant que le *Hollandais volant* était prêt à rallier Nouvelle Arche, j'eus envie de danser de joie. Je m'abstins néanmoins de me couvrir de ridicule. Je me hâtai de faire passer la bonne nouvelle : nous allions repartir de Nouvelle Arche ! Je transmis au *Hollandais volant* le code d'activation du saut que nous avions programmé dans l'autopilote avant de quitter le bord.

Sept heures plus tard, la voix de notre IA résonna de nouveau dans mon zPhone.

— Salutations, Colonel Joe et toute la bande de singes là-dessous ! C'est moi, Skippy le Magnifique. Dans mon infinie bonté, je vous amène un vaisseau stellaire pour ainsi dire flambant neuf, doté d'incroyables éléments de confort, tels que le chauffage et l'oxygène ! Ainsi que la super sous-couche antirouille de catégorie un, sans facturation supplémentaire !

— Skippy ! m'écriai-je, incapable de dissimuler mon allégresse. Nous sommes en sécurité, il n'y a pas de Kristangs à l'affût dans les parages ?

— Non, Monsieur ! Pas le moindre lézard en ces lieux. Des fragments du navire kristang croisent toujours en orbite, mais ils ne présentent pas de danger, il n'y a plus âme qui vive dans cette épave disloquée. Nous devrions quand même y flanquer un bon coup de maser avant de filer, au cas où. Comment vas-tu, Joe ? Le climat est fichtrement déprimant sur cette planète.

— Je vais bien, Skippy, nous allons tous bien. Diable, ça fait sacrément plaisir de t'entendre ! Ton irascible personne m'a manqué, figure-toi, ajoutai-je avant de me rendre compte que je parlais sur une fréquence commune.

— Ah, tu es juste ravi que j'aie ramené le vaisseau, afin de dire adieu à ce misérable tas de boue…

— Oui, ça aussi ! Vas-tu autoriser des singes à grimper à bord de ton vaisseau tout beau tout neuf ?

— Beurk. J'avais oublié… De sales singes, s'adonnant à des trucs de sales singes ? Ah, et puis zut, je suis d'humeur généreuse aujourd'hui, Joe. Venez, avant que je change d'avis. Je vous ai envoyé deux navettes. Il nous faudra plusieurs voyages pour faire remonter tout le monde avec armes et bagages. J'ai donc placé des vêtements propres et de la nourriture fraîche dans les navettes.

— C'est vraiment gentil de ta part, Skippy. Merci beaucoup.

— Comme j'ai dit, je suis de bonne humeur, grommela-t-il. Dépêchez-vous avant que je décide de rester seul à bord !

Chapitre Vingt-Sept

La première navette, la plus petite, qu'il envoya d'abord à l'équipe d'assaut était de fait trop exiguë pour nous tous. Je restai sur la planète, profitant de vêtements secs et d'un vrai repas bien chaud et savoureux, tandis que la navette entamait son circuit de remontée en orbite avant de revenir. Je fis partir le capitaine Smythe avec l'IA et le nœud de com' des Anciens, Skippy ayant hâte de les avoir à bord. Nous avions espéré tous deux que, par quelque miracle, dès que cette nouvelle IA serait à proximité de Skippy, elle s'activerait. Et qu'il pourrait comprendre comment faire fonctionner le nœud de com'.

Il m'appela peu après l'arrivée de la navette à bord, et la rapidité de son analyse des artefacts me surprit.

— Rien à faire, Joe, l'IA et le nœud de com' sont bel et bien morts. Nom d'un chien, ça n'est pas normal ! Qu'est-ce qui peut bien tuer une IA comme moi ? Ça me flanque la frousse.

— Tu es sûr qu'elle était active, que ce n'était pas juste un boîtier vide qui n'a jamais contenu d'IA ?

Ç'aurait été moins terrible pour Skippy.

—Non, aucune chance, Joe. Il y subsiste une présence résiduelle, des données en vrac. Quelque chose de mauvais lui est arrivé. La connexion aux autres dimensions de la canette, comme tu l'appelles, a été rompue, et ce n'est plus qu'une canette pleine de matériaux exotiques. Ça remonte au déluge, ça, c'est certain. Et il y a autre chose… Quoi que ce soit, ça s'est produit au moment où Nouvelle Arche a été expulsée de son orbite d'origine. Ça ne peut pas être une coïncidence. J'aurais aimé rester là pour étudier cette planète en détail.

— Nous laisserons nos deux satellites ici, pas vrai ? Ils collecteront des données, et nous reviendrons faire un tour à l'avenir, voir s'ils ont découvert quelque chose d'intéressant.

Je voulais savoir si nos satellites verraient un jour un vaisseau kristang fouiner aux endroits où nous avions survécu, sur Nouvelle Arche. Même avec toutes nos mesures de prudence, il resterait toujours des indices de notre passage, ne serait-ce que des traces de notre A.D.N. humain. Si les Kristangs l'apprenaient, ils poseraient des questions embarrassantes, auquel cas je tenais à être prévenu bien en avance. Skippy estimait très peu probable que les Kristangs s'intéressent de nouveau à Nouvelle Arche, maintenant qu'elle avait été dépouillée de ses trésors, et j'étais de son avis. Mais je devais être très circonspect, en restant paré à toute éventualité.

— Les satellites, c'est bien, mais j'aimerais un scan approfondi qu'ils sont incapables d'effectuer. Même pour moi, un scan aussi minutieux prendrait des mois, je devrais me projeter en partie dans d'autres espaces-temps, et pas moyen de brûler les étapes. Zut alors. J'ai vraiment besoin de comprendre ce qui s'est passé ici, ça n'a rien de logique. Ce qui m'inquiète le plus, c'est que ça remet en question tout ce que je croyais savoir à propos des Anciens. Ça, et le fait qu'une espèce entière ait été rayée de l'univers, bien sûr.

— J'avais compris, Skippy. Je suis désolé pour ton, euh… frère IA. Peux-tu faire quelque chose de ce nœud de com' ?

— Non. Et c'est très frustrant. Il est comme le premier que nous avions récupéré sur cette base de recherche des Kristangs. Il semble être fonctionnel, mais ne se connecte pas au réseau. Je vais continuer à y travailler, je n'ai pas grand-chose d'autre à faire de toute façon.

Ou, pensai-je en mon for intérieur, peut-être n'existe-t-il plus de réseau auquel se connecter. Skippy lui aussi devait sûrement l'avoir envisagé, inutile d'évoquer cette terrible possibilité. S'il n'existait plus de réseau Collectif, alors notre mission était vouée à l'échec et doublement futile.

Le retour de la navette fut un grand plaisir, même si Skippy fit atterrir le maudit truc à un demi-kilomètre de là, et qu'une pluie froide se déversait des cieux maussades. Mais qu'importait, je quittai enfin Nouvelle Arche le cœur léger, sain et sauf, ainsi que tout mon équipage. En fait, j'étais le dernier à vider les lieux.

Chang était à bord du *Hollandais volant,* Simms était resté dans la caverne principale jusqu'à ce que les dernières personnes et pièces d'équipement, sans oublier les dernières poubelles et détritus, aient été chargés. Pour accélérer l'effacement de toute trace de notre passage sur la planète, j'avais ordonné à Skippy d'envoyer les deux navettes à la caverne principale, jusqu'à ce que Simms déclare que ce serait terminé. Dans l'intervalle, je patientais dans notre petite grotte, aux côtés de deux Rangers de l'armée US et de trois parachutistes indiens qui s'étaient portés volontaires pour attendre avec moi le dernier vol. Nous avions joué aux cartes en dégustant de bons plats bien chauds. Et le temps ne nous avait pas paru long – un jour et demi de décalage –, nous qui nous savions sur le départ.

Nous consacrâmes quelques minutes à inspecter tous les recoins des cavernes, pour nous assurer que nous n'avions pas laissé traîner un sachet de bouillie ou une vieille chaussette, puis nous courûmes sous la pluie vers notre navette. Je stoppai soudain au pied de la rampe d'embarquement, mes bottes plantées dans la gadoue de Nouvelle Arche.

— Qu'y a-t-il, Monsieur ? demanda un des Rangers.

Je levai le nez, cillant pour chasser la pluie de mes yeux.

— Je devrais sans doute me fendre de quelque grave sentence, autre que « enfin, on se casse d'ici ! » Cette planète n'a pas toujours été un tas de boue glacial. Il y faisait bon vivre jadis, avec des forêts, des plages tropicales… Comme sur Terre. Mais ici furent anéanties une civilisation entière, une espèce entière, une biosphère entière. Oui, je devrais dire quelques mots en mémoire des malheureux qui y vécurent. Et jeter l'opprobre sur leurs bourreaux.

Le Ranger près de moi hocha la tête.

— Ces criminels ont déplacé une planète entière, qui serait de taille à les châtier ? Alors pourquoi ne pas dire simplement : « À moi la vengeance et la rétribution, dit le Seigneur » ?

— Ça fera l'affaire, soupirai-je.

Un des soldats indiens opina du chef.

— Nous avons un adage similaire : « Le karma, ça craint ! » Ces génocidaires auront un jour droit à un sacré retour de bâton, d'une façon ou d'une autre.

— Amen, mon frère, conclut le Ranger.

Les deux hommes s'en tapèrent cinq.

C'était plus éloquent que tout ce que j'aurais pu dire. Je chassai la boue de mes bottes, montai dans la navette et laissai Nouvelle Arche derrière moi.

Me retrouver dans l'environnement stérile et artificiel du *Hollandais volant* était absolument paradisiaque, comparé à l'humidité glaciale de Nouvelle Arche. L'air à bord était chaud et sec, et mes vêtements propres et secs eux aussi. J'avais un vrai lit où dormir ainsi que de la bonne chère pour me restaurer. J'avais d'abord voulu que, pour notre premier jour à bord, chacun se débrouille à faire sa tambouille, ce qui aurait évité de nommer une brigade d'astreinte dès notre retour. Mais le colonel Chang avait déjà instauré un tableau de service, et l'équipe chinoise m'accueillit au mess avec un bol de nouilles chaudes, après m'être changé et avoir pris une douche trop rapide, dans ma cabine. Le réfectoire n'avait guère changé d'aspect, sinon qu'il était peut-être un peu plus grand, car une des cloisons me semblait plus éloignée de la porte que dans mon souvenir. Le compartiment était peint d'une couleur bleu ciel apaisante. Skippy avait fait du très bon boulot. Le bol de nouilles et la tasse de thé chaud avaient comme un avant-goût de paradis. Je m'essayai même à manger avec des baguettes, tant j'étais de bonne humeur.

— Vous savez de quoi j'aurais besoin ? lançai-je à la cantonade.

Je me disais qu'une heure en salle de gym me ferait du bien. Ou une partie de basket, car je me sentais tout mollasson d'être resté inactif trop longtemps. J'aurais dû me méfier, et ne pas poser une telle question à portée d'oreille de Skippy, mais sur Nouvelle Arche, j'avais perdu l'habitude de rester sur mes gardes.

— Une douche ? suggéra-t-il par le haut-parleur du plafond.

Je secouai la tête, au milieu des éclats de rire.

— Je me suis douché en arrivant à bord.

Skippy émit un long reniflement.

— Mmm, ça n'en a pas l'air. Et si tu te rinçais au produit dégraissant utilisé pour les dispositifs de couplage de moteur ? Hé, Joe, il n'y avait pas de douches, sur Nouvelle Arche ?

— Non, Skippy, bien sûr que non, répondis-je en savourant mes nouilles.

— Mouais. Sans douche, tu te débrouillais comment, avec ta trique matinale ?

J'en restai tout penaud, objet de la risée générale.

— Eh zut, soupirai-je, navré, voilà que Nouvelle Arche me manque déjà…

Skippy n'avait pas seulement réparé le *Hollandais volant*, il l'avait également modifié. Lors du retour en navette, j'avais remarqué que notre transporteur stellaire, naguère filiforme et très long, avait été considérablement raccourci. À telle enseigne qu'en lieu et place des alignements de points d'amarrage pour les vaisseaux à courte portée, restaient uniquement trois points d'emport, en cercle. La section de l'ingénierie, en poupe, qui avait été si éloignée de la proue qu'elle donnait l'impression de ne pas appartenir au même vaisseau, se situait maintenant juste derrière le trio de points d'emport.

— Nouveau et amélioré, Joe, pavoisa Skippy. Quoique… « amélioré », il faut le dire vite. Mais bon, c'est vrai pour une bonne partie du vaisseau…

Je claquai des doigts.

— Avant que j'oublie, Skippy, pendant que tu nous réapprovisionnais en carburant, as-tu pensé à en prendre aussi pour toi ?

Frielander, de l'équipe scientifique, m'avait posé la question au sujet des besoins de Skippy en carburant. La dernière fois que nous en avions parlé, il lui restait « seulement » plusieurs milliers d'années avant qu'il tombe en rade.

— Tu as besoin de quoi, déjà ? D'hydrogène métallique, c'est ça ?

Pour ma part, j'ignorais si un tel truc existait. Pour moi, l'hydrogène était un gaz, pas un métal. Mais je ne connais pas grand-chose à la science…

— Oui, oui, je m'en suis occupé, Joe, merci. Je n'en ai pas eu beaucoup, juste de quoi tenir huit cents ans. Ça devra suffire, pour le moment.

— Super. Tu as apporté des améliorations au vaisseau, disais-tu ?

D'après l'affichage, nous avions maintenant deux réacteurs fonctionnels. Pas six, pas même quatre. Deux.

— Est-ce qu'avoir réduit le nombre de réacteurs compte comme une amélioration ?

— Oui, Joe, m'assura Skippy. Ces deux-là ont la puissance de trois des réacteurs d'origine, ils sont plus fiables, ils demandent beaucoup moins de maintenance et leur blindage est bien meilleur. Une tête nucléaire explosant à proximité ne démolirait pas ces réacteurs. Pas si facilement, en tout cas.

Nous disposions également de quarante pour cent de la quantité originelle de bobines de commande de saut, ce qui n'était pas un problème, m'affirma Skippy, car il avait entièrement reconfiguré l'unité de commande.

— J'aurais dû m'en occuper dès notre abordage, dit-il fièrement. Cette unité de commande thuranienne était de la camelote certifiée. Maintenant, nous pourrons sauter trente pour cent plus loin, et les bobines se chargeront dix-huit pour cent plus rapidement. Elles sont divisées en trois rangées distinctes, et donc si l'une d'elles perd sa calibration, nous n'aurons qu'à nous rabattre sur les deux autres. Voire une seule, en cas d'urgence.

Je remarquai que les trois points d'emport d'amarrage étaient vides.

— Le *Fleur* n'existe plus ?

— Non, et tu m'en vois navré, Joe, je sais que tu aimais avoir une roue de secours, pour ainsi dire. Mais cette frégate kristang recelait des composants et des matériaux que je n'aurais pas pu obtenir ailleurs, et j'avais besoin de son réacteur pour alimenter le transporteur en énergie. Le *Fleur* a plongé dans l'atmosphère pour y récupérer du carburant, puis j'ai dû le désosser afin d'en recycler la plus grande partie en accélérateur de particules à haute énergie, et de fabriquer des matériaux exotiques. Ce qu'il restait du *Fleur*, je l'ai lesté de déchets et précipité dans la géante gazeuse. C'était un bon petit navire, Joe, non, en fait, c'était un rafiot merdique ! Mais il nous a bien servi.

Desai ne serait pas ravie d'apprendre ça. Même si elle adorait être aux commandes de l'immense *Hollandais volant*, le *Fleur* était le premier astronef qu'elle avait piloté.

— Tu as fait ce que tu avais à faire, Skippy. Tu as accompli des prodiges, et pas question de jouer les singes ingrats, les inspecteurs des travaux finis… Nous avons seulement ces deux navettes ?

— Hélas, oui. Et un drone pour les opérations externes de maintenance. Dois-je regarder si les concessionnaires de navettes du secteur n'auraient pas, par un heureux caprice du hasard, tout un stock à écouler, genre liquidation estivale ?

— Ha ! On doit se trimbaler une drôle de réputation, dans le coin.

— Pas faux ! Sauf si le vendeur acceptait de troquer une navette contre d'alléchants régimes de bananes.

Après mon repas réconfortant, je regagnai mon bureau, près de la passerelle, pour y consulter les rapports sur mon iPad et tâcher de faire honneur à mes galons de colonel, alors que je mourais d'envie de jouer au basket ou d'aller m'exercer en salle de sport. Ça devrait attendre. Il n'y avait pas d'urgence, nous avions déjà effectué deux sauts réussis pour nous éloigner de Nouvelle Arche, et Skippy s'affairait à des ajustements mineurs sur l'unité de commande de saut. Je venais juste de délacer une de mes bottes afin de me mettre à l'aise pour affronter une longue séance d'ennui mortel, quand Skippy m'appela sur l'oreillette de mon zPhone.

— Hé, Joe, j'ai, euh… une petite mauvaise nouvelle à t'annoncer.

— Ah, malédiction, je savais que j'aurais dû emporter une flasque de tequila pour ce voyage ! J'aurais bien besoin d'un shot, tiens. Dis-moi, c'est une mauvaise nouvelle de la variété : « Joe doit nous tirer d'affaire parce que Skippy nous a encore fourrés dans un sacré pétrin ? »

— Non, ce serait plutôt de la variété : « Attaque de la planète Terre par des aliens furax qui la transforment en désert radioactif et qui exterminent l'humanité dans la foulée ».

— *Bon Dieu de putain de bordel de merde !*

Les doigts tremblants, je relaçai ma botte illico.

— Blasphémer est une très mauvaise idée là, tout de suite, Joe. La prière serait franchement plus recommandable.

— Mais que diable est-il arrivé ? Bon sang de bois, nous venons juste de laisser Nouvelle Arche derrière nous !

— Ma foi, hum… tu te souviens du vaisseau kristang que j'ai fait exploser là-bas ?

— C'était mon idée.

— Oh, mec, tu ne vas jamais me laisser l'oublier ça ?

— Qu'est-ce que tu crois ?

— Non, tu n'es pas près de t'arrêter de me la rappeler, celle-là. Note bien qu'à ta place, je ne m'en priverais pas non plus. C'était une idée de génie.

— Ouais. Et alors ?

— Et donc, avant que je fasse sauter ce vaisseau avec un rayon de particules parfaitement orienté à travers un point faible dans l'enceinte de confinement de son réacteur, un sacré tir, au passage ! Le point de sortie du microvortex oscille de manière aléatoire, parce que je devais éviter de provoquer une rupture détectable de l'espace-temps à cet endroit précis, et, avec la dilatation temporelle, j'ai dû estimer de quelle manière le faisceau de particules allait être affecté par l'oscillation. Autant que je sache, c'était la première fois qu'un vortex était mis à contribution pour diffuser un faisceau de particules, et l'exercice ne manquait pas d'intérêt, je dois dire. J'ai compris qu'il me fallait créer, ou plutôt recréer une branche des mathématiques à partir d'une variation des invariants topologiques. Puis il y avait la question délicate du décalage à la vitesse de la lumière entre le vortex et le vaisseau, et pour m'en débrouiller, j'avais besoin d'abord de marquer ce vaisseau au laser basse puissance afin d'établir…

— Skippy !

— Quoi ?

— Au fait, je te prie, au fait !

— Hein ?

Je levai les yeux au ciel. Cette canette de bière avait surtout besoin de créer une IA secondaire afin de ne plus perdre le fil de ses propres pensées.

— Tu me parlais d'aliens transformant la Terre en désert radioactif ?

— Ah, ouais. Euh… Bref, toucher le réacteur de ce vaisseau au faisceau à particules *via* un vortex, c'était déjà une réussite incroyable. Même si c'est moi qui le dis.

— C'est toi qui le dis, oui…

— Si je ne le disais pas, comment saurais-tu à quel point je suis extraordinaire ?

— Je ne sais pas, mais j'ai une suggestion : si donc tu me parlais de cette monstrueuse menace qui pèse sur la Terre ? Et comment l'as-tu découverte ?

— Fastoche, Joe. Avant de tirer sur ce vaisseau, j'ai pu télécharger des données de la mémoire de son ordinateur. Je n'avais pas le temps de procéder à un téléchargement complet, surtout avec la bande passante étroite dont je me servais à travers le microvortex. Et donc j'avais seulement eu une série de messages destinés aux chefs des récupérateurs sur Nouvelle Arche, surtout provenant de leur clan. J'étais très occupé, c'est pourquoi je viens tout juste de les lire. Il y est question d'un changement de pouvoir imminent. Après la perte de la connexion par vortex à la Terre, et le retrait de Pradassis, la planète que vous autres humains appelez « Paradis », le statut du clan du Blizzard s'est singulièrement dégradé. Ce clan s'est vu contraint de solliciter de puissantes alliances. Mais la vérité, c'est que le Blizzard sera forcément absorbé par l'un ou l'autre de ces clans plus puissants que lui, et parler « d'alliance » est juste une manière de sauver la face pour les chefs déchus. La possibilité étant, pour le Blizzard, de courir à la défaite et de voir ses territoires et possessions répartis entre les vainqueurs.

— Dur, dur. On ne versera pas de larmes de crocodile si ce clan tout entier se fait dégommer. Mais en quoi est-ce une menace pour la Terre ? Tous les Kristangs du côté terrien du vortex sont morts, non ?

Crispé, je redoutais d'entendre sa réponse. Si jamais il était resté des retardataires dont nous ignorions l'existence quand nous avions quitté l'orbite terrestre, ma planète natale était sans défense contre ne serait-ce qu'un seul vaisseau kristang.

— En vertu des lois – plus respectées qu'on pourrait le croire – de ces tas de sales lézards, pour qu'un clan soit officiellement absorbé par un autre, celui qui perd son identité doit recueillir l'aval unanime des doyens des chefs. Parfois, cette motion à l'unanimité s'obtient par l'assassinat pur et simple de ceux qui s'y opposent, la règle ne l'interdit pas. Le droit kristang est à la fois rigide et flexible ; les formalités sont à respecter à la lettre, mais l'éthique, elle, ces calamiteux sauriens s'en contrefoutent si tu veux mon avis.

— Parfait, très intéressant. Et ?

— Hum, seulement, voilà… Hé, hé, c'est ironique, en fait. La loi des conséquences fortuites, et tout ça…

Mon sixième sens s'activa au top niveau.

— Que diable as-tu fait, Skippy ? m'alarmai-je, avec l'impression de marcher sur des œufs.

— Techniquement, c'est plutôt ce que je n'ai *pas* fait. Ou, je suppose, c'est ce que j'ai fait, ou que nous avons fait, mais en réalité, non… Tu sais quoi ? En réalité, c'est ce que *toi*, tu m'as fait faire ! Donc, tout ça est ta faute. Ouais, mec, parfaitement ! Tout est ta faute. Enfin, celle des humains, je veux dire, pas juste la tienne. Mais bon, c'est surtout toi qui es sur la sellette.

— Skippy, tu m'as dit un jour que la galaxie d'Andromède percuterait la Voie lactée, dans, environ, quatre milliards d'années ?

— Oui, c'est vrai. Et alors ?

— Y a-t-il une chance que tu en viennes au fait avant que ça se produise ?

Il exhala un soupir exaspéré.

— O.K., entendu ! À ta demande, j'ai exterminé les Kristangs de la surface de la Terre. Et j'ai réduit leurs deux derniers sites en ruines fumantes en les bombardant au canon électromagnétique.

— C'est tout à fait vrai, nous te l'avions demandé.

Et en quoi cela devait poser problème ?

— Tu as toute notre gratitude. Alors… qu'as-tu donc omis de faire ? Resterait-il des Kristangs vivants du côté terrestre du vortex ?

— Non, pas à ma connaissance, je te l'ai dit.

— Des Thuraniens ? demandai-je, effrayé.

— Non plus. Écoute, si tu cesses de me poser des questions stupides, je vais te le dire, sinon cette conversation risque en effet de s'éterniser. Ce que je n'ai pas fait, et que tu ne m'avais pas demandé – et c'est bien là que tu en es entièrement responsable, à cent pour cent –, c'est que je ne me suis pas soucié de sonder les colossaux gisements de données informatiques des Kristangs, sur la Terre, dans leurs vaisseaux et leurs bases. Si je l'avais fait à ce moment-là, j'aurais sans doute découvert que deux des chefs aînés du clan du Blizzard se trouvaient sur Terre à ce moment-là. Pouah, quatre-vingt-dix-neuf pour cent de leurs messages étaient ces trucs assommants habituels, genre « oh, j'ai trop picolé la nuit dernière », « cette planète est merdique », « mon chef est un enfoiré de première », « on devrait bousiller tous ces humains », etc. ! Je me suis vite découragé, et c'est comme ça que ça m'a échappé. Ces chefs supervisaient la prise de contrôle de votre planète ; ils cherchaient le moyen de tirer profit de cette entreprise hasardeuse, et à montrer leur soutien à leur clan, le sachant sans doute déjà condamné.

— Bon, il y avait deux chefs kristangs sur Terre… Ils sont bien morts ?

— Affirmatif. L'un deux se trouvait à bord de la frégate que j'ai expédiée au cœur de votre soleil, et l'autre sur un site que j'ai frappé d'un missile lors de la première offensive.

Je pris le temps de la réflexion. Je savais Skippy incroyablement distrait… Si je ne posais pas la bonne question, il ne m'expliquerait peut-être jamais ce que j'avais besoin de savoir.

— Ils ont donc été tués sur le coup. Plus de possibilité de négocier avec eux… Le clan du Blizzard ne saurait se résoudre à son assimilation – autrement dit, sa disparition. Du coup, les autres clans vont le mettre en pièces. Je ne vois toujours pas en quoi cela nous pose problème.

— C'est ton problème, Joe, parce que le clan qui les absorbe, celui du Dragon de Feu, entend se soustraire à d'interminables luttes intestines à ce sujet. Récemment, le Dragon de Feu a vu ses ressources bien trop sollicitées, et le déplacement du vortex lui a aussi causé du tort. Il veut absolument l'approbation formelle pour absorber le clan du Blizzard et ses actifs sans coup férir. Au point d'avoir grassement payé les Thuraniens pour qu'ils envoient sur Terre un vaisseau à long rayon d'action, sans le bénéfice d'un vortex, et rapatrient ces chefs du clan du Blizzard.

— Oh, merde…

Je faillis m'étouffer.

— C'est pour ça que je parlais de « Fin du monde pour les humains ».

Dit vulgairement, nous l'avions dans l'os, et dans les grandes largeurs. Si les Thuraniens se pointaient sur notre planète, ils découvriraient non seulement que les Kristangs y avaient tous été éliminés, mais rien qu'avec nos bases de données, ils sauraient tout du *Fleur*, du *Hollandais volant*, de la Joyeuse bande de pirates et de Skippy. Et ils comprendraient vite que le vortex près de la Terre avait été clos délibérément. Or, cette petite chose toute simple, à savoir notre capacité à manipuler les vortex, intéresserait énormément les espèces technologiquement avancées de la galaxie. Un intérêt des plus préjudiciables pour les humains.

— Nous devons à tout prix arrêter ce vaisseau à long rayon d'action, Skippy !

— C'est sans doute une bonne idée. D'après mon estimation la plus fine, ce vaisseau pourrait arriver sur Terre d'ici vingt-neuf mois au plus tôt. Rouvrir le vortex suffirait pour qu'on les devance et les foudroie…

— Hors de question, Skippy. Nous n'avons pas vingt-neuf mois devant nous. Dis-moi, que feront les Thuraniens si ce vaisseau n'est pas de retour dans cinq ans ?

— Le plus probable ? Ils patienteront à peu près six mois de plus, puis s'inquiéteront. Avant d'envoyer d'autres navires.

— Exactement. Et si celui-là disparaît aux environs de la Terre, les Thuraniens nourriront de sacrés soupçons. Bref, qu'arriverait-il si ce vaisseau à long rayon d'action était détruit en territoire thuranien, avant même de mettre le cap sur la Terre ?

— Hmm. Bonne question. Je consulte les archives au sujet d'incidents similaires… Voilà. Le plus vraisemblable, dans ce cas, avec une probabilité de quatre-vingt-quatre pour cent, c'est que les Thuraniens annonceraient au clan du Dragon de Feu qu'ils estiment le contrat rempli, du moment que les Kristangs auront tenté l'aventure en toute bonne foi, la perte du bâtiment commissionné entraînant la nullité du contrat. Les Thuraniens ne disposent que d'une poignée de vaisseaux à long rayon d'action capables d'atteindre la Terre, vaisseaux qui coûtent les yeux de la tête. Tout aussi improbable ? Que le Dragon de Feu puisse se permettre de financer une seconde expédition vers la Terre. D'autres clans, rêvant de faire main basse sur les actifs du Blizzard, considéreraient un délai supplémentaire comme une invite à attaquer, et le clan du Dragon de Feu se verrait contraint de sévir dans les plus brefs délais.

— Précisément. Tu vois où je voulais en venir ? Nous devons détruire cet astronef tant qu'il croise en territoire thuranien. Et de manière que les Thuraniens le croient victime collatérale d'un conflit étranger, une attaque fortuite de Jeraptha, par exemple. En somme, un astronef victime de bordées perdues, les belligérants ne le visant pas spécifiquement. Et crotte ! Ça veut dire que nous devrons attaquer simultanément d'autres vaisseaux thuraniens, ou peu après. Une entreprise de grande envergure...

Je devrai me concerter avec mes coéquipiers, pour ce planning serré.

— Ce vaisseau à long rayon d'action aura une escorte ?

— Certainement. Il sera flanqué de deux escorteurs voués à le ravitailler en carburant et en fournitures avant qu'il n'entame son périple en solitaire. Et j'imagine qu'il aura aussi comme escorte des frégates, voire un destroyer. Le vaisseau à long rayon d'action est, à la base, un transporteur stellaire lourdement réformé, avec une paire de réacteurs supplémentaires, trois fois plus de bobines de commande de saut, mais aucun point d'emport. Et il dispose également de capacités d'autoréparation plus étendues qu'un transporteur stellaire standard. Il peut se ravitailler en vol. À l'instar d'un transporteur stellaire cependant, il n'est pas conçu pour les combats de bord à bord.

— Une cible facile, alors ?

— Euh, non, pas pour nous. Le *Hollandais volant* n'est pas un véritable cuirassé à proprement parler. Et encore moins maintenant.

— Compris, nous aurons besoin de l'avantage de la surprise. Sans compter un coup de baguette magique à la Skippy. Sais-tu quand ce vaisseau à long rayon d'action... Eh, à propos, ce type de bâtiment est classifié ?

Dire à chaque fois « vaisseau à long rayon d'action », ça finissait par lasser...

— Les Thuraniens n'attribuent pas de nomenclature à leurs classes de vaisseaux, chacune porte une désignation numérique. Toutefois, ils ont repris à leur bénéfice un concept des Jeraptha, qui classent ce type de vaisseau sous la catégorie « Patrouilleurs ».

— O.K., ça me va. Sais-tu où croise ce patrouilleur en ce moment, et quel cap il adoptera pour rallier la Terre ?

— Non. Ces données ne figuraient pas dans les messages que j'ai téléchargés, vecteurs de politique politicienne et de rumeurs plutôt que d'informations pratiques.

Troublé, je me massai les tempes du bout des doigts. Bienheureux si je m'en sortais sans une migraine carabinée.

— Merde alors… Ça veut dire que nous devrons de nouveau pister en douce une escadrille thuranienne, histoire d'infiltrer ses bases de données ?

Ce qui était bien trop risqué, avec les Maxolhx à l'affût.

— Non, et voilà la bonne nouvelle : le clan du Dragon de Feu a loué le patrouilleur, négociant pour y embarquer quatre Kristangs, deux du Blizzard et deux du Dragon de Feu. Je ne doute pas une seconde que les Thuraniens détestent avoir des Kristangs à bord. Ceux du Dragon de Feu sauront où le patrouilleur doit les récupérer, et quelle sera en gros sa trajectoire vers la Terre. Les Kristangs se sont fait rouler tant de fois par les Thuraniens, en passant des contrats de transport avec eux, qu'ils insisteront sur des termes précis et détaillés, y compris les indicateurs sur… oh, merde, voilà que je me réfère à une de vos stupides présentations PowerPoint ! À trop vous fréquenter, ça m'a pourri le cerveau. Bref, nous pouvons nous infiltrer dans un système stellaire occupé par les Dragons de Feu, et je subtiliserai les données requises à partir d'un de leurs relais de communication. Les Maxolhx auront peut-être des cuirassés pour accompagner les bataillons thuraniens, auquel cas nous devrons absolument nous tenir loin d'eux.

— C'est une bonne nouvelle. Tu en as d'autres ?

— Rien qui vaille la peine que j'en parle, hélas. Sauf qu'à partir de là, nous arriverons au territoire du Dragon de Feu d'ici deux semaines.

— Si autre chose te revient en tête, dis-je en me levant et en appuyant sur le bouton d'ouverture de la porte, fais-le-moi savoir. Je dois prévenir l'équipage, et réfléchir à la suite des opérations. Mets le cap sur le territoire du Dragon de Feu, et je dirai au pilote que nous changeons de trajectoire. Une fois de plus.

Chapitre Vingt-Huit

Les officiers supérieurs s'étaient réunis au réfectoire, en m'attendant : Chang, Simms, les chefs d'équipe des forces spéciales de tout pays, Desai, qui représentait les pilotes, et Venkman qui représentait l'équipe scientifique, parce que j'avais besoin d'idées novatrices de la part de nos savants. Sans oublier le sergent Adams, bien qu'elle ne fît pas, officiellement, partie du cénacle des officiers supérieurs. Tout simplement, j'appréciais son approche pragmatique des choses.

— Nous avons un grave problème. Pas avec le vaisseau, me hâtai-je de préciser face aux mines inquiètes. Il sera prêt à bondir dans six heures.

— Ouais, dit Skippy, le vaisseau est totalement au poil, tout...

— Skippy, coupai-je, c'est moi qui parle. J'aimerais que tu gardes tes commentaires pour toi jusqu'à ce que je te demande ton avis.

L'état-major fut surpris. L'équipage s'attendait à ce que je badine avec notre IA, comme à mon habitude. Ce simple état de fait indiquait à lui seul que la situation était grave. Bien sûr, je ne pouvais pas voir le « visage » de Skippy, mais le ton qu'il prit alors en dit long.

— Très bien, Colonel, répondit-il, sans sarcasme, sans douceur non plus.

— Merci. Skippy a pu accéder à des données provenant du navire orbital abattu à Nouvelle Arche. Données qui consistaient notamment en messages adressés au chef des récupérateurs par son clan. L'important, c'est qu'il apparaît que les Kristangs ont payé les Thuraniens pour envoyer sur Terre un vaisseau spécial, à long rayon d'action, qui n'aura plus à traverser de vortex. Cet astronef sera en vue de la Terre dans vingt-neuf mois.

Sursautant d'effroi, les officiers échangèrent des regards interloqués.

— Dès lors, il faut à toute force empêcher ce vaisseau à long rayon d'action d'atteindre la Terre, le détruire de manière que les Thuraniens ne soupçonnent jamais une quelconque intervention humaine, surtout au regard de sa destination. Il s'agira d'en faire, selon toute apparence, une victime collatérale de la guerre. Mais d'abord, nous devons le localiser.

En ralliant le territoire du clan du Dragon de Feu, nous eûmes tout loisir de réfléchir à un plan pour anéantir le patrouilleur et son escorte, avant que le patrouilleur n'entame son long voyage solitaire vers la Terre. Et notre puissance cérébrale collective, y compris celle de Skippy, arriva à… zéro. Rien. Avec notre navire rafistolé qui n'était plus tout à fait un transporteur stellaire, comment affronter ne serait-ce qu'un seul vaisseau sans tout perdre ? De plus en plus frustré, j'en vins à envisager une mission suicide où le *Hollandais volant* bondirait bien trop près du patrouilleur, ferait feu de toutes ses armes, en déclenchant la dizaine de bombes atomiques stockées dans notre soute. Mais avant de prendre une décision aussi désespérée, il me fallait trouver une planète inhabitée propice à la vie humaine, pour y déposer l'équipage. L'ennui, comme Skippy me le fit remarquer, c'était que les planètes susceptibles d'héberger des formes de vie intelligentes et complexes, à proximité d'un vortex, étaient rares et donc de grande valeur. Sans compter qu'elles devaient déjà être peuplées. À supposer que je garde tout le monde à bord et exécute ce plan de sabordage en règle, tout bien considéré, rien ne garantissait l'annihilation du patrouilleur. Et quand bien même… de toute façon, l'ennemi saurait que le patrouilleur en route vers la Terre s'était attiré cette offensive désespérée. Retour à la case départ… Il nous fallait à tout prix les coordonnées de ce patrouilleur, son cap, les caractéristiques critiques de ses escorteurs. Faute de quoi, toutes nos élucubrations ne seraient que vaines spéculations.

Voilà pourquoi je me retrouvai seul avec Skippy, à bord de la plus petite de nos deux navettes thuraniennes restantes, à l'intérieur d'une comète de glace et de poussière, dérivant à grande vitesse vers un dispositif de relais de données kristang, celui du clan du Dragon de Feu.

Notre pire problème, m'étais-je rendu compte en un éclair de génie en salle de sport ? Non pas que le *Hollandais volant* fasse cavalier seul. Ni qu'il ait été conçu en tant que transporteur stellaire, nullement en qualité de cuirassé. Ou encore qu'il lui reste deux réacteurs sur six. Non, après avoir passé une heure entière à retourner la situation dans ma tête sans aboutir à quoi que ce soit de constructif, je compris : le problème, c'était que nous ne disposions pas de suffisamment de missiles « tueurs de vaisseaux » pour en bombarder l'ennemi, en multipliant les sauts d'attaque. Nous aurions minimisé les risques en effectuant des sauts rapides, tandis que nos salves de missiles auraient bien fini par percer les défenses adverses. Le patrouilleur pouvait toujours tenter de se replier, nous aurions pu le traquer sans relâche.

— Hé, Skippy, dis-je, penché au-dessus d'un lavabo thuranien bien trop bas pour me laver les mains, fabriquer plus de missiles, c'est possible ? Avec l'équipement dont nous disposons à bord du *Hollandais volant* ?

— Non.

Pas vraiment la réponse circonstanciée que j'espérais.

— Pourquoi ? Allons, Skippy, d'ordinaire, tu n'as qu'une hâte, me chauffer les oreilles avec tes tétrachiées d'infos subsidiaires dont je n'ai que faire !

— Et tu m'ignores et m'interromps jusqu'à ce que je rende mes explications suffisamment débiles pour que tu les comprennes – enfin, plus ou moins. Et donc, ma réponse à ta question, c'est un simple « non », grand dépendeur d'andouilles. Je te l'ai dit, ce que nous avons à bord, c'est tout ce dont nous disposons. Ni plus ni moins. Certains éléments, comme les ogives nucléaires à compression atomique, sont impossibles à créer, à moins de posséder des installations hautement spécialisées. Les unités de propulsion des missiles, je ne peux pas non plus les fabriquer avec des poudroiements lunaires et oniriques. En sus du nombre limité de missiles thuraniens de modèle 30 que nous avons (selon leur désignation), j'ai pu réunir tant bien que mal assez de matériaux pour créer quelques missiles de bord à bord. Ils équivalent à peu près à un modèle kristang passé de mode il y a sept cents ans. C'est là toute l'étendue de mes miracles, Joe.

— Punaise, je m'en doutais, mais il fallait quand même que j'en aie le cœur net ! Très bien, pas moyen de se procurer de missiles par un autre biais ?

Skippy grogna.

— Ton séjour paradisiaque sur Nouvelle Arche sans moi t'a cramé tes dernières connexions neuronales, c'est ça ? Bien sûr, Joe, pas de souci, il suffit de faire un saut au concessionnaire de missiles local, j'ai entendu parler d'une promotion sensass pour les nouveaux clients bien notés, il y en aura deux pour le prix d'un ! Bougre d'abruti !

— Je suis sérieux, Skippy. Nous avons un vaisseau bourré de forces spéciales qui ne demandent qu'à en découdre ! Nous avons lancé un raid contre un astéroïde super protégé, il doit bien y avoir une armurerie quelque part, où nous pourrions nous emparer de missiles.

— Euh, non. Hmm, tu sais quoi ? Parfois, je me demande si tu t'entends parler, ou si ces idées d'une affligeante stupidité s'échappent de ton cerveau embrumé sans que tu te rendes compte que tu déblatères à voix haute ? Thuraniens et Kristangs ont des ravitailleurs souvent bourrés de missiles. Ravitailleurs escortés de cuirassés, de frégates et de destroyers, en veux-tu, en voilà, tant ce sont des proies alléchantes.

— Mince. N'en parlons plus.

— Lancer un raid contre une armurerie, autre idée parfaitement stupide, relève de la gageure. Les manufactures de missiles et d'ogives nucléaires à compression atomique des Thuraniens sont exclusives aux planètes ou lunes rocheuses dénuées d'atmosphère, inhabitées. On parle là d'installations profondément enfouies sous la surface, s'étendant sur des dizaines de kilomètres au bas mot. Fabriquer des dispositifs à compression atomique est un processus qui exige de colossales quantités d'énergie. Les Thuraniens y recourent parce que leur puissance tutoie celle du nucléaire, sans ces radiations interdites par les Règles, si tu t'en rappelles.

— Oui, je me souviens.

Des règles imposées par les Rindhalu et les Maxolhx aux espèces inférieures appelées à combattre en leur nom. Elles visent à prévenir tout débordement, au risque d'endommager de précieuses planètes habitables que les deux espèces dominantes voulaient préserver.

— Tu as raison, pas question de s'y risquer. Quelle que soit notre tactique, il faudra se contenter des armes dont nous disposons.

— Hélas, oui. Et nous ne disposons d'aucun moyen de pulvériser un patrouilleur et son escorte de façon à empêcher les Thuraniens de comprendre que le patrouilleur était la vraie cible.

— Mmmh. Zut, il doit pourtant bien exister, ce moyen. À nous de le découvrir.

— Dans un multivers infini de probabilités, tu as peut-être raison. Mais dans cet espace-temps précis, je ne vois pas.

Et c'est ainsi, comme je disais, que Skippy et moi nous retrouvions dans une navette terrée sous la surface gelée d'une boule de glace et de poussière, fonçant à toute allure aux abords d'un système stellaire contrôlé par le clan du Dragon de Feu. Dissimuler une navette au cœur d'une comète était la meilleure idée que nous ayons eue pour que Skippy approche assez près de la station-relais et en extraie les données recherchées – soit moins de trois cent mille kilomètres. Prenons l'œuf et la poule, expliquait Skippy. Les codes d'accès récupérés en nous emparant du *Hollandais volant* avaient depuis été changés, lors du plan de rotation des Thuraniens. Avec ces codes, nous aurions pu sauter au plus près du relais, télécharger les données et repartir sans demander notre reste. Les stations-relais bordaient les systèmes stellaires, pour que les Thuraniens puissent échanger des informations sans avoir à risquer l'attraction périlleuse des puits de gravité et les limites du système stellaire. La seule manière d'obtenir les données d'un relais, y compris l'ensemble complet des codes d'accès, c'était de posséder un code d'accès correct. Ce que nous n'avions pas. D'où l'épineux problème de l'œuf et de la poule.

Une navette au champ furtif fonctionnel ne pouvait approcher assez près d'une station de relais. Les détecteurs repéreraient l'objet invisible rien qu'aux distorsions du champ. Tirs de missiles et de rayons maser s'ensuivraient.

C'est pour cette raison que nous (et surtout le capitaine Desai) avions eu l'idée de forer une comète glacée pour y pratiquer un trou de la taille de notre navette avant de le recouvrir. Nous avions rejoint une petite comète dans un système stellaire inhabité voisin, et douze d'entre nous, en combinaisons spatiales, l'avaient tractée tant bien que mal vers une baie d'amarrage. Ce maudit truc avait une masse de deux tonnes, et nous avions dû redoubler de prudence, même en apesanteur. Une fois dans la baie, vidée de toute atmosphère, Skippy et moi avions embarqué dans la navette, et les gars en combinaisons nous avaient poussés soigneusement dans le trou avant de le colmater.

— C'est une idée terrifiante et débile, commenta/maugréa Skippy. Une idée d'une stupidité épique, hallucinante, Joe ! Dans toute l'Histoire de la galaxie, je ne vois rien qui s'en approche.

— Comment ? Foutu moment pour me dire ça, Skippy. C'était ton idée de dissimuler la navette dans une comète !

— Ouais, vraiment super brillant.

— Alors, qu'y a-t-il de si terriblement débile là-dedans ?

— Je ne pensais pas que ce serait *toi* qui piloterais la navette, Joe. Nous sommes foutus !

— Très drôle. *Hollandais volant*, ici Barney. Nous sommes prêts.

— Bien reçu, Barney, répondit Desai.

Elle fit accélérer le *Hollandais volant* dans l'espace normal pour que la comète, au largage, ait la trajectoire et la vitesse adéquates pour frôler la station-relais à l'instar d'un banal corps céleste, comme tous ceux qui traînent aux abords des systèmes solaires. Puis le *Hollandais volant* bondit, libérant en douceur la petite comète, prit du champ et procéda au saut suivant. Et voilà, nous nous retrouvions seuls dans l'infini du cosmos, Skippy et moi. Si tout se déroulait comme prévu, nous passerions aux abords de la station-relais dans vingt-deux heures, et le *Hollandais volant* reviendrait nous récupérer vingt-six heures après. Super ! Quarante-huit heures en tête-à-tête avec Skippy. Qui avait l'air aussi ravi que moi…

— J'espère que tu n'as rien mangé qui donne des gaz au petit déjeuner. Et tu pourrais mettre un peu moins d'after-shave.

— Des flocons d'avoine et du pain complet grillé, Skippy, ne te fais pas de souci. Et je n'ai pas mis d'after-shave, tu sais bien que je n'en ai pas emporté quand j'ai quitté la Terre, abruti.

Il imita un reniflement sceptique.

— *Beurk,* alors c'est ton odeur naturelle ? La prochaine fois, essaie de ne pas oublier l'after-shave ! Il n'y a même pas de douche à bord de ce machin. Le voyage va me paraître bien long.

— Mmm. Tu veux jouer aux échecs avec moi ?

— Avec toi ? Ha ! Un jeu des sept familles, peut-être…

Après cet échange acide, nous restâmes chacun dans notre coin. Je lus un livre sur mon iPad, j'essayai de faire la sieste, je mangeai un repas simple, puis je me remis à lire, pendant que Skippy s'adonnait aux occupations des empaffés de son espèce déguisés en canette de bière. Mon livre terminé, je fis une partie d'échecs contre mon iPad, d'où je déduisis que mes maigres capacités « échiquéennes » s'étaient encore dégradées, puis je jetai un coup d'œil à Skippy, attaché sur le siège du copilote.

— Hé, Skippy, tu es là ?

— Je suis là. Comme toujours. Qu'y a-t-il ?

— Quelque chose m'inquiète. Me terrifie, en fait. Comment cet escadron du destroyer thuranien a-t-il fait pour nous tendre un piège ?

— Ils…

— Parce que, s'ils savent que des humains pilotent ce vaisseau, et même s'ils ignorent que nous avons bidouillé le vortex, nous sommes foutus !

— Je ne…

— Est-ce que je me suis gouré quelque part, Skippy ? Est-ce que tout le monde sera tué à cause de moi ? Et je ne parle pas de mon équipage, mais de l'humanité tout entière !

— Tu as…

— Je dois…

— Joseph Arthur Bishop ! beugla Skippy.

Je me renfonçai dans mon siège.

— Oh ! Seule ma mère prononce mon deuxième prénom. Quand elle est furieuse contre moi…

— Ma foi, pas moyen que tu me laisses en placer une ! Rassure-toi, Joe, tu ne t'es pas gouré. Ou, plus spécifiquement, tes innombrables erreurs ne sont pas la raison pour laquelle nous avons été piégés par les petits hommes verts. Ils ne nous attendaient pas, c'est plus que sûr. Si les Thuraniens avaient su que des singes pilotaient ce vaisseau, ils auraient instauré une défense à plusieurs niveaux, avec des cuirassés au centre. Les cuirassés peuvent projeter des champs d'atténuation plus puissants. Nous n'aurions eu aucune possibilité de repli face à une unité opérationnelle dotée de tels cuirassés. Les Thuraniens n'auraient jamais confié une mission aussi vitale à un seul escadron. S'ils avaient su qu'un de leurs transporteurs stellaires avait été détourné, et s'ils l'avaient localisé, c'est une armada qu'ils nous auraient envoyée aux trousses. Ils ne se seraient pas contentés de demi-mesures.

Il ne m'avait pas encore convaincu.

— Entendu, mais quelles sont les chances que nous sautions dans un piège comme celui-là ? Ne me donne pas le pourcentage de risques calculés jusqu'à la dixième décimale, s'il te plaît, c'est une question réelle, pas un exercice mathématique.

— Inutile de se livrer à des calculs. Nous n'avons nullement « sauté dans un piège ».

— Ah non ? Tu vois ça comment ?

— C'est simple. S'il s'était agi d'un traquenard, il y aurait eu bien plus de vaisseaux pour nous guetter, et nous ne serions plus là pour en parler. Enfin, surtout vous, les singes, qui seriez tous morts. Moi, j'aurais dérivé dans l'espace, *aspirant* à la mort. Au moins, quelques millions d'années dans le vide interstellaire m'auraient débarrassé de vos relents simiesques. Passons. À mon sens, ce site des Anciens que je croyais intact était en fait connu des Thuraniens, qui l'avaient pillé de tous les artefacts utiles depuis belle lurette. Ils avaient fait de ce système stellaire une base militaire, pour protéger le site des Jeraptha. Un système plus proche des territoires jeraptha avant le récent déplacement de vortex, et les Thuraniens auraient probablement fortifié la zone. Depuis, ils ont achevé de dépouiller le site, en conservant ce système en tant que base militaire secrète. Comme je t'ai dit, les détecteurs kristangs foireux du *Fleur* repèrent à peine une étoile dans un système stellaire ! Ils ne trouveraient pas d'eau dans la mer… Notre frégate déglinguée n'avait aucune chance de découvrir une base militaire que les Thuraniens auraient voulu garder secrète.

— Super théorie, Skippy. Ça n'explique pas pourquoi cet escadron de destroyers nous a encerclés dès que nous avons sauté.

— Euh, ça, il se peut que ça ait été ma faute. Infinitésimalement, ma faute.

— *Quoi* ? Tu as des choses à m'expliquer, Lucy !

— En fait, Ricky Ricardo n'a jamais dit ça dans la série, c'est un mythe. Tout comme disent les gens, habituellement…

— Je n'ai jamais vu la série, Skippy. C'était avant mon époque. C'est juste de la pop culture.

— Oh, pigé. Je vais faire une note à ce sujet.

— Et ?

— Et j'ai dit que j'allais faire une note à ce sujet. Sans déc, mec, ton esprit s'égare, parfois.

Je levai les yeux au ciel.

— Je voulais dire, *et* revenons à la raison pour laquelle l'embuscade pourrait avoir été en partie ta faute. Merde, Skippy, on en parlait il n'y a pas cinq secondes, comment peux-tu perdre le fil de ta pensée en un si court laps de temps ?

— Cinq secondes de sac à viande, abruti. Pour moi, votre espèce aurait pu passer de l'état de singes arboricoles écervelés à celui d'espèce pensante. J'ai dit « il se peut » parce qu'après tout, vous êtes toujours des singes sans cervelle.

— N'essaie pas de noyer le poisson, Skippy.

— Flûte, ce braque de singe là m'a dans son collimateur… marmonna-t-il. O.K. Je pense que cet escadron de destroyers était là pour l'entraînement, un truc comme ça. Les destroyers, ou des satellites sous bouclier furtif, ont détecté le *Fleur* quand il a bondi, parce qu'un aveugle aurait pu le voir. Leur curiosité piquée au vif, les Thuraniens ont dû se demander ce qu'une frégate kristang foutait là. Un vaisseau kristang isolé n'aurait pas pu faire tout le trajet jusqu'à ce système stellaire. Une fois le *Fleur* reparti sans les avoir détectés, les Thuraniens se sont dit qu'il reviendrait flanqué d'autres navires. Ils ont donc déployé les destroyers pour couvrir de leur champ d'atténuation la zone où le *Fleur* était susceptible de reparaître. Voilà également pourquoi leur champ d'atténuation n'était pas, à l'origine, prévu pour empêcher un seul vaisseau thuranien de fuir d'un bond. Ils guettaient des bâtiments kristangs, pas des transporteurs stellaires. À notre vue, ils ont dû être sacrément surpris. Et du coup, leur hésitation à réactiver le champ d'atténuation nous a permis de nous replier en toute hâte.

— Oui, c'est logique. Mais ça n'explique pas en quoi c'est en partie ta faute.

— J'espérais que ça t'aurait échappé... Où est ta capacité d'attention de poisson rouge quand j'en ai besoin ? Bah... voilà de quoi il retourne, Joe. J'ai peut-être frimé un peu. J'ai programmé notre saut pour surgir pile-poil là d'où le *Fleur* était parti. Ça m'apprendra à vouloir impressionner une bande de macaques ! Pourquoi devrais-je me soucier de ce que pensent des singes ignorants, dis-moi ?

Malgré toute son arrogance, il n'avait pas à se sentir coupable de ce qui n'était pas de sa responsabilité.

— Donc, tu as été un peu plus précis que nécessaire, mais ça n'a rien changé. Même si tu avais choisi un point de sortie à un millier de kilomètres, ces destroyers nous auraient de toute façon encerclés. C'était bien le meilleur endroit pour sauter, pour nous ?

— Euh, non, et c'est le hic. C'était le meilleur pour le *Fleur*, vu ses minables commandes de saut. Le *Hollandais volant* aurait pu sauter beaucoup plus près du site des Anciens. C'est pour ça que je me sens coupable, Joe. Les Thuraniens avaient encerclé la zone où ils pensaient que des vaisseaux kristangs surgiraient, et je nous y ai amenés tout droit. Si j'avais fait bondir notre transporteur plus près de cette lune, comme j'aurais dû le faire, nous aurions été à la limite du champ d'atténuation, et nous aurions pu filer beaucoup plus loin dès le premier saut.

Il semblait bien malheureux, et je comprenais ce qu'il éprouvait. Si nous avions cette conversation, c'est que moi-même je me sentais misérable, pensant qu'à cause de moi, nous avions tous failli y rester.

— Merde alors, Skippy ! Tu m'as laissé m'accabler de reproches, alors que tout ça était ta faute !

— Un tout petit peu, c'est tout ! protesta-t-il, blessé.

— Je suis désolé, Skippy. Je suppose que j'espérais que, ma foi, si ces Thuraniens avaient eu le moyen de pister le *Hollandais volant*, nous pourrions faire de même et localiser ce patrouilleur.

— Ils ont juste eu de la chance, Joe. Il n'y a pas de raccourci.

Nous continuâmes à traverser l'espace dans notre boule de neige, lancée dans de lentes rotations toutes les quarante-six minutes. Rien n'indiquait que la station-relais nous percevait comme une menace, même si ses détecteurs à longue portée nous avaient repérés deux heures plus tôt. Nous étions une banale « boule de neige » sans intérêt, à l'instar de milliards d'autres corps astraux similaires formant un nuage dissolu autour du système stellaire. Nous ne passerions pas assez près de la station pour représenter une menace. Du moins, nous l'espérions. À quatre heures du point le plus proche de notre vol de reconnaissance, Skippy sonna l'alarme.

— Sursaut gamma ! Multiples ! Sept, non, huit vaisseaux kristangs viennent de sauter entre le relais et nous. Merde ! Leur trajet est parallèle au nôtre, et à moins qu'ils changent de cap, nous allons traverser leur escadrille une demi-heure après notre vol de reconnaissance. Oh, la poisse ! Zut et zut !

— Ils nous ont détectés ? m'écriai-je, affolé. Ils savent que nous sommes là ?

— Est-ce qu'ils voient notre comète ? Sûr ! Savent-ils que notre navette est cachée sous la glace ? Impossible. Ou du moins, je ne crois pas. Très peu probable.

— Que diable font-ils ici ?

— Les stations-relais sont des points de rendez-vous courants, Joe. Ça n'a rien d'insolite. C'est dommage, mais pas inhabituel. Ils échangent des données, chut, tais-toi un peu, j'écoute.

Skippy et moi restâmes silencieux quelques minutes, mais lui ne retenait pas son souffle, comme moi.

— Zut ! Joe, nous avons un problème. La bonne nouvelle, c'est que ces vaisseaux échangent simplement des données avant de repartir, ils ignorent tout de notre présence. La mauvaise, c'est qu'en attendant qu'un autre bâtiment les rejoigne, ils vont procéder à une opération de transbordement d'effectifs et de fournitures. Il y aura des vols de navettes et des sorties extravéhiculaires de membres d'équipage en combinaisons pressurisées. Or, pour éviter tout risque avec notre boule de neige cosmique trop proche, il est possible qu'ils veuillent en dévier la trajectoire au maser.

— Ah, merde alors ! Euh, si tu es seul, tu es assez petit pour qu'ils ne te voient pas, exact ?

— Bien sûr, je peux rapetisser à la taille d'un tube de rouge à lèvres, et devenir invisible pour les détecteurs. Pourquoi ?

— Parce que, dis-je en détachant ses sangles, tu peux effectuer ce vol de reconnaissance en solo, tu n'as pas besoin de la navette.

— Eh ! Attends un peu, cervelle de singe ! Tu vas me jeter hors du sas ?

— Oui, pour de bon, cette fois, mais très délicatement. Je te donnerai une petite poussée, et tu iras flotter directement à côté de ce relais. De cette manière, si les Kristangs tirent sur la comète, tu ne seras pas affecté.

— Mais toi, tu le seras, trou de balle ! brailla-t-il.

— C'est un risque à courir. L'armée te dit bien que ce n'est pas sans danger quand elle te distribue un fusil. J'ai même dû signer une décharge en bonne et due forme à ce propos.

— Oui, que tu te tires une balle dans le pied, sombre idiot ! Joe, cette idée est, et je tiens à le souligner, la plus gargantuesquement stupide que tu aies jamais eue, même à l'aune des critères de votre débile d'espèce !

En revêtant le casque de ma combinaison spatiale, je lui répondis :

— Je suis ouvert à d'autres idées, Skippy, te permettant de voler près du relais sans être détecté, d'obtenir les données dont nous avons besoin et de remonter sain et sauf à bord du *Hollandais volant*. Tu as ça en magasin ?

— Non.

— Parfait, alors nous…

— Dans ce cas, « non » signifie « pas encore » ! Flûte, vous êtes sacrément impatients, les singes !

— Écoute, Skippy, en temps de « sac à viande », tu n'as eu que quelques secondes pour trouver une autre possibilité. Dans ton temps à toi, tu as eu, disons, plusieurs années. Si tu n'as rien trouvé de mieux dans cet intervalle, c'est qu'il n'y a pas d'autre possibilité. Tu flotteras un moment seul dans l'espace, et pour moi, tout ira bien.

— Définis « aller bien ». S'ils tirent sur cette boule de neige au maser…

— Je suis un soldat, Skippy, la mission prime sur tout, d'accord ? Il y a un seul « moi », mais il y a des milliards de singes, ah merde, voilà que tu déteins sur moi, des milliards d'humains sur la Terre. Aucune marge d'erreur n'est envisageable. Tu m'as dit que notre unique chance de pister ce patrouilleur était de capter les données de ce relais. Alors, je peux compter sur toi ? Inutile de t'inquiéter pour ton vieux Joe.

— Il faut bien que je me caille les sangs pour toi, tu es un singe particulièrement stupide dans un univers impitoyable ! Tu n'as franchement pas les armes pour t'en sortir seul, ça crève les yeux ! Tu es le singe qui dira : « Oohh, léopard avoir jolies taches, moi vouloir le toucher. »

— Skippy, dis-je en pénétrant dans le sas, tu me récupères les données de ce relais, et je te promets que je n'essaierai jamais de caresser un léopard. Ça te va ?

— Je n'aime pas ça, Joe, je n'aime pas ça du tout du tout.

— Ce n'est pas comme si j'étais ravi moi-même, Skippy. Mais tu vas le faire, d'accord ?

Il poussa un profond soupir.

— Je suppose. Zut, pourquoi ne peux-tu choisir ce moment pour avoir une de tes idées complètement délirantes ?

— Celle-là ne te paraît pas assez délirante ?

— Je vois ce que tu veux dire. Alors, allons-y !

Quand le trou dans la comète avait été rebouché, nos équipes y avaient étalé une bâche aspergée d'eau qui avait instantanément gelé, sur une épaisseur d'un mètre environ, puis recouvert l'ensemble de neige sale. De l'extérieur, impossible d'y repérer ce trou. Je m'éjectai du sas et me propulsai jusqu'à la bâche, dont j'entrepris de couper la base avec un cutter à basse puissance afin de pratiquer une brèche tout juste assez grande pour pouvoir m'y glisser. Dans l'intervalle, Skippy veillait à ce que ce côté de la comète ne se retrouve pas face à la station-relais et aux Kristangs. Tenant Skippy d'une main, je passai la tête et les épaules par l'orifice.

— Vers où ?

— Vers ta gauche. Donne-moi une bonne poussée, sinon nous resterons trop proches l'un de l'autre. À trois, O.K. ? Un, deux, trois… *go* !

Les pieds calés dans la glace, me retenant au bord de l'orifice de la main gauche, je lançai Skippy aussi fort que possible de la droite. Il disparut rapidement de ma vue.

— Ça allait ?

— Trop tard maintenant, de toute façon. Mais, oui, c'était une bonne poussée, je vais m'approcher de trois mille kilomètres d'un coup de la station-relais. Cesse de parler, silence radio. Je pourrai te contacter, mais pas question que tu me répondes. Bonne chance, Colonel Joe.

Bonne chance, Skippy.

Avant que la comète achève sa rotation et que notre planque soit visible par les Kristangs, je la recouvris du mieux que je pus de neige fondue au cutter. Ce n'était pas nickel, loin de là, et j'espérais qu'aucun Kristang ne s'ennuierait au point d'examiner de près une boule de neige voguant dans l'espace profond.

Je retournai dans la navette, et cette fois je gardai mon casque. Si les Kristangs décidaient de tirer au maser sur la comète, j'aurais au moins une réserve d'oxygène. Ensuite, j'activai le champ furtif de la navette en le réglant au plus près de la coque. Un champ furtif ainsi resserré mobilisait davantage de puissance, mais j'en avais à revendre, puisque je n'avais pas l'intention d'allumer les moteurs. Sur réglage standard, le champ furtif aurait transcendé en partie la comète, et les Kristangs auraient pu se demander pourquoi celle-ci avait soudain changé d'aspect.

En dernier, j'activai le commutateur d'homme mort du missile nucléaire attaché sur le siège, derrière moi. Si les choses tournaient mal, laisser les Kristangs découvrir des restes humains dans une navette thuranienne était exclu. Deux possibilités : lâcher le commutateur de mon plein gré, ou, si j'étais mort ou gravement blessé, ma main le lâcherait toute seule. Résultat, la navette, la comète et moi serions réduits à un nuage de particules. Skippy serait en sécurité, loin de là, et de toute façon ce n'était pas un simple missile nucléaire qui risquait de l'atteindre. Le *Hollandais* finirait par le récupérer, et Chang poursuivrait notre mission.

Toutefois, ce ne serait pas mon premier choix, au cas où vous vous poseriez la question. J'avais des tas de cheeseburgers à déguster avant de mourir.

J'attendis.

Cela ne prit pas longtemps.

— Joe, m'avertit soudain Skippy, ils tirent au maser sur toi !

Je fermai les yeux, résigné à mon sort – une douleur atroce puis la mort.

Il ne se passa rien.

Tout ce que je sentis, ce furent de légers tremblements, une sorte de ballottement…

— Au cas où tu te demandes pourquoi tu es encore en vie, reprit Skippy, ils utilisent un maser à basse puissance. Ils ne tiennent pas à faire sauter la comète, ça leur créerait de pires problèmes en les obligeant à garder à l'œil une multitude de petits débris, au lieu d'un seul de taille moyenne. Ce maser à basse puissance réchauffe un côté de la comète et en évapore la glace, ce qui altère sa trajectoire. Et si tu te demandes aussi pourquoi je n'ai pas mentionné cette possibilité, c'est que je n'étais pas sûr qu'ils y recourent. Je ne voulais pas te donner de faux espoirs. Parfois, les Kristangs aiment bien se servir des comètes comme cibles d'exercices, et ça n'aurait pas été bon pour toi. Maintenant, tu n'as plus à t'inquiéter. Pour le moment.

Pour le moment ? Bordel, ça me rendait dingue de ne pas pouvoir lui répondre ! Je pris quelques inspirations profondes, histoire de me calmer, tandis que la comète vibrait doucement. Je restai sur mes gardes, attentif à ne surtout pas relâcher accidentellement le commutateur d'homme mort. Le pire, ce n'était pas que j'en mourrais bêtement, mais que Skippy en conclurait, tout compte fait, que j'étais bien le plus abruti des abrutis de singes.

La comète fit une embardée.

— Ne t'inquiète pas, Joe, me rassura mon binôme de compète, un morceau de glace vient de se détacher. Ils ont changé de cible, et voilà. Ho... La comète continue sa rotation, et le maser frappera l'emplacement du trou dans douze minutes. Des creux dans une comète, ce n'est pas si rare, mais notre orifice est plutôt large pour la taille de celle-ci. Et si la bâche est exposée, ça leur paraîtra très suspicieux. Laisse-moi réfléchir... Dans l'intervalle, ajouta-t-il, ne fais rien de stupide genre activer les moteurs de la navette ou ses impulseurs.

Juste à l'instant où j'allais poser les doigts sur les commandes d'activation des moteurs... Je remis promptement ma main dans mon giron.

Réfléchis plus vite, Skippy !

Une salve de rayons maser à grande puissance ne menaçant plus de m'envoyer *ad patres*, je me dis que ce serait vraiment trop bête de mourir comme ça.

— J'ai trouvé ! s'exclama Skippy, tout excité. La bonne nouvelle, c'est que ça va être vraiment cool, je n'ai jamais fait un truc pareil ! La mauvaise, c'est, euh, que ça pourrait échouer de manière tout à fait spectaculaire. Donc, *coolitude* garantie, d'une manière ou d'une autre, non ? Bien sûr, ce sera encore plus cool si tu survis. Inutile de le préciser, si ? Oh, mec, j'aimerais que tu voies ça ! De mon point de vue, peut-être pas de celui d'un singe, c'est *vraiment* trop cool !

Qu'allait-il encore inventer comme stratagème tordu, ce zouave ? Et pas moyen de couper court à ses divagations et soliloques idiots, par-dessus le marché… Les vibrations de la comète s'altérèrent, je ne saurais comment décrire le phénomène, mais la sensation était différente. Y avait-il maintenant *deux* sources de vibrations ?

— Ça fonctionne, Joe ! Je crois. Hum… Peut-être, euh oui, oui, ça fonctionne. En quelque sorte. En tout cas, c'est pas loin. Eh ben, eh ben…

Ce « *eh ben* » me fit dresser les cheveux sur la tête. Que diable était-il allé chercher ?

— Au cas où tu te demandes ce que je fais, c'est juste ma génialitude cent pour cent garantie plaquée or, de catégorie A, qui est à l'œuvre. Bon… Je te l'accorde, ça n'a guère de sens. Quand tu essaies de convaincre quelqu'un que ce que tu fais est incontestablement extraordinaire, pourquoi parler de « plaqué or » au lieu d'or massif ? Mmm, j'ai peut-être mal interprété cette expression. On pourrait mettre de la dorure sur un étron de chien, et ça ne serait pas extraordinaire, juste un étron plaqué or… Bref, où en étais-je ? J'ai oublié, ça ne devait pas être si important que ça. Oh, si, ça me revient, j'allais t'expliquer mon coup de génie ! De l'or massif, mec, ne nous y trompons pas !

J'aurais bien imploré la mort de venir enfin me délivrer, pourvu que je ne l'entende plus.

— Où en étais-je… Ah, oui. Bah ! Expliquer des rudiments de physique multidimensionnelle de haut niveau à un singe, c'est ça qui n'a pas de sens ! O.K., la physique multidimensionnelle pour les nuls, du genre Barney. Quelle blague, ça encore ! Je ne m'en lasse pas. Il n'y a que toi, Joe, pour combattre une invasion alien dans un camion de crèmes glacées ! Et avec ça, même pas un chouette, hein, juste un vieux tacot tout pourri ! Donc, voilà, et ça va te faire péter un plomb ! Écoute un peu : je distords l'espace-temps dans une mini-zone, pour altérer légèrement les rotations de notre comète histoire que le rayon maser rate notre cachette. Cool, non ? Tu sais quoi ? Je n'ai jamais distordu l'espace-temps dans une zone si riquiqui, les calculs sont très différents, et ça ne manque pas d'intérêt. C'est une grande première ! Quel pionnier je fais !…

Il continua inlassablement sur cette veine et je devins sourd des deux oreilles, cessant de l'écouter… Babilla-t-il de la sorte tout au long de ces douze minutes fatidiques ? C'est fort probable car, le délai écoulé, il jacassait toujours. De quoi parlait-il, je ne m'en souviens pas, c'était juste chouette, je l'avoue, d'entendre sa voix, d'entendre quelqu'un me parler alors que j'étais là, seul au monde dans cette navette, les mains tremblantes, seul avec mes terreurs. Être seul, ce n'est déjà pas génial. Avoir peur, c'est terrible. Mais avoir peur et être complètement seul… ?

— … tu m'écoutes toujours, Joe ? Je crois que c'est bon, te voilà tiré d'affaire. Ce rayon maser devrait cesser d'ici une minute ou deux, les Kristangs estimant nous avoir repoussés suffisamment loin de leur trajectoire.

Mes doigts crispés n'avaient pas relâché le commutateur d'homme mort. En attendant que les Kristangs cessent enfin leurs tirs, je le saisis à pleines mains pour affermir ma prise. Skippy me donna enfin le signal que j'appelais de tous mes vœux…

— C'est bon, Joe ! Le commandant kristang est certain que la comète n'interférera plus avec leur escadrille. Transbordement en cours. Ouh là, ils ont fait fondre la comète plus que nécessaire. Désactive le champ furtif pour économiser de l'énergie. Une bonne chose qu'ils n'aient pas eu à améliorer leurs tirs pour régler leur maser ! Bref, je vais cesser de parler dans dix-huit minutes, car j'approche de la station-relais et il faudra que je me concentre, ou nous aurons fait tout ça pour rien. D'ici deux heures, nous aurons trop dérivé l'un de l'autre de toute façon pour que je puisse encore communiquer avec toi. Mais voilà en guise de lot de consolation pour te tenir compagnie un pot-pourri de thèmes musicaux de séries, « Starsky et Hutch, Starsky et Hutch… »

Des thèmes de séries ? Celles de mes grands-parents, oui ! Il chanta un thème après l'autre durant les dix-huit minutes suivantes, puis coupa abruptement la communication sans préavis. Plus de nouvelles, nous avions effectivement dérivé trop loin l'un de l'autre, ou bien il avait téléchargé une tonne de données et s'affairait à les trier. Je désactivai précautionneusement le commutateur d'homme mort, et sécurisai le missile nucléaire.

Quatorze heures plus tard, les détecteurs de la navette enregistrèrent un sursaut gamma, puis sept autres. L'unité kristang avait dû sauter au loin. Bon débarras !

Vingt-six heures après que j'eus perdu le contact avec Skippy, la console de la navette me signala un unique sursaut gamma, et le *Hollandais volant* me bipa. Je répondis par un bref rapport ; il faudrait récupérer Skippy en premier. L'équipage se demanda sûrement pourquoi la comète n'était pas là où elle était censée être, et pourquoi Skippy n'était pas avec moi.

Seize minutes plus tard, un autre sursaut gamma, puis plus rien. Silence.

Encore dix-neuf heures d'angoissante solitude. Sans savoir ce qu'il se passait, si quelque chose était arrivé au *Hollandais volant*. Impossible qu'il lui ait fallu dix-neuf heures pour contacter, localiser et récupérer Skippy ! Les Kristangs avaient-il donc détecté et intercepté Skippy en train de piller les banques de données ? Non, si le *Hollandais* avait vainement tenté de biper Skippy, l'équipage m'aurait aussitôt recontacté. C'est donc bien que quelque chose avait foiré et qu'on n'avait pas pu revenir me chercher.

Mais quelle merde !

La navette pouvait recycler l'oxygène pour une personne pendant près d'un mois, et l'eau n'était pas un problème, pour peu que je me rationne suffisamment. La subsistance, elle, était un gros souci. J'avais emporté une provision de bouillies pour une semaine… Que faire ? Le système de navigation m'indiqua que sa nouvelle trajectoire éloignait la comète de l'étoile, et qu'elle ne repasserait plus à proximité de la station-relais avant un bon millénaire. En outre, d'après l'ordinateur de bord doté d'une puissance de projection sur dix mille ans seulement, la comète ne s'approcherait pas suffisamment de l'étoile pour que fonde sa gangue de glace. La navette y resterait donc enfouie les dix mille prochaines années. Un peu longuet pour moi…

Je farfouillai… Y avait-il des réserves insoupçonnées de nourriture ? Maigrissime butin : une malheureuse cacahuète oubliée au fond d'un sachet, dans la poche latérale du siège du copilote. Misérable cacahuète esseulée… Je la contemplai un long moment, avant de fourrer le sachet quasiment vide dans une fine cloison de la console de pilotage. Les seules bouillies que j'avais embarquées étaient celles à la banane que personne n'aimait, avec leur insipide fadeur et leur arrière-goût chimique. Je les avais surtout prises pour nous en débarrasser. Et voilà qu'elles devenaient ma seule source de nourriture. Oh, tant pis ! Je rationnerais les bouillies dans l'espoir d'être secouru à temps. Ensuite, eh bien… je mangerais *la* cacahuète. Et je diminuerais lentement l'alimentation en oxygène. Il paraît qu'on s'endort doucement, et que c'est presque indolore…

Ha ! Mes camarades de lycée ne m'avaient pas élu « le plus susceptible de finir dans les entrailles d'une comète aux confins d'un système stellaire alien ». Ça, ils l'avaient raté. Ils ne m'ont jamais élu « Boute-en-train de la classe » non plus, rien de cool comme ça.

Merde. Maintenant que j'y pensais, j'étais sûr qu'un plaisantin quelconque avait dû découper une image de Barney et la coller sur ma photo, dans notre album de la promotion.

Comme si ça avait de l'importance, maintenant…

N'ayant rien de mieux à faire, je réglai l'alarme pour dans dix heures, le moment de ma prochaine bouillie, je tamisai l'éclairage et tâchai de dormir un peu.

Alors que je sombrais, la console m'alerta : nouveau sursaut gamma. Et le *Hollandais volant* me bipa.

— Colonel, on vous ramène ! Heure estimée d'arrivée, quatre minutes.

Je sentis un choc assez violent, puis la navette frémit. Ensuite, j'entendis de nouveau un timbre de voix familier.

— Hé, Joe, c'est super de te retrouver ! brailla Skippy. Quand le vaisseau m'a récupéré, il a dû sauter au loin. Ça aurait pris trop de temps de voler dans l'espace normal pour venir te récupérer, et le vaisseau aurait été trop exposé. On a attendu que tu sois suffisamment loin du relais avant de prendre le risque de revenir. Tiens bon, on va te sortir de là, ce sera l'affaire d'une minute.

— Merci, Skippy, c'est super de t'entendre de nouveau. As-tu réussi ? Avec le relais ?

— Le hasard nous a bien servi, Joe ! Bien qu'en y réfléchissant, l'expression est assez ambiguë, non ? Le hasard peut toujours agir à sa guise, pas vrai. Bref, dans ce cas de figure, il a bien fait les choses. J'ai réussi, oui ! Enfin… en quelque sorte. Monte à bord, et tu auras tous les détails. Mais, euh, n'oublie pas de te doucher d'abord, O.K. ?

CHAPITRE VINGT-NEUF

SKIPPY ATTENDIT À peine que j'aie enlevé ma chemise avant d'entamer son briefing.

— Voilà ce que j'ai trouvé, Joe, et je ne suis pas sûr, en fin de compte, que ce soit une bonne ou une mauvaise nouvelle…

— Je croyais que tu voulais que je passe d'abord à la douche ?

— Vas-y, je t'en prie. Toutefois, tu ne sens pas tellement meilleur après qu'avant, et donc il n'y a aucune raison d'attendre. À moins que tu préfères attendre.

— Non, dis-je en délaçant mes bottes. Vas-y.

— Je supposais que le clan du Dragon de Feu détiendrait des informations sur la mission du patrouilleur, et j'avais en partie raison.

— Super !

Avant d'entrer – ou, plus précisément, de m'accroupir – dans la douche, j'appuyai sur le bouton et vérifiai la température, au cas où Skippy aurait décidé de me jouer un tour et de régler l'eau sur « glacial ».

— Donc, tu sais où croise le patrouilleur, et où il va ?

— Non, malheureusement, les Dragons de Feu n'ont aucune information au sujet de ce patrouilleur, ou de l'unique destroyer qui l'escorte.

— Alors, la bonne nouvelle, c'est quoi ? Tu as dit que les Dragons de Feu envoyaient deux des leurs sur la Terre, et que le patrouilleur les embarquerait en chemin.

— En effet. Tu m'entends, Joe ?

— Ouais, très bien, répondis-je, la tête sous le jet d'eau.

L'eau chaude me purifiait de la crasse de journées entières sans pouvoir me laver. Une sensation grisante !

— Bien. Deux chefs des Dragons de Feu partent pour la Terre, ils ont payé un supplément car ils ne se fient pas aux Thuraniens.

Pour d'excellentes raisons, basées sur une longue histoire commune, les Kristangs se défient en effet des Thuraniens. Et inversement, également pour d'excellentes raisons. Les Thuraniens prennent plaisir à insulter et humilier les Kristangs chaque fois qu'ils en ont l'occasion, et c'est pour ça que les chefs du Dragon de Feu n'ont pas eu pour instruction de se rendre directement sur le patrouilleur. Ils seront récupérés par des vaisseaux-citernes de soutien. Voyager à bord de vaisseaux au statut aussi bas est un affront très grave. Et les Kristangs n'ont qu'à mettre leur mouchoir par-dessus.

— Je suis vraiment très triste pour eux, pauvres chouquettes, nous devrions envoyer une note de réprimande bien sentie aux Thuraniens. Où vont-ils guetter ces vaisseaux-citernes ? Et quand ?

— « Où », j'ai la réponse, et j'ai déjà programmé le trajet dans l'ordinateur de navigation. Le problème, c'est « quand », Joe. Les Kristangs rallieront les vaisseaux-citernes dans trois jours, et nous prendront de vitesse.

— Crotte. Mais tu connais leur cap au moins ?

— Non. Ce n'est pas le genre d'information que les Thuraniens ont jugé utile de fournir au clan du Dragon de Feu.

— Eh merde, Skippy !

Je coupai le jet. Mais pourquoi diable Skippy adorait-il me faire la causette quand j'étais sous la douche ?

— Donc, tout ça aura été une perte de temps ? On va arriver trop tard ?

La pilule était dure à avaler. Pirater les messages de cette station de relais avait été notre seule chance d'intercepter le patrouilleur avant qu'il n'atteigne la Terre.

— Une petite minute ! Il reste une chance que quelque chose aille de travers pour eux, et que les Kristangs se pointent en retard au rendez-vous, non ?

— Pourquoi pas. Mais tu n'as pas entendu…

J'appuyai sur le bouton de l'intercom et hélai la passerelle de commandement.

— Ici Bishop. Skippy a programmé un nouveau trajet dans le système de nav'. Effectuez le saut au plus vite.

— À vos ordres, répondit Chang, sans poser de questions.

— Plus une minute à perdre, Skippy ! Pourrais-tu raccourcir le voyage, exécuter un nouveau tour de magie au moyen des vortex ?

— Joe, le trajet que j'ai programmé inclut déjà un raccourci que j'ai obtenu en manipulant un vortex. Tu n'as pas…

— Il doit y avoir autre chose ! Laisse-moi y réfléchir une…

— Joe ! Si tu veux bien la boucler une minute, je n'ai pas fini mon briefing.

— Oh. Désolé, Skippy, au temps pour moi. Continue, je t'en prie.

— Merci. Comme je l'ai expliqué, ces deux bâtiments de soutien sont avant tout des vaisseaux-citernes, ils transportent du carburant qu'ils transféreront au patrouilleur, avant que celui-ci se déleste de son escorte et entame son long voyage en solitaire vers la Terre. Les Kristangs rejoindront dans un système stellaire inhabité ces vaisseaux-citernes qui se ravitailleront en carburant en siphonnant l'atmosphère d'une géante gazeuse. Logiquement –

et les Thuraniens peuvent toujours faire montre d'une implacable logique –, ces vaisseaux-citernes ne convoieront pas leurs hydrocarbures plus loin que strictement nécessaire. Autrement dit, ils rallieront le patrouilleur à un endroit proche de leur point usuel d'avitaillement. Avant que tu me régales d'une de tes observations ineptes, genre pourquoi je t'explique tout ça, je précise : les vaisseaux-citernes mettront des jours à faire le plein. Du coup, nous devrions gagner ce système stellaire avant que ces vaisseaux-citernes n'en repartent.

— Skippy, c'est fantastique !

Ah, les fameuses montagnes russes… de l'espoir fou au désespoir abyssal, et ainsi de suite…

— Que ne me disais-tu tout de suite ?

— J'ai essayé, grosse andouille, va, mais tu n'arrêtais pas de jacasser ! Blablabla. Tu agites tes lèvres avec tant d'énergie, parfois, que je m'attends à tout instant à ce que tu t'envoles comme un oiseau.

— Désolé. O.K., donc, nous savons où ces vaisseaux-citernes seront, et qu'ils rejoindront le patrouilleur dès leurs réservoirs remplis à cette « station-service » de l'espace.

— C'est une planète, Joe, pas une station-service ! L'opération consistant à siphonner les gaz adéquats…

— Tu sais très bien ce que je voulais dire, Skippy.

— O.K. Reste qu'on ignore où les vaisseaux-citernes iront une fois qu'ils auront fait le plein. Et nous n'avons aucun moyen de les pister à leur insu.

Je finis de boutonner ma chemise et enfilai un pantalon.

— Ne te soucie pas de ça, Skippy. Coincé dans cette comète, j'ai eu tout loisir de réfléchir. Et j'ai quelques idées.

— C'est bien ce qui me fait peur, Joe.

Le *Hollandais volant* bondissait à merveille, le long de notre trajet menant au système stellaire où les deux vaisseaux de soutien thuraniens devaient déjà remplir leurs réservoirs. D'après Skippy, nous devrions les précéder. Bref, ça se présentait bien. Au détail près que nous n'avions aucun plan réaliste contre le patrouilleur, de manière à faire croire aux Thuraniens qu'il avait été victime des Jeraptha lors d'un de ces affrontements d'une folle banalité entre vaisseaux. Toutefois, une idée germait dans mon esprit.

— Monsieur, il se peut que quelque chose nous ait échappé, dit Smythe, alors que nous étions réunis au réfectoire où nous confrontions nos idées sur la meilleure manière d'attaquer le patrouilleur et son escorte. J'ai lu les rapports de votre première mission. Vous avez catapulté en pleine planète gazeuse les Kristangs qui nous pourchassaient…

Tout le monde signifia son approbation d'un hochement de tête.

— Vous craigniez qu'ils éjectent des drones dont les carnets de vol auraient prévenu les Thuraniens qu'une frégate kristang et un transporteur stellaire thuranien avaient été arraisonnés par une force hostile.

— Eh là ! protesta Skippy. Je n'étais pas hostile, moi ! Peut-être n'ai-je pas été aussi poli que…

— Ce n'est pas ce qu'il voulait dire, fis-je en retenant un rire.

— Oh. « Hostile » du fait de m'être emparé des commandes de leurs vaisseaux et de les avoir envoyés à une mort certaine… Oui, grommela Skippy, j'imagine qu'on pourrait considérer cela comme de l'hostilité. Dans certaines cultures.

Smythe opina du chef.

— Exact. Bien, lorsque nous passerons à l'attaque, ces vaisseaux ennemis éjecteront des drones furtifs susceptibles d'amener les Thuraniens à penser qu'il s'agit d'une offensive isolée, celle d'un ex-navire thuranien.

— C'est faisable, reconnut Skippy. Cependant, si notre champ furtif est endommagé au combat, notre « maquillage » en vaisseau jeraptha risque de ne pas tenir.

— C'est le problème, Monsieur, dit Smythe. À nous de détruire ces spationefs, et de faire en sorte que les Thuraniens en concluent à un raid jeraptha ordinaire. Ces drones seraient bien foutus de fiche notre couverture en l'air.

— Ouais, Joe ! s'exclama Skippy, tout excité. Très juste. Et tu as la réponse, petit malin ?

— Bien sûr, Skippy. Tu vas régler ce problème à notre place.

— Oh, vraiment ? Et comment ? Tu ne faisais peut-être pas attention, alors je te résume, reprit-il, presque guilleret. Les vaisseaux stellaires transportent des drones détenteurs de l'enregistreur de vol. Quand un astronef est détruit, ou sérieusement endommagé, ces mini-drones protégés d'un champ furtif sont éjectés. Le voilà le problème, Joe, mon garçon. Les Thuraniens finiront bien par dépêcher un navire pour découvrir ce qui est arrivé à leur précieux patrouilleur et à son escorte. Bien entendu, j'espère pouvoir tromper leurs détecteurs en nous faisant passer pour un croiseur jeraptha, mais sans garantie de succès.

— Franchement, ce n'est pas un problème pour toi, Skippy.

— Hum… Comme j'ai laissé ma licorne magique sur Paradis, ou ailleurs, comment serais-je censé débusquer un nombre inconnu de drones sous champ furtif, petit malin ?

— C'est simple, Skippy. En leur demandant de nous donner leurs coordonnées.

Il y eut une pause. Skippy tentait-il de comprendre mon idée ?

— Peut-être devrais-je te réexpliquer le concept de « champ furtif », Joe.

— Inutile, je…

Adams prit une vive inspiration.

— Monsieur, je crois voir où vous voulez en venir.

— Oh, *ça*, ça va déchirer, gloussa Skippy. Allez-y, Sergent, éclairez ma lanterne, de grâce !

Elle me lança un regard. Je lui fis un signe de tête, et elle se pencha en avant.

— Skippy-chou…

— Skippy-chou ? s'étrangla-t-il, surpris.

— Skippy tout court, alors, s'amenda Adams non sans un clin d'œil complice. Ces drones sont sous champ furtif, pour empêcher l'ennemi de les localiser, mais ils répondraient à un signal codé adéquat provenant d'un vaisseau thuranien. Correct ?

— Oui, sans déc, sinon ils ne serviraient pas à grand-chose. Mais encore une fois, le problème, c'est que… oh, merde !

J'éclatai de rire.

— Tu as pigé maintenant, Skippy ?

Il lâcha un soupir à cœur fendre.

— Quand j'injecterai un virus à l'ordinateur thuranien, histoire que le vaisseau éjecte juste avant de sauter un de ces drones contenant leurs coordonnées de rendez-vous, je suis aussi censé télécharger les codes de récupération des drones, c'est ça ?

— Tout à fait, approuvai-je. Nous bondirons alors au point de rendez-vous en question, et tu enverras un signal aux drones pour qu'ils nous bipent leur localisation.

— C'est dans vos cordes, Skippy ? demanda Adams.

— Oh, certes. Et chiotte, vous vous croyez tellement malins ! Sergent, je croyais que c'était le Colonel Joe que je détestais le plus, et voilà que vous grimpez en haut de ma liste.

— Vous m'en voyez très honorée, Skippy-chou, lâcha Adams, sarcastique.

— Après avoir demandé aux drones leur localisation, ils nous serviront pour le tir à la cible ?

— Non, non ! Je ne veux pas les détruire.

— Euh, O.K. Il y a toujours un truc qui m'échappe, avoua Skippy.

Il feignait l'étonnement à la perfection.

— Nous n'allons pas les détruire, expliquai-je, car ils ne bousilleront pas notre couverture. Au contraire, ils en seront les meilleurs vecteurs. Quand tu les auras localisés et que tu auras accédé à leurs données, tu modifieras leurs carnets de vol, afin que tout porte à croire à l'attaque d'une unité jeraptha caractéristique de ce type de raid…

— Deux croiseurs légers, donc, dit Skippy.

— Ensuite, tu rendras ces drones silencieux, jusqu'à ce qu'un véritable vaisseau thuranien les trouve et fournisse des données convaincantes selon lesquelles ce patrouilleur aurait bel et bien été détruit par les Jeraptha. Ils n'auront aucune raison de soupçonner que des humains étaient impliqués. Ce sont les drones qui « vendront » le mieux notre couverture.

— Merde alors, grogna Skippy, mécontent. En fait, c'est un assez bon plan. De la part d'un singe, c'est même stupéfiant. Un plan ingénieusement perfide. Joe, quand tu en auras ta claque de jouer au soldat, tu auras une brillante carrière devant toi, en tant que génie criminel. Ou alors, tu sais, dans la politique.

J'éclatai de rire.

— Skippy, je ne pourrai jamais me lancer dans un truc aussi glauque que la politique.

— Et le crime ?

— On en reparlera. Pour le moment, je dois encore jouer les soldats un bon moment.

Cela me donna à réfléchir. Quand j'avais signé pour la FENU, mon engagement était illimité puisque nous étions en guerre. Maintenant que la Terre était, à la connaissance de l'ONU, en paix, je n'avais aucune idée du nombre d'années qu'il me restait à servir dans l'armée US. Ma promotion au grade de colonel était temporaire, et, de notoriété générale, de pure convenance. Celle au grade de sergent était conditionnée à un certain nombre d'années d'engagement sous les drapeaux. Mais au Camp Alpha, je n'avais pas pensé à me renseigner là-dessus. À l'époque, ça n'avait guère paru important, vu notre faible espérance de vie en pareilles conjonctures. Combattre des aliens avec nos bons vieux fusils M-4 ? Quelle sinistre blague…

— Je dois admettre, dit Skippy, que ce ramassis de macaques aura produit quelques idées assez valables.

— Merci, Skippy.

Le connaissant, il allait ajouter un commentaire narquois. Je ne fus pas déçu...

— « Valables » car parfaites, en théorie. Mais reste que nous n'avons actuellement aucun moyen, comme tu l'as supposé dans ton ignorance, de pirater un vaisseau thuranien.

— *Quoi ?* m'écriai-je, abasourdi. Mais tu as arraisonné notre vaisseau, dis-je en claquant des doigts, comme ça, en un clin d'œil ! Comment as-tu fait ?

— Oh, excellents talents d'observation, Joe ! J'ai pris le contrôle du *Hollandais volant* grâce à mon incroyable génie. Toutefois, comme tu ne faisais visiblement pas attention, les Thuraniens avaient déposé le *Fleur* à une bride d'amarrage. Ensuite, j'ai pu prendre le contrôle de leur ordinateur rudimentaire afin de mettre ces cyborgs idiots en mode sommeil. Pour cela, il me fallait être *très* près, Joe – à moins de vingt kilomètres. Nous y sommes arrivés parce que le *Hollandais volant* est un transporteur stellaire devant prendre à bord une frégate kristang. Aucun des vaisseaux thuraniens de l'unité tactique du patrouilleur ne laissera un élément inconnu s'approcher si près.

— Oh, merde, Skippy, tu aurais pu nous le dire plus tôt, ça nous aurait évité de perdre un temps précieux à élaborer des plans impossibles !

— Mais tu t'amusais tellement, Joe, je ne voulais pas te gâcher ton plaisir.

— Nous ne sommes pas là pour nous amuser, Skippy, grognai-je les dents serrées. Nous sommes peut-être des singes stupides à tes yeux, mais nous sommes aussi les seuls cerveaux de singe à bord, et nous n'avons que toi pour nous aider à empêcher ce patrouilleur d'atomiser notre planète natale. Toi, tu crois que c'est drôle...

— ... « Pathétique » serait un terme plus approprié, marmonna-t-il...

— ... mais pas nous. Tu me dis qu'il t'est impossible de pirater ces vaisseaux ?

— Une fois de plus, tu ne fais pas attention, Joe. Tu sembles distrait. Tu as faim, ou est-ce que tu es toujours en rut ? Je n'ai pas dit que c'était impossible, j'ai dit que ce n'était pas facile. Nuance.

— Oh, pitié… !

Heureusement, il m'interrompit avant que je devienne vraiment mauvais.

— Laisse-moi t'expliquer : nos deux vaisseaux-citernes se ravitailleront à la deuxième planète de ce système, qui est une géante gazeuse. Nous sauterons derrière la quatrième, une autre géante gazeuse, du côté le plus éloigné de l'ennemi, afin que la planète masque le sursaut gamma de notre arrivée. Puis quelqu'un m'emmène faire un vol de reconnaissance avec un appareil furtif, au plus près de ces vaisseaux de soutien, afin que je les pirate.

— Oh, comme avec cette station-relais. Excellente idée, Skippy. Nous prendrons une navette ?

— Non, ça ne sera pas aussi facile, Joe. Pour pirater leur système informatique, il faudra que je sois à moins de quatre mille kilomètres au point le plus proche. À cette distance, une navette, même sous champ furtif, serait détectée. Et les Thuraniens ne laisseraient pas une comète approcher autant d'eux, ils la dévieraient ou la pulvériseraient.

— Pas de navette ? Alors, comment sommes-nous censés nous propulser d'une planète à l'autre ?

— Alors, eh bien, tu ne vas pas aimer cette idée…

CHAPITRE TRENTE

IL AVAIT RAISON. Je n'ai pas aimé l'idée du tout. Une idée terrible et stupide qu'avait eue Skippy. Mais c'était également la seule que nous ayons à disposition. Nous avons sauté du côté de l'hémisphère le plus éloigné d'une géante gazeuse, à un quart de distance de la planète où les vaisseaux thuraniens s'approvisionnaient en carburant. Avec le *Hollandais volant* en mode furtif, nous suivîmes la rotation naturelle de la planète, et Skippy capta des transmissions entre les deux vaisseaux-citernes. La bonne nouvelle, c'est qu'ils étaient isolés, car nous avions craint qu'ils aient un destroyer ou une frégate comme escorte. La mauvaise, c'est que nous arrivions presque trop tard, leurs réservoirs étant à demi remplis. Nous devions agir vite.

Desai pilotait la navette, avec le lieutenant Xi de l'armée de l'air chinoise comme co-pilote. Je pris Skippy avec moi, et Giraud, pour me porter secours si nécessaire. Dans une manœuvre que j'estimai intéressante, Desai accéléra pleins gaz, ce qui nous fit profiter de l'effet d'assistance gravitationnelle et nous permit d'échapper au puits de gravité de la planète. Après trois heures supplémentaires d'accélération relativement modérée, nous étions en bonne voie pour intercepter le vaisseau-citerne croisant en orbite basse autour de la deuxième planète.

Afin de ne pas être repérés, nous évitions de lancer les moteurs pour la décélération jusqu'à ce que les vaisseaux-citernes parviennent de l'autre côté de la géante gazeuse. Pas simple… Car nous foncions à toute allure dans l'espace interplanétaire. Le plein fini, le premier vaisseau-citerne était déjà reparti. Ça allait être juste, sacrément juste. Nous n'avions qu'une fenêtre de douze minutes pour enclencher les moteurs, avant que les orbites de l'un ou l'autre des vaisseaux de soutien les amènent en vue de notre appareil. Desai nous fit décélérer pour atteindre la vitesse adéquate avec une manœuvre en haute gravité qui fit éclater un petit vaisseau sanguin dans mon œil gauche et me déclencha un saignement de nez. Puis elle coupa les gaz. Je mis mon casque et m'aventurai à l'extérieur, me laissant dériver dans l'espace.

L'idée de notre IA ? Que quelqu'un revête une combinaison spatiale kristang, en emportant Skippy et un réacteur dorsal. Skippy était irrité que nous appelions ce bidule un « réacteur dorsal » et non une Unité de manœuvre individuelle, parce que, selon lui, le dispositif n'avait techniquement pas de réacteur. Nous avions fait la sourde oreille. Un réacteur dorsal, c'était cool, une « UMI », ce n'était pas cool. Une combinaison sous champ furtif, même avec un réacteur dorsal, restait assez petite pour côtoyer un minable vaisseau-citerne, à environ quatre mille kilomètres, sans être détectée. En plus du réacteur dorsal, ma combinaison comportait un ceinturon à outils avec un point d'attache pour Skippy, et un générateur portable de bouclier furtif.

L'idée était qu'un spationaute emmène Skippy faire son vol de reconnaissance, en procédant au besoin à de minimes corrections de trajectoire par le biais du réacteur dorsal. Puis, réacteur activé, tous deux tourneraient autour de l'hémisphère opposé de la planète, en prenant une orbite légèrement plus haute où la navette reviendrait les récupérer.

Voilà pourquoi je me retrouvais face à notre objectif, la géante gazeuse, aux allures de ballon de basket orangé. À petites poussées, Desai prit du champ puis mit les gaz pour entamer une rotation beaucoup plus large autour de la planète.

— Capitaine, vous m'entendez ? demandai-je.

— Parfaitement, mon Colonel.

— Skippy, est-ce que nous communiquons *via* le vortex ?

Nous étions encore assez proches de la navette pour que Desai puisse entendre ma faible transmission radio.

— Affirmatif. Le vortex est actif et fonctionne nominalement, annonça Skippy.

Pour que nous puissions communiquer avec Desai sans risquer que les Thuraniens détectent nos transmissions, Skippy avait de nouveau exécuté son petit tour de magie avec les trous de ver. À une extrémité, le vortex s'ouvrait près de la navette et se déplaçait avec elle ; l'autre restait à cent cinquante mètres derrière Skippy. D'après notre canette de bière supra-intelligente, il était fort peu probable que les Thuraniens interceptent nos transmissions à très faible puissance, ou les mini-radiations émises par le microvortex. Une bonne chose, parce que même si un spationaute restait relativement difficile à détecter dans les immensités cosmiques, j'étais quand même bien trop grand pour passer par ce microscopique vortex.

— Parfait. Par mesure de prudence, Desai, nous ne transmettrons rien si l'un de ces vaisseaux thuraniens se trouve dans notre ligne de mire.

— Compris, mon Colonel. Je coupe les moteurs de poussée… maintenant. Le premier vaisseau ennemi devrait émerger de ce côté de la planète dans deux minutes et quarante secondes.

Les détecteurs intégrés à ma combinaison n'étant pas assez sensibles pour percevoir déjà les navires, je me fiais à Desai. Pendant les quatre heures et demie qui suivirent, je me déplaçais dans l'espace, la géante s'agrandissant devant moi. Tandis que je fonçais dans l'espace, je n'avais aucune sensation de mouvement, aucun point de référence, excepté la géante gazeuse. Skippy et moi en débattions sporadiquement pour meubler notre ennui, entre deux corrections de trajectoire. Au bout de quatre heures, il me dit d'activer le bouclier furtif. L'unité de champ furtif était énergivore, et le générateur que nous avions avec nous fournirait de l'énergie pour environ deux heures, pas davantage. Mais si tout se déroulait comme prévu, ces cent vingt minutes suffiraient amplement.

Si.

— Voilà le premier vaisseau, annonça Skippy. Tout à fait à l'heure, il n'a pas modifié son orbite du tout. Je récupère les transmissions de bord à bord, il n'y a toujours que ces deux vaisseaux-citernes croisant dans le système.

Nous avions craint qu'un croiseur de bataille les escorte, mais cela ne semblait pas être le cas. Au cœur de leur territoire, les Thuraniens n'avaient pas jugé bon d'escorter des vaisseaux de si peu de valeur.

Un symbole représentant le premier apparut sur la visière de mon casque, grimpant lentement au-dessus de la géante. Nous attendîmes, et un second symbole s'afficha ; l'autre vaisseau-citerne était encore trop loin pour que je le voie à l'œil nu.

— Oh, dit Skippy, nous avons un problème. Un *très* gros.

— Qu'y a-t-il ? Ils nous ont détectés ?

— Peuh, ces vaisseaux merdiques ne nous verraient pas même si nous allumions des feux d'artifice sous leur nez ! Mais ce second vaisseau a été plus lent à aspirer le carburant, à cause d'un défaut dans sa manche à air, l'unité coiffant la conduite de carburant qui lui a permis de descendre dans l'atmosphère. Le défaut s'est aggravé, et les Thuraniens ont décidé de rétracter sans attendre la conduite de carburant, tant pis si les réservoirs ne sont pleins qu'à 82 %.

— Oui, et alors ?

En quoi une « station-service volante » nous posait problème ?

— Et alors, dès que cette manche à air sera sortie de l'atmosphère, le vaisseau changera de cap pour rejoindre son binôme, et ils survoleront l'orbite pour atteindre la distance de saut. D'après ses transmissions, je peux calculer le trajet du vaisseau, et c'est un très gros problème. Le réacteur dorsal n'a pas assez de carburant pour modifier suffisamment notre trajectoire et intercepter ce vaisseau, à moins de quatre mille kilomètres. Nous serons trop loin d'eux pour que je puisse pirater leurs systèmes.

Il semblait réellement triste.

— Je suis désolé, Joe, mais nous allons rater cette occasion.

Merde.

— C'est notre seule occasion. Tu es sûr de la trajectoire de ce vaisseau ?

— Oui, j'en suis sûr. Le degré d'incertitude n'est pas assez grand pour que l'interception soit une possibilité réaliste. Ce sont de simples mécaniques orbitales, Joe, le réacteur dorsal ne contient pas assez de carburant.

— La force est égale au produit de la masse par l'accélération ? demandai-je.

— Euh, oui. Je suis surpris que tu connaisses…

— Notre problème actuel, ce n'est pas l'accélération, mais la masse, exact ?

— Correct. Entre toi, le générateur de champ furtif, moi et ma combinaison spatiale, le réacteur dorsal ne peut pas fournir le delta *v*, le changement de vélocité, qui nous permettrait de modifier suffisamment notre trajectoire pour arriver à la bonne distance de ce vaisseau.

— Le problème, ce n'est pas toi non plus, c'est cette combinaison et moi.

— Surtout la combinaison, elle a une masse deux fois égale à la tienne, Joe.

— Ouais, et comme je ne peux pas l'enlever…

Je défis les attaches de ma combinaison au réacteur.

— Joe, que fais-tu ? Nous avons besoin de ce réacteur dorsal, stupide singe !

Le réacteur se détacha. Je le fis passer devant moi, puis le retins avec mes jambes en ciseau. En gravité nulle, il ne pesait évidemment rien, et pourtant sa masse importante le rendait difficile à manipuler.

— Non, Skippy, *toi*, tu as besoin du réacteur.

L'inepte fermeture du ceinturon à outils était sur le côté, pas devant, et pour l'ouvrir, il fallait tourner une molette afin de dégager le bouton. Mécanisme de sécurité ou non, c'était sacrément casse-couilles. Je l'enroulai serré au réacteur, en tâchant de garder la masse de Skippy et celle du générateur équilibrée.

— Voilà.

Je lâchai le réacteur qui flotta dans le vide.

— Tu peux me dire comment programmer une trajectoire dans ce truc ? demandai-je.

Le réacteur dorsal avait une fonction limitée permettant de le contrôler à distance à partir d'un module fixé à mon poignet gauche.

— Une trajectoire ? Pour où ? s'affola Skippy. Pour retourner à la navette ?

Je m'armai de patience.

— Non, pour t'emmener à moins de quatre mille kilomètres de ce vaisseau-citerne. Tu l'as dit, nous n'y arriverons pas si le réacteur doit déplacer ma masse. Ceci est notre *unique* chance, Skippy, de suivre ce vaisseau jusqu'au patrouilleur et de le détruire. Notre seule chance d'empêcher les Thuraniens d'atteindre ma planète natale et d'annihiler mon espèce. Tu vas faire ton vol de reconnaissance, pirater le système informatique ennemi, et rallier la navette. Ensuite, tu feras l'impossible pour stopper ce patrouilleur.

— Puis-je souligner la faille béante de ton plan, singe décérébré ?

— Sans le réacteur dorsal, je vais entrer dans l'atmosphère et brûler ? Ouais, je sais, Skippy. Trop sympa de me le rappeler…

— Bordel, Joe, c'est la seconde fois que tu offres de te sacrifier pour une noble cause… !

— La première, c'était pour toi, espèce de petit connard.

— Aucune cause n'aurait pu être plus noble, en effet.

— Tu es bien plus essentiel à notre mission que moi. Le *Hollandais volant* peut continuer sans moi, Chang sera un excellent commandant. Et toi seul peux encore mettre ce patrouilleur hors d'état de nuire. À moins que quelque chose m'ait échappé.

— Non, aussi étonnant que ça paraisse, ta logique est correcte sur ce point. Merde alors, pourquoi le singe choisit-il ce moment pour recourir à la logique ?

En dépit de la situation, sa réflexion m'arracha un sourire.

— Moi aussi je t'aime, Skippy. Tu vois une alternative ? Si nous cherchons à rallier la navette avec le réacteur dorsal, à notre arrivée, les vaisseaux-citernes seront déjà repartis, et tout sera fini. Nous ne les retrouverons jamais. Nous aurons perdu notre unique chance d'intercepter ce patrouilleur avant qu'il atteigne la Terre.

— Les vaisseaux-citernes prendront plus de temps que tu ne le crois pour atteindre une distance de saut convenable. Cette géante possède un puits de gravité important, et ils sont lourdement chargés. Toutefois, tu as raison quand tu dis que c'est la seule possibilité de pister ces vaisseaux et de localiser le patrouilleur.

— Exact.

J'inspirai à fond, ce qui obscurcit un instant la visière de buée.

— Y a-t-il un moyen de te catapulter à moins de quatre mille kilomètres de ce navire tout en m'évitant de tomber dans l'atmosphère ? Pourrions-nous diviser la différence, utiliser le réacteur pour nous déplacer tous deux juste assez pour que j'y échappe ?

Skippy répondit immédiatement, ce qui était mauvais signe. S'il y avait eu une chance de nous tirer d'affaire tous les deux, il aurait consacré quelques secondes à procéder à un ou deux millions de calculs.

— Compte tenu des lois de la physique, que je ne peux manipuler à cet instant puisque ces vaisseaux-citernes nous détecteraient, la réponse, malheureusement, est non, Joe. Je suis désolé.

— Tu n'as pas à l'être.

— Je sais. « Désolé », c'est une de vos idiosyncrasies, une étiquette sociale, que vous soyez sincères ou non. Une coutume singulièrement stupide, à la réflexion.

— Mais j'apprécie, Skippy. Bon, avant que je change d'avis, ajoutai-je en évitant délibérément de regarder la géante, peux-tu programmer le réacteur pour qu'il t'emmène à proximité du vaisseau-citerne, et je le ferai démarrer avec ma commande de poignet ?

— Je n'aime pas ça, Joe.

— Je ne saute pas de joie non plus, Skippy.

— Le système de navigation autonome du réacteur dorsal a été programmé. Prêt.

Skippy simula un profond soupir.

— Tu es sûr, Joe ? Ça semble un tel gâchis.

— Skippy, je suis un soldat. Je connaissais les risques en venant ici, dis-je, la voix quelque peu étranglée. Je refuse de ne rien tenter, et de laisser ce patrouilleur atteindre la Terre. Si tu as une meilleure idée, je suis preneur.

— Hélas non. Joe, il y a une grande différence entre risquer la mort, et entreprendre une action qui aboutira à une mort certaine. Un soldat ne devrait jamais se résoudre au suicide.

— Skippy, soyons raisonnables, d'accord ? Ouais, c'est bien du suicide, mais en fait, c'est juste une question de timing.

— Il va falloir que tu m'expliques ça.

— Cette mission entière est du suicide, je l'ai expliqué avant que nous quittions la Terre. Sois honnête avec moi, quelles sont les chances que des humains puissent à eux seuls ramener le *Hollandais volant* une fois que tu nous auras laissés pour rejoindre le paradis du Collectif ?

— Zéro. Ma foi, assez proche de zéro pour que vos chances de succès soient infinitésimales. Je peux te les donner jusqu'à une centaine de décimales près, mais là-dessus, j'imagine que tu te contenteras du niveau « bof » de maths.

— Parfaitement.

— Le capitaine Desai est devenu un pilote de vaisseau stellaire accompli, pour, tu sais, pour un singe, et elle a formé correctement d'autres pilotes aux manœuvres de base. Mon calcul de vos chances de succès n'a rien d'une attaque de ta Bande de joyeux pirates, ils sont tous dévoués, et, considérant le misérable niveau de développement de ton espèce, raisonnablement intelligents, sans vouloir t'offenser.

Cela m'arracha encore un sourire, et je levai les yeux au ciel. Il nous insulte – sans vouloir nous offenser, naturellement. Parfois, je me pose des questions sur *son* intelligence.

Il continua :

— Le problème, c'est que le *Hollandais volant* est incroyablement complexe, et que vous autres humains n'avez aucune idée de la manière dont il fonctionne, pas réellement. Si quelque chose cloche, il y a zéro possibilité que vous puissiez le réparer. Même la maintenance de routine, que j'ai effectuée pour vous à l'aide des robots thuraniens, est au-delà de vos capacités. Les bobines de commande de saut, par exemple, perdent leur calibration à chaque saut. Sans moi pour refaire les réglages de précision nécessaires, j'estime que la commande de saut deviendra inutilisable après une vingtaine de sauts, vingt-cinq au maximum. Les bonds que vous programmerez deviendront si imprécis que vous n'auriez aucune chance réaliste d'émerger près d'un vortex. Vous devriez sauter au plus près, puis parcourir au moins une demi année-lumière d'espace normal pour rallier un trou de ver. Franchement, le temps joue contre vous, et vos vivres ne sont pas inépuisables. À ce compte-là, vous ne reverrez jamais votre planète natale. De toute façon, la commande de saut sera vite détraquée et vous n'y pourrez plus rien.

— Il n'y a pas moyen pour toi de télécharger une IA secondaire dans les ordinateurs de bord afin qu'elle veille à la maintenance après ton départ ?

— Ha ! Impossible, mec, dit Skippy en riant. La mémoire et la capacité de traitement des ordinateurs du *Hollandais* sont bien trop restreintes pour accueillir une IA secondaire stable. Elle fonctionnerait correctement une semaine, voire deux, puis commencerait à dérailler, et sans moi pour la régler, elle détruirait le vaisseau. Donc, non. Avant que tu le demandes, je pourrais re-télécharger l'IA thuranienne d'origine, modifiée pour qu'elle collabore au lieu de vous éliminer dès qu'elle aura conscience de votre présence. Mais ça n'aiderait pas, la nature même de cyborg thuranien est intégrée aux IA de manière à les empêcher d'exercer sur le bord un contrôle total. Cela est dû à deux choses : d'une part, les Thuraniens veulent que leurs esprits soient aussi proches que possible d'une IA, et d'autre part, pour des raisons de sécurité. Ils se méfient à juste titre des Maxolhx, toujours à l'affût pour pirater leurs systèmes. Nombre de fonctions de contrôle et de maintenance fondamentaux exigent une participation des cyborgs, surtout pour commander les robots. Les humains ne peuvent pas jouer le rôle des Thuraniens, et le substrat de traitement du système n'a pas les éléments qui me permettraient d'y répliquer la fonction des cyborgs.

— Entendu. Comme je l'ai dit, toute cette chasse au dahu est une mission suicide, et si je tombe dans l'atmosphère de cette géante, ça ne fera que raccourcir l'aventure pour moi, voilà tout.

— Hélas, je dois bien en convenir. Mais je n'aime toujours pas ça. Joe, je voudrais comprendre... Tu es parti en sachant pertinemment que ce serait un voyage sans retour. Pourquoi ? Pourquoi es-tu venu avec moi ?

— La réponse simple est que tu avais mis une limite de temps au vortex, et que si nous n'étions pas venus avec toi, il y aurait encore eu un tas de lézards et de petits hommes verts fous furieux qui auraient débarqué sur Terre. Mais c'est surtout que je te l'avais promis, tout simplement. Nous avions passé un marché, tu as tenu parole, et mon tour est venu. Nous autres humains avons envers toi une dette dont nous ne pourrons jamais nous acquitter. Si des milliards d'humains ont jusque-là échappé au pire, c'est bien grâce à toi. Je comprends, moi, que tu n'es pas des nôtres, que tu as besoin de rentrer chez toi, ou de trouver des réponses sur qui tu es et d'où tu viens.

— Euh. Vous les singes êtes plus compliqués que je l'escomptais.

— Ouais, bien sûr. Et maintenant, je te donne une petite poussée pour que tu dérives à l'écart avant que je déclenche le réacteur dorsal ?

— Mieux vaudrait en effet que tu sois au moins à quatre-vingts mètres avant que les moteurs du réacteur s'enclenchent.

Tout était dit. Serrant un instant le réacteur contre moi, je le poussai en tâchant de ne pas lui imprimer de mouvement d'oscillation ou de torsion. Mes efforts nous firent quand même tournoyer lentement sur nous-mêmes, lui et moi. Utilisant une manœuvre que j'avais étudiée à l'entraînement, je me servis de mes bras et de mes jambes pour interrompre ma rotation, de manière que Skippy et le réacteur restent sur ma gauche, et que je me positionne face à la planète. L'affrontant directement. Malédiction, elle avait déjà l'air tout proche.

— Hé, Skippy, devrais-je me taire, maintenant ? Tu emmènes le microvortex avec toi, non ?

— Tu es maintenant hors du champ furtif, donc oui, tu devrais même cesser tes transmissions à basse puissance. Je t'enverrai un message par un faisceau étroit dès que j'aurai accompli mon vol de reconnaissance près du vaisseau-citerne, d'ici les prochaines vingt-sept minutes. Peu après, je passerai sous l'horizon de la planète, et nous pourrons de nouveau communiquer. Dans environ quarante minutes à partir de maintenant.

Je faillis lui dire « au revoir » mais je m'interrompis.

— On se parlera plus tard, Skippy.

Ce furent quarante minutes sacrément longues. Sur l'affichage de ma visière, je pouvais suivre les vaisseaux-citernes tout proches ; ils n'avaient pas levé de bouclier furtif. En fait, leurs équipages devisaient et échangeaient des données non-stop ou quasiment, et il eut été impossible de ne pas les remarquer. En revanche, je n'entendais rien de Skippy ou de la navette, retranchés derrière leurs boucliers d'indétectabilité respectifs. La géante grandit jusqu'à emplir mon champ de vision. Les ténèbres de l'espace ne m'étaient plus visibles que sur les côtés.

Et la vue était d'une sinistre beauté, avec la géante couleur mandarine qui tournait sous moi. Quand j'avais quitté la navette, de loin, ç'avait été une diaprure orangée de la taille d'un ballon de basket. De plus près, elle m'évoquait une grosse boule de glace à la crème, torsadée d'orange et de blanc, avec quelques traits de pourpre, de marron clair et de vert. Elle n'avait pas de grande tache comme celle de Jupiter, et les formations nuageuses, claires ou foncées, étaient plus subtiles, voilant tout un hémisphère. Certaines se déplaçaient si vite que c'était perceptible à l'œil nu. Un spectacle hypnotique. Les nuages tourbillonnaient, s'amalgamaient, se délitaient sans cesse. La vitesse à laquelle l'atmosphère supérieure de la planète se mouvait devait être absolument époustouflante. J'aurais aimé pouvoir en parler avec Skippy, qui m'aurait sans doute bassiné avec une flopée de propriétés et de singularités scientifiques. À cet instant précis, j'aurais vraiment aimé entendre une voix amie. Je ne m'étais jamais senti aussi seul de toute ma vie, même quand j'étais coincé à bord de la navette enfouie dans la comète gelée. Là, j'avais au moins été dans un environnement familier : cloisons, sol, plafond, sièges, affichages, commandes… sans oublier une atmosphère respirable. Dans ma combinaison spatiale alien, filant au-dessus des nuées, je ne puisais aucun réconfort dans ce qui m'entourait. Rien d'accueillant pour une créature à sang chaud qui respire. Mais la vue était magnifique, dans toute sa froide et infinie indifférence pour la vie.

Presque trente-deux minutes après, j'eus un bref message de Skippy, « Mission accomplie », puis plus rien pendant huit autres minutes. Horribles huit minutes aggravées par l'affichage de mon casque sur lequel clignotait une alerte : j'allais me heurter à l'atmosphère dense dans trente-neuf minutes. Comment désactiver ce maudit truc ? C'était exaspérant.

Enfin, je reçus un autre message.

— Nous avons réussi, Joe ! triompha Skippy. Quand ce vaisseau-citerne sautera, il laissera derrière lui une série de drones, telles les miettes du Petit Poucet. Et, énorme bonus, j'ai pu pirater son système de navigation et télécharger les données. Nous savons maintenant où et quand les vaisseaux-citernes retrouveront le patrouilleur ! C'est un complet succès.

Et moi, j'allais bientôt brûler dans l'atmosphère de la planète…

— Excellent, Skippy ! Je savais que nous pouvions compter sur toi. Sincèrement, merci, de notre part à tous.

— Comment tu t'en sors, Joe ?

— Jusque-là, ça va, dis-je, m'efforçant d'en plaisanter.

Ce stupide avertissement clignotait sans relâche, me portant sur les nerfs.

— Jusque-là ? Comme cette bonne vieille blague où le type qui tombe d'un gratte-ciel se dit à mi-chute, « jusqu'ici, tout va bien » ?

— Ouais.

— Tu ne peux rien y faire, Joe ?

— Je ne sais pas, Skippy. Et toi ?

Au fond, j'espérais toujours désespérément qu'il ait en réserve un plan brillant pour me sauver.

— Au sujet du problème principal, non. Désolé. Autre chose ?

— Mmm, continuer à me parler ? Hé, je sais : Skippy le D.J. !

— Et les nouvelles versions, n'oublie pas les nouvelles versions ! On m'appelle aussi Grand Maître Skip.

— Bien sûr, pourquoi pas ? Joue-moi un peu de musique, Skippy. Tu en as stocké dans ta mémoire, non ? De la musique humaine ?

— Oui, oui. Toute.

— *Toute ?*

— Toute celle qui avait cours sous forme numérique, quand j'étais sur Terre. Quel genre te botterait ? J'ai de tout.

J'étais toujours surpris par ce que Skippy pouvait emmagasiner sur Terre, il m'avait dit avoir téléchargé tout Internet, Dark Web y compris, et j'avais cru à des fanfaronnades de sa part.

— Du bluegrass ?

— N'importe quoi sauf du bluegrass.

Les haut-parleurs de mon casque diffusèrent une musique instrumentale new age apaisante, une découverte pour moi. C'était agréable, et approprié.

— Merci, Grand Maître Skip.

Il ne répondit pas aussitôt, ce qui me valut des palpitations d'angoisse.

— Joe, dit-il enfin, j'existe depuis *très* longtemps, des millions d'années au bas mot. Je viens de prendre conscience du fait que, peu importe combien d'éons j'existerai encore, dans tous les univers infinis de probabilités, je ne te parlerai plus jamais.

Sa voix se brisa, et il prit une intonation désolée.

— Ça m'attriste, tu n'as pas idée.

— Tu es une tête de nœud d'empaffé de première qui se la pète grave, mais toi aussi tu vas me manquer.

— Joe, et tes affaires courantes ?

Étrange question. Skippy était peut-être nerveux et cherchait quelque chose à dire ? Avant de repartir de la Terre, j'avais refait mon testament auprès d'un avocat de l'armée. Je léguais tout à mes parents, y compris mes arriérés de solde. Au cas plus que probable où le *Hollandais volant* ne reparaîtrait jamais, je serais déclaré mort dans un délai de trois ans, et ma solde cesserait de s'accumuler. C'était moche, mais c'était le marché proposé à tous ceux du corps expéditionnaire, et je n'aurais pas de traitement de faveur. Ça tombait bien, je n'en voulais aucun.

Je feignis de ne pas comprendre.

— Tu parles de mes affaires à bord du *Hollandais volant* ? Chang saura en disposer.

Il n'y avait pas grand-chose, de toute façon.

— Hé, promets-moi que tu ne l'embêteras pas avec ça !

— Berk, d'accord, tu détestes quand je m'amuse un peu. Promis, je ne le traiterai pas plus mal que toi.

— Ça me va.

Il simula un soupir.

— Aimerais-tu que je continue à te parler, ou préfères-tu le silence, maintenant ?

— Je préfère parler, s'il te plaît. Eh, dis-moi, quand j'atteindrai l'atmosphère, ce ne sera pas silencieux, non ? Les particules d'air, les molécules, les atomes ou je ne sais quoi vont rebondir sur mon casque ?

— Tu entendras les sons transmis par ton casque, ça oui. Des sons très aigus d'abord, car tu te déplaces à une vitesse supersonique. Puis il y aura une sorte de rugissement. Le système de protection de ton casque s'abaissera automatiquement, tu n'auras plus de vue directe, juste les transmissions des caméras extérieures.

— Je n'aime pas ça. Peux-tu passer outre la protection ? Je préfère voir.

— Sans la protection, prévint Skippy, la visière se détériorera rapidement. Elle est composée d'un matériau solide, donc elle ne fondra pas, mais elle s'obscurcira, et tu ne verras rien de toute façon.

— O.K. Mais ça ira vite, non ? Quand j'atteindrai l'atmosphère, cette combinaison sera vite réduite à néant.

Le sommet des nuages paraissait déjà assez proche pour que je puisse les toucher rien qu'en tendant la main.

— J'aurais aimé pouvoir te dire oui, mais la réponse est non. Les armures kristangs sont très robustes, et la combinaison résistera plus longtemps que tu ne le croirais. Ou, dans ce cas de figure, que tu ne le souhaiterais. Elle tiendra assez pour que tu t'enfonces dans l'atmosphère, et que la force de décélération t'écrase à l'intérieur. Outre tes os, tes tissus mous se liquéfieront et… hum, pas besoin que tu en entendes davantage. La bonne nouvelle, c'est que tu devrais perdre conscience aux alentours de douze G.

La bonne nouvelle ? Ma foi, je suppose, oui.

— *Ouah* ! Ces combinaisons sont vraiment super robustes. Le matériau peut supporter une telle chaleur ?

— Non. Les couches extérieures s'écailleront avec l'ablation – c'est le nom du processus. Le matériau échauffé exposera les couches inférieures. Au combat, cette technologie d'ablation est destinée à protéger le porteur des armes à énergie, comme les masers ou les faisceaux à particule. Et…

Il se tut. Avions-nous perdu notre connexion ? Pourtant la musique jouait toujours dans mon casque.

— Et ? Skippy ? Et… ?

— Une minute. Je creuse une idée ! Il faut que j'exécute un milliard de simulations grâce au modèle que j'ai construit.

— D'accord. Je ne bouge pas de là, j'ai rien de mieux à faire….

— *Ouiiiiii* ! hurla-t-il. Joe, sans vouloir te donner de faux espoirs, il y a encore une chance que tu t'en sortes !

— Je suis tout ouïe, Skippy.

— Eh bien, ch ch, tout d'abord, tu ne vas vraiment pas aimer ça…

En effet… Son plan consistait à repositionner l'extrémité du microvortex afin qu'il se déplace derrière moi, légèrement en dessous. Il décala l'autre devant la navette, si près qu'il ordonna à Desai d'abaisser le bouclier protecteur sur le hublot en composite du cockpit, contre les radiations. Puis il demanda à Desai de tirer un rayon maser à travers le vortex, sur moi.

Ma première pensée ? Qu'il me proposait une mort rapide plutôt que de m'abandonner à cette atroce agonie, dans ma combinaison. Mais non, trop simple. Cette petite canette de bière frappadingue prétendait mobiliser les impulsions de la lumière laser, à puissance réduite, pour m'impulser une accélération suffisant à m'éviter l'entrée fatidique dans l'atmosphère de la gazeuse. Les photons maser qui frapperaient ma combinaison écailleraient les couches d'ablation et me pousseraient de l'avant. Toutes ces foutaises scientifiques étaient, bien sûr, des idées à la Skippy. Lui serait hors de la ligne de tir du maser…

— Et si je disais non à ton plan débile ?

Confronté à une mort certaine, je n'étais pas sûr qu'être carbonisé, au fond, ne serait pas pire que m'écraser dans l'atmosphère. Quand j'entends « maser », je pense à une combinaison de « laser » et de « four à micro-ondes ». Ce qui me passa par l'esprit : la vision d'un burrito surgelé bombardé par un million de watts…

— Tu peux répéter ça, Joe ? Je n'ai pas bien entendu. Tu as dit « bon » ?

— Non ! J'ai dit « non » !

— Parfait, « bon », j'ai compris. Capitaine Desai, à mon signal. Trois, deux, un… Feu !

— *Non…* ! Oh, merde !

La visière de mon casque s'opacifia automatiquement, et la protection se rabattit. La combinaison se rigidifia, ce dont Skippy aurait dû me prévenir. Je m'attendis à une atroce mort imminente…

… Qui ne survint pas. Le plan de Skippy fonctionna. Et comment ! Quelle immense surprise ! Lui aussi, ça a dû le surprendre… Il me fit pivoter lentement, afin que le maser frappe différents endroits de la combinaison. Le premier tir au dindon, comme je l'appelai, dura huit minutes, tant nous ne pouvions avoir de maser en action avec des vaisseaux thuraniens au-dessus de l'horizon. Huit minutes propulsé uniquement par le maser me permirent d'accélérer assez pour retarder mon entrée dans l'atmosphère. Au moment où les vaisseaux-citernes repartaient au-delà de la courbure de la planète, j'étais déjà dans l'atmosphère, à proprement parler, et le vortex commençait à aspirer des particules atmosphériques et à bombarder la navette de radiations à haute énergie. Je percevais comme des claquements sporadiques. Skippy me dit que c'était mon imagination, mais ça avait quand même l'air très réel.

La deuxième session de « cuisson » dura vingt-deux minutes, et fut moins terrifiante, parce que Skippy n'eut pas besoin d'accélérer le processus. Il laissa ma combinaison refroidir et s'adapter entre deux tirs de maser. La couche extérieure se composait en partie de nanoparticules légèrement amovibles, susceptibles de venir couvrir les sections exposées, celles que le maser avait brûlées. L'un des vaisseaux-citernes étant sur le point de surmonter l'horizon, Skippy me déclara tiré d'affaire ; mon trajet orbital était maintenant redevenu viable. J'avais une heure de sursis. Bien suffisant pour que les vaisseaux thuraniens ressortent du puits de gravité de la planète et s'éloignent d'un saut.

Skippy avait sûrement fait montre d'une grande créativité dans les sciences mathématiques en me déclarant « tiré d'affaire », car j'avais toujours la sensation que j'aurais pu toucher les nuages rien qu'en tendant la main. Inconsciemment, je retins ma respiration, de peur de m'éjecter de mon orbite pour peu que ma poitrine se gonfle si légèrement que ce soit.

— Tu es sûr que je suis bien placé, là, Skippy ? murmurai-je, terrifié.

À cet instant, je l'étais beaucoup plus que lorsque j'avais cru ma dernière heure arrivée. La vie, cette infime possibilité de survie, là, devant moi, légèrement hors de ma portée… Oui, j'étais terrifié que cette chance me soit ravie par les cruelles mathématiques de la mécanique orbitale.

— Sûr. Les maths ne mentent pas, frangin. Toutefois, euh… ne bouge plus un muscle, reste parfaitement immobile. Et essaie de retenir ta respiration, O.K. ?

— Hein ? Pourquoi ?

— Eh bien, eh, eh, le maser a vraiment cramé ta combinaison, et à certains endroits, elle est aussi mince qu'une feuille de cigarette. Mais ça ne m'inquiète pas…

— Bien entendu, *toi*, tu n'as pas à t'en inquiéter !

— Mmm. Je vois ce que tu veux dire, Joe. Toutefois, inutile de te mettre la rate au court-bouillon, tu n'y peux plus rien. Quand la navette reviendra, le capitaine Desai ouvrira le sas pour te ramener à bord, tu n'auras pas à bouger d'un cil. Une fois le sas refermé et re-pressurisé, tu pourras gigoter tout ton soûl.

— Combien de temps ça va prendre ?

— Eh bien, certainement pas plus d'une heure, Joe.

— Pourquoi ?

— Parce que nous ne pouvons plus risquer de te tirer dessus au maser. Si ces deux vaisseaux-citernes n'ont pas sauté d'ici une heure au plus, tu tomberas dans l'atmosphère, et cette fois… C'en sera fini pour toi.

— Oh, génial !

Dix minutes plus tard, j'entendis comme un sifflement aigu. Je retins mon souffle… Mon imagination me jouait-elle encore des tours ? Et sinon… De quoi pouvait-il bien s'agir ? Un sifflement de statique provenant des haut-parleurs de mon casque ?

— Skippy, j'ai des hallucinations auditives ou quoi ? Encore ce curieux sifflement… Qu'est-ce que ça peut bien être, à la fin ? Même si c'est très faible, je ne rêve pas !

— Waouh ! Tu peux l'entendre, Joe ? La finesse de ton ouïe est impressionnante. Cette fréquence est presque dans la gamme de celles perçues uniquement par les chiens.

— Et c'est quoi, bon sang ?

Maudite canette de bière !

— Peux-tu la désactiver ? C'est très gênant.

— Non, désolé. C'est juste une microfuite d'air. Moins minuscule qu'il y a quelques minutes à vrai dire.

— *Quoi ?* Merde, tu étais au courant ? Pourquoi ne m'as-tu rien dit ?

— Il n'y avait aucune raison de te tracasser avec ça. Pas encore…

— Skippy ! Ma réserve d'oxygène est en train de fuir. J'ai une excellente raison de me « tracasser » comme tu dis !

— Te biler ne résoudra rien, Joe.

— Qu'est-ce qui le résoudrait ?

— J'y travaille. La combinaison va déplacer des nanoparticules pour colmater la fuite. Pour l'instant, ça ne fonctionne pas parce que sa réserve de nanoparticules a été sévèrement diminuée, et le reste sert déjà à prévenir d'autres fuites. Je n'aurais probablement pas dû t'en parler…

Ce n'était pas du tout une bonne nouvelle.

— Compris. Mais j'ai beaucoup d'oxygène, non ? Assez pour pouvoir continuer à respirer, même avec cette fuite, qui est, comme tu dis, relativement minime.

— Ah, pas vraiment… La combinaison sert surtout à recycler l'oxygène, de manière très efficace, mais c'est tout. Il y a une petite bouteille de réserve d'oxygène, mais, par rapport à la fuite, elle est inadéquate.

Je restai silencieux un moment, l'oreille tendue. Le son n'était plus aussi aigu. La brèche avait encore dû s'élargir.

— Où se trouve cette fuite ? Je peux la boucher d'une main ? Il faut bien que je tente quelque chose, Skippy !

— C'est à la hauteur de ta taille, à gauche. Ne bouge pas ! Ça ne ferait vraiment qu'aggraver ta situation.

— Super. Merveilleux… Alors, que puis-je faire ?

— Essayer de respirer moins ?

— Très drôle.

— Ce n'était pas une plaisanterie.

— Merde.

— Je devrais peut-être mieux m'exprimer, pour que tu saches quand je plaisante.

— Tu crois ?

— Désolé.

Skippy paraissait réellement triste.

Une fuite. Comment la stopper ? Si seulement ces combinaisons kristangs étaient livrées avec une bombe anticrevaison… Mais c'était le cas, en fait, sous forme de nanoparticules de colmatage capables d'effectuer des réparations mineures, de renforcer certaines zones… Tout en me creusant désespérément les méninges, je tournai machinalement pour aspirer une gorgée au tube d'alimentation. Plus d'eau. J'avais vidé la réserve une heure plus tôt.

— Euh, Skippy, j'ai peut-être une idée.

— Une idée ? Toi ? J'aurai tout entendu !

— De l'eau pourrait-elle boucher la fuite ? Elle gèlerait, n'est-ce pas, et formerait un bouchon ?

— Ah, pas tout à fait, non, elle gèlerait et bouillirait en même temps, à cause du froid conjugué à la pression zéro. De plus, tu as bu toute l'eau, stupide singe. Il n'en reste plus.

— Il ne reste plus d'eau *pure*.

— Oh.

— Tu vois à quoi je pense ?

Pendait à ma jambe gauche une poche à urine, installée en vue de ma longue plongée spatiale.

— Hélas, oui, *beurk*. Je peux percer le sac avec des nanoparticules.

— Vas-y. *Pouah*.

Je sentis ma jambe se mouiller, puis l'humidité remonter le long de mes hanches.

— Ça fonctionne, Joe ! s'écria Skippy, excité. Ça bout lentement, mais ce n'est pas un problème, car il y en a encore tout plein. Bonne idée, Joe !

— Oui. Remarquable. Euh, Skippy… ce petit incident, il peut rester entre nous ? Inutile d'aller le crier sur les toits, d'accord ?

— Ben voyons, mon coco, je vais laisser filer une occasion en *or* comme celle-là, compte sur moi ! Je te promets qu'elle va *fuiter* à vitesse grand *V* !

Il éclata de rire, le fieffé salopard.

— Merde alors. Tu veux bien me canarder au maser ?

Interminable, incommensurable attente… Je gueulai mentalement aux vaisseaux thuraniens de se magner le cul et de filer se faire pendre aux confins du cosmos. Que diable espéraient-ils encore, ceux-là ? C'était un peu comme se retrouver derrière un bus scolaire sur une route à deux voies, et qu'on ne parvienne pas à le doubler. Ce foutu véhicule urbain s'arrête devant chaque portail de la rue, et on est là à poireauter face à ses feux arrière, en attendant que le chauffeur passe enfin la seconde ou la troisième, tourne, ou se range sur le bas-côté. Mais non, pas moyen ! Vous restez coincé derrière ce bus qui lambine pire qu'un escargot cacochyme, qui s'arrête encore devant une allée pour charger un gamin, lequel mioche prend tout son temps, pépouze, pour gravir le marchepied puis remonter toute l'allée pour aller s'affaler au fond tandis que sa mère lui adresse des signes. Au moment où vous croyez que ce sale moutard va enfin s'asseoir et que le bus va repartir, voilà que le chauffeur décide de papoter avec la mère, et il vous prend une folle envie de klaxonner comme un dératé parce que vos nerfs lâchent, vous voulez désespérément que ce foutu bus de ville DEGAGE DE LA ET VOUS LAISSE PASSER !

Ça ne vous est jamais arrivé ?

J'imaginais que ces infernaux vaisseaux-citernes grimpaient à distance de saut, puis décidaient qu'ils allaient faire une petite fête, ou alors, ils tentaient de réparer une quelconque avarie pendant que moi, je tombais lentement mais sûrement vers les nuées qui signeraient ma perte… Les Thuraniens partageaient peut-être un gâteau et de la crème glacée, en chantant joyeusement… Skippy m'assura que les vaisseaux-citernes se déplaçaient à leur vitesse optimale et sauteraient dès qu'ils le pourraient. Et puis, bon… les Thuraniens étant des cyborgs, ils n'étaient pas très enclins aux noubas.

Quand ils sautèrent enfin, trente-quatre minutes plus tard, j'aurais pu hurler de joie ! Desai fonça pleins gaz pour venir me sauver. Puis j'ordonnai à Skippy de signaler au *Hollandais volant* qu'il pouvait bondir en orbite. La navette surgit près de nous. Desai n'avait pas enclenché le champ furtif, poussant plutôt les moteurs à plein régime.

— Desai, ramenez d'abord Skippy à bord !

— Monsieur ? Il dit que votre combinaison est en très mauvais état.

— C'est vrai, mais il est tout aussi vrai que Skippy est plus important pour la mission que moi. Si les Thuraniens reviennent ou autre désastre, je veux qu'il soit le premier rembarqué, au cas où vous devriez filer en catastrophe. C'est un ordre.

Sourd aux protestations de Skippy, Giraud happa au grappin le réacteur dorsal, en détacha Skippy, le prit à bord et laissa le réacteur dériver dans l'espace. Puis Desai se rapprocha précautionneusement de moi, par le flanc, jusqu'à ce que Giraud, du bout des doigts, parvienne à me guider dans le sas.

— Je l'ai ! cria-t-il à Desai. Je referme le sas.

Lequel sas s'emplit rapidement d'un air délicieux ; je retirai mon casque à l'instant où les portes internes s'ouvrirent.

— Desai, pas question de laisser ce réacteur flotter dans l'espace, c'est une preuve de notre présence ici. Pouvez-vous le pulvériser au maser ?

— Oh, oui, Monsieur, voilà… Ce n'est plus qu'un nuage de vapeur.

— Parfait.

J'étais fichtrement épuisé. La sueur séchée m'avait plaqué les cheveux au crâne. Giraud me tendit une bouteille d'eau que je vidai goulûment.

Desai fronça les sourcils.

— C'est quoi, cette odeur ?

— La combinaison a été un peu roussie par le maser, dis-je.

Sceptique, elle secoua la tête.

— Non, on dirait une odeur de…

Skippy gloussa.

— Quand il y a un souci, Joe va directement à la *source*.

— Skippy…

— Quand il s'agit de résoudre un problème, Joe ne perd pas de temps à *tourner autour du pot*.

— Bon, ça va, Skippy !

— Joe sait qu'on n'éteint pas un feu de forêt en *pissant* dessus, mais cependant, on peut…

— Oh, la ferme ! Le maser a fait éclater la… euh, vous savez, la poche…

Je désignais la jambe gauche de ma combinaison.

Ça me semblait un peu con de le dire comme ça. Et zut !

— Ouais, rigola Skippy. Tout à fait, et nous n'en démordrons pas.

Je me sentais las, mais las…

— Desai, je vais enlever cette combinaison, me laver et me changer. Notre signal n'arrivera pas au *Hollandais volant* avant une heure de toute façon.

CHAPITRE TRENTE ET UN

EN ATTENDANT QUE le *Hollandais volant* revienne nous récupérer, Skippy téléchargea les données des deux drones que le vaisseau-citerne avait laissés à son insu derrière lui, avant de sauter. À notre grand soulagement, nous avions réussi : ces drones indiquaient que les vaisseaux-citernes avaient sauté à un endroit correspondant aux données piratées par Skippy à propos des coordonnées du rendez-vous avec le patrouilleur et son escorte. Je craignais que le lieu convenu soit une vague zone, et que les quatre vaisseaux de l'unité tactique du patrouilleur émergent dans un quadrant couvrant la moitié d'un système solaire. À ce compte-là, nous n'aurions plus qu'à les traquer un par un. Skippy nous assura que les Thuraniens étaient bien trop pointilleux pour se contenter de l'à-peu-près, fiers de la précision de leurs sauts. Bref, leurs navires sauteraient à l'endroit prévu, dans un rayon de huit mille kilomètres. Même les gros vaisseaux-citernes patauds s'inscriraient dans ce rayon d'action. C'était une bonne nouvelle.

Côté mauvaises nouvelles, Skippy nous expliqua que la pratique admise, pour un rendez-vous d'unités opérationnelles thuraniennes, et ce, fût-ce au cœur du territoire thuranien, était d'y amener d'abord un vaisseau de guerre. Nous allions donc devoir affronter le destroyer en premier. Voilà qui réduisait à néant tous mes espoirs de liquider les vaisseaux-citernes vulnérables, avant de pilonner patrouilleur et destroyer. Mais quel que soit notre angle d'attaque, nous devrions d'entrée de jeu mettre hors d'état de nuire un destroyer thuranien. Et comment diable y parvenir, dans notre transporteur stellaire recyclé et rénové ? Sacrée bonne question !

Une ébauche d'idée germait en moi, et je devais y réfléchir avant de la mentionner à qui que ce soit, en particulier à Skippy.

La dernière chose que je voulais, c'était de donner à cette arrogante canette de bière des raisons supplémentaires de bicher en torpillant un plan qui n'aurait pas été mûrement réfléchi.

J'avais hâte de me dénuder et surtout, de me doucher.

Quand le *Hollandais* sauta en orbite, il fallut encore quarante minutes à la navette pour s'aligner à sa vitesse et à son cap afin que nous puissions remonter à bord. Je donnais l'ordre à Simms, l'officier de service sur la passerelle, de lancer le bond suivant dès que notre navette serait amarrée au hangar d'atterrissage. Une fois le saut accompli, je prévins Simms que je serais bientôt sur la passerelle, puis emmenai Skippy avec moi dans ma cabine. Je le posai sur une étagère le temps de me doucher. Tandis que l'eau chaude cascadait sur moi, emportant avec elle les saletés de ma petite aventure spatiale, je me détendis et pus enfin réfléchir clairement. Je sortis de la douche, me séchai et m'assis sur le lit avant d'enfiler un uniforme propre.

— Skippy, les choses ne se sont pas déroulées exactement comme nous le pensions, mais on a réussi. Le maser était une idée de génie, merci beaucoup !

— Pas de problème, Joe. Si tu n'étais pas là, qui me distrairait avec des idées farfelues de singe ?

— Ouais, à propos, tu sais où chacun de ces quatre vaisseaux va émerger, n'est-ce pas ? Et quand ?

— Ouais. Tu as dit « mission accomplie », mais ce n'est pas entièrement exact. Il s'agissait juste de la première partie, la moins cruciale. Nous savons où et quand ces vaisseaux se rencontreront. La belle affaire ! Comment les détruire maintenant ? Nous n'avons aucune stratégie réaliste à mettre en place.

— Ce n'est pas un problème. J'ai la solution.

— Pas un problème ? s'étouffa-t-il.

Il avait l'air hyper sceptique.

— Skippy, en dérivant seul dans l'espace, j'ai eu tout le temps de réfléchir.

— Toi ? Réfléchir ? Difficile à croire, mais bon, pourquoi pas, surprends-moi.

— J'ai concocté un plan pour détruire ces quatre vaisseaux. Ou du moins, trois d'entre eux, car un des vaisseaux-citernes pourrait nous échapper. D'ailleurs, en laisser filer un, s'il nous prend pour un croiseur jeraptha, pourrait même nous être utile, en fait.

— Mmm, un plan de singe… Est-ce qu'il implique, laisse-moi deviner, des bananes magiques ?

— Non. Pas de bananes du tout.

— Merde, Joe, qu'y a-t-il de drôle à ça ?

— C'est toujours plus drôle que pas de plan du tout, tu ne crois pas ? À moins que tu aies pondu une idée super géniale, avec ton gigantissime cerveau ?

— Non, je ne vois aucun moyen pour le *Hollandais volant* de vaincre un destroyer. Ou un patrouilleur. Et je ne te parle même pas de nos chances – inexistantes – de survie.

— Skippy, la victoire sera nôtre tout simplement parce que nous ne risquerons pas le *Hollandais volant* au combat.

Gros silence.

— Puis-je supposer que tu n'escomptes pas aimablement prier les Thuraniens de se rendre sans coup férir ? Parce que, crois-moi, cette casserole volante, elle, ne risque pas de les intimider ! Il nous faudrait pour cela un cuirassé beaucoup plus redoutable, Joe. Tu imagines des caïds de la pègre en minivan ? Hein ? Avec un de ces stupides stickers *Bébé à bord* et des bonbons collants sur le siège arrière ? Ça t'impressionnerait, toi ?

Ce fut plus fort que moi, j'éclatai de rire. Quel tableau !

— Non, frérot, nous ne demanderons pas aux Thuraniens de se rendre. J'ai l'intention de leur expédier des missiles à la seconde même où ils émergeront au point de rendez-vous. Nous les stationnerons autour des points d'émergence, en les programmant à cette fin. Nous frapperons d'abord le destroyer. Tu m'as dit que les vaisseaux doivent baisser leurs boucliers furtifs et défensifs pour traverser un vortex, et donc ce destroyer sera vulnérable quand il émergera, non ?

— Là, indiscutablement. Les vaisseaux sont le plus vulnérables quand ils surgissent d'un saut, tous boucliers baissés et champs de détection brouillés par les fluctuations quantiques du vortex, ce qui les rend presque aveugles. Et donc, oui, si tu pouvais prédire à la seconde près où un astronef va émerger d'un saut, tu pourrais le foudroyer avec une précision optimale. Même un seul missile suffirait à détruire ou à endommager gravement un bâtiment de guerre. Maintenant, ces faits patents établis, puis-je pointer le petit détail exaspérant de la faille fatale de ton plan de génie ?

La voix de Skippy avait un ton décidément moqueur.

— Tu vas me le dire de toute façon, non ?

— Affirmatif. Nous devons programmer les missiles pour qu'ils frappent au point précis où les vaisseaux thuraniens émergeront du saut, c'est bien ça ? Le problème de ce plan, c'est que nous ignorons où, exactement, les Thuraniens sauteront. Les coordonnées de rendez-vous sont précises dans un rayon de huit mille kilomètres seulement, parce que c'est la limite de précision de la technologie de navigation thuranienne en ce qui concerne les bonds. À supposer que nous mobilisions tous nos missiles pour quadriller la zone sphérique où un vaisseau donné est susceptible d'émerger, cela prendrait trop de temps à un missile pour détecter sa cible dans une zone tellement étendue. Et, à supposer également que les Thuraniens soient bien dans ce rayon de huit mille kilomètres, c'est un énorme volume d'espace à couvrir. La formule définissant le volume d'une sphère est son rayon à la puissance, oh… Un instant. Pourquoi suis-je en train d'essayer de t'expliquer des mathématiques élémentaires ? Joe, un rayon de huit mille kilomètres donne une sphère de plus de deux mille *milliards* de kilomètres cubes à explorer. Si un missile s'approchait à telle distance, le vaisseau détecterait le danger et aurait tôt fait de se replier, ou de lever ses boucliers. Et donc, ton plan est foireux, pauvre fou.

— Bon, O.K. Et si nous rétrécissions la zone cible ? À, disons, cent kilomètres cubes, ou moins ?

— Oh, bien sûr, si tu t'attends à des miracles ! Pourquoi ne pas prier les elfes d'accourir à dos de licorne nous régler le problème ? Ce serait au moins plus réaliste. Merci beaucoup pour ta confiance en mes capacités prédictives, mais même ma puissance cérébrale superbement fabuleusement gigantissime ne saurait t'indiquer où sautera un vaisseau avec un tel niveau de précision. Il y a trop de variables dans la commande de saut. L'énergie de charge, le nombre de bobines mobilisées, le niveau de calibration, la manière dont le système entier travaille, le…

— J'ai saisi, Skippy. Un max de variables. Mais plus question de devinettes, place à la magouille. Nous allons mettre le casino sur la paille !

— Oooh, tu me connais, Joey, ma raison d'être, c'est tricher avec les lois de la physique. Toutefois, donne-moi une minute pour aller chercher du pop-corn et un demi bien frais. Comme ça, je pourrai m'installer confortablement sur le canapé et savourer le moment, pendant que tu te couvres de ridicule en m'exposant l'idée aberrante que ton cerveau de singe a encore concoctée. Voilà, je suis prêt, envoie la sauce ! Ha, ha, je sens que ça va être génial !

— Tu peux distordre l'espace-temps, non ? Donc, tu vas générer une zone d'espace-temps parfaitement plane, dans ce champ d'émergence. Quand le vaisseau projettera l'extrémité distante de son vortex de saut, celui-ci sera aimanté par la partie plane de la zone cible, par défaut. Comme cette zone est la moins énergivore pour former un vortex stable, du moins c'est ce que tu m'as expliqué un jour, et pour une fois je faisais attention à tes divagations… De cette manière, nous pourrons prédire avec une certaine exactitude où le vaisseau émergera. Ça pourrait fonctionner ?

Lourd silence.

— Skippy ? Eh, tu te perds encore en calculs, là-dedans ?

Finalement :

— Merde alors.

— Ouais.

— Foutu enfoiré ! Je te déteste ! Merde et merde !

Il avait l'air vraiment blessé.

— O.K., j'ai pigé. C'est un oui ?

Quelle que soit la manière dont Skippy imitait un soupir, c'était convaincant.

— Oui, merde. *Beurk*. Je déteste ma vie. Un singe qui a une bonne idée ! Un foutu singe ! Incroyable. L'univers est si injuste… Oui, ça fonctionnera, Joe, je peux contrôler l'endroit où un vaisseau sautera, dans un rayon de moins de cent kilomètres. Ce n'est, bien entendu, pas aussi précis que je pourrais l'être avec nos propres sauts, car il y a trop de variables que je ne peux analyser sans être sur le vaisseau ennemi avant son saut. Une centaine, voire un millier de kilomètres, c'est assez proche pour que nos missiles puissent viser l'ennemi et le frapper avant qu'il les détecte et lève ses boucliers. Dès lors, ces navires constitueront des cibles faciles. Et, au fait, au cas où tu te croirais si merveilleusement intelligent, je ne vais pas créer une zone d'espace-temps particulièrement plane mais une zone de planéité négative.

Cela m'intrigua.

— Une planéité négative ? Ce n'est pas une façon sophistiquée de dire que l'espace-temps sera incurvé dans la direction inverse ?

— Non. Demande à un de tes singes scientifiques de t'expliquer, s'il en est capable. Ha ! Pour eux, comprendre comment l'univers fonctionne réellement sera simple, comparé à la topologie quantique.

Sur ce point, il avait parfaitement raison. Ayant du temps avant le rendez-vous ennemi, je m'arrêtai au labo de recherche pour demander à nos surdoués humains comment la planéité pouvait être négative. Il faut dire que je pensais que Skippy s'était moqué de moi. Mais ce fut un peu comme s'asseoir à côté d'une grand-mère et lui demander à passer en revue les photos de ses petits-enfants. Ce que, bien entendu, personne de sensé ne ferait, car n'importe quelle grand-mère vous infligera des heures d'un ennui affligeant quand elle vous parle de ses petits-enfants. Après la troisième photo, et après avoir appris en détail les accomplissements sans intérêt de la petite Maddy ou du petit Timmy, son malheureux auditoire captif se met à appeler la mort de tous ses vœux… Comment se fait-il qu'une crise cardiaque n'arrive jamais quand on en a vraiment besoin ? Bref, notre équipe scientifique fut positivement ravie de m'expliquer la topologie quantique, ce qui aurait dû me mettre la puce à l'oreille. Durant leur séjour à bord du *Hollandais volant*, nos savants avaient progressé à pas de géant, et ils avaient hâte de frimer un peu en montant en épingle leurs connaissances récemment acquises. Ils étaient sûrs que, pas plus tôt de retour au bercail, l'un de leurs estimés confrères décrocherait le prix Nobel. Je n'eus pas le cœur de leur rappeler que ce retour à notre planète natale était des plus hypothétiques.

Je le reconnais volontiers, ils ne ménagèrent pas leurs peines. La quatrième fois que notre ingénieur aérospatial résident, le docteur Friedlander, s'acharna à m'expliquer en quoi X est la valeur au cube de la fonction Mu, je lâchai mentalement la rampe. Me prenant en pitié – ce dont je lui serai éternellement reconnaissant – Skippy prétexta une urgence sur la passerelle. Bien malin qui m'y reprendrait à prier des savants de m'expliquer les sciences ! Et ça vaudrait mieux pour tout le monde !

Nous décochâmes quatre missiles autour du point d'émergence supposé du destroyer thuranien, puis reculâmes le *Hollandais volant* d'une demi seconde-lumière, en engageant son champ furtif et son bouclier défensif. Les missiles étaient armés, programmés pour viser le vortex ; ils passeraient en pleine accélération dès qu'ils détecteraient l'irruption d'un vaisseau, sans attendre le signal du *Hollandais volant*. Ils fonctionneraient par paire, une première d'attaque. Si le duo faisait mouche, les deux missiles suivants n'entreraient pas en action, car nous n'en avions pas assez pour en gaspiller. Il suffirait qu'un seul touche le destroyer, particulièrement au niveau de la section d'ingénierie arrière, pour en faire une cible facile pour le *Hollandais volant*. Même avec des canons masers relativement faibles, notre transporteur lui ferait son affaire. Il nous fallait juste une frappe précise, au missile ou au maser, sur un réacteur, ou sur les bobines de commande de saut chargées, et le destroyer se muerait en nuage de particules. Nos propres bobines de saut seraient gonflées à bloc, pour nous permettre d'effectuer un microsaut si le destroyer était simplement endommagé et en capacité de riposter, ou un saut normal si, pour une raison ou une autre, l'on courait à l'échec. Skippy refit son tour de magie scientifique en générant une zone plane dans l'espace-temps, au centre de notre cercle de missiles. Ne restait plus qu'à attendre.

Et attendre encore.

Grâce à Skippy, nous savions exactement *où* le destroyer thuranien allait émerger de son saut, mais nous savions *quand* avec moins de précision – dans une fourchette de dix heures. Par prudence, nous étions arrivés vingt-six heures à l'avance, le plus rapide que nous puissions faire. Nous scrutâmes les lieux jusqu'à ce que Skippy déclare que la voie était libre, stationnâmes nos missiles et positionnâmes le *Hollandais volant*.

Puis nous attendîmes.

L'irruption du destroyer, enfin, fut presque décevante tant tout se déroula en un clin d'œil. Skippy nous assura que l'événement avait été prodigieusement, fabuleusement impressionnant. Je fus bien obligé de le croire sur parole, jusqu'à ce qu'il nous diffuse les données des détecteurs sur l'écran de la passerelle, en extra-super ralenti. L'extrémité éloignée du vortex de saut du destroyer apparut d'abord, représentée à l'écran par des radiations gamma en fausses couleurs spectaculaires, Skippy s'étant livré à une certaine licence artistique à notre bénéfice. Le vortex était microscopique, au début, et Skippy traça une mire en 3D le montrant à moins de trente kilomètres de la zone cible, juste là où notre IA avait créé une zone d'espace-temps extra plane. L'image suivante ne fut pas le vortex en pleine dilatation, mais deux de nos missiles accélérant sur le vortex. Skippy les avait programmés pour s'aimanter initialement sur les radiations gamma d'un trou de ver en pleine ouverture, et ils n'hésitèrent pas une seconde. Au moment où le vortex acheva de se dilater, et où le nez du destroyer fut en vue, les missiles avaient déjà parcouru la moitié de la distance, permutant leur ciblage sur la coque du destroyer.

Ils frappèrent la section arrière du destroyer quasi simultanément. Par la suite, quand je repassai l'enregistrement nanoseconde par nanoseconde, il semblait toujours qu'ils avaient frappé le destroyer en même temps. Un des missiles toucha un réacteur, sa tête nucléaire traversant le blindage du réacteur comme un rien ; des fragments d'ogive ressurgirent de l'autre côté tel le jet d'une fontaine, crachant des particules chauffées à blanc dans l'espace. Fugace vision spectaculaire, car le second missile percuta des bobines de commande de saut, et libéra leur énergie accumulée en un funeste éclair. Cela arriva si vite que même Skippy ne fut pas sûr que la tête nucléaire du missile ait eu le temps d'exploser par elle-même.

Quoi qu'il en soit, le destroyer fut instantanément atomisé, et Desai dut déclencher un microsaut pour protéger le *Hollandais volant* des projections de débris à haute vélocité.

Et d'un. En restait trois.

À ce moment-là, nous craignions que les Thuraniens aient pigé le truc, et qu'en fait d'atout majeur, nous n'ayons en réalité qu'un seul tour dans notre sac. Nous récupérâmes rapidement nos deux missiles inutilisés, qui en étaient quittes pour quelques entailles et éraflures à la suite de l'explosion du destroyer. Skippy nous affirma qu'ils fonctionneraient sans problème. Puis nous sautâmes à l'endroit où le patrouilleur était censé surgir et procédâmes de même. Nous avions déjà stationné des missiles autour des points de saut du patrouilleur et des vaisseaux-citernes supposés se pointer d'ici vingt minutes à six heures après le destroyer. Et nous savions que le patrouilleur serait le premier.

Il nous fallait le détruire ainsi que l'un au moins des vaisseaux-citernes.

Nous y parvînmes presque.

Le deuxième bâtiment à arriver fut bien le patrouilleur, et, sur le replay en super ralenti, nous vîmes qu'il ressemblait beaucoup au *Hollandais volant* tel qu'il était actuellement : un transporteur stellaire tronqué, sinon que la section arrière du patrouilleur, bien plus développée, comportait des réacteurs, des réservoirs et d'autres systèmes nécessaires aux voyages au long cours. Nos missiles le pulvérisèrent dès qu'il émergea. En résulta une explosion bien pire que celle du destroyer. Nos deux missiles à l'affût furent bombardés de débris, au point que nous dûmes activer leur autodestruction. Les reprendre à bord dans cet état eût été trop risqué. Une infime brèche dans le système de confinement d'une tête nucléaire à compression atomique pouvait générer des atomes qui ne seraient plus tout à fait assez compressés...

En restait deux, qui n'étaient pas à proprement parler des bâtiments de guerre. Pouces levés, nous échangeâmes des sourires crispés ; l'équipage de la passerelle et du CIC avait besoin de relâcher un peu la pression, sans pour autant crier victoire trop tôt. Le patrouilleur n'irait plus nulle part, ça, c'était sûr ! Mais il nous fallait encore anéantir au moins un des vaisseaux-citernes pour que notre couverture, une attaque des Jeraptha, soit plausible. Sans cela, les Thuraniens se demanderaient pourquoi le patrouilleur n'avait pu rallier la Terre, ce qui flanquerait tout notre stratagème en l'air.

Cela fonctionna presque.

L'équipage d'un des vaisseaux-citernes programma sa commande de saut légèrement plus vite que l'autre, le précédant sur place. Nous vîmes l'habituel éclair de radiations gamma à l'ouverture du vortex, puis le nez bulbeux du vaisseau-citerne qui en émergea.

Les problèmes commencèrent dès que notre premier missile frappa, touchant sa cible au centre, non en poupe. Skippy le reconnut, il aurait dû programmer ces missiles de façon à anticiper le fait que les vaisseaux-citernes émergeraient plus lentement que le patrouilleur et le destroyer. Son élan propulsa l'arrière du vaisseau-citerne à travers le vortex, alors que le centre se rompait sous l'impact. Tout cela en une fraction de seconde, et nous ne comprîmes ce que nous venions de découvrir à l'image qu'en repassant les données des détecteurs. Le second et dernier missile visa le premier vaisseau-citerne, toucha un réacteur arrière ; la perte du confinement du réacteur fit exploser une batterie de bobines de commande de saut chargées, ce qui vaporisa en grande partie le navire. Hélas, afin d'atteindre cette partie arrière vitale, notre second missile intelligent avait dû plonger légèrement dans le vortex. Le missile connaissait la configuration du vaisseau, et le voyant traverser relativement lentement, il en conclut que sa meilleure chance de frapper quoi que ce soit de vital, ce serait encore de décrire une courbe et de plonger dans le vortex. Rétrospectivement, j'aurais préféré que ce missile n'ait pas été aussi empressé d'obtenir un bon classement à sa prochaine évaluation de performance, car sa « présence d'esprit » nous a causé un paquet de problèmes.

Ainsi, lorsque notre missile plongea dans le vortex en provoquant la libération de l'énergie stockée dans les bobines de saut du premier vaisseau-citerne, cela indiqua au second que quelque chose de grave était arrivé à son jumeau. Et que suivre le même chemin serait des plus préjudiciables. La destruction des bobines de commande de saut provoqua un retour de flamme, une rafale caractéristique de radiations gamma immédiatement repérée par le second vaisseau-citerne. Son IA de navigation annula automatiquement son propre vortex de saut au moment où il se formait. L'équipage du second vaisseau-citerne ne perdit pas de temps à réorienter leur bond vers des coordonnées alternatives, et il sauta en direction d'un emplacement inconnu.

— Oh, *oh*, fit Skippy.

Ce qui, une fois de plus, n'augurait rien de bon.

L'anéantissement du premier vaisseau-citerne, comme celui du destroyer et du patrouilleur, avait été trop rapide pour l'œil humain. Pour ce que j'en savais, tout allait bien. Des vaisseaux ennemis émergeaient sans se douter de ce qui se passait, et se transmuaient presque instantanément en boules de feu. Quant à moi, je n'aurais pas pu me rengorger davantage ! Mon idée de génie m'avait permis de réduire l'ennemi à quia, en préservant notre planète Terre et l'espèce humaine, sans faire courir le moindre risque à mon vaisseau. Du tout bon ! Et je me demandais où le major Simms avait pu cacher un magnum de champagne pour célébrer notre victoire remportée de haute lutte.

Je me reposais tellement sur nos lauriers que lorsque Skippy reprit la parole, je supposais qu'il allait se plaindre qu'un missile ait eu l'outrecuidance de frapper à un nanomètre plus loin que prévu, ce que seule une IA super-intelligente trouverait dérangeant.

— Oh, *oh* ? Qu'est-ce qui cloche dans l'univers de Skippy ? fis-je, distraitement, les yeux rivés sur l'affichage, en attendant que le second vaisseau-citerne saute et se fasse cueillir en beauté à son tour.

— Quelque chose cloche dans le monde des singes, Colonel Joe. Houston, nous avons un problème potentiel.

Un rapide coup d'œil à l'affichage principal me confirma que tout baignait du côté des systèmes critiques du *Hollandais*. Que diable ?

— Un problème *potentiel* ? Tu n'es pas sûr que c'en soit un ?

— Tout dépend des paramètres de ta mission. Avant que tu me poses d'autres questions débiles, voilà le topo : selon toute probabilité, le second vaisseau-citerne ne se rendra pas au point de rendez-vous. Le premier a explosé avant même de franchir l'horizon des événements. Le contrecoup a dû être visible à l'autre bout du vortex, pas possible que le second vaisseau-citerne l'ait raté.

— Et merde.

Voilà que je n'étais plus du tout d'humeur à sabrer le champagne.

— Et alors ? s'interposa Simms, depuis le CIC. Nous espérions presque qu'un des vaisseaux-citernes survive, pour transmettre notre histoire de couverture aux Thuraniens.

— Exact, major, dis-je, mais le problème, c'est que ce vaisseau-citerne ne leur transmettra pas notre histoire, comme quoi une unité tactique jeraptha se serait infiltrée en territoire thuranien. Son déroulement des faits sera bien plus intéressant que ça : un vaisseau foudroyé en plein vortex de saut ? Les Thuraniens n'auront dès lors rien de plus pressé que de savoir comment un ennemi a pu déterminer avec précision où un de leurs vaisseaux émergerait d'un saut. Et je vous fiche mon billet qu'ils vont enquêter, car tous les êtres pensants de la galaxie voudront eux aussi savoir comment nous avons réussi ce tour, même s'ils ne savent pas encore *qui* leur a joué le tour en question. Hors de question de laisser planer le moindre mystère derrière nous, il faut absolument que la destruction du patrouilleur et de son escorte ait tout l'air d'une action militaire de routine, relativement fréquent en temps de guerre, ne méritant guère qu'on s'y attarde. Bref. Skippy, tu sais où s'ouvre l'autre extrémité de ce vortex, non ? Prépare un saut.

— Le trajet est prêt, mais je m'attends à ce que ce second vaisseau-citerne ait déjà sauté pour une autre destination.

— Oh, merde, Skippy, c'est pas bon du tout, ça ! Nous devons y arriver avant que la trace du vortex sortant s'efface, afin que nous sachions où il a bondi. Pilote, dis-je à Desai, paré à sauter.

— À vos ordres, répondit Desai.

Nous sautâmes là où le premier vaisseau-citerne avait été cueilli, en engageant aussitôt notre champ furtif, avant que nos détecteurs recherchent d'autres vaisseaux dans cette zone. Nous avions activé notre bouclier furtif afin que d'autres ne s'aperçoivent que le *Hollandais volant* n'était pas, en réalité, ce croiseur jeraptha que nous prétendions être. Les balayages ne donnèrent rien. Skippy scanna les signatures résiduelles de vortex, et en trouva vite une.

— Oh, c'est ce que je craignais. Ce vaisseau-citerne a sauté au loin comme nous le pensions, mais le problème, c'est qu'il a mobilisé pour ce faire un protocole de combat spatial. Souviens-toi de ce que je t'ai dit : les astronefs peuvent truquer leurs signatures de vortex. Et c'est bien ce que ce vaisseau-citerne a fait en traversant le vortex : il a lâché des résonateurs quantiques, similaires aux fusées éclairantes rudimentaires que vos appareils aériens de l'armée utilisent pour perturber les missiles à tête chercheuse attirés par la chaleur. Ces résonateurs quantiques troublent les ondes résiduelles du vortex sortant, ce qui fait qu'il devient plus difficile de trouver la configuration d'origine du vortex. Difficile même pour moi.

— Donc, tu ne peux pas le faire ? demandai-je anxieusement.

C'était la première bataille spatiale où nous étions l'agresseur, et cela demandait un sacré ajustement de raisonnement.

— Si, mais pas avec la précision souhaitable. Heureusement, les Thuraniens ont toujours l'impression que les effets quantiques tendent vers l'imprévisibilité, un préjugé courant chez les espèces moins développées. Sachant comment l'univers fonctionne réellement, j'ai pu cartographier le schéma des résonateurs quantiques, démêler leur effet de la signature résiduelle du vortex et en déduire une estimation raisonnablement fiable de l'endroit où ce second vaisseau-citerne a sauté. Par « raisonnablement fiable », je veux dire que je sais où cet astronef a filé, dans un rayon de six cent mille kilomètres.

— Super !

Un coup d'œil à l'affichage principal de la passerelle m'apprit que nous avions assez de charge pour un saut immédiat.

— Programme un bond pour nous, et nous irons…

— Une minute ! Il y a d'autres bonnes nouvelles, Colonel Joe. Par « chance », ce second vaisseau-citerne est celui que j'ai infecté lors de mon vol de reconnaissance, et donc il lâchera des drones en sautant. Ça le rendra bien plus facile à pister. Je bipe les drones en ce moment même. Et, oui, j'ai une réponse. Je sais exactement où se trouve ce vaisseau. Mmm, c'est intéressant, il se rend à un rendez-vous secondaire de secours… Oh, merde, il y est probablement déjà ! Et pour six heures… Ensuite, si aucun autre navire ne le rejoint, ses ordres sont de retourner à son système stellaire de base, suivant un trajet aléatoire. Zut alors, nous ne pourrons plus savoir exactement où un vaisseau va émerger.

— En effet…

Je réfléchis.

— Mais nous savons avec précision, grâce au drone, où ce vaisseau-citerne se trouve actuellement, n'est-ce pas ?

— Dans un rayon de dix à douze mille kilomètres.

— Parfait ! Voilà ce que nous allons faire : bondir près de lui, et lui décocher des missiles. Nous pouvons projeter un champ d'amortissement, non ? Pour éviter qu'il saute encore au loin ?

— Un champ d'amortissement faible, oui. J'ai dû quasiment démonter le mécanisme de cette unité pour réparer le vaisseau. Mmmh… Tu veux qu'on joue les pirates pour de bon ?

— Pour de bon !

— J'adore ça ! Trajectoire calculée et programmée ; missiles parés au lancement.

Chapitre Trente-Deux

Cela fonctionna presque comme je l'avais espéré. Notre saut au rendez-vous secondaire fut d'une rigoureuse exactitude – à moins de sept mille kilomètres du vaisseau-citerne, plus près que ce que Skippy avait escompté. Nos missiles jaillirent à point nommé. Hélas, le vaisseau-citerne était prêt à sauter au quart de tour, et il déclencha sa commande de saut dès qu'il repéra notre sursaut gamma. Effleurant le bord de notre champ d'amortissement, il fut cependant incapable de bondir très loin. Skippy bipa les drones. Nous abandonnâmes nos deux missiles, même si la pénurie menaçait. Dans les quarante secondes de notre irruption au point de rendez-vous secondaire, nous nous lançâmes aux trousses du fuyard.

Cette fois, nous ne décochâmes aucun précieux missile à l'aveuglette, nous fiant plutôt à notre champ d'amortissement. Nous émergeâmes à moins de quatre mille kilomètres, et à cette proximité, le vaisseau-citerne était maintenant coincé. Toute nouvelle tentative de saut aurait déchiqueté ses bobines de commande de saut, provoquant sa propre ruine. L'équipage ennemi ne bénéficiait pas d'un « fabuleux » Skippy, lui. Se profilaient dès lors des échanges nourris de bordées ; un vaisseau-citerne contre un transporteur stellaire partiellement reconstruit.

— Paré au combat ! ordonnai-je.

L'équipage du CIC verrouilla les canons maser sur la cible et s'acharna contre les boucliers défensifs du vaisseau-citerne, multipliant les frappes de rayons crépitants. Après quelques secondes, les boucliers et les détecteurs de proximité de notre adversaire étaient si dégradés que nous lançâmes une paire de missiles. Ses systèmes défensifs éliminèrent l'un de nos missiles, et Skippy fut impressionné par la précision des tirs thuraniens. Mais peu importait, notre second missile percuta un réacteur, et il y eut une explosion spectaculaire. Certes, mais juste après que le vaisseau-citerne eut riposté par une paire de missiles, à bout portant :

— Missiles arrivant ! avertit Chang, au CIC.

Je consultai vivement l'affichage ; nos propres systèmes de défense venaient de s'activer. En un éclair, Desai avait de son propre chef lancé un microsaut pour nous éloigner des missiles et des débris du vaisseau-citerne, selon les règles des manœuvres de combat spatial. Nous émergeâmes à huit cent mille kilomètres de là, hors de portée pour le moment.

— Reste-t-il quelque chose de ce vaisseau ?

L'équipage du CIC ne répondit pas immédiatement.

— Difficile à dire, Capitaine. Il y a un gros nuage de carburant, car les réservoirs se sont rompus. Tant que le nuage ne se dispersera pas, nous ne verrons pas si…

— Oh, nom d'un chien, vous autres, les singes, vous mettrez une éternité à voir quoi que ce soit, rouspéta Skippy. La réponse est oui, Joe, la section avant du vaisseau reste partiellement intacte. Même moi, je ne saurai pas dire s'il y a des survivants. Leur ordinateur central s'y trouve, et il serait sage de ne pas l'y laisser traîner.

— D'accord. Colonel Chang, encore un missile, je vous prie, faisons le ménage derrière nous. Laisser une épave dériver là dehors, c'est dangereux pour la navigation.

— Certes, Monsieur, répondit Chang avec un sourire crispé.

Après avoir réglé leur sort aux quatre vaisseaux, restait leurs drones d'enregistreur de bord qu'ils avaient éjectés. Trois ayant été fauchés sans crier gare, ils n'avaient pu larguer que quelques drones. Le quatrième avait éparpillé les siens tout au long de son trajet. Le capitaine avait dû se douter qu'il avait un très gros problème. Je demandai à Skippy de biper un des drones dérivant autour de nous.

— Je transmets le signal. Signaux et réponses atteignent à peine la vitesse de la lumière, n'attends rien dans l'immédiat.

— Nous l'avions compris, dis-je.

Cela me paraissait toujours étrange de devoir attendre ce qui se déplaçait à la vitesse de la lumière. À l'échelle humaine, la vitesse de la lumière est instantanée.

— Je l'ai ! s'écria Skippy, tout excité, quelques secondes plus tard. Nous sommes trop loin pour que je puisse pirater directement le drone. Pilote, j'ai chargé les coordonnées dans le système de navigation.

— Capitaine ? fit Desai.

— Rapprochez-nous, ordonnai-je.

Desai leva le pouce dans ma direction, puis ses doigts volèrent sur les commandes. Par le passé, Skippy aurait programmé l'autopilote pour nous emmener à l'emplacement des drones, et Desai n'aurait eu qu'à appuyer sur un bouton pour l'enclencher. Maintenant, nous autres singes étions assez qualifiés pour le programmer nous-mêmes, et même pour piloter le vaisseau manuellement, comme Desai en ce moment. Voler en manuel était un bon entraînement pour les manœuvres de combat. Quand nous fûmes à proximité de notre drone, Desai régla notre trajectoire sur la sienne pendant que Skippy faisait ce que font les IA magiques…

— O.K. J'ai fini avec celui-là, il est redevenu silencieux.

— Super. Pilote, prenez du champ, que nous puissions sauter sans danger.

— Waouh ! s'exclama Skippy. Déjà un autre saut ? Que mijotes-tu, Joe ?

— Sauter pour rattraper un autre drone.

N'était-ce pas l'évidence même ?

— Non, non, *non* ! Nous n'avons pas terminé ici, nigaud ! C'était un seul drone. Les vaisseaux thuraniens larguent généralement les drones par trois, au cas où le premier ou le deuxième seraient détruits par la menace, quelle qu'elle soit, qui a motivé l'éjection.

— Merde, c'est maintenant que tu nous le dis ? Mais… attends un peu ! Tu as envoyé le signal, et un seul drone a répondu à cet endroit.

— Sans déc ! Chaque drone d'un trio est affecté d'une priorité, et c'est donc lui qui répond en premier. Si ce drone principal ne répond pas, le secondaire prend le relais, et sinon, le troisième. Une fois que l'un d'eux a répondu, les autres ne réagiront plus au signal de récupération initial, ils basculeront sur un signal de récupération.

— Oh, parfait. Et, bien entendu, tu disposes de ce signal de récupération ?

— Eh non. Je n'ai pas eu le temps de télécharger l'ensemble complet des codes. Mais n'importe quel vaisseau thuranien lancé à la recherche de ces drones le posséderait, lui.

—Ah merde ! Nous sommes foutus, crétin !

J'étais furieux, et l'équipage du CIC aussi.

— Maintenant, il y a trois drones là dehors, deux d'entre eux contiennent les véritables carnets de vol de leur vaisseau, et les Thuraniens sauront que quelqu'un a bidouillé les données du troisième. Je sais que tu es parfois distrait, mais ça, c'est inexcusable, Skippy. Tu ne peux pas… !

— Joey, même si ta petite tirade est distrayante, digne d'un prix Nobel, je t'en prie, descends de tes grands chevaux. J'ai omis de préciser que je n'avais pas téléchargé ces autres codes, parce que je n'en ai pas besoin. Les Thuraniens ont peu d'imagination et sont prévisibles. Je peux aisément deviner ces codes, rien qu'en me basant sur leurs schémas habituels. J'ai envoyé mon code-test de récupération, et un drone vient juste de répondre. Tout va bien, pilote, l'emplacement du drone est dans le système de nav'.

Il avait raison, je m'étais lancé dans une bonne vieille engueulade à cause de son étourderie, et maintenant, j'étais en rogne parce que je me sentais privé de mon légitime exutoire.

— Tu aimes te foutre de moi, hein, Skippy ?

— Hé, juste une petite revanche pour toutes les fois où tu m'as fait me sentir stupide. La vengeance est un plat qui se mange froid, mon petit Joe ! Bref, tout va bien, traquons les drones restants et continuons de modifier leurs enregistreurs de vol. La mission sera bientôt accomplie, Joe ! Dommage que nous n'ayons pas de bananes fraîches pour fêter ça !

Et zut, localiser tous ces drones de malheur fut fastidieux. Cela nous prit quatre jours avant que Skippy soit sûr qu'aucun ne nous avait échappé.

— Ça y est, fini ! Le dernier drone contient maintenant, lui aussi, la version modifiée du carnet de vol. Mettons les voiles, au cas peu probable où un vaisseau thuranien se serait déjà lancé à la recherche du patrouilleur et de son escorte.

— Bonne idée. Pilote, cap sur la Terre ! annonçai-je joyeusement.

— *Quoi !* s'écria Skippy, surpris. Notre mission n'est pas terminée, Joe. Je sais que…

— *Cette* mission-là des forces spéciales est terminée, Skippy. Le commandement de la FENU nous a envoyés dans cette chasse au dahu en supposant que notre planète natale était en sécurité, une fois le vortex fermé. Nous savons maintenant que fermer notre vortex local a seulement permis de mettre la Terre un peu plus en sécurité qu'avant, mais pas entièrement. La FENU, et nos gouvernements, doivent être informés de cette réalité. C'est à eux que je dois faire mon rapport, pas à toi. Je veux le trajet le plus rapide vers la Terre, en évitant les secteurs dangereux.

— Ouh là ! Tu prends cette décision sans me consulter au préalable ? Bonne chance pour garder la commande de saut calibrée correctement jusqu'à votre port d'attache, sans moi.

— Skippy, je commande ce vaisseau ou non ?

— Ça dépend de…

— Le commandement, c'est un absolu, Skippy. La réponse, c'est un simple oui, ou un non catégorique.

Il y eut une pause. Trop longue à mon goût.

— Oui, répondit-il enfin.

— Écoute, je t'ai dit que nous t'aiderions à trouver ta radio magique, et nous le ferons. Mais pense un peu à ce que nous avons découvert ici. Un site des Anciens qui était inconnu jusque-là, et dont une partie a mystérieusement été prélevée par on ne sait quoi. Une civilisation entière qui s'est éteinte parce que sa planète natale a été déplacée par la technologie des Anciens, bien après que ceux-ci eurent quitté cette galaxie, ou du moins le supposons-nous. Une IA des Anciens réduite à un tas de métal inerte. Des nœuds de com' qui ne se connectent plus à aucun réseau. Une lune complètement vaporisée. Est-ce que contacter le Collectif est toujours ta grande priorité, ou devrions-nous plutôt tâcher de trouver la clé de ces énigmes, avant que tu ailles frapper à la porte du Collectif ?

Il poussa ce lourd soupir auquel je m'étais accoutumé.

— Tu as raison, tu as raison. J'ai vraiment matière à réfléchir, et j'ai besoin de davantage de données. Vous les singes avez fait du bon boulot, et vous méritez une montagne de bananes fraîches.

Merveilleux. Même quand il se montrait gentil, c'était quand même un trou du cul.

La mission terminée, je finis mon quart sur la passerelle et me dirigeai vers le réfectoire pour y prendre une tasse de café. En chemin, je posai à notre IA une question qui me tracassait depuis des heures.

— Hé, Skippy, pourquoi n'avons-nous pas recouru à ces super-extra résonateurs quantiques quand nous étions pourchassés par un escadron entier de destroyers thuraniens ? Nous en avons à bord, n'est-ce pas ?

— En effet. Nous ne les avons pas déployés alors parce qu'ils ne nous auraient pas servi à grand-chose, Joe. À ce moment, nous étions juste capables de microsauts, et avec des sauts aussi courts, les deux extrémités du vortex sont si proches, dans l'espace réel, qu'il est presque impossible de masquer leur connexion. De plus, notre commande de saut était tellement mal calibrée que chaque bond était comme si on avait sonné une cloche résonnant à travers des parsecs. Essayer de le dissimuler au moyen de résonateurs quantiques, ç'aurait été comme de lancer des pierres à l'océan en plein ouragan. Bien sûr, elles provoquent quelques rides supplémentaires dans l'eau, mais tes pierres n'auront aucune incidence sur les vagues.

— Oh.

— Sans déc. Si j'avais pensé que ça pouvait aider, j'aurais lancé nos résonateurs quantiques, nous en avons une centaine. Du moins, nous en avions une centaine. J'ai dû en recycler la plupart pour reconstruire ce vaisseau. Maintenant, il nous en reste trois.

— Trois ? Seulement *trois* ?

— Tu voulais que je répare ce rafiot, non ?

— Désolé, Skippy. Je sais bien que tu as accompli un boulot extraordinaire à toi seul.

— Hmmff… Tu n'as pas idée à quel point. J'ai dû construire des machines pour créer de la matière exotique, que vos cerveaux de singes ne peuvent même pas imaginer. Et j'attends toujours ce gâteau que tu m'as promis, quand tu étais sur Nouvelle Arche.

Oh zut. J'avais oublié. Mais qu'est-ce qu'une IA pouvait bien vouloir faire d'un gâteau ? Étais-je censé lui en confectionner un à l'hélium 3 métallique ?

— Skippy, je suis désolé.

Je commençais à me faire l'effet d'un disque rayé…

— J'ai complètement oublié ton gâteau, avec tout le bordel qu'il y a eu après notre départ de Nouvelle Arche. Je t'en ferai un ce soir, au dîner. Un gâteau super spécial. J'allais au réfectoire, de toute façon.

— Parfait ! Comme ça, tout le monde se régalera avec le gâteau, et se détendra en se récriant combien je suis génial, même si vous ne sauriez réellement apprécier l'étendue glorieusement énormissime de ma génialitude. Hé, je viens de composer une chanson que vous pourrez entonner en mon honneur. Je l'ai appelée « Skippy le Magnifique ». Elle commence comme ça : « Skippy, oh, Skippy, nous les singes ne sommes pas à ta hauteur, tu es si extraordinairement… »

— Eh, Skippy ! Que dirais-tu que les singes se bâfrent avec ton gâteau en s'émerveillant encore d'avoir su résister à la folle envie de t'éjecter dans l'espace ?

— Ouais, ça peut fonctionner aussi.

Nous dégustâmes réellement un gâteau ce soir-là, j'en fis même cuire quatre pour tout le monde : deux au chocolat, mon favori, une tarte au citron et un gâteau roulé à la fraise nappé de crème chantilly. Celui-ci disparut si vite que j'aurais pu en faire une dizaine et ça n'aurait toujours pas suffi. Et, oui, j'ai eu de l'aide. Je ne voulais pas les rater tout seul dans mon coin. Nous avons réuni tout le monde au réfectoire, excepté les six de service sur la passerelle et au CIC, et l'humeur fut très festive. La nouvelle de notre succès et de notre retour au bercail s'était répandue comme un feu de brousse. Non sans un clin d'œil complice, je glissai à Simms que je fermerais volontiers les yeux si elle avait outrepassé les règlements et apporté à bord du champagne ou du vin de contrebande. Le champagne, j'avais dû en boire deux ou trois fois dans ma vie, et je n'étais pas sûr d'aimer tant que ça, mais cela s'imposait pour une célébration de cette portée. L'alcool à bord contrevenait aux règles ? Qu'importait, franchement, dans un vaisseau alien volé, à deux mille années-lumière de la Terre ? Après nous être occupés du dernier drone, et avoir mis le cap sur la planète Terre, nous avions déjà effectué plusieurs bonds, et étions désormais à près de deux années-lumière de la zone de combat. Nos bobines de commande de saut étaient chargées à bloc, le champ furtif fonctionnait parfaitement, et nous croisions dans l'espace interstellaire profond. D'après Skippy, les risques qu'un spationef hostile tombe sur nous par hasard étaient si faibles qu'il n'allait pas se « casser la tête » à me donner les chiffres exacts. Je me sentais en sécurité, et j'estimais que laisser l'équipage s'amuser et relâcher un peu la pression était pleinement justifié. Nous avions subi des conditions de vie difficiles sur Nouvelle Arche, et, dès l'instant où nous étions remontés à bord du *Hollandais volant*, nous n'avions pas ménagé nos peines pour empêcher le patrouilleur d'atteindre la Terre.

Simms secoua la tête. Elle n'avait pas apporté d'alcool en douce. Moi qui avais espéré que notre officier logistique y aurait pensé, quelle déception… Bah, j'étais injuste avec elle. Simms avait bien d'autres soucis en tête, lors de notre départ précipité de la Terre. Si, en tant qu'officier, j'avais voulu contourner les règles, j'aurais dû m'en charger personnellement. Devant mon air déçu, elle me prit en pitié, me gratifiant à son tour d'un clin d'œil de connivence.

— Je n'ai pas apporté d'alcool à bord avec nos cargaisons d'approvisionnement, Monsieur. Néanmoins, il est possible que d'autres en aient infiltré avec leurs propres réserves.

À ce signal, l'équipe française, responsable du réfectoire ce jour-là, retira la serviette qui recouvrait une bassine, dévoilant quatre bouteilles de champagne sur lit de glace.

— Du champagne, avec les compliments de la France ! pavoisa Giraud. Si toutefois, Colonel, c'est acceptable à bord d'un vaisseau des Nations unies ?

— Capitaine, répondis-je, les Nations unies n'ayant eu de bâtiment de guerre spatial, libre à nous de lancer nos propres traditions. J'estime qu'à l'avenir, le champagne devrait devenir *obligatoire*.

Cette remarque souleva des vagues d'applaudissements à la ronde. Giraud et Chang firent sauter les bouchons, et la fête commença. Faute de flûtes à champagne, nous nous contentâmes de tasses en plastique. Comme on me réclamait un discours, je me hissai sur une chaise.

— Au cas où vous ne seriez pas au courant, nous rentrons chez nous !

Nouveaux applaudissements nourris.

— Nous rentrons tous à la maison, sans aucune perte à déplorer dans nos rangs ! De crainte que notre mémoire défaille…

Je faillis m'interrompre, ce genre de tournure de phrase ne me ressemblait pas, ça devait être le champagne qui parlait !

— J'aimerais récapituler tout ce que nous avons accompli ici.

Il y eut quelques grognements.

— Je serai bref, promis ! D'abord, nous n'avons pas fait exploser notre vaisseau. Pas encore.

Voilà qui déclencha des rires.

— Les Thuraniens ont bien failli s'en charger à notre place, mais nous avons survécu à la première bataille spatiale de l'humanité. Nous avons atterri sur une planète alien, et y avons survécu. Nous l'avons parcourue, même à pied, et vaincu un ennemi qui disposait de l'avantage du nombre et de la puissance aérienne.

Je passai sous silence que le nœud de com' et l'IA que nous y avions trouvés étaient inertes, ce n'était pas le moment.

— Nous avons détruit un navire kristang en orbite, sans qu'il puisse même se douter qu'il y avait des humains dans ce système stellaire. Puis, quand nous avons cru pouvoir enfin souffler de retour à bord du *Hollandais volant*, avant de poursuivre notre quête, nous avons découvert que notre planète natale courait encore un grave danger. Et je suis ravi, plus que ravi, de pouvoir confirmer ce soir que cette menace est éliminée. Moi, j'appelle ça un succès retentissant, les gars !

Des applaudissements tonitruants éclatèrent, tandis qu'on s'offrait une deuxième tournée.

— Sur Nouvelle Arche, j'avais promis un gâteau à Skippy. En quoi un gâteau l'intéresse, je vous avoue que je l'ignore, mais de toute façon, nous avons du gâteau en l'honneur de la superbe extra génialitude de Skippy. Tous ces exploits, nous les devons à Skippy ! Sans lui, nous n'aurions même pas d'air à respirer à bord de ce vaisseau reconstruit. Et donc…

Je levai ma « flûte » improvisée.

— … je propose de porter un toast à Skippy, qui est plus incroyablement impressionnant encore que nos cerveaux de singes ne peuvent le concevoir.

L'auditoire se répandit en exclamations d'admiration en plusieurs langues.

— Skippy, aimerais-tu dire quelques mots ?

— Oh, euh, merde… Non, je ne vois pas… Zut, c'est bien embarrassant. Je suppose, ma foi, que, hum, pour une horde de macaques, vous ne sentez pas si mauvais que je m'y attendais ?

Tout le monde éclata de rire.

— Nous aussi, on t'aime, Skippy, conclus-je.

— Oh, boucle-la, marmonna Skippy. Crotte alors, je savais bien que j'aurais dû mettre un panneau « Pas de singes à bord ! »

CHAPITRE TRENTE-TROIS

LE VOYAGE DE retour fut long et sans histoire, sauf si on considère comme un événement notable le fait que nous ayons, à l'aide de notre haricot magique, réactivé un vortex vieux de millions d'années, construit par des êtres puissants qui avaient depuis délaissé leurs enveloppes physiques. Dès que nous eûmes traversé le vortex du côté de la Terre, Skippy le referma derrière nous. En chemin, nous ne nous arrêtâmes à aucun système stellaire, et ne détectâmes aucun vaisseau. Selon Skippy, les chances que nous croisions un autre navire par hasard, dans les incommensurables immensités du bras d'Orion de la Voie lactée, étaient presque trop faibles pour que même lui soit en mesure de les calculer. Le plus près que nous côtoyâmes un autre astronef, ce fut quand nous détectâmes les vestiges très dégradés d'un vortex de saut sortant, vieux d'une journée d'après Skippy. Même en étudiant les légères traces de données que les détecteurs parvinrent à récupérer, il fut incapable de dire quel type de vaisseau avait sauté ni où il était allé. Mais pour moi, c'était suffisant. Nous quittâmes ce secteur au plus vite.

Au cas où, nous bondîmes en orbite autour de Neptune et guettâmes les moindres signes d'alerte avec nos détecteurs passifs. Skippy avait d'abord voulu sauter vers une autre direction, étant d'avis que ce serait très amusant de faire le tour d'Uranus, mais je m'y opposai. Si jamais nous jouions de malchance, et qu'il y ait de nouveau des Kristangs aux abords de la Terre, nous devrions être prêts à les attaquer sans merci. Mais non, aucun signe de troubles dans notre système solaire natal, et la balise codée sur le canal protégé de la FENU émettait toujours faiblement le signal *Feu vert* à notre attention. Avec un soupir de soulagement, je donnai l'ordre de sauter en orbite terrestre. Nous émergeâmes au-dessus de l'Australie. Le plus nul en géographie aurait pu reconnaître la forme distincte de ce continent.

— On est enfin arrivés ! exulta Skippy. Crotte alors, ça faisait un bail ! Je dois vérifier mes Fantasy Leagues.

— Sérieusement, Skippy ? C'est ta priorité absolue ?

— Joe, que veux-tu que je fasse d'autre sur la planète des singes ?

Je compris ce qu'il voulait dire.

— Oh, parfait, à ta guise. Mais en même temps, peux-tu… ?

— Oh non, sans déc ! Comment diable… !

Une pause, puis :

— Oh, mon Dieu !

Sa voix sur le haut-parleur résonna si fort que mes oreilles tintèrent.

— *Quoi ?* Qu'y a-t-il ?

Je claquai des doigts en direction de Chang, qui pigea aussitôt et déclencha l'alarme des postes de combat. Desai pivota à demi vers moi, une main en suspens au-dessus du bouton de saut d'urgence.

— Skippy ! criai-je. Qu'est-ce qui ne va pas ? On saute ?

— Hein ? Mais non, imbécile ! Le vaisseau n'a pas de problème. Merde, je n'arrive pas à y croire. C'est in-vrai-sem-bla-ble ! Ils l'ont cassée. Ils l'ont CASSÉE ! Comment diantre une bande de singes ignorants a-t-elle pu faire un truc pareil ?

— Ils ont cassé quoi ?

Au CIC, Chang et Simms levèrent la main, se demandant bien eux aussi quel était le problème, puisqu'ils ne voyaient aucune menace poindre sur les détecteurs.

— Skippy ! Quoi que ce soit, dis-moi vite, je t'en prie !

— Ils l'ont cassée, Joe…

Une grande tristesse perçait dans sa voix.

Je passai un doigt sur ma gorge, et Chang coupa l'alarme des postes de combat à la *Star Trek*.

— Ils ont cassé quoi, Skippy ? *Qui* a cassé *quoi ?*

— Moi. Enfin… pas moi en personne, mais l'IA secondaire que j'avais laissée ici.

— Tu… tu as laissé une IA secondaire ici ? Quand ? Où ?

— « Quand », avant que nous quittions la Terre, bougre d'idiot, à ton avis quand aurais-je pu, sinon ? « Où », j'avais créé une sous-IA secondaire des plus rudimentaires et je l'avais téléchargée sur votre Internet. Or, c'est complètement corrompu ! Et ça s'est volatilisé ! Oh, ma jolie petite IA secondaire, j'ai à peine eu le temps de te connaître ! Et merde, elle a crashé moins de deux mois après notre départ, je n'ai même pas réussi à visionner une demi-saison de *Fantasy*. Et merde, tiens ! J'examine les serveurs, et on dirait qu'on lui a entassé dessus tellement de cochonneries ineptes qu'elle n'a pas pu traiter toutes ces informations. Un dernier fichier vidéo l'a saturée. Pauvre biquette…

Sa voix était réellement triste.

— Comment ça a pu arriver ? Ça n'est pas logique. Avec vous, singes débiles, j'avais rendu tout le système si facile d'emploi que même un idiot aurait pu l'utiliser !

— On ne peut pas éliminer les risques d'exploitation à mauvais escient de quoi que ce soit, Skippy, dis-je. Parce qu'en fait, les idiots sont bougrement intelligents quand ils s'y mettent. Ils trouvent toujours le moyen de tout bousiller.

— Je te jure, grogna-t-il en donnant vraiment l'impression de parler entre ses dents serrées, que lorsque je trouverai cette vidéo de chat qui a achevé ma pauvre petite IA secondaire…

— Ce n'est pas la faute du chat, Skippy.

— Tu en es sûr ?

— Absolument. C'est d'Internet dont on parle, non ? Voyons, il y a toutes les chances qu'il se soit agi d'une vidéo pornographique.

— Oh. Euh…

Il réfléchit.

— Tu as sans doute raison. Bordel ! Je me demandais… avec tous les singes ici, avec lesquels il est toujours possible de copuler, pourquoi les êtres de votre espèce passent-ils tant de temps à se *distraire* en secret, tout seuls dans leur coin ?

— Ah, eh bien… Skippy, je voudrais pouvoir te donner une réponse, mais, tu sais, je ne connais rien à ces trucs-là… balbutiai-je.

Au CIC, tous les regards étaient braqués sur moi, et je voyais certains membres d'équipage déjà secoués de rire.

— Comment ça, Joe ? À l'époque, tu aurais pu être la tête d'affiche de la masturbation furtive…

— Eh merde, ça n'est pas drôle, fulminai-je entre *mes* dents serrées.

— Naturellement, c'est quand même mieux que de *s'entretenir* en public, du moins si j'ai bien compris vos coutumes sociales à ce sujet…

Je me pris la tête dans les mains et feulai à voix basse :

— Pourrais-tu, *s'il te plaît*, contacter la FENU ?

— Oh, bien sûr, Joe ! Que ne me le demandais-tu plus tôt ?

Peu après, une voix stressée monta des consoles :

— Commandement de la FENU, ici l'officier de quart.

— Commandement de la FENU, ici le colonel Bishop, du *Hollandais volant*. Puis-je parler à l'officier responsable, je vous prie ?

— Le *Hollandais volant* ? Oh, Dieu merci ! En détectant un vaisseau alien en orbite, on a cru… ! Je vous mets en rapport avec le général Huang.

Un petit moment s'écoula encore, puis, au milieu d'un brouhaha en arrière-plan…

— Ici le général Huang. Je parle bien au colonel Bishop ?

— Oui, mon général. Désolé, nous venons juste d'arriver en orbite. Tout va bien pour le moment, Monsieur.

— Tout va bien ? me reprit un Huang bourru. Colonel Bishop, il y a en effet un vaisseau en orbite, mais il ne ressemble pas au *Hollandais volant*.

Bien évidemment, il fallait que notre Skippy mette son grain de sel.

— Joe a fourré le transporteur thuranien dans la machine à laver, sur un programme inadapté, trop chaud, et il l'a rétréci ! Je l'avais pourtant prévenu que le *Hollandais volant* supportait seulement le nettoyage à sec, mais croyez-vous qu'il m'ait écouté ? Nooonnnn ! Grande andouille qu'il est.

— Monsieur, expliquai-je, nous avons eu quelques problèmes là-bas, et le vaisseau a dû être reconstruit avec ce que nous avions sous la main. À votre convenance, nous vous présenterons un rapport complet.

— Notre vortex est toujours fermé ? lança Huang, abrupt.

— Oui, Monsieur, et cette fois, il n'y a pas de compte à rebours de réactivation.

Nous entendîmes les soupirs de soulagement de l'autre côté de la ligne.

— Excellent, conclut Huang, presque joyeux cette fois. Alors, nous sommes en sécurité, et pourrons prendre notre temps avant de renvoyer le vaisseau en exploration.

Chang, Simms et moi échangeâmes un regard entendu.

— Euh, ma foi, vous savez, répondis-je, pas tant que ça, non…
FIN

Trois mois après que la Joyeuse bande de pirates d'origine eut quitté Paradis

Le soldat de l'armée américaine Jesse « Cornpone » (« Pain de Maïs ») Colter sortit d'une boîte une paire de gants propres en coton blanc, les enfila, et ajusta le masque chirurgical sur son visage afin qu'il couvre bien son nez et sa bouche. Il vérifia sa tenue dans un petit miroir fixé sur un arbre, inspira à fond, tendit la main dans l'enclos et en sortit avec précaution une minuscule créature jaune et duveteuse : un poussin. Un petit miracle. Ou plutôt, le poussin était petit, et le miracle grand.

L'homme leva le poussin à hauteur de ses yeux et l'examina des pattes au bec. Il avait l'air parfait, du moins autant que Jesse pût en juger, vu sa connaissance limitée en matière de poules. Un mois plus tôt, tout ce qu'il en savait, c'était qu'elles pondaient des œufs et étaient bonnes à manger. Et aussi, qu'on ne les élevait pas pour leur intelligence.

L'intelligence, ha ! se dit-il en remettant le poussin sur la paille propre de son enclos. Ce poussin avait été importé sur Paradis sous forme d'œuf fertilisé. Jesse s'était porté volontaire pour partir combattre les ennemis de l'humanité dans l'espace. Cependant, les « alliés » de l'humanité s'étaient révélés le véritable ennemi, et non une autre espèce, les Ruhars, qui n'avaient, au demeurant, aucune envie de côtoyer les humains. Et donc, de lui ou du poussin, se demanda Jesse, qui était le plus idiot ?

La présence d'animaux terrestres sur Paradis avait été le secret le mieux gardé de la FENU. Les trois derniers vaisseaux kristangs à livrer des approvisionnements en provenance de la Terre avaient débarqué des veaux, des porcelets, des chevreaux et des œufs de poule. Les jeunes bêtes n'avaient pas toutes survécu au long voyage, et depuis que la flotte ruhar avait fermement rétabli son emprise sur Paradis, il n'arriverait plus aucun animal de la Terre. Le Q.G. de la FENU avait tu la présence d'animaux pour deux raisons. Jusqu'à l'obtention d'un cheptel conséquent, la FENU ne voulait pas donner de faux espoirs aux pionniers et leur faire miroiter la possibilité qu'ils aient un jour d'autres nourritures fraîches que des fruits et légumes. Et, sans doute aussi important, la présence d'animaux domestiques sur Paradis indiquerait que le Corps expéditionnaire n'était pas près de retourner sur Terre avant longtemps. Ce, avant même d'ailleurs que les Ruhars reconquièrent Paradis de haute lutte et excluent toute éventualité pour la FENU de retour au bercail.

Ce jour fatidique où la flotte ruhar avait repris Paradis aux Kristangs était passé depuis plus de trois mois. Les premières deux semaines avaient été chaotiques. S'avisant que des fusils contre des vaisseaux spatiaux n'étaient pas une option viable, le Q.G. de la FENU avait rapidement ordonné aux contingents humains de la planète de déposer les armes. Mais tous n'avaient pas obéi ; venus de très loin combattre les hamsters, ces réfractaires s'étaient montrés incapables de s'adapter à la nouvelle situation. En fait, il y avait des rancœurs des deux côtés, et cela ne disparaîtrait pas en un mois, en un an, ni même en une génération. Après deux ou trois semaines, la situation se stabilisa, et les humains acceptèrent que la présence des Ruhars dans le ciel n'était pas simplement due à un raid. L'armée ruhar contra énergiquement ceux qui continuaient la lutte contre les « occupants », dans certains cas avec une force nettement disproportionnée à la « menace ». Un tir au canon électromagnétique orbital pour régler leur sort à trois malheureux humains tapis dans les buissons ? Mais voilà, les Ruhars étaient redevenus les seuls maîtres de la planète, et il n'y eut personne pour plaider en faveur d'une désescalade de la violence. Apprendre qu'ils avaient utilisé un canon électromagnétique contre trois types affamés avec très peu de munitions, qui ne posaient aucune réelle menace, ce fut un message très clair adressé à la FENU : les Ruhars sont les chefs. Ne vous mettez pas en travers de leur chemin.

Les rumeurs se répandaient vite par le réseau informel des zPhones. La flotte kristang se massait aux abords du système de

Paradis, et reviendrait bientôt à la charge ! Fausses rumeurs, les Kristangs avaient renoncé à toutes leurs prétentions sur Paradis. Leurs raids n'avaient d'autre but que harceler les Ruhars. Et ceux-ci négociaient pour renvoyer les hommes sur la Terre ! Faux là encore, les pionniers humains ne retourneraient jamais sur Terre. Ils étaient recrutés pour combattre aux côtés des Ruhars ? Non, les Ruhars, un peuple avancé, n'avaient aucun désir d'incorporer à leurs armées des soldats humains qu'ils jugeaient faibles et primitifs. Bref, il y avait une rumeur pour faire écho à chaque crainte ou désir des humains…

Jesse n'y ajoutait jamais foi, à ces rumeurs pures et simples. Il croyait ce qu'il voyait. Cinq semaines après la reprise de la planète par les Ruhars, son copain de l'équipe de tir, Dave « Ski » Czajka, et lui s'étaient portés volontaires pour aller d'un camp de prisonniers de guerre vers une nouvelle ferme de la FENU, sur le continent sud de Paradis. La ferme était appelée, de manière informelle, le « Fort Rakovski » du nom d'un soldat de l'armée US tué lors du premier raid ruhar. Selon une autre rumeur, celle-là pouvant tout à fait être fondée, les hommes seraient disséminés dans des exploitations agricoles d'un bout à l'autre du continent sud, que les humains appelaient la « Lémurie ». Cela les couperait des populations civiles ruhars, et ces groupes isolés seraient plus faciles à contrôler, tout en coûtant moins cher. Jesse n'avait pas besoin de rumeurs pour lui dire que la FENU ne rentrerait jamais sur Terre, les Ruhars avaient prévu que les humains resteraient sur Paradis pour très longtemps. De toute façon, tous ces ragots qu'on colportait à l'envi n'étaient qu'un ramassis d'âneries sans fondement. Les Ruhars, eux, savaient fort bien à quoi s'en tenir. Le simple fait qu'ils aident la FENU à fonder des communautés agraires en disait déjà long. Ce ne serait pas demain la veille que leurs « hôtes » indésirables reprendraient le chemin des étoiles. Les humains étaient sur Paradis pour y rester. Très longtemps. Sinon définitivement.

S'il avait une certitude, c'est que les poulets ont bon goût, se dit Jesse en tendant la main vers un autre précieux poussin, ailleurs dans l'enclos. Chaque poussin avait une partie de l'enclos pour lui seul. Ils avaient trop de valeur pour risquer qu'ils se blessent en se battant. Quand ils auraient suffisamment grandi, on les lâcherait en liberté dans un champ clôturé. Il y aurait dix poules par champ – un nombre suffisant pour que les bêtes ne se sentent pas isolées, et qu'elles puissent être facilement surveillées par des soldats affectés à leur protection. Si la faune endémique de Paradis ne pouvait digérer quoi que ce soit en provenance de la Terre, il n'en découlait pas forcément que les prédateurs du cru dédaigneraient des proies aussi faciles. Les humains n'étant pas autorisés à posséder des armes susceptibles de menacer les Ruhars, les gardiens des basses-cours comme Jesse en étaient réduits à débouter les prédateurs de leurs bâtons à pointe aiguisée. Une chance que, dans cette partie de la Lémurie, le plus gros prédateur fasse environ la taille d'un renard terrestre. Un jour, Jesse avait débusqué l'un de ces pseudorenards, qu'il avait fait fuir avec force cris et moulinets de bâton. L'animal avait détalé dans la jungle sans demander son reste. Quand il était de garde, Jesse était résolu à ce qu'aucune de ses poules ne finisse sous les crocs des nuisibles à Fort Rakovsky.

Les pires prédateurs de Paradis n'étaient pas natifs de Paradis, et ils marchaient sur deux jambes. Beaucoup d'humains trouveraient sans doute difficile de résister à la tentation de s'emparer d'un poulet de bonne taille à passer à la casserole. Malgré la menace de sanctions sévères par la FENU, il y avait précisément eu plusieurs incidents où des poulets, des cochons et des chèvres avaient été tués, cuits et consommés lors de festivités. Manger des animaux restait strictement interdit par la FENU tant que des élevages balbutiants, encore trop peu nombreux, ne donneraient pas de cheptels suffisants pour alimenter les colonies. De plus, les Ruhars estimaient que la consommation d'animaux était une pratique barbare indigne d'êtres pensants, civilisés. En tant que prisonniers de guerre épargnés par la grâce et la mansuétude des Ruhars, les hommes, que représentait la FENU, ne pouvaient se permettre d'insulter leurs hôtes.

Donc, malgré le temps, les dépenses et les efforts prodigués pour importer des animaux domestiques sur Paradis, personne n'en aurait sa part, pour le moment. Les premières poules seraient réservées à la ponte des œufs – que les colons pourraient manger dès qu'il y aurait assez de poules, d'ici un an. Les vaches et les chèvres fourniraient du lait, qui était censé être disponible bientôt.

Les cochons posaient problème. Jesse connaissait naturellement le bon vieux dicton disant que tout est bon dans le cochon, sauf ses couinements. L'ennui, c'est que les Ruhars n'autorisaient pas les humains à manger du cochon. Par conséquent, la FENU se voyait contrainte à élever des suidés sans en retirer le moindre bénéfice. Et les cochons dévoraient beaucoup de nourriture nécessaire aux humains. De ce fait, on ne laisserait pas les cochons se reproduire. À plus ou moins brève échéance, il n'y en aurait donc plus sur Paradis.

— Hé, Ski, que penses-tu de celui-là ?

Dave « Ski » Czajka posa le poussin qu'il examinait et rejoignit Jesse.

— À mon avis, ça n'a rien d'anormal, dit-il, à la vue d'un des doigts légèrement tordu sur la patte gauche du poussin. Ne t'en fais pas.

— Tu es sûr ?

Jesse s'inquiétait toujours pour ses poussins.

— Je trouve qu'il n'a pas l'air comme les autres.

— Mais si, voyons, dit Ski en se voulant rassurant. Écoute, vieux, ton poussin est une poule. Bientôt, elle n'aura qu'à se dandiner gaiement au grand air, dans son champ, à picorer ses graines et à nous pondre de beaux œufs.

— Si tu le dis…

Jesse reposa le poussin, pas vraiment convaincu. Ski n'était pas un expert en poussins. Il avait été sélectionné pour cette affectation agricole très convoitée parce que ses grands-parents du Wisconsin avaient tenu des poulaillers, et qu'il avait passé pas mal d'étés dans leur ferme. Jesse avait également été sélectionné parce que Ski s'était porté garant pour lui. Mais ce qui ennuyait vraiment Jesse c'était que Czajka, qui avait grandi dans les faubourgs de Milwaukee, en sache plus sur l'agriculture que lui, Colter, qui était né et avait grandi dans l'état rural de l'Arkansas. La mère de Jesse avait fait pousser des tomates en pot, sur le porche arrière, et c'était là toute l'étendue de son expérience horticole, dans son enfance. Ses grands-parents maternels vivaient dans le centre-ville d'Oklahoma

City, et ses parents-paternels avaient pris leur retraite en Floride. Aucun de ces lieux ne lui avait fourni d'occasions d'apprendre les sciences agronomiques, l'art de l'agriculture. À l'époque, il s'était surtout réjoui d'échapper aux travaux épuisants de la ferme, que ses camarades d'école se coltinaient tous les étés, pour prêter main-forte aux leurs. Maintenant, il aurait bien aimé avoir acquis une certaine expérience de l'agriculture avant de s'engager dans l'armée. Travailler l'été dans un magasin de vente au détail ne lui avait guère apporté de connaissances utiles en agriculture.

— Pain de Maïs, nous sommes des gardiens de poules pondeuses, pas des vétérinaires ! s'esclaffa Ski.

Des gardiens de poules pondeuses… Passer de l'état de soldat de l'armée des États-Unis au statut de protecteur de poussins dans une équipe de développement agricole… Il avait pris avec bonne humeur les railleries et quolibets sur les élevages de poules, parce que ce boulot était important, et qu'il offrait des avantages en nature. Les agriculteurs avaient droit à huit cents calories de plus par jour dans leur ration alimentaire. La FENU coupée de la Terre par la flotte ruhar, les humains étaient contraints de se rabattre exclusivement sur trois sources de nourriture : les conserves surgelées importées de la Terre, bientôt réduites à peau de chagrin, les bouillies nutritives fournies par les Ruhars deux fois par jour (et dont les réserves n'étaient pas illimitées non plus), et les moissons de germes terrestres que les humains réussiraient à cultiver sur Paradis.

— Hé, pour parler d'autre chose, dit Jesse en indiquant le champ de blé qui s'étendait au sud, à quand la récolte, à ton avis ?

Ski se gratta la tête, puis grogna de dégoût… Voilà qu'il lui faudrait un gant en coton propre avant de toucher un autre poussin.

— Tu connais ce vieil adage de fermier : « À hauteur des genoux au 4 juillet. » On moissonne le blé quand il fait environ deux mètres à deux mètres trente de haut, et donc, hmmm…

Il tenta de jauger la hauteur des plants de blé. Les experts agricoles de la FENU avaient supposé que le blé pousserait plus vite sur Paradis que sur Terre, grâce à l'absence de parasites. Pas de parasites, pas besoin de pesticides risquant de compromettre la croissance des plantes.

— Tu sais, je me souviens que le blé montait bien plus haut que nos genoux, la première semaine de juillet, donc l'adage me paraît bizarre… En fait, je n'en sais rien. Encore deux mois ?

— Voilà qui est vraiment utile, ricana Pain de Maïs.

— Mes grands-parents cultivaient du soja, pas du blé. Et ceci…

Il désignait les arbres qui poussaient en rangs serrés autour des champs qui avaient été dégagés.

— … est une jungle. Le blé pousse peut-être plus vite ici qu'au Midwest, pour ce que j'en sais.

— Eh bien, évite de clamer ton ignorance à la cantonade, mec !

— Tu as peur qu'on nous retire notre habilitation agricole, et qu'on perde nos rations supplémentaires ? fit Ski.

Même avec les calories additionnelles, il avait tout le temps le ventre vide. La perspective de se contenter encore quelque temps de deux bols de bouillie ruhar par jour ne lui souriait guère.

— Oui, c'est sûr, et puis je me suis attaché à mes poussins, reconnut Jesse. Ils ont besoin de moi.

— Ils ont besoin d'eau, de grain et d'air. Pas de toi.

— Ils ont besoin que je chante pour eux, Ski. Ça les aide à grandir plus vite.

À l'appui de ses dires, il se lança dans une interprétation d'un vieux classique d'Elvis.

— *Love me tender, love me sweet…*

— Putain ! protesta Ski en se bouchant les oreilles à pleines mains.

Stupide ! Il allait maintenant devoir changer ses deux gants…

— Tu veux donc les tuer, ces pauvres poussins ? Ta voix est assez horrible pour estourbir une poule adulte. Ou même une vache !

— Voyons, elle n'est pas si grave que ça, ma voix ! Oh, regarde : un vaisseau vient d'émerger.

Il grimaça. Des lumières dans le ciel, c'était naguère une manifestation de force de la part des Kristangs déployant leurs bâtiments de guerre, et protégeant les troupes de la FENU au sol. Ou bien ça signifiait que des transporteurs ruhars désarmés venaient récupérer les hamsters réfugiés qui gravissaient l'ascenseur spatial, et les produits agricoles propulsés en orbite par le Lanceur.

Puis, en un certain jour fatidique, ces lumières célestes avaient signalé un raid des Ruhars. Celui où cet enfoiré de veinard de Joe Bishop était devenu un héros rien qu'en faisant ce que n'importe quel bon soldat aurait fait. Et, plus tard, ces mêmes scintillements étaient ceux de bataillons ruhars venant reprendre la haute main sur leur planète Gehtanu – que les humains appellent Paradis. Ce jour-là, ces embrasements n'avaient signifié qu'une chose : les Kristangs étaient boutés hors de Paradis. Quant aux forces armées de la FENU… C'étaient désormais des prisonniers de guerre.

Maintenant… Souvent, ces flamboiements représentaient autant d'émergences des Kristangs revenant harceler les Ruhars et attaquer les infrastructures planétaires. D'après les données partagées sur le réseau de zPhones de la FENU, les Ruhars pensaient que les Kristangs avaient toujours une dizaine de vaisseaux en maraude dans le système de Paradis ou aux abords. Des vaisseaux laissés là par ces petits hommes verts de Thuraniens résolus à ne plus cautionner la mainmise des lézards sur Paradis. Les vaisseaux kristangs locaux ? Des bâtiments n'étant plus en mesure de rallier d'autres systèmes stellaires. Des navires piégés, donc, aux équipages réduits au désespoir. Au début, les raids avaient posé de graves problèmes, car le gouvernement planétaire ruhar craignait qu'ils n'encouragent les humains à se rebeller contre leur statut de prisonniers de guerre. Dès les deux premières semaines de raids, les Ruhars avaient en conséquence confiné les humains dans des camps de rétention, et tant pis pour les semis et l'entretien des champs. Faire pousser suffisamment de plantes pour ne plus dépendre des Ruhars n'était vraiment pas à l'ordre du jour. Au bout de deux semaines, les Ruhars avaient commencé à relâcher leurs restrictions sur les mouvements des humains.

Puis les raids s'étaient nettement espacés, plus exaspérants que menaçants. Avec un ou deux vaisseaux pour attaquer une planète entière aux colonies éparses, n'importe quel site donné jouissait d'une relative sécurité. Les humains en déduisirent qu'ils ne risqueraient plus d'agression de la part des Kristangs. Funestes supputations. Deux mois après la reddition de la FENU, une frégate kristang émergea du vortex, fit feu puis s'éclipsa tout aussi vite.

La cible de ses masers et missiles ? L'unique entrepôt humain, réduit à l'état de cratère fumant. Onze pour cent des réserves de nourriture humaine sur Paradis, envolées. Et aucun doute n'était permis : les Kristangs savaient ce qu'ils faisaient. Juste avant de se replier, cette frégate avait diffusé un avertissement à la FENU : les humains qui s'étaient rendus aux Ruhars étaient considérés comme des traîtres. Dès lors, deux options : faire mine de résister aux Ruhars et se vouer aux affres d'une mort atroce, la famine, ou rendre les armes, se consacrer aux cultures, et reprendre bientôt le combat…

À quoi se rallier ? Seul le temps le dirait…

Jesse et Ski dirigèrent leurs regards en direction de l'abri antiaérien le plus proche, près de la bordure occidentale du champ. Un abri fort rudimentaire, recouvert de rondins, de terre et d'herbe. Du haut de l'orbite, il ferait illusion, ne se distinguant en rien de n'importe quelle autre zone, à moins que l'angle de sondage d'un vaisseau hostile ne se rive dessus. L'abri, fabriqué à la hâte, n'était pas prévu pour une utilisation régulière ou à long terme. La voûte fuyait, herbes folles et broussailles avaient pris racine entre les rondins, invitant des nuées d'insectes locaux à venir s'y nicher. En pleine jungle, frappée d'orages tous les après-midi, le sol de l'abri était réduit à de la gadoue. La semaine précédente, une équipe était venue installer une plate-forme à même ce sol boueux, afin que les occupants n'y pataugent pas jusqu'aux chevilles. Vu les averses de la veille, Jesse n'était pas sûr que cette plate-forme fût encore sèche.

— Qu'en penses-tu ?

Ski égrenait mentalement les secondes.

En cas de raid aérien, le commandement ruhar était censé donner l'alerte. *Censé*… Parfois les communications ruhars étaient brouillées, d'autres fois les Ruhars se laissaient abuser par des Kristangs se faisant passer pour des vaisseaux ruhars civils. Il arrivait également que les avertissements parviennent trop tard. Le fait est que prévenir les humains d'un raid kristang n'était pas une grande priorité pour les Ruhars. En général, quand aucun tir de maser, de canon électromagnétique ou encore de missile, ne s'abattait aux premières trente secondes, il était plus que probable qu'il ne se passerait rien. Les Kristangs ne s'attardaient guère. Émergeant en orbite haute, ils ouvraient le feu puis se repliaient vivement avant toute riposte ruhar. Cette tactique Blietzkrieg ne portait pas toujours ses fruits. Deux semaines plus tôt, Jesse et Ski avaient vu un vaisseau kristang s'abîmer en une boule de feu aveuglante, à l'horizon nord. Cet adversaire jouant de malchance avait été piégé dans un champ d'amortissement par une paire de vaisseaux ruhars, et l'échauffourée avait tourné en faveur des destroyers hamsters, au grand dam de la frégate des lézards.

— Nous sommes censés nous mettre à l'abri, répondit Pain de Maïs, un œil sur le ciel et l'autre sur ses précieux poussins.

Des gens couraient à travers champs, fonçant vers les trois abris. D'autres jouaient la montre, attendant de voir ce qui allait se passer. Au mépris des mesures de sécurité – s'abriter le temps de s'assurer que les nouveaux vaisseaux n'étaient pas une menace.

— Mais je crois aussi, reprit Colter, que ces poussins ont bien plus de valeur que toi ou moi.

— Tu as raison, approuva Ski.

La FENU pouvait toujours se permettre de perdre un ou deux soldats, ça ferait toujours deux bouches de moins à nourrir.

— Vingt secondes…

Jesse scrutait le ciel. Des salves de bord à bord ? Il n'en repérait aucun. Ce qui ne voulait hélas rien dire dans la mesure où les tirs de masers et de canons électromagnétiques n'étaient pas perceptibles dans le vide spatial, à moins de toucher une cible. Or, l'éclair initial du lancement d'un missile était souvent voilé par l'effet des boucliers furtifs non décelable du sol. Pas à l'œil nu en tout cas, dans les cieux étincelants du milieu de la matinée.

— Eh merde, l'abri est sans doute une vraie gadoue, de toute façon.

Comme à point nommé, leurs zPhones annoncèrent la fin de l'alerte.

— Super ! gloussa Ski. Timing parfait !

Un type qui cavalait se mettre à l'abri s'arrêta, en criant quelque chose que Ski n'entendit pas. Ski lui adressa un signe de la main et un sourire ; il eut droit pour la peine à un doigt d'honneur.

— J'en ai autant à ton service, connard ! rugit Ski, pris d'une soudaine idée.

— Que scrutes-tu tant, maintenant ? s'étonna Jesse de le voir ainsi sonder les cieux.

— Je me demandais… Ce vaisseau annoncerait-il le retour en force des Kristangs ?

— Ouh là, surtout pas ! jura Jesse. Nous nous sommes rendus aux hamsters, qui nous ont fourni de quoi défricher et labourer. Nous avons coopéré rien que pour faire pousser nos cultures. Aux yeux des lézards, nous sommes des traîtres ! Si jamais ils reviennent au pouvoir, on est foutus.

Dave fronça les sourcils, puis haussa les épaules.

— Et s'ils ne revenaient jamais ? Si nous restions coincés ici, sous le commandement des Ruhars ? Genre, pour toujours ?

— Alors, on est foutus dans les deux cas. Bienvenue dans l'armée, mec !

Jesse reporta son attention sur les poussins affamés. Il leur fallait un grain qui se faisait rare, interdit aux humains. Œufs et lait, très bien pour l'apport en protéines, mais nourrir poussins, vaches et chèvres consommait un tas de calories qui auraient pu être mieux employées comme subsistance humaine. Élever des poules pondeuses et des vaches laitières comptait sans doute plus pour le moral des humains que leurs apports nutritifs. La perspective d'apports fiables en œufs et en lait était aussi un blanc-seing – l'engagement de jours meilleurs. Que les humains sur Paradis ne seraient pas toujours des prisonniers de guerre, qu'ils ne vivraient pas le restant de leur vie sur un monde alien, loin de la Terre. La promesse qu'un jour, quelque chose changerait, et qu'ils pourraient rentrer chez eux. Qu'ils ne se contenteraient plus d'élever des poussins, se dit Jesse. Qu'ils feraient aussi « pousser l'espoir ».

Affamés, les poussins pépièrent à qui mieux mieux.

— Je vous entends, les petits, ça vient ! Un jour comme un autre sur Paradis, les mecs.

Jesse secoua la tête.

— Un jour comme un autre sur Paradis.

Note de l'auteur :

Merci d'avoir lu ou écouté l'un de mes livres ! Il m'a fallu des années pour écrire mes trois premiers ouvrages, car je travaillais comme directeur commercial dans une société informatique et j'écrivais la nuit, les week-ends et durant les vacances. J'ai eu de nombreuses idées d'intrigues au fil du temps, mais le premier livre que j'ai terminé s'intitulait *Aces*, et je l'avais en fait écrit pour mes nièces, des adolescentes à l'époque. Si vous lisez *Aces*, vous y retrouverez certains éléments des récits de ***Corps Expéditionnaire*** : des situations impossibles, la résolution d'épineux problèmes, des réflexions intelligentes, le tout saupoudré d'une bonne dose d'humour et de sarcasme.

Ensuite, j'ai composé un nouvel ouvrage consacré au programme d'expansion du vol spatial supraluminique. C'était un récit d'aventures, au sujet d'astronautes échoués sur une planète alien et tentant d'avertir la Terre d'un défaut critique du moteur supraluminique. Une bonne histoire, que j'ai envoyée à des éditeurs traditionnels dans les années 2000. En retour, je n'eus que des refus. Mon style d'écriture était « intéressant », ce qui signifiait, je l'ai appris depuis, que c'est la seule chose qu'un éditeur puisse dire sans le froisser à un aspirant auteur dont il ne veut pas. L'intrigue était trop développée, la narration trop longue, les éditeurs voulaient que je raccourcisse de moitié le fil des péripéties et que je change à peu près tout. Bref, classement vertical (j'ai flanqué le manuscrit à la poubelle), et je suis passé à autre chose.

Le Jour de Christophe Colomb et *Ascendant* ont été rédigés conjointement, à partir de 2011. L'idée d'*Ascendant* m'était venue en découvrant le premier ***Harry Potter***, au moment où l'une de mes nièces m'avait demandé ce qui serait arrivé à Harry Potter si personne ne lui avait dit qu'il était un sorcier. Ma foi, bonne question… Et je me suis attelé à l'écriture d'*Ascendant*.

Dans mon premier jet du ***Jour de Christophe Colomb***, Skippy était un mignon petit robot de passager clandestin lors de l'invasion de la Terre par les Kristangs, et qui aidait Joe à vaincre les aliens. Après un an à travailler à cette version, je me dis qu'elle ressemblait un peu trop à une version du « film de la semaine » de Disney Channel, et, bref, ça craignait ! Le cœur lourd, je me résolus à jeter ce premier jet auquel j'avais consacré une année entière et je repris tout à zéro. Cette fois, j'ai commencé par les grandes lignes de l'arc narratif de *Corps Expéditionnaire* au complet, afin de voir d'emblée où l'intrigue mènerait, comment l'histoire se développerait. C'était une excellente idée, et je m'en suis tenu depuis à ces grandes lignes (avec quelques détours et loopings mineurs çà et là).

Une fois *Aces*, *Le Jour de Christophe Colomb* et *Ascendant* terminés à l'été 2015, et vu qu'aucun éditeur n'était intéressé, ma femme m'a suggéré :

1. De tenter l'autopublication sur Amazon ;
2. De la boucler, pour l'amour du Ciel, sur le fait que j'étais incapable de faire publier mes livres ;
3. De vider et nettoyer le garage.

Il me fallut six mois supplémentaires de recherches et de révisions pour terminer ma trilogie et la télécharger sur Amazon. En plus du reformatage des livres pour qu'ils correspondent aux normes d'Amazon, je dus sélectionner et acheter les droits de couvertures puis me créer un compte Amazon en tant qu'auteur. Quand j'ai enfin cliqué sur le bouton *Téléchargement*, le 10 janvier 2016, mon plus grand espoir était que quelqu'un achète ne serait-ce qu'UNE de mes œuvres, car ça signifierait que j'étais enfin un auteur publié ! Après avoir vendu un exemplaire de chacun de mes livres, mon but fut de rentrer dans mes frais, histoire d'éponger le coût des illustrations de couvertures que j'avais achetées sur Internet (environ 35 dollars par tome).

Cette première quinzaine de janvier 2016, Amazon nous envoya un chèque de 410,99 dollars ; une partie de ces gains nous permit, à mon épouse et moi, de nous offrir un bon restaurant. Je crois que le solde servit à l'achat de nouveaux pneus pour ma voiture.

Quand j'ai téléchargé *Le Jour de Christophe Colomb*, j'avais déjà rédigé la moitié du deuxième opus de la saga *Opérations spéciales*, et je continuais à écrire la nuit et les week-ends. En avril, les ventes du *Jour de Christophe Colomb* étaient telles que ma femme et moi nous sommes dit : « Holà, ça pourrait être un peu plus qu'un simple passe-temps ! » À ce moment-là, je pris une semaine de congés pour composer la suite, douze heures par jour, pendant douze jours. Des « vacances » vraiment amusantes ! Mais grâce à ma persévérance, je pus publier *Opérations spéciales* début juin 2016. À la mi-juillet, à notre complet étonnement, nous commencions à envisager que je quitte mon travail pour devenir écrivain à plein temps. En août, j'eus une de ces épiphanies où l'on se dit que la vie est vraiment trop courte, quand un ami de la famille en vint à décéder, suivi de près par ma grand-mère. Nous avons donc décidé que je ferais mieux de me consacrer à l'écriture. Avant de donner ma démission, je soumis à ma femme un business plan avec la liste des ouvrages que j'avais l'intention de composer au cours des trois années suivantes, avec les grandes lignes des intrigues et les dates prévues de publication. Ainsi, elle fut rassurée : je ne quittais pas mon « vrai » job rien que pour mater à longueur de temps *x* films de science-fiction en short et tee-shirt au prétexte bien commode de « mener des recherches ».

L'été 2016, on proposa à R.C. Bray d'enregistrer *Le Jour de Christophe Colomb*, et je suis sûr que sa première pensée fut : « Un livre au sujet d'une canette de bière parlante ? Euh… Merci, mais non merci ! »

Heureusement, il y réfléchit à deux fois, ou il prenait des médicaments très efficaces pour un mauvais rhume, ou alors sa femme l'avait menacé de lui faire repeindre la maison si jamais il n'était pas accaparé par ses enregistrements… Bref, RC s'attaqua au *Jour de Christophe Colomb*, puis retourna à sa vie fantastique peuplée de vedettes de cinéma et de parties de golf à bord de son yacht, en oubliant probablement tout de la « canette de bière parlante ».

Quand j'appris que RC Bray serait le narrateur de mon œuvre, ma première réaction avait été : « Le RC Bray ? Le type qui a enregistré *Seul sur Mars* ? Qui a gagné l'Audie Award du Meilleur

Narrateur de S-F ? Ha, ha. Bonne blague. Dites-moi plutôt qui va réellement enregistrer le livre ? »

Le livre audio du *Jour de Christophe Colomb* remporta un énorme succès. Il fut finaliste pour un Audie Award en tant que *Livre audio de l'année* !

Quand on me proposa de créer des versions audio de ma série *Ascendant*, on m'assura que le narrateur serait Tim Gerard Reynolds. Là encore, ma réaction fut : « *Vous parlez d'un autre gars appelé Tim Gerard Reynolds ? Pas du TGR qui a enregistré les livres audio* **Red Rising***, n'est-ce pas ?* »

Il est évident que j'ai eu beaucoup de chance avec les narrateurs de mes livres audio. Soyons clair, ce sont eux qui ont choisi de travailler avec moi, pas l'inverse. Si j'avais directement contacté Bob ou Tim, je serais passé en mode super fanboy, et ils auraient exigé que soit prononcée une injonction d'éloignement à mon encontre ! Et donc, j'insiste, j'ai eu de la chance qu'ils signent pour ces œuvres.

À ce stade, il n'existe pas de projet de film ou de série télé pour la saga *Corps Expéditionnaire*, bien que j'aie eu des demandes de producteurs et de studios au sujet des « droits audiovisuels ». D'après les professionnels du milieu, même si un studio ou une chaîne prend une option sur les droits, avant que quoi que ce soit prenne tournure et se concrétise enfin, des années entières s'écouleront. Je m'exciterais pour rien, pendant que le projet se baladerait entre les mains des producteurs et des directeurs. Au moment où j'aurais perdu tout espoir, un miracle se produirait peut-être et le projet obtiendrait son financement. Mais pas avant un temps indéfiniment long… Oh là là, autant ne pas compter dessus. D'un autre côté, Disney va retirer ses billes de Netflix, l'an prochain, et donc Netflix cherchera de nouveaux contenus originaux…

Les paris sont ouverts !

Encore une fois, un grand merci à vous d'avoir lu un de mes livres. Écrire me donne une formidable excuse de ne pas ranger le garage.

Contactez l'auteur à craigalanson@gmail.com

https ://www.facebook.com/Craig.Alanson.Author/

Rendez-vous sur Craigalanson.com pour les blogs et des articles avec le logo ExForce, dont des tee-shirts, des écussons, des stickers, des chapeaux et des mugs à café.

Podium